Licht in de duisternis

Louise Penny bij Boekerij:

Een schitterend mysterie
Licht in de duisternis

www.boekerij.nl

LOUISE PENNY

Licht in de duisternis

Een dorp met meer geheimen dan inspecteur Gamache verwacht...

BOEKERIJ

ISBN 978-90-225-6906-1
ISBN 978-94-023-0596-8 (e-boek)
NUR 305

Oorspronkelijke titel: *How The Light Gets In*
Vertaling: Susan Ridder
Omslagontwerp: Wouter van der Struijs | Twizter.nl
Omslagbeeld: © Elisabeth Ansley / Trevillion Images
Zetwerk: Mat-Zet bv, Soest

1

Audrey Villeneuve wist best dat wat ze zich voorstelde onmogelijk echt kon gebeuren. Ze was een volwassen vrouw en kende heus wel het verschil tussen echt en ingebeeld. Maar elke morgen wanneer ze van haar huis in Montréal-Oost door de Ville-Marietunnel naar kantoor reed, zag ze het, hoorde ze het, kon ze het voelen.

Het eerste teken zou een explosie van rood zijn, doordat automobilisten op hun rem zouden trappen. De vrachtwagen voor haar zou zwenken, slippen en tegen een zijwand knallen. Er zou een enorm gegil tegen de harde muren weerkaatsen; het zou op haar afkomen, haar overspoelen. Claxons, sirenes, remmen, schreeuwende mensen.

Daarna zou Audrey gigantische blokken beton uit het plafond zien vallen, die een hele kluwen metalen aderen en pezen met zich mee trokken. De ingewanden van de tunnel zouden naar buiten komen. De ingewanden die de tunnel overeind hielden. Die de stad Montréal overeind hielden.

Overeind hadden gehouden.

En dan... dan zou het ovaal van daglicht, het eind van de tunnel, verdwijnen. Het zou sluiten als een oog.

Wat zou volgen was duisternis.

En een lange tijd wachten. Totdat ze verpletterd zou worden.

Elke morgen en elke avond wanneer Audrey Villeneuve door het wonder der techniek reed dat de ene kant van de stad met de andere verbond, stortte het opnieuw in.

'Het komt allemaal goed,' sprak ze zichzelf bemoedigend toe. Ze lachte om zichzelf. 'Het komt allemaal goed.'

Ze zette de muziek wat harder en zong hardop mee.

Maar toch lagen haar handen trillend op het stuur en werden ze koud en gevoelloos. Haar hart bonkte. Er smakte een flinke hoeveelheid sneeuwbrij tegen haar voorruit. De ruitenwissers veegden hem weg, waardoor er een halvemaan van streperig zicht ontstond.

Het verkeer ging langzamer rijden. En kwam uiteindelijk tot stilstand.

Audrey sperde haar ogen open. Dit was nooit eerder gebeurd. Door de tunnel rijden was al erg genoeg, erin moeten stilstaan was ondenkbaar. Ze verstijfde.

'Het komt goed.' Maar ze kon haar eigen stem niet horen, zo zwak was die en zo hard klonk de schreeuw in haar hoofd.

Ze duwde met haar elleboog het knopje van het portier omlaag. Niet om iemand buiten te sluiten, maar om zichzelf binnen te houden. Een zwakke poging om zich ervan te weerhouden het portier open te gooien en gillend de tunnel uit te rennen. Ze kneep in het stuur. Harder. Nog harder.

Ze wierp een blik op de met sneeuwbrij bespatte tunnelwand, het plafond en de muur aan de overkant.

Op de scheuren.

Goeie genade, de scheuren.

En de halfslachtige pogingen om ze dicht te pleisteren.

Niet om ze te repareren, maar om ze weg te moffelen.

Dat betekent nog niet dat de tunnel zal instorten, hield ze zichzelf voor.

Maar de scheuren werden breder en wonnen het van haar gezond verstand. De monsters van haar fantasie werden echt en wurmden zich uit de barsten, staken hun poten naar haar uit.

Ze zette de muziek uit, zodat ze zich kon concentreren. Hyperalert. De auto voor haar reed stapvoets. Stond toen stil.

'Rijden, rijden, rijden,' smeekte ze.

Maar Audrey Villeneuve zat in de val en ze was doodsbang. Ze kon nergens heen. De tunnel was afschuwelijk, maar wat er in het grijze decemberlicht op haar wachtte, was nog erger.

Ze wist het al dagen-, weken-, maanden-, nee, als ze eerlijk was al jarenlang: monsters bestaan. Ze wonen in scheuren in tunnels, in donkere steegjes en in nette rijtjeshuizen. Ze heten Frankenstein en Dracula, of Martha, David en Pierre. En je komt ze altijd tegen op plekken waar je ze niet verwacht.

Ze keek in haar achteruitkijkspiegel en zag twee angstige bruine ogen. Maar ze zag ook haar redding in het spiegelbeeld, haar zilveren kogel, haar houten staak.

Het was een mooie feestjurk.

Ze had er uren op zitten naaien. Tijd die ze had kunnen – moeten – besteden aan het inpakken van kerstcadeautjes voor haar man en dochters. Aan het bakken van sterren, engeltjes en vrolijke sneeuwpoppen, met knoopjes van snoep en gomballen als oogjes.

Maar in plaats daarvan was Audrey Villeneuve elke avond zodra ze thuis was naar het souterrain gegaan, waar haar naaimachine stond. En terwijl ze over de smaragdgroene stof gebogen zat, had ze al haar hoop op die feestjurk gevestigd.

Ze zou hem die avond aantrekken, naar het kerstfeest gaan, de zaal rondkijken en verbaasde blikken op zich gevestigd voelen. Audrey Villeneuve, die anders zo tuttig was, zou in de strakke groene jurk alle aandacht trekken. Maar ze had hem niet gemaakt om alle aandacht te trekken. Het ging haar om één man. Als ze zijn aandacht had, zou ze zich kunnen ontspannen.

Ze zou haar last aan hem overdragen en rustig doorgaan met haar leven. De scheuren zouden gerepareerd worden, de barsten zouden worden dichtgesmeerd. De monsters zouden terugkeren naar waar ze thuishoorden.

De afslag naar de Champlainbrug kwam in zicht. Normaal nam ze een andere afslag, maar vandaag was verre van normaal.

Audrey zette haar richtingaanwijzer aan en zag de man in de auto naast haar een zuur gezicht trekken. Waar dacht ze heen te gaan? Ze zaten allemaal in de val. Maar Audrey Villeneuve zat erger in de val dan anderen. De man stak zijn middelvinger op, maar ze trok zich er niets van aan. Zo'n gebaar was in Québec net zo gewoon als een vriendelijk zwaaien. Als de inwoners van Québec ooit een auto zouden ontwerpen, zou er een middelvinger als versiering op de motorkap staan. Normaal zou ze 'vriendelijk' hebben 'teruggezwaaid', maar op dat moment had ze andere dingen aan haar hoofd.

Ze manoeuvreerde de auto langzaam naar de rechterrijstrook, in de richting van de afslag naar de brug. De tunnelwand was maar een paar centimeter van haar vandaan. Ze had zo haar vuist in een van de gaten kunnen steken.

'Het komt goed.'

Audrey Villeneuve wist dat er iets zou komen, maar of het goed zou komen?

2

'Neem zelf een eend,' zei Ruth terwijl ze Rosa dichter tegen zich aan trok. Levend eiderdons.

Constance Pineault glimlachte en keek voor zich uit. Vier dagen geleden zou het nooit in haar opgekomen zijn om een eend te nemen, maar nu benijdde ze Ruth. En niet alleen vanwege de warmte die de eend verschafte op die bitterkoude, bijtende decemberdag.

Vier dagen geleden zou het nooit bij haar opgekomen zijn om uit de gemakkelijke stoel bij de open haard van de bistro te komen en op een ijskoud bankje te gaan zitten naast een vrouw die of dronken, of gestoord was. Maar toch zat ze er.

Vier dagen geleden had Constance Pineault niet geweten dat warmte vele gedaantes kent. Net als het gezond verstand. Maar nu wist ze het.

'Verdedigen!' schreeuwde Ruth naar de jonge spelers op de schaatsbaan. 'Doe er wat aan, Aimée Patterson, zelfs Rosa kan het beter.'

Aimée schaatste voorbij en Constance hoorde haar '*duck*' zeggen, of '*puck*' of...

'Ze zijn gek op me,' zei Ruth tegen Constance. Of tegen Rosa. Of tegen niemand in het bijzonder.

'Ze zijn bang voor je,' zei Constance.

Ruth wierp Constance een scherpe, taxerende blik toe. 'Ben je er nog? Ik dacht dat je dood was.'

Constance lachte, een wolkje humor dat over de schaatsbaan midden in het dorp zweefde en zich bij de rook uit de schoorstenen voegde.

Vier dagen geleden had ze gedacht dat ze voor het laatst gelachen had. Maar tot haar enkels weggezakt in de sneeuw en stervend van de kou naast Ruth had ze ontdekt dat er meer was. Verborgen, hier in Three Pines. Waar nog gelachen werd.

De twee vrouwen keken zwijgend naar de actie op het ijs. Er was alleen af en toe wat gesnater te horen, waarvan Constance hoopte dat het afkomstig was van de eend.

Hoewel ze ongeveer even oud waren, waren de twee vrouwen tegenpolen. Constance was zachtaardig, Ruth hard. Constances haar was zijdeachtig en lang, en ze droeg het in een nette knot; Ruths haar was kortgeknipt en rommelig. Constance had rondingen, Ruth was stekelig. Prikkelbaar en stekelig.

Rosa kwam in beweging en klapperde met haar vleugels. Toen liet ze zich van Ruths schoot glijden, waggelde over het besneeuwde bankje naar Constance en nestelde zich bij haar op schoot.

Ruth kneep haar ogen tot spleetjes, maar verroerde zich niet.

Het had dag en nacht gesneeuwd sinds Constance in Three Pines was aangekomen. Omdat ze haar hele volwassen leven in Montréal had gewoond, was ze vergeten hoe mooi sneeuw kon zijn. Wat haar betrof was sneeuw iets wat moest worden weggeruimd. Iets lastigs wat uit de hemel kwam vallen.

Maar dit was de sneeuw uit haar jeugd: schitterend, helder en schoon. Hoe meer er viel, hoe beter. Je kon ermee spelen.

Er lag een dik pak op de natuurstenen, houten en rode bakstenen huizen rondom het grasveld dat nu als schaatsbaan werd gebruikt. Er lag een dik pak op de boekwinkel en de bistro, op de dorpswinkel en de *boulangerie*. Het leek wel of er een tovenaar aan het werk was geweest en Three Pines het resultaat was, vond Constance. Zomaar uit het niets getoverd en in deze vallei achtergelaten. Of was het dorp misschien net als de sneeuw uit de lucht komen vallen? Een dorp waar iedereen zacht landde, ook zij die ten val waren gekomen.

Toen Constance net gearriveerd was en ze haar auto voor de deur van Myrna's boekwinkel had geparkeerd, had ze zich zorgen gemaakt toen de dwarrelende sneeuwvlokken in een sneeuwstorm waren overgegaan.

'Moet ik de auto niet even verzetten?' had Constance aan Myrna gevraagd voordat ze naar bed gingen. Myrna stond bij het raam van haar winkel met nieuwe en tweedehands boeken en dacht even na.

'Ik denk dat je hem rustig kunt laten staan.'

Hij kan rustig blijven staan.

En dat was ook zo. Constance had rusteloos liggen luisteren of ze de sirenes van sneeuwploegen hoorde. Of ze de waarschuwing hoorde dat ze haar auto moest uitgraven en ergens anders moest zetten. De ramen van de slaapkamer rammelden toen de storm de sneeuw ertegenaan zwiepte. Ze kon de wind door de bomen en langs de solide huizen horen gieren. Als een levend wezen dat op jacht is. Uiteindelijk viel Constance in slaap, heerlijk warm onder haar dekbed. En toen ze wakker werd, was de storm overgewaaid. Constance liep naar het raam, waar ze haar auto onder een dikke laag sneeuw verwachtte te zien. Maar de sneeuw was geruimd en alle auto's waren uitgegraven.

Hij kon rustig blijven staan.

Zelf had ze ook eindelijk rust.

Het had nog vier dagen en vier nachten gesneeuwd toen Billy Williams terugkwam met zijn sneeuwploeg. Tot die tijd was het dorp Three Pines ingesneeuwd, afgesneden van de buitenwereld. Maar dat gaf niet, want alles wat ze nodig hadden, was aanwezig.

Langzaam begon de zevenenzeventigjarige Constance Pineault te beseffen dat ze rustig kon blijven waar ze was. Niet alleen omdat er een bistro was, maar omdat het de bistro van Gabri en Olivier was. En niet alleen omdat er een boekwinkel was, maar omdat het de boekwinkel van Myrna was, en de bakkerij van Sarah en de dorpswinkel van *monsieur* Béliveau.

Ze was een stadsvrouw die uitstekend voor zichzelf kon zorgen, maar nu zat ze in de sneeuw naast een gek op een bankje en had ze een eend op schoot.

Dus wie was er nou eigenlijk gek?

Constance Pineault wist dat ze allesbehalve gek was en eindelijk tot bezinning was gekomen.

'Ik kwam vragen of je zin hebt in een borrel,' zei Constance.

'Godallemachtig, mens, waarom heb je dat dan niet meteen gezegd?' Ruth ging staan en klopte de sneeuw van haar jas.

Constance kwam ook overeind, gaf Rosa aan Ruth en zei: 'Vreemde eend ben jij.'

Ruth snoof, maar nam de eend en het commentaar in ontvangst.

Gabri en Olivier kwamen net van de bed & breakfast en zeiden gedag.

'Dat was nog eens een sneeuwstorm,' zei Ruth.

'Ik was vroeger zo puur als stuifsneeuw,' zei Gabri vertrouwelijk tegen Constance. 'Maar toen ben ik afgedwaald.'

Olivier en Constance lachten.

'Je werd fan van Mae West?' vroeg Ruth. 'Was Ethel Merman niet jaloers?'

'Er is plaats voor iedereen,' zei Olivier met een blik op zijn omvangrijke partner.

Constance had nooit eerder met homo's te maken gehad. Niet dat ze zich kon herinneren, tenminste. Het enige wat ze van hen wist was dat ze 'zij' waren, niet 'wij'. En dat 'zij' onnatuurlijk waren. In het gunstigste geval beschouwde ze homoseksuelen als mensen met wie iets mis was, die ziek waren.

Als ze aan hen dacht, was het vol afkeuring, vol afschuw zelfs.

Tot vier dagen geleden. Totdat het begon te sneeuwen en het dorp van de buitenwereld werd afgesloten. Totdat ze ontdekt had dat Olivier, de man tegen wie ze zo koeltjes was geweest, haar auto had uitgegraven. Ongevraagd. Zonder commentaar.

Totdat ze door het raam in haar slaapkamer op de verdieping boven Myrna's boekwinkel Gabri met gebogen hoofd door de sneeuwstorm had zien lopen om dorpelingen die niet naar de bistro konden komen voor ontbijt koffie en warme croissants te brengen.

Terwijl ze stond te kijken, bracht hij ze hun ontbijt en veegde hij hun trapjes, portieken en stoepen schoon.

Daarna liep hij naar het volgende huis.

Constance voelde de sterke hand van Olivier onder haar arm, die haar stevig vasthield. Als op dat moment een vreemde het dorp in was gekomen, wat zou die dan gedacht hebben? Dat Gabri en Olivier haar zoons waren?

Ze hoopte het.

Constance ging naar binnen en rook de inmiddels vertrouwde geur van de bistro. De donkere houten balken en brede vloerplanken werden al meer dan een eeuw lang doortrokken van de geur van sterke koffie en blokken esdoornhout op het vuur.

'Deze kant op!'

Constance liep in de richting van de stem. Hoewel de ramen met hun kleine ruitjes het daglicht binnenlieten, was het donker. Ze vestigde haar blik op de stenen open haarden aan beide kanten van de bistro, waarin knappende vuren brandden en waar gemakkelijke stoelen en banken voor stonden. Midden in de ruimte, tussen de vuren met zithoek in, stonden antieke grenen tafeltjes die waren gedekt met een ratjetoe van serviesgoed en zilveren bestek. In een hoek van het vertrek stond een grote, volle kerstboom met rode, blauwe en groene lichtjes en een wirwar van kerstballen, kralenkettingen en ijspegels aan de takken.

In de leunstoelen zaten een paar bezoekers met een *café au lait* of warme chocolademelk in hun handen de Frans- of Engelstalige kranten van de dag ervoor te lezen.

De roep was van achter uit de ruimte gekomen en hoewel Constance de vrouw nog niet kon zien, wist ze precies wie het was.

'Ik heb thee voor je besteld.' Myrna stond naast een van de haardvuren op hen te wachten.

'Ik hoop dat je het tegen háár hebt,' zei Ruth terwijl ze de beste plek bij het vuur innam en haar voeten op een poef legde.

Constance sloeg haar armen om Myrna heen en voelde haar zachte lichaam onder de dikke trui. Hoewel Myrna een grote, zwarte vrouw was die minstens twintig jaar jonger was dan zij, voelde en rook ze als Constances moeder. Aanvankelijk was Constance daarvan geschrokken, van haar stuk geraakt, maar uiteindelijk was ze gaan uitkijken naar die omhelzingen.

Constance nam kleine slokjes van haar thee, keek naar de flakkerende vlammen en luisterde half naar Myrna en Ruth, die het over de laatste zending boeken hadden, die was vertraagd door de sneeuw.

Ze merkte dat ze zat te knikkebollen door de warmte.

Vier dagen. En nu had ze twee homozonen, een grote zwarte moeder en een gestoorde dichteres als vriendin. En ze overwoog een eend te nemen.

Dat was niet bepaald wat ze van dit bezoek had verwacht.

Ze begon te mijmeren, gebiologeerd door het vuur. Ze wist niet of Myrna wel begreep waarom ze was gekomen. Waarom ze na al die jaren contact met haar had opgenomen. Het was van levensbelang dat Myrna het begreep, maar ze had niet veel tijd meer.

'Het sneeuwt lang zo hard niet meer,' zei Clara Morrow. Ze streek door haar haren, geplet door haar muts, in een poging ze weer in model te brengen, maar maakte het er alleen maar erger op.

Constance schrok op en besefte dat ze Clara's binnenkomst had gemist.

Ze had Clara ontmoet op de dag dat ze in Three Pines was aangekomen. Myrna en zij waren uitgenodigd om te komen eten, maar hoewel Constance liever rustig bij Myrna was gebleven, had ze niet geweten hoe ze de uitnodiging beleefd kon afslaan. Dus hadden ze hun jas en laarzen aangetrokken en waren ze door de sneeuw naar Clara gelopen.

Het was de bedoeling dat ze maar met z'n drieën zouden zijn, wat al erg genoeg was, maar toen was Ruth Zardo met haar eend erbij gekomen en was de avond een fiasco geworden. Rosa, de eend, had 'fuck, fuck, fuck' zitten snateren. Althans, zo klonk het. Terwijl Ruth de hele avond had zitten drinken en vloeken terwijl ze iedereen beledigde en in de rede viel.

Uiteraard had Constance over haar gehoord. De dichteres die een Governor General Award had gekregen, was min of meer Canada's gestoorde, verbitterde Dichter des Vaderlands.

Wie heeft je ooit / zo onherstelbaar gekwetst / dat je elke toenadering / met opgetrokken lip begroet?

Dat was een goede vraag, besefte Constance naarmate de avond vorderde. Op een gegeven moment had ze het de geschifte dichteres willen vragen, maar ze had het niet gedaan uit angst dat de vraag dan ook aan háár zou worden gesteld.

Clara had omelet met gesmolten geitenkaas gemaakt en die geserveerd met een salade en vers, warm stokbrood. Ze hadden in de grote keuken zitten eten en toen de maaltijd ten einde was, Myrna koffie had gezet en Ruth en Rosa naar de woonkamer waren gegaan, had Clara haar het atelier laten zien. Het stond vol met doeken, paletten en kwasten. Het rook er naar olie, terpentijn en rijpe bananen.

'Peter zou net zo lang gezeurd hebben tot ik het had opgeruimd,' zei Clara terwijl ze naar de rommel keek.

Ze had tijdens het eten over haar scheiding verteld. Constance had meelevend gekeken, maar zich intussen afgevraagd of ze niet stiekem door het wc-raampje naar buiten kon kruipen. Omkomen in een berg sneeuw was vast zo erg niet.

En nu had Clara het weer over haar man. Die bij haar weg was. Het was alsof ze in haar ondergoed liep te paraderen. Alsof ze zich blootgaf. Wat onooglijk, onbehoorlijk en onnodig was. Constance wilde naar huis.

Ze hoorde 'fuck, fuck, fuck' uit de woonkamer komen en het kon haar niets meer schelen of het de dichteres was of de eend.

Clara liep langs een schildersezel. Op het doek was het spookachtige silhouet te zien van wat een man zou kunnen worden. Zonder veel enthousiasme liep Constance achter Clara aan naar de andere kant van het atelier, waar Clara een lamp aanknipte en daarmee een schilderijtje verlichtte.

Het was niet erg interessant, nietszeggend eigenlijk.

'Ik zou jou ook graag willen schilderen, als je het goed vindt,' had Clara gezegd zonder haar gast aan te kijken.

Constance zette haar stekels op. Had Clara haar herkend? Wist ze wie ze was?

'Liever niet,' had ze resoluut geantwoord.

'Goed,' had Clara gezegd. 'Ik weet niet of ik zelf wel geschilderd zou willen worden.'

'Waarom niet?'

'Ik zou bang zijn voor wat iemand zou kunnen zien.'

Clara had geglimlacht en was weer naar de deur gelopen. Constance was haar gevolgd, maar niet voordat ze nog even naar het schilderijtje had gekeken. Het was een portret van Ruth Zardo, die inmiddels lag te snurken op Clara's bank. Op het schilderij hield de oude dichteres een blauwe sjaal om haar hals vast. Haar handen waren klauwachtig en smal. De aderen en pezen in haar hals waren zichtbaar onder de huid, die zo doorzichtig was als cellofaan.

Clara had Ruths verbittering, eenzaamheid en woede vastgelegd. Constance kon haar ogen bijna niet van het portret afhouden.

Bij de deur van het atelier keek ze nog eens om. Haar zicht was niet zo scherp meer, maar dat hoefde ook niet, ze kon heel goed zien wat Clara had vastgelegd. Ruth, maar ook iemand anders. Een beeld dat Constance zich herinnerde uit de tijd dat ze als kind vaak op haar knieën zat.

Het was de gekke oude dichteres, maar ook de Maagd Maria. De moeder van God. Vergeten, verontwaardigd, in de steek gelaten. Een woedende blik werpend op de wereld die zich niet herinnerde wat zij haar gegeven had.

Constance was blij dat ze Clara geen toestemming had gegeven om haar te schilderen. Als ze de moeder van God zo zag, wat zou Clara dan in haar zien?

Later die avond was Constance schijnbaar doelloos naar de deur van het atelier teruggelopen.

De lamp bescheen nog steeds het portret, en zelfs vanaf de deur kon Constance zien dat haar gastvrouw niet alleen de gestoorde Ruth had geschilderd. Of alleen de vergeten en verbitterde Maria. De oudere vrouw staarde voor zich uit, naar een donkere en eenzame toekomst. Maar daar... Daar was nog iets anders. Iets wat nu ook zichtbaar werd.

Clara had wanhoop vastgelegd, maar ook hoop.

Constance had haar koffiekopje gepakt en was teruggegaan naar Ruth en Rosa, Clara en Myrna. Ze had naar hen zitten luisteren. En ze was langzaam beginnen te begrijpen dat je kon zíén wie iemand was. Het was meer dan weten hoe iemand heette.

Dat was vier dagen geleden.

Nu waren haar spullen gepakt en was ze klaar voor vertrek. Nog één kopje thee in de bistro en dan zou ze gaan.

'Ga nog niet weg.'

Myrna had het zachtjes gezegd.

'Ik moet echt gaan.'

Constance verbrak het oogcontact. Dit was haar te intiem. Ze keek uit het raam naar het met sneeuw bedekte dorp. De zon ging onder en er verschenen kerstlichtjes in de huizen en de bomen.

'Mag ik terugkomen? Met Kerstmis?'

Er volgde een lange stilte. Al Constances angsten staken de kop weer op en kwamen tevoorschijn. Ze sloeg haar ogen neer en keek naar haar handen, die netjes gevouwen in haar schoot lagen.

Ze had zich blootgegeven. Ze hadden haar zover gekregen dat ze meende dat ze hier veilig was, dat ze haar mochten, dat ze welkom was.

Toen voelde ze een grote hand op de hare. Ze keek op.

'Dat zou ik heerlijk vinden,' zei Myrna, en ze glimlachte. 'Dat zou gezellig zijn.'

'Gezellig?' vroeg Gabri, die op de bank neerplofte.

'Constance komt met Kerstmis weer.'

'Fantastisch. Dan kun je naar onze opvoering op kerstavond komen. We zingen alle favoriete kerstliedjes: "Stille nacht", "The First Noel"...'

'"The Twelve Gays of Christmas",' zei Clara.

'"It Came Upon a Midnight Queer",' zei Myrna.

'De klassiekers,' zei Gabri. 'Hoewel we voor dit jaar een nieuw lied aan het instuderen zijn.'

'Toch niet "O Holy Night",' hoop ik, zei Constance. 'Ik weet niet of ik dat wel aankan.'

Gabri lachte. 'Nee, "The Huron Carol", ken je die? Een traditioneel kerstlied uit Québec.' Hij zong de eerste paar noten.

'Dat vind ik prachtig,' zei ze. 'Maar dat zingt niemand meer.'

Hoewel het haar niet had moeten verbazen dat ze hier nog iets zou aantreffen wat de buitenwereld vrijwel vergeten was.

Constance zei iedereen gedag en onder luid geroep van '*à bientôt*' liepen Myrna en zij naar haar auto.

Constance startte de motor om hem op te warmen. Het werd langzamerhand te donker om nog te kunnen ijshockeyen en de kinderen verlieten de ijsbaan – wankelend op hun schaatsen door de sneeuw en leunend op hun ijshockeystick om hun evenwicht te bewaren.

Het was nu of nooit, wist Constance.

'Dat deden wij ook,' zei ze, en Myrna volgde haar blik.

'IJshockeyen?'

Constance knikte. 'We hadden ons eigen team. Vader was onze coach, moeder moedigde ons aan. Het was de favoriete sport van *frère* André.'

Ze keek Myrna aan. Zo, dacht ze. Het schandelijke geheim was eindelijk onthuld. Wanneer ze terugkwam, zou Myrna heel veel vragen hebben. En Constance wist eindelijk dat ze die zou beantwoorden.

Myrna keek haar vriendin na en dacht verder niet meer aan wat ze had gezegd.

3

'Denk goed na,' zei Armand Gamache. Zijn toon was bijna neutraal. Bijna. Maar de blik in zijn diepbruine ogen liet er geen enkele twijfel over bestaan hoe serieus hij was.

Het was een harde, kille blik. Een ontoegeeflijke.

Hij keek de agenten over zijn leesbril heen aan en wachtte af.

Het werd stil in de zaal. Het geschuif met papieren en het zachte, schaamteloze gefluister hielden op. Er werden zelfs geen geamuseerde blikken meer gewisseld.

Iedereen richtte zijn aandacht op hoofdinspecteur Gamache.

Inspecteur Isabelle Lacoste, die naast hem zat, keek van de hoofdinspecteur naar de aanwezige agenten en inspecteurs in de zaal. Het was de wekelijkse bijeenkomst van de afdeling Moordzaken van de Sûreté du Québec, bedoeld om ideeën en informatie over lopende zaken uit te wisselen. Vroeger werd er samengewerkt, tegenwoordig was het een uur waar ze tegen opzag.

En als zij er zo over dacht, hoe zou de hoofdinspecteur er dan over denken?

Het was tegenwoordig moeilijk in te schatten.

Isabelle Lacoste kende hem beter dan alle anderen in de zaal. Ze realiseerde zich verbaasd dat zij het langst met hem samenwerkte. De rest van de oude garde was overgeplaatst; op eigen verzoek of op bevel van hoofdcommissaris Francoeur.

En zij hadden dit stelletje ervoor teruggekregen.

De meest succesvolle afdeling Moordzaken van het land was uitgehold en de goede mensen waren vervangen door luie, onbeschofte, incompetente schurken. Of waren ze niet incompetent? Als inspecteurs Moordzaken in elk geval wel, maar was dat hun werk?

Natuurlijk niet. Zij wist net als hoofdinspecteur Gamache, vermoedde ze, waarom deze mannen en vrouwen daar eigenlijk zaten. Niet om moorden op te lossen.

Desondanks wist hoofdinspecteur Gamache het bevel over hen te voeren. Nog net. Het evenwicht was wankel, voelde inspecteur Lacoste. Er werden dagelijks nieuwe agenten binnengehaald. Ze zag hen veelbetekenende lachjes uitwisselen.

Inspecteur Lacoste voelde zich nijdig worden.

De gekte van de massa. De gekte was hun afdeling binnengeslopen, en elke dag moest hoofdinspecteur Gamache die beteugelen en de touwtjes in handen zien te houden. Maar zelfs die ontglipten hem. Hoe lang zou hij het nog kunnen volhouden voordat hij zijn greep op de afdeling volledig zou verliezen?

Inspecteur Lacoste had veel angsten, waarvan de meeste te maken hadden met haar zoontje en haar dochter. Ze was bang dat hun iets zou overkomen, hoewel ze wist dat die angst grotendeels irrationeel was.

Maar de angst voor wat er zou gebeuren als de hoofdinspecteur de zaak uit de hand zou laten lopen, was niet irrationeel.

Ze ving de blik van een van de oudere agenten, die onderuitgezakt met zijn armen over elkaar op zijn stoel zat. Blijkbaar verveelde hij zich. Inspecteur Lacoste keek hem doordringend aan, waarop hij zijn ogen neersloeg en rood aanliep.

Hij schaamde zich. En terecht.

Terwijl ze hem streng bleef aankijken, haalde hij zijn armen van elkaar en ging rechtop zitten.

Ze knikte. Een kleine en ongetwijfeld tijdelijke overwinning, maar zelfs die telden tegenwoordig.

Inspecteur Lacoste richtte haar blik weer op Gamache. Zijn grote handen lagen gevouwen op tafel, op het weekrapport. Ernaast lag een pen, ongebruikt. Zijn rechterhand trilde een beetje, en ze hoopte dat niemand anders dat zou zien.

Hij was gladgeschoren en zag eruit als de man die hij was: een man van achter in de vijftig. Misschien niet knap, maar wel gedistingeerd. Eerder een professor dan een politieman, eerder een verkenner dan een jager. Hij rook naar sandelhout en een vleugje rozen, en hij droeg elke dag een jasje met das naar zijn werk.

Zijn donkere, ietwat grijzende haar was netjes geknipt en krulde een beetje rond zijn oren en bij zijn slapen. Zijn gezicht was gerimpeld; van ouderdom, zorgen en plezier. Hoewel zijn lachrimpeltjes de laatste tijd niet zo vaak geoefend werden. En hij had een litteken op zijn linkerslaap, dat nooit meer zou verdwijnen. Een aandenken aan een gebeurtenis die ze geen van beiden ooit zouden vergeten.

Gamache was flink van postuur en één meter tachtig lang. Niet bepaald gespierd, maar ook niet dik. Hij was stevig.

Solide, dacht inspecteur Lacoste. Als het vasteland. Als een landtong die de golven van een grote oceaan te verduren heeft. Leidde het inmiddels nietaflatende gebeuk tot diepere rimpels, tot scheuren? Begonnen er barsten te ontstaan?

Hoofdinspecteur Gamache vertoonde nu geen enkel teken van erosie. Hij keek de agent die ongeïnteresseerd had zitten kijken indringend aan en inspecteur Lacoste voelde ongewild een tikje medeleven met de man. De nieuwe agent had het vasteland verward met een zandbank, en nu besefte hij te laat met wie hij te maken had.

Ze zag zijn onbeschaamdheid veranderen in ongerustheid en daarna in ontsteltenis. Hij wendde zich tot zijn vrienden in de hoop dat ze hem zouden steunen, maar als een roedel hyena's trokken ze zich terug. Ze leken er zelfs vol spanning naar uit te kijken hoe hij aan stukken zou worden gereten.

Inspecteur Lacoste had zich tot dat moment niet gerealiseerd hoezeer de roedel bereid was zich tegen iemand uit de eigen groep te keren, of in elk geval om hulp te weigeren.

Ze keek naar Gamache, die zijn strakke blik op de agent gericht hield, waardoor die zich ongemakkelijk voelde. Ze wist wat hij deed. Hij stelde hen op de proef. Stelde hun loyaliteit op de proef. Hij had één persoon afgezonderd van de roedel en wachtte af of de rest hem zou helpen.

Maar dat deden ze niet.

Isabelle Lacoste ontspande zich een beetje. Hoofdinspecteur Gamache had ze nog steeds onder de duim.

Gamache bleef naar de agent kijken en nu begonnen de anderen zich ook ongemakkelijk te voelen. Een van hen stond zelfs op en zei nors: 'Ik heb werk te doen.'

'Ga zitten,' zei de hoofdinspecteur zonder de man aan te kijken. De agent liet zich snel weer op zijn stoel zakken.

Gamache wachtte. En wachtte.

'*Désolé, patron*,' zei de man uiteindelijk. 'Ik heb die verdachte nog niet ondervraagd.'

De woorden gleden over de tafel. Het was een beroerde bekentenis. Ze hadden deze agent allemaal horen liegen over het verhoor, en nu wachtten ze gespannen af wat de hoofdinspecteur ging doen. Ze wachtten tot hij de man de grond in zou boren.

'Na de vergadering hebben we het er nog over,' zei Gamache.

'Ja, inspecteur.'

De anderen reageerden meteen.

Er werd pesterig geglimlacht. Nadat de hoofdinspecteur had laten zien wie de baas was, bespeurden ze nu iets van zwakheid. Als hij de agent de grond in had geboord, zouden ze hem gerespecteerd hebben, zouden ze bang voor hem zijn geweest. Maar nu roken ze bloed.

Isabelle Lacoste dacht: goeie god, zelfs ik zou willen dat de hoofdinspecteur deze agent had vernederd, te schande had gemaakt; dat hij hem publiekelijk aan het kruis had genageld als waarschuwing voor alle anderen die hoofdinspecteur Gamache zouden tegenwerken.

Tot hier en niet verder.

Maar Isabelle Lacoste werkte lang genoeg bij de Sûreté om te weten dat het makkelijker was om iets te roepen dan om iets zinnigs te zeggen. Makkelijker om te schreeuwen dan om redelijk te zijn. Dat het makkelijker was om iemand te vernederen, te kleineren en misbruik te maken van je macht dan om waardig en beleefd te blijven, zelfs tegen mensen die dat zelf niet waren.

Ze wist dat er voor vriendelijkheid meer moed nodig was dan voor wreedheid.

Maar de tijden waren veranderd. De Sûreté was veranderd. Er heerste een sfeer waarin wreedheid werd beloond. Werd gestimuleerd.

Hoofdinspecteur Gamache wist dat, maar toch had hij zojuist zijn nek uitgestoken. Met opzet? vroeg inspecteur Lacoste zich af. Of was hij werkelijk zwakker geworden?

Ze wist het niet meer.

Wat ze wel wist, was dat de hoofdinspecteur zijn afdeling het afgelopen half jaar uitgehold had zien worden, slecht had zien worden. Zijn werk was gedegradeerd. Hij had de mensen die hem trouw waren zien vertrekken of zich tegen hem zien keren.

Aanvankelijk had hij zich verzet, maar zijn verzet was keer op keer gebroken. Regelmatig had ze hem na een ruzie met hoofdcommissaris Francoeur verslagen naar zijn kantoor zien terugkeren. En nu, leek het, had hij nog maar weinig vechtlust over.

'Volgende,' zei Gamache.

En zo ging het een uur lang door. Iedere agent stelde zijn geduld op de proef, maar het vasteland hield stand. Het vertoonde geen enkel teken van erosie, de hoofdinspecteur leek onaangetast. Eindelijk was de bijeenkomst voorbij en stond Gamache op. Inspecteur Lacoste volgde zijn voorbeeld, en na enige twijfel kwam eerst één en toen de rest van de agenten van hun stoel.

Hoofdinspecteur Gamache bleef even bij de deur staan en keek naar de agent die gelogen had. Het was slechts een blik, maar het was genoeg. De agent volgde Gamache naar zijn kantoor. Toen de deur dichtging, ving inspecteur Lacoste een glimp op van Gamaches gezicht.

Hij zag er uitgeput uit.

'Ga zitten.' Gamache wees naar een stoel en ging zelf op de draaistoel achter zijn bureau zitten. De agent probeerde even stoer te doen, maar onder de strenge blik van Gamache gaf hij het al snel op.

Toen hij het woord nam, klonk Gamache gezaghebbend.

'Ben je tevreden hier?'

De agent was verrast door die vraag. 'Eh, ja.'

'Dat kan beter. Het is een eenvoudige vraag. Ben je tevreden hier?'

'Ik heb geen keus, ik kan nergens anders heen.'

'Je hebt wel degelijk een keus. Je zou ontslag kunnen nemen, je bent geen contractarbeider. En ik vermoed dat je ook niet zo dom bent als je je voordoet.'

'Ik doe niet alsof ik dom ben.'

'Nee? Hoe zou je "nalaten om een hoofdverdachte in een moordzaak te verhoren" dan noemen? Hoe zou je "daarover liegen tegen iemand van wie je kunt weten dat hij erdoorheen prikt" noemen?'

Het was duidelijk dat de agent niet verwacht had dat de hoofdinspecteur dat zou ontdekken. En het was al helemaal niet bij hem opgekomen dat hij bij hem op kantoor zou kunnen belanden en op het punt zou komen te staan om ontslagen te worden.

Maar bovenal had hij niet verwacht dat hoofdinspecteur Gamache in plaats van naar hem uit te halen en hem de grond in te stampen, hem alleen maar met een bedachtzame blik zou aankijken.

'Dat zou ik dom noemen,' gaf de agent toe.

Gamache bleef hem aankijken. 'Het kan me niet schelen hoe je over mij denkt, of over je taak hier. Je bent hier inderdaad niet omdat je dat wilde, of omdat ik dat wilde. Je bent niet gespecialiseerd in moordzaken. Maar je bent wel een agent van de Sûreté du Québec, een van de beste politiekorpsen ter wereld.'

De agent grijnsde, maar toen veranderde zijn uitdrukking in die van lichte verrassing.

De hoofdinspecteur had geen grapje gemaakt. Hij geloofde er echt in. Hij was werkelijk van mening dat de Sûreté du Québec een van de beste politiekorpsen ter wereld was. Een golfbreker tussen de burgers en hen die hun kwaad wilden doen.

'Ik heb vernomen dat je van de afdeling Ernstige Delicten komt.'

De agent knikte.

'Je hebt ongetwijfeld afschuwelijke dingen meegemaakt.'

De agent verroerde geen vin.

'Het is moeilijk om niet cynisch te worden,' zei de hoofdinspecteur zacht. 'Hier houden we ons maar met één ding bezig, en dat heeft zo zijn voordelen. We worden specialisten. Het nadeel is wáár we ons mee bezighouden. De dood. Steeds als de telefoon gaat, is het omdat iemand het leven heeft gelaten. Soms door een ongeluk, soms door zelfmoord. Soms is er sprake van een natuurlijke dood. Maar meestal gaat het om een zeer ónnatuurlijke dood. En dan komen wij in actie.'

De agent keek Gamache diep in de ogen en meende, heel even maar, al die mensen te zien die een verschrikkelijke dood waren gestorven, al die doden die zich dag en nacht, jarenlang hadden opgestapeld. Oude en jonge mensen, kinderen. Vaders, moeders, zoons en dochters. Gedood. Vermoord. Van het leven beroofd. En hun lichamen waren aan de voeten van deze man gelegd.

Het leek of de dood bij hen aan tafel was komen zitten, waardoor de lucht bedompt en benauwd werd.

'Weet je wat ik in de afgelopen drie decennia heb geleerd van de dood?' vroeg Gamache, waarbij hij zich naar de agent toe boog en zachter ging praten. 'Ik heb geleerd hoe waardevol het leven is.'

De agent keek hem aan in de verwachting dat hij zou uitweiden. Toen dat niet zo bleek te zijn, zakte hij terug op zijn stoel.

'Het werk dat je doet is niet onbelangrijk,' zei de hoofdinspecteur. 'Er wordt op je gerekend. Ik reken op je. Neem het alsjeblieft serieus.'

'Ja, inspecteur.'

Gamache stond op en de agent ging ook staan. De hoofdinspecteur vergezelde de man naar de deur en knikte toen hij vertrok.

Iedereen op de afdeling Moordzaken had zitten toekijken, in afwachting van een explosie. Ze hadden verwacht dat hoofdinspecteur Gamache de vloer zou aanvegen met de onbeschaamde agent. Zelfs inspecteur Lacoste had er hoopvol op gewacht.

Maar er was niets gebeurd.

De andere agenten wisselden blikken en deden geen moeite meer hun tevredenheid te verbergen. De legendarische hoofdinspecteur Armand Gamache was dus inderdaad een marionet. Nog niet helemaal op de knieën, maar bijna.

Toen inspecteur Lacoste aanklopte, zat Gamache te lezen. Hij keek op.

'Mag ik binnenkomen, *patron*?' vroeg ze.

'Natuurlijk.' Hij stond op en bood haar een stoel aan.

Inspecteur Lacoste deed de deur dicht, omdat ze wist dat sommige, zo niet alle agenten op de afdeling nog zaten te kijken. Maar het kon haar niet schelen. Ze konden oprotten.

'Ze wilden dat u hem met de grond gelijk zou maken.'

De hoofdinspecteur knikte. 'Dat weet ik.' Hij keek haar aandachtig aan. 'En jij, Isabelle?'

Ze zuchtte. Het had geen enkele zin om tegen hem te liegen.

'Ergens wilde ik dat ook wel, maar dan om andere redenen.'

'Welke redenen?'

Ze draaide haar hoofd met een ruk in de richting van de agenten. 'Zodat ze hadden kunnen zien dat er met u niet te sollen valt. Ze snappen alleen bruutheid.'

Gamache dacht even na en knikte toen. 'Je hebt natuurlijk gelijk. En ik moet toegeven dat de verleiding groot was.' Hij glimlachte naar haar. Het had even geduurd voordat hij eraan gewend was Isabelle Lacoste tegenover zich te hebben in plaats van Jean-Guy Beauvoir.

'Ik ben ervan overtuigd dat die jongeman ooit in zijn werk geloofde,' zei Gamache terwijl hij door het raam de agent de telefoon zag pakken. 'Ik denk dat ze allemaal in hun werk geloofden. Ik denk echt dat de meeste agenten voor de Sûreté zijn gaan werken omdat ze wilden helpen.'

'Om te "dienen" en "beschermen"?' vroeg inspecteur Lacoste met een glimlachje.

'Dienstbaarheid, Integriteit, Rechtvaardigheid,' citeerde hij het motto van de Sûreté. 'Ouderwets, ik weet het.' Hij stak zijn handen omhoog alsof hij zich overgaf.

'Wat is er veranderd?' vroeg inspecteur Lacoste.

'Waarom worden fatsoenlijke jonge mannen en vrouwen ruw en nors? Waarom dromen soldaten ervan om een held te worden, maar mishandelen ze uiteindelijk gevangenen en schieten ze onschuldige burgers neer? Waarom worden politici corrupt? Waarom slaan politiemensen verdachten bewusteloos en overtreden ze de wetten die ze aanvankelijk probeerden te handhaven?

De agent die Gamache even tevoren had toegesproken was aan het telefoneren. Ondanks de schimpscheuten van de andere agenten deed hij wat Gamache hem had gevraagd.

'Omdat ze dat ongestraft kunnen doen?'

'Omdat iedereen het doet,' zei Gamache, en hij boog zich naar haar toe. 'Corruptie en bruutheid zijn overal. Het wordt van je verwacht en het wordt beloond. Het wordt normaal. En mensen die daartegen in het verweer komen, die zeggen dat het niet goed is, worden afgebekt. Of nog erger.' Gamache schudde zijn hoofd. 'Nee, ik kan het die jonge agenten niet kwalijk nemen dat ze het spoor bijster raken. Er zijn er maar weinig die dat niet overkomt.'

De hoofdinspecteur keek haar aan en glimlachte.

'Dus je wilt weten waarom ik niet tegen hem ben uitgevaren, hoewel ik dat wel had kunnen doen? Daarom. Maar voordat je denkt dat het heldhaftig van me was; dat was het niet. Het was egoïstisch. Ik moest mezelf bewijzen dat ik nog niet zó diep gezonken was. Ik moet toegeven dat het verleidelijk is.'

'Om u bij hoofdcommissaris Francoeur aan te sluiten?' vroeg inspecteur Lacoste.

'Nee, om als reactie mijn eigen puinhoop te creëren.'

Hij keek haar aan en leek af te wegen wat hij zou zeggen.

'Ik weet wat ik doe, Isabelle,' zei hij zacht. 'Geloof me.'

'Ik had daar niet aan moeten twijfelen.'

Isabelle Lacoste begreep hoe het rottingsproces op gang kwam. Niet van de ene dag op de andere, maar stapsgewijs. Door de twijfel ontstond een wondje, dat vervolgens geïnfecteerd raakte. Vragend. Kritisch. Cynisch. Wantrouwend.

Inspecteur Lacoste keek naar de agent die Gamache had toegesproken. Hij had de telefoon neergelegd en zat aantekeningen te maken op zijn computer, probeerde zijn werk te doen. Terwijl zijn collega's hem zaten te pesten en inspecteur Lacoste toekeek, hield de agent op met typen en draaide zich naar hen om. Hij glimlachte. Hij was weer een van hen.

Inspecteur Lacoste richtte haar aandacht weer op hoofdinspecteur Gamache. Ze kon zich niet voorstellen dat ze hem ooit zou afvallen. Maar als het al die andere agenten kon overkomen, die ooit hadden gedeugd, misschien kon het haar dan ook gebeuren. Misschien was het al gebeurd. Naarmate meer en meer agenten van Francoeur naar hun afdeling werden overgeplaatst, en Gamache meer en meer door hen werd uitgedaagd omdat ze hem zwak vonden, bekroop het haar misschien ook. Gewoon door de omgang met hen.

Misschien begon ze aan hem te twijfelen.

Een half jaar geleden had ze geen moment vraagtekens gezet bij de manier waarop de hoofdinspecteur een ondergeschikte tot de orde riep. Nu deed ze dat wel. Ze had zich afgevraagd of het toch niet een teken van zwakte was, wat ze gezien had – wat ze allemaal gezien hadden.

'Wat er ook gebeurt, Isabelle,' zei Gamache, 'je moet op jezelf vertrouwen. Begrijp je dat?'

Zijn blik was intens, alsof hij die woorden niet alleen tot haar hoofd, maar tot een veel dieper gelegen plekje wilde laten doordringen. Een veilig en geheim plekje.

Ze knikte.

Hij glimlachte en verbrak de spanning. '*Bon.* Kwam je daarvoor, of is er nog meer?'

Even wist ze niet meer wat ze hem kwam vertellen, maar door het Post-it-briefje in haar hand herinnerde ze het zich weer.

'Er is een paar minuten geleden gebeld, maar ik wilde u niet storen. Ik weet niet of het een persoonlijk telefoontje was of werkgerelateerd.'

Hij zette zijn bril op, las het briefje en fronste toen zijn wenkbrauwen.

'Ik weet het ook niet.' Gamache leunde naar achteren. Zijn jasje viel open en inspecteur Lacoste zag de Glock in de holster aan zijn riem. Ze kon er maar niet aan wennen. De hoofdinspecteur had een hekel aan wapens.

Mattheus 10:36.

Het was een van de eerste dingen die ze had geleerd toen ze voor Moordzaken ging werken. Ze zag inspecteur Gamache nog zitten, op dezelfde plek als waar hij nu zat.

'Mattheus 10:36,' had hij gezegd. '"En zij zullen des mensen vijanden worden, die zijn huisgenoten zijn." Vergeet dat nooit, inspecteur Lacoste.'

Ze was ervan uitgegaan dat hij bedoelde dat je bij een moordzaak je onderzoek moest beginnen in het gezin. Maar nu wist ze dat het veel meer betekende. Hoofdinspecteur Gamache droeg een wapen. Op het hoofdkwartier van de Sûreté, zijn thuis.

Gamache pakte het Post-it-briefje van zijn bureau. 'Zin in een ritje? We kunnen er vóór de lunch zijn.'

Inspecteur Lacoste was verbaasd, maar hij hoefde het haar geen twee keer te vragen.

'Maar wie heeft hier dan de leiding?' vroeg ze terwijl ze haar jas pakte.

'Wie heeft er nu de leiding?'

'U natuurlijk, *patron*.'

'Wat aardig dat je dat zegt, maar we weten allebei dat het niet zo is. Ik hoop alleen dat we geen lucifers hebben laten slingeren.'

Terwijl de deur achter hen dichtging, hoorde Gamache de agent die hij gesproken had tegen de anderen zeggen: 'Ik heb geleerd hoe waardevol het leven is.'

Hij deed met een hoog, kinderlijk stemmetje de hoofdinspecteur na. Maakte hem belachelijk.

De hoofdinspecteur liep door de lange gang naar de lift en glimlachte.

In de lift keken ze naar de cijfers: 15, 14...

Een persoon stapte uit en ze waren alleen.

... 13, 12, 11...

Inspecteur Lacoste wilde hem een vraag stellen waar niemand anders het antwoord op mocht horen.

Ze keek naar de hoofdinspecteur, die naar de cijfers keek. Ontspannen. Maar ze kende hem goed genoeg om de nieuwe, diepere rimpeltjes op te merken. De donkere wallen onder zijn ogen.

Ja, dacht ze. Wegwezen hier. De brug over, het eiland af. Zo ver mogelijk hiervandaan.

... 8, 7, 6...

'*Patron*?'

'*Oui?*'

Hij keek haar aan en weer zag ze de vermoeidheid die op onbewaakte ogenblikken opdook. Plotseling durfde ze niet meer te vragen wat er was gebeurd met Jean-Guy Beauvoir, zijn rechterhand voordat zij dat werd. Haar mentor. De protegé van Gamache. En meer zelfs.

Vijftien jaar lang waren Gamache en Beauvoir een geweldig team geweest. Jean-Guy Beauvoir was twintig jaar jonger dan de hoofdinspecteur, en hij werd klaargestoomd om zijn plaats in te nemen.

Totdat inspecteur Beauvoir na een zaak in een afgelegen abdij een paar maanden geleden plotseling was overgeplaatst naar de afdeling van hoofdcommissaris Francoeur.

Het was een puinhoop geweest.

Inspecteur Lacoste had geprobeerd aan Beauvoir te vragen wat er gebeurd was, maar de inspecteur wilde niets te maken hebben met mensen van Moordzaken, en de hoofdinspecteur had een bevel uitgevaardigd. Niemand van Moordzaken mocht omgaan met Jean-Guy Beauvoir.

Hij moest gemeden worden. Verdwijnen. Onzichtbaar worden gemaakt.

Niet alleen persona non grata, maar *persona non exista*.

Isabelle Lacoste kon het nauwelijks geloven. En het verstrijken van de tijd had dat er niet overtuigender op gemaakt.

... 3, 2...

Dat wilde ze vragen.

Was het waar?

Ze vroeg zich af of het een list was, een manier om Beauvoir in het kamp van Francoeur te krijgen. Om te achterhalen waar de hoofdcommissaris mee bezig was.

Gamache en Beauvoir waren vast nog bondgenoten in dit gevaarlijke spel.

Maar naarmate de maanden verstreken was Beauvoir zich steeds grilliger gaan gedragen en was Gamache steeds resoluter geworden. De kloof tussen hen was veranderd in een ravijn. En nu leken ze in twee verschillende werelden te leven.

Terwijl ze achter Gamache aan naar zijn auto liep, besefte inspecteur Lacoste dat ze de vraag niet had ingeslikt om zíjn gevoelens te sparen, maar die van haarzelf. Ze wilde het antwoord niet horen. Ze wilde geloven dat Beauvoir trouw was gebleven aan Gamache en dat Gamache daardoor de hoop had om datgene wat Francoeur van plan was te voorkomen.

'Rij jij?' vroeg Gamache terwijl hij haar de sleutels voorhield.

'Graag.'

Ze reed door de Ville-Marietunnel naar de Champlainbrug. Gamache zat zwijgend naar de half bevroren Sint-Lawrence in de diepte te kijken. Toen ze het hoogste punt van de brug naderden, kwam het verkeer bijna tot stilstand. Inspecteur Lacoste, die in het algemeen geen last van hoogtevrees had, werd er misselijk van. Over de brug rijden was één ding, maar om op een paar centimeter afstand van de lage reling – en de diepte – tot stilstand te worden gebracht was wel even wat anders.

Ver onder hen zag ze ijsschotsen in de koude stroom tegen elkaar botsen. De dikke ijsbrij gleed als modder onder de brug door.

Hoofdinspecteur Gamache, die naast haar zat, hapte naar lucht, ademde toen langzaam uit en verschoof onrustig op zijn stoel. Ze herinnerde zich dat hij wél hoogtevrees had. Inspecteur Lacoste zag dat hij zijn handen dichtkneep, ze openvouwde en toen weer tot vuisten balde. Steeds opnieuw.

'Ik zou graag iets over inspecteur Beauvoir willen vragen,' hoorde ze zichzelf zeggen. Het voelde een beetje alsof ze van de brug af sprong.

Hij keek alsof ze hem geslagen had. Wat, realiseerde ze zich, ook haar doel was geweest. Om hem te slaan. Om de rusteloze gedachten in zijn hoofd een halt toe te roepen.

Ze kon hoofdinspecteur Gamache natuurlijk niet fysiek slaan. Maar emotioneel wel. En dat had ze gedaan.

'Ja?' Hij keek haar aan, maar noch zijn toon, noch zijn uitdrukking waren bemoedigend.

'Wilt u me vertellen wat er gebeurd is?'

De auto voor hen reed een paar meter verder en remde toen. Ze waren bijna op het hoogste punt van de brug.

'Nee.'

Hij had haar teruggeslagen. En ze voelde de pijn.

Ze zaten een paar minuten in een ongemakkelijke stilte naast elkaar, maar het viel inspecteur Lacoste op dat Gamache geen vuisten meer maakte. Nu keek hij alleen maar uit het raam, en ze vroeg zich af of ze hem te hard had geraakt.

Op dat moment veranderde zijn uitdrukking, en inspecteur Lacoste besefte dat hij niet meer naar het donkere water van de Sint-Lawrence zat te kijken, maar naar de zijkant van de brug. Ze waren op het hoogste punt aangekomen en konden nu zien wat de oorzaak van de vertraging was. De rechterrijstrook werd geblokkeerd door politieauto's en een ambulance, die onder aan de brug op de zuidoever stonden.

Er werd een afgedekt lijk, vastgebonden aan een metalen mand, de oever op gehesen. Inspecteur Lacoste sloeg een kruis, meer uit gewoonte dan uit de overtuiging dat het enig verschil zou maken voor de dode of de levenden.

Gamache sloeg geen kruis. Hij keek strak voor zich uit.

Het lijk was gevonden bij de zuidoever van Montréal. En dat was niet hun terrein, dus het was ook niet hun lijk. De Sûreté du Québec was werkzaam in heel Québec, behalve in de steden die een eigen korps hadden. Er bleef nog genoeg territorium voor hen over, en genoeg lijken.

Bovendien wisten Gamache en Lacoste dat deze arme ziel waarschijnlijk zelfmoord had gepleegd. Tot wanhoop gedreven door het naderen van de feestdagen.

Terwijl ze langs het lijk reden, dat als een pasgeboren baby in dekens was gewikkeld, vroeg Gamache zich af hoe vreselijk het leven moest zijn op het moment dat het koude, grijze water van de rivier een beter alternatief leek.

Even later waren ze er voorbij. De verkeersopstopping loste zich op en ze reden over de snelweg, weg van de brug. Weg van het lijk. Weg van het hoofdkwartier van de Sûreté. Naar het dorp Three Pines.

4

Het belletje boven de deur rinkelde toen Gamache de boekwinkel binnenstapte. Hij schopte met zijn laarzen tegen de deurpost in de hoop er wat sneeuw af te krijgen.

Toen ze vanuit Montréal vertrokken, had het zacht gesneeuwd, alleen wat sneeuwvlagen, maar naarmate ze hoger in de bergen ten zuiden van de stad kwamen, was de sneeuwval steeds heviger geworden. Hij hoorde gestamp achter zich toen Isabelle Lacoste haar laarzen afklopte en achter hem aan naar binnen kwam.

Zelfs als de hoofdinspecteur geblinddoekt was geweest, had hij het vertrouwde winkeltje kunnen beschrijven. Langs de wanden stonden kasten vol hardbacks en paperbacks. Romans en biografieën, sciencefiction en nonfictie, crime en religie, kookboeken en poëzie. Een kamer vol gedachten, gevoelens, creatie en verlangens. Nieuw en tweedehands.

Op de houten vloer lagen versleten oosterse tapijten, waardoor je het gevoel kreeg dat je in de vaak bezochte bibliotheek van een oud landhuis was.

Er hing een vrolijke kerstkrans aan de deur van Myrna's New and Used Bookstore en er stond een kerstboom in een hoek. Er lagen pakjes onder en er hing een lichte, zoetige dennengeur.

Midden in de winkel stond een gietijzeren houtkachel, waar een ketel op stond te pruttelen. Aan weerszijden ervan stonden twee leunstoelen.

De winkel van Myrna was nog precies zoals hij was geweest toen Gamache er jaren geleden voor het eerst binnenstapte. Zelfs de ouderwetse beschermhoezen met bloemetjesmotief over de bank en de gemakkelijke stoelen in de erker waren er nog. Naast een van de ingezakte stoelen lag een stapel boeken, en op de salontafel lagen oude exemplaren van *The New Yorker* en de *National Geographic.*

Zo, dacht Gamache, zou een zucht van verlichting eruit kunnen zien.

'*Bonjour?*' riep hij. Hij wachtte, maar er kwam geen antwoord.

Achter in de boekwinkel was een trap die naar Myrna's appartement boven leidde. Net toen hij naar boven wilde roepen, ontdekte inspecteur Lacoste een briefje bij de kassa.

Ben over 10 minuten terug. Leg het geld op de toonbank als je iets koopt. (Ruth, ik heb het tegen jou.)

Het was niet ondertekend. Dat was niet nodig. Maar er stond wel een tijd boven: 11.55 uur.

Inspecteur Lacoste keek op haar horloge terwijl Gamache zijn blik op de grote klok achter de toonbank richtte. Het was op een paar seconden na twaalf uur.

Ze liepen tussen de kasten door en keken een paar minuten rond. Er stonden evenveel Franstalige als Engelstalige boeken. Sommige waren nieuw, maar de meeste tweedehands. Gamache raakte verdiept in de titels en pakte uiteindelijk een beduimeld boek over de geschiedenis van de kat. Hij trok zijn dikke jas uit en schonk voor inspecteur Lacoste en zichzelf een beker thee in.

'Suiker, melk?' vroeg hij.

'Van allebei een beetje, *s'il vous plaît*,' antwoordde ze vanaf de andere kant van de winkel.

Hij ging bij de houtkachel zitten en sloeg het boek open. Inspecteur Lacoste kwam in de andere leunstoel zitten en nam kleine slokjes van haar thee.

'Denkt u erover er een te nemen?'

'Een kat?' Hij keek naar het omslag van het boek. '*Non*. Zora en Florence willen graag een huisdier, vooral na hun laatste bezoek. Ze zijn gevallen voor Henri's charme en nu willen ze ook een herdershond.'

'In Parijs?' vroeg inspecteur Lacoste enigszins geamuseerd.

'Ja. Ik geloof niet dat ze beseffen dat ze in Parijs wonen,' zei Gamache lachend, denkend aan zijn kleindochters. 'Maar Reine-Marie vertelde me gisteravond dat Daniel en Roslyn overwegen om een kat te nemen.'

'Is madame Gamache in Parijs?'

'Voor de kerst. Ik ga volgende week ook naar ze toe.'

'U kijkt er vast naar uit.'

'*Oui*,' zei hij en hij richtte zijn aandacht weer op zijn boek. Om te verbergen hoe groot zijn verlangen is, dacht ze. En hoezeer hij zijn vrouw mist.

Gamache was in de verrassend boeiende geschiedenis van de cyperse kat verdiept toen hij plotseling een deur hoorde opengaan. Toen hij opkeek, zag hij Myrna binnenkomen door de deur die haar boekwinkel en de bistro verbond.

Ze had een kom soep en een sandwich in haar handen, maar ze bleef staan zodra ze hen zag. Haar glimlach was net zo zonnig als haar trui.

'Armand, ik had niet verwacht dat je hiernaartoe zou komen.'

Gamache was gaan staan, evenals inspecteur Lacoste. Myrna zette de kom op de toonbank en omhelsde hen allebei.

'We verstoren je lunch,' zei hij verontschuldigend.

'O, ik ben maar heel even weg geweest om eten te gaan halen, voor het geval je terug zou bellen.' Toen zweeg ze en keek ze hem met haar heldere ogen onderzoekend aan. 'Wat kom je doen? Is er iets gebeurd?'

Het stemde Gamache enigszins treurig dat zijn komst bijna altijd met bezorgdheid werd begroet.

'Nee hoor. Je hebt een berichtje achtergelaten en dit is onze reactie.'

Myrna lachte. 'Wat een service. Heb je niet aan bellen gedacht?'

Gamache wendde zich tot Lacoste. 'De telefoon. Waarom hebben we daar niet aan gedacht?'

'Ik heb geen vertrouwen in de telefoon,' zei inspecteur Lacoste. 'Dat is het werk van de duivel.'

'Dat vind ik nou van e-mail,' zei Gamache tegen Myrna. 'Je hebt ons gewoon een goed excuus gegeven om een paar uur de stad uit te gaan, en ik kom hier altijd graag.'

'Waar is inspecteur Beauvoir?' vroeg Myrna, en ze keek om zich heen. 'Is hij de auto aan het parkeren?'

'Hij is met een andere zaak bezig,' antwoordde de hoofdinspecteur.

'O,' zei Myrna, en Armand Gamache vroeg zich af wat ze concludeerde uit de stilte die viel.

'We moesten maar eens wat te eten voor jullie halen,' zei Myrna. 'Vinden jullie het goed om hier te eten? Meer privacy.'

Er werd een menukaart gehaald en even later hadden Gamache en Lacoste ook de *spécial du jour*: soep en een sandwich. Met z'n drieën gingen ze in de lichte erker zitten; inspecteur Gamache en inspecteur Lacoste op de bank en Myrna in de grote leunstoel, die haar vorm had aangenomen en eruitzag als een verlengstuk van de hartelijke vrouw.

Gamache roerde een schep room door zijn borscht en keek toe hoe het donkerrood van de soep met stukjes biet, kool en mals rundvlees zachtroze werd.

'Je bericht was wel een beetje vaag,' zei hij met een blik op Myrna, die tegenover hem zat.

Isabelle Lacoste had besloten om te beginnen met haar sandwich met gegrilde tomaat, basilicum en brie.

'Ik ga ervan uit dat dat met opzet was,' zei de hoofdinspecteur.

Hij kende Myrna al een paar jaar, sinds hij voor het eerst naar Three Pines was gekomen voor een moordzaak. Toen was ze verdachte geweest, maar nu beschouwde hij haar als een vriendin.

Soms werden de dingen er beter op. En soms ook niet.

Hij legde het gele velletje papier naast het mandje met stokbrood.

Sorry dat ik je stoor, maar ik heb je hulp nodig. Myrna Landers.

Daaronder stond haar telefoonnummer. Gamache had het nummer opzettelijk genegeerd; deels als excuus om het hoofdkwartier te kunnen verlaten, deels omdat Myrna nooit eerder om hulp had gevraagd. Het was misschien niets ernstigs, maar voor haar was het belangrijk. En zij was belangrijk voor hem.

Terwijl Myrna nadacht over wat ze zou zeggen, at hij van zijn borscht.

'Het is waarschijnlijk niets,' begon ze. Maar toen keek ze hem aan. 'Ik maak me zorgen,' gaf Myrna toe.

Gamache legde zijn lepel neer en vestigde al zijn aandacht op zijn vriendin.

Myrna keek uit het raam en hij volgde haar blik. Door de ruitjes zag hij Three Pines. Het dorp en de dennen. De drie hoge dennenbomen in het dorp staken overal bovenuit, en voor het eerst besefte hij dat ze als windscherm dienden en een groot deel van de wervelende sneeuw opvingen.

Maar desondanks was alles bedekt met een dikke witte laag. Niet de vuile brij van de stad; hier was de sneeuw bijna hagelwit en werd die alleen onderbroken door voetpaden en de sporen van sneeuwschoenen en langlaufski's.

Er schaatsten een paar volwassenen op de ijsbaan, die sneeuwschuivers voor zich uit duwden om de sneeuw te ruimen. Een paar kinderen stonden ongeduldig te wachten. Geen twee huizen rond het ondergelopen grasveld waren gelijk, en Gamache kende ze allemaal; van binnen en van buiten. Van feestjes en verhoren.

'Ik had vorige week een vriendin op bezoek,' vertelde Myrna. 'En ze zou gisteren terugkomen om hier Kerstmis te vieren. Ze belde eergisteravond op om te zeggen dat ze hier tegen lunchtijd zou zijn, maar ze is niet komen opdagen.'

Myrna koos kalm haar woorden. Weloverwogen. Ze was de ideale getuige, realiseerde Gamache zich. Niet te veel informatie. Geen eigen interpretatie. Ze vertelde alleen wat er gebeurd was.

Maar de hand waarmee ze haar lepel vasthield trilde een beetje, zodat er rode druppeltjes borscht op de houten tafel spatten. En haar ogen stonden smekend – niet om hulp, maar om geruststelling. Ze wilde horen dat ze zich zorgen maakte om niets.

'Zo'n vierentwintig uur, dus,' zei Isabelle Lacoste. Ze had haar sandwich neergelegd en was één en al aandacht.

'Dat is toch niet zo lang?' vroeg Myrna.

'Bij volwassenen maken we ons meestal de eerste twee dagen geen zorgen,' zei Gamache. 'Er wordt zelfs pas een officieel dossier geopend wanneer iemand achtenveertig uur vermist wordt.' Er leek een 'maar' te volgen en Myrna wachtte af. 'Maar als het ging om iemand om wie ik gaf, zou ik geen achtenveertig uur wachten met zoeken. Je hebt er goed aan gedaan.'

'Misschien is er niets aan de hand.'

'Misschien,' zei de hoofdinspecteur. Maar hoewel hij niet zei wat ze graag had willen horen, was zijn aanwezigheid op zich geruststellend. 'Je hebt haar natuurlijk gebeld.'

'Ik heb tot een uur of vier gewacht, en toen heb ik haar vaste nummer gebeld. Ze heeft geen mobieltje. Maar ik kreeg het antwoordapparaat. Daarna heb ik het nog heel vaak geprobeerd.' Myrna zweeg even. 'Om het uur, ongeveer.'

'Tot hoe laat?'

Myrna keek naar de klok. 'De laatste keer was vanmorgen om half twaalf.'

'Woont ze alleen?' vroeg Gamache. Zijn toon was anders. Dit was geen ernstig gesprek meer, maar een verhoor. Het was werk geworden.

Myrna knikte.

'Hoe oud is ze?'

'Zevenenzeventig.'

Het was even stil terwijl de hoofdinspecteur en inspecteur Lacoste dit tot zich door lieten dringen. De implicatie lag voor de hand.

'Ik heb gisteravond de ziekenhuizen gebeld, zowel de Engelstalige als de Franstalige,' zei Myrna, die hun gedachtegang kon raden. 'En vanmorgen weer. Niets.'

'Ze zou met de auto komen?' vroeg Gamache. 'Niet met de bus? Ze zou niet door iemand anders worden gebracht?'

Myrna knikte. 'Ze heeft haar eigen auto.'

Ze keek hem aandachtig aan en probeerde de blik in zijn diepbruine ogen te interpreteren.

'Dus ze zou alleen komen?'

Ze knikte opnieuw. 'Wat denk je?'

Hij gaf geen antwoord. Wel haalde hij een aantekenboekje en een pen uit zijn borstzak. 'Wat is het merk en het model van de auto van je vriendin?'

Inspecteur Lacoste pakte ook een aantekenblok en een pen.

'Dat weet ik niet. Een klein autootje, oranjeachtig.' Toen ze zag dat geen van tweeën dit opschreef, vroeg Myrna: 'Helpt dat?'

'U weet toevallig niet het kenteken?' vroeg inspecteur Lacoste zonder veel hoop. Toch moest het gevraagd worden.

Myrna schudde haar hoofd.

Inspecteur Lacoste haalde haar telefoon tevoorschijn.

'Die werkt hier niet,' zei Myrna. 'Vanwege de bergen.'

Dat wist inspecteur Lacoste eigenlijk wel, maar ze was vergeten dat er op sommige plekken in Québec nog vaste lijnen werden gebruikt. Ze stond op.

'Mag ik uw telefoon even gebruiken?'

'Natuurlijk.' Myrna gebaarde naar het bureau en toen inspecteur Lacoste ernaartoe liep, keek ze weer naar Gamache.

'Inspecteur Lacoste belt onze verkeersleiding om te vragen of er ongelukken zijn gebeurd, op de snelweg of op de wegen hier in de buurt.'

'Maar ik heb de ziekenhuizen al gebeld.'

Toen Gamache daar niet op reageerde, begreep Myrna het. Niet elk verkeersslachtoffer had een ziekenhuis nodig. Ze keken allebei naar inspecteur Lacoste, die luisterde maar geen aantekeningen maakte.

Gamache vroeg zich af of Myrna wist dat dat een goed teken was.

'We hebben natuurlijk nog meer informatie nodig,' zei hij. 'Hoe heet je vriendin?'

Hij pakte zijn pen en trok zijn aantekenboekje naar zich toe. Maar toen er slechts stilte volgde, keek hij op.

Myrna wendde haar blik af en keek de boekwinkel rond. Hij vroeg zich af of ze de vraag wel had gehoord.

'Myrna?'

Ze keek hem opnieuw aan, maar zei niets.

'Hoe heet ze?'

Myrna bleef aarzelen. Gamache keek haar vragend, enigszins verrast aan.

Isabelle Lacoste kwam terug en toen ze ging zitten, lachte ze Myrna geruststellend toe. 'Geen ernstige auto-ongelukken op de snelweg tussen hier en Montréal gisteren.'

Myrna was opgelucht, maar dat duurde maar even. Ze richtte haar aandacht weer op hoofdinspecteur Gamache en zijn onbeantwoorde vraag.

'Je zult het me toch moeten vertellen,' zei hij, terwijl hij haar met toenemende nieuwsgierigheid opnam.

'Ik weet het.'

‘Ik snap het niet, Myrna. Waarom wil je het me niet vertellen?’

‘Misschien komt ze alsnog en ik wil haar niet in verlegenheid brengen.’

Gamache kende Myrna goed genoeg om te weten dat ze niet de waarheid sprak. Hij keek haar een moment strak aan en probeerde het toen op een andere manier.

‘Kun je haar misschien beschrijven?’

Myrna knikte. Terwijl ze het woord nam, zag ze Constance in gedachten precies op de plek zitten waar Armand Gamache nu zat. Ze zat te lezen en liet af en toe haar boek zakken om naar buiten te kijken. Ze praatte met Myrna. Ze luisterde. Ze hielp boven het eten klaar te maken of zat met Ruth voor de open haard van de bistro een glas whisky te drinken.

Ze zag Constance in haar auto stappen en zwaaien. Toen reed ze de heuvel op, Three Pines uit.

Daarna was ze verdwenen.

Blank. Franstalig. ± 1.65 m. Iets te zwaar, grijs haar, blauwe ogen. 77 jaar.

Dat was wat inspecteur Lacoste had opgeschreven. Constance in een notendop.

‘En hoe heet ze?’ vroeg Gamache. Nu klonk hij vastberaden. Hij keek Myrna recht in de ogen, en zij keek terug.

‘Constance Pineault,’ zei ze uiteindelijk.

‘*Merci*,’ zei Gamache zacht.

‘Is dat haar *nom de naissance*?’ vroeg inspecteur Lacoste.

Toen Myrna geen antwoord gaf, verduidelijkte Lacoste zichzelf, voor het geval de Engelstalige vrouw het Frans niet begreep. ‘Is dat haar meisjesnaam, of de naam van haar partner?’

Maar Gamache kon zien dat Myrna de vraag heel goed begrepen had. Het was het antwoord dat haar verwarde.

Hij had deze vrouw bang gezien, verdrietig, blij, geïrriteerd, verbaasd.

Maar hij had haar nooit verward gezien. En uit haar reactie viel op te maken dat die toestand haar zelf ook vreemd was.

‘Geen van tweeën,’ zei ze uiteindelijk. ‘Goeie god, ze zou me vermoorden als ik het iemand vertelde.’

‘Maar ik ben niet zomaar iemand,’ zei Gamache. Hoewel zijn woorden verwijtend klonken, was zijn toon dat niet. Hij sprak behoedzaam en zacht.

‘Misschien moet ik er nog even mee wachten.’

‘Misschien,’ zei Gamache.

Hij stond op, legde twee houtblokken in de kachel midden in de winkel en kwam terug met een beker thee voor Myrna.

'*Merci*,' zei ze, en ze nam de beker tussen haar handen. Haar lunch, waar nog wat van stond, bleef onaangeroerd.

'Zou je haar nummer thuis nog een keer willen proberen, inspecteur?'

'*Absolument*.' Inspecteur Lacoste stond op en Myrna krabbelde het nummer op een velletje papier.

Lacoste liep naar de andere kant van de winkel en ze hoorden het gepiep van de telefoon terwijl ze het nummer intoetste. Gamache wachtte even, wendde zich toen tot Myrna en vroeg zacht: 'Als ze geen Constance Pineault heet, hoe heet ze dan wel?'

Myrna keek hem in de ogen. Ze wisten beiden dat ze het hem zou vertellen. Dat het onvermijdelijk was.

'Ik ken haar onder de naam Pineault,' zei ze zacht. 'Dat is de naam die ze gebruikt. Het was de meisjesnaam van haar moeder. Haar echte naam, haar *nom de naissance*, is Constance Ouellet.'

Myrna keek hem aan in afwachting van zijn reactie, maar Armand Gamache kon niet reageren.

Aan de andere kant van het vertrek stond Isabelle Lacoste aan de telefoon te luisteren. Niet te praten. De telefoon bleef maar overgaan. In een leeg huis.

Het huis van Constance Ouellet. Constance Ouellet.

Myrna keek aandachtig naar hem.

Hij had het kunnen vragen. Was in de verleiding het te vragen. En hij zou het zeker doen als het moest. Maar Gamache wilde er zelf achter komen. Hij was benieuwd of hij zich de vermiste vrouw kon herinneren, en als dat zo was, wát hij zich dan van haar herinnerde.

Haar naam klonk hem bekend in de oren. Maar de herinnering was vaag. Als hij een herinnering aan madame Ouellet had, lag die vele bergketens verwijderd van vandaag. In gedachten ging hij de bergen over, terug in de tijd.

Hij sloeg de herinneringen aan zijn eigen leven over en richtte zich op het collectieve geheugen van Québec. Constance Ouellet moest een bekende persoon zijn, of zijn geweest. Beroemd of berucht. Een begrip, ooit.

Hoe harder hij zijn best deed, hoe meer hij ervan overtuigd raakte dat ze zich ergens in zijn geheugen verborgen hield. Een oudere vrouw die niet tevoorschijn wilde komen.

En nu werd ze vermist. Uit eigen vrije wil, of door toedoen van iemand anders.

Hij dacht diep na, bracht zijn hand naar zijn gezicht. Hij kwam steeds dichterbij.

Ouellet. Ouellet. Ouellet.

Toen haalde hij diep adem en kneep zijn ogen tot spleetjes. Hij zag een zwart-witfoto voor zich. Niet van een zevenenzeventig jaar oude vrouw, maar van een lachend, zwaaiend meisje.

Hij had haar gevonden.

'Je weet over wie ik het heb,' zei Myrna toen ze zijn ogen zag oplichten.

Gamache knikte.

Maar tijdens het graven in zijn geheugen was hij een andere herinnering tegengekomen, een recentere. Een veel zorgwekkendere. Hij stond op en liep naar de toonbank, net op het moment dat inspecteur Lacoste ophing.

'Niets,' zei ze. Hij knikte en nam de telefoon van haar over.

Myrna stond ook op. 'Wat is er?'

'Het is maar een idee,' zei hij terwijl hij een nummer intoetste.

'Marc Brault.' De stem klonk kortaf, vormelijk.

'Marc, met Armand Gamache.'

'Armand.' De stem werd vriendelijk. 'Hoe gaat het met je?'

'Goed, met jou? Luister Marc, het spijt me dat ik je stoor...'

'Geen probleem. Waar kan ik je mee helpen?'

'Ik zit in de Eastern Townships. Toen we vanmorgen rond kwart over elf de Champlainbrug over gingen...' Gamache draaide zich met zijn rug naar Myrna en ging zachter praten. '... zagen we dat jouw mensen een lijk van de zuidoever hesen.'

'En je wilt weten wie dat was?'

'Ik wil me niet met jouw werkterrein bemoeien, maar inderdaad.'

'Ik zal even kijken.'

Gamache hoorde het hoofd Moordzaken van de politie van Montréal iets intikken om zijn bestanden op te halen.

'Oké. Er is nog niet zo veel bekend over haar.'

'Was het een vrouw?'

'Ja. Ze heeft er waarschijnlijk een paar dagen gelegen. Vanmiddag is de lijkschouwing.'

'Denk je dat het om moord gaat?'

'Waarschijnlijk niet. Haar auto is boven gevonden. Het ziet ernaar uit dat ze vanaf de brug in het water heeft willen springen. Maar ze is op de oever terechtgekomen en toen onder de brug gerold. Een paar werklui hebben haar daar vanmorgen gevonden.'

'Heb je een naam voor me?'

Gamache zette zich schrap. *Constance Ouellet.*

'Audrey Villeneuve.'

‘*Pardon*?’ vroeg Gamache.

‘Audrey Villeneuve, staat hier. Achter in de dertig. Haar man heeft haar twee dagen geleden als vermist opgegeven. Ze kwam niet opdagen op haar werk. Hmm...’

‘Wat is er?’ vroeg Gamache.

‘Dat is interessant.’

‘Wat dan?’

‘Ze werkte op het ministerie van Transport, afdeling Infrastructuur.’

‘Was ze inspecteur? Zou ze per ongeluk gevallen kunnen zijn?’

‘Eens kijken...’ Het was even stil terwijl hoofdinspecteur Brault het dossier las. ‘Nee, ze was een hooggeplaatste beambte. Het is vrijwel zeker zelfmoord, maar de lijkschouwing zal meer uitwijzen. Zal ik je het rapport toesturen, Armand?’

‘Nee, bedankt. Dat is niet nodig. *Joyeux Noël*, Marc.’

Gamache hing op en wendde zich toen tot Myrna Landers.

‘Wat is er aan de hand?’ vroeg ze. Hij zag dat ze zich schrap zette voor wat er komen zou.

‘Er is vanmorgen bij de Champlainbrug een lijk uit het water gehaald. Ik was bang dat het je vriendin zou zijn, maar dat is niet zo.’

Myrna sloot haar ogen. Toen opende ze ze weer.

‘Waar is ze dan wel?’

5

Isabelle Lacoste en hoofdinspecteur Gamache zaten vast in de spits op de weg naar de Champlainbrug, terug naar Montréal. Het was nog maar net half vijf, maar de zon was al onder en het voelde alsof het nacht was. Het was opgehouden met sneeuwen en Gamache keek langs Isabelle Lacoste heen uit het raam, over de zes rijbanen met verkeer naar de plek waar Audrey Villeneuve de dood had verkozen boven het leven.

Inmiddels was haar familie ingelicht. Armand Gamache had het talloze keren moeten doen, maar het werd er niet gemakkelijker op. Het was erger dan in de ogen van de dode kijken. Om in de ogen te kijken van degenen die waren achtergebleven en het moment te zien waarop hun wereld voor altijd veranderde.

Het was een soort moord die hij pleegde. De moeder, de vader, de echtgenote of de echtgenoot deed de deur voor hem open in de overtuiging dat de wereld wel zijn gebreken had, maar in beginsel goed was. Totdat hij zijn mond opendeed. Het was alsof hij hen een afgrond in duwde. En hen te pletter zag vallen. Gebroken. De persoon die ze waren geweest, het leven dat ze hadden geleefd, was voor altijd verdwenen.

En dan de blik in hun ogen; alsof hij het gedaan had.

Voordat ze waren vertrokken had Myrna hun het adres van Constance gegeven.

'Hoe gedroeg ze zich toen ze hier was?' had Gamache gevraagd.

'Zoals altijd. Ik had haar een tijdje niet gezien, maar ze leek gewoon zichzelf te zijn.'

'Maakte ze zich niet ergens zorgen om?'

Myrna schudde haar hoofd.

'Geld? Haar gezondheid?'

Myrna schudde opnieuw haar hoofd. 'Ze was erg op zichzelf, zoals te verwachten is. Ze vertelde me niet zo veel over zichzelf, maar ze leek ontspannen. Ze voelde zich hier op haar gemak en ze wilde in de kerstvakantie graag terugkomen.'

'Is je nog iets vreemds opgevallen? Heeft ze ruzie gehad met iemand van hier? Was ze gekwetst?'

'Verdenk je Ruth?' vroeg Myrna met een vage glimlach op haar gezicht.

'Ik verdenk Ruth altijd.'

'Constance en Ruth konden het juist goed met elkaar vinden. Er was een zekere chemie tussen hen.'

'Bedoelt u chemie of medicijnen?' vroeg inspecteur Lacoste.

Myrna had geglimlacht.

'Lijken ze op elkaar?' vroeg Gamache.

'Ruth en Constance? Ze zijn totaal verschillend, maar op de een of andere manier mochten ze elkaar graag.'

Gamache liet dat met enige verbazing tot zich doordringen. De oude dichteres had uit principe aan iedereen een hekel. En als ze genoeg energie had gehad, zou ze iedereen gehaat hebben.

'*Wie heeft je ooit / zo onherstelbaar gekwetst / dat je elke toenadering / met opgetrokken lip begroet?*' zei Myrna.

'Pardon?' vroeg Gamache, verbaasd door de vraag.

Myrna glimlachte. 'Dat komt uit een gedicht van Ruth. Toen Constance op een avond bij Ruth was geweest, citeerde ze dat voor me.'

Gamache knikte en vroeg zich af of Constance ook onherstelbaar beschadigd zou zijn wanneer ze haar vonden.

Gamache liep naar de andere kant van de boekwinkel om zijn jas te pakken. Bij de deur kuste hij Myrna op beide wangen.

Ze keek hem aan. 'En jij? Hoe gaat het met jou?'

Daar dacht hij even over na, en over alle mogelijke antwoorden, van luchthartig tot smalend. Hij wist dat het weinig zin had om tegen Myrna te liegen, maar haar de waarheid vertellen kon hij ook niet.

'Met mij gaat het goed,' zei hij en hij zag haar glimlach.

Ze stapten in de auto en Myrna keek hen na terwijl ze de heuvel op reden, Three Pines uit. Constance had dezelfde weg genomen, maar was nooit teruggekeerd. Myrna wist echter dat Gamache wel zou terugkomen, met het antwoord dat ze horen moest.

Het was druk op de weg, maar algauw waren de Sûreté-agenten de Champlainbrug over en reden ze door de stad. Inspecteur Lacoste parkeerde voor een bescheiden uitziend huis in het *quartier* Pointe-Saint-Charles.

Overal in de straat waren de ramen verlicht. De kerstversieringen wierpen een rode, gele en groene gloed op de verse sneeuw.

Behalve hier. Dit huis sloeg een gat in de gezellige buurt.

Hoofdinspecteur Gamache controleerde het adres dat hij had gekregen. Ja, hier woonde Constance Ouellet. Hij had iets anders verwacht. Iets groters.

Hij keek naar de andere huizen. Aan de overkant van de straat stond een sneeuwpop in de voortuin. Zijn takkenarmpjes waren breed gespreid, alsof hij je wilde omhelzen. Binnen zag Gamache een vrouw een kind helpen met zijn huiswerk. In het huis ernaast zat een ouder echtpaar televisie te kijken. Op de schoorsteenmantel knipperden kerstlichtjes.

Overal was leven. Behalve in het donkere huis van Constance Ouellet.

De klok op het dashboard gaf even over vijven aan.

Ze stapten uit en inspecteur Lacoste pakte een zaklantaarn en zwaaide een tas over haar schouder. De sporentas.

Het pad naar de voordeur van madame Ouellet was niet geruimd en er stonden geen voetafdrukken in de sneeuw. Ze gingen het trapje op naar de kleine betonnen veranda, waarbij hun adem wolkjes vormde die verdwenen in het duister.

Gamaches wangen gloeiden. Er stond een lichte bries en hij voelde de kou door zijn mouwen en onder zijn sjaal kruipen. De hoofdinspecteur negeerde de kou en keek om zich heen. De sneeuw op de vensterbanken was onberoerd. Inspecteur Lacoste belde aan.

Ze wachtten.

Een groot deel van het politiewerk bestond uit wachten. Op verdachten. Op lijkschouwingen. Op de uitslag van forensisch onderzoek. Wachten tot iemand een vraag beantwoordde. Of de deur opendeed.

Isabelle Lacoste was er goed in, wist hij, een eigenschap die niet vaak werd opgemerkt. Ze was heel geduldig.

Iedereen kan rondrennen, maar er zijn maar weinig mensen die rustig kunnen wachten. Zoals zij nu deden. Wat echter niet betekende dat hoofdinspecteur Gamache en inspecteur Lacoste niets deden. Terwijl ze wachtten, namen ze de omgeving in zich op.

Het kleine huis was in goede staat van onderhoud: de dakgoten zaten op hun plaats en de verf op de vensterbanken en kozijnen bladderde niet. Alles was keurig netjes. Er waren kerstlichtjes om de smeedijzeren balustrade van de veranda gewikkeld, maar ze brandden niet. Aan de voordeur hing een kerstkrans.

Lacoste wendde zich tot Gamache, die knikte. Ze opende de buitenste deur en tuurde door de halve cirkel van geslepen glas de vestibule in.

Gamache was al in heel wat soortgelijke huizen geweest. Ze waren eind jaren veertig, begin jaren vijftig gebouwd voor terugkerende veteranen. Bescheiden huizen in bestaande wijken. Veel ervan waren afgebroken of uitgebouwd. Maar sommige, zoals dit, waren nog intact. Een juweeltje.

'Niets te zien.'

'*Bon*,' zei Gamache. Hij liep de trap af en gebaarde naar rechts, waarna inspecteur Lacoste in de diepe sneeuw stapte. Zelf liep hij langs de andere kant om het huis heen, waar ook geen voetstappen te zien waren. Hij zakte tot zijn schenen weg in de sneeuw, die in zijn laarzen drong. Het was ijskoud, want de sneeuw veranderde in ijswater, dat in zijn sokken trok.

Net als inspecteur Lacoste zette hij zijn hand tegen de ramen en keek naar binnen. Er was niemand in de keuken en de keuken was schoon. Er stond geen vuile vaat op het aanrecht. Hij probeerde de ramen. Allemaal afgesloten. In de kleine achtertuin kwam hij inspecteur Lacoste weer tegen, die van de andere kant kwam. Ze schudde haar hoofd en ging op haar tenen staan om naar binnen te kijken. Daarbij knipte ze de zaklantaarn aan en scheen naar binnen.

Toen draaide ze zich naar hem om.

Ze had iets gezien.

Zonder iets te zeggen gaf ze de zaklantaarn aan Gamache. Hij scheen door het raam en zag een bed. Een kast. Een open koffer. En een oudere vrouw op de vloer. Onherstelbaar beschadigd.

Armand Gamache en Isabelle Lacoste wachtten in de kleine voorkamer van Constance Ouellet. Net als de buitenkant was de binnenkant van het huis verzorgd, maar niet steriel. Er lagen boeken en tijdschriften. Bij de bank stond een paar oude pantoffels. Dit was geen toonkamer voor gasten, Constance maakte er duidelijk gebruik van. In de hoek stond een televisie, zo'n ouderwetse, waar de bank en twee leunstoelen voor stonden. Net als de rest van het interieur waren de stoelen van goede kwaliteit. Ooit moesten ze duur zijn geweest, maar nu waren ze versleten. Het was een comfortabele, uitnodigende zitkamer. Wat zijn grootmoeder een 'deftige kamer' zou hebben genoemd.

Nadat ze het lijk hadden zien liggen, had Gamache Marc Brault gebeld en hadden de twee medewerkers van de Sûreté in de auto gewacht op mensen van het korps van Montréal, die het van hen zouden overnemen. Toen ze waren gearriveerd, begon de bekende routine, alleen zonder hulp van hoofdinspecteur Gamache en inspecteur Lacoste. Zij moesten in de voorkamer blijven, het leek wel of ze te gast waren bij het onderzoek. Het voelde raar, alsof ze spijbelden. Inspecteur Lacoste en Gamache doodden de tijd met rondkijken. Ze bekeken de inrichting van de kleine kamer en de persoonlijke eigendommen, maar kwamen nergens aan. Ze gingen zelfs niet zitten.

Gamache zag dat drie van de stoelen eruitzagen alsof er doorzichtige mensen op zaten. Net als de leunstoel van Myrna in de boekwinkel hadden ze de vorm aangenomen van degenen die er jarenlang dagelijks in hadden gezeten.

Er stond geen kerstboom en er was binnen geen kerstversiering, maar waarom zou die er ook zijn? dacht Gamache. Ze was tenslotte van plan geweest om de feestdagen in Three Pines door te brengen.

Door de gesloten gordijnen zag Gamache het licht van koplampen en hij hoorde een auto tot stilstand komen. Daarna hoorde hij een portier dichtslaan, gevolgd door voetstappen in de sneeuw.

Marc Brault liet zichzelf binnen en trof Gamache en Lacoste in de voorkamer aan.

'Ik had niet verwacht jou hier te zien, Marc,' zei Gamache terwijl hij het hoofd Moordzaken van het korps Montréal de hand schudde.

'Ik stond net op het punt om naar huis te gaan, maar omdat jij de melding deed, besloot ik om zelf een kijkje te nemen. Voor het geval iemand je moest arresteren.'

'Wat aardig, *mon ami*,' zei Gamache lachend.

Brault keek naar inspecteur Lacoste. 'We hebben mensen tekort vanwege de feestdagen. Zou je mijn team willen helpen?'

Inspecteur Lacoste wist wanneer ze op een beleefde manier werd weggestuurd. Ze ging de kamer uit en Brault vestigde zijn intelligente blik op Gamache.

'Vertel me eens over het lijk dat je hebt gevonden.'

'Ze heet Constance Ouellet,' zei Gamache.

'Is dat de vrouw over wie je je vanmiddag zorgen maakte? Degene van wie je dacht dat ze zelfmoord had gepleegd?'

'*Oui.* Ze werd gisteren tegen lunchtijd verwacht. Mijn vriendin heeft een dag gewacht in de hoop dat ze nog zou verschijnen, en toen heeft ze mij gebeld.'

'Kende je de dode?'

Het was een vreemde ervaring, besefte Gamache, om verhoord te worden. Want dat was wat er gebeurde. Op een vriendelijke, aardige manier, maar het was evengoed een verhoor.

'Niet persoonlijk, nee.'

Marc Brault opende zijn mond om een nieuwe vraag te stellen, maar aarzelde toen en keek Gamache even aan.

'Niet persoonlijk, zeg je. Kende je haar dan op een andere manier? Van reputatie?'

Gamache zag de intelligente Brault snel nadenken, luisteren, analyseren.

'Ja, jij ook denk ik.' Hij wachtte even. 'Ze heet Constance Ouellet, Marc.' Hij herhaalde de naam. Hij kon Brault best vertellen wie ze was, maar hij wilde dat zijn collega er zelf op zou komen.

Hij zag zijn vriend diep nadenken, zoals hij zelf had gedaan. Toen zette Brault grote ogen op.

Hij had Constance Ouellet gevonden. Brault draaide zich om en keek de gang in. Daarna liep hij snel naar de slaapkamer, waar het lichaam lag.

Myrna had nog niets van Gamache gehoord, maar dat verwachtte ze op zo'n korte termijn ook niet. Geen nieuws was goed nieuws, hield ze zichzelf steeds maar voor.

Ze belde Clara en vroeg of ze zin had om iets te komen drinken.

'Ik moet je iets vertellen,' zei Myrna toen ze allebei met een glas whisky bij Myrna's haard in haar appartement zaten.

'Wat dan?' vroeg Clara, en ze boog zich naar haar vriendin toe. Ze wist dat Constance vermist werd, en net als Myrna maakte ze zich zorgen.

'Over Constance.'

'Wat is er met haar?' Ze wapende zich tegen slecht nieuws.

'Over wie ze is.'

'Hè?' vroeg Clara. Haar angst verdween en maakte plaats voor verwarring.

'Ze noemde zich Constance Pineault, maar dat was de meisjesnaam van haar moeder. Haar echte naam was Constance Ouellet.'

'Wat?'

'Constance Ouellet.'

Myrna keek haar vriendin aan. Na de reactie van Gamache was ze gewend aan de stilte. Mensen vroegen zich twee dingen af: wie was Constance Ouellet en waarom maakte Myrna er zo'n ophef over?

Clara fronste haar wenkbrauwen, ging naar achteren zitten en sloeg haar benen over elkaar. Ze nam een slokje van haar whisky en staarde voor zich uit.

Totdat de waarheid tot haar doordrong en ze ontsteld opkeek.

Marc Brault keerde terug naar de voorkamer, deze keer langzaam.

'Ik heb het tegen de anderen gezegd,' zei hij alsof hij droomde. 'We hebben haar slaapkamer doorzocht. Als jij ons niet verteld had wie ze was, Armand, hadden we het pas geweten als we in het systeem hadden gekeken.'

Brault keek om zich heen.

'Er is helemaal niets wat erop wijst dat ze een Ouellet was. Hier niet en ook niet in de slaapkamers. Er zouden foto's of kranten kunnen liggen, maar tot nu toe hebben we niets gevonden.'

De twee mannen keken de kleine voorkamer rond.

Er stonden porseleinen beeldjes, boeken, cd's en beduimelde puzzeldozen. Er lagen kruiswoordpuzzels. Sporen van iemands privéleven, maar niet van een verleden.

'Is zij de laatste?' vroeg Brault.

'Ik geloof het wel.' Gamache knikte.

Toen kwam de lijkschouwer zijn hoofd om de hoek steken om te zeggen dat ze op het punt stonden te vertrekken. Of de rechercheurs nog een laatste blik op het lichaam wilden werpen? Brault wendde zich tot Gamache, die knikte.

De twee mannen liepen achter de lijkschouwer aan naar een slaapkamer aan de achterkant van het huis, waar een sporenteam van de afdeling Moordzaken van Montréal bezig was bewijsmateriaal te verzamelen. Toen Gamache binnenkwam, onderbraken ze hun werk en groetten ze hem. Isabelle Lacoste, die de operatie slechts gadesloeg, zag hun ogen groter worden toen ze beseften wie hij was.

Hoofdinspecteur Gamache van de Sûreté. De man met wie de meeste politiemensen in Québec graag zouden samenwerken. Met uitzondering van degenen die aan zijn eigen afdeling Moordzaken waren toegewezen. Ze stapte om het politielint heen dat om het lichaam van madame Ouellet was gespannen en voegde zich bij de twee mannen bij de deur. Plotseling was het druk in het kamertje.

Evenals de zitkamer bevatte de slaapkamer allerlei persoonlijke bezittingen, zoals de ingepakte koffer die open op het opgemaakte bed lag. Maar net als in de woonkamer was ook hier geen enkele foto te bekennen.

'Mag ik even?' vroeg Gamache aan de rechercheur die de leiding had op de plaats delict. De rechercheur knikte en de hoofdinspecteur knielde neer naast Constance. Ze droeg een dichtgesnoerde ochtendjas, waaronder hij een flanellen nachtjapon kon zien. Ze was blijkbaar vermoord terwijl ze aan het pakken was voor haar reis naar Three Pines, op de avond voor haar vertrek.

Hoofdinspecteur Gamache pakte haar koude hand en keek in haar ogen. Ze waren opengesperd. Heel blauw. Heel dood. Niet verrast. Niet gepijnigd. Niet angstig.

Leeg. Alsof haar leven gewoon op was. Opgebruikt, als een batterij. Als er geen bloed zichtbaar was geweest onder haar hoofd en aan de voet van de kapotte lamp die naast haar lag, had het tafereel er vredig uitgezien.

'Zo te zien is het niet met voorbedachten rade gedaan,' zei een van de rechercheurs. 'De dader had geen wapen bij zich. De lamp heeft hier gestaan.' Ze wees naar het nachtkastje.

Gamache knikte. Maar dat betekende nog niet dat het zonder voorbedachten rade was gedaan. Het betekende alleen dat de moordenaar had geweten waar hij een wapen kon vinden.

Hij keek naar de vrouw aan zijn voeten en vroeg zich af of de moordenaar wist wie ze was.

'Weet je het zeker?' vroeg Clara.

'Vrij zeker,' zei Myrna, die haar best deed om niet te glimlachen.

'Waarom heb je ons dat niet verteld?'

'Constance wilde niet dat iemand het wist. Ze is erg op zichzelf.'

'Ik dacht dat ze allemaal dood waren,' zei Clara zacht.

'Ik hoop het niet.'

'Dit komt eerlijk gezegd wel op een heel slecht moment,' gaf Marc Brault toe terwijl ze aanstalten maakten om het huis van madame Ouellet te verlaten. 'Met Kerstmis vermoorden mannen hun vrouw, werkgevers hun werknemers, en sommige mensen plegen zelfmoord. Maar nu dit. Het grootste deel van mijn team gaat met vakantie.'

Gamache knikte. 'Ik vertrek over een week naar Parijs. Reine-Marie is er al.'

'Ik ga vrijdag naar ons chalet in Sainte-Agathe.' Brault keek zijn collega onderzoekend aan. Ze liepen op het trottoir. Er hadden zich wat nieuwsgierige buurtgenoten verzameld. 'Zou je niet...' Marc Brault wreef in zijn in handschoenen gestoken handen om ze warm te krijgen. 'Ik weet dat je werk genoeg hebt, Armand...'

En Brault wist nog meer. Niet omdat hoofdinspecteur Gamache het hem verteld had, maar omdat iedere hooggeplaatste politieman in Québec, en waarschijnlijk in heel Canada, het wist. De afdeling Moordzaken van de Sûreté onderging een 'reorganisatie'. Hoewel Gamache in het openbaar geprezen werd, werd hij op het persoonlijke en professionele vlak aan de kant geschoven. Het was vernederend, althans dat zou het zijn als hoofdinspecteur Gamache niet zou doen alsof hij het niet merkte.

'Ik neem de zaak graag van je over.'

'*Merci*,' zei Brault zichtbaar opgelucht.

'*Bon*.' De hoofdinspecteur gebaarde naar Lacoste. Het was tijd om te gaan. 'Als jouw team de verhoren en het forensisch onderzoek zou kunnen afronden, nemen wij de zaak morgenochtend over.'

Ze liepen naar de auto. Sommige buren vroegen om informatie. Hoofdinspecteur Brault was vaag, maar stelde hen gerust.

'We kunnen haar dood natuurlijk niet verzwijgen,' zei hij zacht tegen Gamache. 'Maar we zullen niet haar echte naam noemen. Als de pers ernaar vraagt, zeggen we dat ze Constance Pineault heet.' Brault keek naar de bezorgde gezichten van de buurtbewoners. 'Ik vraag me af of zij weten wie ze was.'

'Ik betwijfel het,' zei Gamache. 'Ze zou niet alle sporen van haar identiteit hebben gewist en haar naam hebben veranderd om vervolgens haar buren te vertellen wie ze was.'

'Misschien hebben ze het geraden,' zei Brault. Maar net als Gamache dacht hij van niet. Wie had kunnen vermoeden dat hun oude buurvrouw ooit een van de beroemdste inwoners van Québec, van Canada, van Noord-Amerika en zelfs van de hele wereld was geweest?

Inspecteur Lacoste had de auto gestart en zette de verwarming aan om de voorruit te laten ontdooien. De twee mannen stonden naast het voertuig; in plaats van ervandoor te gaan, bleef Marc Brault staan dralen.

'Is er iets?' vroeg Gamache.

'Ben je van plan ontslag te nemen, Armand?'

'Ik ben nog maar twee minuten geleden op de zaak gezet en nu wil je al dat ik ontslag neem?' zei Gamache lachend.

Brault glimlachte en bleef zijn collega aankijken. Gamache haalde diep adem en trok zijn handschoenen aan.

'Zou jij het doen?' vroeg hij uiteindelijk.

'Op mijn leeftijd? Ik heb een pensioen, net als jij. Als mijn baas me er zo graag uit zou willen hebben, zou ik maken dat ik wegkwam.'

'Als je baas je er zo graag uit zou willen hebben, zou je je dan niet afvragen waarom?'

Achter Brault zag Gamache de sneeuwpop aan de overkant van de straat. Zijn armpjes staken opzij als de botten van een misvormd wezen dat hem wenkte.

'Ga met pensioen, *mon ami*,' zei Brault. 'Ga naar Parijs, geniet van je vakantie en ga dan met pensioen. Nadat je de zaak hebt opgelost.'

6

'Waarnaartoe?' vroeg Isabelle Lacoste.

Gamache keek op de klok op het dashboard. Bijna zeven uur.

'Ik moet naar huis voor Henri en dan nog even bij het hoofdbureau langs.'

Hij wist dat hij zijn dochter Annie ook kon vragen om Henri brokken te geven en uit te laten, maar zij had andere dingen aan haar hoofd.

'En madame Landers?' vroeg Lacoste terwijl ze naar het huis van de hoofdinspecteur in Outremont reed.

Gamache had het zich ook afgevraagd.

'Ik rij vanavond naar haar toe om het haar in eigen persoon vertellen.'

'Dan ga ik met u mee,' zei ze.

'*Merci*, Isabelle, maar dat hoeft niet. Ik blijf misschien wel een nachtje in de bed & breakfast slapen. Hoofdinspecteur Brault heeft gezegd dat hij ons alle relevante bestanden zal mailen. Ik wil graag dat je die morgenochtend downloadt. Zelf ga ik op onderzoek uit in Three Pines.'

Ze bleven niet lang in het huis van Gamache, alleen om voor hemzelf en Henri een reistas in te pakken. Gamache gebaarde naar Henri dat hij op de achterbank moest springen, wat de grote herdershond met zijn gespitste satellietoren maar al te graag deed. Hij sprong in de auto en voor het geval Gamache van gedachten zou veranderen, maakte hij zich zo klein mogelijk.

Mij zie je niet. Miiij zieee je nieeeet!

Maar omdat Henri zo opgewonden was en veel te snel gegeten had, verried hij zichzelf al snel – op de bekende manier.

De hoofdinspecteur en Isabelle Lacoste zetten voor in de auto hun raam op een kier. Ze hadden liever de bittere kou van buiten dan wat binnen de bekleding dreigde te doen smelten.

'Doet hij dat wel vaker?' vroeg ze naar lucht happend.

'Er is me verteld dat het een teken van genegenheid is,' zei de hoofdinspecteur zonder haar aan te kijken. 'Een compliment.' Gamache zweeg en draaide zijn hoofd naar het raam. 'Een groot compliment.'

Isabelle Lacoste glimlachte. Ze was soortgelijke complimenten van haar man en zoontje gewend, en vroeg zich af waarom het Y-chromosoom zo stonk.

Bij het hoofdkwartier van de Sûreté aangekomen knipte Gamache Henri aan de leren riem en gedrieën gingen ze het gebouw in.

'Wacht even!' riep Lacoste naar een man die een eindje verderop in de lift stapte. Ze liep snel naar hem toe, op de voet gevolgd door Henri en Gamache, maar plotseling hield ze haar pas in. Bleef staan.

De man in de lift drukte op een knop. En nog eens en nog eens.

Inspecteur Lacoste bleef een halve meter van de lift staan. Ze hoopte vurig dat de deuren zouden sluiten en ze de volgende konden nemen.

Maar hoofdinspecteur Gamache aarzelde geen moment. Henri en hij liepen langs Lacoste heen de lift in, schijnbaar zonder acht te slaan op de man die verwoed op de knop drukte om de deuren te sluiten. Toen de deuren dichtgingen, stak Gamache zijn arm ertussen om ze tegen te houden en hij keek naar inspecteur Lacoste.

'Ga je mee?'

Lacoste stapte de lift in en voegde zich bij Armand Gamache en Henri. En Jean-Guy Beauvoir.

Gamache gaf zijn voormalige assistent een knikje.

Beauvoir groette niet terug en keek strak voor zich uit. Als Isabelle Lacoste niet in energie en de uiting van gevoelens had geloofd, deed ze dat wel toen ze uit de lift stapte. Inspecteur Beauvoir was zichtbaar aangedaan en liep over van emoties.

Maar welke emoties? Ze keek naar de getallen – 2... 3... 4... – en probeerde vast te stellen wat Beauvoir uitstraalde.

Schaamte? Onbehagen? Ze wist dat ze dat zelf ook zou voelen, als ze hem was. Maar dat was ze niet, en ze vermoedde dat wat Beauvoir voelde en uitstraalde een stuk basaler was. Grover. Eenvoudiger.

Wat hij uitstraalde was woede.

6... 7...

Inspecteur Lacoste keek in de gedeukte deur naar het spiegelbeeld van Beauvoir. Ze had hem nauwelijks gezien sinds hij van Moordzaken was overgeplaatst naar het departement van hoofdcommissaris Francoeur.

Isabelle Lacoste herinnerde zich haar voormalige mentor als een lenige, energieke en soms hypernerveuze man. Hij was slank, Gamache robuust. Hij was rationeel, Gamache intuïtief. Hij stond voor actie, Gamache voor bezinning.

Beauvoir hield van lijstjes, Gamache van gedachten, ideeën.

Beauvoir hield van vragen stellen, Gamache van luisteren.

Toch was er een band tussen de oudere en de jongere man die stand leek te houden. Ze namen bijna als vanzelfsprekend een eeuwenoude plaats in elkaars leven in. En hun band was nog sterker geworden toen Jean-Guy Beauvoir verliefd werd op Annie, de dochter van de hoofdinspecteur.

Het had inspecteur Lacoste enigszins verbaasd dat Beauvoir voor Annie viel. Ze leek in geen enkel opzicht op Beauvoirs ex-vrouw, of op de reeks mooie Québecse vrouwen die hij had gedatet. Annie Gamache droeg liever comfortabele kleding dan modieuze. Ze was niet lelijk, maar ook niet mooi. Ze was niet dik, maar ook niet slank. Annie Gamache zou nooit de aantrekkelijkste vrouw in de zaal zijn, trok nooit de aandacht.

Totdat ze iets zei en lachte.

Tot inspecteur Lacostes verbazing had Jean-Guy Beauvoir begrepen wat heel veel mannen niet begrijpen: hoe mooi en aantrekkelijk geluk is.

En Annie Beauvoir was gelukkig. Beauvoir was verliefd op haar geworden.

Dat bewonderde Isabelle Lacoste aan hem. Ze bewonderde trouwens veel aan haar mentor, maar nog het meest zijn passie voor zijn werk en zijn onbetwistbare trouw aan hoofdinspecteur Gamache.

Tot een paar maanden geleden. Hoewel, als ze eerlijk was, waren er al eerder scheuren in de relatie verschenen.

Nu keek ze naar het spiegelbeeld van Gamache. Hij leek ontspannen en hield Henri's riem losjes in zijn hand. Ze zag het litteken op zijn grijzende slaap.

Sinds de dag dat hij dat had opgelopen was alles anders. Het kon niet, het mocht niet, maar na verloop van tijd was inspecteur Lacoste zich gaan realiseren hoezeer alles veranderd was.

Nu stond ze in het puin, tussen de brokstukken, en de meeste waren afkomstig van Beauvoir. Zijn gladgeschoren gezicht was afgetobd en zag vaal. Hij leek veel ouder dan achtendertig. Niet gewoon moe of zelfs uitgeput, maar uitgehold. En in de holte bewaarde hij het enige wat hij nog had: zijn woede.

9... 10...

De vage hoop die ze had gehad dat de hoofdinspecteur en Beauvoir maar deden alsof er een kloof tussen hen bestond, verdween nu. Er was geen veilige haven. Geen hoop. Geen twijfel.

Jean-Guy Beauvoir verafschuwde Armand Gamache.

Dit was geen toneelspel.

Isabelle Lacoste vroeg zich af wat er gebeurd zou zijn als zij niet in de lift had gestaan. Twee gewapende mannen, van wie een met het voordeel, als je het zo kon noemen, van een bijna tomeloze woede.

Hier stond een man met een pistool die niets meer te verliezen had.

Inspecteur Lacoste vroeg zich af hoe de hoofdinspecteur zich voelde.

Ze keek opnieuw naar zijn spiegelbeeld in de gedeukte en bekraste liftdeur. Hij leek volkomen op zijn gemak.

Op dat moment besloot Henri, als zoiets besloten kan worden, om nóg een groot compliment te geven. Lacoste sloeg instinctief haar hand voor haar neus en mond.

De hond, zich niet bewust van de lucht, keek om zich heen, waarbij zijn penningen vrolijk rammelden. Hij richtte zijn grote bruine ogen op de man naast hem. Niet degene die zijn riem vasthield, maar de ander.

Een man die hij kende.

14... 15...

De lift was aangekomen en de deuren gingen open, waardoor er frisse lucht binnenkwam. Isabelle vroeg zich af of ze haar kleren zou moeten verbranden.

Gamache hield de deuren open voor inspecteur Lacoste, die haastig naar buiten stapte. Ze wilde zo snel mogelijk weg uit de stank, die maar gedeeltelijk door Henri was veroorzaakt. Maar voordat Gamache de lift kon verlaten, draaide Henri zich naar Beauvoir en likte zijn hand.

Beauvoir trok hem terug alsof hij hem gebrand had.

Toen liep de herdershond achter de hoofdinspecteur aan de lift uit en gingen de deuren dicht. Terwijl de drie door de glazen deuren naar de afdeling Moordzaken liepen, zag inspecteur Lacoste dat de hand die de riem vasthield trilde.

Een klein beetje maar, maar hij trilde.

Inspecteur Lacoste realiseerde zich dat Gamache Henri goed onder controle had, al had hij dan niets te vertellen over zijn darmen. Hij had de riem strak kunnen houden, waardoor de herder niet in de buurt van Beauvoir had kunnen komen.

Maar dat had Gamache niet gedaan. Hij had de hond laten likken. Als een kusje.

De lift was inmiddels op de bovenste verdieping van het hoofdbureau van de Sûreté aangekomen, waar twee mannen op de gang stonden.

'Jezus, Beauvoir, wat een stank,' zei een van hen nors.

'Niet van mij.' Beauvoir voelde de lik van Henri nog nat en warm op zijn hand.

'Uhuh,' zei de man, en hij wisselde een blik met de andere man.

'Val dood,' mompelde Beauvoir, en hij liep tussen hen door het kantoor in.

Hoofdinspecteur Gamache keek zijn afdeling rond. Waar ooit zelfs 's avonds nog agenten druk bezig waren, stonden nu lege bureaus.

Hij wou dat de stilte werd veroorzaakt doordat alle moorden waren opgelost. Of nog beter, dat er geen moorden meer waren gepleegd. Geen pijn meer die zo hevig was dat iemand er zich het leven om benam. Of daardoor een ander van het leven beroofde.

Zoals Constance Ouellet. Zoals het lijk onder de brug. Zoals hij zich net in de lift had gevoeld.

Maar Armand Gamache was een realist en wist dat de lijst met moorden alleen maar langer zou worden. Wat verminderd was, was zijn vermogen ze op te lossen.

Hoofdcommissaris Francoeur bleef gewoon zitten. Hij keek niet op toen Beauvoir en de anderen plaatsnamen in zijn grote kantoor en negeerde hen volledig.

Beauvoir was eraan gewend geraakt. Hoofdcommissaris Francoeur was de hoogstgeplaatste politieman in Québec, en daar zag hij ook naar uit. Gedistingeerd, met grijs haar. Hij straalde zelfvertrouwen en autoriteit uit. Deze man liet niet met zich sollen. Hoofdcommissaris Francoeur ging om met de premier en at met de minister van Openbare Veiligheid. Hij noemde de kardinaal van Québec bij zijn voornaam.

In tegenstelling tot Gamache gaf Francoeur zijn agenten de vrijheid. Hij maakte zich totaal geen zorgen over de manier waarop ze aan resultaten kwamen. 'Zorg dat het in orde komt,' zei hij alleen.

De enige wet was hoofdcommissaris Francoeur. De enige grens die niet overschreden mocht worden, was de grens die om hem heen was getrokken. Hij had de absolute, onbetwiste macht.

Met Gamache werken was altijd gecompliceerd. Er was een groot grijs gebied. Er moest altijd overlegd worden over wat goed was en wat niet, alsof dat een moeilijke vraag was.

Samenwerken met hoofdcommissaris Francoeur was makkelijk.

Burgers die zich aan de wet hielden, waren veilig. Criminelen waren dat niet. Francoeur vertrouwde zijn manschappen en liet hen beslissen wie wie was en wat eraan gedaan moest worden. En als er een fout werd gemaakt? Dan kwamen ze voor elkaar op. Beschermden elkaar.

Gamache ging anders te werk.

Beauvoir wreef over zijn hand in een poging de lik eraf te wrijven, alsof hij geslagen was. Hij dacht aan wat hij tegen zijn voormalige baas had kunnen zeggen, had moeten zeggen. Maar hij had het niet gezegd.

'Laat de boel de boel en ga naar huis,' zei Gamache bij de deur van zijn kantoor.

'Weet u zeker dat ik niet met u mee hoef te gaan?' vroeg Lacoste.

'Ik weet het zeker. Zoals ik al zei, ik blijf daar waarschijnlijk logeren. Dank je wel, Isabelle.'

Terwijl hij naar haar keek kwam hem, zoals meestal, even een beeld voor ogen. Inspecteur Lacoste die over hem heen gebogen stond, die tegen hem praatte. Hij voelde weer haar handen rond zijn gezicht toen hij languit op de betonnen vloer lag.

Hij had een enorme druk op zijn borst gevoeld en had zich licht in zijn hoofd gevoeld. Hij had nog twee woorden willen zeggen. Twee maar, en hij had strak naar Lacoste gekeken in de hoop dat ze hem zou begrijpen.

Reine-Marie.

Dat was alles geweest wat er nog te zeggen viel.

Toen hij hersteld was en hij zich Isabelles gezicht vlak bij het zijne herinnerde, had hij zich aanvankelijk geschaamd voor zijn kwetsbaarheid.

Het was zijn taak om hen te leiden, te beschermen. En hij had gefaald. In plaats daarvan had zij hém gered.

Maar als hij nu naar haar keek en dat beeld in een flits voor zich zag, realiseerde hij zich dat dat moment hen voor altijd met elkaar verbonden had. En dan voelde hij alleen maar genegenheid voor haar. En dankbaarheid. Omdat ze bij hem was gebleven en had geluisterd naar de woorden die nauwelijks hoorbaar over zijn lippen waren gekomen. Zij was degene aan wie hij zijn laatste gedachte had verteld.

Reine-Marie.

Armand Gamache zou nooit vergeten hoe opgelucht hij was geweest toen hij besefte dat ze hem begrepen had. En dat hij kon gaan.

Maar hij was natuurlijk niet gegaan. Hij had het overleefd, voor een groot deel dankzij Isabelle Lacoste. Maar veel van zijn agenten hadden het die dag niet overleefd.

Onder wie Jean-Guy Beauvoir. Hij was als een zelfingenomen wijsneus de fabriek in gegaan en er als iets anders weer uitgekomen.

'Ga maar naar huis, Isabelle,' zei Gamache.

De hoofdcommissaris ging door met het lezen van het document dat voor hem lag en sloeg langzaam een bladzijde om.

Beauvoir herkende het. Het was het rapport over de inval waar hij een paar dagen eerder bij betrokken was geweest.

'Ik zie hier,' zei Francoeur langzaam met zijn diepe, kalme stem, 'dat niet al het bewijsmateriaal in de bewijskluisjes terecht is gekomen.'

Hij keek naar Beauvoir, die zijn ogen opensperde.

'Het lijkt erop dat er een hoeveelheid drugs ontbreekt.'

Beauvoir dacht snel na terwijl de hoofdcommissaris zijn blik weer op het rapport richtte.

'Maar ik denk niet dat dat van invloed is op de zaak,' zei Francoeur uiteindelijk terwijl hij zich tot Martin Tessier wendde. 'Haal het uit het rapport.'

Hij gooide het vel naar zijn assistent.

'*Yessir.*'

'Ik ga over een half uur dineren met de kardinaal. Hij maakt zich grote zorgen over het geweld van de motorbendes. Wat kan ik tegen hem zeggen?'

'Dat het betreurenswaardig is dat dat meisje om het leven is gekomen,' zei Tessier.

Francoeur keek Tessier woedend aan. 'Ik denk niet dat ik dat hoef te zeggen, jij wel?'

Beauvoir wist waar ze het over hadden. Dat wist iedereen in Québec. Er waren als gevolg van een autobom een zevenjarig meisje en een aantal leden van de Hell's Angels gedood. Het was overal in het nieuws.

'We waren behoorlijk succesvol in het informeren van rivaliserende bendes,' zei Tessier, 'zodat ze elkaar te lijf gingen.'

Beauvoir was aanvankelijk geschokt door deze strategie, maar hij kon hem inmiddels wel waarderen. Laat criminelen gewoon elkaar om zeep helpen. Het enige wat de Sûreté hoefde te toen was ze een beetje sturen. Door eerst hier wat informatie los te laten, dan daar. De rivaliserende bendes zorgden voor de rest. Het was makkelijk, veilig en vooral effectief. Ja, soms werd er per ongeluk een onschuldige burger vermoord, maar dan gaf de Sûreté de media gewoon de indruk dat de dode man of vrouw helemaal niet zo onschuldig was als zijn of haar familie dacht.

En dat werkte.

Totdat dat kind werd gedood.

'Wat ben je van plan eraan te doen?' vroeg Francoeur.

'Tja, we moeten wel reageren. Een van hun bunkers aanvallen. Omdat de bom die dat kind doodde door de Rock Machine was geplant, moeten we bij hen een inval doen.'

Jean-Guy Beauvoir sloeg zijn ogen neer en keek naar het vloerkleed, naar zijn handen.

O nee, niet ik. Niet weer.

'Ik ben niet geïnteresseerd in details.' Francoeur stond op, waarna de rest ook ging staan. 'Zorg dat het in orde komt. Hoe eerder, hoe beter.'

'*Yessir*,' zei Tessier, die achter Francoeur aan de deur uit liep.

Beauvoir keek hen na en ademde uit. Gelukkig.

Bij de lift gaf de hoofdcommissaris Tessier een flesje.

'Ik geloof dat onze nieuwste rekruut een beetje angstig is, vind je niet?' Francoeur drukte Tessier het flesje in de hand en zei: 'Laat Beauvoir de inval doen.'

Toen stapte hij in de lift.

Beauvoir zat aan zijn bureau en keek wezenloos naar zijn computerscherm. Hij probeerde niet aan de ontmoeting te denken. Niet die met Francoeur, maar met Gamache. Hij had zijn dagen zo ingedeeld dat hij de hoofdinspecteur nooit zou zien. En dat had maandenlang gewerkt. Tot vanavond. Hij voelde overal pijn. Op één plekje na: het plekje op zijn hand. Hoe hij ook zijn best deed het droog te wrijven, het bleef warm en nat aanvoelen.

Beauvoir merkte dat er iemand naast hem was komen staan en keek op.

'Goed nieuws,' zei inspecteur Tessier. 'Je hebt indruk gemaakt op Francoeur. Hij wil dat jij de inval doet.'

Beauvoir voelde een steek in zijn maag. Hij had al twee OxyContin genomen, maar nu kwam de pijn weer terug.

Tessier boog zich over het bureau en zette een flesje pillen bij Beauvoirs hand.

'We kunnen allemaal af en toe wel wat hulp gebruiken.' Tessier tikte op de dop van het flesje en zei zacht en luchthartig: 'Neem er maar een. Het stelt niks voor. Het ontspant gewoon. We nemen ze allemaal. Je zult je er beter door voelen.'

Beauvoir staarde naar het flesje. Ergens klonk een waarschuwing, maar die zat te diep en kwam te laat.

7

Armand Gamache knipte het licht uit en samen met Henri liep hij de gang door naar de lift. Maar in plaats van dat hij op de knop naar beneden drukte, ging hij omhoog. Niet naar de bovenste verdieping, maar naar die eronder. Hij keek op zijn horloge. Half negen. Perfect.

Even later klopte hij op een deur en ging zonder op antwoord te wachten naar binnen.

'*Bon*,' zei commissaris Brunel. 'Je bent er.'

Thérèse Brunel, *petite* en *soignée* als altijd, stond op en gebaarde naar een stoel naast haar echtgenoot, Jérôme, die ook was gaan staan. Ze schudden elkaar de hand en gingen zitten.

Thérèse Brunel was de pensioengerechtigde leeftijd van de Sûreté al gepasseerd, maar niemand had het lef om dat tegen haar te zeggen. Ze was op latere leeftijd in dienst getreden. Ze was getraind door Gamache en had hem al snel ingehaald. Deels door haar eigen bekwaamheid en harde werken, maar deels ook, wisten ze allemaal, omdat zijn carrière op een barricade was gestuit, opgeworpen door hoofdcommissaris Francoeur.

Ze waren al bevriend sinds de politieacademie, toen zij tweemaal zo oud was als de andere rekruten en hij haar docent was.

De rollen en rangen die ze nu hadden, zouden moeten worden omgedraaid. Thérèse Brunel wist dat, Jérôme wist het en Gamache wist het ook, hoewel hij de enige leek te zijn die het niets kon schelen.

Ze waren op de stijve stoelen en bank gaan zitten, en Henri ging tussen Gamache en Jérôme in liggen. De oudste van de twee mannen stak zijn hand uit en aaide de herder afwezig over zijn kop.

Jérôme, die achter in de zeventig was, was zo rond als een tonnetje en als hij wat kleiner was geweest, zou Henri zeker in de verleiding zijn gekomen om achter hem aan te rennen.

Ondanks het verschil in hun rangen, was het duidelijk dat Armand Gamache de leiding had. Dit was zijn bijeenkomst, al was het niet zijn kantoor.

'Wat heb je me te vertellen?' vroeg hij Thérèse.

‘We beginnen in de buurt te komen, denk ik, Armand, maar we hebben een probleem.’

‘Ik ben een paar obstakels tegengekomen,’ verklaarde Jérôme. ‘Degene die dit gedaan heeft, is heel slim. Net als ik denk ergens te komen, ontdek ik dat ik op een dood spoor zit.’

Het klonk als een klacht, maar zijn manier van doen was joviaal. Jérôme had zich naar voren gebogen en zijn handen gevouwen. Zijn ogen stonden helder en hij probeerde een glimlach te onderdrukken.

Hij had er plezier in.

Dokter Brunel was een wetenschapper, hoewel niet in dienst van de Sûreté du Québec. Hij was nu met pensioen, maar voorheen het hoofd van de eerstehulppost van het Hôpital Notre-Dame in Montréal. Zijn werk bestond uit het snel beoordelen van medische noodgevallen, diagnosticeren en behandelen.

Hij was een paar jaar eerder met pensioen gegaan en was zijn bekwaamheid en energie gaan steken in puzzels oplossen en codes ontcijferen. Zowel zijn vrouw als hoofdinspecteur Gamache hadden hem in het verleden om hulp gevraagd bij zaken waarin codes een rol speelden. Maar hij was meer dan een gepensioneerde dokter die op die manier zijn tijd verdreef. Jérôme Brunel was een geboren puzzelaar. Hij kon verbanden zien en leggen waar anderen uren, dagen of eeuwen over deden.

Dokter Brunels favoriete tak van sport waren computers. Hij was een cyberfanaat en genoot van het ingewikkelde vraagstuk dat Gamache hem had voorgelegd.

‘Zo veel beveiligingslagen ben ik nog nooit tegengekomen,’ zei Jérôme. ‘Iemand heeft heel hard zijn best gedaan om iets te verbergen.’

‘Maar wat?’ vroeg Gamache.

‘Je hebt ons gevraagd om uit te zoeken wie dat filmpje van de inval in de fabriek openbaar heeft gemaakt,’ zei commissaris Brunel. ‘Die waar jij de leiding over had, Armand.’

Hij knikte. De opnamen waren gemaakt door de cameraatjes die op de koptelefoons van de agenten zaten. Die hadden alles opgenomen.

‘De zaak is natuurlijk onderzocht,’ vervolgde commissaris Brunel, ‘en de conclusie van de afdeling Cybercriminaliteit was destijds dat een hacker de bestanden heeft gevonden, dat hij ze bewerkt heeft en ze toen op internet heeft gezet.’

‘Bullshit,’ zei Dokter Brunel. ‘Een hacker had die bestanden nooit kunnen vinden. Ze zijn veel te goed beschermd.’

'Maar,' zei Gamache tegen Jérôme, 'wie heeft het dan wel gedaan?'

Ze wisten alle drie wie het gedaan had. Als het niet door een hacker was gedaan, moest het door iemand van de Sûreté zelf zijn gedaan, iemand die hooggeplaatst genoeg was om zijn sporen te wissen. Dokter Brunel had dat spoor gevonden, en probeerde het te volgen.

Ze vermoedden alle drie dat het spoor naar het kantoor boven hen zou leiden, naar de hoogste regionen van de Sûreté.

Maar Gamache vroeg zich al lange tijd af of ze zich wel de juiste vraag stelden; niet wie, maar waarom? Hij vermoedde dat ze zouden ontdekken dat het filmpje niet meer dan de smerige hoop was van een heel groot monster. Dat ze de *merde* verward hadden met het eigenlijke gevaar.

Armand keek naar de anderen. Een hooggeplaatste Sûretébeambte die de pensioenleeftijd gepasseerd was, een dikke dokter en hijzelf; een aan de kant geschoven politieman van middelbare leeftijd.

Slechts drie mensen. En het monster dat ze zochten leek steeds als ze er een blik van opvingen te zijn gegroeid.

Maar Gamache wist dat een nadeel ook een voordeel kon zijn. Ze werden gemakkelijk over het hoofd gezien en als onbelangrijk beschouwd, vooral door mensen die geloofden dat ze onzichtbaar en onoverwinnelijk waren.

'Ik denk dat we in de buurt komen, Armand, maar ik loop steeds tegen een muur op,' zei Jérôme. De dokter keek plotseling met een steelse blik om zich heen.

'Ga door,' zei Gamache.

'Ik weet het niet zeker, maar ik geloof dat ik een spion heb ontdekt.'

Gamache zei niets. Hij wist wat een spion was, een gewone en een cyberspion, maar hij wilde dat Jérôme iets specifieker was.

'Als dat zo is, is hij bijzonder sluw en bekwaam. Het zou kunnen dat hij me al een tijdje in de gaten houdt.'

Gamache zat met zijn ellebogen op zijn knieën en zijn grote handen gevouwen, als een oorlogsschip dat op zijn doel afstevent.

'Is het Francoeur?' vroeg Gamache. Het was niet nodig om poppenkast te spelen.

'Niet hijzelf,' zei Jérôme, 'maar ik denk dat degene die het is, wel in het Sûreténetwerk zit. Ik doe dit nu al heel lang, en ik heb nog nooit zoiets ingewikkelds gezien. Zodra ik hem vind en naar hem kijk, trekt hij zich snel terug.'

'Hoe weet je überhaupt dat hij er is?' vroeg Gamache.

'Ik weet het niet zeker, het is meer een gevoel, een beweging, een verandering.'

Brunel zweeg en voor het eerst merkte Gamache dat de vrolijke dokter bezorgd was. Dat hoe goed hij ook was, dokter Brunel het tegen iemand opnam die nog beter was.

Gamache ging naar achteren zitten, alsof er iets langs hem heen was gelopen dat hem naar achteren had geduwd. Wat hebben we ontdekt?

Ze waren niet alleen op jacht naar een monster, maar het monster leek nu op hen te jagen.

'Weet die spion wie je bent?' vroeg hij Jérôme.

'Ik geloof het niet.'

'Je gelooft het?' vroeg Gamache scherp, zijn ogen priemend.

'Nee,' zei Jérôme, terwijl hij zijn hoofd schudde, 'hij weet het niet.'

Nóg niet. Het woord werd niet uitgesproken, maar wel geïmpliceerd. Nog niet.

'Wees voorzichtig, Jérôme,' zei Gamache terwijl hij opstond en Henri's riem pakte. Hij zei de anderen gedag, vertrok en ging het donker in.

Naarmate ze dieper het bos in reden, werden de lichtjes van de steden en dorpen in zijn achteruitkijkspiegel steeds kleiner. Na een poosje was het helemaal donker, op de lichtbanen van de koplampen op de besneeuwde weg na. Uiteindelijk zag hij een zacht schijnsel in de verte, en hij wist wat het was. Gamache reed een heuvel over en daar in de vallei zag hij drie enorme dennenbomen die met rode, groene en gele lampjes waren versierd. Het leken er wel duizenden. In het dorp zelf hingen lichtjes over veranda's, tuinhekken en de stenen brug.

Toen hij de heuvel afreed, verdween het signaal op zijn telefoon. Er was geen ontvangst meer en hij kon geen e-mails meer ontvangen. Het was alsof hij en Henri, die op de achterbank lag te slapen, van de aardbol waren gevallen.

Hij parkeerde bij Myrna's New and Used Bookstore en zag dat er boven nog licht brandde. Hij had hier verscheidene keren de dood aangetroffen. Dit keer had hij die met zich meegebracht.

8

Clara Morrow was de eerste die de auto opmerkte.

Myrna en zij hadden een eenvoudige maaltijd van een opgewarmde stoofschotel en wat salade gegeten, waarna ze was opgestaan om de afwas te doen. Maar Myrna kwam haar al snel helpen.

'Ik doe het wel even,' zei Clara terwijl ze afwaszeep in het warme water spoot en keek hoe het schuimde. Op de een of andere manier vond ze dat altijd heel bevredigend. Clara voelde zich net een heks, een tovenaar of een alchemist. Het was dan misschien niet zo waardevol als lood in goud veranderen, maar toch nuttig.

Clara Morrow was niet iemand die van huishoudelijk werk hield. Waar ze wel van hield, was magie. Water dat in schuim veranderde. Vuile borden in schone, een leeg doek in een kunstwerk.

Het was niet zozeer de verandering waar ze van hield, als wel de metamorfose.

'Ga jij maar zitten,' zei ze, maar Myrna nam de theedoek ter hand en pakte een schoon, warm bord.

'Het geeft wat afleiding.'

Ze wisten allebei dat afdrogen als een fragiel vlot op een ruwe zee was, maar als Myrna daardoor een poosje het hoofd boven water kon houden, was Clara tevreden.

Ze vervielen in een geruststellend ritme. Zij waste en Myrna droogde.

Toen Clara klaar was, liet ze het water weglopen, veegde ze de wasbak schoon en draaide ze zich om naar de zitkamer. Hij was in al die jaren sinds Myrna haar psychologenpraktijk in Montréal had gesloten en al haar bezittingen in haar auto had geladen, niet veranderd. Toen Myrna Three Pines was komen binnenrijden, had het geleken alsof ze het circus was ontvlucht.

Ze was uitgestapt: een enorme zwarte vrouw, die groter leek dan de auto zelf. Ze was verdwaald op de landwegen en toen ze onverwacht het dorp tegenkwam, was ze gestopt voor een kop koffie, iets lekkers en een plaspauze.

Een pitstop op weg naar ergens anders. Een plek die spannender was, veelbelovender. Maar Myrna Landers was nooit meer vertrokken.

Terwijl ze met een café au lait in de bistro zat en een gebakje at, besefte ze dat ze haar plek gevonden had.

Myrna had haar spullen uitgepakt, de lege winkelruimte naast Olivier's Bistro gehuurd en een boekwinkel voor nieuwe en tweedehands boeken geopend. Ze was gaan wonen in het appartement boven de winkel.

Daar had Clara Myrna leren kennen. Ze was langsgekomen om de nieuwe boekwinkel te bezoeken en hoorde daar geveeg en gevloek van boven komen. Ze was de trap achter in de winkel opgegaan en had Myrna aangetroffen.

Vegend en vloekend.

Sindsdien waren ze vriendinnen.

Ze had Myrna haar wonderen zien verrichten en de lege winkel in een boekwinkel zien veranderen. De lege ruimte in een ontmoetingsplek zien veranderen. Een ongebruikte bovenverdieping in een bewoond appartement zien veranderen. Een ongelukkig leven in een gelukkig leven zien veranderen.

Er mocht dan niet veel gebeuren in Three Pines, maar er gebeurde altijd wel wat.

Clara keek de kamer rond, en door de ramen zag ze de kerstverlichting buiten. Bovendien dacht ze een flits te zien. Koplampen.

Toen hoorde ze de motor. Ze keek naar Myrna, die het ook had gehoord.

Ze dachten allebei hetzelfde.

Constance.

Clara probeerde haar opluchting te onderdrukken, wetend dat het voorbarig was, maar ondanks haar voorzichtigheid kwam het gevoel toch opborrelen.

Ze hoorde het belletje van de voordeur beneden. En voetstappen. Ze konden iemand, één iemand, door de winkel horen lopen.

Myrna pakte Clara bij de hand en riep: 'Hallo?'

Even was het stil. Toen hoorden ze een bekende stem.

'Myrna?'

Clara voelde Myrna's hand koud worden. Het was Constance niet. Het was de boodschapper, de telegraafbeambte die op zijn fiets naar hen toe kwam.

Het was het hoofd van de afdeling Moordzaken van de Sûreté.

Myrna hield haar mok thee zonder ervan te drinken in haar handen. Zo werden haar handen tenminste warm.

Ze staarde naar het ruitje van de houtkachel. Naar de kooltjes en de vlammen die weerkaatsten op haar gezicht, waardoor het levendiger leek dan het eigenlijk was.

Clara zat op de bank en Armand zat in de stoel tegenover die van Myrna. Hij had ook een beker thee in zijn grote handen. Maar hij keek naar Myrna, niet naar het vuur.

Henri had eerst door het appartement lopen snuffelen en kwam toen op het kleed voor de kachel liggen.

'Denk je dat ze geleden heeft?' vroeg Myrna terwijl ze haar blik op het vuur gericht hield.

'Ik denk het niet.'

'Maar je weet niet wie het gedaan heeft?'

Het. Het. Myrna kon zich er niet toe brengen om hardop te zeggen wat 'het' was.

Toen er een hele dag verstreken was en Constance niet op was komen dagen en ook niet gebeld had, had Myrna zichzelf op het ergste voorbereid. Dat Constance een hartaanval had gehad, een beroerte, een ongeluk.

Het was nooit bij haar opgekomen dat het nog erger kon zijn. Dat haar vriendin niet haar leven verloren was, maar dat ze ervan beroofd was.

'We weten het nog niet, maar ik zal het uitzoeken.' Gamache zat nu voorover gebogen.

'Kun je dat?' vroeg Clara, die voor het eerst iets zei sinds hij het nieuws had verteld. 'Woonde ze niet in Montréal? Dat is toch buiten je rechtsgebied?'

'Dat is ook zo, maar het hoofd van de afdeling Moordzaken van Montréal is een vriend van me, en hij heeft de zaak aan mij overgedragen. Kende je Constance goed?' vroeg hij aan Myrna.

Myrna opende haar mond en keek toen naar Clara.

'O,' zei Clara plotseling begripvol. 'Wil je dat ik even wegga?'

Myrna aarzelde, maar schudde toen haar hoofd. 'Nee. Sorry, het is de macht der gewoonte om niet over cliënten te praten.'

'Dus ze was een cliënte?' vroeg Gamache. Hij haalde geen aantekenboekje tevoorschijn, hij luisterde liever goed. 'Niet gewoon een vriendin?'

'Ze was eerst een cliënte, toen mijn vriendin.'

'Hoe hebben jullie elkaar ontmoet?'

'Ze kwam een paar jaar geleden naar mijn praktijk.'

'Hoe lang geleden is dat?'

Myrna dacht even na. 'Drieëntwintig jaar,' zei Myrna met enige verbazing. Maar toen dwong ze zichzelf naar het hier en nu terug te keren. 'Toen ze niet meer voor behandelingen kwam, hebben we contact gehouden. We gingen af en toe samen eten, of naar een toneelstuk. Niet zo vaak, maar omdat we allebei alleenstaand waren, hadden we veel gemeen. Ik mocht haar graag.'

'Was het ongebruikelijk,' vroeg Gamache, 'om bevriend te raken met een cliënt?'

'Een voormalige cliënt. Maar inderdaad, dat was heel ongebruikelijk. Het was de enige keer dat me dat overkomen is. Een psycholoog moet duidelijke grenzen hebben, zelfs voor voormalige cliënten. Ze zitten al in je hoofd, dus als ze ook nog eens deel van je leven worden, heb je een probleem.'

'Maar met Constance gebeurde dat wel?'

Myrna knikte. 'We waren allebei een beetje eenzaam, en ze was geestelijk redelijk stabiel.'

'Rédelijk stabiel?'

'Wie is er nou echt stabiel, Armand?'

Ze keken naar Clara, wier haar recht overeind stond, een ongelukkige samenloop van de muts die ze op had, statische elektriciteit en haar gewoonte om af en toe haar hand door haar haar te halen.

'Wat is er?' vroeg Clara.

Gamache wendde zich weer tot Myrna. 'Heb je Constance ontmoet sinds je naar Three Pines bent verhuisd?'

'Een paar keer, ja, toen ik naar Montréal ging. Nooit hier. We hielden voornamelijk contact door middel van ansichtkaarten en telefoontjes. We waren de afgelopen jaren eigenlijk een beetje uit elkaar gegroeid.'

'Waarom kwam ze dan nu logeren?' vroeg de hoofdinspecteur. 'Had je haar uitgenodigd?'

Myrna dacht na, maar schudde toen haar hoofd. 'Nee, ik geloof het niet. Ik geloof dat zij op het idee was gekomen, hoewel het best mogelijk is dat ze erop gezinspeeld had, en dat ik haar toen heb uitgenodigd.'

'Had ze een bepaalde reden om te komen?'

Weer dacht Myrna na voordat ze antwoord gaf. 'Afgelopen oktober is haar zus overleden, zoals je waarschijnlijk hebt gehoord...'

Gamache knikte. Het was inderdaad in het nieuws geweest, zoals ook de dood van Constance in het nieuws zou komen. Maar de moord op Constance Pineault was een gegeven, de moord op Constance Ouellet was voorpaginanieuws.

'Toen al haar zussen waren overleden, had ze niemand meer in haar leven,' zei Myrna. 'Constance was erg op zichzelf en daar is niets mis mee, maar in haar geval was het een soort overdreven gewoonte geworden.'

'Kun je me de namen van een paar vriendinnen van haar geven?'

Myrna schudde haar hoofd.

'Ken je er niet een?' vroeg hij.

'Ze had er geen.'

'Pardon?'

'Constance had geen vriendinnen,' zei Myrna.

Gamache keek haar verbaasd aan. 'Niet één?'

'Niet één.'

'Maar jij was toch haar vriendin?' zei Clara. 'Ze was met iedereen hier bevriend, zelfs met Ruth.'

Maar al op het moment dat ze het zei, realiseerde Clara zich dat ze zich vergist had. Dat vriendschappelijk met elkaar omgaan nog niet betekent dat je vrienden bent.

Myrna was even stil voordat ze iets zei.

'Constance gaf de indruk van vriendschap en intimiteit zonder dat ze die voelde.'

'Bedoel je dat het allemaal maar toneelspel was?' vroeg Clara.

'Niet helemaal. Ik wil niet dat je denkt dat ze een psychopaat was of zo. Ze hield van mensen, maar er was altijd een grens.'

'Zelfs voor jou?' vroeg Gamache.

'Zelfs voor mij. Een groot deel van haar leven hield ze verborgen.'

Clara herinnerde zich hun gesprek in het atelier, toen Constance had geweigerd om te poseren voor een portret. Ze was niet onbeleefd geweest, maar wel vastberaden. Het voelde alsof ze haar van zich af duwde.

'Wat is er?' vroeg Gamache toen hij de concentratie op Myrna's gezicht zag.

'Ik dacht aan wat Clara net zei, en ze heeft gelijk. Ik geloof dat Constance hier gelukkig was, ik geloof dat ze zich hier bij iedereen op haar gemak voelde, zelfs bij Ruth.'

'Wat maak je daaruit op?' vroeg Gamache.

Myrna dacht na. 'Ik vraag me af...'

Ze keek uit het raam, naar de dennenbomen met de kerstverlichting. De lichtjes dansten in de avondbries.

'Ik vraag me af of ze eindelijk wat opener werd,' zei Myrna terwijl ze haar blik weer op haar gasten richtte. 'Ik heb er niet zo over nagedacht, maar naarmate de dagen verstreken was ze minder op haar hoede, vrijer.'

'Ik mocht anders geen portret van haar schilderen,' zei Clara.

Myrna glimlachte. 'Maar dat is begrijpelijk, vind je niet? Dat was juist waar haar zussen en zij zo bang voor waren: tentoongesteld worden.'

'Maar toen wist ik nog niet wie ze was,' zei Clara.

'Dat maakt niet uit. Zij wist het wel,' zei Myrna. 'Maar ik denk dat tegen de tijd dat ze hier wegging, ze zich veilig voelde, of haar geheim bekend was of niet.'

'En was haar geheim bekend?' vroeg Gamache.

'Ik heb niets gezegd,' zei Myrna.

Gamache keek naar het tijdschrift op het voetenbankje. Een oud exemplaar van *Life*, met op het omslag een beroemde foto.

'Maar je wist toch wel wie ze was?' zei hij tegen Clara.

'Ik heb het Clara vanmiddag verteld,' vertelde Myrna. 'Toen ik begon te accepteren dat Constance waarschijnlijk nooit zou terugkeren.'

'Maar verder wist niemand het?' herhaalde hij terwijl hij het tijdschrift pakte en de foto bekeek. Hij had hem al vele malen gezien. Vijf meisjes met mofjes in leuke winterjassen. Identieke jassen. Identieke meisjes.

'Niet dat ik weet,' zei Myrna.

Opnieuw vroeg Gamache zich af of de man die Constance had vermoord wist wie ze was, of hij besefte dat hij de laatste van haar soort om het leven had gebracht. De laatste van de Ouellet-vijfling.

9

Armand stapte de donkere, koude nacht in. Het was allang opgehouden met sneeuwen en de hemel was helder. Het was net na middernacht, en terwijl hij daar stond en de frisse lucht diep inademde, gingen de lichtjes in de bomen uit.

De hoofdinspecteur en Henri waren de enigen in die donkere wereld. Hij keek omhoog en langzaam verschenen de sterren. De Gordel van Orion, de Grote Beer, de Poolster. En miljoenen andere lichtjes. Allemaal heel helder nu – alleen nu. Het licht dat alleen zichtbaar is in het donker.

Gamache wist niet wat hij moest doen en waar hij heen zou gaan. Hij kon terugkeren naar Montréal, maar hij was moe, dus dat deed hij liever niet. Aan de andere kant had hij niets bij de bed & breakfast geregeld, omdat hij regelrecht naar Myrna wilde gaan. Nu was het na middernacht en alle lichten bij de bed & breakfast waren uit. Hij kon alleen de contouren van de voormalige herberg zien, met daarachter het bos.

Terwijl hij stond te kijken, verscheen op de bovenverdieping een lichtje dat gedempt werd door gordijnen. En even later beneden ook. Toen zag hij licht door het raampje van de voordeur, vlak voordat die openging. Hij zag het silhouet van een grote man op de drempel verschijnen.

'Kom maar jongen,' riep hij, en Henri trok aan de riem.

Gamache liet hem los en de herdershond rende het pad af, de trap op en sprong in de armen van Gabri.

Toen Gamache arriveerde, kwam Gabri met moeite overeind.

'Goed zo, braaf.' Hij omhelsde de hoofdinspecteur. 'Kom binnen, mijn ballen vriezen eraf. Niet dat ik niet met wat minder kan.'

'Hoe wist je dat we hier waren?'

'Myrna belde net. Ze dacht dat je misschien een kamer nodig had.' Hij keek zijn onverwachte gast aan. 'Je wilt toch wel blijven?'

'Heel graag,' zei de hoofdinspecteur, en hij had haast nooit iets zo oprecht gemeend.

Gabri deed de deur achter hen dicht.

Jean-Guy Beauvoir zat in zijn auto naar de gesloten deur te staren. Onderuitgezakt. Niet zo diep dat hij niets meer kon zien, maar wel genoeg om discreet te zijn. Hij was daar met opzet en ergens achter de waas wist hij dat het zielig was wat hij deed.

Maar dat kon hem niet schelen. Hij wilde gewoon dat Annie uit het raam keek. Dat ze zijn auto herkende. Dat ze hem daar zag. Dat ze de deur opende.

Hij wilde...

Hij wilde...

Hij wilde haar weer in zijn armen voelen. Haar geur ruiken. Hij wilde dat ze fluisterde: 'Het komt allemaal wel goed.'

Maar hij wilde vooral geloven dat dat zo was.

'Myrna vertelde ons dat Constance wordt vermist,' zei Gabri terwijl hij een hangertje pakte voor de jas van Gamache. Hij nam de parka aan en zweeg even. 'Ben je hier vanwege haar?'

'Ik ben bang van wel.'

Gabri aarzelde en vroeg toen: 'Is ze dood?'

De hoofdinspecteur knikte.

Gabri drukte de parka tegen zich aan en keek naar Gamache. Hij had nog meer willen vragen, maar deed het niet. Hij zag hoe moe de hoofdinspecteur was. Dus hing hij de jas op en ging de trap op.

Gamache liep achter de enorme, zwaaiende ochtendjas aan naar boven.

Gabri ging hun voor de gang in en stopte bij een bekende deur. Hij knipte het licht aan, waardoor de kamer waar Gamache altijd verbleef zichtbaar werd. In tegenstelling tot Gabri was deze kamer, de hele bed & breakfast zelfs, een toonbeeld van ingetogenheid. Er lagen oriëntaalse kleden op de houten vloer en het bed was groot. Het zag er uitnodigend uit met frisse witte lakens, een dik wit dekbed en donzen kussens.

De inrichting was eenvoudig, maar comfortabel. Simpel, maar uitnodigend.

'Heb je gegeten?'

'Nee, maar dat komt morgenochtend wel.' De klok op het nachtkastje gaf 00.30 uur aan.

Gabri liep naar het raam, opende het op een kier om frisse, koude lucht binnen te laten en trok de gordijnen dicht.

'Hoe laat wil je opstaan?'

'Is half zeven te vroeg?'

Gabri verbleekte. 'Helemaal niet. Dan zijn we allang op.' Hij stond stil bij de deur. 'Je bedoelt half zeven in de avond, hè?'

Gamache zette zijn tas op de vloer naast het bed.

'Merci, patron,' zei hij glimlachend terwijl hij Gabri's blik een moment vasthield.

Voordat hij zich ging omkleden, keek Gamache naar Henri, die bij de deur stond te wachten.

De hoofdinspecteur stond midden in de kamer en keek van het warme, zachte bed naar Henri en weer terug.

'O Henri, ik hoop dat je meer moet doen dan alleen maar spelen,' verzuchtte hij, en hij viste de bal en een plastic zakje uit Henri's tas.

Zachtjes liepen ze de trap af. Gamache trok zijn parka en handschoenen aan, zette zijn muts weer op en deed de voordeur open. Samen gingen ze naar buiten. Hij lijnde Henri niet aan, want er was weinig kans dat hij zou weglopen, omdat Henri een van de minst avontuurlijke honden was die Gamache ooit had meegemaakt.

Het dorp was nu helemaal donker; het silhouet van de huizen was nog net zichtbaar tegen de achtergrond van het bos. Ze liepen in de richting van de schaatsbaan en Gamache keek opgelucht en tevreden toe toen Henri zijn behoefte deed. De hoofdinspecteur raapte het op met het zakje en draaide zich toen om om Henri een brokje te geven.

Maar er was geen hond te bekennen. Elke wandeling, en er waren er al honderden geweest, had Henri vol verwachting naast Gamache gestaan. Elke prestatie verdiende een beloning. Voor wat hoort wat.

Maar Henri was er nu onbegrijpelijk genoeg niet. Hij was verdwenen.

Gamache kon zich wel voor het hoofd slaan en keek naar de riem in zijn hand. Had Henri de geur van een hert of coyote opgevangen en was hij het bos in gerend?

'Henri!' riep de hoofdinspecteur. 'Hier!'

Hij floot en zag toen pootafdrukken in de sneeuw. Ze liepen terug de weg over, maar niet in de richting van de bed & breakfast.

Gamache volgde haastig het spoor naar de overkant van de weg, een berg sneeuw over en een voortuin in. Een niet geruimd tuinpad op. Voor de tweede keer die dag voelde de hoofdinspecteur sneeuw in zijn laarzen. Weer kreeg hij natte sokken. Maar het kon hem niet schelen. Het enige wat hij wilde, was Henri vinden.

Gamache hield zijn pas in. Er stond een donker beest met grote oren verwachtingsvol naar de deur te kijken. Het kwispelde met zijn staart en wachtte tot het werd binnengelaten.

De hoofdinspecteur voelde zijn hart tot bedaren komen en haalde diep adem.

'Henri!' fluisterde hij gebiedend. '*Viens ici!*'

De herder keek in zijn richting.

Hij is naar het verkeerde huis gegaan, dacht Gamache, niet echt verrast. Hoewel Henri een groot hart had, was de omvang van zijn brein heel bescheiden. Zijn kop werd bijna helemaal in beslag genomen door zijn oren, leek er eigenlijk een soort voetstuk voor. Gelukkig had Henri zijn kop niet bepaald ergens bij nodig. Hij droeg alles wat belangrijk was met zich mee in zijn hart. Behalve dan misschien zijn huidige adres.

'Kom hier,' gebaarde de hoofdinspecteur, verbaasd dat Henri, die zo goed getraind was en normaal zo goed luisterde, niet meteen reageerde. 'Je laat die mensen nog schrikken.'

Maar terwijl hij sprak, besefte de hoofdinspecteur dat Henri zich helemaal niet vergist had. Hij was met opzet naar dit huis gelopen. Henri kende de bed & breakfast, maar dit huis kende hij nog beter.

Henri was hier opgegroeid. Hij was als pup naar dit huis gebracht, waar een oudere vrouw voor hem had gezorgd. Emilie Longpré had hem gered, een naam gegeven en van hem gehouden. En Henri hield van haar.

Dit was Henri's huis en dat zou het in sommige opzichten altijd blijven.

Gamache was vergeten dat Henri Three Pines beter kende dan hijzelf. Elke geur, elk grassprietje, elke boom en iedere inwoner.

Gamache keek naar de voet- en pootafdrukken in de sneeuw. Het tuinpad was niet geruimd. De traptreden naar de veranda waren niet geveegd. En het huis was donker en verlaten.

Hij wist zeker dat er niemand meer woonde. Misschien wel niet meer sinds de dood van Emilie Longpré. Toen Armand en Reine-Marie besloten het weeshondje te adopteren.

Henri was het huis niet vergeten. Nee, dacht Gamache terwijl hij de besneeuwde trap op liep om de hond op te halen, hij kende dit huis door en door. Daar stond de herder nu kwispelend te wachten totdat de vrouw die allang dood was hem binnenliet, een brokje gaf en zei dat hij braaf was.

'Braaf,' fluisterde Gamache in de grote oren terwijl hij zich voorover boog en Henri aan de riem deed. Maar voordat hij de trap af ging, keek de hoofdinspecteur door een raam.

Hij zag met lakens bedekt meubilair. Spookmeubilair.

Toen gingen Henri en hij de veranda af. Onder de sterrenhemel liepen ze samen langzaam om de ijsbaan heen.

De een dacht na. De ander wist het nog.

Thérèse Brunel kwam op één elleboog overeind en keek over de bobbel naast haar, Jérôme, heen naar de wekker op het nachtkastje.

Het was één uur 's nachts geweest. Ze liet zich op de matras zakken, keek naar de gelijkmatige ademhaling van haar man en benijdde hem om zijn rust.

Ze vroeg zich af of hij zo rustig was omdat hij niet ten volle besefte hoe ernstig de zaak was, hoewel hij een bedachtzaam man was en het wel zou moeten weten.

Maar waarschijnlijker was dat Jérôme erop vertrouwde dat zijn vrouw en Armand wisten wat ze moesten doen.

Thérèse had zich het grootste deel van hun huwelijk getroost met de gedachte dat Jérôme op de eerstehulppost werkte en hen daarom altijd zou kunnen helpen. Als een van de kinderen of zijzelf zou stikken. Als ze hun hoofd zouden stoten. Of een ongeluk zouden krijgen. Of een hartaanval. Hij zou ze redden.

Maar nu realiseerde ze zich dat de rollen waren omgekeerd. Hij rekende op haar. Maar ze had het hart niet hem te vertellen dat ze geen idee had wat ze moesten doen. Ze had geleerd met doelen te werken, duidelijke doeleinden. De zaak oplossen en de misdadiger arresteren. Maar nu leek alles vager, minder duidelijk omlijnd.

Terwijl commissaris Brunel naar het plafond lag te staren en naar het zware, ritmische ademen van haar echtgenoot lag te luisteren, besefte ze dat het op twee mogelijkheden neerkwam. Dat Jérôme niet ontdekt was in cyberspace. Dat hij niet gevolgd was, en dat denken dat hij gevolgd werd een illusie was.

Of dat hij wel gevonden was en gevolgd werd.

Wat betekende dat een hooggeplaatste persoon binnen de Sûreté zich heel veel moeite had getroost om te verbergen waar hij mee bezig was. Meer moeite dan een walgelijk filmpje rechtvaardigde, hoe populair ook.

Terwijl ze in bed naar het plafond lag te staren, dacht ze het ondenkbare. Stel dat het monster waarop ze jaagden er al jarenlang was, dat het groeide, plannen smeedde en die geduldig uitvoerde?

Hadden ze dat ontdekt? Was Jérôme door het spoor van de gehackte film te volgen op iets veel groters, ouders en verachtelijkers gestuit?

Ze keek weer naar haar man en zag dat hij ook wakker was en naar het plafond lag te staren. Ze raakte zijn arm aan en hij ging op zijn zij liggen, met zijn gezicht vlak bij het hare.

Hij nam haar handen in de zijne en fluisterde: 'Het komt allemaal goed, *ma belle.*'

Ze wou dat ze hem kon geloven.

Aan de andere kant van de ijsbaan bleef de hoofdinspecteur even staan. Henri wachtte geduldig terwijl Gamache nog eens aandachtig naar het donkere, lege huis keek waarin Henri als pup had gewoond. Waar Henri hem die nacht mee naartoe had genomen.

Hij kwam op een idee.

Na een minuut of twee zag Gamache dat Henri zijn voorpoten optilde in een poging van de sneeuw en het ijs op de grond los te komen.

'Kom, we gaan, *mon vieux*,' zei hij en hij liep snel terug naar de bed & breakfast.

Op zijn kamer vond de hoofdinspecteur een bord met dikke boterhammen belegd met plakken ham, een paar koekjes en een beker warme chocolademelk. Hij kon niet wachten tot hij in bed kon kruipen met zijn avondeten.

Maar eerst knielde hij neer en hield Henri's koude voorpoten in zijn warme handen. Eerst de ene, daarna de andere. Toen fluisterde hij: 'Het komt allemaal wel goed.'

En Henri geloofde hem.

10

De volgende ochtend werd er om half zeven op de deur geklopt.

'*Merci, patron*,' riep Gamache. Hij sloeg het dekbed van zich af en liep op zijn tenen door de koude kamer naar het raam om het te sluiten.

Nadat hij gedoucht had, gingen Henri en hij naar beneden, afgaand op de geur van sterke koffie en boven esdoornsnippers gerookte bacon. Er knetterde een vuur in de haard.

'Een of twee eieren, *patron*?' riep Gabri.

Gamache keek de keuken in. 'Twee graag. En nog bedankt voor de boterhammen van gisteravond.' Hij zette de lege borden en de beker in de spoelbak. 'Ze waren heerlijk.'

'Goed geslapen?' vroeg Gabri, die opkeek van de koekenpan waarin hij de bacon bakte.

'Heerlijk.'

En dat was ook zo. Hij had voor het eerst sinds lange tijd diep geslapen.

'Over een paar minuten is het ontbijt klaar,' zei Gabri.

'Tegen die tijd ben ik weer terug.'

Bij de voordeur kwam hij Olivier tegen en de mannen omhelsden elkaar.

'Ik had gehoord dat je er bent,' zei Olivier terwijl ze zich voorovergbogen om hun laarzen aan te trekken.

Olivier kwam overeind en zweeg even. Toen zei hij: 'Gabri heeft me van Constance verteld. Vreselijk. Was het haar hart?'

Toen Gamache geen antwoord gaf en het langzaam tot Olivier doordrong wat het sombere gezicht van de hoofdinspecteur te betekenen had, werden Oliviers ogen langzaam groter.

'Maar dat kan toch niet?' fluisterde hij. 'Heeft iemand haar vermoord?'

'Ik ben bang van wel.'

'Goeie hemel.' Olivier schudde zijn hoofd. 'Rotstad.'

'Verwijt de pot de ketel niet, monsieur?' vroeg Gamache.

Olivier tuitte zijn lippen en liep achter Gamache aan de veranda op, waar hij Henri aanlijnde. Nog een paar dagen en dan kwam de zonnewende, de kortste dag van het jaar. De zon was nog niet op, maar de dorpelingen begonnen in beweging te komen. Terwijl de twee mannen en de hond daar stonden, verschenen er lichtjes achter de ramen rond de ijsbaan en rook het vaag naar houtvuren.

Samen liepen ze naar de bistro, waar Olivier het ontbijt zou klaarmaken voor zijn gasten.

'Hoe?' vroeg Olivier.

'Ze is aangevallen in haar huis. Op haar hoofd geslagen.'

Zelfs in het donker kon hij het gezicht van zijn metgezel zien vertrekken. 'Waarom zou iemand zoiets doen?'

Dat is natuurlijk de vraag, dacht Gamache.

Soms is het 'hoe', bijna altijd is het 'wie', maar de vraag waar elk onderzoek uiteindelijk om draait is 'waarom'.

Waarom had iemand een zevenenzeventig jarige vrouw vermoord? En had hij Constance Pineault of Constance Ouellet vermoord? Wist de moordenaar dat ze een van de beroemde Ouellet-vijfling was? En niet zomaar een van een vijfling, maar de laatste?

Waarom?

'Ik weet het niet,' gaf Gamache toe.

'Is het jouw zaak?'

Gamache knikte en zijn hoofd bewoog op het ritme van zijn voetstappen.

Ze hielden de pas in toen ze bij de bistro aankwamen en Olivier wilde net gedag zeggen toen Gamache zijn hand op zijn arm legde. Olivier keek naar beneden, naar de in een warme handschoen gestoken hand, en toen in Gamaches diepbruine ogen.

Olivier wachtte.

Gamache liet zijn hand zakken. Hij was er helemaal niet zeker van dat wat hij wilde doen wel zo verstandig was. Oliviers knappe gezicht werd roze door de kou. De wolkjes die hij uitblies verschenen langzaam, met gelijkmatige tussenpozen.

De hoofdinspecteur verbrak het oogcontact en keek naar Henri, die met alle vier zijn poten in de lucht in de sneeuw lag te rollen.

'Loop je even een rondje met me mee?'

Olivier was een beetje verrast en heel erg op zijn hoede. Zijn ervaring was dat het bijna nooit een goed teken was als het hoofd van de afdeling Moordzaken vroeg om je onder vier ogen te spreken.

De aangestampte sneeuw op de weg kraakte toen ze in een regelmatig tempo om de ijsbaan liepen. Een lange, stevig gebouwde man en een kleinere, slankere, jongere man. Met de hoofden naar elkaar toe gebogen vertrouwelijk in gesprek. Niet over de moord, maar over iets heel anders.

Ze stonden stil voor het huis van Emilie Longpré. Daar kwam geen rook uit de schoorsteen, brandde geen licht achter de ramen. Maar het bevatte talrijke herinneringen aan een oude vrouw voor wie Gamache veel bewondering had gehad en van wie Henri gehouden had. De twee mannen keken naar het huis en Gamache vertelde wat hij wilde.

'Ik begrijp het, patron,' zei Olivier toen de hoofdinspecteur klaar was met zijn uitleg.

'Dank je wel. En zou je het misschien voor jezelf willen houden?'

'Natuurlijk.'

Vervolgens gingen ze ieder een kant op; Olivier naar de bistro om die te openen en Gamache en Henri naar de bed & breakfast om te ontbijten.

Er stond een grote kom café au lait op de versleten grenenhouten tafel voor de open haard op de hoofdinspecteur te wachten. Nadat hij Henri voer en vers water had gegeven ging Gamache aan de tafel zitten, dronk zijn koffie en maakte aantekeningen. Henri ging aan zijn voeten liggen, maar hij keek op toen Gabri naar hen toe kwam.

'*Voilà.*' De gastheer zette een bord met twee gebakken eieren, bacon, geroosterde Engelse muffins en vers fruit op tafel, schonk daarna zichzelf een café au lait in en ging bij de hoofdinspecteur zitten.

'Een paar minuten geleden belde Olivier uit de bistro,' zei Gabri. 'Hij vertelde me dat Constance is vermoord. Is dat waar?'

Gamache knikte en nam een slokje koffie. Vol en rijk van smaak was die. 'Heeft hij nog iets anders gezegd?' Gamache klonk luchtig, maar hij keek Gabri aandachtig aan.

'Hij zei dat het bij haar thuis is gebeurd.'

Gamache wachtte, maar schijnbaar had Olivier de rest van hun gesprek geheim gehouden, zoals hij had beloofd.

'Dat klopt.'

'Maar waarom?' Gabri pakte een van de geroosterde muffins.

Net als zijn partner, dacht Gamache, had Gabri niet gevraagd wíé het gedaan heeft, maar waarom.

Maar Gamache kon natuurlijk nog geen van beide vragen beantwoorden.

'Wat vond je van haar?'

'Ze is hier maar een paar dagen geweest,' zei Gabri. Toen dacht hij over de vraag na. Gamache wachtte, benieuwd naar het antwoord.

'Toen ze hier aankwam, was ze vriendelijk maar gereserveerd,' zei Gabri uiteindelijk. 'Het was duidelijk dat ze niet van homo's hield.'

'Vond je haar aardig?'

'Ja. Sommige mensen hebben gewoon niet zo veel homo's ontmoet, dat is hun probleem.'

'Maar toen ze Olivier en jou eenmaal ontmoet had?'

'Nou, ze werd niet echt dol op homo's, maar het beste alternatief.'

'En dat is?'

In plaats van een gekke grap te maken, werd Gabri plotseling serieus. 'Ze werd heel moederlijk, voor ons allebei. Voor ons allemaal, geloof ik, behalve voor Ruth.'

'Hoe was ze tegen Ruth?'

'In het begin wilde Ruth niets met haar te maken hebben. Ze had meteen de pest aan Constance. Zoals je weet is Ruth er trots op dat ze iedereen haat. Rosa en zij gedroegen zich afstandelijk en mompelden vieze woorden.'

'Zoals Ruth op iedereen reageert dus,' zei Gamache.

'Ik ben blij dat Rosa er weer is,' fluisterde Gabri vertrouwelijk om daarna overdreven bezorgd om zich heen te kijken. 'Maar ziet ze er niet een beetje uit als iemand die naar haar pijpen danst?'

'Kunnen we even bij de les blijven, Dorothy?' zei Gamache.

'Het gekke is dat, na Constance eerst behandeld te hebben als iets wat Rosa had uitgepoept, Ruth haar plotseling aardig ging vinden.'

'Ruth?'

'Ik weet het. Ik had nog nooit zoiets gezien. Ze hebben op een avond zelfs samen gegeten. Bij Ruth thuis, zonder anderen erbij.'

'Ruth?' herhaalde Gamache.

Gabri smeerde wat marmelade op zijn muffin en knikte. Gamache keek hem aandachtig aan, maar Gabri leek niets te verbergen. Toen besefte de hoofdinspecteur dat Gabri geen idee had wie Constance was. Want als hij dat wel wist, had hij al wel iets over haar gezegd.

'Dus voor zover je weet is hier niets gebeurd wat haar dood zou verklaren?' vroeg Gamache.

'Niets.'

Gamache at zijn ontbijt, waarbij Gabri een handje meehielp, stond toen op en riep Henri.

'Zal ik je kamer voor je aanhouden?'

'Graag.'

'En natuurlijk een voor inspecteur Beauvoir. Komt hij ook?'

‘Ehm, nee. Hij is met een andere zaak bezig.’

Gabri zweeg en knikte. ‘Ah.’

Geen van tweeën wist wat dat ‘ah’ te betekenen had.

Gamache vroeg zich af hoe lang het nog zou duren voordat de mensen niet langer in gedachten Beauvoir naast hem zagen staan. En hoe lang het zou duren voordat hijzelf Jean-Guy niet meer naast hem verwachtte. Het was niet zozeer de pijn die moeilijk te verdragen was, maar de zware last.

Toen de hoofdinspecteur en Henri bij de bistro aankwamen, heerste er een grote bedrijvigheid door alle mensen die waren komen ontbijten. Hoewel ‘bedrijvigheid’ misschien niet het juiste woord was, want niemand leek haast te hebben.

Menig dorpeling zat met een kop koffie bij een van de open haarden de ochtendkrant te lezen, die een dag te laat uit Montréal kwam. En sommigen zaten aan de ronde tafeltjes wentelteefjes te eten, of *crêpes*, of gebakken ei met bacon.

De zon was net verschenen en het beloofde een prachtige dag te worden.

Toen hij naar binnen liep, werden alle ogen op hem gericht. Daar was hij aan gewend. Ze wisten natuurlijk van Constance. Ze wisten dat ze vermist werd, en ze zouden ook te weten komen dat ze dood was. Vermoord.

De blikken die de zijne kruisten terwijl hij rondkeek, waren nieuwsgierig. Sommigen keken verdrietig, anderen zoekend of gewoon vragend, alsof hij een zak antwoorden over zijn schouder droeg.

Toen hij zijn parka ophing, zag Gamache dat er ook een paar mensen glimlachten. De dorpelingen hadden zijn metgezel herkend, die met de grote oren. Een verloren zoon. En Henri herkende hen, en begroette ze met een lik, gekwispel en ongepast gesnuffel terwijl ze door de bistro liepen.

‘Hier.’

Bij een groepje stoelen en een bank zag Gamache Clara staan. Hij zwaaide terug en liep tussen de tafels door naar haar toe. Olivier kwam er ook bij, een theedoek over zijn schouder geslagen en een vochtig doekje in zijn hand. Terwijl de hoofdinspecteur Clara, Myrna en Ruth begroette, maakte Olivier de salontafel even schoon.

‘Vinden jullie het goed als Henri ook blijft, of hebben jullie liever dat ik hem naar de bed & breakfast terugbreng?’ vroeg Gamache.

Olivier keek naar Rosa. De eend zat in een leunstoel bij het vuur, boven op de *Gazette*. Over de leuning hing *La Presse*, klaar om gelezen te worden.

‘Ik denk dat het wel kan,’ zei Olivier.

Ruth klopte op de plek naast haar op de bank, wat alleen maar als een uitnodiging om te komen zitten geïnterpreteerd kon worden. Het was als een molotovcocktail op naam.

Gamache ging zitten.

'Vertel, waar is Beauvoir?'

De hoofdinspecteur was vergeten dat Jean-Guy en Ruth tegen alle verwachtingen in bevriend waren geworden. Dat ze een zekere verstandhouding hadden, in elk geval.

'Hij is met een andere zaak bezig.'

Ruth keek de hoofdinspecteur doordringend aan, maar hij keek kalm terug.

'Had hij je eindelijk toch door, hè?'

Gamache glimlachte. 'Ik denk het.'

'En hoe is het met je dochter? Is hij nog steeds verliefd op haar, of heeft hij dat ook verpest?'

Gamache bleef in de koude, oude ogen kijken.

'Ik ben blij dat Rosa er weer is,' zei hij na een hele tijd. 'Ze ziet er goed uit.'

Ruth keek van Gamache naar de eend, en toen weer naar de hoofdinspecteur. Vervolgens gebeurde er iets wat hij nooit eerder had meegemaakt. Ze bond in.

'Dank je wel,' zei ze.

Armand haalde diep adem. De bistro rook naar vers dennenhout, houtvuur en een vleugje verse tulband. Er hing een kerstkrans aan de schoorsteenmantel en in de hoek stond een boom met een ratjetoe van versiersels en snoep.

Hij wendde zich tot Myrna. 'Hoe gaat het?'

'Niet zo best,' zei ze met een klein lachje. Ze zag er inderdaad uit alsof ze weinig geslapen had.

Clara pakte de hand van haar vriendin.

'Inspecteur Lacoste krijgt vanochtend al het bewijsmateriaal van de politie van Montréal,' vertelde hij hun. 'Ik rijd naar de stad en neem samen met haar de verhoren door. De belangrijkste vraag op dit moment is of degene die Constance heeft vermoord wist wie ze in werkelijkheid was.'

'Je bedoelt of het een vreemde was,' zei Olivier, 'of iemand die Constance bewust als doelwit heeft gekozen.'

'Dat is altijd de vraag,' gaf Gamache toe.

'Denk je dat ze met voorbedachten rade is vermoord?' vroeg Clara. 'Of was het een ongeluk? Een uit de hand gelopen inbraak?'

'Was het een geval van *mens rea*, een schuldige geest, of was het een ongeluk?' zei Gamache. 'Dat zijn de vragen die we ons zullen stellen.'

'Wacht even,' zei Gabri, die er ook bij was komen zitten, maar ongewoon stil was geweest voor haar doen. 'Hoe bedoel je "wie ze in werkelijkheid was"? Je zei niet: "wie ze was", maar: "wie ze in werkelijkheid was". Wat bedoelde je daarmee?'

Gabri keek van Gamache naar Myrna en weer terug.

'Wie was ze?'

De hoofdinspecteur boog zich naar voren en stond op het punt om antwoord te geven, maar toen keek hij naar Myrna, die stilletjes in haar stoel zat. Hij knikte. Myrna had het geheim decennialang bewaard. Het was aan haar om het te vertellen.

Myrna deed haar mond open, maar toen klonk er een andere stem, verongelijkt: 'Ze was Constance Ouellet, eikel.'

10

'Constance Ouellet-Eikel?' vroeg Gabri.

Ruth en Rosa keken hem boos aan.

'Fuck, fuck, fuck,' snaterde de eend zacht.

'Het was Constance Ouellet,' verduidelijkte Ruth ijzig, 'jij bent de eikel.'

'Wist jij dat?' vroeg Myrna aan de oude dichteres.

Ruth tilde Rosa op, zette de eend op schoot en aaide haar als een kat. Rosa strekte haar nek, stak haar snavel omhoog naar Ruth, en nestelde zich in haar schoot.

'Eerst niet. Ik dacht dat ze gewoon een saaie ouwe muts was, net als jij.'

'Wacht eens even,' zei Gabri, en hij wapperde met zijn grote hand voor zijn gezicht alsof hij de verwarring wilde wegwuiven. 'Constance Pineault was Constance Ouellet?'

Hij wendde zich tot Olivier.

'Wist jij dat?' Maar het was duidelijk dat zijn partner net zo verbaasd was.

Gabri keek de kring rond en liet zijn blik uiteindelijk op Gamache rusten.

'Hebben we het hier over hetzelfde? De Ouellet-vijfling?'

'*C'est ça*,' zei de hoofdinspecteur.

'De vijfling?' zei Gabri nog eens, nog niet helemaal in staat het te vatten.

'Inderdaad,' bevestigde Gamache. Maar dat leek Gabri's verbijstering alleen maar te versterken.

'Ik dacht dat ze allemaal dood waren,' zei hij.

'Waarom zegt iedereen dat toch steeds?' vroeg Myrna.

'Nou, het lijkt allemaal al zo lang geleden. Er was eens...'

Ze zaten zwijgend bijeen. Gabri had de spijker op z'n kop geslagen. Hij had precies gezegd wat ze allemaal dachten. Ze waren niet zozeer verbaasd dat een van de Ouellet-vijfling was overleden, maar dat er nog in leven waren geweest. En dat er een in hun midden had rondgelopen.

De vijfling was een legende in Québec. In heel Canada. Wereldwijd. Ze waren een fenomeen. Zonderlingen, bijna. Vijf eeneiige meisjes. Geboren tijdens de Depressie. Verwekt zonder vruchtbaarheidsbehandeling. Op een natuurlijke manier verwekt, niet door middel van een reageerbuisje. De enige natuurlijke vijfling die ooit in leven was gebleven. En dat hadden ze zevenenzeventig jaar volgehouden. Tot gisteren.

‘Constance was de enige die nog over was,’ zei Myrna. ‘Haar zus, Marguerite, is afgelopen oktober overleden. Een beroerte.’

‘Was Constance getrouwd?’ vroeg Olivier. ‘Komt daar de naam Pineault vandaan?’

‘Nee, niemand van de vijfling is getrouwd,’ zei Myrna. ‘Ze gebruikten de meisjesnaam van hun moeder, Pineault.’

‘Waarom?’ vroeg Gabri.

‘Waarom denk je, stomkop?’ vroeg Ruth. ‘Niet iedereen is dol op aandacht, hoor.’

‘Hoe wist jij dan wie ze was?’ vroeg Gabri streng.

Dat snoerde Ruth tot ieders verbazing de mond. Ze hadden een bruusk antwoord verwacht, geen stilte.

‘Dat heeft ze me verteld,’ zei Ruth. ‘Maar we praatten er verder niet over.’

‘O kom op, zeg,’ zei Myrna. ‘Ze heeft je verteld dat ze er een van de Ouellet-vijfling was en je hebt er verder niets over gevraagd?’

‘Of je het nu gelooft of niet,’ zei Ruth. ‘Dat is helaas de waarheid.’

‘De waarheid? Jij weet nog niet wat de waarheid is als je erdoor in je kont wordt gebeten,’ zei Gabri.

Ruth negeerde hem en richtte haar aandacht op Gamache, die aandachtig naar haar had zitten kijken.

‘Is ze vermoord omdat ze er een van de Ouellet-vijfling was?’ vroeg Ruth hem.

‘Wat denk jij?’ vroeg hij.

‘Ik zou niet weten waarom,’ antwoordde Ruth. ‘Maar ja...’

Maar ja, dacht Gamache terwijl hij opstond. Maar ja. Waarom zou ze anders vermoord zijn?

Hij keek op zijn horloge. Bijna negen uur. Tijd om te gaan. Hij excuseerde zich en ging telefoneren bij de bar; hij bedacht net dat zijn mobiele telefoon het in Three Pines niet deed, en dat hij ook geen e-mail kon ontvangen. Hij verwachtte bijna allerlei berichten in de lucht boven het dorp te zien vliegen, omdat ze hier niet konden neerstrijken. Ze zouden wachten tot hij de heuvel op reed en Three Pines verliet en zich dan op hem storten.

Maar zolang hij hier was, konden ze hem niet bereiken. Armand Gamache vermoedde dat dat een van de redenen was waarom hij zo lekker had geslapen. En waarom Constance Ouellet zich steeds beter op haar gemak was gaan voelen in het dorp.

Hier was ze veilig. Hier kon niets haar bereiken. Pas na haar vertrek was ze vermoord.

Of...

Terwijl de telefoon overging dacht hij koortsachtig na.

Of...

Ze was niet gedood voordat ze de eerste keer wilde vertrekken, realiseerde hij zich. Constance Ouellet was vermoord toen ze wilde terugkeren naar Three Pines.

'Bonjour, patron,' klonk de opgewekte stem van inspecteur Lacoste door de telefoon.

'Hoe wist je dat ik het was?' vroeg hij.

'De nummermelder gaf "Bistro" aan. Dat is onze code voor u.'

Hij zweeg even en vroeg zich af of dat waar was, maar toen lachte ze.

'Bent u nog in Three Pines?'

'Ja, maar ik sta op het punt om te vertrekken. Wat heb je voor me?'

'We hebben het rapport van de lijkschouwer en de uitslag van het forensisch onderzoek van het corps van Montréal. En ik zit net de verklaringen van de buurtbewoners door te lezen. Ik heb alles naar u doorgestuurd.'

Dat vliegt nu dus allemaal boven het dorp, dacht Gamache.

'Is er nog iets wat ik moet weten?'

'Op dit moment niet. In de buurt wisten ze blijkbaar niet wie ze was.'

'Weten ze dat nu wel?'

'We hebben het niet verteld. We willen dit zo lang mogelijk stilhouden. Er zal een hele mediastorm op gang komen als bekend wordt dat de laatste van de vijfling niet zomaar gestorven is, maar vermoord.'

'Ik wil de plaats delict nog een keer bezoeken. Kun je over anderhalf uur bij het huis van de Ouellets zijn?'

'*D'accord*,' zei Lacoste.

Gamache keek op, naar de spiegel achter de bar. Hij zag zichzelf erin, en achter hem de bistro met de kerstversiering en het uitzicht op het besneeuwde dorp. De zon was inmiddels op en scheen over de boomtoppen. De lucht was heel licht winterblauw. De meeste mensen in de bistro zaten weer te praten – geanimeerd en opgewonden door het nieuws dat ze een van de Ouellet-vijfling persoonlijk hadden gekend. Gamache voelde de eb en vloed van hun emoties. De ontdekking wond hen op. Vervolgens herinnerden ze zich dat ze dood was. Ze dachten aan het fenomeen van de vijfling, daarna aan de moord. Het waren net atomen die tussen twee polen heen en weer schoten, niet in staat op één plek te blijven.

De vrienden bij de open haard betoonden Myrna hun medeleven. Maar toch... Op het moment dat hij in de spiegel had gekeken, had hij gemeend iets te zien bewegen. Iemand had naar hem zitten kijken en vervolgens snel zijn ogen afgewend.

Eén paar ogen bleef echter strak op hem gericht. Staarde hem ononderbroken aan.

Henri.

De herder zat hem heel beheerst aan te kijken, zich niet bewust van het geroezemoes om hem heen. Hij keek gebiologeerd naar Gamache en wachtte. Hij zou eeuwig blijven wachten, in het volste vertrouwen dat Gamache hem niet zou vergeten.

Gamache hield de blik van de herder vast en glimlachte in de spiegel. Henri kwispelde met zijn staart, maar de rest van zijn lijf bleef roerloos.

'Wat nu, patron?' vroeg Olivier, die om de bar heen kwam lopen toen Gamache de hoorn op de haak legde.

'Ik ga terug naar Montréal. Er is werk aan de winkel, vrees ik.'

Olivier pakte de telefoon. 'Tja, ik ga ook weer verder. Sterkte, hoofdinspecteur.'

'Jij ook, *mon vieux*.'

Hoofdinspecteur Gamache trof Isabelle Lacoste voor het huis van Constance en samen gingen ze naar binnen.

'Waar is Henri?' vroeg ze terwijl ze het licht in huis aandeed. Het was een zonnige dag, maar alles in huis leek dof, alsof de kleuren waren verbleekt.

'Ik heb hem bij Clara in Three Pines achtergelaten. Ze leken dat allebei wel fijn te vinden.'

Hij had tegen Henri gezegd dat hij terug zou komen, en de herder had hem geloofd.

Gamache en Lacoste gingen aan de keukentafel zitten en namen samen de verhoren en de vondsten van het forensisch team door. De politie van Montréal was grondig geweest in het afnemen van verklaringen, monsters en vingerafdrukken.

'Alleen vingerafdrukken van haar, zie ik,' zei Gamache zonder op te kijken van het rapport. 'Geen sporen van opengebroken ramen of deuren, en de deur zat niet op slot toen we hier kwamen.'

'Dat hoeft niets te betekenen,' zei Lacoste. 'Als u bij de verklaringen van de buren komt, zult u zien dat de meeste overdag, als ze thuis zijn, hun deur niet op slot doen. Dit is een oude, al lang bestaande buurt. Geen criminaliteit.

De families die hier wonen, wonen er al jaren. Generaties lang, in sommige gevallen.'

Gamache knikte, maar vermoedde dat Constance Ouellet haar deuren op slot had gehouden. Haar dierbaarste bezit leek haar privacy te zijn geweest, en ze had vast niet gewild dat een of andere buur met goede bedoelingen haar die zou afnemen.

'De lijkschouwer bevestigt dat ze voor middernacht is vermoord,' las hij voor. 'Tegen de tijd dat we haar vonden , was ze al anderhalve dag dood.'

'Dat verklaart ook waarom niemand iets gezien heeft,' zei Lacoste. 'Het was donker en koud, iedereen zat binnen televisie te kijken of cadeautjes in te pakken, of ze lagen te slapen. Bovendien heeft het die hele dag gesneeuwd, waardoor alle eventuele sporen zijn gewist.'

'Hoe is hij binnengekomen?' vroeg Gamache terwijl hij Lacoste aankeek. De gedateerde keuken om hen heen leek te wachten tot een van hen een pot thee zou zetten of de koekjes uit de trommel zou opeten. Het was een uitnodigende keuken.

'Nou, de deur was niet op slot toen we hier kwamen, dus óf hij was niet afgesloten en de dader heeft zichzelf binnengelaten, óf de deur was op slot, de dader heeft aangebeld en zij heeft hem binnengelaten.'

'En toen heeft hij haar vermoord en is weggegaan,' zei Gamache. 'Waarna hij de deur gewoon achter zich dicht heeft getrokken.'

Lacoste knikte en keek naar Gamache, die achteroverleunde en zijn hoofd schudde.

'Constance Ouellet zou hem nooit hebben binnengelaten. Myrna zei dat ze zo teruggetrokken leefde dat het bijna ziekelijk was, en dit bevestigt dat.' Hij tikte op het forensisch rapport. 'Wanneer heb jij voor het laatst een huis gezien waarin maar van één persoon vingerafdrukken zijn gevonden? Er kwam hier niemand. Er werd tenminste niemand uitgenodigd.'

'Dan moet de deur open zijn geweest en heeft hij zichzelf binnengelaten.'

'Een deur open laten lag niet in haar aard,' zei de hoofdinspecteur. 'Maar stel dat ze zich had aangewend haar deur niet op slot te doen, zoals de rest van de buurt. Het was laat en ze maakte zich op om naar bed te gaan. Dan zou ze tegen die tijd toch wel de deur hebben afgesloten, *non*?'

Lacoste knikte. Of Constance had de moordenaar binnengelaten, of hij had zichzelf toegang verschaft.

Geen van deze twee mogelijkheden leek hen waarschijnlijk, maar één ervan was het geval geweest.

Gamache las de rest van de rapporten terwijl inspecteur Lacoste nauwkeurig het huis doorzocht, te beginnen bij de kelder. Hij hoorde haar spullen verschuiven, maar verder klonk alleen het doffe 'tik-tak' van de klok boven de gootsteen, die het verstrijken van de tijd aangaf.

Uiteindelijk liet hij de papieren zakken en zette zijn bril af.

De buren hadden niets gezien. De oudste buurtbewoner, die al haar hele leven in de straat woonde, wist nog wanneer de drie zusters er waren komen wonen, vijfendertig jaar geleden.

Constance, Marguerite en Josephine.

Voor zover ze wist was Marguerite de oudste, al was Josephine als eerste gestorven, vijf jaar geleden. Aan kanker.

De zusters waren vriendelijk, maar op zichzelf geweest. Ze hadden nooit bezoek gehad, maar ze kochten altijd kistjes sinaasappels of grapefruits en kerstchocolaatjes van de kinderen die ze aan de deur verkochten voor een goed doel, en op warme zomerdagen maakten ze een praatje met voorbijgangers als ze in de tuin aan het werk waren.

Ze waren hartelijk geweest zonder zich met anderen te bemoeien. En ze lieten anderen zich ook niet met hen bemoeien.

'De ideale buren,' had de vrouw gezegd.

Ze woonde naast de zusters en had ooit een glaasje limonade gedronken met Marguerite. Ze hadden samen op de veranda gezeten en naar Constance zitten kijken, die de auto aan het wassen was. Ze hadden haar aangemoedigd en plagerig plekjes aangewezen die ze had overgeslagen.

Gamache zag het voor zich. Hij proefde in gedachten de friszure limonade en rook het koude water uit de tuinslang dat de hete stoep raakte. Hij vroeg zich af hoe het mogelijk was dat de oude buurvrouw niet wist dat ze daar met een van de Ouellet-vijfling had gezeten.

Hoewel hij het antwoord eigenlijk wel wist.

De vijfling bestond alleen op vergeelde zwart-witfoto's en in nieuwsfilmpjes. Ze woonden in een sprookjespaleis en droegen jurkjes met ruches. En ze waren altijd met z'n vijven.

Niet met z'n drieën. Niet alleen.

Er waren vijf meisjes, voor altijd kinderen.

De Ouellet-vijfling was niet echt. Ze werden niet ouder en ze gingen niet dood. En ze dronken al helemaal geen limonade in Pointe-Saint-Charles.

Daarom had niemand hen herkend.

Het hielp ook dat ze niet herkend *wílden* worden. Zoals Ruth zei: niet iedereen wil aandacht.

'Dat is helaas de waarheid,' had Ruth gezegd.

Helaas, dacht hoofdinspecteur Gamache. Hij liep de keuken uit en begon zijn eigen onderzoek.

Clara Morrow zette een bak vers water op de vloer, maar Henri was te opgewonden. Hij rende druk snuffelend door het huis. Clara keek naar hem en voelde zich verdrietig en blij tegelijk. Het was nog niet zo lang geleden dat ze haar golden retriever Lucy een spuitje had moeten laten geven. Myrna en Gabri waren met haar meegegaan, maar Clara had zich toch alleen gevoeld. Peter was er niet bij.

Ze had overwogen om hem op te bellen om hem over Lucy te vertellen, maar Clara wist dat dat alleen maar een excuus was om contact op te nemen.

De afspraak was dat ze een jaar zouden wachten, en Peter was pas een half jaar weg.

Clara liep achter Henri aan haar atelier in, waar hij een oude bananenschil had gevonden. Ze nam hem van hem af en bleef staan voor het doek waar ze aan bezig was, maar waar nog nauwelijks een ruwe schets op stond.

Het spook op het doek was haar man.

Soms kwam ze hier 's ochtends of 's avonds tegen hem praten. Hem over haar dag vertellen. Soms kwam ze hier zelfs met een kaars en haar avondeten zitten en at dan bij kaarslicht, naast de aftekening van Peter. Ze at en praatte tegen hem, vertelde hem wat ze die dag had meegemaakt. Over kleine dingetjes die alleen een goede vriend iets zouden kunnen schelen. En over grote dingen, zoals de moord op Constance Ouellet.

Clara schilderde en praatte tegen het portret. Een penseelstreek hier, een lik daar. Een echtgenoot die ze zelf creëerde. Die luisterde. Aandacht had.

Henri liep nog steeds te snuffelen en te snuiven. Nu hij een bananenschil had gevonden, was er reden om te hopen dat er nog meer lagen. Maar toen Clara even van haar schilderij opkeek, realiseerde ze zich dat hij niet naar een bananenschil zocht, maar naar Armand.

Clara stak haar hand in haar zak en haalde er een van de hondenkoekjes uit die Armand had achtergelaten. Toen bukte ze en riep de hond. Henri hield op met struinen en keek haar aan, zijn satellietoren in de richting van haar stem gedraaid. Hij ving zijn favoriete zender op, die van de hondenkoekjes.

Hij kwam naar haar toe, ging zitten en nam voorzichtig het koekje in de borm van een bot van haar aan.

'Toe maar,' zei ze geruststellend tegen hem terwijl ze haar voorhoofd tegen zijn kop drukte. 'Hij komt wel weer terug, hoor.'

Toen richtte Clara zich weer op het portret.

'Ik heb Constance gevraagd om voor me te poseren,' zei ze tegen de natte verf, 'maar ze wilde niet. Ik weet eigenlijk niet waarom ik het vroeg. Je hebt gelijk, ik ben de beste kunstenaar van Canada, misschien wel van de hele wereld, dus ze had blij moeten zijn.'

Ze kon net zo goed overdrijven, deze Peter kon niet geërgerd zijn ogen ten hemel slaan.

Clara deed een stap naar achteren en stak het penseel tussen haar tanden, waarbij er een veeg rauwe omber op haar wang terechtkwam.

'Ik ben gisteravond bij Myrna blijven slapen.' Ze beschreef aan Peter hoe ze het warme dekbed om zich heen had getrokken, het oude exemplaar van *Life* op haar knieën had gelegd en het omslag had bestudeerd. Aanvankelijk vond ze de meisjes schattig, maar naarmate ze langer keek, kreeg de foto iets bovennatuurlijks, iets angstaanjagends zelfs.

'Ze waren precies gelijk, Peter. Hun uitdrukking, hun stemming. Ze leken niet gewoon op elkaar, ze waren precies hetzelfde.'

Clara Morrow, de kunstenares, de portretschilderes, had hun gezichten afgespeurd naar sporen van eigenheid. Maar ze had er niet één gevonden. Ze zat rechtop in bed, maar had zich tegen de kussens laten zakken. Ze had teruggedacht aan de oudere vrouw die ze had ontmoet. Clara vroeg niet zo veel mensen om te poseren voor een portret. Het vergde te veel van haar om dat in een opwelling te doen. Maar toch had ze het Constance ogenschijnlijk in een opwelling gevraagd. Constance had het resoluut geweigerd.

Zo erg had ze ook weer niet overdreven tegen Peter. Clara Morrow was verrassend beroemd geworden om haar portretten. Het had haar in elk geval verrast. En haar man, die eveneens kunstenaar was, helemaal.

Ze herinnerde zich wat John Singer Sargent had gezegd: 'Steeds wanneer ik een portret schilder, raak ik een vriend kwijt.'

Clara was haar man kwijt. Niet omdat ze hem geschilderd had, maar omdat ze beter was geworden dan hij. Soms, op donkere winteravonden, zou ze willen dat ze het bij haar gigantische voeten en krijgslustige baarmoeders had gehouden.

'Hoewel, het waren niet mijn schilderijen waardoor je bent vertrokken, hè?' vroeg ze aan het doek. 'Het waren de spoken uit je verleden. Die hebben je er uiteindelijk onder gekregen.'

Ze keek hem nauwlettend aan.

'Wat moet dat pijnlijk zijn geweest,' zei ze zacht. 'Waar ben je, Peter? Ben je opgehouden met vluchten? Ben je de confrontatie aangegaan met datgene wat je geluk, je creativiteit, je gezond verstand en ook je liefde kapot heeft gemaakt?'

Het had zíjn liefde kapotgemaakt, maar niet die van Clara.

Henri ging op het kale stuk vloerkleed bij Clara's voeten liggen. Ze pakte haar penseel en liep naar het doek.

'Hij komt terug,' fluisterde ze, misschien tegen Henri.

Hoofdinspecteur Gamache keek in laden, kleerkasten en keukenkastjes om de inhoud van het huis van Constance Ouellet te onderzoeken. In de kast bij de voordeur trof hij een jas aan, een kleine verzameling hoeden en een paar handschoenen.

Ze was geen verwoed verzamelaar geweest.

Hij keek naar de boekenplanken en de schoorsteenmantel. Hij ging op zijn knieën zitten en keek onder de meubels. Voor zover de politie van Montréal kon ontdekken, was Constance niet beroofd. Haar portemonnee lag er nog, met geld en al. Op straat stond haar auto geparkeerd. Er waren geen lege plekken op de muur waar misschien een schilderij had gehangen, of in het snuisterijenkastje waar ooit een verrassend waardevol beeldje kon hebben gestaan.

Er was niets weg.

Maar toch keek hij.

Hij wist dat hij hetzelfde deed als wat de politie van Montréal al had gedaan, maar hij zocht iets anders. Zij hadden naar sporen van de dader gezocht. Een met bloed besmeurde handschoen, een extra sleutel, een dreigbriefje. Een vingerafdruk, een voetafdruk. Sporen van diefstal.

Hij zocht naar sporen van haar leven.

'Niets,' zei inspecteur Lacoste terwijl ze het stof uit de kelder van haar handen veegde. 'Ze waren niet erg sentimenteel, geloof ik. Geen babykleertjes, geen oud speelgoed, geen slee of sneeuwschoenen.'

'Sneeuwschoenen?' vroeg Gamache geamuseerd.

'De kelder van mijn ouders staat er vol mee,' zei Lacoste. 'En als ze doodgaan, staat de mijne er vol mee.'

'Zou je ze dan niet wegdoen?'

'Dat zou ik niet kunnen. U wel?'

'Madame Gamache en ik hebben ook een paar spullen van onze ouders bewaard. Zoals je weet heeft ze driehonderd broers en zussen, dus er was geen sprake van dat alles naar ons zou gaan.'

Isabelle Lacoste lachte. Elke keer als de hoofdinspecteur het over de familie van madame Gamache had, kwamen er broers en zussen bij. Ze vermoedde dat het voor een enig kind als de hoofdinspecteur overweldigend moest zijn geweest om plotseling in zo'n grote familie te belanden.

'Wat was er beneden te zien?' vroeg hij.

'Een cederhouten kist met zomerkleding, tuinmeubels die 's winters binnen staan. Vooral van die goedkope kunststof dingen. Tuinslangen en tuingereedschap. Niets persoonlijks.'

'Niets uit hun jeugd?'

'Helemaal niets.'

Ze wisten allebei dat dat zelfs voor mensen die niet sentimenteel waren heel ongebruikelijk was. Maar voor de vijfling? Er waren hele industrieën om hen heen opgebouwd. Souvenirs, boeken, poppen, puzzels. Hij was er tamelijk zeker van dat als hij op zoek zou gaan in zijn eigen huis, hij iets van de vijfling zou vinden. Een lepeltje dat zijn moeder had gekocht. Een ansichtkaart van de familie van Reine-Marie met de lachende gezichten van de meisjes erop.

In de tijd dat de inwoners van Québec de kerk de rug begonnen toe te keren, was de vijfling hun nieuwe religie geworden. Een fantastische mengeling van wonder en vermaak. In tegenstelling tot de strenge katholieke kerk was de vijfling gewoon leuk. In tegenstelling tot de kerk, wier sterkste symbool er een van offers en de dood was, stond de Ouellet-vijfling voor blijdschap. Vijf lachende meisjes, levendig en levend. De wereld lag aan hun voeten. Het leek wel of de vijf meisjes zelf de enigen waren die niet verliefd op hen waren.

Gamache en Lacoste liepen de gang door en gingen ieder een slaapkamer in. Een paar minuten later brachten ze elkaar verslag uit.

'Niets,' zei inspecteur Lacoste. 'Schoon. Netjes. Geen kleren of persoonlijke eigendommen.'

'Geen foto's.'

Ze schudde haar hoofd.

Gamache slaakte een diepe zucht. Was hun leven dan echt zo antiseptisch geweest? Toch voelde het huis niet kil aan, eerder uitnodigend en warm. Er waren spullen, maar geen privéspullen.

Ze gingen de slaapkamer van Constance in. Het met bloed besmeurde vloerkleed lag er nog. Haar koffer lag op het bed. Het moordwapen was weggehaald, maar het politielint gaf aan waar het was neergegooid.

Gamache liep naar de kleine koffer, haalde er wat spullen uit en legde ze netjes op het bed. Truien, ondergoed, dikke kousen, een rok en een gemakkelijke broek. Ondergoed met lange pijpen en mouwen, en een flanellen nachtjapon. Allemaal spullen die je zou inpakken voor Kerstmis in een koud land.

Tussen de warme blouses vond hij drie cadeautjes, die in pakpapier met een kerstmotiefje waren verpakt. Hij kneep erin en het papier kreukte. De inhoud was zacht.

Kleding, wist hij. Hijzelf had ook de nodige sokken, dassen en sjaals gekregen van zijn kinderen. Hij keek naar de naamkaartjes.

Een voor Clara, een voor Olivier en een voor Gabri.

Hij gaf ze aan Lacoste. 'Wil jij ze even uitpakken?'

Terwijl ze dat deed, doorzocht hij de rest van de koffer. Een van de truien gaf minder mee dan had gemoeten. Gamache pakte hem op en rolde de wol uit.

'Een sjaal voor Clara,' zei Lacoste, 'en handschoenen voor Olivier en Gabri.'

Ze pakte ze weer in.

'Moet je kijken,' zei Gamache. Hij liet haar zien wat hij in de trui had gevonden. Het was een foto.

'Die staat niet op het lijstje van spullen die het korps van Montréal heeft gevonden,' zei Lacoste.

'Makkelijk over het hoofd te zien,' zei Gamache. Hij kon zich voorstellen wat ze gedacht hadden: het was laat, het was koud, ze hadden honger en de zaak zou binnenkort toch worden overgedragen.

Ze waren niet zozeer incompetent geweest maar ook niet bepaald grondig. De kleine zwart-witfoto lag verborgen in de dikke wollen trui.

Gamache liep ermee naar het raam, waar Lacoste en hij de foto bestudeerden.

Vier vrouwen van in de dertig, schatte Gamache, keken hen glimlachend aan. Ze hadden hun armen om elkaars middel geslagen en keken recht in de camera. Gamache betrapte zich erop dat hij teruglachte, en zag dat Lacoste dat ook deed. De meisjes lachten niet erg breeduit, maar hun lach was welgemeend en aanstekelijk.

Dit waren vier blije mensen.

Maar hoewel hun uitdrukking identiek was, verschilden ze voor de rest van elkaar. Hun kleding, hun haar, hun schoenen, hun stijl. Ze hadden zelfs een verschillend figuur. Twee waren mollig, eentje was mager en eentje was gemiddeld.

'Wat denk je?' vroeg hij aan Lacoste.

'Dit zijn duidelijk vier van de zussen, maar het heeft er alle schijn van dat ze er alles aan gedaan hebben om niet op elkaar te lijken.'

Gamache knikte. Dat was zijn indruk ook.

Hij draaide de foto om. Er stond niets achterop.

'Waarom staan er maar vier op?' vroeg Lacoste. 'Wat is er met de vijfde gebeurd?'

'Ik geloof dat er één tamelijk jong gestorven is,' zei hij.

'Dat is vast niet moeilijk uit te zoeken,' zei Lacoste.

'Dat klinkt als een klusje voor mij dan,' zei Gamache. 'Jij mag de moeilijke dingen doen.'

Gamache stak de foto in zijn zak en gedurende de minuten die volgden gingen ze verder met het doorzoeken van Constances kamer.

Op het nachtkastje lag een stapeltje boeken. Hij ging terug naar de koffer en vond het boek dat ze aan het lezen was geweest: *Ru* van Kim Thúy.

Hij opende het bij de boekenlegger, sloeg opzettelijk een bladzijde om en las de eerste zin. Woorden die Constance Ouellet nooit meer zou zien.

Als boekenliefhebber vond hij een boekenlegger van iemand die pas gestorven was altijd treurig. Hij had zelf ook twee van dit soort boeken. Ze stonden in de boekenkast in zijn werkkamer en waren gevonden door zijn oma – op het nachtkastje van zijn ouders, nadat ze waren omgekomen bij een auto-ongeluk toen Armand nog klein was.

Af en toe haalde hij de boeken tevoorschijn en streek over de boekenleggers, maar hij had nog niet de moed gehad om verder te lezen waar zij waren opgehouden. Om de rest van het verhaal te lezen.

Hij liet het boek van Constance zakken en keek uit het raam naar de kleine achtertuin. Hij vermoedde dat er een moestuin onder de sneeuw lag. En 's zomers hadden de drie zussen vast op goedkope plastic stoelen in de schaduw van de grote esdoorn ijsthee zitten drinken. Of zitten lezen. Of praten. Of misschien hadden ze gewoon gezwegen.

Hij vroeg zich af of ze het ooit hadden gehad over de tijd dat ze de Ouellet-vijfling waren. Hadden ze er herinneringen aan opgehaald? Hij betwijfelde het.

Het huis voelde als een toevluchtsoord, en daarvoor hadden ze zich verborgen gehouden.

Hij keek weer naar de bloedvlek op het tapijt, naar het politielint en het boek in zijn hand.

Binnenkort zou hij de rest van het verhaal kennen.

'Ik begrijp best waarom de gezusters niet wilden dat iedereen zou weten dat zij de vijfling waren,' zei Lacoste toen ze op het punt stonden om te vertrekken. 'Maar waarom hadden ze binnenskamers geen persoonlijke foto's en kaarten en brieven? In hun eigen huis? Vindt u dat niet vreemd?'

Gamache stapte de veranda af. 'Ik denk dat we zullen ontdekken dat er meer heel weinig normaals was aan hun leven.'

Ze liepen langzaam over het besneeuwde tuinpad en knepen hun ogen tot spleetjes tegen de schitterende zon.

'Er ontbrak nóg iets,' zei de hoofdinspecteur. 'Is jou dat ook opgevallen?'

Lacoste dacht even na. Ze wist dat ze niet op de proef werd gesteld. Daar deed de hoofdinspecteur niet meer aan, dat stadium hadden ze gehad. Maar ze had geen antwoord op zijn vraag.

Ze schudde haar hoofd.

'Geen ouders,' zei hij.

Verdomd, dacht Lacoste. Geen ouders, dat had ze over het hoofd gezien. Ze had tussen al die dames, of vermiste dames, nog iets anders gemist.

Monsieur en madame Ouellet. Het was één ding om opzettelijk een deel van je verleden te vergeten, maar waarom zou je ook alle sporen van je ouders wissen?

'Wat denkt u dat dat te betekenen heeft?' vroeg ze.

'Misschien wel niets.'

'Denkt u dat de moordenaar die heeft meegenomen?'

Gamache dacht even na. 'Foto's van de ouders?'

'Familiefoto's, van de ouders en de zussen.'

'Het zou kunnen,' zei hij.

'Ik vraag me af...' zei ze toen ze bij de auto kwamen.

'Ga door.'

'Nee, het is een dom idee.'

Hij trok zijn wenkbrauwen op, maar zei niets. Hij keek haar alleen maar strak aan.

'Wat weten we eigenlijk over de Ouellet-vijfling?' vroeg ze. 'Ze hebben zich opzettelijk aan het zicht onttrokken, werden de zusters Pineault. Ze leidden een extreem teruggetrokken leven...'

'Zeg het nou maar, inspecteur,' zei Gamache.

'Misschien was Constance niet de laatste.'

'Pardon?'

'Hoe weten ze zo zeker dat de anderen dood zijn? Misschien is er nog een in leven. Want wie zou er anders in huis kunnen komen? Wie wist waar ze woonden? Wie zou er familiefoto's meenemen?'

'We weten niet of de moordenaar besefte dat ze een van de vijfling was,' zei de hoofdinspecteur. 'En we weten ook niet zeker of er familiefoto's gestolen zijn.'

Maar toen ze wegreden, bleef Lacostes opmerking door zijn hoofd spelen. Misschien was Constance inderdaad niet de laatste.

12

Let nou op, zei Jean-Guy Beauvoir tegen zichzelf. *Beheers je, man. Beheers je.*

Zijn knie bewoog nerveus op en neer en hij legde zijn hand erop. Duwde hem naar beneden.

Vooraan in de zaal stond Martin Tessier, die de agenten van de Sûreté instrueerde die een inval zouden doen bij het bolwerk van de motorclub.

'Dit is niet zomaar een stel getatoeëerde schurken,' zei Francoeurs rechterhand terwijl hij van de grafieken op zijn tablet naar zijn publiek keek. 'Te veel dode agenten en bendeleiders hebben de motorrijders onderschat. Dit zijn soldaten. Ze zien er misschien uit als een stel lompe bruten, maar vergis je niet, ze zijn gedisciplineerd en uiterst gemotiveerd om hun territorium te beschermen.'

Tessier deed zijn verhaal en liet foto's, schema's en plattegronden zien.

Maar Beauvoir hoorde alleen zijn eigen smekende stem in zijn hoofd.

Goeie god, laat me niet sterven.

Hoofdinspecteur Gamache klopte op de deur en liep toen het kantoor van Thérèse Brunel binnen. Ze keek op van haar bureau toen hij binnenkwam.

'Doe de deur even achter je dicht,' zei ze, en ze zette haar bril af. Haar stem en haar manier van doen waren ongewoon bruusk.

'Ik heb je bericht gekregen, maar ik was de stad uit.' Hij keek op de klok op haar bureau. Het was even over twaalven.

Ze gebaarde dat hij kon gaan zitten. Hij aarzelde even, maar nam toen toch plaats. Zij nam de stoel naast hem. Ze zag er moe uit, maar was tot in de puntjes verzorgd en volkomen beheerst. Ook had ze hem volledig onder controle.

'We zijn aan het eind gekomen, Armand. Het spijt me.'

'Hoe bedoel je?'

'Je weet best wat ik bedoel. Ik heb erover nagedacht en het er met Jérôme over gehad, maar we denken dat er niets te halen is. We hebben onze eigen staart achterna gezeten.'

'Maar...'

'Val me niet in de rede, Armand. Die hele toestand met dat filmpje is volkomen uit de hand gelopen en buiten alle proporties geraakt. Gebeurd is gebeurd. Het filmpje is uitgelekt, en we kunnen het niet terughalen. Je moet het loslaten.'

'Maar ik begrijp het niet...' Hij keek haar onderzoekend aan.

'Het is heel eenvoudig. Je was gekwetst en kwaad en je wilde wraak. Heel begrijpelijk. Toen raakte je ervan overtuigd dat er meer achter zat. Je hebt je er druk over gemaakt en bent erin geslaagd om iedereen om je heen op te jutten. Mij ook. Maar dat is mijn fout, niet de jouwe. Ik stond mezelf toe je te geloven.'

'Wat is er gebeurd, Thérèse?'

'Commissaris,' zei ze.

'*Désolé*. Commissaris.' Hij dempte zijn stem. 'Is er iets gebeurd?'

'Zeker wel. Ik ben tot bezinning gekomen en ik adviseer jou om hetzelfde te doen. Ik heb vannacht geen oog dichtgedaan. Uiteindelijk ben ik opgestaan en heb een paar dingen opgeschreven. Wil je het zien?'

Gamache knikte en keek haar aan. Ze gaf hem een handgeschreven briefje, waarna hij zijn leesbril opzette en het las. Daarna vouwde hij het zorgvuldig dubbel.

'Zoals je ziet, heb ik een lijst gemaakt met de punten die erop duiden dat hoofdcommissaris Francoeur de film van de inval openbaar gemaakt zou hebben, en dat hij daar een achterliggend motief voor zou hebben, zoals jij beweert.'

'Thérèse!' riep Gamache, en hij boog zich plotseling naar voren, als om haar ervan te weerhouden nog meer te zeggen.

'In godsnaam, hoofdinspecteur, hou toch op. Er zit echt geen afluisterapparatuur in dit kantoor. Niemand luistert mee. Het kan niemand iets schelen. Het zit allemaal tussen je oren. Lees mijn aantekeningen maar. Er is geen enkel bewijs. Ik heb me laten afleiden door onze vriendschap en mijn respect voor je. Je hebt conclusies getrokken op basis van waanideeën.' Ze boog zich bijna dreigend naar hem toe. 'Vrijwel zeker ingegeven door jouw afkeer van Francoeur. Als je zo doorgaat, Armand, zal ik in hoogst eigen persoon naar hem toe gaan met bewijs van wat je gedaan hebt.'

'Dat zou je nooit doen,' zei Gamache nauwelijks hoorbaar.

'Ik ben moe, Armand,' zei ze, en ze stond op en ging op haar stoel achter het bureau zitten. 'En Jérôme is ook aan het eind van zijn Latijn. Je hebt ons allebei in die fantasie van je laten geloven. Hou ermee op. Of nog beter, ga met pensioen. Ga naar Parijs met kerst, denk erover na, en als je terugkomt...'

Ze liet de zin tussen hen in hangen.

Hij stond op. 'Je begaat een fout, commissaris.'

'Als dat zo is, doe ik dat in Vancouver bij mijn dochter. En daar zullen Jérôme en ik het ook over míjn toekomst hebben. Het is tijd om plaats te maken voor anderen, Armand. De Sûreté valt niet uiteen, je raakt zelf de weg kwijt. Wij zijn de dinosaurussen en er is een meteoriet ingeslagen.'

'Ben je er klaar voor?' vroeg Tessier, en hij gaf Beauvoir een klap op zijn rug.

Nee.

'Ik ben er klaar voor,' zei Beauvoir.

'Mooi. Ik wil dat je het team naar de bovenverdieping van de bunker leidt.'

Tessier glimlachte alsof hij de inspecteur net een ticket naar de Bahamas had gegeven.

'Yes sir.'

Hij kon net op tijd het toilet bereiken. Hij draaide de deur achter zich op slot en braakte totdat er uiteindelijk alleen nog maar stinkende lucht uit zijn binnenste opborrelde.

'Telefoon voor u, meneer.'

'Is het belangrijk?'

Zijn secretaresse keek door de open deur zijn kantoor in. In al die jaren dat ze nu voor hoofdinspecteur Gamache werkte, had hij dat nooit gevraagd. Hij vertrouwde erop dat als ze iemand doorverbond, het telefoontje in haar ogen de moeite waard was.

Maar sinds hij twintig minuten daarvoor was teruggekeerd van zijn gesprek met commissaris Brunel, had hij afwezig uit het raam zitten staren.

'Wilt u dat ik een boodschap aanneem?' vroeg ze.

'Nee, nee.' Hij pakte de telefoon. 'Ik neem hem wel.'

'*Salut*, patron,' klonk de opgewekte stem van Olivier. 'Ik hoop niet dat ik je stoor.' Hij ging door zonder op antwoord te wachten. 'Ik moest van Gabri vragen of je nog steeds een kamer wilt voor vanavond.'

'Ik dacht dat ik het daar al met hem over gehad had.' De hoofdinspecteur hoorde de lichte irritatie in zijn stem, maar deed niets om die te verbergen.

'Ik geef alleen zijn vraag maar door.'

'Is hij overboekt of zo?'

‘Nee, de kamer is nog beschikbaar, maar hij wil weten met hoeveel personen je komt.’

‘Hoe bedoel je?’

‘Nou, komt inspecteur Beauvoir ook mee?’

Gamache zuchtte geïrriteerd.

‘*Voyons*, Olivier,’ begon hij, maar toen beheerste hij zich. ‘Luister, Olivier, hier hebben we het ook al over gehad. Inspecteur Beauvoir is met een andere zaak bezig. Inspecteur Lacoste blijft in Montréal om hiervandaan het onderzoek voort te zetten en ik kom naar Three Pines om aan die kant van de zaak te werken. Ik heb Henri bij madame Morrow achtergelaten, dus ik moet sowieso terug.’

‘Je hoeft niet zo boos te worden, hoofdinspecteur,’ zei Olivier beledigd. ‘Ik vroeg het alleen maar.’

‘Ik ben ook niet boos.’ Maar het was duidelijk dat hij dat wel was. ‘Ik heb het druk en ik heb hier gewoon geen tijd voor. Als de kamer beschikbaar is, dan graag, en anders haal ik Henri op en ga ik terug naar Montréal.’

‘Non, non, hij is beschikbaar. En je kunt zo lang blijven als je wilt. Gabri neemt tot Kerstmis geen reserveringen meer aan. Hij heeft het te druk met het concert.’

Gamache was niet van plan daar verder op in te gaan. Hij bedankte Olivier, hing op en keek naar het klokje op zijn bureau. Bijna half twee.

De hoofdinspecteur leunde naar achteren in zijn stoel en draaide hem toen om, zodat hij met zijn rug naar het kantoor zat en hij door het grote raam uitzicht had op het besneeuwde Montréal.

Half twee.

Het was half twee.

Beauvoir haalde nog eens diep adem en leunde met zijn rug tegen het ronkende busje. Hij sloot zijn ogen, maar daar werd hij alleen nog maar misselijker van. Hij draaide zijn gezicht zo dat zijn gloeiende wang tegen het koude metaal rustte.

Over anderhalf uur zou de inval beginnen. Hij zou willen dat er ramen in de bus zaten, zodat hij de stad kon zien. De bekende gebouwen. Degelijk, betrouwbaar. Jean-Guy voelde zich altijd beter op zijn gemak in de bebouwde kom dan in de natuur. Hij probeerde zich voor te stellen waar ze waren. Waren ze de brug al over? Was er bebouwing te zien buiten, of bossen?

Waar was hij?

Gamache wist waar Beauvoir was. Hij was op weg naar een inval die voor drie uur gepland stond.

Weer een inval. Een onnodige inval in opdracht van Francoeur.

De hoofdinspecteur sloot zijn ogen. Diep inademen, langzaam uitademen.

Toen trok hij zijn jas aan. Bij de deur van zijn kantoor zag hij inspecteur Lacoste een groepje agenten instructies geven. Althans, dat probeerde ze.

Ze hoorden bij de nieuwe agenten die naar Moordzaken waren overgeplaatst toen Gamaches eigen mensen over andere afdelingen van de Sûreté waren verdeeld. Tot ieders verbazing had de hoofdinspecteur niet geprotesteerd. Hij had de beslissing niet aangevochten. Het leek hem nauwelijks iets te kunnen schelen dat zijn afdeling werd uitgehold.

Maar het was niet zomaar een kwestie van onverschilligheid. Sommige mensen vroegen zich zo langzamerhand af – eerst zacht, maar gaandeweg luider – of Armand zelf nog wel hart had voor zijn afdeling. Maar toch werd de groep stil en oplettend toen hij dichterbij kwam.

'Kan ik je even spreken, inspecteur?' vroeg hij met een glimlach naar de agenten.

Isabelle Lacoste volgde Gamache naar zijn kantoor, waar hij de deur achter hen dichtdeed.

'Jezus, waarom moeten we daar genoegen mee nemen?' Ze knikte in de richting van het groepje agenten.

'We moeten er het beste van maken.'

'Hoe? Door het op te geven?'

'Niemand hier geeft het op,' zei hij geruststellend. 'Vertrouw me nu maar. Je bent een uitstekende rechercheur. Vasthoudend, intuïtief, intelligent. En je hebt eindeloos veel geduld. Dat heb je nu nodig.'

'Het is niet eindeloos, patron.'

Hij knikte. 'Ik begrijp het.' Met zijn handen om zijn bureaublad geklemd boog hij zich naar haar toe. 'Laat je niet van de wijs brengen. Laat je niet uit het veld slaan. En vertrouw altijd op je intuïtie, Isabelle. Wat zegt die je op dit moment?'

'Dat we de lul zijn.'

Hij rechtte zijn rug en lachte. 'Vertrouw dan maar op de mijne. De zaken staan er niet zo goed voor als ik gewild had, dat is zeker, maar het is nog niet voorbij. Het is niet zo dat we niets doen, dit is gewoon een kwestie van diep ademhalen.'

Ze keek naar de agenten die onderuitgezakt achter hun bureau zaten en haar bevelen aan hun laars lapten.

‘Terwijl wij op adem komen, nemen zij de boel over en maken ze de afdeling kapot.’

‘Ja,’ zei hij.

Ze wachtte op zijn ‘maar’, maar die kwam niet.

‘Misschien moet ik ze met dreigementen om de oren slaan,’ stelde ze voor. ‘Het enige waar een leeuw respect voor heeft is een grotere leeuw.’

‘Dat daar zijn geen leeuwen, Isabelle. Ze zijn irritant, maar ze stellen niks voor. Het zijn eerder mieren of padden. Je stapt eroverheen, of eromheen, maar je hoeft ze niet te vermorzelen. Met padden voer je geen oorlog.’

Padden, of drollen. De drollen van een groot beest, dacht inspecteur Lacoste toen ze wegging. Maar hoofdinspecteur Gamache had gelijk. De nieuwe agenten waren haar inspanningen niet waard. Ze zou gewoon om hen heen stappen. Voorlopig wel.

Gamache zette zijn auto op een gereserveerde plek. Hij wist dat de werknemer die daar normaal gesproken parkeerde de plaats niet nodig had. Ze zat in Parijs.

Het was twee uur. Even sloot hij zijn ogen. Toen opende hij ze en liep vastberaden over het gladde pad naar de achteringang van de Bibliothèque Nationale. Op een paneeltje bij de deur toetste hij Reine-Maries code in en hoorde toen de klik van de ontgrendelde deur.

‘Monsieur Gamache.’ Lili Dufour keek verbaasd op van haar bureau op, wat begrijpelijk was. ‘Ik dacht dat u in Parijs was, met Reine-Marie.’

‘Nee, zij is alvast vooruitgegaan.’

‘Wat kan ik voor u doen?’ Ze stond op en liep om het bureau heen om hem de hand te schudden. Ze was slank, gereserveerd. Vriendelijk, maar afstandelijk, op het officiële af.

‘Ik moet iets uitzoeken en ik dacht dat u me daar misschien bij zou kunnen helpen.’

‘Waar gaat het over?’

‘Over de Ouellet-vijfling.’

Hij zag haar wenkbrauwen omhoogschieten.

‘O, ja? Waarom?’

‘U verwacht toch niet van me dat ik u dat vertel?’ vroeg Gamache glimlachend.

‘Dan verwacht u toch niet dat ik u help?’

Zijn glimlach verdween. Reine-Marie had hem over madame Dufour verteld; ze bewaakte de documenten in de nationale bibliotheek alsof ze tot haar privécollectie behoorden.

'Het is een zaak van de politie,' zei hij.

'Een zaak van de bibliotheek, hoofdinspecteur,' zei ze, en ze knikte naar de grote, gesloten deuren.

Hij volgde haar blik. Ze waren in het kantoorgedeelte, waar de hoofdbibliothecarissen werkten. Achter de deuren lag het publieke deel van de bibliotheek.

Wanneer hij zijn vrouw was komen opzoeken, had hij het prima gevonden om in de nieuwe, enorme openbare bibliotheek op haar te wachten, tussen de lange rijen bureaus en leeslampen waar studenten en docenten zaten, onderzoekers en mensen die gewoon nieuwsgierig waren. De bureaus hadden een stopcontact voor laptops en er was draadloos internet om de bestanden te raadplegen.

Maar niet alle bestanden. De Bibliothèque et Archives Nationales du Québec bevatten tienduizenden documenten. Niet alleen boeken, maar ook kaarten, dagboeken, brieven en aktes. Veel daarvan waren honderden jaren oud. En de meeste waren nog niet ingevoerd in het computersysteem.

Tientallen specialisten maakten lange dagen om alles te scannen, maar daar zouden ze jaren, zelfs decennia voor nodig hebben.

Hij vond het heerlijk om tussen de kasten door te lopen en zich de geschiedenis voor te stellen die hier was gedocumenteerd. Kaarten getekend door Cartier, dagboeken geschreven door Marguerite d'Youville, de met bloed bespatte plattegronden voor de slag om Québec.

En misschien, heel misschien was er ook iets over de geschiedenis van de Ouellet-vijfling. Niet de geschiedenis bedoeld voor het grote publiek, maar die van hun priveleven. Hun echte leven, wanneer de camera's uit stonden.

Als er ergens informatie over te vinden zou zijn, dan was het hier.

En hij moest die hebben.

Hij wendde zich weer tot madame Dufour. 'Ik doe onderzoek naar de Ouellet-vijfling in verband met een zaak, en daar heb ik uw hulp bij nodig.'

'Dat vermoedde ik al.'

'Ik wil graag zien wat u in de privéarchieven hebt.'

'Die documenten zijn verzegeld.'

'Waarom?'

'Ik weet het niet, ik heb ze niet gelezen. Maar ze zijn verzegeld.'

Gamache was enigszins geïrriteerd, totdat hij zag dat ze enigszins geamuseerd keek.

'Zou u ze willen lezen?' vroeg hij.

Nu twijfelde ze – tussen het gewenste en het eerlijke antwoord.

'Wilt u me omkopen?' vroeg ze.

Nu was het zijn beurt om geamuseerd te zijn. Hij wist wat haar ruilmiddel was. Het was hetzelfde als dat van hem: kennis, informatie. Dingen ontdekken die niemand anders wist.

'Maar als ik u toegang zou geven, zou u uw bevindingen toch niet in de rechtszaal kunnen gebruiken,' zei ze. 'De informatie zou illegaal verkregen zijn. En de betrokkenen leven nog.'

Daarmee bedoelde ze de vijfling, wist hij.

Toen hij niets terugzei, zweeg ze. Ze keek hem met haar intelligente ogen aandachtig aan en leek de stilte in te schatten.

'Komt u maar mee.'

Ze keerde de grote deuren die toegang gaven tot de uit glas en metaal opgetrokken openbare bibliotheek de rug toe en liep met hem in tegenovergestelde richting. Een gang door. Een trap af. Uiteindelijk toetste ze een code in op een paneeltje naast een grote metalen deur, die zacht zoevend openzwaaide.

Er floepte automatisch licht aan toen de deur opengging. Het was koel in de raamloze ruimte.

'Excuses voor de verlichting,' zei ze, en ze draaide de deur achter hem op slot en liep de ruimte in. 'We proberen zo weinig mogelijk licht te maken hier.'

Terwijl zijn ogen aan het licht wenden, besefte hij dat hij zich in een zaal bevond, en dat er nog veel meer zalen waren. Hij keek naar rechts. Naar links. Toen voor zich uit. Er was een hele reeks zalen aangelegd onder de bibliotheek, die allemaal met elkaar verbonden waren.

'Gaat u mee?' zei ze, en ze liep weg. Gamache besefte dat als hij haar zou kwijtraken, hij de weg zou kwijtraken. Dus verloor hij haar geen moment uit het oog.

'Elke zaal beslaat een kwart eeuw,' zei ze terwijl ze snel van de ene naar de andere liep.

Gamache probeerde in het voorbijgaan de labels op de lades te lezen, maar door het zwakke licht was dat lastig. Hij meende op een ervan 'Champlain' te zien staan en vroeg zich af of daarin informatie over de man zelf was opgeslagen. En later, in een andere zaal, 'Oorlog 1812'.

Na een poosje richtte hij zijn blik vooruit en concentreerde zich op de smalle rug van madame Dufour. Het was beter om niet te weten langs welke schatten hij liep.

Uiteindelijk bleef ze staan en hij liep bijna tegen haar op.

'Daar.' Ze knikte naar een lade.

Op het label stond 'Ouellet-vijfling'.

'Heeft iemand anders de documenten gezien?' vroeg hij.

'Niet dat ik weet. Niet sinds ze zijn verzameld en verzegeld.'

'En wanneer was dat?'

Madame Dufour liep naar de lade en bestudeerde het label.

'27 juli 1958.'

'Waarom toen?' vroeg hij zich af.

'Waarom nu, hoofdinspecteur?' vroeg ze, en hij besefte dat hij niet aan zijn informatie kon komen zonder haar hulp.

'Dat is geheim,' zei hij luchtig, maar zijn ogen bleven op de hare gericht.

'Ik kan heel goed geheimen bewaren,' zei ze, en ze liet haar blik langs de lange rij archiefkasten gaan.

Hij keek haar even aan. 'Twee dagen geleden is Constance Ouellet overleden.'

Madame Dufour liet dat tot zich doordringen en keek zorgelijk. 'Het spijt me dat te horen. Ze was de laatste van de vijf, meen ik.'

Gamache knikte, en nu keek ze hem onderzoekend aan.

'Ze is niet zomaar gestorven, hè?'

'Nee.'

Lili Dufour haalde diep adem en zuchtte. 'Mijn moeder is naar ze wezen kijken, moet u weten. Bij dat huis dat hier in Montréal voor hen was gebouwd. Ze moest uren in de rij staan. Ze waren nog maar kinderen, toen. Ze heeft het er tot de dag dat ze stierf over gehad.'

Gamache knikte. De vijfling had iets magisch gehad, en het feit dat ze op latere leeftijd zo extreem teruggetrokken hadden geleefd, had hen alleen nog maar mysterieuzer gemaakt.

Madame Dufour deed een stap opzij en Gamache trok de lade open waarin hun privéleven huisde.

Beauvoir keek op zijn horloge. Tien voor drie. Hij stond met één arm tegen een bakstenen muur gedrukt. Achter hem stonden drie Sûreté-agenten.

'Blijf hier,' fluisterde hij, en liep de hoek om. Hij kon nog net de verbazing op hun gezichten zien. Verbazing en bezorgdheid. Niet om de motorbende waar ze een inval gingen doen, maar om de agent die deze inval zou moeten leiden.

Beauvoir wist dat ze reden hadden om bang te zijn.

Hij leunde met zijn hoofd tegen de muur, stootte er zacht tegenaan. Toen zakte hij door zijn knieën en ging hij op zijn hurken zitten, met zijn knieën tegen zijn borst. Hij begon heen en weer te wiegen en hoorde het ritmische geknerp van zijn zware laarzen in de sneeuw. Als een hobbelpaard dat een paar druppels olie nodig heeft. Dat iets nodig heeft.

Acht minuten voor drie.

Beauvoir stak zijn hand in de zak van zijn kogelvrije vest. Het vest waarin hij pleisters en verband bewaarde om wonden te verbinden. Hij haalde er twee potjes pillen uit, schroefde het dekseltje van een van de twee en nam snel twee OxyContin in. De pillen die hij eerder had genomen, had hij uitgebraakt, en nu kon hij nauwelijks meer denken van de pijn.

Toen het andere potje. Het andere. Hij staarde ernaar en voelde zich alsof hij halverwege een brug stond.

Bang om de pil te nemen en bang om het niet te doen. Bang om naar het clubhuis binnen te gaan en bang om te vluchten. Hij was bang om te sterven en bang om te leven. Maar hij was vooral bang dat iedereen erachter zou komen hoe bang hij eigenijk was.

Beauvoir draaide het dekseltje eraf en schudde het potje. De pillen rolden eruit en vielen van zijn trillende hand in de sneeuw. Eentje bleef in zijn hand liggen. Zijn behoefte was groot, het pilletje maar zo klein. Hij wist niet hoe snel hij het in zijn mond moest stoppen.

Vijf voor drie.

Gamache zat aan een bureau in de archiefzaal te lezen en aantekeningen te maken, gefascineerd door wat hij tot dan toe gevonden had. Dagboeken, persoonlijke brieven, foto's. Maar nu zette hij zijn bril af, wreef in zijn ogen en keek naar de boeken en documenten die hij nog moest lezen. Het waren er zo veel dat hij nooit alles die middag zou kunnen doorspitten.

Madame Dufour had hem laten zien waar de bel zat, en nu drukte hij erop. Drie minuten later hoorde hij voetstappen op de betonnen gietvloer.

'Ik wil de rest graag meenemen.' Hij knikte naar de stapels op het bureau.

Ze opende haar mond om iets te zeggen, maar sloot hem weer. En dacht na.

'Is Constance Ouellet echt vermoord?' vroeg ze.

'Ja.'

'En denkt u dat daar iets bij zit' – ze keek naar de documenten op het bureau – 'wat u kan helpen?'

'Ik denk het wel, ja.'

'Ik ga in augustus met pensioen, moet u weten. Verplicht.'

'Het spijt me,' zei hij toen ze om zich heen keek.

‘Weggesaneerd,’ zei ze met een glimlach. ‘Ik vermoed dat noch ik, noch dat dossier zal worden gemist. Neemt u het maar mee, monsieur. Maar breng het wel terug. U kunt een flinke boete krijgen als u dat niet doet of als uw hond het opeet.’

‘Merci,’ zei hij en hij vroeg zich af of madame Dufour Henri ooit had ontmoet. ‘En er is nog iets anders wat ik van u wil hebben.’

‘Een orgaan?’

‘Een code.’

Een paar minuten later stonden ze bij de achterdeur. Gamache had zijn jas aan en hield met beide handen de zware doos vast.

‘Ik hoop dat u kunt vinden wat u zoekt, hoofdinspecteur. Doet u de groeten aan Reine-Marie wanneer u haar ziet. *Joyeux Noël.*’

Maar voordat de deur achter hem dichtviel, riep ze hem terug.

‘Wees voorzichtig,’ zei ze. ‘Vocht en licht kunnen blijvende schade aanrichten.’ Ze keek hem even aan. ‘En ik denk dat u wel weet wat dat is, blijvende schade.’

‘Oui,’ zei hij. ‘Joyeux Noël.’

Het was donker tegen de tijd dat Armand Gamache in Three Pines aankwam. Hij parkeerde niet ver van de bed & breakfast, maar hij had het portier nog niet geopend of Olivier en Gabri kwamen uit de bistro naar hem toe gelopen. Gamache kreeg de indruk dat ze op hem hadden zitten wachten.

‘Goede reis gehad?’ vroeg Gabri.

‘Niet slecht,’ zei Gamache, en hij pakte zijn tas en de zware kartonnen doos. ‘Op de Champlainbrug na, natuurlijk.’

‘Altijd chaos,’ zei Olivier instemmend.

‘Alles is klaar,’ zei Gabri, die hun voorging het trapje op, de veranda over naar de voordeur. Die hield hij open, maar in plaats van dat hoofdinspecteur Gamache naar binnen ging, deed hij een stap opzij om zijn twee metgezellen voor te laten gaan.

‘Welkom,’ zei Olivier.

Thérèse en Jérôme Brunel liepen het huis van Emilie Longpré in. Het huis dat Henri voor hen had gevonden.

13

Olivier en Gabri brachten de bagage naar de slaapkamers en vertrokken.

'Merci, patron.' Gamache liep samen met hen de koude veranda op.

'Graag gedaan,' zei Olivier. 'Je hebt het goed gespeeld aan de telefoon. Ik geloofde bijna dat je echt geïrriteerd was.'

'Jij was anders ook overtuigend,' zei Gamache. 'Je hebt de Olivierprijs verdiend.'

'Nou, dat komt dan goed uit,' zei Gabri. 'Ik was van plan om hem die vanavond te geven.'

Gamache keek hen na terwijl ze naar de bistro terugliepen. Toen sloot hij de deur, keek de kamer rond en glimlachte.

Hij kon zich eindelijk ontspannen.

Thérèse en Jérôme waren in veiligheid.

En Jean-Guy ook. Hij had gedurende de hele rit naar de berichten van de Sûreté geluisterd en had niemand om een ambulance horen vragen. De gesprekken die hij had opgevangen deden zelfs vermoeden dat het clubhuis verlaten was. De Rock Machine was vertrokken.

De informant had gelogen. Of nog waarschijnlijker was er helemaal geen informant.

Gamache voelde zich opgelucht en ellendig tegelijk toen dat tot hem doordrong.

Jean-Guy was in veiligheid. Voorlopig.

Gamache keek het huis van Emilie Longpré rond.

Bij de open haard stonden twee zitbanken tegenover elkaar. Ze waren bedekt met een overtrek van vale bloemetjesstof. Tussen de banken in stond een grenenhouten dekenkist. Daarop lag een speelbord en een spel kaarten.

In een hoek stonden een paar leunstoelen met daartussenin een salontafel en een poef, waar vermoeide voeten op konden rusten. De schemerlamp met kwastjes aan de kap wierp een zacht licht over de stoelen.

De muren waren in een rustgevende tint lichtblauw geschilderd, en tegen een ervan stonden boekenkasten die tot het plafond reikten.

Het voelde kalmerend en knus aan.

Olivier had de hele ochtend geprobeerd om erachter te komen wie de huidige eigenaar van het huis van Emilie was en of hij het kon huren. Het bleek van een verre nicht uit Regina te zijn die nog niet besloten had wat ze met het huis zou doen. Ze wilde het maar al te graag verhuren met kerst.

Toen belde Olivier Gamache en gaf hem de van tevoren afgesproken zin: 'Ik moest van Gabri vragen of je nog steeds een kamer wilt voor vanavond,' waardoor Gamache wist dat hij Emilies huis kon huren.

Vervolgens had Olivier een paar anderen uit het dorp gevraagd om te helpen. En dit was het resultaat.

Het meubilair was van zijn lakens ontdaan, de bedden waren opgemaakt en er lagen schone handdoeken. Er was gestoft en geboend. Er lagen houtblokken in de haard, en te oordelen naar de geur die uit de keuken kwam, stond het avondeten in de oven.

Het was alsof het echtpaar Brunel en hij een paar uur weggeweest waren en nu terugkeerden naar huis.

Op het marmeren aanrecht stond een mand met twee versgebakken stokbroden van Sarah en monsieur Béliveau had de voorraadkast en de koelkast gevuld met melk, kaas, boter en zelfgemaakte jam. Op tafel stond een houten schaal met fruit.

Er was zelfs een kerstboom, versierd en met lichtjes.

Gamache maakte zijn das los, knielde neer en streek een lucifer af onder het hout en papier in de haard. Gefascineerd keek hij toe hoe het papier vlam vatte en de vlammen oplaaiden.

Hij ademde opgelucht uit. Het was alsof er een zware mantel van zijn schouders was genomen, net zoals de spookachtige lakens van het meubilair waren gehaald.

'Thérèse!' riep hij. 'Jérôme!'

'Oui?' klonk het antwoord uit de verte.

'Ik ben even weg.'

Hij trok zijn laarzen en zijn jas aan en liep snel door de tintelend koude avond naar het huisje met het open tuinhek en het slingerende tuinpad.

'Armand,' zei Clara toen ze de deur opendeed. Henri was zo blij dat hij niet wist of hij tegen Gamache op moest springen of opgekruld aan zijn voeten moest gaan liggen. In plaats daarvan liep hij opgewonden piepend langs Gamaches benen, ertussendoor, eromheen.

'Ik heb hem natuurlijk geslagen,' zei Clara terwijl ze zogenaamd vol afkeur naar Henri keek.

Gamache knielde neer en speelde even met Henri.

'Je ziet eruit alsof je wel een glas whisky lust,' zei Clara.

'Ga me nou niet vertellen dat ik eruitzie als Ruth,' zei Gamache.

Clara lachte. 'Een klein beetje maar.'

'Ik hoef eigenlijk niets, merci.' Hij trok zijn jas en laarzen uit en volgde Clara naar de woonkamer, waar een vuur brandde.

'Bedankt dat je voor Henri hebt gezorgd. En bedankt voor je hulp met het bewoonbaar maken van het huis van Emilie.'

Hij kon onmogelijk omschrijven hoe dat huis eruitzag in de ogen van vermoeide reizigers die aan het eind van hun Latijn waren.

Even schrok hij van die gedachte. Was dit dorp het eindpunt? Zoals met de meeste eindpunten was dit niet het einde.

'Graag gedaan,' zei Clara. 'Gabri heeft het gecombineerd met een repetitie voor het kerstconcert en heeft ons eindeloos "The Huron Carol" laten zingen. Ik vermoed dat als je op een van de kussens slaat, dat lied te horen zal zijn.'

Gamache glimlachte. Het was een mooie gedachte, een huis doortrokken van muziek.

'Het is fijn om weer licht te zien branden in het huis van Emilie,' zei Clara.

Henri kroop op de bank. Langzaam. Heel langzaam. Alsof niemand het zou zien als hij er voorzichtig op klom zonder naar hen te kijken. Hij ging er languit op liggen, nam twee derde van de bank in beslag. Daarna legde hij traaag zijn kop op Gamaches schoot. Gamache keek verontschuldigend naar Clara.

'Het geeft niet. Peter wilde geen honden op de meubels hebben, maar van mij mag het.'

Dit gaf Gamache de aanleiding waar hij op gehoopt had.

'Hoe gaat het zonder Peter?'

'Het is een raar gevoel,' zei ze na even te hebben nagedacht. 'Het is alsof onze relatie niet dood is, maar ook niet levend.'

'Een ondode,' zei Gamache.

'De vampier van het huwelijk,' zei Clara lachend. 'Zonder de lol van het bloedzuigen.'

'Mis je hem?'

'Op de dag dat hij wegging en Three Pines uitreed, heb ik hem staan nakijken. Toen ik hier terugkwam, leunde ik tegen de voordeur. Ik besefte dat ik er zelfs tegenaan stond te duwen, voor het geval hij terug zou komen en weer naar binnen zou willen. Het probleem is dat ik van hem hou. Ik zou alleen willen dat ik wist of ons huwelijk voorbij is en ik verder moet met mijn leven,' zei Clara, 'of dat we het nog kunnen redden.'

Gamache keek haar een moment aan. Hij zag haar grijzende haar, haar comfortabele, eclectische kleding. Haar verwarring.

'Mag ik misschien een kleine suggestie doen?' vroeg hij zacht.

Ze knikte.

'Probeer te leven alsof je met niemand rekening hoeft te houden. Als hij terugkomt en je weet dat je leven er fijner op zal worden met hem erbij, dan is dat mooi. Maar dan weet je dat je het zonder hem ook prima redt.'

Clara glimlachte. 'Dat heeft Myrna ook tegen me gezegd. Jullie lijken op elkaar, wist je dat?'

'Ik word inderdaad vaak voor een grote zwarte vrouw gehouden,' zei Gamache instemmend. 'Men zegt dat dat mijn beste eigenschap is.'

'Ik nooit,' zei Clara. 'Dat is mijn grootste tekortkoming.'

Toen zag ze zijn bedachtzame bruine ogen. Zijn kalmte. En de hand die trilde, een beetje maar. Maar wel genoeg.

'Gaat het wel goed met je?' vroeg ze.

Hij glimlachte, knikte en stond op. 'Ja, hoor.'

Hij lijnde Henri aan en hing Henri's tas over zijn schouder.

Ze liepen samen terug door het dorp, de man en de hond, in het rode, groene en gouden licht van de drie enorme kerstbomen. Afdrukken makend in de glas-in-loodsneeuw. Gamache realiseerde zich dat hij tegen Clara precies hetzelfde had gezegd als tegen Annie.

Toen niets geholpen had – de therapie, de tussenkomst van haar vader, de smeekbeden aan zijn adres om zich te laten behandelen – had Annie Jean-Guy gevraagd om te vertrekken.

Armand had die herfstavond in de auto aan de overkant van de straat gezeten. Natte bladeren vielen van de bomen en werden meegevoerd door de wind. Ze tolden over de voorruit en de weg. Hij had zitten wachten. Zitten kijken. Voor het geval zijn dochter hem nodig zou hebben.

Jean-Guy was weggegaan zonder dat hij daartoe gedwongen moest worden, maar hij had bij zijn vertrek Gamache zien zitten, die geen moeite had gedaan om zich te verbergen. Beauvoir was gestopt, midden in de glinsterende straat terwijl de dode bladeren om hem heen dwarrelden, en hij had Gamache zo vuil aangekeken dat het zelfs de hoofdinspecteur van Moordzaken had geschokt. Maar het had hem ook gerustgesteld. Op dat moment had

Gamache namelijk geweten dat als Jean-Guy iemand van de familie iets zou aandoen, het niet Annie zou zijn.

Hij was die avond opgelucht naar huis gereden.

Dat was een paar maanden geleden geweest en voor zover hij wist, had Annie geen contact meer gehad met Jean-Guy. Maar dat betekende niet dat ze hem niet miste; de man die Beauvoir ooit was geweest, en die hij weer zou kunnen zijn, als hij de kans zou krijgen.

Toen Gamache het huis van Emilie binnenstapte, kwam Thérèse met moeite uit haar stoel bij het vuur.

'Ze kennen je hier goed,' zei ze terwijl ze Armand een kristallen glas gaf. 'Ze hebben een goeie fles whisky op het dressoir neergezet, en een paar flessen wijn en bier in de koelkast.'

'En er staat coq au vin in de oven,' zei Jérôme, die met een glas rode wijn de keuken uit kwam.

Hij hief zijn glas. '*À votre santé.*'

'Op jullie gezondheid,' zei Gamache, en hij proostte op het echtpaar Brunel.

Nadat Thérèse en Jérôme waren gaan zitten, liet ook Gamache zich kreunend op de bank zakken, voorzichtig om geen whisky te morsen. Er lag een zacht kussen naast hem, en in een opwelling schudde hij het op.

Er kwam geen geluid uit, maar hij neuriede zacht de eerste tonen van 'The Huron Carol'.

'Armand,' zei Thérèse. 'Hoe heb je dit huis gevonden?'

'Henri heeft het gevonden,' zei Gamache.

'De hond?' vroeg Jérôme.

Henri tilde zijn kop even op toen hij zijn naam hoorde en liet hem toen weer zakken.

De Brunels keken elkaar even aan. Henri mocht dan een mooie hond zijn, hij zou nooit naar Harvard gaan.

'Hij heeft hier namelijk gewoond,' zei Gamache. 'Madame Longpré heeft hem uit het asiel gehaald toen hij nog een puppy was. Dus hij kent het huis. Madame Longpré is kort nadat ik haar had ontmoet overleden. Op die manier is Henri bij Reine-Marie en mij terechtgekomen.'

'En wie is nu de eigenaar van het huis?' vroeg Thérèse.

Gamache vertelde over Olivier en wat er die morgen was gebeurd.

'Je bent een stiekemerd, Armand.' Ze maakte het zich gemakkelijk in haar stoel.

'Maar niet erger dan dat toneelstukje op kantoor.'

'Oui,' gaf ze toe. 'Het spijt me.'

'Wat heb je dan gedaan?' vroeg Jérôme aan zijn vrouw.

'Ze heeft me in haar kantoor ontboden en me streng toegesproken,' zei Gamache. 'Ze zei dat ik me lelijk vergiste en dat ze er niets meer mee te maken wilde hebben. Ze dreigde zelfs om naar Francoeur te stappen en hem alles te vertellen.'

'Thérèse!' zei Jérôme onder de indruk. 'Heb je die arme man hier voor de gek gehouden en gekweld?'

'Ik moest wel, voor het geval we werden afgeluisterd.'

'Nou, het was heel overtuigend,' zei Gamache.

'Echt?' Ze leek in haar nopjes. 'Mooi zo.'

'Hij is makkelijk om de tuin te leiden, heb ik gehoord,' zei Jérôme. 'Staat bekend om zijn goedgelovigheid.'

'Dat zijn de meeste rechercheurs bij Moordzaken,' zei Gamache instemmend.

'Wanneer had je het door?' vroeg Jérôme.

'Jarenlange training. En mensenkennis,' zei Gamache. 'Bovendien gaf ze me dit.'

Hij haalde een keurig gevouwen stukje papier uit zijn zak en gaf het aan Jérôme.

Als Jérôme inderdaad iets gevonden heeft, moet ik ervan uitgaan dat mijn huis en mijn kantoor worden afgeluisterd. Ik heb Jérôme opgedragen om zijn spullen in te pakken voor Vancouver, maar ik wil onze dochter er niet bij betrekken. Suggesties?

'Nadat Olivier had gebeld om te zeggen dat we dit huis konden huren, heb ik iets op het briefje van Thérèse geschreven,' zei Gamache, 'en heb ik inspecteur Lacoste gevraagd om het aan haar te laten zien.'

Jérôme draaide het briefje om. Daar stond in Gamaches handschrift: *Ga naar het vliegveld, maar stap niet in het vliegtuig. Neem een taxi naar winkelcentrum Dix-Trente in Brossard. Daar kom ik jullie ophalen. Ik weet een veilige plek.*

Dokter Brunel gaf Gamache het briefje terug. Hij had de eerste regel van het berichtje van zijn vrouw gezien: *Als Jérôme inderdaad iets gevonden heeft...*

Terwijl de twee anderen zaten te praten, nam hij een slokje van zijn wijn en keek naar het vuur. Het was geen kwestie meer van 'als'.

Hij had het Thérèse nog niet verteld, maar nadat ze eindelijk in slaap gevallen was, had hij iets doms gedaan. Hij was naar zijn computer gelopen en had het opnieuw geprobeerd. Hij had dieper en dieper in het systeem gegraven. Niet alleen om te kijken wat hij kon vinden, maar ook om te zien of hij de aandacht van de spion kon trekken. Als die er was. Hij wilde hem uit zijn schuilplaats lokken, tot hij zichtbaar zou zijn.

En dat was gelukt. De spion was verschenen, maar niet waar Jérôme Brunel hem verwacht had; niet achter hem als achtervolger, maar voor hem. Hij probeerde Jérôme in een val te lokken.

Jérôme Brunel was gevlucht en had zijn elektronische voetstappen zo veel en zo snel mogelijk gewist. Maar de spion bleef hem maar volgen. Met snelle, zekere, meedogenloze passen. Hij was Jérôme Brunel gevolgd tot aan zijn huis.

Het was zeker geen kwestie van 'als'. Hij had iets gevonden. En ze hadden hem gevonden.

'Een veilige plek,' zei Thérèse. 'Ik had niet gedacht dat die bestond.'

'En nu?' vroeg Armand.

Ze keek om zich heen en glimlachte.

Maar Jérôme Brunel lachte niet.

De bespreking van de missie was voorbij en de Sûreté-teams gingen naar huis.

Beauvoir zat knikkebollend achter zijn bureau. Zijn mond hing open, zijn ademhaling was oppervlakkig en onnatuurlijk luid. Zijn ogen waren half open en hij voelde dat zijn hoofd vooroverzakte.

De inval was voorbij. Er was geen motorbende. Hij kon wel janken van opluchting, en als er niemand gekeken had, zou hij dat daar in dat kloteclubhuis ook gedaan hebben.

Het was voorbij. En nu was hij terug, veilig in zijn kantoor.

Tessier liep voorbij, bleef staan en kwam terug.

'Ik hoopte je al te treffen, Beauvoir. De informant heeft het verknald, maar wat doe je eraan? De baas baalt ervan, dus hij heeft jou de leiding over de volgende inval gegeven.'

Beauvoir staarde hem aan, nauwelijks in staat nog iets te zien. 'Wat?'

'Een lading drugs op weg naar de grens. We zouden de federale politie of de douane kunnen vragen die te onderscheppen, maar Francoeur wil de misser van vandaag compenseren. Rust goed uit. Het is een grote zaak.'

Beauvoir wachtte tot hij geen voetstappen meer hoorde op de gang. Toen er alleen nog maar stilte was, sloeg hij zijn handen voor zijn gezicht.

En huilde.

14

Na een maaltijd van coq au vin, een groene salade, fruit en meringue deden ze gedrieën de afwas. Hoofdinspecteur Gamache stond tot zijn ellebogen in het sop in de diepe, emaillen wasbak, en de Brunels droogden af.

Het was een oude keuken. Geen vaatwasmachine, geen mengkranen. Geen kastjes boven het aanrecht. Alleen donkere houten planken voor borden boven het marmeren aanrecht en donkerhouten keukenkastjes eronder.

De grote houten tafel waaraan ze hadden gegeten deed tevens dienst als kookeiland. De ramen keken uit op de achtertuin, maar het was donker buiten, dus het enige wat ze zagen was hun eigen spiegelbeeld.

Het voelde er zoals het voelt in een oude keuken in een oud huis in een heel oud dorp. Het rook er naar gebakken spek en versgebakken brood. Naar rozemarijn en tijm en mandarijnen. En coq au vin.

Toen de afwas gedaan was, keek Gamache op de bakelieten klok boven de wasbak. Bijna negen uur.

Thérèsc was met Jérôme teruggegaan naar de woonkamer. Hij stookte het vuur op terwijl zij de grammofoonspeler zocht en een plaat opzette. Even later klonk er zacht een bekend vioolconcert op de achtergrond.

Gamache trok zijn jas aan en floot naar Henri.

'Avondwandelingetje?' vroeg Jérôme, die in de boekenkast stond te snuffelen.

'Zin om mee te gaan?' Gamache lijnde Henri aan.

'Ik niet, merci,' zei Thérèse. Ze zat bij het vuur en zag er ontspannen maar moe uit. 'Ik ga dadelijk in bad en dan naar bed.'

'Ik ga met je mee, Armand,' zei Jérôme, en hij lachte om de verbaasde uitdrukking op het gezicht van de hoofdinspecteur.

'Laat hem niet te lang stilstaan,' riep Thérèse hun na. 'Hij ziet eruit als de onderste helft van een sneeuwpop. Kinderen proberen voortdurend om een grote sneeuwbal op hem te zetten.'

'Niet waar,' zei Jérôme terwijl hij zijn jas aantrok. 'Dat is ooit één keer gebeurd.' Hij trok de deur achter zich dicht. 'Kom mee. Ik wil dat dorp van je wel eens zien.'

'We zijn er zo doorheen.'

De kou sloeg hen direct in het gezicht, maar vervelend was het niet, eerder verfrissend. Ze waren allebei goed ingepakt. Een lange man en een klein, rond mannetje. Ze leken net een gebroken uitroepteken.

Toen ze de brede trap van de veranda af waren, sloegen ze links af en liepen over de sneeuwvrij gemaakte weg. De hoofdinspecteur maakte Henri los en gooide de tennisbal weg, waar de herder achteraan stoof. Even later dook hij een sneeuwbank in en groef als een bezetene naar zijn geliefde bal.

Gamache was benieuwd wat zijn metgezel van het dorp vond. Het was moeilijk in te schatten, wist Gamache inmiddels, hoe Jérôme Brunel ergens over dacht. Brunel was geboren en getogen in de stad. Hij had de opleiding geneeskunde gevolgd aan de Université de Montréal en daarvoor had hij aan de Sorbonne in Parijs gestudeerd, waar hij Thérèse had ontmoet. Zij had daar een studie kunstgeschiedenis gedaan.

Gamache vermoedde dat Jérôme Brunel zich niet snel op zijn gemak voelde in een dorp.

Na een rustig rondje bleef Jérôme staan en hij keek naar de drie enorme verlichte bomen. En toen Gamache de bal naar Henri gooide, keek Jérôme naar de huizen om het centrale veld heen. Sommige waren van rode baksteen, andere van hout en weer andere van natuursteen, alsof ze uit de aarde omhoog waren geduwd. Maar in plaats van iets over het dorp te zeggen, richtte Jérôme zijn blik weer op de drie grote dennenbomen. Hij legde zijn hoofd in zijn nek en volgde de takken naar boven, naar de top en naar de sterren.

'Weet je, Armand,' zei hij terwijl hij nog steeds naar de lucht keek. 'Sommige zijn helemaal geen sterren. Het zijn communicatiesatellieten.'

Vervolgens keek hij naar Gamache. Er hing een wolkje van hun adem tussen hen in.

'Oui,' zei Armand. Henri zat aan zijn voeten en keek strak naar de tennisbal, die was bedekt met bevroren speeksel, en die Gamache in zijn gehandschoende hand had.

'Ze draaien om de aarde,' vervolgde Jérôme, 'en ontvangen en sturen signalen. Ze dekken de hele aardbol.'

'Bijna de hele aardbol,' zei Gamache.

In het licht van de kerstbomen zag de hoofdinspecteur een glimlach op Jérômes vollemaansgezicht.

'Bijna.' Jérôme knikte. 'Dat is toch de reden waarom je ons hiernaartoe hebt gebracht? Niet alleen omdat dit de laatste plek op aarde is waar iemand ons zou zoeken, maar omdat dit dorp onzichtbaar is. Ze kunnen ons niet zien.' Hij zwaaide naar de nachtelijke hemel.

'Heb je gezien,' vroeg Gamache, 'dat zodra we die heuvel over waren, onze mobiele telefoons het niet meer deden?'

'Dat heb ik inderdaad gezien. Geldt dat ook voor andere apparatuur?'

'Voor alles, ja. Laptops, smartphones, tablets. Niets werkt hier. Je hebt hier wel telefoon en elektriciteit,' zei Gamache, 'maar alleen vaste verbindingen.'

'Geen internet?'

'Alleen inbellen, geen kabel. Bedrijven vinden het gewoon de moeite niet waard om te proberen die hier aan te leggen.'

Gamache wees en Jérôme keek voorbij de lichtcirkel van Three Pines de duisternis in.

Naar de bergen, het woud, de ondoordringbare bossen.

Dat was het mooie van deze plek, besefte Jérôme. Uit het oogpunt van telecommunicatie heerste hier volledige duisternis.

'Een dood gebied,' zei Jérôme terwijl hij weer naar Gamache keek.

De hoofdinspecteur gooide de bal weer weg en Henri sprong in de sneeuw, alleen zijn wild kwispelende staart was nog zichtbaar.

'*Extraordinaire*,' zei Jérôme. Hij begon weer te lopen, maar nu keek hij omlaag en concentreerde zich op zijn voeten. Hij liep en dacht na.

Uiteindelijk bleef hij staan.

'Ze kunnen ons niet opsporen. Ze kunnen ons niet vinden. Ze kunnen ons niet horen en ze kunnen ons niet zien.'

Jérôme hoefde niet uit te leggen wie hij met 'ze' bedoelde.

Gamache knikte in de richting van de bistro. 'Heb je zin in een slaapmutsje?'

'Moet je dat nog vragen?' Jérôme snelde op de bistro af alsof hij achternagezeten werd. Gamache werd nog even opgehouden omdat Henri nog steeds voor een groot deel verstopt zat in de sneeuw.

'Nou ja, zeg,' zei Armand toen Henri's kop tevoorschijn kwam. Bedekt met sneeuw, maar zonder bal. Gamache begon toen zelf maar te graven, en even later vond hij hem. Vervolgens maakte hij een sneeuwbal en gooide die weg. Henri sprong er meteen op af en was – zoals altijd – heel verbaasd toen de bal smolt in zijn bek.

Hij leert het ook nooit, dacht Gamache. Maar toen besefte hij dat Henri al wist wat hij moest weten: dat er van hem gehouden werd. En hoe hij van anderen moest houden.

'Kom,' zei hij terwijl hij Henri de tennisbal gaf en hem aan de riem deed.

Jérôme had een plaatsje voor hen gevonden in de verste hoek, uit de buurt van de andere gasten. Gamache begroette een paar dorpelingen en bedankte degenen van wie hij wist dat ze hadden geholpen om het huis van Emilie op orde te brengen. Daarna ging hij in de leunstoel naast Jérôme zitten.

Vrijwel meteen kwam Olivier naar hen toe om hun tafeltje schoon te vegen en hun bestelling op te nemen.

'Alles naar wens?' vroeg hij.

'Het is fantastisch, dank je wel.'

'Mijn vrouw en ik zijn u uiterst dankbaar, monsieur,' zei Jérôme ernstig. 'Ik begrijp dat u degene bent die het huis voor ons gehuurd heeft.'

'We hebben allemaal een steentje bijgedragen,' zei Olivier. Maar hij keek tevreden.

'Ik had gehoopt om Myrna te zien,' zei Gamache, en hij keek om zich heen.

'Je hebt haar net gemist. Ze heeft hier met Dominique gegeten, maar ze is een paar minuten geleden vertrokken. Zal ik haar bellen?'

'Non, merci,' zei de hoofdinspecteur. '*Ce n'est pas nécessaire.*'

Gamache en Jérôme deden hun bestelling, waarna de hoofdinspecteur zich excuseerde en wegliep. Toen hij een paar minuten later terugkeerde, stonden er twee glazen cognac op tafel.

Jérôme keek voldaan maar bedachtzaam.

'Zit je iets dwars?' vroeg de hoofdinspecteur, die zijn glas tussen zijn handen warmde.

De oudere man haalde diep adem en sloot zijn ogen. 'Weet je, Armand, ik kan me niet herinneren wanneer ik me voor het laatst veilig voelde.'

'Ik weet wat je bedoelt,' zei Gamache. 'Het voelt alsof dit al eeuwig speelt.'

'Nee, ik bedoel niet deze narigheid, ik bedoel mijn hele leven.' Jérôme opende zijn ogen, maar meed de blik van zijn metgezel. Hij keek naar de houten plafondbalken, versierd met eenvoudige kersttakken. Hij haalde heel diep adem, hield de lucht even vast en blies toen uit. 'Ik geloof dat ik het grootste deel van mijn leven al bang ben. Het schoolplein, examens, uitgaan, mijn studie geneeskunde. Elke keer als er een ambulance naar de Spoedeisende Hulp kwam, was ik bang dat ik fouten zou maken en dat er iemand zou sterven. Ik was altijd bang dat mijn vrouw of kinderen iets zou overkomen.'

Nu richtte hij zijn blik op Gamache.

'Ik weet wat je bedoelt,' zei de hoofdinspecteur.

'O ja?'

De twee mannen keken elkaar aan en Jérôme realiseerde zich dat de hoofdinspecteur wist wat angst was. Geen doodsangst, geen paniek, maar hij wist hoe het was om bang te zijn.

'En nu, Jérôme, voel je je nu veilig?'

Jérôme sloot zijn ogen en leunde naar achteren in zijn leunstoel. Hij was zo lang stil dat Gamache dacht dat hij misschien in slaap gevallen was.

De hoofdinspecteur nipte van zijn cognac, leunde ook naar achteren in zijn stoel en liet zijn gedachten de vrije loop.

'We hebben een probleem, Armand,' zei Jérôme een paar minuten later, zijn ogen nog steeds gesloten.

'En dat is?'

'Als zij er niet in kunnen komen, kunnen wij er niet uit.'

Jérôme opende zijn ogen en boog zich naar voren.

'Het is een prachtig dorp, maar het is net een vossenhol, nietwaar? We mogen hier dan veilig zijn, we zitten ook vast. En we kunnen hier niet eeuwig blijven.'

Gamache knikte. Hij had tijd voor hen gewonnen, maar het zou niet eeuwig duren.

'Ik wil geen roet in het eten gooien, Armand, maar Francoeur en degene die achter hem zit zullen ons uiteindelijk toch vinden. En dan?'

En dan? Dat was een goede vraag, wist Gamache. En het antwoord was niet best. Als iemand die gewend was aan angst, wist hij hoe gevaarlijk het was om angst de overhand te laten nemen. Angst vertekende de werkelijkheid, slokte die op. Angst creëerde zijn eigen werkelijkheid.

Hij boog zich naar Jérôme toe, en dempte zijn stem.

'Dan zullen we ervoor moeten zorgen dat wij hen vinden voordat ze ons vinden.'

Jérôme bleef hem onafgebroken in de ogen kijken. 'En hoe wil je dat doen? Telepathie? Nu zitten we hier goed, voor de komende paar weken, misschien, maar de klok is gaan tikken zodra we hier aankwamen. En niemand – jij niet, ik niet, Thérèse niet en zelfs Francoeur niet – weet hoe lang we hebben voordat ze ons vinden.'

Dokter Brunel keek de bistro rond, naar de dorpelingen met hun drankjes. Sommigen zaten te kletsen, anderen te dammen of te schaken. En sommigen zaten er gewoon en deden niets.

'En nu hebben we hen hierbij betrokken,' zei hij zacht. 'Wanneer Francoeur ons vindt, betekent dat niet alleen het einde van onze rust, maar ook van die van hen.'

Gamache wist dat Jérôme niet theatraal deed. Francoeur had bewezen dat hij alles in het werk stelde om zijn doel te bereiken. Wat de hoofdinspecteur bezighield, wat aan hem knaagde, was dat hij nog niet wist wat dat doel was.

Hij moest zijn angst op afstand zien te houden. Een beetje was niet erg, dat hield hem scherp, maar angst kon algauw omslaan in paniek en dat leidde tot chaos. Dan had je de poppen aan het dansen.

Wat hij nodig had, wat ze allemaal nodig hadden en wat ze alleen hier in Three Pines konden vinden, was rust, gemoedsrust en de helderheid van geest die daar het gevolg van was.

Three Pines had hun meer tijd gegeven. Een dag, twee dagen. Een week. Jérôme had gelijk, het zou niet eeuwig duren. Maar laat het alstublieft genoeg zijn, Heer, bad Gamache.

'Het probleem, Armand,' vervolgde Jérôme, 'is dat datgene wat ons beschermt uiteindelijk tot onze ondergang zal leiden. Het gebrek aan telecommunicatie. Zonder dat kan ik niet verder. En één ding is zeker: ik ben behoorlijk dicht in de buurt gekomen.'

Hij sloeg zijn ogen neer en liet de cognac in zijn bolle glas walsen. Dit was het moment om Armand te vertellen wat hij gedaan had. Wat hij had ontdekt. Wíé hij had ontdekt.

Hij keek op, in de bedachtzame ogen van Gamache. Achter zijn metgezel zag dokter Brunel het vrolijke haardvuur, de berijpte ramen, de kerstboom met de pakjes eronder.

Dokter Brunel besefte dat hij geen enkele behoefte had om zijn hoofd uit dit fijne vossenhol te steken. Vanavond wilde hij rust. Zelfs al was het schijnrust. Een illusie. Het kon hem niet schelen. Hij wilde één rustige avond, zonder angst. Morgen zou hij de waarheid onder ogen zien en hun vertellen wat hij ontdekt had.

'Wat heb je nodig om je zoektocht voort te zetten?' vroeg Gamache.

'Dat weet je best. Een hogesnelheidssatellietverbinding.'

'Als ik er nou eens een voor je zou kunnen regelen?'

Dokter Brunel keek zijn metgezel onderzoekend aan. Gamache zag er ontspannen uit. Henri lag aan zijn voeten naast de stoel en Armand aaide de hond.

'Wat heb je in gedachten?' vroeg Jérôme.

'Ik heb een plan,' zei Gamache.

Dokter Brunel knikte bedachtzaam. 'Heeft het te maken met ruimteschepen?'

'Ik heb een ander plan,' zei Gamache en Jérôme moest lachen.

'Je zei dat we hier niet kunnen blijven, maar dat we ook niet weg kunnen,' zei de hoofdinspecteur, en Jérôme knikte. 'Maar er is nog een andere mogelijkheid.'

'En dat is?'

'Onze eigen toren bouwen.'

'Ben je gek?' Jérôme keek angstvallig om zich heen en dempte zijn stem. 'Die torens zijn tientallen meters hoog. Het zijn wonderen van techniek. We kunnen moeilijk de kinderen van Three Pines vragen om er een te maken van ijsstokjes en pijpenragers.'

'Misschien niet van ijsstokjes,' zei Gamache glimlachend, 'maar je bent warm.'

Jérôme dronk zijn laatste beetje cognac op en keek aandachtig naar Gamache. 'Wat ben je van plan?'

'Zullen we er morgen verder over praten? Ik wil het ook aan Thérèse voorleggen. Bovendien wordt het al laat en ik wil Myrna Landers nog even spreken.'

'Wie?'

'De eigenares van de boekwinkel.' Gamache knikte in de richting van de deur die de bistro met de boekwinkel verbond. 'Ik ben even langsgegaan toen Olivier onze drankjes ging halen. Ze verwacht me.'

'Heeft ze een boek voor je over het bouwen van die toren?' vroeg Jérôme terwijl hij zijn parka aantrok.

'Ze was bevriend met een vrouw die gisteren is vermoord.'

'Ah, oui, ik was vergeten dat je hier voor werk bent. Het spijt me.'

'Geeft niet. Het trieste is dat het de ideale dekmantel is. Als iemand ernaar zou vragen, verklaart dat waarom ik in Three Pines ben.'

Ze wensten elkaar welterusten, en terwijl Jérôme naar het huis van Emilie Longpré en een warm plekje in bed naast Thérèse liep, gingen Armand en Henri de boekwinkel in.

'Myrna?' riep hij, en hij besefte dat hij de avond ervoor op bijna precies hetzelfde tijdstip hetzelfde had gedaan. Maar deze keer kwam hij niet met het bericht over de moord op Constance Ouellet. Deze keer kwam hij met vragen. Heel veel vragen.

15

Myrna begroette hem boven aan de trap.

'Welkom terug,' zei ze.

Ze droeg een enorme flanellen nachtjapon met vrolijke afbeeldingen van skiërs en langlaufers. Mont Myrna. De nachtjapon reikte tot haar schenen, en eronder droeg ze dikke, gebreide pantoffels. Om haar schouders had ze een wollen deken geslagen.

'Koffie? Brownie?'

'Non, merci,' zei hij en hij nam plaats in de gemakkelijke stoel naast het vuur die ze hem wees, terwijl zij voor zichzelf een beker koffie inschonk en een bord met fudge brownies meebracht, voor het geval hij van gedachten zou veranderen.

Haar huis rook naar koffie en chocolade, en nog iets anders bekends. Een heerlijke, hartige geur.

'Heb jij de coq au vin gemaakt?' vroeg hij. Hij had aangenomen dat Gabri of Olivier het gedaan had.

Ze knikte. 'Ruth heeft me geholpen. Maar aan Rosa's hulp had ik niet veel. Het was bijna *canard* au vin geworden.'

Gamache lachte. 'Het was heerlijk.'

'Ik dacht dat je wel wat comfortfood kon gebruiken,' zei ze, en ze keek haar gast aan.

Hij hield haar blik vast. En wachtte op de onvermijdelijke vragen. Wat kwam hij hier doen? Waarom had hij het oudere echtpaar meegebracht? Waarom verborgen ze zich? En voor wie?

Three Pines had hen in zijn midden opgenomen, en het was daarom redelijk om een antwoord op die vragen te verwachten. Maar Myrna pakte alleen maar een brownie en nam een hap. Toen wist hij zeker dat hij veilig was; veilig voor nieuwsgierige blikken en nieuwsgierige vragen.

Hij wist dat Three Pines niet immuun was voor grote verliezen. Voor verdriet en pijn. Maar het bezat wel de gave om te helen. En dat was wat ze hem en het echtpaar Brunel boden. Tijd en ruimte om te helen.

En vertroosting.

Maar net als rust krijg je dat niet door weg te lopen of je te verbergen. Je hebt er moed voor nodig. Hij pakte een brownie en nam een hap. Daarna haalde hij zijn aantekenboekje uit zijn zak.

'Ik dacht dat je wel zou willen horen wat we tot nu toe te weten zijn gekomen over Constance.'

'Ik neem aan dat je nog niet weet wie het gedaan heeft,' zei Myrna.

'Helaas niet,' zei hij, en hij zette zijn leesbril op en keek naar zijn aantekeningen. 'Ik heb het grootste deel van de dag over de vijfling zitten lezen...'

'Dus je denkt dat dat te maken heeft met haar dood? Het feit dat ze een van de Ouellet-vijfling was?'

'Ik weet het niet zeker, maar het is wel uitzonderlijk. En als iemand vermoord is, zoeken we naar uitzonderlijke zaken. Hoewel, eerlijk gezegd ontdekken we vaak dat de moordenaar zich verschuilt in het alledaagse.'

Myrna lachte. 'Je lijkt wel een therapeut. De meeste mensen kwamen naar de praktijk omdat er iets gebeurd was. Een sterfgeval of verraad. Hun liefde was niet wederzijds, ze hadden hun baan verloren of waren gescheiden. Een emotionele gebeurtenis. Maar de waarheid is dat hoewel zo'n gebeurtenis misschien de katalysator was, het werkelijke probleem bijna altijd iets kleins was, oud en verborgen.'

Gamache fronste verrast zijn wenkbrauwen. Het klonk precies als zijn werk. De moord was de katalysator, maar het was bijna altijd begonnen als iets kleins, onzichtbaar voor het blote oog. Het was vaak jaren, decennia oud. Iets onbeduidends wat was gaan etteren, wat was gaan groeien en infecteren. Totdat de hele mens vervuld was van wrok. Wrok bedekt door huid. Iets wat moest doorgaan voor een persoon. Voor iemand die gelukkig was.

Totdat er iets gebeurde.

Er was iets gebeurd in het leven van Constance, of in dat van de moordenaar, iets wat aanleiding had gegeven tot de moord. Het zou iets groots en zichtbaars geweest kunnen zijn. Maar het was waarschijnlijk iets kleins. Iets wat gemakkelijk over het hoofd kon worden gezien.

Daarom wist Gamache dat hij grondig te werk moest gaan, nauwkeurig. Andere rechercheurs mochten dan grote sprongen maken, Armand Gamache nam de tijd. Hij wist best dat sommige mensen misschien de indruk hadden dat hij niets ondernam. Hij liep immers langzaam, met zijn handen op zijn rug. Hij zat op een bankje in het park in de verte te staren. Hij dronk koffie in de bistro of de brasserie en luisterde.

Dacht na.

Anderen holden de moordenaar in alle commotie op die manier voorbij, maar hoofdinspecteur Gamache liep langzaam naar hem toe. En vond hem, verborgen in het volle zicht. Vermomd als ieder ander.

'Zal ik je vertellen wat ik weet?' vroeg hij.

Myrna ging achteroverzitten in haar grote luie stoel, trok de wollen deken om zich heen en knikte.

'Ik heb verschillende bronnen gebruikt; sommige openbaar, maar de meeste informatie is afkomstig uit priveäantekeningen en dagboeken.'

'Ga door,' zei Myrna.

'Haar ouders waren Isidore Ouellet en Marie-Harriette Pineault. Ze trouwden in 1928, in de parochiekerk van Saint-Antoine-sur-Richelieu. Hij was boer, twintig jaar toen ze trouwden, en Marie-Harriette was zeventien.'

Hij keek naar Myrna. Hij kon niet aan haar zien of ze dit al wist. Hij moest toegeven dat het nou niet bepaald voorpaginanieuws was. Dat kwam nog.

'De meisjes zijn in 1937 geboren.' Hij zette zijn bril af, alsof hij was uitgesproken. Maar ze wisten beiden dat het verhaal nog lang niet uit was. 'Waarom zat er zo veel tijd tussen? Bijna tien jaar tussen het moment dat ze trouwden en de komst van het eerste kind. De kinderen. Ik kan me niet voorstellen dat ze al die tijd niet geprobeerd hebben om kinderen te krijgen. Het was in de tijd waarin de grootste invloed op het leven van de mensen werd uitgeoefend door de kerk en de pastoor. Echtparen werden geacht om kinderen te krijgen. De enige reden om te trouwen en met elkaar naar bed te gaan was zelfs om je voort te planten. Dus waarom deden Isidore en zijn jonge echtgenote dat dan niet?'

Myrna hield haar beker koffie in haar hand en luisterde. Ze wist dat hij haar niets vroeg. Nog niet.

'De meeste gezinnen in die tijd hadden tien, twaalf, soms zelfs wel twintig kinderen. Mijn vrouw komt uit een gezin met twaalf kinderen, en dat was een generatie later. Woonde je in een dorp op het platteland in de jaren twintig? Dan was het je heilige plicht om kinderen te krijgen. En elk echtpaar dat ze niet kreeg, werd gemeden, als niet gezegend beschouwd. Misschien zelfs als slecht.'

Myrna knikte. Zo werd er niet meer gedacht in Québec, maar tot voor kort was dat wel het geval geweest. Mensen konden het zich nog goed herinneren. Totdat de stille revolutie ervoor zorgde dat vrouwen de zeggenschap over hun lichaam terugkregen en de inwoners van Québec hun leven. De kerk werd gesommeerd zich niet langer te bemoeien met de baarmoeder en zich te beperken tot het altaar. En dat werkte – bijna.

Maar in de jaren twintig en dertig? Gamache had gelijk. Met elk jaar dat ze kinderloos bleven, waren monsieur en madame Ouellet waarschijnlijk verder buitengesloten. Mensen hadden medelijden met hen of vonden hen verdacht. Ze werden gemeden, alsof hun kinderloosheid besmettelijk was en ze er allemaal voor gestraft zouden worden. De mensen, de dieren, het land. Alles zou onvruchtbaar worden. Door één jong stel.

'Ze moeten wanhopig zijn geweest,' zei Gamache. 'Marie-Harriette schreef dat ze het grootste deel van haar dagen in de kerk doorbracht om te bidden. Om te biechten. Om boete te doen. En toen, acht jaar later, maakte ze uiteindelijk de lange reis naar Montréal. Dat moet een vreselijke tocht zijn geweest voor een vrouw alleen, van de regio Montérégie helemaal naar Montréal. Vervolgens is die boerenvrouw, die nog nooit buiten haar dorp was geweest, vanaf het station helemaal naar het Oratorium van de Heilige Jozef gelopen. Dat alleen al moet haar bijna een dag hebben gekost.'

Hij keek naar Myrna terwijl hij praatte. Ze dronk niet meer van haar koffie en haar brownie lag half opgegeten op haar bord. Ze ging helemaal op in het verhaal. Zelfs Henri, die aan Gamaches voeten lag, leek te luisteren, zijn satellietoren naar zijn baas gericht.

'Dat was in mei 1936,' zei hij. 'Weet je waarom ze naar het Oratorium van de Heilige Jozef ging?'

'Vanwege broeder André?' vroeg Myrna. 'Leefde die toen nog?'

'Nog net. Hij was negentig en heel ziek. Maar hij ontving nog steeds mensen. Tegen die tijd kwamen ze uit de hele wereld naar hem toe,' zei Gamache. 'Ben je zelf wel eens naar het Oratorium geweest?'

'Ja,' zei Myrna.

Het was een bijzonder gezicht, de grote koepel, die 's avonds werd verlicht en vanuit het grootste deel van Montréal te zien was. De architecten hadden een lange, brede, alleen voor voetgangers toegankelijke weg ontworpen die vanaf de straat rechtstreeks naar de poort liep. En de enige manier om er te komen was door naar boven te lopen. De vele traptreden op. Negenennegentig stuks.

En eenmaal binnen? De muren hingen van de vloer tot het plafond vol met stokken en krukken. Daar achtergelaten omdat ze niet langer nodig waren.

Duizenden zwakke, kreupele pelgrims hadden zich de stenen trap op gesleept om het oude mannetje te bezoeken. En broeder André had hen genezen.

Hij was negentig jaar oud toen Marie-Harriette Ouellet haar pelgrimstocht maakte, en aan het eind van zijn leven. Het zou begrijpelijk zijn geweest als hij het kleine beetje kracht dat hij nog had, had bewaard, maar het verschrompelde mannetje in de eenvoudige zwarte pij bleef anderen genezen terwijl hijzelf zwakker werd.

Marie-Harriette Ouellet was in haar eentje van haar kleine boerderij naar Montréal gereisd om de heilige om een wonder te smeken.

Gamache vertelde zonder zijn aantekeningen te lezen. Wat er vervolgens gebeurd was, zou niet snel vergeten worden.

'Het Oratorium van de Heilige Jozef was toen niet zoals het tegenwoordig is. Er was een kerk, een lange wandelweg en een trap, maar de koepel was nog niet af. Nu krioelt het er van de toeristen, maar toen was bijna iedereen die daarnaartoe ging pelgrim: zieken, stervenden, kreupelen die dringend hulp nodig hadden. Marie-Harriette sloot zich bij hen aan.'

Hij zweeg even en haalde diep adem. Myrna, die naar het dovende vuur had zitten staren, keek naar hem op. Ze wist wat er zou volgen.

'Bij het begin van de lange wandelweg knielde ze neer en zei het eerste weesgegroetje,' zei Gamache.

Zijn stem was zwaar en warm, maar neutraal. Het was niet nodig om zijn eigen gevoelens erin door te laten klinken.

De beelden kwamen tot leven. Zowel Myrna als hijzelf zag de jonge vrouw voor zich. Jong naar hun maatstaven, bejaard naar het oordeel van haar tijd.

De zesentwintigjarige Marie-Harriette liet zich op haar knieën vallen.

'Wees gegroet Maria, vol van genade. De Heer is met U,' bad ze. 'Gij zijt de gezegende onder de vrouwen. En gezegend is Jezus, de Vrucht van Uw schoot.'

Armand Gamache sprak het bekende gebed zacht uit, daar in het stille appartement.

'Ze kroop de hele nacht op haar knieën over de wandelweg en zei bij iedere stap het weesgegroet op,' zei Gamache. 'Marie-Harriette aarzelde niet toen ze onder aan de trap kwam. Ze liep naar boven, waarbij haar bebloede knieën vlekken maakten op haar beste jurk.'

Het moet eruitgezien hebben alsof ze menstrueerde, dacht Myrna. Bloedvlekken op de jurk van een vrouw. Die om kinderen bad.

'Gezegend is de Vrucht van Uw schoot.'

Ze stelde zich voor hoe de jonge vrouw uitgeput, wanhopig, met pijn in haar knieën de trap op liep. Biddend.

'Uiteindelijk kwam ze bij zonsopgang boven aan de trap,' zei Gamache. 'Toen ze opkeek, zag ze broeder André bij de deur van de kerk staan. Hij had blijkbaar op haar staan wachten. Hij hielp haar overeind en samen gingen ze naar binnen om te bidden. Hij luisterde naar haar smeekbede en zegende haar. Toen ging ze weg.'

Het werd stil in de kamer en Myrna haalde diep adem. Opgelucht dat de lange klim voorbij was. Ze voelde de steken in haar knieën, de pijn in haar eigen buik. En ze voelde Marie-Harriettes overtuiging dat ze met behulp van een vrome priester en een reeds lang gestorven maagd eindelijk een kind zou kunnen krijgen.

'Het heeft gewerkt,' zei Gamache. 'Acht maanden later, in januari 1937, de dag nadat broeder André was overleden, zette Marie-Harriette Ouellet vijf gezonde dochters op de wereld.'

Ook al wist ze hoe het verhaal eindigde, Myrna was toch weer verwonderd.

Ze begreep heel goed waarom dit als een wonder werd beschouwd. Het bewijs dat God bestond en goed was. En vrijgevig. Bijna te vrijgevig, dacht Myrna.

16

'Het werd natuurlijk als een wonder beschouwd,' zei Gamache, waarmee hij Myrna's gedachten verwoordde. 'De eerste vijfling ooit die een bevalling had overleefd. Ze werden een sensatie.'

De hoofdinspecteur boog zich voorover en legde een foto op de salontafel.

Op de foto stond Isidore Ouellet, de vader, achter de baby's. Hij was ongeschoren, zijn gezicht verweerd, zijn donkere haar zat in de war. Het leek wel of hij de hele nacht zijn grote handen erdoor had gehaald. Zelfs op deze korrelige foto konden ze de donkere wallen onder zijn ogen zien. Hij droeg een licht overhemd en een versleten colbertje, alsof hij op het laatste moment zijn zondagse kleren had aangetrokken.

Zijn dochters lagen op de ruwe keukentafel voor hem. Ze waren piepklein, pasgeboren, gewikkeld in haastig aangevoerde lakens en theedoeken en lappen. Hij keek met grote ogen vol verbazing naar zijn kinderen.

Het zou komisch zijn geweest, ware het niet dat hij zo geschokt keek. Isidore Ouellet zag eruit alsof God was komen eten en vervolgens het huis in brand had gestoken.

Myrna pakte de foto en bekeek hem nauwkeurig. Ze had hem nooit eerder gezien.

'Die heb je zeker in haar huis gevonden?' zei ze, nog steeds afgeleid door de blik in de ogen van Isidore.

Gamache legde nog een foto op tafel.

Ze pakte hem op. Hij was enigszins onscherp, maar de vader was verdwenen en nu stond er een oudere vrouw achter de baby's.

'De vroedvrouw?' vroeg Myrna. Gamache knikte.

Het was een stevige vrouw, no-nonsense. Ze had haar handen in haar zij en droeg een gevlekt schort dat haar grote boezem omspande. Ze lachte. Moe en blij. En net als Isidore verwonderd, maar niet geschokt, zoals hij. Haar taak was immers volbracht.

Toen legde Gamache een derde zwart-witfoto neer. De oudere vrouw was verdwenen. De lappen en de houten tafel waren ook weg en nu was elke pasgeboren baby netjes in een warm, schoon flanellen dekentje gewikkeld en op een steriele tafel gelegd. Achter hen stond een trotse man van middelbare leeftijd, van top tot teen in het wit gekleed. Dit was de beroemde foto. De foto van de Ouellet-vijfling die de hele wereld over was gegaan.

'De dokter,' zei Myrna. 'Hoe heette hij ook alweer? Bernard, dat is het. Dokter Bernard.'

Het feit dat Myrna bijna acht decennia na de geboorte van de vijf baby's nog de naam wist van de dokter die hen op de wereld had gezet, bewees wel hoe beroemd ze waren. Of niet?

'Je bedoelt,' zei ze terwijl ze de eerste foto's weer bekeek, 'dat dokter Bernard de vijfling helemaal niet heeft gehaald?'

'Hij was er niet eens bij,' zei Gamache. 'En waarom zou hij ook? De meeste baby's die in 1937 op het platteland werden geboren, werden door een vroedvrouw gehaald, niet door een dokter. En hoewel ze misschien vermoedden dat Marie-Harriette zwanger was van meer dan één baby, had niemand kunnen bevroeden dat het er vijf zouden zijn. Het was crisistijd en het echtpaar Ouellet was straatarm. Ze hadden zich nooit een dokter kunnen veroorloven, ook al zouden ze van tevoren hebben geweten dat ze er een nodig hadden.'

Ze keken beiden naar de iconische foto. De lachende dokter Bernard, zelfverzekerd, vaderlijk. Perfect gecast voor de rol die hij de rest van zijn leven zou spelen.

De grootse man die een wonder had verricht. Die er door zijn vakkundigheid in was geslaagd te doen wat geen andere dokter eerder had gedaan. Hij had vijf baby's ter wereld gebracht, levend en wel. En hij had ze in leven gehouden. Dankzij hem had zelfs hun moeder het overleefd.

Dokter Bernard werd de arts die iedere vrouw wilde hebben. Het toonbeeld van competentie. Québec kon er trots op zijn het een arts te hebben voortgebracht en opgeleid die zo vakkundig en meelevend was.

Jammer, dacht Gamache terwijl hij zijn bril opzette en de foto bekeek, dat het een leugen was.

Hij legde de foto terug en pakte de eerste weer, die van de vijfling en hun geschokte vader. Het was de eerste in een reeks van duizenden foto's die tijdens het leven van de meisjes genomen zouden worden. De baby's waren onhandig in lakentjes gewikkeld, bevuild met het bloed, de vliezen en het slijm van hun moeder. Het was een wonder, maar ook een smeerboel.

Het was de eerste foto, maar tevens de laatste keer dat de echte meisjes waren gefotografeerd. Want binnen een paar uur na hun geboorte begon het allemaal: de leugens, het rollenspel en het bedrog.

Hij draaide de eerste foto om. Op de achterkant stonden in nette, ronde schoolschriftletters de namen van de kinderen geschreven: Marie-Virginie, Marie-Hélène, Marie-Josephine, Marie-Marguerite en Marie-Constance.

Ze moeten snel gewikkeld zijn in het eerste het beste wat de vroedvrouw en monsieur Ouellet op dat moment konden vinden, in de volgorde waarin ze waren geboren, en op de keukentafel gelegd.

Toen pakte hij de foto met dokter Bernard, die maar een paar uur later was genomen. Op de achterkant had iemand geschreven: M-M, M-J, M-V, M-C en M-H.

Niet hun namen, alleen hun initialen. Tegenwoordig zouden het streepjescodes zijn, dacht de hoofdinspecteur. Hij kon wel raden wiens handschrift het was, en hij keek opnieuw naar de vriendelijke plattelandsdokter wiens leven die avond ook veranderd was. Er was een nieuwe dokter Bernard geboren.

Gamache haalde nog een foto uit zijn borstzak en legde die op de salontafel. Myrna pakte hem op. Ze zag vier jonge vrouwen, waarschijnlijk begin dertig, met hun armen om elkaar heen geslagen, glimlachend voor de camera.

Ze draaide de foto om, maar er stond niets op de achterkant.

'De meisjes?' vroeg ze en Gamache knikte.

'Ze zien er heel verschillend uit,' zei ze verwonderd. 'Hun kapsel, hun kledingsmaak, zelfs hun figuur.' Ze keek over de foto heen naar Gamache, die haar aandachtig in de gaten hield. 'Je kunt onmogelijk zien dat ze zussen zijn. Denk je dat ze dat expres deden?'

'Wat denk jij?' vroeg hij.

Myrna bekeek de foto opnieuw, maar ze wist het antwoord al. Ze knikte.

'Dat denk ik ook,' zei de hoofdinspecteur, en hij zette zijn bril af en ging achteroverzitten. 'Ze hadden duidelijk een hechte band. Ze deden het niet om afstand te houden van elkaar, maar van het publiek.'

'Ze zijn vermomd,' zei ze, terwijl ze de foto liet zakken. 'Ze hebben van hun lichaam een kostuum gemaakt, zodat niemand zou weten wie ze waren. Of een harnas, eigenlijk.' Ze tikte op de foto. 'Er staan er maar vier op. Waar is nummer vijf?'

'Dood.'

Myrna hield haar hoofd scheef en keek naar de hoofdinspecteur. 'Pardon?'

'Virginie,' zei Gamache. 'Ze is gestorven toen ze begin twintig was.'

'O natuurlijk, dat was ik vergeten.' Ze groef in haar geheugen. 'Het was een ongeluk, toch? Een auto-ongeluk? Verdronken? Ik weet het niet precies meer. Iets tragisch.'

'Ze is in het huis waarin ze samen woonden van de trap gevallen.'

Myrna was even stil voor ze iets zei. 'Ik neem aan dat er verder niets achter zat? Ik bedoel, meisjes van twintig vallen meestal niet zomaar van de trap.'

'Wat ben je achterdochtig, madame Landers,' zei Gamache. 'Constance en Hélène hebben het zien gebeuren. Ze zeiden dat ze was uitgegleden. Er is geen lijkschouwing geweest. Geen overlijdensbericht in de krant. Virginie Ouellet is in stilte begraven in het familiegraf in Saint-Antoine-sur-Richelieu. Dat heeft iemand van het mortuarium een paar weken later laten uitlekken. Er werd door veel mensen om haar getreurd.'

'Waarom zouden ze haar dood geheim hebben gehouden?' vroeg Myrna.

'Wat ik ervan begrepen heb, is dat de zusjes in besloten kring wilden rouwen.'

'Dat lag in de lijn der verwachting, ja,' zei Myrna. 'Maar je zei: "Ze zeiden dat ze was uitgegleden." Was dat ook waar?'

Gamache glimlachte flauwtjes.

'Je kunt goed luisteren.' Hij boog zich voorover, zodat ze met hun gezichten vlak tegenover elkaar boven de salontafel zaten, half in het schijnsel van het vuur, half in het donker. 'Als je weet hoe je politieverslagen en overlijdensaktes op de juiste manier leest, zie je dat er veel tussen de regels door te lezen is.'

'Dachten ze dat ze misschien geduwd was?'

'Nee. Maar er werd wel gesuggereerd dat hoewel haar dood het gevolg was van een ongeluk, die niet als een verrassing kwam.'

'Hoe bedoel je?' vroeg Myrna.

'Heeft Constance je iets over haar zussen verteld?'

'Alleen heel algemene dingen. Ik wilde meer weten over het leven van Constance, niet over dat van haar zussen.'

'Dat moet een hele opluchting voor haar zijn geweest.'

'Dat denk ik ook. Een opluchting, maar ook een verrassing,' zei Myrna. 'De meeste mensen waren alleen in de vijfling als groep geïnteresseerd, niet in de vijf individuen. Maar eerlijk gezegd ontdekte ik zelf pas dat ze een van de vijfling was toen ze al ongeveer een jaar bij me in therapie was.'

Gamache keek haar aan en probeerde niet te lachen.

'Zo grappig is dat niet,' zei Myrna, maar zij lachte ook.

'Nee,' zei de hoofdinspecteur instemmend, en zijn glimlach vervaagde.

'Helemaal niet. Maar wist je echt niet dat ze een van de beroemdste mensen van het land was?'

'Oké, moet je horen,' zei Myrna. 'Ze stelde zich voor als Constance Pineault en ze heeft het wel over haar familie gehad, maar alleen in antwoord op mijn vragen. Het is niet in me opgekomen om te vragen of ze een van de vijfling was. Dat vraag ik mijn cliënten bijna nooit. Maar je hebt mijn vraag nog niet beantwoord. Wat bedoelde je toen je zei dat de dood van de jongste zus een ongeluk was, maar niet als een verrassing kwam?'

'De jongste?' vroeg Gamache.

'Ehm, ja...' Myrna zweeg en schudde haar hoofd. 'Het is gek, ik beschouw degene die het eerst is gestorven...'

'Virginie.'

'... als de jongste en Constance als de oudste.'

'Dat is logisch, denk ik. Dat doe ik zelf geloof ik ook.'

'Dus waarom kwam de dood van Virginie niet als een verrassing, inspecteur?'

'Er is geen diagnose gesteld en ze is niet behandeld, maar Virginie was vrijwel zeker klinisch depressief.'

Myrna ademde langzaam en diep in, en daarna weer langzaam en diep uit. 'Dachten ze dat ze zelfmoord had gepleegd?'

'Het is nooit uitgesproken, in elk geval niet duidelijk, maar ik kreeg de indruk dat ze dat vermoeden hadden.'

'Arme meid,' zei Myrna.

Arme meid, dacht Gamache, en hij moest denken aan de politieauto's op de Champlainbrug, aan de vrouw die de ochtend ervoor haar dood tegemoet was gesprongen – in de met sneeuwbrij gevulde Sint-Lawrence. Wat een vreselijk probleem moest je hebben als in een ijskoude rivier of van de trap springen de oplossing was.

Wie heeft je ooit zo onherstelbaar gekwetst? dacht hij terwijl hij naar de pasgeboren Virginie keek, die op de foto naast haar zusjes op de eettafel lag te huilen.

'Heeft Constance je iets over haar jeugd verteld?'

'Bijna niets. Ze had al een grote stap gezet door me te vertellen wie ze was, maar ze was nog niet zo ver dat ze over de details kon praten.'

'Hoe heb je ontdekt dat ze bij de Ouellet-vijfling hoorde?' vroeg Gamache.

'Ik zou willen dat ik kon zeggen dat het door mijn grote inzicht kwam, maar daar hoef ik nu niet mee aan te komen.'

Myrna lachte. 'Nu ik erop terugkijk, besef ik dat ze goed was in hints geven. Ze heeft het een jaar lang gedaan. Ze zei dat ze vier zussen had, maar het kwam niet bij me op dat ze allemaal van dezelfde leeftijd konden zijn. Ze zei dat haar ouders geobsedeerd waren door broeder André maar dat haar zussen en zij niet over hem mochten praten, omdat ze dan in moeilijkheden zouden kunnen komen. Ze zei dat iedereen altijd nieuwsgierig was naar hun privéleven, maar ik dacht gewoon dat ze nieuwsgierige buren had, of dat ze paranoïde was. Het kwam niet bij me op dat ze doelde op heel Noord-Amerika, en het journaal, en dat het echt zo was. Ze moet me behoorlijk dom hebben gevonden. Tot mijn grote schaamte moet ik toegeven dat als ze het me nooit verteld zou hebben, dat ik dan misschien nog steeds niet had geweten wie ze was.'

'Daar had ik bij willen zijn, toen ze dat vertelde.'

'Ik zal het nooit vergeten, dat is een ding dat zeker is. Ik dacht dat we het weer over haar problemen met intimiteit gingen hebben. Ik zat klaar met mijn aantekenboek op mijn knie, pen in de hand' – Myrna speelde het na – 'en toen zei ze: "Mijn moeder heette Pineault. Mijn vader heette Ouellet. Isidore Ouellet.' Ze keek me aan alsof dat me iets moest zeggen. En het gekke was: dat was ook zo. Er begon me heel vaag iets te dagen. Maar toen ik geen antwoord gaf, zei ze: 'Ik gebruik de naam Constance Pineault, zo zie ik mezelf nu, maar de meeste mensen kennen me als Constance Ouellet. Mijn vier zussen en ik zijn op dezelfde dag jarig.' Beschamend genoeg moet ik bekennen dat het zelfs toen even duurde voordat het tot me doordrong.'

'Ik weet niet of ik het had geloofd,' zei Gamache.

Ze schudde haar hoofd nog steeds een beetje ongelovig. 'De Ouellet-vijfling was bijna fictief. Mythisch, in elk geval. Het was alsof de vrouw die ik als Constance Pineault kende had verkondigd dat ze een Griekse godin was, dat Hera tot leven was gekomen. Of een eenhoorn.'

'Leek het onwaarschijnlijk?'

'Het leek onmogelijk, een waanbeeld zelfs. Maar ze was zo kalm, zo ontspannen. Opgelucht, bijna. Iemand met meer gezond verstand dan zij zou moeilijk te vinden zijn geweest. Ik denk dat ze in de gaten had dat ik het moeilijk vond om haar te geloven, en ik geloof dat ze dat wel grappig vond.'

'Had zij ook last van depressie? Kwam ze daarom naar de praktijk?'

Myrna schudde haar hoofd. 'Nee. Ze was wel eens somber, maar dat is iedereen af en toe.'

'Waarom kwam ze dan naar je toe?'

'Het heeft ons veel tijd gekost om daarachter te komen,' gaf Myrna toe.

'Dat klinkt alsof Constance het zelf niet wist.'

'Dat was ook zo. Ze kwam omdat ze ongelukkig was. Ze wilde dat ik haar zou helpen om erachter te komen hoe dat kwam. Ze zei dat ze zich voelde als iemand die plotseling ontdekt dat hij kleurenblind is en dat ieder ander in een veel kleurrijker wereld leeft.'

'Kleurenblindheid is niet te genezen,' zei Gamache. 'Was Constance wel te genezen?'

'Nou, we moesten eerst zien te ontdekken wat het probleem was. Niet de fanfare die op het oppervlak speelde, maar de stekels die daaronder lagen.'

'En hebben jullie de stekels bereikt?'

'Ik denk het wel. Volgens mij was het heel eenvoudig was. Dat zijn de meeste problemen. Constance was eenzaam.'

Hoofdinspecteur Gamache dacht daarover na. Een vrouw die nooit alleen was geweest. Ze had de baarmoeder gedeeld, haar huis, haar ouders, de eettafel, haar kleding, alles. Ze had voortdurend mensen om zich heen gehad. Er waren altijd mensen geweest. Binnen en buiten. Mensen die hen aangaapten.

'Ik zou denken dat ze behoefte had aan privacy,' zei hij.

'O ja, daar hadden ze allemaal behoefte aan. Ik denk dat dat vreemd genoeg de reden was waarom Constance zo eenzaam was. Zodra ze konden, trokken de meisjes zich terug van alle aandacht, maar ze trokken zich te ver terug. Ze raakten te veel op zichzelf, teruggetrokken. Wat begon als overlevingsmechanisme keerde zich later tegen hen. Ze waren veilig in hun huis, in hun eigen wereldje, maar ze waren ook eenzaam. Eenzame kinderen die uitgroeiden tot eenzame volwassenen. Maar ze kenden geen ander leven.'

'Kleurenblind,' zei Gamache.

'Maar Constance zag wel in dat er iets anders was in het leven. Ze was veilig, maar niet gelukkig. En dat wilde ze graag zijn.' Myrna schudde haar hoofd. 'Ik zou het zelfs mijn ergste vijanden niet toewensen, beroemd zijn. En ouders die dat hun kinderen aandoen, zouden ze moeten opknopen.'

'Denk je dat het de schuld van de ouders van de vijfling was?'

Myrna dacht even na. 'Ik geloof dat Constance dat wel vond.'

Gamache knikte naar de foto's op de salontafel tussen hen in. 'Je vroeg of ik die bij Constance thuis heb gevonden. Dat is niet zo. Daar waren helemaal geen persoonlijke foto's. Niet ingelijst, niet in albums. Ik heb deze in het nationaal archief gevonden. Met uitzondering van deze ene.' Hij pakte de foto van de vier jonge vrouwen. 'Constance had hem ingepakt om mee te nemen.'

Myrna keek naar het fotootje in zijn hand. 'Ik vraag me af waarom.'

Jérôme Brunel deed zijn boek dicht.

De gordijnen waren dicht en er lag een donzen dekbed over hen heen in het grote bed. Thérèse was al lezend in slaap gevallen. Hij keek even naar haar. Haar ademhaling was rustig en gelijkmatig. Haar kin was op haar borst gezakt, haar actieve geest in rust. Rust. Eindelijk.

Hij legde zijn boek op het nachtkastje, boog zich over haar heen, nam haar bril van haar neus en het boek uit haar hand. Toen kuste hij haar voorhoofd, en hij rook haar nachtcrème. Een milde, subtiele geur. Als ze op reis moest voor haar werk, smeerde hij er wat van op zijn handen en ging dan slapen met zijn handen bij zijn gezicht.

'Jérôme?' vroeg Thérèse geschrokken. 'Is er iets?'

'Nee, niks,' fluisterde hij. 'Ik wilde net het licht uitdoen.'

'Is Armand al terug?'

'Nog niet, maar ik heb het licht op de veranda en een paar lampen in de woonkamer aangelaten.'

Ze gaf hem een kus en draaide zich om.

Jérôme knipte de lamp op het nachtkastje uit en trok het dekbed hoger op. Het raam stond open, waardoor er koude, frisse lucht naar binnen kwam en het warme bed des te behaaglijker was.

'Maak je maar geen zorgen,' fluisterde hij zijn vrouw in het oor. 'Armand heeft een plan.'

'Ik hoop niet dat het iets met ruimteschepen of tijdreizen is,' mompelde ze, alweer half in slaap.

'Hij heeft een ander plan,' zei Jérôme, en hij hoorde haar grinniken. Daarna werd het weer stil in de kamer, op het zachte gekraak van het huis om hen heen na.

Armand Gamache stond bij de etalage van Myrna's boekwinkel en zag het licht in de slaapkamer van Emilies huis uitgaan.

Hij was met Myrna meegelopen naar beneden, naar haar winkel gevolgd, waar ze nu stomverbaasd midden tussen de boekenkasten stond.

'Ik weet zeker dat het hier stond.'

'Wat?' Hij draaide zich om, maar Myrna was tussen de boekenkasten verdwenen.

'Het boek dat dokter Bernard heeft geschreven over de vijfling. Ik had het hier staan, maar nu kan ik het nergens vinden.'

'Ik wist niet dat hij een boek had geschreven,' zei Gamache, die een ander gangpad doorliep en de planken afspeurde. 'Is het goed?'

'Ik heb het niet gelezen,' mompelde ze, afgeleid doordat ze de titels op de ruggen las. 'Maar gezien wat we nu weten, kan ik me dat nauwelijks voorstellen.'

'We weten dat hij ze niet op de wereld heeft gezet, ja,' zei Gamache, 'maar hij heeft het grootste deel van zijn leven aan hen gewijd. Hij kende ze waarschijnlijk beter dan wie dan ook.'

'Dat betwijfel ik.'

'Hoezo?'

'Ik denk dat ze zichzelf nauwelijks kenden. Het boek zou je hoogstens enig inzicht kunnen geven in hun dagelijkse routine, maar niet in de meisjes zelf.'

'Maar waarom zoek je het dan?'

'Ik dacht dat zelfs dat zou kunnen helpen.'

'Misschien,' zei hij instemmend. 'Waarom heb je het niet gelezen?'

'Dokter Bernard heeft alles wat privé was openbaar gemaakt. Hij heeft hen steeds opnieuw verraden, net als hun ouders. Ik wilde daar niets mee te maken hebben.'

Ze legde verbaasd haar grote hand op een plank.

'Zou iemand het mee kunnen hebben genomen?' opperde Gamache vanuit het volgende gangpad.

'Dit is geen bibliotheek. Dan hadden ze het van me moeten kopen.' Even was het stil en toen zei Myrna: 'Stomme Ruth.'

Gamache vroeg zich af of Ruth soms echt zo heette. Het was in elk geval haar roepnaam. Hij stelde zich de doop voor.

'Hoe wilt u dit kind noemen?' vroeg de dominee.

'Stomme Ruth,' antwoordden de doopgetuigen. Het zou een vooruitziende keus zijn geweest.

Myrna onderbrak zijn gemijmer. 'Zij is de enige die dit als een bibliotheek lijkt te beschouwen. Ze neemt boeken mee, leest ze, brengt ze terug en komt nieuwe halen.'

'Ze brengt ze tenminste nog terug,' zei Gamache, waarna Myrna hem vuil aankeek. 'Denk je dat Ruth het boek van dokter Bernard over de vijfling heeft meegenomen?'

'Wie zou het anders gedaan kunnen hebben?'

Dat was een goede vraag.

'Ik zal haar er morgen naar vragen,' zei hij, en hij trok zijn jas aan. 'Dat gedicht van Ruth dat je citeerde...'

'*Wie heeft je ooit zo onherstelbaar gekwetst...* Dat?' vroeg Myrna.

'Heb je dat hier ergens?'

Myrna zocht het dunne boekje op en Gamache rekende het af.

'Waarom kwam Constance op een gegeven moment niet meer als cliënt naar je toe?' vroeg hij.

'We waren in een impasse geraakt.'

'Hoezo?'

'Het werd duidelijk dat als Constance echt goede vrienden wilde hebben, ze de muur om zich heen zou moeten afbreken en ze iemand zou moeten toestaan om dichterbij te komen. Ons leven is net een huis. Sommige mensen mogen in de voortuin komen, anderen tot bij de voordeur en weer anderen in de hal of de keuken. Echte vrienden worden verder in huis toegelaten, in de woonkamer.'

'En sommigen mogen zelfs in de slaapkamer komen,' zei Gamache.

'Mensen met wie je intiem bent, ja,' zei Myrna.

'En Constance?'

'Ze had een prachtig huis om te zien. Heel mooi, volmaakt. Maar het zat op slot. Niemand mocht erin,' zei Myrna.

Hij luisterde, maar zei niet tegen Myrna dat de vergelijking met het huis klopte als een bus. Constance had zich emotioneel gezien gebarricadeerd, maar er was ook niemand die haar echte huis in mocht.

'Heb je haar dat verteld?' vroeg hij.

Myrna knikte. 'Ze begreep het wel, en ze heeft haar best gedaan, maar ze had er heel veel moeite mee. De muren waren te dik en te hoog. Dus we moesten ophouden met de therapie. Ik kon niets meer voor haar doen. Maar we hielden wel contact. Als kennissen.' Myrna glimlachte. 'Ik dacht dat ze zich tijdens het bezoek van laatst misschien eindelijk wat meer open zou stellen. Ik had gehoopt dat nu de laatste zus is gestorven, ze niet meer het gevoel had dat ze de familiegeheimen zou prijsgeven.'

'Maar ze heeft niets gezegd?'

'Nee.'

'Wil je weten wat ik denk?' vroeg hij.

Myrna knikte.

'Ik denk dat toen ze hier de eerste keer kwam, ze gewoon voor haar plezier kwam. Maar toen ze besloot om terug te komen, was dat om een heel andere reden.'

Myrna hield zijn blik vast. 'Welke dan?'

Hij haalde de foto's uit zijn zak en pakte die met de vier vrouwen erop.

'Ik denk dat ze je deze wilde laten zien. Haar liefste, meest persoonlijke bezit. Ik denk dat ze de deuren en ramen van haar huis wilde openzetten en je binnen wilde laten.'

Myrna zuchtte diep en pakte toen de foto van hem aan.

'Dank je wel,' zei ze zacht en ze keek naar de foto. 'Virginie, Hélène, Josephine, Marguerite en nu Constance. Allemaal dood. Een legende geworden. Wat is dat?'

Gamache had de eerste foto gepakt die van de Ouellet-vijfling was genomen, die waarop ze als een rij broden op de verweerde keukentafel lagen, hun geschokte vader achter hen.

Marie-Virginie.

Marie-Hélène.

Marie-Josephine.

Marie-Marguerite.

Marie-Constance.

Dit was vrijwel zeker de volgorde waarin ze waren geboren, maar ook, besefte hij, de volgorde waarin ze waren gestorven.

17

Armand Gamache werd wakker van geschreeuw, gegil en een harde klap.

Het volgende ogenblik was hij klaarwakker en zat hij rechtop in bed. Hij stak zijn hand uit naar het nachtkastje, waarin zijn pistool in het laatje lag.

Zijn ogen waren scherp, zijn blik geconcentreerd. Hij zat roerloos, zijn lichaam gespannen.

Hij zag daglicht door de gordijnen. En toen hoorde hij het opnieuw. Een indringende kreet. Een schreeuw om hulp. Een bevel. Nog een klap.

Het was onmiskenbaar.

Hij trok zijn ochtendjas en pantoffels aan, trok het gordijn open en keek naar de hockeyers op de ijsvlakte midden in het dorp.

Henri stond naast hem. Ook hij was alert. Hij stak zijn neus uit het raam en snuffelde.

'Ik krijg wat van dit dorp,' zei de hoofdinspecteur tegen Henri. Maar hij keek glimlachend naar de kinderen op het ijs die fanatiek achter de puck aan schaatsten. Elkaar aanwijzingen gaven. Brulden na een doelpunt, schreeuwden als een rake klap in het eigen net belandde.

Even bleef hij gebiologeerd door het berijpte raam staan kijken.

Het was een schitterende dag – zaterdag, realiseerde hij zich. De zon was nog maar net op, maar de kinderen zagen eruit alsof ze al uren in touw waren en nog uren konden doorgaan, met alleen af en toe een korte pauze voor warme chocolademelk.

Hij schoof het raam omlaag en deed de gordijnen helemaal open. Toen draaide hij zich om. Het was stil in huis. Het had heel even geduurd voordat hij besefte dat hij niet in de bed & breakfast van Gabri was, maar in het huis van Emilie Longpré.

Deze kamer was groter dan de kamer die hij in de bed & breakfast had. Er was een open haard, er lag een vloer van brede grenen planken en aan de muren zat bloemetjesbehang dat allesbehalve modern was. Er waren aan beide kanten ramen, waardoor het er licht en vrolijk was.

Hij keek op de wekker op het nachtkastje, en zag tot zijn verbazing dat het al bijna acht uur was. Hij had zich verslapen. Hij had de wekker niet gezet omdat hij zeker wist dat hij om zes uur wakker zou worden, zoals gewoonlijk. Of dat Henri hem zou wekken.

Ze waren allebei in een diepe slaap gevallen en zouden nog steeds hebben geslapen als er beneden niet plotseling een *breakaway* doelpunt was gemaakt.

Na een snelle douche nam Gamache Henri mee naar beneden, gaf hem te eten, zette koffie en deed hem aan de riem voor een rondje om de ijsbaan. Tijdens het wandelen keken ze naar de wedstrijd en trok Henri aan de riem – hij wilde meespelen met de kinderen.

'Ik ben blij dat je dat domme beest aan de lijn houdt. Het is een lastpak.'

Gamache draaide zich om en zag Ruth en Rosa over de bevroren weg naar hen toe komen. Rosa droeg gebreide laarsjes en leek net als Ruth mank te lopen. En Ruth leek een beetje te waggelen, net als Rosa.

Als mensen echt op hun huisdieren gingen lijken, dacht Gamache, zou hij elk moment enorme oren kunnen krijgen, en een speelse maar enigszins wezenloze blik in zijn ogen.

Maar Rosa was meer dan een huisdier voor Ruth en Ruth was voor Rosa meer dan zomaar een baasje.

'Henri is geen dom beest, madame,' zei Gamache.

'Weet ik,' zei de dichteres kortaf. 'Ik had het tegen Henri.'

De herder en de eend bekeken elkaar. Voor de zekerheid hield Gamache de riem stevig vast, maar hij had zich geen zorgen hoeven maken. Rosa stak haar snavel naar voren, waarop Henri zich snel achter de benen van Gamache verborg en naar hem opkeek.

Henri en Gamache trokken hun wenkbrauwen naar elkaar op.

'Passen,' schreeuwde Ruth naar de ijshockeyers. 'Niet zo pingelen!'

Iedereen die luisterde zou het onuitgesproken 'sukkel' aan het eind van de zin hebben gehoord.

Een van de jongens sloeg de puck naar een ander, maar was te laat, waardoor de puck in een berg sneeuw verdween. Hij keek naar Ruth en haalde zijn schouders op.

'Geeft niet, Etienne,' zei Ruth. 'Kijk de volgende keer beter om je heen.'

'Oui, coach.'

'Die stomme kinderen luisteren niet,' zei Ruth. Een paar kinderen hadden haar gezien en bleven staan om te zwaaien. Daarna draaide Ruth hun de rug toe.

'Coach?' vroeg Gamache, die naast haar liep.

'Dat is Frans voor "domkop". *Coach.*'

Gamache lachte, een wolkje humor. 'Dus dat heb je ze ook geleerd.'

Er kwamen wolkjes uit Ruths mond en hij nam aan dat ze grinnikte. Of het was zwavel.

'Dank je wel voor de coq au vin van gisteravond,' zei de hoofdinspecteur. 'Het was heerlijk.'

'Was die voor jou? Jezus, ik dacht dat die vrouw van de bibliotheek had gezegd dat het voor de mensen in het huis van Emilie was.'

'Dat zijn mijn vrienden en ik, zoals je maar al te goed weet.'

Ruth pakte Rosa op en liep zwijgend een paar stappen verder.

'Weet je al meer over wie Constance heeft vermoord?' vroeg ze.

'Een beetje.'

De ijshockeywedstrijd naast hen ging weer door. Jongens en meisjes joegen achter de puck aan, sommigen schaatsten vooruit, anderen zigzagden achteruit. Alsof hun leven afhing van wat er met dat stuk bevroren rubber gebeurde.

Het leek onbelangrijk, maar Gamache wist dat ze veel leerden van het spel: samenwerken en op elkaar vertrouwen; wanneer ze moesten passen; wanneer ze moesten aanvallen en wanneer ze zich moesten terugtrekken. En dat ze ondanks de afleiding en chaos om hen heen nooit het doel uit het oog moesten verliezen.

'Waarom heb je dat boek van dokter Bernard meegenomen?' vroeg hij.

'Welk boek?'

'Hoeveel boeken van dokter Bernard heb je wel niet?' vroeg hij. 'Over de Ouellet-vijfling. Je hebt het meegenomen uit de boekwinkel van Myrna.'

'Boekwinkel?' vroeg Ruth, en ze keek naar de winkel. 'Maar er staat "library" op. Bibliotheek dus.'

'Er staat *librairie*,' zei de hoofdinspecteur. 'Dat is Frans voor "je liegt".'

Ruth proestte van het lachen.

'Je weet best dat librairie "boekwinkel" betekent in het Frans,' zei hij.

'Stomme taal. Waarom kan het niet gewoon duidelijk?'

Gamache keek haar verwonderd aan. 'Dat is een heel goede vraag, madame.'

Hij sprak zonder een spoor van irritatie. Hij was Ruth veel verschuldigd, niet het minst geduld.

'Ik heb dat boek meegenomen, ja. Zoals ik al eerder zei had Constance me verteld wie ze was, dus ik wilde iets over haar lezen. Gewoon morbide nieuwsgierigheid.'

Ruth Zardo mocht dan morbide zijn, maar Gamache wist dat ze zeker niet nieuwsgierig was. Dat zou betekenen dat ze in anderen was geïnteresseerd.

'En je dacht dat je iets te weten zou kunnen komen van het verhaal van dokter Bernard?'

'Nou ja, zij zou me niks vertellen, of wel soms? Een betere manier kon ik me niet bedenken. Saai boek. Die Bernard praat voornamelijk over zichzelf. Ik heb de pest aan egocentrische mensen.'

Daar ging hij niet op in.

'Hij had wel wat bots over de ouders te zeggen trouwens,' vervolgde ze. 'Allemaal in beleefde termen gehuld, natuurlijk, voor het geval ze het ooit zouden lezen. Wat ze waarschijnlijk hebben gedaan, of ze lieten het voorlezen.'

'Waarom zeg je dat?' vroeg Gamache.

'Volgens Bernard waren ze arm en onwetend en zo dom als een varken. En hebberig.'

'Hoe bedoel je?'

'Ze hebben hun kinderen min of meer aan de regering verkocht, en toen het geld op was, gingen ze verontwaardigd doen. Ze vonden dat ze recht hadden op meer.'

Hoofdinspecteur Gamache had gegevens over hun boekhouding gevonden: een grote som geld, zeker voor die tijd, voor Isidore Ouellet, zogenaamd voor de onteigening van zijn boerderij, honderd keer zo veel als wat de boerderij werkelijk waard was.

De straatarme boer had de loterij gewonnen, in de vorm van vijf fantastische dochters. Het enige wat hij hoefde te doen was ze aan de staat verkopen.

Gamache had ook brieven gevonden, heel veel brieven. Geschreven in een periode die vele jaren besloeg, in een onduidelijk handschrift. Ze eisten hun dochters terug, zeiden dat ze misleid waren. Dreigden de zaak openbaar te maken. De Ouellets zouden iedereen vertellen dat de regering hun kinderen had gestolen. Isidore haalde zelfs broeder André aan, die toen al dood was maar een steeds sterker symbool werd in Québec.

Terwijl hij de brieven zat te lezen, viel het Gamache op dat Isidore Ouellet in werkelijkheid niet de meisjes terug wilde, maar meer geld.

Er waren ook brieven terug van een nieuwe overheidsinstantie, die de *Service de protection de l'enfance* heette. De brieven waren gericht aan het echtpaar Ouellet en hoewel ze buitengewoon beleefd van toon waren, zag Gamache er ook een tegendreigement in.

Als de Ouellets hun mond zouden opendoen, zou de regering dat ook doen.

En ze hadden heel wat te zeggen. Ook zij verwezen naar broeder André. Hij leek voor beide teams te spelen, die heilige. Dat hoopten ze althans.

Uiteindelijk kwamen er steeds minder brieven van de Ouellets, maar de laatste waren steeds deerniswekkender van toon, ze verlaagden zich tot smeken. Ze legden uit dat ze rechten hadden en behoeften hadden.

En toen hielden de brieven op.

'Heeft Constance je over haar ouders verteld?' vroeg Gamache. Het was hun tweede rondje om de ijsbaan. Hij keek omlaag, naar Henri, die met zijn ogen op Rosa gericht dicht in de buurt van Gamache bleef en ongelofelijk onnozel keek.

Zou het? vroeg Gamache zich af. Nee, dat kan gewoon niet.

Hij keek nog eens naar Henri, die verlekkerd naar Rosa keek. Het was niet duidelijk of hij de eend wilde opeten of dat hij verliefd op haar was geworden.

Gamache besloot er verder niet over na te denken, beide opties hadden geen kans van slagen.

'Zo dom ben je toch niet?' vroeg Ruth. 'Ik heb je gisteren verteld dat ik wist wie Constance was, maar dat we er niet over praatten. Je luistert gewoon niet, hè?'

'Naar jouw sprankelende verhalen? Wie luistert daar nou niet naar? Ik heb zeker opgelet, maar ik vroeg me af of ze iets over hen gezegd had, maar helaas niet dus.'

Ruth wierp hem een blik toe, haar blauwe ogen waterig maar scherp. Als een mes in een koude, ondiepe stroom.

Bij het huis van Emilie Longpré bleven ze staan.

'Ik weet nog dat ik bij madame Longpré op bezoek ging,' zei Gamache. 'Wat een apart mens.'

'Ja,' zei Ruth. Gamache wachtte op een sarcastische toevoeging, maar die kwam niet.

'Het is fijn om binnen licht te zien branden, en weer rook uit de schoorsteen te zien komen,' zei ze. 'Het heeft veel te lang leeggestaan. Dit is echt een huis waar mensen moeten wonen.' Ze keerde zich naar hem toe. 'Het heeft gezelschap nodig, zelfs zulk banaal gezelschap als het jouwe.'

'Merci,' zei de hoofdinspecteur met een buiginkje. 'Vind je het goed als ik dat boek straks kom ophalen?'

'Welk boek?'

Gamache moest zijn best doen om niet zijn ogen ten hemel te slaan. 'Het boek van dokter Bernard over de Ouellet-vijfling.'

‘Wil je dat nog steeds hebben? Dan moet je er wel die vrouw voor betalen, nu ze de bibliotheek in een boekwinkel heeft veranderd. Is dat eigenlijk wel legaal?’

‘À bientôt, coach,’ zei Gamache, en hij keek toe hoe Ruth en Rosa naar het buurhuis waggelden.

Henri maakte zichzelf belachelijk door zachtjes te piepen.

Gamache trok aan de riem en de herder liep met tegenzin met hem mee.

‘En ik maar denken dat je verliefd was op de leuning van onze bank,’ zei de hoofdinspecteur terwijl ze het warme huis binnengingen. ‘Wispelturig beest.’

In de woonkamer zat Thérèse een oude krant te lezen bij de haard.

‘Van vijf jaar geleden,’ zei ze terwijl ze hem naast zich neerlegde. ‘Maar als ik niet naar de datum had gekeken, zou ik gezworen hebben dat hij van vandaag was.’

‘*Plus ça change...*’ zei Gamache, die bij haar ging zitten.

‘Hoe meer er verandert, hoe meer er hetzelfde blijft,’ maakte Thérèse het citaat af. Toen dacht ze erover na. ‘Geloof jij dat?’

‘Nee,’ zei hij.

‘*Café?*’ vroeg hij, en hij liep naar de keuken liep om voor hen allebei een kop koffie in te schenken. Thérèse volgde hem en leunde tegen het marmeren aanrecht.

‘Ik ben mezelf niet zonder mijn telefoon, mijn e-mail en mijn laptop,’ gaf ze toe. Ze hield haar armen om zich heen geslagen als een verslaafde die aan het afkicken is.

‘Ik ook,’ zei hij, en hij gaf haar een kop koffie.

‘Hoe heb je dat gedaan toen je hier voor een moordzaak was?’

‘We konden alleen het signaal van de bestaande lijnen versterken.’

‘Maar je moest dus steeds inbellen,’ zei Thérèse. ‘Nou ja, beter dan niets. Ik weet dat jullie in afgelegen gebieden mobiele satellietschotels gebruiken. Werken die hier?

Hij schudde zijn hoofd. ‘Niet erg betrouwbaar. Het dal is te diep.’

‘Of de bergen te hoog,’ zei Thérèse met een glimlach. ‘Dat hangt van je standpunt af.’

Gamache trok de koelkast open en trof daar bacon en eieren aan. Thérèse haalde een brood uit de broodtrommel en sneed wat boterhammen terwijl de hoofdinspecteur bacon in de gietijzeren koekenpan legde.

Het sputterde en spatte toen Gamache de plakken door de pan schoof.

‘Goedemorgen.’ Jérôme kwam de keuken binnen. ‘Ik rook bacon.’

'Bijna klaar,' zei Gamache van achter het fornuis. Hij brak de eieren boven de koekenpan en Jérôme zette een paar potten jam op tafel.

Een paar minuten later zaten ze alle drie achter een bord met gebakken eieren, bacon en geroosterd brood.

Door het raam boven de gootsteen zag Gamache de tuin van Emilie en het met sneeuw bedekte bos daarachter. De sneeuw was zo helder dat die eerder blauw en roze leek dan wit. Een betere schuilplaats kon je niet vinden. Een veiliger huis bestond niet.

Ze waren daar inderdaad veilig, wist de hoofdinspecteur, maar ze zaten ook gevangen.

Net als de vijfling, dacht hij terwijl hij een slok geurige, hete koffie nam. Terwijl de rest van de wereld midden in een economische crisis zat, waren zij meegenomen naar een veilige plek. Ze kregen er alles wat ze hebben wilden. Behalve hun vrijheid.

Gamache keek naar zijn metgezellen, die gebakken eieren en bacon zaten te eten en zelfgemaakte jam op zelfgebakken brood smeerden.

Ook zij hadden alles wat ze zich konden wensen. Behalve hun vrijheid.

'Jérôme?' begon hij. Zijn stem klonk onzeker.

'Oui, mon ami.'

'Ik heb een medische vraag.' De gedachte aan de vijfling deed hem denken aan het gesprek met Myrna van de avond ervoor.

Jérôme liet zijn vork zakken en gaf Gamache zijn volle aandacht.

'Ga je gang.'

'Delen meerlingen in het algemeen hetzelfde vruchtwater?'

'In de baarmoeder? Eeneiige tweelingen wel, twee-eiige tweelingen niet. Die hebben ieder hun eigen eicel en hun eigen vruchtvlies.'

Hij vroeg zich duidelijk af waarom Gamache daarnaar vroeg, maar hij stelde geen vragen.

'Hoezo?' vroeg Thérèse. 'Hebben Reine-Marie en jij een blijde boodschap te melden?'

Gamache lachte. 'Hoe mooi het krijgen van een tweeling in deze fase van het leven ook zou zijn, nee. Ik ben eigenlijk meer geïnteresseerd in meerlingen.'

'Hoeveel?' vroeg Jérôme.

'Vijf.'

'Vijf? Dat moet ivf zijn geweest,' zei hij. 'Een vruchtbaarheidsbehandeling. Meerdere eicellen, dus vrijwel zeker niet identiek.'

'Nee, deze zijn wel identiek. Of waren. En ivf bestond destijds nog niet.'

Thérèse staarde hem aan. 'Heb je het nou over de Ouellet-vijfling?'

Gamache knikte. 'Die waren natuurlijk met z'n vijven, eeneiig. Ze zijn in de baarmoeder in twee groepjes van twee gesplitst en deelden per twee een vruchtvlies. Op één na.'

'Wat een grondig onderzoek, Armand,' zei Jérôme. 'Je gaat helemaal terug naar de baarmoeder.'

'Tja, niemand verdenkt een foetus,' zei Gamache. 'Dat is hun grote voordeel.'

'Maar er zijn ook een paar nadelen.' Jérôme zweeg even om zijn gedachten te ordenen. 'De Ouellet-vijfling. Daar leerden we over tijdens onze studie medicijnen. Het was een fenomeen. Niet alleen het feit dat er meer dan één baby was, maar dat ze bovendien identiek waren en alle vijf in leven zijn gebleven. Een bijzondere man, die dokter Bernard. Ik heb eens een college van hem bijgewoond, toen hij al heel oud was. Hij was nog steeds helder van geest en heel erg trots op die meisjes.'

Gamache vroeg zich af of hij iets moest zeggen, maar besloot het niet te doen. Het was niet nodig om het idool af te kraken.Nog niet.

'Wat was je vraag, Armand?'

'Die ene baby die alleen in een vruchtvlies zat, zou dat verschil hebben gemaakt na de geboorte?'

'Wat voor verschil?'

Gamache dacht er even over na. Wat bedoelde hij eigenlijk?

'Nou, ze leek wel op haar zussen, maar zou ze in andere opzichten anders zijn geweest?'

'Dat is niet mijn specialisatie,' zei Jérôme, maar toch beantwoordde hij de vraag. 'Ik denk dat het toch wel enig effect heeft gehad. Niet per se in negatieve zin. Ze kon misschien meer hebben en was misschien onafhankelijker. De anderen hadden waarschijnlijk een natuurlijke band met het meisje met wie ze in hetzelfde vlies hadden gezeten. Doordat ze acht maanden lang fysiek en fysiologisch zo nauw verbonden waren geweest, hebben ze ongetwijfeld een band opgebouwd die verder ging dan hun persoonlijkheid. Maar het meisje dat zich apart ontwikkelde? Dat was misschien minder afhankelijk van de anderen. Onafhankelijker.'

Hij begon weer jam op zijn geroosterde brood te smeren.

'Of niet,' zei Gamache. Hij vroeg zich af hoe het geweest moest zijn voor een eeuwige buitenstaander in een gesloten community. Zou ze verlangd hebben naar de band die de anderen met elkaar hadden? Zou ze zich buitengesloten hebben gevoeld?

Myrna had verteld dat Constance eenzaam was geweest. Zou dit de reden zijn? Was ze haar leven lang eenzaam en alleen geweest, al van vóór haar eerste ademteug?

Verkocht door haar ouders, buitengesloten door haar zusjes. Wat doet zoiets met een kind? Zou het haar in iets grotesks hebben veranderd? Lief en zachtaardig vanbuiten, net als de anderen, maar hol vanbinnen?

Gamache mocht niet vergeten dat Constance het slachtoffer was, niet een verdachte. Maar hij herinnerde zich ook het politierapport over de dood van het eerste zusje. Virginie was van de trap gevallen. Of, dacht hij, misschien was ze geduwd.

De zusjes hadden er altijd over gezwegen. Myrna had aangenomen dat dat in reactie was op de blootstelling aan de extreme media-aandacht waar ze als kinderen onder te lijden hadden gehad, maar nu vroeg de hoofdinspecteur zich af of er een andere reden was geweest voor hun zwijgen. Iets binnen hun eigen gezin, niet van buitenaf.

Toch had hij de indruk dat de zevenenzeventigjarige Constance niet alleen van plan was geweest om terug te keren naar Three Pines, naar Myrna, om de foto van de volwassen meisjes te laten zien, maar ook om te vertellen wat er werkelijk gebeurd was in dat thuis.

Maar voordat Constance iets kon vertellen, was ze vermoord.

'Dat had ze natuurlijk wel aan zichzelf te danken,' zei Jérôme.

'Hoe bedoel je?'

'Nou, ze heeft haar zus vermoord.'

Gamache gaapte hem aan. Hoe kon Jérôme dat weten? En hoe kon hij weten wat Gamache vermoedde?

'De reden waarom ze alleen was in haar vlies. Ze waren vrijwel zeker oorspronkelijk met z'n zessen, twee per vlies. Maar de eenling heeft haar wederhelft gedood en geabsorbeerd,' legde Jérôme uit. 'Dat gebeurt regelmatig.'

'Waarom wil je dit allemaal weten, Armand?' vroeg Thérèse.

'Het is nog niet bekendgemaakt, maar de laatste van de vijfling, Constance Ouellet, is twee dagen geleden vermoord. Ze was van plan om naar Three Pines te komen.'

'Hiernaartoe?' vroeg Jérôme. 'Waarom?'

Gamache legde het uit. Hij merkte tijdens zijn verhaal dat dit wat hen betrof niet zomaar een sterfgeval was, niet zomaar een moord zelfs. Het deed ze meer, dit drama, alsof Thérèse en Jérôme iemand verloren hadden die ze kenden en om wie ze gaven.

'Moeilijk voor te stellen dat ze er geen van allen meer zijn,' zei Thérèse.

Toen dacht ze erover na. 'Maar ze leken nooit helemaal echt. Het waren net standbeelden. Alsof ze er wel uitzagen als mensen, maar dat niet waren.'

'Myrna Landers zei dat het was alsof ze ontdekt had dat haar vriendin een eenhoorn was, of een Griekse godin. Hera op aarde.'

'Een interessante gedachte,' zei Thérèse. 'Maar hoe komt het dat dit jouw zaak is, Armand? Constance Ouellet is in Montréal gevonden. Dat valt toch onder de jurisdictie van de politie van Montréal?'

'Dat klopt, maar Marc Brault heeft de zaak aan mij overgedragen toen hij ontdekte dat er een verband was.'

'Bofkont,' zei Jérôme.

'We boffen allemaal,' zei Gamache. 'Zonder die zaak hadden we niet in dit huis gezeten.'

'Wat ons op een ander onderwerp brengt,' zei Jérôme. 'Want nu we hier zijn, is de vraag hoe we hier weer vandaan komen.'

'Het plan?' vroeg Gamache.

Ze knikten.

De hoofdinspecteur zweeg even om zijn gedachten op een rijtje te zetten.

Jérôme wist dat dit een goed moment was om hun te vertellen wat hij had ontdekt. De naam. Hij had hem in een flits gezien, vlak voordat hij besefte dat hij betrapt was. Op het moment voordat hij was vertrokken. Gevlucht. Terug de virtuele gang door; hij had de deuren achter zich dichtgeslagen, zijn spoor gewist. Rennen, rennen.

Hij had er maar een glimp van opgevangen. En, dacht Jérôme, misschien had hij het wel niet goed gezien. In zijn paniek had hij zich vast vergist.

'Onze enige hoop is dat we erachter kunnen komen waar Francoeur mee bezig is en hem een halt toeroepen. En om dat te kunnen doen, moeten we ervoor zorgen dat je weer internetverbinding krijgt,' zei Gamache. 'Geen inbelverbinding, het moet high speed zijn.'

'Ja,' zei Thérèse geërgerd. 'Dat weten we. Maar hoe? Er is hier geen high speed.'

'We maken onze eigen zendmast.'

Thérèse Brunel staarde hem aan. 'Heb je een klap op je hoofd gehad, Armand? Dat kan toch niet.'

'Waarom niet?' vroeg hij.

'Nou ja, afgezien van het feit dat het maanden zou duren en er allerlei expertise voor nodig is, valt het denk ik nogal op als we zo'n mast bouwen, denk je ook niet?'

'Dat zou inderdaad wel opvallen, maar ik zei niet "bouwen", ik zei "maken".' Gamache stond op en liep naar het keukenraam. Hij wees naar de heuvel achter de ijsbaan, achter de drie hoge dennen en de met sneeuw bedekte huizen.

'Waar kijken we naar?' vroeg Jérôme. 'De heuvel achter het dorp? Daar zouden we wel een mast op kunnen zetten, maar nogmaals, daar is de nodige expertise voor nodig.'

'En tijd,' zei Thérèse.

'Maar de mast staat er al,' zei Gamache. En ze keken opnieuw. Uiteindelijk draaide Thérèse zich verbaasd naar hem toe.

'Je bedoelt de bomen,' zei ze.

'C'est ça,' zei Gamache. 'Die vormen een natuurlijke toren. Jérôme?'

Gamache richtte zich tot de dikke man die tussen de leunstoel en het raam geklemd stond. Met zijn rug naar hen toe. Hij keek naar buiten, voorbij het dorp.

'Het zou kunnen,' zei hij weifelend. 'Maar dan zou iemand een satellietschotel in een boom moeten bevestigen.'

Ze liepen terug naar de ontbijttafel.

'Er zijn hier vast mensen te vinden die met bomen werken, hoe noem je die ook alweer?' Thérèse dacht koortsachtig na. 'Bosbouwer of zo? We kunnen er een vragen of hij met een schotel naar boven wil klimmen. Vanaf die hoogte kunnen we vast een zendmast vinden. Door rond te kijken. En daar vandaan maken we een satellietverbinding.'

'Maar waar vinden we zo'n satellietschotel?' vroeg Jérôme. 'Aan een gewone hebben we niets. Het moet er een zijn die niet te traceren is.'

'Stel dat we internetverbinding kunnen krijgen,' zei Thérèse, die snel vooruitdacht, 'dan hebben we nog een probleem. We kunnen niet onze Sûretécodes gebruiken om in te loggen, want daar let Francoeur natuurlijk op. Dus hoe komen we in het systeem?'

Gamache legde een velletje papier op de keukentafel.

'Wat is dat?' vroeg Thérèse.

Maar Jérôme wist het al. 'Het is een toegangscode. Maar voor welk netwerk?'

Gamache draaide het papiertje om.

'La Bibliothèque Nationale,' zei Thérèse, die het logo herkende. 'Het nationale archief van Québec. Daar werkt Reine-Marie toch?'

'Oui. Ik heb gisteren onderzoek naar de Ouellet-vijfling gedaan in de Bibliothèque Nationale en herinnerde me toen dat Reine-Marie me ooit verteld heeft dat het netwerk van het archief de hele provincie beslaat en dat elke openbare bibliotheek, van het kleinste buurtbibliotheekje tot de grootste universiteitsbibliotheek, erop is aangesloten.'

'Ook de Sûreté-archieven,' zei Thérèse. 'Met de dossiers van alle oude zaken.'

'Dat is onze toegang,' zei Jérôme, die zijn ogen niet van het velletje papier en het logo af kon houden. 'Is het die van Reine-Marie? Een code van Reine-Marie Gamache zou de alarmbellen doen rinkelen.'

Hij wist dat hij redenen zocht waarom het niet zou werken, want hij wist wat er aan de andere kant van de elektronische deur op hem wachtte. Loerend, ijsberend, op zoek naar hem. Wachtend tot hij iets doms zou doen. Weer naar binnen gaan bijvoorbeeld.

'Daar heb ik over nagedacht,' zei Gamache op geruststellende toon. 'Het is de code van iemand anders. Een van de supervisors, dus niemand zal er vreemd van opkijken als er met die code wordt ingelogd.'

'Ik denk dat het haalbaar is.' Thérèse sprak zacht, bang om het lot te tarten.

Gamache kwam van zijn stoel. 'Ik ga even bij Ruth Zardo langs en daarna moet ik terug naar Montréal. Willen jullie Clara Morrow vragen of ze iemand kent die satellietschotels monteert?'

'Armand,' zei Thérèse bij de deur, en hij pakte zijn autosleutels en trok zijn jas en handschoenen aan. 'Je moet weten dat je misschien twee onderdelen van het probleem hebt opgelost, de satellietverbinding en de toegangscode, maar hoe komen we van de ene naar de andere? Het middelste deel ontbreekt. We hebben kabels nodig en computers, en iemand die alles met elkaar kan verbinden.'

'Dat is inderdaad een probleem. Maar daar weet ik misschien wel iets op.'

Commissaris Brunel kreeg de indruk dat Gamache nog ongelukkiger was met de oplossing dan met het probleem.

Nadat de hoofdinspecteur was vertrokken, liep Thérèse Brunel terug naar de keuken en trof daar haar echtgenoot aan die naar zijn inmiddels koud geworden ontbijt zat te staren.

'De underdog bijt terug,' kondigde ze aan terwijl ze bij hem aan tafel ging zitten.

'Ja,' zei Jérôme. Hij vond het een zeer goede manier om hen te beschrijven.

18

'Je hebt tegen me gelogen.'

'Je klinkt als een schoolmeisje,' zei Ruth Zardo. 'Heb ik je gekwetst? Daar weet ik wel wat op. Whisky?'

'Het is tien uur 's morgens.'

'Het was een vraag, geen aanbod. Heb je whisky meegebracht?'

'Natuurlijk niet.'

'Wat kom je dan doen?'

Armand Gamache wist het zelf niet meer. Ruth Zardo kon zelfs het duidelijkst zichtbare doel onzichtbaar maken.

Ze zaten bij haar in de keuken, op witte plastic stoelen aan een witte plastic tafel – alles uit een vuilcontainer gered. Hij was er al eerder geweest, onder andere voor het vreemdste etentje dat hij ooit had meegemaakt, waarbij hij er verre van zeker van was geweest dat ze het allemaal zouden overleven.

Vanochtend deed ze misschien vreemd, maar ze gedroeg zich in elk geval voorspelbaar.

Zij bleef scherp, zo niet helder.

Rosa lag te slapen in haar nestje van een oude deken, op de vloer tussen Ruth en de warme oven. Ze had haar snavel tussen haar veren gestoken.

'Ik kom voor het boek van dokter Bernard, over de vijfling,' zei hij. 'En voor de waarheid over Constance Ouellet.'

Ruth tuitte haar smalle lippen, alsof ze halverwege een kus en een vloek was blijven steken.

'*Ze is allang dood en begraven in een andere stad*,' citeerde Gamache op luchtige toon, '*maar mijn moeder is nog steeds niet klaar met mij.*'

De lippen waren niet langer getuit. Ze vormden een rechte streep. Haar hele gezicht verlamde en even was Gamache bang dat ze een beroerte kreeg. Maar haar ogen bleven scherp.

'Waarom zeg je dat?'

'Waarom heb je dat geschreven?' Hij haalde een dun boekje uit zijn tas en legde dat op de plastic tafel. Ze keek ernaar.

Het omslag was vaal en beduimeld. Het was blauw. Effen blauw, zonder afbeelding of patroon. En daarop stond geschreven: *Anthology of New Canadian Poetry*.

'Ik vond dit gisteravond in de winkel van Myrna.'

Ruth keek van het boekje naar de man. 'Vertel me wat je weet.'

Hij sloeg het boekje open en vond wat hij zocht. '*Wie heeft je ooit / zo onherstelbaar gekwetst / dat je elke toenadering / met opgetrokken lip begroet?* Dat heb jij geschreven.'

'Ja, nou en? Ik heb zo veel geschreven.'

'Dit was je eerste gedicht dat gepubliceerd werd en het blijft een van je beroemdste.'

'Ik heb wel betere geschreven.'

'Misschien wel, maar niet zulke diepzinnige. Toen we het gisteren over het bezoek van Constance hadden, zei je dat ze je verteld had wie ze was. Ook zei je dat je haar verder geen vragen hebt gesteld. Helaas.'

Ze keek hem aan en glimlachte vermoeid. 'Ik dacht al dat je dat misschien opgevallen was.'

'Dit gedicht heet ook "Helaas".' Hij sloeg het boekje dicht en citeerde uit zijn hoofd: '*Dan zullen vergevene en vergevende elkaar opnieuw treffen / of zal het, zoals altijd, / te laat zijn?*'

Ruth zat daar met opgeheven hoofd, alsof ze werd aangevallen. 'Ken je het?'

'Ja. En ik denk dat Constance het ook kende. Ik ken het gedicht omdat ik het prachtig vind. Zij kende het omdat ze van degene hield op wie het geïnspireerd is.'

Hij sloeg het boekje weer open en las de opdracht: 'Voor v.'

Hij legde het behoedzaam op tafel tussen hen in.

'Je hebt "Helaas" voor Virginie Ouellet geschreven. Het gedicht is in 1959 gepubliceerd, het jaar na haar dood. Waarom heb je het geschreven?'

Ruth zweeg. Ze boog het hoofd en keek naar Rosa. Toen stak ze een smalle, blauwgeaderde hand uit en aaide Rosa over haar rug.

'Ze waren net zo oud als ik. Bijna op de dag af. Ik ben net als zij opgegroeid tijdens de Depressie en de oorlog. We waren arm en mijn ouders hadden het zwaar. Ze hadden wel iets anders aan hun hoofd dan een ongelukkige dochter. Dus keerde ik me naar binnen. Ontwikkelde een rijk fantasieleven. In mijn verbeelding was ik een van de vijfling. De zesde vijfling.' Ze glimlachte en bloosde een beetje. 'Ik weet het, zes vijflingen. Dat kan niet.'

Gamache besloot haar er niet op te wijzen dat dat niet het enige was wat onlogisch was.

'Ze leken altijd zo blij, zo zorgeloos,' vervolgde Ruth.

Ze klonk afwezig en haar gezicht kreeg een uitdrukking die Gamache nog nooit eerder bij haar had gezien. Ze leek dromerig.

Thérèse Brunel liep vanuit de lichte keuken met Clara mee naar haar atelier.

Ze kwamen langs een spookachtig portret op een ezel. Een werk in wording. Thérèse dacht dat het een mannengezicht was, maar ze wist het niet zeker.

Clara bleef bij een ander doek staan.

'Ik ben onlangs hieraan begonnen,' zei ze.

Thérèse wilde het graag zien. Ze was een fan van Clara's werk.

De twee vrouwen stonden naast elkaar. De ene informeel in een flanellen overhemd en een sweatshirt, de andere stijlvol in een lange broek, een zijden blouse, een trui van Chanel en een smal leren riempje. Ze hadden allebei een dampende beker kruidenthee in de hand en keken naar het doek.

'Wat is het?' vroeg Thérèse uiteindelijk, nadat ze een tijdje had staan kijken en haar hoofd eerst naar links en toen naar rechts had gebogen.

Clara snoof. 'Wíé is het, bedoel je. Dit is de eerste keer dat ik een portret uit mijn hoofd schilder.'

Thérèse vroeg zich af hoe goed Clara's geheugen was.

'Het is Constance Ouellet,' zei Clara.

'Ah, oui?' Thérèse hield opnieuw haar hoofd schuin, maar hoe ze zich ook wendde of keerde, ze zag er niet een van de vijf beroemde zusjes in. Of wie dan ook. 'Ze heeft niet erg lang voor je geposeerd.'

'Ze heeft helemaal niet geposeerd. Dat weigerde ze,' zei Clara.

'Echt? Waarom?'

'Dat heeft ze niet gezegd, maar ik denk dat ze niet te veel wilde laten zien, wilde prijsgeven.'

'Waarom wilde je haar schilderen? Omdat ze een van de vijfling was?'

'Nee, dat wist ik toen nog niet. Ik vond gewoon dat ze een interessant gezicht had.'

'Wat interesseerde je eraan? Wat zag je in haar?'

'Niets.'

Nu wendde de commissaris zich van het doek naar haar metgezel en bekeek haar aandachtig.

'Pardon?'

'O, Constance was een geweldig mens. Hartelijk en aardig. En een fijne gast. Ze is een paar keer komen eten.'

'Maar...?' drong Thérèse aan.

'Maar ik had nooit het gevoel dat ik haar beter leerde kennen. Er zat een laagje vernis over haar heen, een soort laklaag. Het was alsof ze al een portret was. Iets wat gemaakt is, wat niet echt bestaat.'

Ze keken allebei een poosje naar de verf op het doek.

'Ik vroeg me af of jij iemand weet die een satellietschotel zou kunnen ophangen,' zei Thérèse, die zich plotseling herinnerde waarvoor ze gekomen was.

'Ik ken wel iemand, maar het heeft weinig zin.'

'Hoe bedoel je?'

'Satellietschotels werken hier niet. Je kunt het met een ouderwetse antenne proberen, maar het tv-signaal blijft steeds wazig. De meeste mensen hier luisteren naar de radio voor het nieuws. Als er een groot evenement is, gaan we naar het hotel en kijken daar tv. Ik kan je wél een goed boek lenen.'

'Merci,' zei Thérèse glimlachend, 'maar als je die satellietpersoon toch zou willen vragen, dan zou dat heel fijn zijn.'

'Ik zal een paar mensen bellen.' Clara liet Thérèse in het atelier achter, alleen met het doek en de vrouw die nooit heel werkelijk was geweest, en die nu dood was.

Ruth hield het poëziebundeltje in haar smalle handen en sloeg het dicht.

'Constance kwam op de eerste middag dat ze hier was naar me toe. Ze zei dat ze van mijn poëzie hield.'

Gamache trok een pijnlijk gezicht. Er waren twee dingen die je nóóit tegen Ruth Zardo zei: 'We hebben niets te drinken' en 'Ik hou van je poëzie'.

'En wat zei je toen tegen haar?' Hij durfde het bijna niet te vragen.

'Wat denk je?'

'Ik weet zeker dat je zo beleefd was om haar uit te nodigen om binnen te komen.'

'Ik heb haar wel ergens toe uitgenodigd.'

'En deed ze dat ook?'

'Nee.' Ruth klonk nog steeds verbaasd. 'Ze stond aan mijn voordeur en zei alleen maar: "Dank u wel."'

'Wat deed je toen?'

'Wat kon ik verder nog doen? Ik gooide de deur voor haar neus dicht. Ik kan niet zeggen dat ze er niet om had gevraagd.'

'Je werd op een zeer onredelijke manier getergd,' zei hij.

Ze keek hem scherp en onderzoekend aan.

'Wist je wie ze was?'

'Denk je dat ze zei: "Hallo, ik ben een van de vijfling, mag ik binnenkomen?" Natuurlijk wist ik niet wie ze was. Ik dacht dat het gewoon een of andere ouwe muts was die iets van me wilde. Dus heb ik haar op de stoep laten staan.'

'En wat deed zij toen?'

'Ze kwam terug en bracht een fles Glenlivet mee. Ze had het er blijkbaar met Gabri over gehad bij Chez Gay. Hij had haar verteld dat een fles whisky de enige manier was om bij mij binnen te komen.'

'Een maas in je beveiligingsnet,' zei Gamache.

'Ze zat daar.' Ruth wees naar zijn plastic stoel. 'En ik zat hier. En we dronken.'

'Op welk moment vertelde ze je wie ze was?'

'Dat heeft ze niet echt gedaan. Ze zei tegen me dat ik de juiste snaar had geraakt in dat gedicht. Ik vroeg haar welk gedicht, en toen citeerde ze het. Net als jij. Ze zei dat Virginie zich precies zo gevoeld had. Ik vroeg haar welke Virginie ze bedoelde, en toen zei ze haar zus. Virginie Ouellet.'

'En toen wist je het dus?' vroeg Gamache.

'Jezus, man. Zelfs de eend wist het toen, verdomme.'

Ruth stond op en kwam terug met het boek van dokter Bernard over de vijfling. Ze kwakte het op tafel en ging weer zitten.

'Vreselijk boek,' zei ze.

Gamache keek naar het omslag. Er stond een zwart-witfoto op van dokter Bernard op een stoel met om hem heen de vijf meisjes, die een jaar of acht moesten zijn geweest en bewonderend naar hem keken.

Ruth keek ook naar het omslag. Naar de vijfling.

'Ik stelde me voor dat ik geadopteerd was en dat ze me op een dag zouden komen halen.'

'En op een dag,' zei Gamache zacht, 'heeft Constance je gevonden.'

Constance Ouellet, aan het eind van haar leven, aan het eind van haar reis, was naar dit krakkemikkige oude huis gekomen, naar deze krakkemikkige oude dichteres, en had hier eindelijk haar maatje gevonden.

En Ruth had haar zus gevonden. Eindelijk.

Ruth keek hem in de ogen en glimlachte. '*Of zal het, zoals altijd, / te laat zijn?*'

Helaas.

19

Hoofdinspecteur Gamache was naar Montréal gereden en zat nu achter zijn computer de wekelijkse samenvattingen te lezen van inspecteur Lacoste, zijn agenten en de detachementen in de provincie.

Het was zaterdagmorgen en hij was alleen op kantoor. Hij beantwoordde zijn e-mail, schreef nieuwe berichten en stuurde ideeën en suggesties voor lopende moordzaken. Hij belde een paar rechercheurs in afgelegen gebieden om het verloop van hun zaken door te nemen.

Toen dat allemaal klaar was, keek hij naar het laatste dagelijkse verslag. Het was een samenvatting van de activiteiten en zaken van het bureau van hoofdcommissaris Francoeur. Gamache wist dat hij het niet hoefde te lezen, dat als hij het bericht zou openen, hij precies zou doen wat Francoeur wilde. De samenvatting was hem niet gestuurd om hem te informeren, en zeker niet uit beleefdheid, maar bij wijze van tegenzet.

Gamaches vinger bevond zich boven de toets om het bericht te openen.

Als hij erop zou drukken, zou het bericht gemarkeerd worden als geopend. Door hem, aan zijn bureau, op zijn computer. Met zijn toegangscode.

Francoeur zou weten dat hij Gamache opnieuw geklopt had.

Maar Gamache drukte toch en het bericht verscheen.

Hij las wat Francoeur hem wilde laten zien en voelde precies wat hij van Francoeur moest voelen.

Onmacht. Woede.

Francoeur had Jean-Guy Beauvoir op een andere zaak gezet. Deze keer een lading drugs die gemakkelijk aan de federale politie of de douane overgelaten had kunnen worden. Gamache staarde naar de woorden en ademde diep in. Even hield hij zijn adem vast en blies toen langzaam uit. Hij dwong zichzelf het rapport opnieuw te lezen en de informatie tot zich door te laten dringen.

Toen sloot hij het bericht en sloeg het op.

Hij zat op zijn stoel en keek door het raam tussen zijn kantoor en de open ruimte ernaast. De lege ruimte ernaast. Met de versleten snoeren kerstlichtjes. De halfslachtige kerstboom zonder pakjes eronder. Zelfs geen neppakjes.

Het liefst had hij zijn stoel omgedraaid, alles de rug toegekeerd en naar zijn geliefde stad gekeken. Maar in plaats daarvan dacht hij na over wat hij zag en wat hij had gelezen. Over wat hij voelde. Hij pleegde een telefoontje, stond op en vertrok.

Hij had waarschijnlijk beter de auto kunnen nemen, maar de hoofdinspecteur wilde frisse lucht. De straten van Montréal waren bedekt met papperige oude sneeuw en gevuld met mensen die inkopen deden voor Kerstmis en elkaar alles behalve vrede op aarde toewensten.

Op een hoek van de straat stond het Leger des Heils kerstliedjes te zingen. Toen hij langsliep, zong een jongentje met hoge stem 'Once in Royal David's City', maar hoofdinspecteur Gamache hoorde het niet.

Hij baande zich een weg door het winkelende publiek zonder iemand aan te kijken. Diep in gedachten verzonken. Uiteindelijk kwam de hoofdinspecteur bij een kantoorgebouw, waar hij op een knop drukte en werd binnengelaten. Hij nam de lift naar de bovenste verdieping, liep door de verlaten gang en opende de deur naar een bekende wachtkamer.

De aanblik ervan en de geur maakten hem misselijk. Het verbaasde hem een beetje hoe hevig de herinneringen waren die deze ruimte opriep en hoe onpasselijk hij zich voelde.

'Hoofdinspecteur.'

'Dokter Fleury.'

De mannen schudden elkaar de hand.

'Ik ben blij dat ik mocht langskomen,' zei Gamache. 'Vooral op zaterdag. Merci.'

'Ik ben er in het weekend meestal niet. Ik was bezig mijn bureau op te ruimen omdat ik met vakantie ga.'

'Het spijt me dat ik je stoor,' zei de hoofdinspecteur.

Dokter Fleury keek de man die voor hem stond aan en glimlachte. 'Ik heb gezegd dat ik tijd heb, Armand. Je stoort me helemaal niet.'

Hij gebaarde naar zijn behandelruimte, een comfortabele, lichte ruimte met grote ramen, een bureau en twee stoelen, die tegenover elkaar stonden. Fleury wees er een aan, maar dat had niet gehoeven. Armand Gamache wist de weg. Hij had hier heel wat uren doorgebracht.

Dokter Fleury was zijn psycholoog. En niet alleen die van hem, maar van de hele Sûreté du Québec. Zijn kantoor bevond zich echter niet op het hoofdkantoor, omdat besloten was dat het een neutrale plek moest zijn.

Bovendien, als dokter Fleury alleen van de agenten van de Sûreté zou moeten leven, zou hij honger lijden. Sûreté-agenten gaven niet bepaald snel toe dat ze hulp nodig hadden, en erom vragen deden ze al helemaal niet.

Na de inval in de fabriek had hoofdinspecteur Gamache als voorwaarde om weer aan het werk te mogen gaan gesteld dat alle betrokken agenten die lichamelijk of psychisch letsel hadden opgelopen in therapie gingen.

Onder wie hijzelf.

'Ik dacht dat je me niet vertrouwde,' zei dokter Fleury.

De hoofdinspecteur glimlachte. 'Jou vertrouw ik best, maar er zijn mensen over wie ik mijn twijfels heb. Er is namelijk het nodige over mij uitgelekt, over mijn privéleven en mijn relaties met anderen, maar vooral over zaken die ter sprake zijn gekomen tijdens je gesprekken met mijn team. Er is informatie tegen hen gebruikt, zeer persoonlijke informatie die alleen aan jou was toevertrouwd.'

Gamache bleef dokter Fleury in de ogen kijken. Zijn stem was nuchter, maar zijn blik strak.

'Dit is de enige plek waar die vandaan heeft kunnen komen,' vervolgde hij. 'Maar ik heb jou persoonlijk nooit beschuldigd. Ik hoop dat je dat weet.'

'Dat weet ik. Je denkt dat mijn bestanden gehackt zijn.'

Gamache knikte.

'Geloof je dat nog steeds?'

De hoofdinspecteur keek de psycholoog aan. Ze waren bijna even oud. Fleury was misschien een of twee jaar jonger. Beiden mannen hadden veel ervaring. De een had te veel gezien, de ander te veel gehoord.

'Ik weet dat je het grondig hebt laten onderzoeken,' zei de hoofdinspecteur. 'En er is geen enkel bewijs gevonden dat er met je patiëntendossiers is geknoeid.'

'Maar jij denkt dat dat wel is gebeurd.'

Gamache glimlachte. 'Of ben ik paranoïde?'

'Ik hoop het,' zei Fleury, waarna hij zijn benen over elkaar sloeg en zijn opengeslagen aantekenboek op zijn knie legde. 'Ik heb een huisje in de Laurentiden op het oog.'

Gamache lachte, maar hij voelde zich nog steeds misselijk – er leek een zure plas in zijn maag te staan. Hij aarzelde.

'Twijfel je nog steeds, Armand?'

Gamache zag en hoorde dat Fleury oprecht bezorgd was.

‘Iemand anders heeft me onlangs ook paranoïde genoemd,’ biechtte de hoofdinspecteur op.

‘Wie dan?’

‘Thérèse Brunel. Commissaris Brunel.’

‘Een van je meerderen?’ vroeg Fleury.

Gamache knikte. ‘Maar ze is ook een vriendin van me, een vertrouwenspersoon. Ze dacht dat ik doorgedraaid was. Dat ik overal samenzweringen zag. Ze, eh...’ Hij keek even naar zijn handen in zijn schoot en toen weer naar dokter Fleury. Gamache glimlachte verlegen. ‘Ze weigerde me te helpen de zaak te onderzoeken en is vertrokken naar Vancouver, voor een vakantie.’

‘Denk je dat haar vakantieplannen iets met jou te maken hadden?’

‘Hou je me nu voor een narcist?’

‘Ik zie een nieuwe buitenboordmotor voor me,’ gaf Fleury toe. ‘Ga door, hoofdinspecteur.’

Maar deze keer glimlachte Gamache niet. Hij boog zich naar voren.

‘Er is iets gaande. Ik weet het zeker, alleen kan ik het niet bewijzen. Nog niet. Er is sprake van corruptie binnen de Sûreté, maar niet alleen dat. Volgens mij is er een hooggeplaatste beambte bij betrokken.’

Dokter Fleury liet zich niet van zijn stuk brengen. Hij bleef onaangedaan.

‘Je zegt steeds “ik denk,”’ zei de psycholoog. ‘Maar zijn je angsten rationeel?’

‘Het zijn geen angsten,’ zei Gamache.

‘Maar ook geen feiten.’

Gamache zweeg, op zoek naar de woorden die deze man zouden overtuigen.

‘Gaat dit weer over dat uitgelekte filmpje? Je weet dat er een officieel onderzoek is geweest,’ zei dokter Fleury. ‘Je moet de uitkomst daarvan accepteren en het laten rusten.’

‘Doorgaan met mijn leven?’ Gamache hoorde een spoor van verbittering in zijn stem, iets klaaglijks.

‘Je kunt niet alles naar je hand zetten, Armand,’ zei de psycholoog geduldig.

‘Het gaat niet om dingen naar mijn hand zetten, het gaat om verantwoordelijkheid. Een standpunt innemen.’

‘De kunst is te weten of je een legitiem doel voor ogen hebt of dat je vecht tegen de bierkaai.’

Hoofdinspecteur Gamache keek boos naar Fleury. Toen hapte hij plotseling naar adem alsof hij pijn had. Hij boog zijn hoofd, sloeg zijn handen voor zijn gezicht en wreef over zijn voorhoofd. Voelde het ruwe litteken.

Uiteindelijk keek Gamache op en zag een paar vriendelijke, geduldige ogen.

Mijn god, dacht Gamache, hij heeft medelijden met me.

'Ik verzin dit niet,' benadrukte hij. 'Er is iets gaande.'

'Wat dan?'

'Ik weet het niet,' gaf de hoofdinspecteur toe, en hij realiseerde zich hoe zwak dat klonk. 'Maar het is tot de hoogste regionen doorgedrongen, tot de top.'

'Zijn dat dezelfde mensen die mijn dossiers zouden hebben gehackt en de verslagen van je gesprekken met mij zouden hebben gestolen?'

Gamache hoorde de enigszins neerbuigende toon.

'Niet alleen die van mijn gesprekken,' zei Gamache. 'Ze hebben de dossiers gestolen van iedereen die bij die inval betrokken was. Van iedereen die hier voor hulp is geweest. Mensen die je alles hebben verteld. Over hun angsten, hun zwakke plekken. Wat ze willen in het leven. Wat voor hen belangrijk is.'

Hij ging steeds harder praten, steeds feller. Zijn rechterhand begon te trillen en hij pakte hem beet met zijn linker. Kneep er hard in.

'Jean-Guy Beauvoir is hier ook geweest. Hij zat hier en heeft je zijn verhaal verteld. Dat wilde hij niet, maar ik had het hem opgedragen. Ik had hem gedwongen. En nu weten ze alles over hem. Nu weten ze wat er in hem omgaat en hoe ze hem moeten bespelen. Ze hebben hem tegen mij opgezet.'

Gamache klonk eerst pruilerig, toen smekend. Hij smeekte de psycholoog om hem te geloven. Hij wilde dat in elk geval één iemand hem geloofde.

'Dus je denkt nog steeds dat mijn dossiers gehackt zijn?' De altijd zo kalme Fleury klonk ongelovig. 'Als je dat werkelijk gelooft, wat kom je hier dan doen, Armand?'

Dat legde de hoofdinspecteur het zwijgen op. Ze hielden elkaars blik vast.

'Omdat er niemand anders is om mee te praten,' zei Gamache uiteindelijk, bijna fluisterend. 'Ik kan het er niet met mijn vrouw over hebben, niet met mijn collega's, niet met mijn vrienden. Ik wil ze er gewoon niet bij betrekken. Ik zou het inspecteur Lacoste kunnen vertellen, ik ben wel eens in de verleiding geweest. Maar zij heeft nog jonge kinderen...'

Zijn stem ebde weg.

'Met wie praatte je in het verleden als je in een moeilijke situatie zat?'

'Met Jean-Guy.' De woorden waren bijna onhoorbaar.

'En nu ben je alleen.'

Gamache knikte. 'Maar dat vind ik niet erg. Ik ben graag alleen.' Hij klonk nu berustend.

'Armand, je moet me echt geloven. Mijn dossiers zijn niet gestolen. Ze zijn beveiligd. Alleen ik weet waar we over hebben gepraat. Je bent hier veilig. Wat je me vertelt blijft binnenskamers. Dat beloof ik je.'

Fleury bleef de man voor hem aankijken. Terneergeslagen, verdrietig. Trillend. Dit was de man achter de façade.

'Je hebt hulp nodig, Armand.'

'Inderdaad, maar niet het soort hulp dat jij denkt dat ik nodig heb,' zei Gamache, die weer opleefde.

'Er is helemaal geen dreiging,' zei Fleury op overtuigende toon. 'Die bestaat alleen in je hoofd, ter verklaring van de dingen die je niet wilt zien of wilt toegeven.'

'Mijn afdeling is volkomen uitgehold,' zei Gamache, wiens woede weer oplaaide. 'Maar dat zal mijn verbeelding wel zijn. Ik heb er jaren over gedaan om hem op te bouwen, van afgedankte agenten heb ik de beste rechercheurs van het land gemaakt. Maar ze zijn allemaal vertrokken. Dat zal ook mijn verbeelding wel zijn.'

'Misschien ben jij wel de reden dat ze vertrokken zijn,' opperde Fleury zacht.

Gamache gaapte hem aan. 'Dat is precies wat hij iedereen wil wijsmaken.'

'Wie?'

'Syl...' Gamache onderbrak zichzelf en keek uit het raam. Probeerde zich te beheersen.

'Wat kom je doen, Armand? Wat wil je?'

'Ik ben niet voor mezelf gekomen.'

Dokter Fleury knikte. 'Dat is duidelijk.'

'Ik moet weten of Jean-Guy Beauvoir nog steeds bij je komt.'

'Dat kan ik je niet zeggen.'

'Dit is geen beleefd verzoek.'

'Die dag in de fabriek...' begon dokter Fleury. Gamache onderbrak hem.

'Daar heeft dit niets mee te maken.'

'Natuurlijk wel,' zei dokter Fleury, die eindelijk zijn geduld begon te verliezen. 'Je had het gevoel dat je de controle kwijt was en je agenten werden neergeschoten.'

'Ik weet wat er gebeurd is, daar hoef je me niet aan te herinneren.'

'Waar jij aan herinnerd moet worden,' zei Fleury kribbig, 'is dat het jouw schuld niet was. Maar je weigert dat in te zien, en dat is koppig en arrogant. Je moet accepteren wat er gebeurd is. Inspecteur Beauvoir heeft zijn eigen leven.'

'Hij wordt gemanipuleerd,' zei Gamache.

'Door dezelfde leidinggevende?'

'Doe niet zo neerbuigend. Ik ben ook een hooggeplaatste met tientallen jaren aan ervaring. Ik ben niet een of andere idioot met waanideeën. Ik wil weten of Jean-Guy Beauvoir nog steeds hier komt en ik wil zijn dossier zien. Ik moet weten wat hij je verteld heeft.'

'Moet je horen.' Dokter Fleury probeerde zich in te houden, weer rustig te worden, redelijk te blijven. Maar dat was moeilijk. 'Je moet Jean-Guy zijn eigen leven laten leiden. Je kunt hem niet blijven beschermen. Hij heeft zijn weg te gaan, en jij de jouwe.'

Gamache schudde zijn hoofd en keek naar de handen in zijn schoot. De ene lag stil, de andere trilde. Toen keek hij naar Fleury.

'Dat zou normaal gesproken heel logisch zijn, maar Jean-Guy is zichzelf niet. Hij wordt beïnvloed en gemanipuleerd. En hij is weer verslaafd.'

'Aan zijn pijnstillers?'

Gamache knikte. 'Hoofdcommissaris...'

Hij zweeg. Dokter Fleury was iets naar voren komen zitten. Gamache had bijna de naam van zijn zogenaamde vijand genoemd.

'Die leidinggevende,' zei Gamache, 'heeft hem OxyContin gegeven. Ik weet het zeker. En Beavoir werkt nu met hem samen. Ik ben ervan overtuigd dat hij Jean-Guy het laatste zetje wil geven.'

'Waarom?'

'Om mij een hak te zetten.'

Dokter Fleury liet de woorden in de lucht hangen, liet ze voor zichzelf spreken, duidelijk maken hoe paranoïde en arrogant deze man was. Met zijn waanbeelden.

'Ik maak me zorgen om je, Armand. Je zegt dat inspecteur Beauvoir in de vernieling wordt geholpen, maar dat geldt ook voor jou. En je doet het zelf. Als je niet oppast, zal ik je moeten adviseren met verlof te gaan.'

Hij keek naar het pistool dat aan Gamaches riem bevestigd zat. 'Sinds wanneer draag je dat bij je?'

'Dat zijn de regels.'

'Dat was mijn vraag niet. Toen je hier voor het eerst kwam, heb je me duidelijk verteld hoe je over wapens denkt. En je zei toen dat je ze nooit bij je droeg, tenzij je het gevoel had dat je het wel eens zou kunnen gebruiken. Dus waarom heb je er nu een bij je?'

Gamache kneep zijn ogen tot spleetjes en stond op.

'Ik zie nu in dat het een vergissing was om hiernaartoe te komen. Ik wilde weten hoe het met inspecteur Beauvoir gaat.'

Gamache liep naar de deur.

'Maak je liever zorgen om jezelf,' riep dokter Fleury hem na, 'niet om Beauvoir.'

Armand Gamache verliet de behandelruimte, liep de gang door en drukte op de knop bij de lift. Toen die kwam, stapte hij in. Hij ademde diep in, leunde tegen de wand en sloot zijn ogen.

Eenmaal buiten voelde hij de koude wind op zijn wangen en hij kneep zijn ogen halfdicht tegen het felle zonlicht.

'*Noël, Noël*,' zong het koortje op de hoek van de straat. '*Nooo-el, Nooo-elll*.'

De hoofdinspecteur liep op zijn gemak terug naar het hoofdkantoor, zijn gehandschoende handen ineengeslagen achter zijn rug. Het geluid van de kerstliedjes in zijn oren.

Hij neuriede tijdens het lopen. Hij had gedaan waar hij voor was gekomen.

Op het hoofdkwartier van de Sûreté drukte de hoofdinspecteur weer op de knop bij de lift, deze keer om omhoog te gaan. Maar toen de lift kwam, stapte hij niet in. Tegen de tijd dat de liftdeuren weer dichtgingen, had Gamache de trap genomen. Naar beneden.

Hij had best de lift kunnen nemen, maar hij wilde het risico niet nemen om gezien te worden.

Hij liep voorbij de kelder, voorbij de verdieping onder de kelder en de parkeergarage naar een verdieping waar flikkerende tl-buizen brandden. Een verdieping met dikke muren en metalen deuren. Waar een voortdurend gebrom van lampen klonk, van de boilers, radiatoren en de airco. Een geluid van hydraulica.

Dit was het fysieke deel van het kantoor. Een plek vol machines en onderhoudsteams.

En één agent.

De hele weg naar Montréal had Gamache over zijn volgende stap nagedacht. Hij had de gevolgen van een bezoek aan dokter Fleury afgewogen, en van een bezoek aan deze agent. Hij had zich afgevraagd wat er zou gebeuren als hij het zou doen. En wat er zou gebeuren als hij het niet zou doen.

Wat kon hij in het gunstigste geval verwachten?

Wat in het slechtste geval?

En tot slot: wat was het alternatief? Wat had hij te kiezen?

Toen hij al die vragen beantwoord had en een beslissing had genomen, had hoofdinspecteur Gamache geen moment getwijfeld. Hij klopte zelfverzekerd op de deur en deed hem open.

De jonge agent, haar gezicht badend in het zachtgroene licht van de reeks computers die om haar heen stond, draaide zich om. Hij zag dat ze verbaasd was.

Niemand kwam haar hier opzoeken. Precies de reden waarom Armand Gamache er nu was.

'Ik heb je hulp nodig,' zei hij.

20

Toen Gamache terugkwam in het huis van Emilie, lag er een briefje op de keukentafel: *We zijn wat gaan drinken in de bistro. Kom ook!*

Zelfs Henri was er niet. Zaterdagavond. Stapavond.

Gamache nam een douche, trok een corduroy broek en een coltrui aan en liep naar de bistro. Toen Thérèse hem zag aankomen, zwaaide ze en wenkte hem.

Ze zat bij Jérôme, Myrna, Clara en Gabri. Henri had liggen soezen bij het vuur, maar kwam kwispelend overeind. Olivier bracht hem een pijp van drop.

'Als er iemand is die eruitziet alsof hij wel een lekkere droppijp kan gebruiken...' zei Olivier.

'Merci, patron.' Gamache liet zich met een zucht op de bank zakken en hield zijn pijp omhoog. 'À votre santé.'

'Zo te zien heb je een lange dag gehad,' zei Clara.

'Maar wel een goede dag, denk ik,' zei de hoofdinspecteur. Toen wendde hij zich tot Jérôme. 'Jij ook?'

Dokter Brunel knikte. 'Het is hier heerlijk rustig.'

Maar hij zag er niet erg uitgerust uit.

'Whisky?' bood Olivier aan, maar Gamache schudde zijn hoofd. Hij wist eigenlijk niet waar hij wel zin in had. Totdat hij een jongen en een meisje met kommen warme chocolademelk zag.

'Zo een wil ik wel, patron,' zei de hoofdinspecteur, waarop Olivier glimlachte en wegliep.

'Is er nog nieuws uit de stad?' vroeg Myrna. 'Heb je vooruitgang geboekt in het onderzoek naar de moord op Constance?'

'Een beetje,' zei Gamache. 'Maar ik moet zeggen dat in de meeste onderzoeken vooruitgang niet bepaald lineair is.'

'Dat is waar,' zei commissaris Brunel. Ze vertelde een paar grappige verhalen over een kunstroof, vervalsingen en identiteitswisseling, waarbij Gamache maar half luisterde. Dankbaar dat de commissaris op een ander onderwerp was overgegaan, zodat hij niet hoefde toe te geven dat hij het grootste deel van de dag met iets anders bezig was geweest.

Zijn warme chocolademelk werd gebracht en terwijl hij de kom naar zijn lippen bracht, zag hij dat Myrna naar hem zat te kijken. Niet onderzoekend, maar zomaar, geïnteresseerd.

Ze nam een handje gemengde noten.

'Ah, daar is Gilles,' zei Clara, en ze stond op en wenkte de lange man met de rode baard. Hij was achter in de veertig en droeg vrijetijdskleding. 'Ik heb hem en Odile uitgenodigd om te komen eten,' zei ze tegen de hoofdinspecteur. 'En jij komt ook.'

'Merci,' zei hij, en hij hees zich van de bank om de nieuwkomer te begroeten.

'Da's lang geleden,' zei Gilles, die Gamache de hand schudde en ging zitten. 'Het spijt me van de dame van de vijfling.'

Het viel Gamache op dat het niet eens nodig was om 'de Ouellet-vijfling' te zeggen. De vijf meisjes hadden hun privacy, hun ouders en hun namen verloren. Ze waren gewoon 'de vijfling'.

'We proberen het nog even stil te houden,' zei de hoofdinspecteur.

'Nou, Odile is een gedicht over ze aan het schrijven,' vertrouwde Gilles hun toe. 'Ze hoopt ermee in *De varkensfokker* te komen.'

'Dat is niet zo erg, denk ik,' zei Gamache, en hij vroeg zich af of dat voor haar promotie betekende op literair gebied. Hij wist dat haar dichtbundel bijna zonder correcties was uitgegeven door de Commissie Wortelgewassen van Québec.

'Ze noemt het "Vijf erwtjes in een vergulde dop",' zei Gilles.

Gamache was blij dat Ruth er niet bij was. 'Ze kent haar publiek. Waar is Odile trouwens?'

'In de winkel. Ze zou proberen om straks nog te komen.'

Gilles maakte prachtige meubels van omgevallen bomen en Odile verkocht ze voor de deur van hun winkel. En ze schreef poëzie, die ondanks de mening van de Commissie Wortelgewassen nauwelijks geschikt was voor menselijke consumptie, vond Gamache.

'Maar' – Gilles sloeg Gamache met zijn enorme hand op zijn knie – 'ik hoor dat je me een satellietschotel wilt laten ophangen. Je weet toch wel dat die hier niet werken, hè?'

De hoofdinspecteur staarde hem aan en keek toen naar de Brunels, die ook enigszins verward keken.

'Jullie hadden me gevraagd om contact op te nemen met de man die hier satellietschotels ophangt,' zei Clara. 'Dat is Gilles.'

'Sinds wanneer?' vroeg Gamache.

'Sinds de crisis,' zei de lange, potige kerel. 'De markt voor handgemaakte meubels is ingestort, maar de markt voor vijfhonderd televisiezenders per huishouden is exponentieel gegroeid. Dus ik klus wat bij met het ophangen van satellietschotels. Daarbij is het natuurlijk handig dat ik boven het maaiveld uitkom.'

'Dat is nog zacht uitgedrukt,' zei Gamache. Hij draaide zich om naar Thérèse en Jérôme. 'Hij was vroeger bosbouwer.'

'Heel lang geleden,' zei Gilles, die strak in zijn glas keek.

'Ik moet het eten in de oven gaan zetten,' zei Clara, die opstond.

Gamache stond ook op en iedereen volgde.

'Misschien kunnen we het gesprek bij Clara voortzetten,' zei de hoofdinspecteur, en Gilles hees zich van de bank. 'Daar hebben we wat meer privacy.'

'Waar is je maatje eigenlijk?' vroeg Gilles toen ze het korte stukje naar het huis van Clara liepen, waarbij de sneeuw knerpte onder hun voeten.

Er schaatsten een paar kinderen op de ijsbaan. Gabri pakte een handje sneeuw, maakte er een bal van en gooide hem weg voor Henri, die er over een berg sneeuw heen achteraan vloog.

'Gilligan?' vroeg Gamache luchthartig. Hij hoorde Gilles in het donker bulderen van het lachen.

'Inderdaad, Skipper,' zei Gilles.

'Die is met een andere zaak bezig.'

'Dus hij heeft het eiland eindelijk weten te verlaten?' zei Gilles, en Gamache hoorde de glimlach in zijn zware stem. Maar toch was hij een beetje geschrokken.

Had hij de befaamde afdeling Moordzaken van de Sûreté onbedoeld in een eiland veranderd? Had hij in plaats van de carrières van veelbelovende agenten te redden diezelfde agenten weggehouden van het vasteland, van hun collega's?

De kinderen op het ijs zagen Gabri's sneeuwbal en bleven staan om er zelf een paar te maken en die naar hem te gooien. Gabri bukte, maar hij was te laat. De sneeuwballen regenden op hen neer en Henri werd bijna dol van opwinding.

'Hé zeg,' riep Gabri. 'Potverdriedubbeltjes!' Hij deed of hij woedend was en schudde zijn vuist naar hen, waardoor de kinderen het bijna in hun broek deden van het lachen.

Jean-Guy Beauvoir was te moe om te douchen. Hij wilde wel, maar het kostte hem gewoon te veel moeite. Net als de was. Hij wist dat hij stonk, maar het kon hem niet schelen.

Hij was naar kantoor gekomen, maar had geen werk verricht. Hij wilde alleen maar weg uit zijn troosteloze appartementje. Weg van de bergen vuile kleren, van het beschimmelde eten in de koelkast, van het onopgemaakte bed en de vuile vaat vol etensresten.

En van de herinnering aan het thuis dat hij verloren had.

Nee, niet verloren. Het was hem afgenomen. Het was van hem gestolen. Door Gamache. De enige man die hij werkelijk had vertrouwd had hem alles afgenomen, alles en iedereen.

Beauvoir kwam overeind en liep stram naar de lift en toen naar zijn auto.

Alles deed hem pijn en hij had honger en was misselijk tegelijk. Maar hij had geen puf om iets te halen in de kantine, of bij een van de fastfoodzaken op weg naar huis.

Hij parkeerde de auto, zette de motor uit en staarde voor zich uit.

Nu had hij echt honger. Hij viel bijna van zijn graat. En hij stonk. De hele auto rook naar hem. Hij voelde zijn klamme hemd aan zijn lijf geplakt. Als een tweede huid.

Hij zat in de koude, donkere auto naar dat ene verlichte raam te staren. In de hoop een glimp van Annie op te vangen. Al was het maar een schaduw.

Ooit had hij haar geur kunnen oproepen. Citroengaarden op een warme zomerdag. Fris en citrusachtig. Maar nu rook hij alleen zijn eigen angst.

Annie Gamache zat in het donker door het raam te staren. Ze wist dat dit niet gezond was. Ze zou het nooit aan haar vrienden vertellen. Die zouden het belachelijk vinden en haar sneu vinden. Wat ze waarschijnlijk ook was.

Toen Jean-Guy geweigerd had om af te kicken, had ze hem de deur gewezen. Ze hadden de ene na de andere ruzie uitgevochten, tot er niets meer te zeggen viel. En toen hadden ze nog meer ruzie gemaakt. Jean-Guy bleef volhouden dat er niets met hem aan de hand was. Dat haar vader dat hele medicijnverhaal verzonnen had als wraak voor het feit dat hij voor hoofdcommissaris Francoeur was gaan werken.

Uiteindelijk was hij vertrokken. Maar hij was niet echt weg. Hij was nog een deel van haar en ze kon hem maar niet vergeten. Dus zat ze in haar auto naar het donkere raam van zijn kleine appartement te staren. In de hoop licht te zien.

Als ze haar ogen dichtdeed, kon ze zijn armen om zich heen voelen, zijn geur ruiken. Toen ze hem eruit gegooid had, had ze een flesje van zijn eau de toilette gekocht en een paar druppels op het kussen naast haar gesprenkeld.

Ze sloot haar ogen en zag hem in gedachten voor zich. Levendig, slim, oneerbiedig en liefdevol. Ze zag hem glimlachen en hoorde zijn lach. Ze voelde zijn handen. Ze voelde zijn lichaam.

Nu was hij weg. Maar hij was niet vertrokken. En soms vroeg ze zich af of hij het was die op haar hart beukte. En ze vroeg zich af wat er zou gebeuren als hij ermee ophield.

Ze kwam hier elke avond, parkeerde de auto en keek naar het raam. In de hoop een teken van leven te zien.

'Het is toch zeker niet de eerste keer dat je een bal in je gezicht krijgt?' zei Ruth tegen Gabri. 'Hou op met klagen.'

Toen ze bij Clara aankwamen, had Ruth al in de woonkamer gezeten. Ze zat niet bepaald op hen te wachten. Ze leek zelfs geïrriteerd toen iedereen binnenkwam.

'Ik had op een rustige avond gehoopt,' mopperde ze, waarbij ze de ijsklontjes in haar glas zo hard liet ronddraaien dat ze een draaikolk van whisky creëerde. Gamache vroeg zich af of ze er op een dag door zou worden opgeslokt. Maar toen drong het tot hem door dat dat al gebeurd was.

Henri rende naar Rosa, die op het voetenbankje naast Ruth zat. Gamache greep hem snel bij zijn halsband, maar dat had niet gehoeven. Rosa blies naar de herder en draaide toen haar kop weg. Als ze haar middelveer naar hem had kunnen opsteken, had ze dat vast gedaan.

'Ik wist niet dat eenden konden blazen,' zei Myrna.

'Weten we wel zeker dat het een eend is?' fluisterde Gabri.

Thérèse en Jérôme kwamen gefascineerd aangelopen.

'Is dat Ruth Zardo?' vroeg Jérôme.

'Wat er nog van haar over is,' zei Gabri. 'Haar verstand heeft ze jaren geleden al verloren en een hart heeft ze nooit gehad. Ze doet niets anders dan gal spugen. En dat,' zei Gabri, en hij wees, 'is Rosa.'

'Nu snap ik waarom Henri zijn hart heeft verloren,' zei Thérèse. 'Wie houdt er nou niet van een lekkere eend?'

Er volgde een stilte na de opmerking van de elegante oudere vrouw. Ze glimlachte en trok haar wenkbrauwen op, waarop Clara begon te lachen.

Het eten stond in de oven en ze roken kip met rozemarijn. Iedereen schonk voor zichzelf iets te drinken in en ze vormden groepjes.

Thérèse, Jérôme en Gamache namen Gilles apart.

'Heb ik dat goed begrepen, was je vroeger bosbouwer?' vroeg Thérèse.

Gilles was op zijn hoede. 'Nu niet meer.'

'Waarom niet?'

'Dat doet er niet toe,' zei de forse man. 'Persoonlijke redenen.'

Thérèse bleef hem aankijken, met een blik die zelfs de meest geharde Sûreté-agenten aan de praat had gekregen. Maar Gilles hield stand.

Ze wendde zich tot Gamache, die bleef zwijgen. Hoewel hij de redenen kende, wilde hij niet Gilles' vertrouwen schaden. De twee lange mannen keken elkaar even aan en Gilles gaf een knikje als dank.

'Laat me dan dit vragen,' zei commissaris Brunel, die het over een andere boeg gooide. 'Welke boom daar is het hoogst?'

'Waar is daar?'

'Op de heuvelrug boven het dorp,' zei Jérôme.

Gilles dacht even na. 'Waarschijnlijk de witte weymouthden. Die kunnen wel een meter of dertig worden. Zo'n acht verdiepingen hoog.'

'En kun je erin klimmen?' vroeg Thérèse.

Gilles keek haar aan alsof ze iets walgelijks had voorgesteld. 'Vanwaar al die vragen?'

'Gewoon nieuwsgierig.'

'Maak dat de kat wijs, madame. U bent niet zomaar nieuwsgierig.' Hij keek van de Brunels naar Gamache.

'We zouden je nooit vragen om een boom om te kappen of er zelfs maar een te beschadigen,' zei de hoofdinspecteur. 'We willen alleen maar weten of het mogelijk is om in die hoge boom daarginds te klimmen.'

'Misschien, maar ík doe het niet,' zei Gilles kortaf.

Thérèse en Jérôme wendden zich van de voormalig bosbouwer af en richtten zich tot Gamache, verbaasd door Gilles' reactie. De hoofdinspecteur pakte Gilles bij zijn arm en nam hem even apart.

'Het spijt me, ik had je hier eerst even alleen over moeten spreken. We moeten een satellietsignaal in Three Pines zien te krijgen...'

Hij stak een hand op om Gilles het zwijgen op te leggen, omdat die weer wilde zeggen dat het onmogelijk was.

'... en we vroegen ons af of we een satellietschotel in zo'n hoge boom konden hangen en dan een kabel naar het dorp konden leiden.'

Gilles deed zijn mond al open om ertegenin te gaan, maar sloot hem weer. Zijn gezichtsuitdrukking veranderde van opstandig in peinzend.

'Je denkt dat iemand in een boom van dertig meter kan klimmen, een bevroren naaldboom, met een satellietschotel op zijn nek, en dat hij die niet alleen hoog bovenin kan bevestigen, maar ook nog eens kan bijstellen totdat er een signaal is gevonden? Jij moet wel heel veel van televisie houden, monsieur.'

Gamache moest lachen. 'Het is niet voor televisie.' En hij vervolgde zacht: 'Het is voor internet. We moeten verbinding hebben en moeten dat zo eh... zo onopvallend mogelijk doen.'

'Door een signaal te stelen?' vroeg Gilles. 'Je zou eerlijk gezegd bepaald niet de eerste zijn.'

'Dus het is mogelijk?'

Gilles zuchtte en beet op zijn knokkels, diep in gedachten verzonken. 'Je wilt een dertig meter hoge boom in een zendmast veranderen, een signaal zoeken en dan de kabel omlaag leiden.'

'Zo klinkt het moeilijk,' zei de hoofdinspecteur glimlachend.

Maar Gilles glimlachte niet. 'Het spijt me, patron. Ik wil graag helpen, maar ik denk niet dat dat haalbaar is. Stel dat ik naar boven kan klimmen met die satellietschotel en dat ik hem kan bevestigen, dan nog is er te veel wind. Die schotel zou heen en weer geblazen worden daarboven.'

Hij keek naar Gamache en zag het feit tot hem doordringen. En het wás een feit. Het viel niet te ontkennen.

'Het signaal zou nooit standhouden,' zei Gilles. 'Daarom zijn zendmasten van staal gemaakt en zijn ze stabiel. Dat is cruciaal. Het is in theorie een goed idee, maar in de praktijk werkt het gewoon niet.'

Hoofdinspecteur Gamache verbrak het oogcontact en keek even naar de vloer om de tegenslag te verwerken. Dit was niet zomaar een plan, dit was hét plan. Er was geen alternatief.

'Weet je nog een andere manier om een snelle internetverbinding te krijgen?' vroeg hij.

Gilles schudde zijn hoofd. 'Waarom ga je niet naar Cowansville of Saint-Rémi? Daar hebben ze wel high speed.'

'We moeten hier blijven,' zei Gamache. 'Hier kunnen we niet getraceerd worden.'

Gilles knikte en dacht na. Gamache keek naar hem in de hoop dat er een oplossing zou komen. Uiteindelijk schudde Gilles zijn hoofd. 'De mensen proberen hier al jarenlang internet te krijgen. Legaal of illegaal. Maar het kan gewoon niet. Désolé.'

Zo voelde Gamache zich ook toen hij Gilles bedankte en wegliep. Ellendig.

'En?' vroeg Thérèse.

'Hij zegt dat het niet kan.'

'Hij wíl het gewoon niet doen,' zei commissaris Brunel. 'We zoeken wel iemand anders.'

Gamache vertelde van de wind en zag hoe de waarheid langzaam tot haar doordrong. Gilles was niet koppig, hij was realistisch. Maar Gamache zag nog iets anders. Thérèse Brunel keek teleurgesteld, maar haar man niet.

Gamache liep de keuken in, waar Clara en Gabri met de voorbereidingen voor het avondeten bezig waren.

'Hmm, het ruikt lekker,' zei hij.

'Heb je trek?' vroeg Gabri, en hij gaf hem een bord *pâté de campagne* en wat toastjes.

'Nou en of,' zei de hoofdinspecteur terwijl hij een toastje besmeerde. Hij rook de gistgeur van het brood dat in de oven stond, vermengd met de geur van de kip met rozemarijn, en hij besefte dat hij sinds het ontbijt niets meer gegeten had. 'Zou je iets voor me kunnen doen? Ik heb oud filmmateriaal op dvd gezet en ik wil hem graag zien, maar in het huis van Emilie staat geen dvd-speler.'

'Wil je de mijne gebruiken?' vroeg Clara.

Toen hij knikte, zwaaide ze met een lepel als een toverstaf in de richting van de woonkamer. 'Hij staat in het kamertje naast de zitkamer.'

'Vind je dat goed?'

'Natuurlijk,' zei ze. 'Ik zal hem even voor je aanzetten. Het eten is pas over een half uur klaar.'

Gamache volgde haar naar een kamertje met een leunstoel en een bank. Op een tafeltje stond een ouderwetse televisie, met daarnaast een dvd-speler. Hij keek toe hoe Clara op een paar knoppen drukte.

'Wat staat er op de dvd?' vroeg Gabri. Hij stond bij de deur met het bord met paté en toastjes in zijn hand. 'Laat me raden. Je auditie voor *Canada's Got Talent*?'

'Dan zou de dvd maar heel kort zijn,' zei Gamache.

'Wat is hier gaande?' vroeg Ruth streng, die zich een doorgang verschafte met Rosa onder haar arm en een flink glas whisky in haar hand.

'De hoofdinspecteur heeft auditie gedaan voor *Canadian Idol*,' verklaarde Gabri. 'Dit is de dvd ervan.'

'Nou, nee...' begon Gamache, maar toen gaf hij het op. Waarom zou hij zich ook druk maken?

'Hoor ik nou dat je auditie hebt gedaan voor *So You Think You Can Dance*?'

vroeg Myrna, die zich op het bankje tussen de hoofdinspecteur en Ruth in wurmde.

Gamache keek klaaglijk naar Clara. Olivier was er ook bij gekomen en stond naast zijn partner. De hoofdinspecteur drukte zuchtend op PLAY.

Er verscheen een bekend zwart-witbeeld op het kleine scherm, vergezeld van muziek en een gezaghebbende stem.

'In een Canadees dorpje is een klein wonder geschied,' zei de streng klinkende nieuwslezer. De eerste korrelige beelden verschenen, en iedereen in Clara's televisiekamertje boog zich naar voren.

21

'Vijf wonderkinderen,' vervolgde de stem melodramatisch, alsof hij het over Armageddon had. 'Op een koude winternacht ter wereld gebracht door deze man, dokter Joseph Bernard.'

Daar in beeld stond dokter Bernard in een witte jas en met een kapje over zijn neus en mond. Hij zwaaide een tikje maniakaal, maar Gamache wist dat dat het effect was van de oude zwart-witbeelden, waarop mensen schokkerige bewegingen maakten of juist te statisch leken.

De vijf baby's lagen voor hem, strak in doeken gewikkeld.

'Vijf meisjes, dochters van Isidore en Marie-Harriette Ouellet.'

De sonore stem worstelde met de Québecse namen. Het was de eerste keer dat ze in een nieuwsuitzending werden uitgesproken, maar niet lang daarna zouden ze op ieders lippen liggen. In deze uitzending maakte de wereld kennis met...

'Vijf kleine prinsesjes. De eerste vijfling ter wereld die in leven is gebleven. Virginie, Hélène, Josephine, Marguerite en Constance.'

En Constance, dacht Gamache belangstellend. Ze zou haar leven lang aan het eind van die zin hangen. En Constance. Een buitenstaander.

Plotseling klonk de stem opgewonden: 'En hier is hun vader.'

Dokter Bernard stond nu voor een houtkachel in een bescheiden boerenwoonkamer. Hij gaf de dikke man die naast hem stond een van diens eigen dochters. Alsof hij hem een dienst bewees. Maar de man kreeg haar niet cadeau. Eerder te leen.

Isidore, die zich speciaal voor de uitzending had opgedoft en zijn onregelmatige gebit bloot lachte, hield zijn kind onhandig in zijn armen. Hij was duidelijk geen baby's gewend, maar Gamache kon zien dat hij een natuurtalent was.

Thérèse voelde een bekende hand op haar elleboog en liet zich tegen haar zin meevoeren, weg van de televisie.

Jérôme nam haar mee naar een hoek van Clara's woonkamer, zo ver mogelijk bij de anderen vandaan, hoewel ze op de achtergrond nog steeds de onheilspellende stem konden horen. Die sprak over boeren en leek te suggereren dat de meisjes in een stal geboren waren.

Thérèse keek haar man vragend aan.

Jérôme ging zo zitten dat hij de gasten bij de ingang van de zijkamer kon zien staan, met hun aandacht bij de televisie. Toen richtte hij zijn blik op zijn vrouw.

'Vertel me eens over Arnot?'

'Arnot?'

'Pierre Arnot. Je hebt hem gekend.' Hij praatte zacht. Dwingend. Zijn blik schoot heen en weer tussen zijn vrouw en de andere gasten.

Thérèse staarde hem hoogst verbaasd aan. Alsof haar man plotseling zijn kleren had uitgetrokken. Ze begreep er niets van.

'Je bedoelt de zaak-Arnot? Maar dat is jaren geleden.'

'Niet alleen de zaak. Ik wil ook meer weten over Arnot zelf. Alles wat je me over hem kunt vertellen.'

Thérèse keek hem stomverbaasd aan. 'Maar dat is absurd. Waarom ben je in vredesnaam plotseling in hem geïnteresseerd?'

Jérôme keek schichtig naar de andere gasten, die veilig met hun rug naar hen toe stonden, voordat hij zijn vrouw weer aankeek. Hij ging nog zachter praten.

'Kun je dat niet raden?'

De moed zonk haar in de schoenen. *Arnot. Nee, toch.*

De donderstem op de achtergrond stelde dat de hand Gods had geholpen bij de bevalling. Maar de hand Gods leek ver weg te zijn, hier in de knusse woonkamer met de heerlijke etensgeuren en het gezellige houtvuur. En die ranzige naam die als een vieze geur in de lucht hing.

Die verdomde Pierre Arnot.

'Dokter Bernard is bijzonder bescheiden over zijn prestatie,' zei de nieuwslezer.

Dokter Bernard had inmiddels zijn witte jas uitgetrokken en stond daar in een pak met een smalle zwarte das. Zijn grijze haar was gekamd, hij was gladgeschoren en droeg een bril met een dik, zwart montuur.

Hij stond alleen in de woonkamer van de familie Ouellet, met een sigaret in zijn hand.

'De moeder heeft natuurlijk het meeste werk gedaan.' Hij sprak Engels met een licht Québecs accent en had een verrassend hoge stem, zeker in vergelijking met de zware stem van de verteller. Hij keek in de camera en lachte om zijn grapje. De kijkers hoefden maar één ding te geloven, namelijk dat dokter Bernard de held van dat moment was. Een man wiens vakkundigheid slechts geëvenaard werd door zijn bescheidenheid. En, dacht Gamache enigszins bewonderend, hij was uitermate geschikt voor zijn rol. Bernard was charmant, een beetje zonderling zelfs. Vaderlijk en zelfverzekerd.

'De oproep kwam tijdens een storm. Baby's lijken graag bij stormachtig weer geboren te worden.' Hij glimlachte voor de camera en sprak de kijkers vertrouwelijk toe. 'En dit was een flinke, een sneeuwstorm van vijf baby's.'

Gamache keek om zich heen en zag Gilles, Gabri en zelfs Myrna teruglachen. Het gebeurde onbewust, het was bijna onmogelijk om deze man niet innemend te vinden.

Alleen Ruth, die aan het andere uiteinde van de bank zat, lachte niet. Maar dat wilde niet erg veel zeggen.

'Het moet bijna middernacht zijn geweest,' vervolgde dokter Bernard. 'Ik kende het gezin niet, maar het was een noodgeval, dus pakte ik mijn tas en ben hier zo snel mogelijk naartoe gekomen.'

Het was niet duidelijk hoe deze man, die nooit eerder op de afgelegen boerderij van de Ouellets was geweest, die midden in de nacht, midden in een sneeuwstorm had kunnen vinden. Maar misschien maakte dat deel uit van het wonder.

'Niemand had me verteld dat het vijf baby's waren.' Meteen corrigeerde hij zichzelf en zei: 'Dat er vijf baby's zouden komen. Maar ik droeg de vader op om water te koken en schone doeken te halen. Gelukkig is monsieur Ouellet gewend om zijn dieren te helpen kalveren en veulens te werpen. Hij was uiterst behulpzaam.'

De wijze man gaf aan dat hij het niet alleen had gedaan, hoewel hij impliceerde dat madame Ouellet zo'n beetje op gelijke voet stond met een van hun zeugen. Gamache kreeg steeds meer bewondering en respect voor het briljante brein achter de hele gang van zaken. Dokter Bernard was natuurlijk net zozeer een pion als de baby's en de ernstige, verbijsterde Isidore Ouellet.

Dokter Bernard keek strak in de lens en glimlachte.

'Er is uitgebreid over geschreven, over de zaak-Arnot. Het heeft in alle kranten gestaan,' zei Thérèse zacht. 'Het was een sensatie. Dat wist je al. Iedereen weet het.'

Dat was waar. Pierre Arnot was even berucht als de Ouellet-vijfling beroemd was. Hij was hun tegenpool. Iedereen was blij met de vijf meisjes, maar iedereen schaamde zich voor Pierre Arnot.

Als zij een geschenk van God waren, was Pierre Arnot de zoon van de dageraad. De gevallen engel.

Toch bleef hij hen achtervolgen. En nu was hij terug. Thérèse Brunel zou er vrijwel alles voor overhebben om die naam, die zaak en die periode niet te laten herleven.

'Oui, oui,' zei Jérôme. Hij liet zijn ongeduld bijna nooit blijken, al helemaal niet tegenover zijn vrouw. Maar nu wel. 'Het is al een jaar of tien geleden. Ik wil het nog een keer horen, alleen dat wat niet in de kranten heeft gestaan. Wat je verzwegen hebt.'

'Ik heb niets verzwegen, Jérôme.' Nu was ze zelf ongeduldig. Ze klonk koel en kortaf. 'Ik was een doodgewone agent in die tijd. Kun je het niet beter aan Armand vragen? Hij kende hem goed.'

Instinctief draaiden ze zich allebei naar het groepje bij de televisie.

'Lijkt dat je wel verstandig?' vroeg Jérôme.

Thérèse wendde zich weer tot haar man. 'Misschien ook niet.' Ze keek hem even onderzoekend aan. 'Je moet het me vertellen, Jérôme, waarom ben je geïnteresseerd in Pierre Arnot?'

Jérôme ademde zwaar, alsof hij een zware last had gedragen, over een te grote afstand.

Uiteindelijk zei hij: 'Ik ben zíjn naam tegengekomen.'

Thérèse Brunel voelde zich plotseling duizelig worden. Die verdomde Pierre Arnot.

'Dat meen je niet.' Maar ze kon zien dat hij het wel meende. 'Was dat de naam die alarmbellen deed afgaan? Als dat zo is, moet je het ons echt vertellen.'

'Wat ik moet doen, Thérèse, is meer te weten zien te komen over Arnot. Over zijn achtergrond. Alsjeblieft. Je mag destijds dan een gewone agent zijn geweest, nu ben je commissaris. Ik weet dat je het weet.'

Ze keek hem doordringend aan.

'Pierre Arnot was de hoofdcommissaris van de Sûreté,' begon ze. Ze had al geweten dat ze zich gewonnen zou geven. 'Een toppositie, de baan die Sylvain Francoeur nu heeft. Ik was pas net bij de Sûreté toen alles aan het licht kwam. Ik heb hem maar één keer ontmoet.'

Jérôme Brunel herinnerde zich nog heel goed de dag waarop zijn vrouw, die destijds hoofdconservator van het Musée des Beaux-Arts in Montréal was, aankondigde dat ze bij de provinciale politie wilde. Ze was in de vijftig en had net zo goed kunnen zeggen dat ze zich had aangemeld bij Cirque du Soleil. Maar het was duidelijk dat ze het meende en eerlijk gezegd kwam het niet helemaal uit de lucht vallen. Thérèse had de politie een aantal keren geholpen bij het ophelderen van kunstroven en had ontdekt dat ze goed was in het oplossen van misdrijven.

'Zoals je al zei: dat was meer dan tien jaar geleden,' zei Thérèse. 'Arnot bekleedde zijn functie al jaren. Hij was geliefd. Hij werd gerespecteerd, vertrouwd.'

'Je zegt dat je hem maar één keer hebt ontmoet,' zei Jérôme. 'Wanneer was dat?'

De blik van haar man was scherp. Analytisch. Ze wist dat hij ook zo geweest moest zijn toen hij nog in het ziekenhuis werkte, wanneer er een spoedgeval was binnengereden.

Informatie verzamelen, verwerken en analyseren. Alles uitsplitsen, zodat hij wist hoe hij de patiënt moest behandelen. Hier, in de woonkamer van Clara, waar het rook naar versgebakken brood en kip met rozemarijn, was ook een soort spoedgeval ontstaan. Het had de met modder en bloed besmeurde naam Pierre Arnot met zich meegebracht.

'Het was bij een college op de academie,' herinnerde ze zich. 'Gegeven door inspecteur Gamache.'

'Was Arnot te gast bij hem?' vroeg Jérôme verbaasd.

Thérèse knikte. Beide mannen waren toen al beroemd geweest. Arnot omdat hij het gerespecteerde hoofd van een gerespecteerd korps was, en Gamache omdat hij de meest succesvolle afdeling Moordzaken in het land had opgebouwd en leidde.

Ze zat in een volle collegezaal, een van de honderden studenten. Er was nog niets wat haar van de anderen onderscheidde, behalve haar grijze haar.

Terwijl Thérèse eraan terugdacht, zag ze de collegezaal voor zich. Ze zag de twee mannen die beneden stonden duidelijk voor zich, Arnot achter de lessenaar. Ouder, zelfverzekerd, gedistingeerd. Klein en slank, compact. Met goed verzorgd grijs haar en een bril. Hij zag er allesbehalve machtig uit. Maar toch schemerde er juist in die nederigheid ook kracht door. Hij was zo machtig dat hij er niet mee te koop hoefde te lopen.

Vanaf de zijkant stond hoofdinspecteur Armand Gamache toe te kijken.

Hij was lang, fors. Stil en beheerst. Als docent leek hij eindeloos veel geduld te hebben met domme vragen en een overdosis testosteron. Hij leidde door het goede voorbeeld te geven, niet met brute kracht. Agent Brunel wist dat daar een geboren leider stond. Iemand die je uit eigen vrije wil zou volgen.

Als Arnot alleen voor de collegezaal had gestaan, zou ze ook diep onder de indruk zijn geweest. Maar naarmate zijn college vorderde, werd haar aandacht steeds meer getrokken door de stille man aan de zijlijn. De man die daar zo rustig en geconcentreerd stond te luisteren.

Langzaam drong het tot agent Brunel door wie het werkelijk voor het zeggen had.

Hoofdcommissaris Arnot mocht dan macht hebben, Armand Gamache was de machtigste van de twee.

Dat zei ze tegen Jérôme. Hij dacht even na voor hij reageerde.

'Heeft Arnot geprobeerd om Armand te vermoorden?' vroeg hij. 'Of was het andersom?'

Het Movietone-journaal eindigde met de minzame dokter Bernard, die een van de pasgeboren meisjes omhooghield en met haar armpje naar de camera zwaaide.

'Bye bye,' zei de nieuwslezer, alsof hij de Grote Depressie aankondigde. 'We zullen jou en je zusjes vast nog vaak zien.'

Vanuit zijn ooghoeken zag Gamache Ruth een beaderde hand opsteken.

Bye bye.

Het beeld ging even op zwart, waarna een voor Canadezen bekende afbeelding verscheen. Een gestileerd zwart-witoog met daaronder enkele woorden in een sober lettertype. Er was geen enkele poging gedaan er iets moois of creatiefs van te maken.

Alleen de feiten.

National Film Board of Canada. De NFB.

Er klonk geen sombere stem. Geen vrolijke muziek. Alleen beelden, gefilmd door een cameraman van de NFB.

Ze zagen de buitenkant van een charmant huisje in de zomer. Een sprookjeshuisje met dakpannen en houtsnijwerk langs de dakranden. Onder elk raam hing een bloembak vol planten en er groeiden vrolijke zonnebloemen en stokrozen tegen het zonnige huis.

De kleine tuin was omheind met een wit tuinhek.

Het was net een poppenhuis.

De camera zoomde in op de gesloten voordeur, het beeld werd scherp gesteld. Vervolgens ging de deur een stukje open. Een vrouw stak haar hoofd naar buiten, keek naar de camera en zei geluidloos iets wat op '*maintenant?*' leek. Nu?

Toen trok ze zich terug en de deur ging weer dicht. Even later kwam er een klein meisje naar buiten in een kort jurkje met ruches en een strik in haar donkere haar. Ze droeg sokjes en loafers. Ze was hier een jaar of vijf, zes, schatte Gamache. Na een snelle rekensom concludeerde hij dat het begin jaren veertig moest zijn geweest. De oorlogsjaren.

Er verscheen een hand die haar verder het zonlicht in duwde. Geen harde duw, maar net hard genoeg om haar te laten struikelen.

Toen werd er een identiek meisje naar buiten geduwd.

En nog een.

En nog een.

En nog een.

De meisjes bleven bij elkaar staan en klampten zich aan elkaar vast alsof ze zo geboren waren. En hun uitdrukking was ook dezelfde.

Angst. Verwarring. Bijna dezelfde uitdrukking als die op het gezicht van hun vader toen hij hen voor het eerst zag.

Ze draaiden zich om naar de deur en liepen toen terug, dromden om de voordeur heen. Ze probeerden weer naar binnen te gaan. Maar de voordeur ging niet open.

Het eerste meisje keek naar de camera. Smekend en huilend.

Het beeld flikkerde en verdween. Toen verscheen het mooie huisje weer. De meisjes waren weg en de deur was dicht.

Even later ging de deur opnieuw open en deze keer kwam het meisje uit zichzelf naar buiten. Daarna verscheen haar zusje, dat haar bij de hand pakte. Enzovoort. Totdat de laatste buiten stond en de deur achter hen dichtging.

Ze keken met z'n allen om, naar de deur, maar er werd een hand door de kier gestoken die gebaarde dat ze buiten moesten blijven. Toen verdween de hand.

De meisjes stonden als aan de grond genageld. Versteend.

Het beeld bewoog een beetje toen een van de meisjes zich omdraaide en in de lens keek. De cameraman moest hen geroepen hebben, dacht Gamache. Misschien hield hij een teddybeer of een snoepje omhoog, iets om hun aandacht te trekken.

Een van de meisjes begon te huilen, waarna de anderen ook in tranen uitbarstten. Het beeld flakkerde en werd zwart.

Telkens opnieuw, daar in Clara's zijkamertje, bekeken ze de beelden, de paté en de drankjes vergeten.

De meisjes kwamen hun mooie huis uit en werden weer naar binnen gehaald, om het opnieuw te proberen. Totdat de eerste met een grote glimlach op haar gezicht verscheen, haar zusje blij aan haar hand.

Waarna het volgende zusje kwam, en het volgende.

En het volgende.

Ze kwamen het huis uit en liepen door de tuin, langs het witte tuinhek, glimlachend en zwaaiend.

Vijf blije meisjes.

Gamache keek naar Myrna, Olivier, Clara, Gilles en Gabri. Hij keek naar Ruth, bij wie de tranen de groeven in haar gezicht volgden, ravijnen van verdriet.

De Ouellet-vijfling glimlachte een identieke glimlach en zwaaide op identieke wijze naar de camera totdat het scherm op zwart ging. Dat was de scène, wist Gamache, die de vijfling had weggezet als perfecte meisjes die een sprookjesleven leidden; uit hun armoede gehaald, ver weg van de oorlog. Dit stukje film was over de hele wereld verkocht en werd nog steeds gebruikt in films over hun leven.

Om aan te tonen hoeveel geluk de Ouellet-vijfling had gehad.

Gamache en de anderen wisten wat ze zojuist hadden gezien. Het ontstaan van een mythe. En er was iets gebroken. Verbrijzeld. Onherstelbaar beschadigd.

'Hoe weet je dat?' vroeg Thérèse. 'Dat is tijdens het proces nooit naar buiten gekomen.'

'Ik heb aanwijzingen gevonden dat er iets is gebeurd tussen die twee mannen, iets wat bijna fataal was geweest.'

'Wil je het echt weten?' vroeg ze, waarbij ze hem onderzoekend aankeek.

'Ik móét het weten,' zei hij.

'Dit blijft wel onder ons.' Het leverde haar een half lacherige, half geïrriteerde blik op.

'Ik beloof je dat ik het niet op mijn blog zal zetten.'

Thérèse kon er niet om lachen. Ze glimlachte niet eens. Jérôme Brunel vroeg zich – niet voor het eerst – af of hij dit wel wilde horen.

'Ga zitten,' zei ze, en hij liep achter haar aan naar de gemakkelijke bank. Ze gingen met hun gezicht naar de anderen zitten en keken naar hun ruggen.

'Pierre Arnot heeft carrière gemaakt bij de Sûreté in het noorden van Québec,' vertrouwde ze hem toe. 'Op een reservaat van de Cree aan de James Bay. Veel alcohol, drugs. De behuizing die de regering voor hen had gebouwd, was een aanfluiting. De riolering en de watertoevoer stroomden in elkaar over. Veel mensen werden ziek en er was veel geweld. Het was een beerput.'

'Midden in het paradijs,' zei Jérôme.

Thérèse knikte. Dat maakte het drama er natuurlijk alleen nog maar groter op.

Het gebied rond de James Bay was ongelooflijk mooi, ongerept. Destijds. Zesentwintigduizend vierkante kilometer oerbos, heldere meren vol vis. Daar woonden de Cree. Dat was waar hun goden woonden.

Maar honderd jaar geleden hadden ze de duivel ontmoet en een overeenkomst gesloten.

In ruil voor alles wat ze maar nodig konden hebben – voedsel, medische zorg, onderdak, scholen en de wonderen van het moderne leven – hoefden ze alleen maar de rechten op het land van hun voorouders over te dragen.

Maar niet al het land. Ze zouden een mooi stukje krijgen om te jagen en te vissen.

En als ze niet tekenden?

Dan zou de overheid hun tóch hun land afnemen.

Honderd jaar voordat agent Pierre Arnot in het reservaat uit een watervliegtuig stapte, was er een ontmoeting tussen het opperhoofd en het hoofd Indianenzaken van Canada.

De overeenkomst werd getekend.

De overname was een feit.

De Cree hadden alles wat ze zich konden wensen. Behalve hun vrijheid.

Ze gedijden niet.

'Tegen de tijd dat Arnot daar aankwam, was het reservaat een getto van open riolen, ziekte, verslaving en wanhoop,' zei Thérèse. 'Het bestaan was er zo leeg dat de bewoners elkaar uit verveling in elkaar sloegen en verkrachtten. Toch hadden de Cree hun waardigheid langer behouden dan menigeen had verwacht. Het had verscheidene generaties geduurd, maar uiteindelijk was er geen enkele waardigheid, geen enkel zelfrespect en geen sprankje hoop meer over. Erger kon hun leven niet worden, dachten de Cree. Maar dat werd het wel.'

'Wat gebeurde er dan?' vroeg Jérôme.

'Pierre Arnot kwam naar hun reservaat.'

'Hier vragen de meisjes hun vader om zijn zegen,' zei de stem van de Movietone-nieuwslezer, op een toon alsof hij over het bombardement van Londen vertelde. 'Als gehoorzame kinderen. Het is een ritueel dat nog steeds wordt uitgevoerd in het achterland van Québec.'

Hij sprak het uit als Kwie-bek en hij sprak zacht, alsof hij het over een zeldzame soort in zijn natuurlijke habitat praatte.

Gamache schoof naar voren. De meisjes waren nu acht of negen jaar. Ze waren niet in hun sprookjeshuis. Dit was de boerderij van hun ouders. Door de ramen kon hij zien dat het winter was.

Hun jassen, mutsen en schaatsen hingen netjes aan haken bij de deur. In de hoek stond een tipi van ijshockeysticks. Hij herkende de houtkachel, het gevlochten vloerkleed en de meubels uit het eerste filmpje, van toen de meisjes net geboren waren. Er was bijna niets veranderd. Alsof het een museum was.

De meisjes zaten op hun knieën, met gevouwen handen en gebogen hoofden. Ze droegen identieke jurkjes, identieke schoenen en identieke strikken in hun haar. Hij vroeg zich af hoe iemand ze uit elkaar kon houden, en of er wel mensen waren die daar hun best voor deden. Zolang ze maar met z'n vijven waren, leken de details er verder niet toe te doen.

Marie-Harriette knielde achter haar dochters neer.

Het was de eerste keer dat het journaal beelden van de moeder van de vijfling vertoonde. Gamache zette zijn ellebogen op zijn knieën en boog zich verder naar voren, zodat hij de beroemde moeder goed kon zien.

Verrast realiseerde Gamache zich toen dat hij haar eerder had gezien. Het was Marie-Harriette geweest die haar dochters de deur uit had geduwd. En die de deur achter hen had dichtgetrokken.

Steeds opnieuw. Totdat ze het goed deden.

Hij had aangenomen dat het een NFB-producente was geweest, of een kindermeisje of lerares. Maar het was hun eigen moeder.

Isidore Ouellet stond met zijn armen uitgestrekt en zijn gezicht naar zijn gezin toegekeerd. Zijn ogen waren gesloten. Zijn trekken waren hol, als van een zombie die verlossing zoekt.

Gamache herkende het ritueel. Het was de nieuwjaarszegen, waarbij de vader zijn kinderen zegende. Het was een plechtig en betekenisvol gebed, maar het werd in Québec bijna nooit meer uitgesproken. Zelf had hij het nooit overwogen, en als hij het geprobeerd zou hebben, zouden Reine-Marie, Anna en Daniel het hebben uitgeschreeuwd van het lachen. Even dacht hij aan de kerstvakantie, wanneer de hele familie, met kinderen en kleinkinderen, in Parijs zou zijn. Misschien kon hij het voorstellen op nieuwjaarsdag. Gewoon om te zien hoe ze zouden reageren. Wat voor gezicht ze zouden trekken. Dat alleen al zou het bijna de moeite waard maken. Hoewel de moeder van Reine-Marie zich nog had kunnen herinneren hoe ze als kind samen met haar broertjes en zusjes ook zo had geknield.

Hier in het filmpje was het een toneelstukje voor het onverzadigbare publiek, dat halverwege de jaren veertig overal ter wereld in donkere bioscoopzalen naar het nieuws had zitten kijken. Het leven van de vijfling als voorprogramma van de nieuwste film met Clark Gable of Katherine Hepburn.

Je kon de geur van gaslampen bijna ruiken bij de korrelige zwart-witfilm. Hij was geregisseerd met effectbejag. Net als de indianen die trommelden en dansten voor de toeristen.

Het was beslist authentiek, maar in dit geval eerder commercieel dan spiritueel.

De meisjes baden zogenaamd om de zegen van hun vader. Maar Gamache vroeg zich af waar hun vader om bad.

'Nu dit aandoenlijke ritueel ten einde is, maken de meisjes zich klaar om buiten te gaan spelen,' kondigde de commentaarstem aan, alsof het over de tragische aanval op Dieppe ging.

Wat volgde waren beelden van de meisjes die hun sneeuwpakken aantrokken, elkaar plaagden, in de camera keken en lachten. Hun vader hielp hen met het aantrekken van hun schaatsen en gaf hun ieder een ijshockeystick.

Marie-Harriette verscheen en zette gebreide wollen puntmutsjes op hun hoofden. Elke muts, zag Gamache, had een ander patroon. Sneeuwvlokken, bomen. Ze had er één te veel, die ze buiten het beeld gooide. Ze gooide hem niet zomaar weg, het was alsof ze erdoor gebeten was.

Het was een veelzeggend gebaar. Hier stond een vrouw die aan het eind van haar Latijn was, die al door zoiets onbenulligs als te veel mutsen van streek raakte. Ze was radeloos, afgemat. Uitgeput.

Ze richtte zich naar de camera en glimlachte. Een blik die de hoofdinspecteur koude rillingen bezorgde.

Het was zo'n typisch moment waar een rechercheur Moordzaken naar zoekt. Een klein teken van tegenspraak. Tussen wat er werd gezegd en wat er gebeurde. Tussen de woorden en de toon waarop ze werden uitgesproken.

Tussen Marie-Harriettes blik en de manier waarop ze handelde. Tussen de glimlach en de weggegooide muts.

Deze vrouw stond in tweestrijd, misschien stond ze zelfs op instorten. Hier verscheen het soort barst waardoor een rechercheur naar binnen kroop om de zaak tot op de bodem uit te zoeken.

Gamache keek naar het scherm en vroeg zich af hoe het zover had kunnen komen met de vrouw die op haar knieën de trap van het Oratorium van de Heilige Jozef had beklommen om te bidden om kinderen.

De hoofdinspecteur vermoedde dat haar gebaar gericht was tegen de overal aanwezige dokter Bernard, dat ze hem uit beeld probeerde te houden. Dat ze voor één keer met haar kinderen alleen wilde zijn.

En het had gewerkt. Degene naar wie ze gebaard had, had zich teruggetrokken.

Maar Gamache kon wel zien dat het een achterhoedegevecht was. Iemand die zo moe was zou het nooit lang volhouden.

'*Ze is allang dood en begraven in een andere stad, maar mijn moeder is nog steeds niet klaar met mij,*' citeerde Gamache in gedachten het gedicht van Ruth.

Iets meer dan vijf jaar later zou Marie-Harriette dood zijn. En iets meer dan vijftien jaar later zou Virginie zelfmoord plegen. Wat had Myrna daarover gezegd? Ze waren geen vijfling meer, maar een kwartet, en toen een drieling en een tweeling. Totdat er nog maar een was. Enig kind.

'... en Constance' was gewoon 'Constance' geworden. En nu was ook zij er niet meer.

Hij keek naar de kinderen, samen lachend in hun sneeuwpakken, en probeerde het meisje eruit te pikken dat nu in het lijkenhuis van Montréal lag. Maar het lukte niet.

Ze leken zo op elkaar.

'Inderdaad, deze ruige Canadezen brengen de lange wintermaanden door met vissen in wakken, skiën en ijshockey,' zei de norse commentaarstem. 'Zelfs de meisjes.'

De vijfling zwaaide naar de camera en liep wankelend op schaatsen de deur uit.

De film eindigde met de vrolijk zwaaiende Isidore. Nadat hij de meisjes had uitgewuifd, draaide hij zich om en ging naar binnen. Hij sloot de deur en keek in de camera, maar Gamache realiseerde zich dat hij net naast de lens keek. Zijn ogen waren op iemand anders gericht, iemand die net buiten beeld was.

Keek hij naar zijn vrouw? Naar dokter Bernard? Of naar nog iemand anders?

Het was een blik van onderwerping, een vraag om goedkeuring. Opnieuw vroeg Gamache zich af waar Isidore om had gebeden en of zijn gebed was verhoord.

Maar er klopte iets niet. Iets in deze film strookte niet met wat de hoofdinspecteur tot nu toe ontdekt had.

Hij sloeg een hand voor zijn mond en keek naar het zwarte scherm.

'Laat me je dit vragen,' zei Thérèse Brunel. 'Wat is de beste manier om iemand kapot te maken?'

Jérôme schudde zijn hoofd.

'Eerst win je zijn vertrouwen,' zei ze terwijl ze hem in de ogen bleef kijken, 'en dan verraad je hem.'

'Vertrouwden de Cree Pierre Arnot?' vroeg Jérôme.

'Hij hielp hen de orde te herstellen. Hij behandelde hen met respect.'

'En toen?'

'Toen de plannen voor de nieuwe stuwdam bekendgemaakt werden en het duidelijk werd dat die zou verwoesten wat nog restte van het territorium van de Cree, haalde hij hen over om akkoord te gaan met de bouw van de stuwdam.'

'Hoe heeft hij dat gedaan?' vroeg Jérôme. Hij was als inwoner van Québec altijd trots geweest op de grote dammen. Hij wist dat ze de nodige schade hadden aangericht in het noorden, maar dat leek een kleine prijs. Een prijs die hij bovendien zelf niet hoefde te betalen.

'Ze vertrouwden hem. Hij had jarenlang zijn best gedaan om hen ervan te overtuigen dat hij hun vriend was, hun bondgenoot. Degenen die aan hem twijfelden, aan zijn motieven, zouden later verdwijnen.'

Jérôme slikte. 'Heeft hij dat gedaan?'

Thérèse knikte. 'Ik weet niet of hij van het begin af aan zo corrupt was of dat hij dat later is geworden, maar hij heeft die mensen laten verdwijnen.'

Jérôme sloeg zijn ogen neer en dacht aan de naam waarop hij was gestuit. De naam die onder die van Arnot had gezeten. Als Arnot al laag was gezonken, dan die man al helemaal. Om jaren later te worden opgegraven door Jérôme Brunel.

'Wanneer is Armand erbij betrokken geraakt?' vroeg Jérôme.

'Een van de stamoudsten van de Cree, een vrouw, werd aangewezen om naar Québec City te gaan en om hulp te vragen. Ze wilde de politie vertellen dat er jonge mannen en vrouwen verdwenen. Omkwamen. Wanneer ze werden gevonden, bleken ze te zijn neergeschoten, opgehangen of verdronken. De Sûreté deed die gevallen af als een ongeluk of zelfmoord. Sommige jonge Cree waren definitief verdwenen. De Sûreté concludeerde dat ze waren weggelopen, naar het zuiden. Ze zouden wel weer opduiken in een of ander drugspand in Trois-Rivières of Montréal.'

'Dus ze kwam naar Québec City om hulp te vragen om hen te zoeken?' vroeg Jérôme.

'Nee, ze wilde de politie vertellen dat het allemaal leugens waren. Haar eigen zoon werd ook vermist. Ze wist dat hij niet was weggelopen en dat de doden niet waren omgekomen door een ongeluk of zelfmoord.'

Jérôme kon zien welk effect dit gegraaf in het verleden had op Thérèse. Op haar als hooggeplaatste Sûreté-agent. Als vrouw. Als moeder. Hij werd er zelf ook onpasselijk van, maar ze zaten er al veel te diep in. Ze konden niet midden in het moeras blijven staan. Ze moesten doorgaan.

'Niemand geloofde haar,' zei Thérèse. 'Ze werd afgedaan als een idioot. De zoveelste dronken indiaan. Het hielp ook niet dat ze niet wist waar ze het parlement moest zoeken, waardoor ze mensen staande hield die het Château Frontenac in- en uitgingen.'

'Het hotel?' vroeg Jérôme.

Thérèse knikte. 'Het is een heel indrukwekkend pand, daarom dacht ze dat ze daar de leiders wel kon vinden.'

'Maar hoe raakte Armand er dan bij betrokken?'

'Hij was in Québec City voor een congres in het Château en zag haar op een bankje zitten, volkomen overstuur. Hij vroeg haar wat er aan de hand was.'

'En wat heeft ze hem verteld?' vroeg Jérôme.

'Alles. Armand vroeg waarom ze niet met die informatie naar de Sûreté was gegaan.' Thérèse keek naar haar gemanicuurde handen.

Vanuit zijn ooghoek zag Jérôme dat het groepje in de tv-kamer uiteenging, maar hij wilde zijn vrouw niet opjagen. Ze waren eindelijk bij de bodem van het moeras aangekomen, bij de laatste woorden die nog moesten worden opgedregd. Ze had duidelijk moeite met het uitspreken van het onuitsprekelijke.

'De stamoudste zei dat ze geen aangifte bij de Sûreté had gedaan omdat de Sûreté de misdaden had gepleegd. Zij waren het die de Cree hadden vermoord, onder wie haar eigen zoon, waarschijnlijk.'

Jérôme keek zijn vrouw aan, keek haar in de hem zo vertrouwde ogen. Hij wilde niet afglijden naar een wereld waarin zulke dingen mogelijk waren. Hij zag dat Thérèse bijna opgelucht was. Ze leek te denken dat het einde in zicht was. Dat het ergste voorbij was.

Maar Jérôme wist dat het ergste nog moest komen. En dat het einde nog lang niet in zicht was.

‘Wat heeft Armand toen gedaan?’

Hij zag Clara naar de keuken lopen en Olivier kwam naar hen toe, maar hij bleef zijn vrouw aankijken.

Ze boog zich naar haar toe en fluisterde vlak voordat Olivier er was: ‘Hij geloofde haar.’

22

'Eten!' riep Clara.

Ze hadden de dvd helemaal af gekeken. Na de beelden van de NFB en de journaals waren er nog wat korte filmpjes over de vijfling geweest. Hun eerste communie, een ontmoeting met de jonge koningin, een kniebuiging voor de premier.

Tegelijk, natuurlijk. En de voorname man lachte verrukt.

Het was vreemd, dacht Clara terwijl ze het eten uit de oven haalde, om iemand die ze alleen als oude vrouw had gekend als baby te zien. En het was nog vreemder om haar te zien opgroeien. Om zo veel van haar te zien, en zo velen.

Eerst was het leuk geweest om al die filmpjes achter elkaar te zien, maar op een gegeven moment was het zorgwekkend en uiteindelijk verschrikkelijk geworden. En het werd er nog vreemder op doordat ze niet wist wie van de vijf Constance was. Ze waren het allemaal en ook weer niet.

Er kwam abrupt een einde aan de filmpjes toen de meisjes tegen de twintig liepen.

'Kan ik helpen?' vroeg Myrna, die het warme brood van Clara overnam.

'Wat vond je van de filmpjes?' vroeg Clara toen ze de stukken stokbrood die Myrna had gesneden in een mand deed. Olivier zette de borden op de lange houten tafel en Gabri schepte de dressing door de salade.

Ruth probeerde de kaarsen aan te steken of het huis in lichterlaaie te zetten. Armand was nergens te bekennen, en Thérèse en haar man Jérôme ook niet.

'Ik zie in gedachten steeds dat eerste zusje, Virginie geloof ik, naar de camera kijken.' Myrna hield op met snijden en keek strak voor zich uit.

'Je bedoelt toen ze van haar moeder niet terug naar binnen mocht?' vroeg Clara.

Myrna knikte en bedacht hoe vreemd het was dat toen ze het met Gamache over Constance had gehad, ze de vergelijking van het huis had gebruikt en gezegd had dat Constance zich emotioneel gezien had opgesloten en barricades had opgeworpen.

Wat was erger, vroeg Myrna zich af. Ingesloten zijn, of buitengesloten?

'Ze waren nog zo jong,' zei Clara, en ze nam het mes uit Myrna's uitgestoken hand over. 'Misschien herinnerde Constance het zich niet meer.'

'O, dat herinnerde ze zich vast wel,' zei Myrna. 'Ze moeten het zich allemáál hebben herinnerd. Misschien niet de gebeurtenissen zelf, maar wel hoe het voelde.'

'En ze konden er met niemand over praten,' zei Clara. 'Zelfs niet met hun ouders. Vooral niet met hun ouders. Ik vraag me af wat dat met iemand doet.'

'Ik weet wat dat met je doet.'

Ze draaiden zich om naar Ruth, die nog een lucifer had afgestreken. Ze keek naar de lucifer totdat hij was opgebrand. Vlak voordat hij haar vergeelde nagels schroeide, blies ze hem uit.

'Wat dan?' vroeg Clara. Het was stil in de kamer, alle ogen waren op de oude dichteres gericht.

'Een klein meisje wordt er een oude zeeman van.'

Iedereen zuchtte. Ze hadden gedacht dat Ruth daadwerkelijk het antwoord wist, maar ze hadden beter moeten weten dan wijsheid te verwachten van een dronken oude pyromaan.

'Met een albatros?' vroeg Gamache.

Hij stond bij de deur naar de keuken. Myrna vroeg zich af hoe lang hij daar al stond te luisteren.

Ruth streek nog een lucifer af en Gamache keek in haar vlammende ogen, op zoek naar het verkoolde binnenste.

'Hoezo dat dan?' verbrak Gilles de stilte. 'Een oude zeeman met een tonijn?'

'Dat is een albacore,' zei Olivier.

'Jézus,' zei Ruth geïrriteerd terwijl ze met een polsbeweging het vlammetje doofde. 'Als ik dood ben, zal er helemaal geen cultuur meer voorkomen in jullie gesprekken. Stelletje sukkels.'

'Die zit,' zei Myrna.

Ruth wierp Gamache nog een laatste strenge blik toe en wendde zich toen tot de anderen.

'"The Rime of the Ancient Mariner", "De ballade van de oude zeeman"?' Toen iedereen haar niet-begrijpend aankeek, vervolgde ze: 'Episch gedicht, Coleridge?'

Gilles boog zich naar Olivier toe en fluisterde: 'Ze gaat het toch niet opzeggen, hè? Ik krijg thuis al genoeg poëzie te horen.'

'Goed,' zei Ruth. 'Het werk van Odile wordt altijd verward met dat van Coleridge.'

'Ze rijmen in elk geval allebei,' zei Gabri.

'Niet altijd,' zei Gilles. 'In haar laatste gedicht moest "raap" rijmen op "koeienstal".'

Ruth zuchtte zo diep dat haar nieuwe vlammetje werd uitgeblazen.

'Oké, ik geef het op,' zei Olivier. 'Waarom doet dit je aan *De ballade van de oude zeeman* denken?'

Ruth keek de kring rond. 'Jullie gaan me toch niet vertellen dat Clouseau en ik de enigen zijn die een klassieke opleiding hebben genoten?'

'Wacht eens even,' zei Gabri. 'Ik weet het. Heeft de oude zeeman niet samen met Ellen DeGeneres Nemo uit een aquarium in Australië gered?'

'Dat was de Kleine Zeemeermin, geloof ik,' zei Clara.

'Echt?' zei Gabri tegen haar. 'Want ik herinner me...'

'O, hou op!' Ruth maande hen tot stilte. 'De oude zeeman droeg zijn geheim als een dode albatros om zijn nek. En hij wist dat hij er alleen vanaf kon komen door het aan anderen te vertellen. De last delen. Dus hield hij een vreemde staande, iemand die te gast was op een bruiloft, en vertelde hem alles.'

'En wat was zijn geheim?' vroeg Gilles.

'De zeeman had een albatros gedood op zee,' zei Gamache, die de keuken in liep en de mand met brood op tafel zette. 'Als gevolg van die wrede daad nam God de zielen van de rest van de bemanning.'

'Jeez,' zei Gilles. 'Ik hou niet van jagen, maar was dat niet een beetje een overdreven reactie?'

'Alleen de oude zeeman werd gespaard,' zei Gamache. 'Om erover te piekeren. Toen hij uiteindelijk gered werd, besefte hij dat hij alleen vrij kon zijn als hij erover praatte.'

'Over de dood van een vogel?' vroeg Gilles, die het nog steeds niet snapte.

'Over de dood van een onschuldig wezen,' zei Gamache. 'En het feit dat hij die op zijn geweten had.'

'Je zou denken dat God zich dan ook had moeten verantwoorden voor het afslachten van de rest van de bemanning,' opperde Gilles.

'Ach, hou toch je kop,' zei Ruth. 'De oude zeeman had de vloek zelf over zichzelf en de rest van de bemanning afgeroepen. Het was zijn schuld, en dat moest hij toegeven of de last de rest van zijn leven met zich meedragen. Snap je?'

'Ik vind het nog steeds raar,' mompelde Gilles.

'Als je dat al moeilijk vindt, probeer dan "The Faerie Queene" maar eens,' zei Myrna.

'"The Fairy Queen"?' vroeg Gabri hoopvol. 'Dat klinkt als een fijn verhaaltje voor het slapengaan.'

Ze gingen aan tafel zitten, waarbij de gasten hun best deden om niet naast Ruth te hoeven zitten. Of de eend.

Gamache verloor.

Of misschien deed hij niet mee.

Of misschien had hij gewonnen.

'Denk je dat Constance een albatros om haar nek had?' vroeg hij aan Ruth terwijl hij wat kip en dumplings op haar bord schepte.

'Ironisch, vind je niet?' vroeg Ruth zonder hem te bedanken. 'Om het over het doden van een onschuldige vogel te hebben terwijl we kip zitten te eten?'

Gabri en Clara legden hun vork neer. De anderen deden of ze niets hadden gehoord. Het eten was per slot van rekening ontzettend lekker.

'Wat was die albatros van Constance dan?' vroeg Olivier.

'Dat moet je mij niet vragen, sufkop. Hoe moet ik dat weten?'

'Maar je denkt wel dat Constance een geheim had?' drong Myrna aan. 'Iets waar ze zich schuldig over voelde?'

'Moet je horen.' Ruth legde haar bestek neer en keek naar Myrna. 'Als ik een waarzegster was, wat zou ik dan tegen de mensen zegen? Ik zou iemand in de ogen kijken en zeggen...' Ze draaide zich naar Gamache en wiebelde met haar knokige vingers voor zijn geamuseerde gezicht. Ze zette een vaag Oost-Europees accent op, dempte haar stem en zei: 'Je draagt een zware last met je mee. Een geheim. Iets wat je niemand verteld hebt. Je hart breekt, maar je moet het loslaten.'

Ruth liet haar handen zakken maar bleef Gamache in de ogen kijken. Zijn gezicht was uitdrukkingsloos, maar hij werd plotseling heel stil.

'Wie heeft er nou geen geheim?' vroeg Ruth zacht aan de hoofdinspecteur.

'Je hebt natuurlijk gelijk,' zei Gamache, waarna hij een hap van de heerlijke ovenschotel nam. 'Iedereen heeft geheimen. En meestal nemen we die mee het graf in.'

'Maar sommige geheimen zijn groter dan andere,' zei de oude dichteres. 'Sommige vallen ons zo zwaar dat we eronder gebukt gaan. En in plaats van dat we ze mee het graf in nemen, komt het graf naar ons toe.'

'Denk je dat dat met Constance is gebeurd?' vroeg Myrna.

Ruth bleef nog een moment in de bedachtzame bruine ogen van Gamache kijken en wendde toen haar blik af.

'Denk jij van niet, Myrna?'

Wat nog angstaanjagender was dan die gedachte, was dat Ruth Myrna bij haar naam had genoemd. De plotseling verdacht nuchtere dichteres was zo ernstig dat ze vergat om Myrna's naam te vergeten.

'Wat denk jij dat haar geheim was?' vroeg Olivier.

'Dat ze een travestiet was, denk ik,' zei Ruth, zo serieus dat Olivier zijn wenkbrauwen optrok. Toen liet hij ze snel weer zakken en keek gebelgd. Gabri zat naast hem te lachen.

'Dus toch een Fairy Queen,' zei hij.

'Hoe moet ik in godsnaam weten wat haar geheim was?' zei Ruth.

Gamache keek naar de andere kant van de tafel. Hij vermoedde dat Myrna de bruiloftsgast was. De persoon aan wie Constance Ouellet alles had willen vertellen. Maar daar had ze de kans niet voor gekregen.

Gamache kreeg steeds meer het vermoeden dat het geen toeval was dat Constance Ouellet, de laatste van de vijfling, vermoord was toen ze op het punt had gestaan om terug te gaan naar Three Pines.

Iemand wilde voorkomen dat ze erheen zou gaan.

Iemand wilde voorkomen dat ze haar geheim zou opbiechten.

Maar toen schoot Gamache nog iets anders te binnen. Misschien was Myrna niet de enige bruiloftsgast. Misschien had Constance haar geheim ook aan iemand anders toevertrouwd.

De rest van de maaltijd werd er gepraat over de plannen voor de kerstvakantie, het menu en het op handen zijnde concert.

Iedereen, op Ruth na, hielp met afruimen terwijl Gabri de trifle van Olivier uit de koelkast haalde, met de lagen lange vingers, custard, verse slagroom en jam met brandy.

'*The love that dare not speak its name,*' fluisterde Gabri, die de schaal tegen zich aan drukte.

'Hoeveel calorieën zitten daarin, denk je?' vroeg Clara.

'Dat wil je niet weten,' zei Olivier.

'Zeg het dan maar niet,' zei Myrna.

Na het eten, toen de tafel was afgeruimd en de afwas gedaan, namen de gasten afscheid. Ze trokken hun dikke jassen aan en zochten naar hun laarzen tussen alle andere in de hal.

Plotseling voelde Gamache een hand op zijn elleboog, en hij werd door Gilles een hoek van de keuken in getrokken.

'Ik denk dat ik weet hoe ik een internetverbinding kan krijgen.' De ogen van de bosbouwer schitterden.

'Echt?' vroeg Gamache, die het nauwelijks durfde te geloven. 'Hoe dan?'

'Er is daar al een toren. Een die jij kent.'

Gamache keek de man verbaasd aan. 'Een toren die ik ken? Dan zouden we hem toch moeten kunnen zien, non?'

'Nee, dat is het mooie ervan,' zei Gilles, opgewonden nu. 'Hij is vrijwel onzichtbaar. Je kunt hem zelfs nauwelijks zien als je eronder staat.'

Gamache was niet overtuigd. Hij kende de bossen in de omgeving. Misschien niet zo goed als Gilles, maar goed genoeg. En hij kon niets bedenken.

'Zeg het nou maar gewoon,' zei de hoofdinspecteur. 'Waar heb je het over?'

'Toen Ruth het over het doden van die vogel had, dacht ik aan de jacht. En dat deed me denken aan de uitkijkpost.'

De hoofdinspecteur keek stomverbaasd. Merde, dacht hij. De uitkijkpost. Dat houten platform hoog boven in een boom in het bos. Het bestond uit een plateau met een houten hek eromheen, gebouwd door jagers om lekker te kunnen zitten terwijl ze wachtten tot er een hert voorbijkwam. Dan schoten ze het neer. Het moderne equivalent van de oude zeeman in zijn kraaiennest.

Beschamend voor een man die zo veel doden had gezien.

Maar vandaag zou de post iets goed kunnen maken.

'De uitkijkpost,' fluisterde Gamache. Hij had er zelfs ooit op gezeten, de eerste keer in Three Pines, toen hij de moord op Jane Neal onderzocht, maar hij had er al die jaren niet aan gedacht. 'Zou dat werken?'

'Ik denk het wel. Hij is niet zo hoog als een zendmast, maar de boom staat boven op een heuvel en het platform is stabiel. Daar kunnen we zeker een satellietschotel op bevestigen.'

Gamache wenkte Thérèse en Jérôme.

'Gilles heeft bedacht hoe we ergens hoog een satellietschotel kunnen bevestigen.'

'Hoe dan?' vroegen de Brunels in koor, en Gamache vertelde het hun.

'Zou dat werken?' vroeg Jérôme.

'Dat weten we natuurlijk pas als we het proberen,' zei Gilles, maar hij glimlachte erbij en was duidelijk hoopvol, zo niet vol zelfvertrouwen. 'Wanneer moet hij bevestigd zijn?'

'Vanavond komen de schotel en de andere spullen aan,' zei Gamache, en zowel Thérèse als Jérôme keek hem verrast aan.

Gilles liep met hen mee naar de voordeur. De anderen gingen net weg en zij vieren trokken hun parka's, laarzen en handschoenen aan en zetten hun mutsen op. Ze bedankten Clara en vertrokken.

Gilles bleef bij zijn auto staan. 'Ik kom morgenochtend langs,' zei hij. '*À demain.*'

Ze schudden elkaar de hand en nadat hij was weggereden, wendde Gamache zich tot de Brunels.

'Zouden jullie Henri uit willen laten? Ik wil Ruth even spreken.'

Thérèse nam de riem van hem over. 'Ik zal maar niet vragen waarover.'

'Mooi.'

Sylvain Francoeur keek op van het document dat Tessier had gedownload en keek toen weer naar zijn computer. Ze zaten in de studeerkamer van de hoofdcommissaris, bij hem thuis.

Terwijl zijn baas het rapport las, probeerde Tessier hem te peilen. Maar in alle de jaren dat hij voor de hoofdcommissaris werkte, was hem dat nog nooit gelukt.

De hoofdcommissaris, een knap uitziende man van begin zestig, kon iemand afblaffen met een glimlach op zijn gezicht. Hij kon Chaucer en Kuifje citeren, in beschaafd Frans of plat *joual*. Hij bestelde *poutine* als lunch en foie gras voor het avondeten. Hij was alles. Voor iedereen. Hij was alles en hij was niets.

Maar Francoeur had ook een baas. Iemand aan wie hij verantwoording moest afleggen. Tessier had de hoofdcommissaris ooit één keer met hem samen gezien. De man was natuurlijk niet voorgesteld als de baas van Francoeur, maar Tessier wist het door de manier waarop Francoeur zich gedroeg. 'Kruiperig' was te sterk uitgedrukt, maar Francoeur had zijn uiterste best voor hem gedaan. Hij wilde die man net zo graag behagen als Tessier bij Francoeur in de gunst probeerde te blijven.

Aanvankelijk had Tessier het wel vermakelijk gevonden, maar zijn glimlach was verdwenen toen hij besefte dat er iemand was voor wie de meest angstaanjagende man die hij kende bang was.

Uiteindelijk leunde Francoeur naar achteren en schommelde een beetje heen en weer op zijn stoel.

'Ik moet terug naar mijn gasten. Ik zie dat het goed is gegaan.'

'Het liep gesmeerd.' Tessier bleef uitdrukkingsloos en sprak met neutrale stem. Hij had geleerd een afspiegeling te zijn van zijn baas. 'We waren goed uitgerust en zijn erheen gereden met een ME-busje. Tegen de tijd dat we daar aankwamen, kon Beauvoir nog nauwelijks op zijn benen staan. Ik heb ervoor gezorgd dat het bewijs daarvan in een zakje in zijn jas is beland.'

'Over de details hoef ik niets te weten,' zei Francoeur.

'Het spijt me, meneer.'

Dat was niet, wist Tessier, omdat Francoeur er niet tegen kon, maar omdat het hem gewoon niet kon schelen. Het enige wat hem interesseerde was dat de klus geklaard werd, de rest liet hij aan zijn ondergeschikten over.

'Ik wil dat hij nog een inval doet.'

'Nog een?'

'Heb je daar iets op tegen, inspecteur?'

'Het lijkt me tijdverspilling, meneer. Beauvoir heeft het helemaal gehad. Hij staat wankelend op de rand van de afgrond. Hij is er nog net niet in gevallen, maar dat komt wel. Hij kan niet meer terug en heeft niets om naar terug te gaan. Hij is alles kwijt, en dat weet hij. Een nieuwe inval is niet nodig.'

'O, nee? Denk je dat dit om Beauvoir draait?'

Hij had gewaarschuwd moeten zijn door de kalmte, in elk geval door het glimlachje. Maar inspecteur Tessier had zijn blik afgewend van het gezicht van Francoeur.

'Ik realiseer me dat dit om hoofdinspecteur Gamache draait.'

'O ja?'

'Maar hebt u dit gelezen...' Tessier boog zich naar voren en wees naar het computerscherm. Hij zag niet dat de hoofdcommissaris zijn blik strak op hem gericht hield. Dat hij geen moment zijn ogen afwendde. En nauwelijks knipperde.

'Het verslag van de psycholoog, dokter Fleury. Gamache was zo over zijn toeren dat hij vandaag naar hem toe is geweest. Op zaterdag.'

Hij keek te laat op, regelrecht in de ijzige ogen van Francoeur. 'We hebben dit vanmiddag van de computer van dokter Fleury gehaald.'

Hij hoopte op een teken van goedkeuring. Enige ontdooiing. Een teken van leven. Maar het enige wat hij zag was die doodse blik.

'Hij zegt dat Gamache de controle kwijtraakt. Dat hij waanbeelden heeft, zelfs. Ziet u?' Maar op het moment dat hij het zei, had hij zich wel voor zijn kop kunnen schieten. Francoeur zag alles, hij was iedereen tien stappen voor. En dat was waarom ze op het punt stonden succes te boeken.

Er waren een paar onverwachte tegenslagen geweest. Een daarvan was de inval in de fabriek. En het plan van de stuwdam was ontdekt. Weer Gamache.

Maar dat maakte dit verslag juist extra gunstig. De hoofdcommissaris zou blij moeten zijn. Waarom keek hij dan zo? Tessier voelde zijn bloed stollen en zijn hart bonzen.

'Als Gamache ooit probeert het openbaar te maken, kunnen we het verslag van zijn psycholoog laten uitlekken. Dan kan hij zijn geloofwaardigheid wel vergeten. Niemand gelooft een man die...' Tessier keek naar het verslag, naarstig zoekend naar die ene perfecte zin. Toen hij hem had gevonden, las hij voor: '*... lijdt aan achtervolgingswaanzin. Ziet overal samenzweringen en complotten.*'

Tessier las snel verder, in een poging een muur van geruststellende woorden te vormen tussen hemzelf en Francoeur.

'*Hoofdinspecteur Gamache is niet zomaar een gebroken man,*' las hij, '*maar iemand die aan gruzelementen ligt. Na mijn kerstvakantie zal ik aanbevelen dat hij uit zijn functie ontheven wordt.*'

Tessier keek op en zag opnieuw die ijzige blik. Er was niets veranderd. Als de woorden al tot Francoeur waren doorgedrongen, waren ze alleen maar op nog meer ijs gestuit. Een koudere, oudere, eindeloos dikke onderlaag.

'Hij is geïsoleerd,' zei Tessier. 'Inspecteur Lacoste is de enige van zijn oorspronkelijke team die nog over is. De rest is uit vrije wil vertrokken of door u overgeplaatst. Zelfs zijn laatste bondgenoot op hoog niveau, commissaris Brunel, heeft hem in de steek gelaten. Ook zij denkt dat hij waanideeën heeft. We hebben de opnamen van haar kantoor. En Gamache verwijst er hier zelf naar.'

Opnieuw bladerde Tessier door het rapport van de psycholoog. 'Ziet u? Hij geeft toe dat ze naar Vancouver zijn gegaan.'

'Ze zijn misschien weg, maar ze zijn veel te dicht in de buurt gekomen.' Eindelijk zei Francoeur iets. 'De man van Thérèse Brunel bleek meer te zijn dan zomaar een weekendhacker. Hij heeft het bijna door.'

Hij klonk gemoedelijk, wat tegenstrijdig was met zijn ijzige blik.

'Maar niet helemaal,' zei Tessier, in een poging zijn baas gerust te stellen. 'En hij is zich rot geschrokken. Brunel heeft zijn computer uitgezet en hem daarna niet één keer meer aangezet.'

'Hij heeft te veel gezien.'

'Hij heeft geen idee wat hij heeft gezien, meneer. En hij kan er onmogelijk conclusies uit trekken.'

'Gamache wel.'

Nu was het Tessiers beurt om te glimlachen. 'Dokter Brunel heeft niets tegen hem gezegd. En nu zijn de commissaris en hij in Vancouver, zo ver mogelijk van Gamache vandaan. Ze willen niets met hem te maken hebben. Hij staat er alleen voor. Dat heeft hij ook min of meer toegegeven aan de psycholoog.'

‘Waar zit hij op dit moment?’

‘Hij is bezig met het onderzoek naar de moord op een van de vijfling. Hij brengt de meeste tijd door in een of ander dorpje in de buurt van Montréal, en als hij daar niet mee bezig is, wordt hij afgeleid door Beauvoir. Het is te laat. Hij kan er niets meer tegen doen. Bovendien weet hij niet eens wat er op touw is gezet.’

Hoofdcommissaris Francoeur stond op. Langzaam, doelbewust. Hij liep om zijn bureau heen. Tessier kwam omhoog uit zijn stoel, ging staan en wankelde achteruit, steeds verder, totdat hij de boekenkast tegen zijn rug voelde.

Francoeur bleef vlak voor hem staan, zijn blik strak op Tessier gericht.

‘Weet je wat er op het spel staat?’

De jongere man knikte.

‘Weet je wat er gebeurt als dit lukt?’

Opnieuw knikte Tessier.

‘En weet je wat er gebeurt als het níét lukt?’

Het was nooit in Tessier opgekomen dat het fout zou kunnen gaan, maar nu hij erover nadacht, begreep hij wat dat zou betekenen.

‘Wilt u dat ik Gamache het zwijgen opleg, meneer?’

‘Nog niet. Dat leidt tot te veel vragen. Je moet ervoor zorgen dat dokter Brunel en Gamache zo ver mogelijk bij elkaar vandaan blijven. Begrepen?’

‘Yes sir.’

‘Als het ernaar uitziet dat Gamache meer op het spoor komt, moet je hem afleiden. Dat zal niet zo moeilijk zijn.’

Terwijl Tessier naar zijn auto liep, besefte hij dat Francoeur gelijk had. Dat zou niet zo moeilijk zijn. Nog een klein zetje en Beauvoir stortte in de afgrond. En hij zou boven op hoofdinspecteur Gamache terechtkomen.

23

Jérôme en Thérèse wandelden met Henri om de ijsbaan heen. Het was hun tweede rondje. Ze waren diep in gesprek. Het was bitter koud, maar ze hadden behoefte aan frisse lucht.

'Dus Armand zocht uit wat de stamoudste van de Cree hem verteld had,' zei Jérôme. 'En ontdekte dat ze de waarheid sprak. Wat heeft hij toen gedaan?'

'Hij zorgde ervoor dat hij een waterdichte zaak had en is daar toen mee naar de raad gegaan.'

Dat was de raad van politiecommissarissen, wist Jérôme. De leiding van de Sûreté. Thérèse zat nu ook in de raad, maar destijds was ze een gewone agent geweest, een rekruut, zich niet bewust van de dreun die de hele Sûreté zou doen trillen op zijn grondvesten.

Dienstbaarheid, integriteit, rechtvaardigheid. Het motto van de Sûreté.

'Hij wist dat het vrijwel onmogelijk zou zijn om de commissarissen te overtuigen. En als dat al zou lukken, zouden ze Arnot en de reputatie van het korps willen beschermen. Armand benaderde twee leden van de raad van wie hij dacht dat ze hem zouden steunen. De een deed dat inderdaad, maar de ander niet en daarom was hij gedwongen om open kaart te spelen. Hij vroeg om een vergadering van de raad. Inmiddels hadden Arnot en een paar anderen wel een vermoeden waar het om ging. Aanvankelijk weigerden ze.'

'Waardoor veranderden ze van gedachten?' vroeg Jérôme.

'Armand dreigde de zaak openbaar te maken.'

'Dat meen je niet.'

Maar op het moment dat hij dat zei, besefte Jérôme dat het logisch was. Natuurlijk zou Gamache daarmee dreigen. Hij had iets verschrikkelijks ontdekt, iets zwaar belastends, en hij had het gevoel dat hij de leiding van de Sûreté niet langer iets verschuldigd was. Hij was trouw aan Québec, niet aan dat stel oude kerels die rond een glimmende tafel zaten en naar hun eigen spiegelbeeld keken als er een beslissing moest worden genomen.

'Wat gebeurde er op de vergadering?' vroeg Jérôme.

'Arnot en zijn gedeputeerden, degenen tegen wie Armand de meeste bewijzen had, beloofden af te treden. Zij zouden met pensioen gaan, de Sûreté zou zich terugtrekken uit het gebied van de Cree en iedereen zou zijn eigen weg gaan.'

'Armand won,' zei Jérôme.

'Nee. Hij eiste meer.'

De sneeuw knerpte onder hun voeten terwijl ze langzaam hun rondjes liepen in het licht van de drie grote dennen.

'Meer?'

'Hij zei dat dat niet genoeg was. Bij lange na niet. Armand eiste dat Arnot en de anderen zouden worden gearresteerd en worden berecht wegens moord. Zijn argument was dat de jonge Cree die vermoord waren dat verdienden. Dat hun ouders, hun dierbaren en hun gemeenschap recht hadden op antwoorden en een verontschuldiging. En de belofte dat het nooit meer zou gebeuren. Na een bitter debat stemde de raad er uiteindelijk mee in. Ze hadden geen keus. Armand had de bewijzen. Ze wisten dat de Sûreté te gronde gericht zou worden als alles openbaar gemaakt zou worden, als het hoofd van het korps veroordeeld zou worden voor moord.'

Dat was de zaak-Arnot.

Jérôme had die gevolgd, net als de rest van Québec. Het was in zekere zin zijn kennismaking met Gamache geweest. Hij had hem op het journaal gezien, had gezien hoe hij elke dag alleen de rechtszaal binnenkwam. Belaagd door journalisten. Beleefd onbeleefde vragen beantwoordend.

Hij getuigde tegen zijn eigen collega's. Helder. Doortastend. En maakte op zijn bedachtzame, redelijke manier duidelijk wat de feiten waren.

'Maar er is meer,' zei Thérèse zacht. 'Dingen die de krant niet hebben gehaald.'

'Meer?'

'Mag ik een kop thee voor u zetten, madame?' vroeg Gamache aan Ruth.

Ze waren weer in haar keukentje. Ruth had haar jas uitgetrokken en Rosa ingestopt, maar niet aangeboden om de parka van Gamache aan te nemen.

Hij had een zakje lapsang souchong gevonden en hield dat omhoog. Ruth tuurde ernaar.

'Is dat thee? Dat verklaart wel iets...'

Gamache zette water op. 'Heb je een pot?'

'O, ja natuurlijk. Daar.'

Gamache schonk wat water in de pot, bewoog hem even heen en weer en goot hem leeg. Ruth ging onderuitgezakt in een stoel hangen terwijl hij wat losse zwarte thee in de theepot schepte, die vol barsten en aanslag zat.

'Zo, tijd om de albatros van je nek te halen,' zei Ruth.

'Is dat een eufemisme?' vroeg Gamache. Hij hoorde Ruth snuiven.

Hij goot het kokende water op de thee en deed het deksel op de pot. Toen ging hij bij haar aan tafel zitten.

'Waar is Beauvoir?' vroeg Ruth. 'En ga me nou niet vertellen dat hij met een andere zaak bezig is. Wat is er gebeurd?'

'Ik kan niet in details treden,' zei Gamache. 'Dat is niet aan mij.'

'Waarom ben je dan gekomen vanavond?'

'Omdat ik wist dat je je zorgen maakte. En jij geeft ook om hem.'

'Is alles goed met hem?'

Gamache schudde zijn hoofd.

'Zal ik opschenken?' vroeg Ruth, en Gamache glimlachte terwijl ze de thee inschonk.

Ze zaten een poosje zwijgend van hun thee te nippen. Toen vertelde hij wat hij haar kon vertellen. Over Jean-Guy. En hij merkte dat zijn last minder zwaar was geworden.

De Brunels liepen door de sneeuw, en op het ritmisch knerpen van de sneeuw onder hun voeten na was alles stil om hen heen. Wat ooit irritant had geleken, een geluid dat de stilte doorbrak, was nu geruststellend, troostend zelfs. Een menselijke aanwezigheid in dit verhaal van onmenselijkheid.

'De raad van de Sûreté besloot om Pierre Arnot en de anderen niet meteen te arresteren,' zei Thérèse, 'maar om ze een paar dagen de tijd te geven om hun zaakjes op orde te brengen.'

Jérôme dacht even over die woorden na.

'Bedoel je...?'

Thérèse zei niets; ze dwong hem daarmee om het zelf te zeggen.

'... zelfmoord te plegen?'

'Armand was er fel op tegen, maar de raad stemde en zelfs Arnot zag in dat dat de enige uitweg was. Een kogel door het hoofd. De mannen zouden naar een afgelegen jachthut gaan. Later zouden hun lijken – en hun bekentenissen – worden gevonden.'

'Maar...' Jérôme wist weer even niet wat hij moest zeggen en probeerde alles op een rijtje te krijgen. 'Maar er is een proces geweest. Ik heb het zelf gezien. Dat was Arnot toch?'

'Dat klopt.'

'Wat is er dan gebeurd?'

'Armand lapte de orders aan zijn laars. Hij ging naar de jachthut en arresteerde hen. Hij nam ze geboeid mee terug naar Montréal en heeft ze zelf aangeklaagd. Voor moord met voorbedachten rade.'

Thérèse bleef staan. Jérôme bleef staan. Het geruststellende geknerp van de sneeuw hield op.

'Goeie god,' fluisterde Jérôme. 'Geen wonder dat de leiding hem haat.'

'Maar de agenten aanbidden hem,' zei Thérèse. 'In plaats van dat de rechtszaak de Sûreté te schande maakte, wees het proces uit dat er niet alleen corruptie bestaat, maar ook rechtvaardigheid. De corruptie binnen de Sûreté kwam als een schok voor het publiek. Tenminste, de mate waarin die voorkwam. Maar wat de mensen ook verbaasde, was de mate van fatsoen. Hoewel de leiding zich achter de schermen achter Arnot schaarde, koos het merendeel van de Sûreté de kant van de hoofdinspecteur. En de buitenwereld deed dat zéker.'

'Dienstbaarheid, integriteit, rechtvaardigheid,' citeerde Jérôme het motto dat Thérèse thuis boven haar bureau had hangen. Ook zij geloofde erin.

'Oui. Plotseling was het meer dan alleen een motto voor de agenten. De enige vraag die onbeantwoord bleef, was waarom hoofdcommissaris Arnot het gedaan had,' zei Thérèse.

'Heeft Arnot niets gezegd?' vroeg Jérôme terwijl hij strak naar zijn voeten keek, bang om zijn vrouw aan te kijken.

'Hij weigerde te getuigen. Bleef het hele proces lang verkondigen dat hij onschuldig was. Zei dat het een coup was, dat hij gelyncht werd door een op macht beluste, corrupte hoofdinspecteur.'

'Heeft hij nooit verantwoording afgelegd?'

'Hij zei dat er niets te verantwoorden viel.'

'En waar is hij nu?'

'In de *shu*.'

'Pardon?'

'De shu, waar de zwaarste criminelen zitten,' zei Thérèse. Ze keek haar man aan en voor het eerst sinds ze dit gesprek begonnen waren, lachte ze. 'Ik bedoel de Special Handling Unit van de zwaarst beveiligde gevangenis. De SHU.'

'Aha,' zei Jérôme. 'En Francoeur?'

'Die...'

Thérèse Brunel stond op het punt om antwoord te geven, maar hield toen haar mond. Er klonk een geluid. Het kwam hun kant op, vanuit het donker.

Knerp. Knerp. Knerp.

Niet snel, niet langzaam.

Ze bleven staan. Twee oudere mensen, als aan de grond genageld. Jérôme richtte zich op tot zijn volle lengte. Hij tuurde de donkere avond in en deed zijn best om niet te denken dat het noemen van de naam de man zelf had opgeroepen.

Toch bleven de stappen komen. Rustig. Zelfverzekerd.

'Op dat punt ging ik de fout in.'

De stem kwam uit het donker.

'Armand,' zei Thérèse met een nerveus lachje.

'Jezus,' zei Jérôme. 'We hadden bijna het poepzakje nodig.'

'Sorry,' zei de hoofdinspecteur.

'Hoe is het gegaan met madame Zardo?' vroeg Jérôme.

'We hebben gepraat.'

'Waarover?' vroeg Thérèse. 'Over de zaak-Ouellet?'

'Nee.' Gedrieën liepen ze met Henri terug naar het huis van Emilie Longpré. 'Over Jean-Guy. Ze wilde weten wat er gebeurd is.'

Thérèse zweeg. Het was de eerste keer dat Armand de naam Jean-Guy had laten vallen, hoewel ze vermoedde dat hij bijna voortdurend aan hem dacht.

'Ik kon haar niet veel vertellen, maar ik had het gevoel dat ik haar iets verschuldigd was.'

'Waarom?'

'Omdat Jean-Guy en zij een vreselijke hekel aan elkaar gekregen hebben.'

Thérèse glimlachte. 'Dat kan ik me voorstellen.'

Gamache bleef staan en keek naar de Brunels. 'Jullie hadden het over de zaak-Arnot. Waarom?'

Thérèse en Jérôme wisselden een blik. Uiteindelijk gaf Jérôme antwoord.

'Het spijt me, ik had het je meteen moeten zeggen, maar ik was te...'

Bang, geef het maar toe. Bang.

'... bang,' zei hij. 'Tijdens mijn laatste zoektocht kwam ik zijn naam tegen. Diep verborgen in een bestand.'

'Over de moorden op het terrein van de Cree?' vroeg Gamache.

'Nee, een recenter bestand.'

'En daar heb je niets over gezegd?' Armands stem was helder en kalm en donker als de nacht.

'Ik zag zijn naam vlak voordat we hierheen kwamen. Ik dacht dat het voorbij was. Dat we hier een poosje zouden blijven en ons koest zouden houden, zodat Francoeur en de anderen zouden denken dat we geen bedreiging vormden.'

'En daarna?' vroeg Gamache. Hij was niet boos, alleen benieuwd. Begripvol, zelfs. Hoe vaak had hij dat zelf niet willen doen? Zijn ontslag indienen en weggaan? Hij zou met Reine-Marie een huisje in Saint-Paul de Vence kopen, in Frankrijk. Ver weg van Québec. Van Francoeur.

Hij had immers genoeg gedaan, zeker weten. En Reine-Marie had genoeg gedaan.

Nu was de beurt aan een ander.

Maar dat was niet zo. Het was nog steeds zijn beurt.

Bovendien had hij de Brunels erbij betrokken. En zij konden zich op dit moment net zomin als hij van die last ontdoen.

'Het was een dwaze droom,' gaf Jérôme vermoeid toe. 'Wishful thinking.'

'Wat stond er in het bestand over Pierre Arnot?' vroeg Gamache.

'Ik heb de kans niet gekregen het te lezen.'

Zelfs in het donker voelde Jérôme dat Gamache hem onderzoekend aankeek.

'En Francoeur?' vroeg de hoofdinspecteur. 'Stond zijn naam er ook in?'

'Alleen verwijzingen naar hem,' zei Jérôme. 'Als ik internet op kan, kan ik verder zoeken.'

Gamache knikte naar de weg. Een voertuig reed langzaam om de ijsbaan heen en stopte vlak voor hen. Het was een oude, roestige pick-up met slechte winterbanden. De portier ging piepend open en de chauffeur stapte uit. Of het een man of een vrouw was, was niet te zien.

Henri, die bijna nooit iets liet horen, gromde diep.

'Nou maar hopen dat het de moeite waard is,' zei een stem. Een vrouw. Kribbig. Jong.

Thérèse Brunel draaide zich om naar Gamache.

'Dat meen je niet,' fluisterde ze.

'Ik moest wel, Thérèse.'

'Je had net zo goed een pistool in onze monden kunnen steken,' zei ze. 'Dat was minder pijnlijk geweest.'

Ze pakte de hoofdinspecteur bij zijn arm, trok hem een paar stappen bij de Chevrolet vandaan en fluisterde nijdig: 'Je weet toch wel dat we haar ervan verdenken voor Francoeur te werken? Dat ze betrokken was bij het lek van dat filmpje van de inval? Ze had er de ideale positie voor. Ze had toegang tot de apparatuur en de benodigde de kennis en de juiste persoonlijkheid.' Thérèse wierp een blik op de gestalte die een donker silhouet creëerde tegen de lichte achtergrond van de vrolijke kerstverlichting. 'Ze werkt vrijwel zeker samen met Francoeur. Wat heb je gedaan, Armand?'

‘Ik moest het risico nemen,’ zei hij. ‘Als ze voor Francoeur werkt, zijn we er geweest. Ze mag dan een van de weinige mensen zijn die het filmpje naar buiten had kunnen brengen, ze is ook een van de mensen die een internetverbinding voor ons kan regelen.’

De twee hooggeplaatste Sûreté-agenten keken elkaar geïrriteerd aan.

‘Dat weet je best, Thérèse,’ drong Gamache aan. ‘Ik kon niet anders.’

‘Je kon wél anders, Armand,’ siste Thérèse. ‘Je had mij bijvoorbeeld om mijn mening kunnen vragen. Ons.’

‘Jullie hebben niet met haar gewerkt, ik wel,’ zei Gamache.

‘En jij hebt goede mensenkennis, Armand? Is dat het? Is Jean-Guy daarom waar hij is? Hebben al je agenten je daarom verlaten? Is dat waarom we ons hier schuilhouden en waarom onze enige hoop een van je voormalige agenten is, iemand van wie je niet eens weet of ze te vertrouwen is?’

Een stilte hing tussen hen in. Gamache ademde langzaam uit, zijn adem leek net stoom.

‘Excuseer me,’ zei hij uiteindelijk, en hij liep langs Thérèse Brunel heen naar de weg.

‘Kan ik helpen?’ vroeg Jérôme een beetje ongemakkelijk. Hij had gehoord wat Thérèse had gezegd. En hij vermoedde dat de jonge vrouw het ook had gehoord.

‘Ga naar binnen, Jérôme,’ zei Gamache. ‘Dit los ik op.’

‘Ze meende het niet, hoor.’

‘Ze meende het wel,’ zei Gamache. ‘En ze had gelijk.’

Toen de Brunels naar binnen waren gegaan, wendde hij zich tot de nieuwkomer.

‘Heb je dat gehoord?’

‘Zeker weten. Verdomd paranoïde.’

‘Zulke taal wil ik hier niet horen, agent Nichol. Je toont respect voor mij en meneer en mevrouw Brunel.’

‘Dus dat is wie dat is,’ zei ze, terwijl ze het donker in tuurde. ‘Commissaris Brunel. Kon ik niet zien. Heftig gezelschap. Ze moet me niet.’

‘Ze vertrouwt je niet.’

‘En u, meneer?’

‘Ik heb je gevraagd hierheen te komen.’

‘Ja, maar u moest wel.’

Het was te donker om haar gezicht te kunnen zien, maar Gamache wist zeker dat ze grijnsde. En hij vroeg zich af of hij inderdaad een grote fout had begaan.

24

De volgende ochtend gingen ze met z'n vieren aan de slag om de apparatuur die agent Nichol uit Montréal had meegebracht te installeren. Ze droegen alles van het huis van Emilie de heuvel op naar het oude schooltje.

Olivier had Gamache de sleutel gegeven, maar had geen vragen gesteld. En Gamache had geen uitleg gegeven. Toen hij de deur openmaakte, kwam hun een vlaag muffe lucht tegemoet, alsof het één lokaal tellende schooltje al die jaren zijn adem had ingehouden. Het was er stoffig en het rook er nog naar schoolboeken en krijt. Binnen was het ijskoud. Midden in de ruimte stond een zwarte potkachel en aan de muren hingen kaarten en grafieken. Rekenen, biologie, spelling. Vooraan in het lokaal stond het bureau van de juffrouw of onderwijzer, en daarachter hing een enorm schoolbord.

De meeste lessenaars waren verdwenen, maar er stonden nog een paar grotere tafels tegen de muur.

Gamache keek om zich heen en knikte. Dit voldeed.

Gilles kwam ook en hielp met het dragen van kabels, systeemkasten, beeldschermen en toetsenborden.

'Best oude spullen,' zei hij. 'Weet je zeker dat ze nog werken?'

'Ze werken,' zei Nichol kribbig, waarna ze de man met het grijzende haar onderzoekend aankeek. 'Ik ken u. We hebben elkaar ontmoet toen ik hier de vorige keer was. U praat tegen bomen.'

'Praat hij tegen bomen?' mompelde Thérèse in het voorbijgaan tegen Gamache, toen ze met een doos vol spullen langsliep. 'Twee voltreffers, hoofdinspecteur. Wie is de volgende? Hannibal Lecter?'

Binnen een uur was alle apparatuur overgebracht van het huis van Emilie naar het oude schooltje. Agent Nichol bleek een stuk behulpzamer dan vooral Gamache had durven hopen. Waardoor hij zich alleen maar ongemakkelijker voelde. Ze trok zijn bevelen maar één keer in twijfel.

'Echt?' had ze hem gevraagd toen de hoofdinspecteur haar verteld had wat ze moesten doen. 'Is dat uw plan?'

'Heb je een beter idee, agent Nichol?'

'Installeer de boel in de woonkamer van Emilie Longpré. Dat is veel handiger.'

'Voor jou wel, ja,' legde Gamache haar uit. 'Maar je weet, hoe korter de afstand voor de kabels, hoe beter.'

Ze gaf met tegenzin toe dat daar wat in zat.

De andere reden had hij haar niet gegeven. Als ze ontdekt zouden worden, als hun signaal getraceerd zou worden, als Francoeur, Tessier en anderen plotseling zouden verschijnen, had hij liever dat het doelwit het oude schooltje was, niet een oud huis midden in Three Pines. Het schooltje stond er niet ver vandaan, maar hopelijk ver genoeg.

Als hun missie slaagde, zou dat een kwestie van seconden, van millimeters zijn, vermoedde hij.

'U weet toch wel dat dit waarschijnlijk niet gaat werken?' zei agent Nichol terwijl ze onder het oude bureau kroop.

De school was al jaren niet meer in gebruik. De kinderen van Three Pines konden niet langer naar school lopen en tussen de middag thuis gaan eten. Ze moesten voortaan elke dag met de bus naar Saint-Rémi. Dat was de vooruitgang.

Toen alle apparatuur op z'n plaats stond, ging Gilles ervandoor. Door het vuile raam van het lokaal zag Gamache de man met de rossige baard met zijn sneeuwschoenen in de hand de heuvel op lopen, het dorp uit, op zoek naar de uitkijkpost. Het was lang geleden dat Gilles of Gamache die voor het laatst had gezien, en Gamache hoopte vurig dat hij er nog was.

Even later klonk er metaal op metaal en Gamache draaide zich om naar het lokaal. Commissaris Brunel stopte wat oude kranten en aanmaakhout in de kachel, in een poging hem aan de praat te krijgen. Het schooltje voelde aan als een vrieskist.

Terwijl agent Nichol en Jérôme Brunel hun best deden de apparatuur aan te sluiten, liep hoofdinspecteur Gamache naar een van de kaarten van Québec die aan de muur hingen. Hij glimlachte. Iemand had ten zuiden van Montréal een piepklein rood puntje gezet. Even ten noorden van Vermont. Naast de kronkelende Rivière Bella Bella. Ernaast stond in een keurig handschrift: *thuis*.

Het was de enige kaart waar het dorp Three Pines op stond.

Commissaris Brunel stopte nu houtblokken in de kachel. Gamache hoorde het knetteren van het droge hout en rook de licht zoete geur van de rook. Als Thérèse Brunel het vuur gaande hield, zou de houtkachel over niet al te lange tijd warmte afgeven en konden ze hun jassen en handschoenen uittrekken en hun mutsen afzetten. Maar dat zou nog even duren. De winter had het gebouwtje stevig in zijn greep en zou niet makkelijk te verjagen zijn.

Gamache liep naar Thérèse.

'Kan ik je helpen?'

Ze stak nog een blok in de kachel en pookte het vuur op.

'Is er iets?' vroeg hij.

Ze wendde haar blik af van de kachel en keek boos naar de andere kant van het lokaal. Jérôme zat aan het bureau en was bezig met een aantal beeldschermen, toetsenborden en systeemkasten. Onder het bureau was het achterwerk zichtbaar van agent Nichol, die verbindingen zat te maken.

Toen vestigde Thérèse haar blik op Gamache.

'Ja, er is iets. Dit is gekkenwerk, Armand,' zei ze zacht. 'Ook als ze niet voor Francoeur werkt is ze niet te vertrouwen. Dat weet je best. Ze liegt, ze manipuleert. Ze werkte vroeger voor jou en je hebt haar ontslagen.'

'Ik heb haar overgeplaatst, naar die kelder.'

'Je had haar moeten ontslaan.'

'Waarvoor? Omdat ze arrogant was en een grote mond had? Als dat aanleiding was tot ontslag, zouden er niet veel Sûreté-agenten overblijven. Ze is inderdaad niet de makkelijkste, maar moet je haar nou zien.'

Ze keken allebei. Het enige wat ze zagen was haar achterwerk dat in de lucht stak, als van een terriër die een bot begraaft.

'Mmm, misschien niet het beste moment om een oordeel te vellen,' zei Gamache glimlachend, maar Thérèse zag er de lol niet van in. 'Ik heb haar naar de kelder overgeplaatst om haar toezicht te laten houden op de communicatie omdat ik wilde dat ze leerde luisteren.'

'En heeft dat gewerkt?'

'Niet helemaal,' gaf hij toe. 'Maar er is iets anders gebeurd.' Hij keek weer naar agent Nichol. Ze zat inmiddels met gekruiste benen onder het bureau voorzichtig een massa kabels te ontwarren. Met verwarde haren en kleren die haar niet goed pasten. Haar trui pilde en zat te strak, haar broek had een model dat haar niet stond en haar haar was een beetje vet. Maar ze was enorm geconcentreerd bezig.

'Tijdens de vele uren dat agent Nichol daar heeft zitten luisteren, heeft ze ontdekt dat ze goed is in communicatie,' vervolgde Gamache. 'Niet verbaal, maar elektronisch. Ze is urenlang in de weer geweest om allerlei technieken voor het verzamelen van informatie te verfijnen.'

'Spionage.' Thérèse verfijnde zijn mededeling. 'Hacken. Je beseft toch wel dat dat juist kan betekenen dat ze voor Francoeur werkt?'

'Oui,' zei hij. 'We zullen zien. Ze werd verdacht door de afdeling Cybercriminaliteit, wist je dat?'

'En toen?'

'Ze lieten de verdenking vallen omdat ze haar niet stabiel genoeg vonden. Ik geloof niet dat Francoeur zou samenwerken met iemand die hij niet onder de duim kan houden.'

'Dus heb je haar hierheen laten komen?'

'Niet als gevatte collega, maar juist daarom.'

Hij wees met een blok haardhout in de richting van agent Nichol, en commissaris Brunel volgde zijn hand met haar blik. De ongemakkelijk uitziende jonge agent zat nog steeds onder het bureau en was ijverig bezig om in stilte de chaos van kabels, snoeren en systeemkasten te ontwarren en op een nette manier te verbinden.

Thérèse richtte zich weer op Gamache, haar blik strak. 'Agent Yvette Nichol mag dan goed zijn in haar werk, maar mijn vraag, de vraag die jij kennelijk niet gesteld hebt, is: wat is haar werk? Haar echte werk?'

Daar had hoofdinspecteur Gamache geen antwoord op.

'We weten allebei dat ze waarschijnlijk voor Francoeur werkt. Hij heeft haar de opdracht gegeven en zij heeft die uitgevoerd. Ze heeft het filmpje gevonden, het bewerkt en op internet gezet. Uit rancune. Je bent niet bij iedereen zo geliefd, moet je weten.'

Gamache knikte. 'Die indruk had ik ook al.'

Thérèse glimlachte weer niet. 'De eigenschappen die jij in haar ziet, ziet Francoeur ook. Met één uitzondering.' Commissaris Brunel boog zich naar de hoofdinspecteur toe en ging zachter praten. Hij rook haar verfijnde eau de toilette en het vleugje munt in haar adem. 'Hij weet dat ze een psychopaat is. Gewetenloos. Ze zal alles doen zolang ze er lol in heeft. Of als het iemand anders pijn doet. Vooral jou. Sylvain Francoeur ziet dat. Hij cultiveert het. Maakt er gebruik van. En wat zie jij?'

Ze keken allebei naar de bleke jonge vrouw die een kabel omhooghield, met ongeveer dezelfde uitdrukking als Ruth toen ze de avond ervoor naar een vlam had staan kijken.

'Jij ziet weer een verloren ziel die gered moet worden. Jij hebt je beslissing genomen en haar hierheen gehaald zonder ons te raadplegen. Eenzijdig. Jouw overmoed zou ons best eens de kop...'

Thérèse Brunel maakte haar zin niet af. Dat hoefde ook niet. Ze wisten allebei wat de prijs was die ze misschien zouden moeten betalen.

Ze sloeg het smeedijzeren deurtje van de kachel zo hard dicht dat Yvette Nichol ervan schrok en haar hoofd stootte tegen de onderkant van het bureau.

Er kwam meteen een lading vuilspuiterij onder het bureau vandaan, woorden die waarschijnlijk nooit eerder in het schoolgebouwtje te horen geweest waren.

Maar Thérèse hoorde ze niet. En Gamache ook niet. De commissaris was het gebouwtje uit gestormd en had de deur achter zich dichtgeslagen in het gezicht van Gamache, die achter haar aan liep.

'Thérèse,' riep hij. Halverwege het pas geveegde pad haalde hij haar in. 'Wacht even.'

Ze bleef staan, maar met haar rug naar hem toe. Ze kon hem niet in de ogen kijken.

'God sta me bij, Armand, als ik je kon ontslaan, zou ik dat doen.' Ze draaide zich om en ze keek kwader dan hij haar ooit had gezien. 'Je bent arrogant, egoïstisch. Je denkt dat je een mensenkenner bent, maar je hebt zelf net zo veel gebreken als ieder ander. Moet je zien wat je hebt aangericht.'

'Het spijt me, Thérèse, ik had met Jérôme en jou moeten overleggen.'

'Waarom heb je dat niet gedaan?'

Daar dacht hij even over na. 'Omdat ik bang was dat je het zou afwijzen.'

Ze keek hem aan, nog steeds kwaad, maar ze werd van haar stuk gebracht door zijn eerlijkheid.

'Ik weet dat agent Nichol niet stabiel is,' vervolgde hij. 'Ik weet dat ze misschien voor Francoeur werkt en misschien de film heeft laten uitlekken.'

'Jezus, Armand, luister je ook wel eens naar jezelf?' vroeg ze. 'Ik weet het, ik weet het, ik weet het.'

'Wat ik wil zeggen is dat er niets te kiezen viel. Ze werkt misschien voor hem, maar als dat niet zo is, is zij onze enige hoop. Niemand zal haar missen. Er komt geen mens in die kelder. Ze is emotioneel beperkt, ja. Ze is grof en heeft lak aan gezag, maar ze is ook buitengewoon goed in haar werk. Informatie zoeken. Jérôme en zij zullen een fantastisch team vormen.'

'Als ze ons de dood niet injaagt.'

'Oui.'

'En jij dacht dat Jérôme en ik te stom waren om na deze uitleg tot dezelfde conclusie te komen?'

Hij keek haar aan. 'Het spijt me. Ik had het jullie moeten vertellen.'

Hij keek om zich heen, de weg af die het dorp uit leidde. Thérèse volgde zijn blik.

‘Als ze met Francoeur samenwerkt,’ zei ze, ‘is hij onderweg. Dan heeft ze hem verteld dat we samen zijn en waar we mee bezig zijn. En waar hij ons kan vinden. En als ze dat nog niet heeft verteld, zal ze dat ongetwijfeld binnenkort doen.’

Gamache knikte en bleef naar het topje van de heuvel kijken, half in de verwachting daar een reeks zwarte voertuigen tot stilstand te zien komen, als drollen in de witte sneeuw.

Maar er gebeurde niets. Nog niet, in elk geval.

‘We moeten van het ergste uitgaan. Dat hij nu weet dat Jérôme en ik niet in Vancouver zijn,’ zei Thérèse. ‘Dat we je niet in de steek hebben gelaten.’ Ze zag eruit alsof ze zou willen dat ze dat wel had gedaan. ‘Dat we alle drie in Three Pines zijn en nog steeds op zoek zijn naar informatie over hem.’

Ze draaide zich weer naar Gamache en keek hem aan.

‘Hoe kunnen we jou nu vertrouwen, Armand? Hoe weten we dat je niet nog iets zult doen zonder het eerst met ons te overleggen?’

‘Ben ik de enige die informatie heeft achtergehouden?’ vroeg hij, bozer dan hijzelf verwacht had. ‘Pierre Arnot.’

Hij smeet haar de naam zowat toe.

‘Wat is belastender, gevaarlijker?’ vroeg hij. ‘Een agent die misschien met Francoeur samenwerkt of een massamoordenaar? Een psychopatische killer die beter dan wie ook weet hoe de Sûreté te werk gaat? Heeft Arnot hier op de een of andere manier mee te maken?’

Hij keek haar kwaad aan en ze begon te blozen. Ze knikte kort.

‘Dat denkt Jérôme. Hij weet nog niet hoe, maar als ze die zendmast aan de praat krijgen, kunnen ze daarachter komen.’

‘En hoe lang heeft hij die naam voor jou verborgen gehouden? Voor mij? Denk je niet dat het handig zou zijn geweest als je het geweten had?’

Hij ging steeds harder praten en hij moest zijn best doen zijn stem te dempen, om zich te beheersen.

‘Oui,’ zei Thérèse. ‘Dat zou handig zijn geweest.’

Gamache knikte even. ‘Het is gebeurd. Maar zijn fout is geen excuus voor de mijne. Ik zat fout. Ik beloof je dat ik voortaan eerst Jérôme en jou zal raadplegen.’ Hij stak zijn gehandschoende hand naar haar uit. ‘We mogen ons nu niet tegen elkaar keren.’

Ze keek naar zijn hand. Schudde die. Maar ze glimlachte niet terug.

‘Waarom heb je Francoeur niet gearresteerd toen je Arnot en de anderen inrekende?’ vroeg ze, en ze liet zijn hand los.

‘Ik had niet genoeg bewijzen. Ik heb het geprobeerd, maar er waren alleen maar insinuaties. Hij was Arnots rechterhand. Het was ondenkbaar dat Francoeur niet op de een of andere manier te maken had met de moorden op de Cree, of dat hij er op z'n minst van op de hoogte was, maar ik heb geen rechtstreeks verband kunnen vinden.'

'Wel een verband met hoofdcommissaris Arnot?' vroeg Thérèse.

Ze had een gevoelige snaar geraakt. Hoe had de hoofdinspecteur belastende en rechtstreekse bewijzen tegen de hoofdcommissaris kunnen vinden, maar niet tegen zijn rechterhand?

Toen had het hem al dwarsgezeten. Nu zat het hem nog steeds dwars. Nog meer zelfs.

Het leek erop dat hij niet alleen de rotte plekken, maar ook de bron ervan over het hoofd had gezien.

Het leek erop dat iemand Sylvain Francoeur beschermd had. Hem de hand boven het hoofd had gehouden. Maar Arnot was niet beschermd. Iemand had Arnot voor de leeuwen gegooid.

Zou dat kunnen?

'Oui,' zei hij. 'Ze waren moeilijk te vinden, maar er waren bewijzen die Arnot in verband brachten met de moorden.'

'Hij heeft altijd volgehouden dat hij onschuldig is, Armand. Je denkt toch niet...'

'Dat hij echt onschuldig was?' vroeg Gamache hoofdschuddend. 'Nee, geen twijfel over mogelijk.'

Maar, dacht hij bij zichzelf, misschien was Pierre Arnot niet zo schuldig als hij dacht. Of misschien was er iemand die nog meer schuld had. Iemand die nog op vrije voeten was.

'Waarom heeft hoofdcommissaris Arnot het gedaan?' vroeg Thérèse. 'Dat is nooit gebleken. Niet in de rechtszaal en niet uit vertrouwelijke documenten. Hij leek de Cree aan het begin van zijn carrière te respecteren, te bewonderen zelfs. En dertig jaar later was hij betrokken bij de moorden op hen. Ogenschijnlijk redeloze moorden.'

'Nou ja, hij heeft zelf niemand gedood, zoals je weet,' zei Gamache. 'Maar hij heeft wel een klimaat gecreëerd waarin dodelijk geweld werd aangemoedigd. Beloond zelfs.'

'Hij heeft meer gedaan dan dat, zoals jouw onderzoek heeft uitgewezen,' zei Thérèse. 'Er waren documenten die aantoonden dat hij de moorden heeft aangemoedigd, soms zelfs opdracht heeft gegeven. Dat staat onomstotelijk vast. Maar wat nooit duidelijk is geworden, is waarom een hooggeplaatst, schijnbaar uitstekend politieman zoiets zou doen.'

'Inderdaad,' zei Gamache. 'Uit het bewijsmateriaal blijkt dat de jongemannen die vermoord zijn niet eens criminelen waren. Integendeel. De meesten hadden niet eens een strafblad.'

Waarom zou je op een plek waar veel misdaad was mensen vermoorden die niets misdaan hadden?

'Ik moet naar Arnot,' zei Gamache.

'In de SHU? Dat kan niet. Dan weten ze dat we zijn naam zijn tegengekomen in onze zoektocht.' Ze keek hem onderzoekend aan. 'Dat is een bevel, hoofdinspecteur. Je gaat er niet heen. Begrepen?'

'Begrepen. Ik zal het niet doen.'

Toch bleef ze hem aankijken. Dat doorleefde, gehavende gezicht. Ze zag dat hij koortsachtig nadacht. Niet alleen haar echtgenoot en die schrikbarend jonge agent waren bezig verbanden te leggen, Gamache deed dat ook. Maar dan in gedachten. Hij doorzocht oude dossiers, zocht naar namen, gebeurtenissen. Op zoek naar een verband dat hij gemist had.

Er verscheen een man op de top van de heuvel. Hij zwaaide.

Het was Gilles en hij leek opgetogen.

'Hier is ze dan.'

Gilles legde zijn hand op de ruwe bast van de boom. Ze stonden in het bos boven het dorp. Hij had voor iedereen sneeuwschoenen meegebracht, zodat Thérèse, Jérôme, agent Nichol en Gamache naast hem maar een paar centimeter wegzakten in de sneeuw.

'Is ze niet schitterend?'

Ze legden hun hoofd in hun nek, waarbij Jérômes wollen puntmuts afviel.

'Ze?' vroeg agent Nichol.

Gilles negeerde de sarcastische ondertoon. 'Ze, ja,' bevestigde hij.

'Hoe zou hij in godsnaam tot die conclusie zijn gekomen?' vroeg agent Nichol, niet al te zacht. Gamache keek haar streng aan.

'Ze is minstens dertig meter hoog. Een weymouthden. Oeroud,' vervolgde Gilles. 'Honderden jaren oud. Er staat er een in de staat New York waarvan ze denken dat hij bijna vijfhonderd jaar oud is. De drie weymouthdennen in het dorp hebben tijdens de Amerikaanse Revolutie misschien de eerste loyalisten nog zien langskomen. En deze...' Hij draaide zich om naar de boom en duwde zijn neus tegen de gevlekte schors, zijn woorden warm en zacht tegen de boom. '... dit was waarschijnlijk nog een jong boompje toen de eerste Europeanen arriveerden.'

De bosbouwer keek hen aan; er zaten stukjes schors aan het puntje van zijn neus en in zijn baard. 'Weten jullie hoe de inboorlingen de weymouthden noemden?'

'Ethel?' vroeg agent Nichol.

'De boom van de vrede.'

'En wat doen wij hier?' vroeg agent Nichol.

Gilles wees en ze keken opnieuw omhoog. Deze keer viel de muts van Gamaches hoofd toen hij het in zijn nek legde. Hij raapte hem op en sloeg hem tegen zijn been om de zachte sneeuw eraf te kloppen.

Daar, zes meter hoog in de boom van de vrede, was de uitkijkpost. Gemaakt voor geweld. Hij was krakkemikkig en verrot, alsof de boom hem strafte.

Maar hij was er wel.

'Wat kunnen we doen om te helpen?' vroeg Gamache.

'Jullie kunnen me helpen om de satellietschotel naar boven te zeulen,' zei Gilles.

Gamache trok wit weg.

'Zo te zien hebben we een antwoord op dat verzoek,' zei Jérôme. 'En je gaat geen kabels leggen.'

Gamache schudde zijn hoofd.

'Dan stel ik voor dat Thérèse en jij ons niet voor de voeten lopen,' zei Jérôme.

'Verbannen naar de bistro,' zei Gamache, en nu glimlachte Thérèse Brunel wel.

25

Er werden mokken dampende appelcider voor Thérèse Brunel en de hoofdinspecteur neergezet.

Clara, die met een vriendin bij het haardvuur zat, wenkte hen, maar na Clara voor het etentje van de avond ervoor te hebben bedankt, gingen de Sûreté-agenten in de leunstoelen in de erker zitten. Daar was het relatief rustig.

De ruitjes waren licht berijpt, maar het dorp was nog steeds goed zichtbaar en even zaten de twee in ongemakkelijk stilzwijgen naar buiten te kijken. Thérèse roerde met haar kaneelstokje in de cider en nam een slok.

Het smaakte naar Kerstmis, naar schaatsen en lange wintermiddagen op het platteland. Jérôme en zij dronken in Montréal nooit cider, en ze vroeg zich af waarom niet.

'Komt het goed, Armand?' vroeg ze uiteindelijk. Er klonk geen behoeftigheid, geen angst door in haar stem. Die was helder en krachtig. Nieuwsgierig.

Hij roerde ook in zijn cider. Toen hij opkeek, hield hij haar blik vast, en ze verwonderde zich weer over de kalmte in de zijne. En over iets anders. Iets wat ze voor het eerst in die volle collegezaal had gezien, jaren geleden.

Zelfs halverwege de zaal had ze de vriendelijkheid in zijn ogen kunnen zien. Een eigenschap die sommigen, tot hun spijt, voor zwakheid hadden aangezien.

Maar hij was niet alleen maar vriendelijk. Armand Gamache had de persoonlijkheid van een scherpschutter. Hij keek, wachtte en richtte zorgvuldig. Hij schoot bijna nooit, niet letterlijk en niet figuurlijk, maar als hij het deed, miste hij bijna nooit.

Maar tien jaar geleden was dat wel gebeurd. Hij had Arnot geraakt, maar Francoeur niet.

En nu had Francoeur een leger verzameld en was hij iets afschuwelijks van plan. De vraag was: kon Gamache hem deze keer wel neerhalen? Zou hij deze keer zijn doel raken?

'Oui, Thérèse,' zei hij nu, en er vormden zich wat rimpeltjes rond zijn ogen. '*All shall be well.*'

'Juliana van Norwich,' zei ze. Ze herkende de uitspraak. *All shall be well.*

Door het berijpte raam zag ze Gilles en agent Nichol apparatuur de heuvel op dragen, het bos in. Commissaris Brunel richtte haar blik weer op haar metgezel en zag het wapen en de holster aan zijn riem. Armand Gamache zou doen wat nodig was, maar niet voordat het nodig was.

'Alles komt goed,' zei ze, en ze ging verder met lezen.

Gamache had haar de documenten over de Ouellet-vijfling gegeven die hij in de Bibliothèque Nationale had gevonden, met de opmerking dat hem na het zien van de filmpjes de avond ervoor iets dwarszat.

'Eén ding maar?' had Thérèse gevraagd. Ze had de dvd die ochtend bekeken op een oude laptop die agent Nichol had meegebracht. 'Die arme meisjes. Ik was vroeger jaloers op ze. Ieder meisje wilde óf een van de vijfling zijn, óf de jonge prinses Elizabeth.'

En ze gingen zitten lezen, commissaris Brunel in het dossier over de meisjes, hoofdinspecteur Gamache in het boek van dokter Bernard. Een uur later legde Thérèse het dossier neer.

'En?' vroeg Gamache, die zijn leesbril afzette.

'Er staat veel in wat de ouders in een kwaad daglicht stelt,' zei ze.

'Hier ook in,' zei Gamache, en hij legde zijn grote hand op het boek. 'Is je iets opgevallen?'

'Eigenlijk wel ja, het huis.'

'Ga door.'

Ze zag aan zijn gezicht dat het hetzelfde was als wat hem dwarszat.

'De documenten tonen aan dat Isidore Ouellet de boerderij kort na de geboorte van de vijfling aan de overheid heeft verkocht. Met enorme winst. Voor veel meer dan het huis waard was.'

'In wezen is er dus betaald voor de meisjes,' zei de hoofdinspecteur.

'De regering van Québec zou hen onder bescherming van de staat stellen, en de Ouellets konden rustig verder leven, zonder de last van al die mondjes die ze niet konden voeden.' Thérèse legde vol afschuw de bruine envelop op tafel. 'Ze suggereren dat de Ouellets te arm en te dom waren om de vijfling groot te brengen, en dat de meisjes uiteindelijk toch door de Kinderbescherming bij hen zouden zijn weggehaald.'

Gamache knikte. Wat niet in de documenten stond, was dat er een grote economische crisis heerste, zodat elk gezin het moeilijk had. Maar toch werd gesuggereerd dat hun benarde toestand puur hun eigen schuld was. En de liefdadige overheid zou hen en hun dochters wel redden.

'Ze bewezen de Ouellets een dienst,' zei Gamache. 'Ze kochten hun last.

Madame Ouellet had met het baren van de vijfling gezorgd voor een manier om aan de crisis te ontsnappen. Zoiets staat ook in het boek van dokter Bernard. In bedekte termen, natuurlijk. Niemand wilde de ouders openlijk bekritiseren, maar het beeld van de onwetende boer uit Québec was in die dagen niet moeilijk te verkopen.'

'Alleen hebben ze er helemaal niet van geprofiteerd,' zei Thérèse. 'Niet volgens de film, althans. Die *bénédiction paternelle* vond plaats toen de meisjes bijna tien waren en de Ouellets nog in hun oude huis woonden. Ze hadden het niet verkocht.'

Gamache tikte met zijn bril op de bruine envelop. 'Dit is een leugen. De officiële documenten zijn vervalst.'

'Waarom?'

'Om het echtpaar Ouellet in een kwaad daglicht te stellen, voor het geval ze de zaak ooit openbaar zouden maken.'

Plotseling werd er een heel ander licht op de brieven van Isidore Ouellet geworpen. Ze hadden aanvankelijk klagerig, veeleisend en manipulerend geleken, maar bleken gewoon de waarheid te spreken.

De overheid had hen van hun kinderen beroofd. En het echtpaar Ouellet wilde ze terug. Ze waren arm, ja, zoals Ouellet bevestigde, maar ze konden de meisjes bieden wat ze nodig hadden.

Gamache dacht terug aan de oude boerderij, Isidore die de veters van de schaatsen van de meisjes strikte, en de afgetobde Marie-Harriette die hun ieder een muts gaf. Elke muts anders.

En toen had ze er geïrriteerd een buiten beeld gegooid.

Dat had Gamaches aandacht getrokken. Het boze gebaar had de zorgzaamheid van even tevoren overschaduwd, toen ze hen als individuen had behandeld. Ze had voor ieder van hen een eigen muts gebreid. Om ze tegen de harde buitenwereld te beschermen.

'Als je me even wilt excuseren?'

Hij stond op en maakte een klein buiginkje naar haar. Vervolgens trok hij zijn jas aan en ging naar buiten.

Vanuit haar leunstoel zag Thérèse Brunel hem met grote passen over de weg om de ijsbaan heen naar Gabri's bed & breakfast lopen. Daar ging hij naar binnen.

'Ja,' zei inspecteur Lacoste. 'Ik heb het hier.'

Gamache hoorde het tikken op haar toetsenbord. Hij had haar op haar mobiel gebeld en ze bleek thuis te zijn op deze zondagmiddag.

'Dat heb ik zo gevonden.' Haar stem klonk gedempt en in gedachten zag hij haar de telefoon tussen haar schouder en haar oor klemmen, terwijl ze op haar laptop zat te typen. Op zoek naar die ene obscure aanwijzing.

'Geen haast,' zei hij, en hij ging op de rand van het bed zitten. In wat hij als 'zijn' kamer van de bed & breakfast beschouwde. En dat was het nog steeds. Hij had hem aangehouden, ervoor betaald, en er lagen zelfs nog wat spullen van hem.

Voor het geval er iemand naar hem zou komen zoeken.

En steeds als hij naar Montréal of Parijs moest bellen, kwam hij hierheen. Als hij gelijk had, zouden ze getraceerd worden en hij wilde niet dat er iets terug te voeren was naar het huis van Emilie Longpré.

'Hebbes,' zei inspecteur Lacoste. Haar stem werd weer helder terwijl ze las: 'In de kamer van Marguerite lagen... even kijken... twee paar handschoenen. Een paar dikke wanten. Vier sjaals. En ja, hier staat het: twee mutsen. Een warme muts uit de winkel en een zelfgebreide.'

Gamache stond op. 'Zou je de zelfgebreide muts willen beschrijven?'

Hij hield zijn adem in. Inspecteur Lacoste had niet de inventaris voor zich, die lag nog in het huisje. Ze las voor uit de aantekeningen die ze had gemaakt.

'Hij was rood,' las ze. 'En er stonden dennenbomen op. Aan de binnenkant zat een etiketje waar MM op stond.'

'Marie-Marguerite. Verder nog iets?'

'Over de muts? Het spijt me, dat is alles.'

'En de andere slaapkamers? Hadden Constance en Josephine ook zulke zelfgebreide mutsen?'

Even was het stil en Gamache hoorde weer getik.

'Ja. Die van Josephine was groen met sneeuwvlokken erop. Op het etiketje staat MJ. De muts in Constances kamer was er een met rendieren...'

'En een etiket waar MC op stond.'

'Hoe raadt u het?'

Gamache lachte even. Inspecteur Lacoste beschreef ook de andere twee mutsen, die achter in de kast in de hal waren gevonden en waarbij MV en MH op het etiket stond.

Ze waren er allemaal.

'Waarom is dit belangrijk?'

'Misschien is het dat niet, maar hun moeder heeft die mutsen gebreid. Het zijn schijnbaar de enige dingen die ze uit hun kindertijd hebben bewaard. De enige aandenkens.'

Ter herinnering, dacht Gamache, aan hun moeder. Aan iemands kind zijn. Aan een individu zijn.

'Ik heb hier nog iets, patron.'

'Wat dan?'

Hij was zo geconcentreerd op de vondst van de mutsen dat hij niet hoorde dat ze somberder klonk. De waarschuwing voor de klap. Hij stond op om hem op te vangen.

Maar hij was net te laat.

'Inspecteur Beauvoir is opnieuw op pad gestuurd voor een inval. U hebt me thuis getroffen omdat ik de zaak in de gaten moet houden. Een gevaarlijk doelwit.'

Hoofdinspecteur Gamache voelde zijn wangen gloeien en trok wit weg. Alles om hem heen leek te verdwijnen, alsof hij zich plotseling in een ruimte zonder zintuiglijke prikkels bevond. Al zijn zintuigen leken het tegelijkertijd te begeven en hij had het gevoel dat hij zweefde. En toen viel.

Even later begon hij weer te ademen en kwam de wereld om hem heen hard binnen. Alles was plotseling luid, fel, glashelder.

'Ik luister,' zei hij.

Hij zette zich schrap. Zijn rechterhand trilde. Met de andere hand hield hij hem stevig vast.

'Een last-minutebeslissing. Martin Tessier heeft de leiding. Er zijn maar vier agenten bij betrokken, voor zover ik heb begrepen.'

'Wat is het doelwit?' Hij klonk kortaf, bevelend.

'Een amfetaminelab in het zuiden. Afgaand op de route die ze genomen hebben, zou ik zeggen Boucherville.'

Het was even stil.

'Inspecteur?' vroeg Gamache.

'Het spijt me. Het is Brossard. Maar ze hebben de Jacques Cartierbrug genomen.'

'Die brug doet er niet toe,' zei hij geïrriteerd. 'Is de inval al begonnen?'

'Net. Er wordt verzet gepleegd. Er zijn schoten gelost.'

Gamache drukte de telefoon tegen zijn oor, alsof hij daardoor dichterbij kon komen.

'Er is zojuist een ambulance gebeld. Er gaat medische hulp naar binnen. Er is een agent geraakt.'

Inspecteur Lacoste was gewend om verslagen te maken en ze probeerde dit zo feitelijk mogelijk te houden. En slaagde daar bijna in.

'Agent geraakt,' herhaalde ze de zin. Ze had het tientallen malen geschreeuwd toen zowel Gamache als Beauvoir was neergeschoten. In die fabriek.

Agent geraakt.

'Jezus,' hoorde ze aan de andere kant van de lijn. Het klonk eerder als een smeekbede dan als een vloek.

Gamache zag vanuit zijn ooghoek iets bewegen en draaide zich abrupt om. Agent Nichol stond in de deuropening van zijn kamer. De eeuwige grijns op haar gezicht versteende op het moment dat ze het zijne zag.

De hoofdinspecteur keek haar even aan en sloeg toen de deur dicht, met zo'n kracht dat de schilderijen trilden aan de muren.

'Patron?' riep inspecteur Lacoste aan de telefoon. 'Is alles in orde? Wat was dat?'

Het had geklonken als een schot.

'De deur,' zei hij, en hij keerde de deur de rug toe. Door een opening tussen de vitrages voor het raam zag hij diffuus licht. Hij hoorde harde slagen en gelach. Ook dat keerde hij de rug toe en hij staarde naar de muur. 'Wat gebeurt er allemaal?'

'Er lijkt nogal wat chaos te zijn,' meldde ze. 'Ik probeer op te vangen wat er gezegd wordt.'

Gamache beet op zijn tong en wachtte al. Hij voelde zijn woede toenemen, voelde de bijna niet te onderdrukken neiging om met zijn vuist tegen de muur te slaan. Net zo lang tot de muur zou bloeden.

Maar hij beheerste zich.

Stelletje idioten. Om onvoorbereid een inval te doen.

De hoofdinspecteur wist wat het doelwit was. Het was simpel en sadistisch. De bedoeling was om Beauvoir uit het lood te slaan en de hoofdinspecteur van zijn stuk te brengen. Om hen allebei de afgrond in te duwen. En misschien nog wel erger.

Agent geraakt.

Hij had het zelf geschreeuwd terwijl hij Jean-Guy vasthield, met een doek tegen Beauvoirs buik gedrukt om het bloed te stelpen. Hij had de angst en de pijn in Beauvoirs ogen gezien, het bloed op zijn overhemd. En aan zijn eigen handen.

Gamache kon het bijna weer voelen, daar in die rustige, plezierige kamer. Het warme, plakkerige bloed aan zijn handen.

'Het spijt me, het contact is verbroken.'

Gamache staarde even naar de muur. Het contact was verbroken. Wat had dat te betekenen?

Hij probeerde om niet het ergste te denken: dat het contact verbroken was omdat iedereen die contact zou kunnen leggen was uitgeschakeld.

Nee. Hij zette het uit zijn hoofd. Bij de feiten blijven. Hij wist hoe catastrofaal door angst gedreven verbeelding kon zijn.

Hij moest er verre van blijven. Er was nog tijd genoeg om het te laten bevestigen. En wat er ook gebeurd was, het was toch al gebeurd.

Het was voorbij. En hij kon er niets aan doen.

Hij sloot zijn ogen en deed zijn best om niet Jean-Guy voor zich te zien. Niet die angstige, gewonde jongeman in zijn armen voor zich te zien. Of de hondsvermoeide man van de afgelopen weken en maanden. En al helemaal niet de Jean-Guy Beauvoir die bij hem thuis in de woonkamer had gezeten, lachend met een glas bier in zijn hand.

Dat was het beeld dat Gamache het hardst probeerde te verdringen.

Hij opende zijn ogen.

'Hou de zaak in de gaten, alsjeblieft,' zei hij. 'Ik ben in de bistro of de boekwinkel.'

'Patron?' vroeg inspecteur Lacoste onzeker.

'Alles komt goed.' Zijn stem was kalm en beheerst.

'Oui.' Ze klonk niet echt overtuigd, maar wel minder weifelend.

Alles komt goed, herhaalde hij in gedachten terwijl hij vastbesloten langs de ijsbaan liep.

Maar hij wist niet of hij er zelf wel in geloofde.

Myrna Landers zat op de bank op haar bovenverdieping naar de televisie te staren.

Het beeld was stilgezet en vertoonde een lachend meisje wier vader de veters van haar schaatsen strikte, terwijl haar zusjes, die hun schaatsen al aan hadden, stonden te wachten.

Ze droeg een wollen muts met rendieren erop.

Myrna wist niet of ze moest lachen of huilen.

Ze glimlachte. 'Ze ziet er stralend uit, hè?'

Gamache en Thérèse Brunel knikten. Dat was zeker waar.

Nu Gamache wist wie wie was, wilde hij de film nog een keer zien.

Marguerite en Jospehine stonden achter Constance toe te kijken, ongeduldig om naar buiten te gaan. Ieder meisje was nu te herkennen aan haar muts. Marguerite had dennenbomen, Josephine sneeuwvlokken. Marie-Constance zag eruit alsof ze daar de hele dag wel kon blijven zitten, met al die aandacht van haar vader. Om haar hoofd renden rendieren.

Hélène en Virginie stonden bij de deur. Ook zij droegen wollen mutsen en ze keken een beetje stuurs.

Op verzoek van Gamache had Myrna de beelden teruggespoeld en nu waren ze weer bij het begin. Waar Isidore met gestrekte armen de bénédiction paternelle uitsprak.

Maar deze keer wisten ze welke kleine biechteling Constance was, nadat ze haar helemaal terug waren gevolgd naar het begin. Ze knielde aan het eind van de rij.

En Constance, dacht Gamache.

'Helpt dit om de moordenaar van Constance te vinden?' vroeg Myrna.

'Ik weet het niet,' zei Gamache. 'Maar nu weten we tenminste wie wie is.'

'Myrna,' begon Thérèse, 'Armand heeft me verteld dat toen je ontdekte wie Constance werkelijk was, je het gevoel had dat je Hera als cliënt had.'

Myrna keek naar Thérèse, en toen weer naar de tv. 'Dat klopt.'

'Hera,' herhaalde Thérèse. 'Een Griekse godin.'

Myrna glimlachte. 'Ja.'

'Waarom?'

Myrna zette de film stil en wendde zich tot haar gast. 'Waarom?' Ze dacht even na. 'Toen Constance me vertelde dat ze een van de zusjes Ouellet was, had ze net zo goed kunnen zeggen dat ze een Griekse godin was. Een mythe. Ik maakte een grapje, da's alles.'

'Ik snap het,' zei Thérèse. 'Maar waarom Hera?'

'Waarom niet?' Myrna begreep duidelijk niet waar ze op doelde. 'Ik snap niet wat je bedoelt.'

'Maakt niet uit.'

'Wat had je in gedachten?' vroeg Gamache.

'Het slaat misschien nergens op,' zei Thérèse, 'maar toen ik curator was van het Musée des Beaux-Arts, heb ik veel klassieke kunst gezien. Een groot deel daarvan is gebaseerd op de mythologie. Vooral victoriaanse schilders beeldden graag Griekse godinnen af. Een excuus om naakte vrouwen te schilderen, vermoedde ik altijd. Het waren vaak vrouwen die met slangen vochten. Een geaccepteerde vorm van pornografie.'

'Maar je dwaalt af,' zei Gamache.

Thérèse glimlachte. 'Ik heb veel geleerd over verscheidene goden en godinnen, maar er waren er twee in het bijzonder die de kunstenaars uit die tijd fascineerden.'

'Laat me raden,' zei Myrna. 'Afrodite?'

Commissaris Brunel knikte. 'De godin van de liefde, en van prostituees, als jullie dat nog niet wisten. Het kwam goed uit dat ze schijnbaar niet zo veel kleren bezat.'

'En de andere?' vroeg Myrna, hoewel ze allemaal het antwoord wisten.

'Hera.'

'Was die ook naakt?' vroeg Myrna.

'Nee, de victoriaanse schilders vonden haar interessant omdat ze dramatisch was en paste bij hun beeld van sterke vrouwen. Ze was boosaardig en jaloers.'

Ze keken naar het tv-scherm. Dat was stilgezet op het biddende gezichtje van de kleine Constance.

Myrna keek naar Thérèse. 'Denk je dat ze boosaardig en jaloers was?'

'Ik ben niet degene die haar Hera noemde.'

'Het is maar een naam, de enige godin die bij me opkwam. Ik had haar net zo goed Afrodite kunnen noemen, of Athene.' Myrna klonk geprikkeld, defensief.

'Maar dat heb je niet gedaan.'

Commissaris Brunel liet het er niet bij zitten. De twee vrouwen keken elkaar strak in de ogen.

'Ik kende Constance,' zei Myrna. 'Eerst als cliënte en toen als vriendin. Ik vond haar nooit boosaardig of jaloers.'

'Maar je zegt dat ze gesloten was,' zei Gamache. 'Weet je wel wat ze echt verborgen hield?'

'Is het slachtoffer nu de verdachte?' vroeg Myrna.

'Nee,' zei Gamache. 'Het is niet afkeurend bedoeld. Maar hoe beter we Constance kennen, hoe makkelijker het wordt om erachter te komen wie haar uit de weg wilde ruimen. En waarom.'

Myrna dacht even na. 'Het spijt me. Constance liet zo weinig los dat ik het gevoel heb dat ik haar moet beschermen.'

Ze drukte op PLAY en ze zagen de kleine Constance bidden, opstaan en toen speels haar zusjes wegduwen om maar als eerste aan de beurt te komen voor haar schaatsen.

Maar nu vroeg iedereen zich af of dat wel zo speels was.

Ze zagen hoe blij Constance keek toen haar vader bij haar neerknielde terwijl haar zusjes twee aan twee achter haar stonden. En toekeken.

Myrna's telefoon ging, en Gamache verstijfde zichtbaar. Daarop keken de beide vrouwen hem aan.

Myrna nam op en stak Gamache het toestel toe.

'Isabelle Lacoste.'

'Merci,' zei hij, en hij liep naar Myrna toe en nam de telefoon aan. Die voelde warm aan.

Hij wendde zich af van Myrna en commissaris Brunel en praatte in de telefoon.

'Bonjour.' Zijn stem was kalm, zijn rug recht. Zijn hoofd geheven.

De vrouwen keken verwachtingsvol naar hem terwijl hij luisterde naar wat er gezegd werd. Ze zagen zijn brede schouders iets zakken, maar zijn hoofd bleef geheven.

'Merci,' zei hij en hij zette langzaam de telefoon in de houder. Toen draaide Gamache zich om.

Hij lachte opgelucht.

'Goed nieuws,' zei hij. 'Maar het heeft niets met deze zaak te maken.'

Hij ging weer zitten. Beide vrouwen wendden hun blik af en zeiden geen woord over de glans in zijn ogen.

26

'We moeten gaan.'

Gamache stond abrupt op en Myrna en Thérèse keken hem aan. Even daarvoor was hij opgelucht geweest, uitzinnig bijna, en toen was er iets veranderd en was zijn blijdschap was in woede omgeslagen.

Myrna zette het beeld stil. Vijf vrolijke meisjes keken hen aan, schijnbaar geïntrigeerd door wat er in Myrna's huiskamer gebeurde.

'Wat is er?' vroeg Thérèse terwijl ze hun jas aantrokken en naar de boekwinkel vertrokken. 'Wie was er aan de telefoon?'

'Merci, Myrna.' Gamache bleef bij de voordeur staan en deed zijn best om te glimlachen.

Myrna keek hem nauwlettend aan. 'Wat gebeurde er net?'

Gamache schudde zijn hoofd. 'Het spijt me. Ik vertel het je nog wel een keer.'

'Maar niet nu?'

'Niet nu.'

Ze trokken de deur achter zich dicht en werden omsloten door kou. De zon was nog niet onder, maar ze naderden de kortste dag en er was niet veel licht meer.

'Mij vertel je het,' zei Thérèse terwijl ze snel langs de ijsbaan naar de boekwinkel liepen. Langs Ruth op haar bankje. Langs gezinnen die schaatsten op de bevroren vijver. Langs de drie stokoude dennen.

Thérèse vroeg het niet, het was een bevel.

'Ze hebben Beauvoir vandaag weer een inval laten doen.'

Thérèse nam het nieuws in zich op. Gamache keek somber.

'Dit moet echt ophouden,' zei Gamache.

Ze liepen de heuvel op, waarbij Thérèse haar best moest doen om hem bij te houden. Aan de rand van het bos vonden ze hun sneeuwschoenen terug, die ze daar in een berg sneeuw hadden gestoken. Ze bonden ze onder en liepen het pad af, hoewel ze de sneeuwschoenen nauwelijks nog nodig hadden. De sneeuw was aangestampt en het pad was gemakkelijk begaanbaar.

Te makkelijk? vroeg Thérèse Brunel zich af. Maar er was nu geen andere weg meer.

Toen ze naderden, was het alsof Gilles in de lucht hing, zes meter boven de grond en anderhalve meter van de boomstam. Het werd donker in het bos, maar toen de twee politiemensen nog dichterbij kwamen, kon Thérèse het platform zien dat aan de boom van de vrede gespijkerd was.

Jérôme stond aan de voet van de weymouthden omhoog te kijken. Hij keek even naar hen en richtte zijn blik toen weer op de takken boven hun hoofden. Op dat moment zag commissaris Brunel dat Gilles niet alleen was daarboven. Agent Nichol stond op het platform, een meter of wat achter Gilles, die de satellietschotel aan de houten reling bevestigde.

'Goed zo?' vroeg Gilles, zijn stem gedempt door zijn van de kou verstijfde lippen. Zijn rode baard zag wit van het ijs, alsof zijn woorden waren bevroren en aan zijn gezicht geplakt zaten.

'Bijna.' Agent Nichol bekeek iets in haar handschoenen.

Gilles boog de schotel iets.

'Dat is het, stop,' zei agent Nichol.

Iedereen, ook Thérèse en Armand, bleef stilstaan en wachtte af. Een hele tijd. Gilles liet langzaam, heel langzaam de satellietschotel los.

'Nog steeds oké?' vroeg hij.

Toen wachtte hij af. Een lange tijd.

'Ja,' zei ze.

'Laat eens kijken.' Hij stak zijn gehandschoende hand uit.

'Hij is met de satelliet verbonden. Het is gelukt.'

'Geef eens, ik wil het met eigen ogen zien,' zei de bosbouwer nors. De bijtende kou knaagde aan zijn geduld.

Agent Nichol gaf hem het ding dat ze in haar handen had gehouden en hij bekeek het aandachtig.

'Mooi,' zei hij uiteindelijk, en onder hem werden drie wolkjes uitgeblazen.

Toen Gilles weer met beide benen op de grond stond, glimlachte hij. Doordat zijn baard vol ijs zat, leek hij op de Kerstman. Door het lachen vielen er een paar stukjes af.

'Goed gedaan,' zei Jérôme. Hij stampte met zijn voeten en zag bijna blauw van de kou.

Yvette Nichol stond een meter of wat van hen vandaan, met de rest van het team verbonden door iets wat leek op een lange zwarte navelstreng. De zendkabel.

Thérèse, Jérôme, Gilles... en Nichol, dacht Gamache terwijl hij naar de sombere jonge agent stond te kijken. Nichol. Door middel van een dun snoer met hun eigen vijfde lid van de vijfling verbonden.

En Nichol. Wat zou het makkelijk zijn om haar los te knippen.

'Hebben we verbinding?' vroeg Gamache aan Gilles, die knikte.

'We hebben een satelliet gevonden,' antwoordde hij, zijn lippen en wangen gevoelloos van de kou.

'En de rest?'

Hij haalde zijn schouders op.

'Wat heeft dat te betekenen?' vroeg Thérèse. 'Werkt het of werkt het niet?'

Gilles draaide zich naar haar om. 'Ja, maar wat is de bedoeling eigenlijk, madame? Ik weet nog steeds niet wat we hier doen. Het enige wat ik weet is dat het waarschijnlijk niets te maken heeft met de nieuwste aflevering van *Survivor*.'

Er volgde een ongemakkelijke stilte.

'Misschien kun je het Gilles uitleggen als we weer in het schoolgebouwtje zijn,' zei Gamache. Hij sprak nuchter, alsof hij voorstelde om warme chocolademelk te gaan drinken na een middagje sleeën. 'Ik neem aan dat jullie wel naar binnen willen.'

De hoofdinspecteur wendde zich tot Nichol, die een eindje bij hen vandaan stond. 'Jij en ik hebben eerst nog iets te vereffenen.'

Zijn woorden waren helder, maar koud als zwart ijs.

Hij wil dat we hen alleen laten, dacht Thérèse. Hij zondert haar af van de rest.

Toen ze het lachje op Armands gezicht zag en zijn kille stem hoorde, ging er een alarmbel af in haar hoofd. Er was een donker, gapend gat verschenen tussen wat Armand Gamache gezegd had en wat hij bedoelde. Thérèse Brunel had niet graag in de schoenen van de jonge agent gestaan, die op het punt stond te ontdekken wat de hoofdinspecteur verborgen hield, diep vanbinnen.

'Ik blijf ook maar,' zei Thérèse. 'Ik heb het nog niet koud.'

'Nee,' zei Gamache. 'Ik denk dat je beter kunt gaan.'

Thérèse voelde een koude rilling over haar rug trekken.

'Je hebt je eigen werk,' zei hij zacht. 'En ik ook.'

'Wat dan, Armand? Ik vraag me ook af wat mijn taak is, net als Gilles.'

'Ik probeer gewoon mijn steentje bij te dragen en een belangrijk verband te leggen, dat is alles.'

Dat was het dus.

Thérèse Brunel keek naar Gamache en toen naar agent Nichol, die een lus uit de bevroren kabel stond te halen en niet in de gaten leek te hebben wat er gaande was. Leek. Thérèse keek naar de stuurse, maar intelligente jonge vrouw. Armand had haar naar de kelder van de Sûreté overgeplaatst zodat ze zou leren luisteren.

Misschien had dat beter gewerkt dan ze beseften.

Commissaris Brunel nam een beslissing. Ze keerde Armand en de jonge agent de rug toe en liep met haar echtgenoot en de bosbouwer mee.

Gamache wachtte tot het geknerp van de sneeuwschoenen was weggestorven, tot er weer stilte heerste in het winterbos. Toen wendde hij zich tot Yvette Nichol.

'Wat deed jij in de bed & breakfast?'

'Ook goedendag,' zei ze zonder op te kijken. 'Goed gedaan, Nichol. Uitstekend werk. Bedankt dat je naar dit ijskoude gat bent gekomen om ons te helpen.'

'Wat deed je in de bed & breakfast?'

Ze keek op en voelde het beetje warmte dat ze nog had verdwijnen.

'Wat deed u daar?' vroeg ze streng.

Hij hield zijn hoofd enigszins schuin en kneep zijn ogen tot spleetjes. 'Is dit een verhoor?' Nichols ogen werden groot en ze liet de kabel uit haar handen glippen.

'Werk je voor Francoeur?' De woorden kwamen als ijspegels zijn mond uit.

Agent Nichol kon geen woord uitbrengen, maar ze slaagde erin haar hoofd te schudden.

Gamache ritste zijn parka open en trok hem een stukje naar achteren over zijn heup. Behalve zijn overhemd werd ook zijn wapen zichtbaar.

Voor haar ogen trok hij zijn warme handschoenen uit en liet zijn rechterhand losjes langs zijn lichaam hangen.

'Werk je voor Francoeur?' herhaalde hij, nu nog zachter.

Ze schudde hevig haar hoofd en zei geluidloos 'nee'.

'Wat deed je dan in de bed & breakfast?'

'Ik was op zoek naar u,' bracht ze met moeite uit.

'Waarom?'

'Ik was in het schooltje om de kabel voor hier klaar te maken en zag u de bed & breakfast in gaan. Dus ben ik u gevolgd.'

'Waarom?'

Het had even geduurd voordat hij het plaatje helder had. Aanvankelijk had hij gedacht dat hij Nichol een verontschuldiging schuldig was voor het feit dat hij de deur in haar gezicht had dichtgeslagen. Maar toen was hij zich gaan afvragen wat ze in de bed & breakfast te zoeken had.

Was ze daar om dezelfde reden als hij, om rustig te kunnen telefoneren? En zo ja, met wie dan? Gamache kon het wel raden.

'Waarom was je in de bed & breakfast, Yvette?'

'Om u te spreken.'

'Je had me ook kunnen spreken in het huis van Emilie. Je had me in het schooltje kunnen spreken. Wat deed je in de bed & breakfast, Yvette?'

'Ik wilde u spreken,' zei ze weer, met een piepstemmetje. 'Onder vier ogen.'

'Waarover?'

Ze weifelde. 'Om u te vertellen dat dit niet werkt.' Ze gebaarde naar de uitkijkpost en de satellietschotel in de boom. 'Zelfs als u een internetverbinding kunt krijgen, kunt u niet in het Sûreté-netwerk komen.'

'Wie zegt dat dat het plan is?'

'Ik ben niet van gisteren, hoofdinspecteur. U hebt om ontraceerbare satellietapparatuur gevraagd. U bent niet bezig een robotleger te bouwen. Als u door de voordeur naar binnen zou willen, zou u dat thuis of op kantoor kunnen doen. Dit is anders. U hebt me gevraagd hierheen te komen om u te helpen in te breken. Maar dat zal niet werken.'

'Waarom niet?' Hij was tegen wil en dank geïnteresseerd.

'Omdat u met deze zooi misschien wel verbinding kunt krijgen, en zelfs een poosje verborgen kunt blijven, maar om de diepst begraven bestanden te kunnen openen hebt u een code nodig. Uw eigen Sûreté-code zal u meteen verraden, en die van commissaris Brunel ook. Dat weet u best.'

'Hoeveel weet je over waar we mee bezig zijn?'

'Niet veel. Tot gisteren, toen u me om hulp vroeg, wist ik niets.'

Ze keken elkaar aan.

'U hebt me zelf uitgenodigd, ik heb er niet om gevraagd. Maar toen u het vroeg, heb ik toegezegd. En nu behandelt u me als de vijand.'

Gamache moest niets hebben van haar spelletjes. Hij wist dat er een veel voor de hand liggender reden was waarom ze was gekomen. Niet uit loyaliteit aan hem, maar aan iemand anders. Ze was in de bed & breakfast geweest om verslag uit te brengen aan Francoeur, en als hij niet was afgeleid door zijn zorgen om Jean-Guy, zou hij haar erop betrapt hebben.

'Ik heb je gevraagd omdat we geen keus hadden. Maar dat betekent niet dat ik je vertrouw, agent Nichol.'

‘Wat moet ik doen om uw vertrouwen te winnen?’

‘Me vertellen wat je in de bed & breakfast deed.’

‘Ik wilde u waarschuwen dat u het zonder veiligheidscode niet redt.’

‘Je liegt.’

‘Niet.’

Gamache wist dat ze loog. Ze hoefde hem dat verhaal over de code niet onder vier ogen te vertellen.

‘Wat heb je Francoeur verteld?’

‘Niets,’ zei ze smekend. ‘Dat zou ik nooit doen.’

Gamache keek haar dreigend aan. Als de computer eenmaal aan zou staan, als de satellietverbinding was gemaakt en als Jérôme de deur had geopend en naar binnen was gegaan, zou het slechts een kwestie van tijd zijn voordat ze gevonden zouden worden. Zijn enige hoop was de verbitterde jonge agent die voor hem zat, rillend van angst, kou en verontwaardiging. Echt of geveinsd.

De tijd om Beauvoir te redden en erachter te komen wat Francoeur van plan was, raakte op. Er moest meer achter zitten dan alleen Gamache en Beauvoir buitenspel zetten.

Iets veel groters, iets wat jaren geleden in gang gezet was en wat nu tot rijping was gekomen. Vandaag. Morgen. Binnenkort. En Gamache wist nog steeds niet wat het was.

Hij voelde zich traag, dom. Het was alsof alle aanwijzingen, alle puzzelstukjes voor zijn ogen zweefden, maar er één stukje ontbrak. Iets wat het verband tussen alle andere legde. Iets wat hij over het hoofd gezien had, of nog niet gevonden.

En hij wist dat het met Pierre Arnot te maken had. Maar wat was hun doel?

Gamache kon het wel uitschreeuwen van frustratie.

Wat was de rol van deze onaangepaste jonge vrouw in dit alles? Was zij de nagel aan hun doodskist of hun redding? En waarom leken die twee zo op elkaar?

Gamache sloeg zijn parka dicht en trok de rits omhoog. Zijn hand was zo koud geworden dat hij de rits nauwelijks voelde. Vervolgens trok hij zijn handschoenen aan en raapte de zware kabel aan haar voeten op.

Terwijl agent Nichol stond toe te kijken, legde hoofdinspecteur Gamache de dikke zwarte kabel over zijn schouder, boog iets voorover en sjouwde hem het bos door, regelrecht naar het schoolgebouwtje.

Na een paar stappen voelde hij de kabel lichter worden. Agent Yvette

Nichol had het andere eind ervan opgepakt en haar sneeuwschoenen traden in het voetspoor van Gamache.

Puffend van inspanning en opluchting liep ze achter hem aan.

Hij had haar betrapt. Hij vermoedde misschien zelfs hoe het zat. Maar de waarheid had hij niet uit haar losgekregen.

Thérèse Brunel liet Jérôme en Gilles in het schoolgebouwtje plaatsnemen bij de houtkachel. Die straalde een heerlijke warmte uit en de mannen trokken hun zware parka's, mutsen, wanten en laarzen uit en staken hun voeten naar het vuur uit, zo dicht als ze konden zonder vlam te vatten.

Het lokaal rook naar natte wol en brandende houtblokken, en het was er inmiddels warm, maar Gilles en Jérôme waren nog niet opgewarmd.

Nadat ze nog wat hout in de kachel had gedaan, was Thérèse naar het huis van Emilie gegaan om Henri op te halen en was met hem doorgelopen naar de dorpswinkel, waar ze melk, cacao en marshmallows had gekocht. Nu stond de warme chocolademelk in een pannetje te pruttelen op de kachel, en de geur ervan vermengde zich met die van de natte wol en brandende houtblokken. Ze schonk de chocolademelk in bekers en legde er een paar grote, zachte marshmallows op.

Maar Gilles' handen trilden zo dat Thérèse de beker terug moest nemen.

'Je vroeg wat hier de bedoeling van is,' zei ze.

Gilles knikte. Hij zat hevig te klappertanden en strekte nu eens zijn handen uit naar het vuur en stak ze dan weer onder zijn armen. Het ijs uit zijn baard was gesmolten en had een natte plek op zijn trui achtergelaten.

Toen ze uitgesproken was, gaf Thérèse hem zijn warme chocolademelk terug, waarop de marshmallows inmiddels een laagje wit schuim hadden gevormd. Hij hield de beker tegen zijn borst als een bang jongetje dat dapper probeert te zijn.

Jérôme, die naast hem zat, had gezwegen toen zijn vrouw uitlegde waar ze naar zochten en waarom. Dokter Brunel kneedde zijn voeten in een poging de bloedsomloop weer op gang te brengen. Zijn tenen tintelden hevig toen het bloed begon te stromen.

De zon was nog nauwelijks zichtbaar boven het donkere bos, het bos waar Armand Gamache en agent Nichol nog steeds waren. Thérèse deed het licht aan en keek naar de donkere beeldschermen die haar man die ochtend had geïnstalleerd.

Stel dat het niet werkt?

Ze zouden een waardeloze padvindersgroep zijn geweest, dacht ze. Niet alleen waren ze er niet op voorbereid dat dit zou mislukken, ze gebruikten ook gestolen apparatuur om de politiebestanden te hacken. Als er onderscheidingen voor bedriegerij waren geweest, had hun borst er vol mee gehangen.

Even later hoorden ze zware voetstappen op de houten veranda. Thérèse deed de deur open en zag Armand op de stoep staan, hijgend van inspanning.

'Alles goed?' vroeg ze, hoewel ze beiden wisten dat ze eigenlijk bedoelde: 'Ben je alleen?'

'Kan niet beter,' zei hij puffend. Zijn gezicht zag rood van inspanning en van de bittere kou. Hij liet de kabel op de veranda vallen en stapte het schooltje in, even later gevolgd door agent Nichol. Ze zag niet meer bleek, maar had rode en witte vlekken in haar gezicht. Ze leek de Canadese vlag wel.

Thérèse slaakte een zucht en besefte nu pas hoe bezorgd ze was geweest.

'Ruik ik chocolademelk?' vroeg Gamache met ijskoude lippen. Henri was naar hem toe gerend en nu zat de hoofdinspecteur op één knie, met zijn armen om de hond geslagen. Niet alleen uit liefde, maar ook om zijn warmte, vermoedde Thérèse. En Henri gaf beide maar al te graag.

Er werd ruimte gemaakt bij de kachel voor de nieuwkomers.

Thérèse schonk bekers warme chocolademelk voor hen in, en nadat Gamache en Nichol hun jas hadden uitgetrokken, ging het vijftal zwijgend rond de kachel zitten. Gamache en agent Nichol bibberden de eerste paar minuten van de kou. Hun handen trilden en ze trokken af en toe krampachtig met een arm of been, terwijl de winter als een spook hun lichaam verliet.

Het werd stil in het schoollokaal, op het geschraap van een stoelpoot op de houten vloer na, en het geknetter van het vuur. Henri, die met een zucht aan de voeten van Gamache ging liggen.

Armand Gamache had zo in slaap kunnen vallen. Zijn sokken waren nu droog en voelden een beetje stijf, de beker chocolademelk warmde zijn handen en hij werd omhuld door de warmte van de kachel. Ondanks de ernst van de situatie voelde hij zijn oogleden zwaar worden.

O, kon hij maar heel even rusten, een paar minuten maar.

Maar er was werk aan de winkel.

Hij zette zijn beker neer, schoof naar het puntje van zijn stoel en sloeg zijn handen ineen. Hij bekeek de kring rond de houtkachel. Vijf mensen. Een vijfling. Thérèse, Jérôme, Gilles, Armand en Nichol.

En Nichol, dacht hij weer. Die erbij bungelt. De buitenstaander.

'En nu?' vroeg hij.

27

'Nu?' vroeg Jérôme.

Hij had nooit verwacht dat ze zo ver zouden komen. Hij keek naar de donkere beeldschermen aan de andere kant van het lokaal en wist wat er moest gebeuren.

Hij voelde een straaltje transpiratie onder zijn warme trui, alsof zijn dikke lichaam huilde. Als Three Pines hun vossenhol was, stond hij op het punt zijn kop naar buiten te steken. Armand had hun een wapen gegeven, maar tegenover een machinegeweer was het niet meer dan een stok met een scherpe punt.

Hij liep bij de kachel vandaan en voelde de kou weer toen hij de andere kant van het lokaal bereikte. Daar stonden de twee oude computers. Naast elkaar; de ene op het bureau van de onderwijzer, de andere op de tafel die ze ernaast hadden geschoven. Erboven hing het vrolijke alfabet aan de muur, geïllustreerd met vlinders en bijen en eenden en rozen. En daaronder hingen muzieknoten.

Hij volgde de noten en neuriede zacht.

'Waarom zing je dat?' vroeg Gamache.

Jérôme schrok een beetje. Hij had niet gemerkt dat Gamache naast hem was komen staan en ook niet dat hij neuriede.

'Het is dat liedje.' Jérôme wees naar de noten. 'Bovenaan staat het do-re-mi en daaronder het liedje.'

Hij neuriede nog een stukje, en tot zijn verbazing begon Gamache zachtjes te zingen.

'*What do you do with a drunken sailor...*'

Jérôme keek zijn vriend onderzoekend aan. Gamache keek glimlachend naar de muziek. Toen wendde hij zich tot Jérôme.

'*... early in the morrr... ning.*'

Jérôme lachte en voelde wat van zijn angst en spanning van zich af glijden door de noten en de gekke tekst die zijn ernstige vriend zong.

'Een oud zeemansliedje,' verklaarde Gamache, en hij keek naar de noten aan de muur. 'Ik was vergeten dat juffrouw Jane Neal hier vroeger lesgaf, voordat de school werd gesloten en ze met pensioen ging.'

'Heb je haar gekend?'

Gamache herinnerde zich het moment waarop hij in de gekleurde herfstbladeren was neergeknield en haar blauwe ogen had gesloten. Het was alweer jaren geleden. Een eeuwigheid, leek het.

'Ik heb haar moordenaar opgespoord.'

Gamache keek naar de muur met het alfabet en de muziek.

'*Way, hey, and up she rises...*' fluisterde hij. Het was op de een of andere manier een troost om in het klaslokaal te zijn waar juffrouw Jane Neal had gedaan wat ze zo graag deed, lesgeven aan kinderen op wie ze zo dol was geweest.

'We moeten de kabel naar binnen halen,' zei Jérôme. Even later kropen agent Nichol en hij onder het bureau en de tafel om de kabels en systeemkasten op elkaar aan te sluiten, terwijl Gilles een gat in de muur boorde om de kabel erdoorheen te halen.

Gamache keek toe en bedacht dat ze de dag waren begonnen op vijfendertigduizend kilometer van de dichtstbijzijnde communicatiesatelliet, en nu was de verbinding nog maar een paar centimeter van hen verwijderd.

'Heb je verbinding gemaakt?' vroeg Thérèse Brunel, die naast hem kwam staan en naar de jonge agent knikte.

Agent Nichol en Jérôme zaten samen onder het bureau geperst en probeerden elkaar niet met hun ellebogen te porren. Althans, dokter Brunel probeerde dat, agent Nichol leek juist haar best te doen om zo vaak als ze kon haar knokige botten in haar buurman te steken.

'Ik ben bang van niet,' fluisterde Gamache.

'Maar jullie zijn samen teruggekomen, hoofdinspecteur. Dat is al wat.'

Gamache grijnsde, maar hij was niet blij. 'Lekkere overwinning te noemen. Ik heb mijn eigen agent niet in koelen bloede neergeschoten.'

'Nou ja, we behalen onze overwinningen waar we ze kunnen behalen.' Ze glimlachte. 'Ik betwijfel of Jérôme de kans zou hebben laten schieten.'

De twee onder het bureau zaten elkaar inmiddels openlijk te porren.

Het gat in de wand van het lokaal was klaar en Gilles duwde de kabel erdoorheen. Jérôme pakte hem aan en trok hem erdoor.

'Laat mij maar.'

Voordat Jérôme het wist, had agent Nichol het snoer uit zijn hand gepakt en stak ze het in de eerste systeemkast.

'Wacht,' zei hij, en hij trok hem terug. 'Je kunt hem nog niet aansluiten.'

Hij pakte het snoer met beide handen vast en probeerde zijn plotselinge paniek te onderdrukken.

'Natuurlijk wel.' Ze griste het snoer bijna uit zijn hand, wat gelukt zou zijn als commissaris Brunel zich er niet mee bemoeid had.

'Agent Nichol,' zei ze streng. 'Kom daaronder vandaan.'

'Maar...'

'Luisteren,' zei ze alsof ze het tegen een koppig kind had.

Jérôme en Nichol kropen onder het bureau vandaan, Jérôme nog steeds met het zwarte snoer in zijn hand. Achter hen hoorden ze het gesis van het isolatieschuim dat Gilles van buitenaf in het gat spoot.

'Wat is het probleem?' vroeg Gamache.

'We kunnen nog geen verbinding leggen,' zei Jérôme.

'Ja hoor, dat...'

Maar de hoofdinspecteur stak zijn hand op om agent Nichol het zwijgen op te leggen.

'Waarom niet?' vroeg hij aan Jérôme. Ze waren er bijna. Waarom zouden ze het nu niet afmaken?

'Omdat we niet weten wat er gebeurt als we dat doen.'

'Ligt dat niet voor...'

Agent Nichol werd opnieuw onderbroken. Ze hield haar mond, maar ergerde zich mateloos.

'Waarom niet?' vroeg Gamache opnieuw. Hij sprak op neutrale toon, in een poging de situatie te beoordelen.

'Ik weet dat het misschien te voorzichtig is, maar als die kabel eenmaal aangesloten is, kunnen we verbinding leggen met de rest van de wereld. En dat betekent ook dat de rest van de wereld verbinding met ons kan krijgen. 'Dit' – hij hield de kabel omhoog – 'is een snelweg met tweerichtingsverkeer.'

Agent Nichol zag eruit alsof ze het in haar broek zou doen.

Hoofdinspecteur Gamache draaide zich naar haar om en knikte.

'Maar de computers staan nog niet aan,' zei ze. Het hek was van de dam en er kwam een stortvloed van woorden. 'Dat zou net zo goed een touw kunnen zijn, dat geeft ook geen internetverbinding. We moeten hem eerst op de computer aansluiten en die aanzetten. We moeten eerst nagaan of het werkt. En waarom zouden we daarmee wachten?'

Gamache voelde een vlaag koude wind in zijn nek. Toen hij zich omdraaide, zag hij Gilles binnenkomen. Hij deed de deur dicht, trok zijn muts, jas en wanten uit en ging bij de deur zitten, alsof hij de wacht hield.

Gamache wendde zich tot Thérèse.

‘Wat denk jij?’

‘We moeten wachten.’ Toen ze zag dat Nichol haar mond weer opendeed, snoerde Thérèse haar de mond. Ze keek strak naar de jonge agente.

‘Jij bent hier net, maar wij zijn hier al weken, maanden mee bezig. We hebben er onze carrière, onze vriendschappen, ons huis en misschien nog wel meer voor op het spel gezet. Dus als mijn man zegt dat we moeten wachten, dan doen we dat. Begrepen?’

Agent Nichol trok een gezicht, maar gaf toe.

Toen ze het lokaal verlieten, draaide Gamache de deur op slot en stak de sleutel in zijn borstzak. Gilles liep het korte stukje door het donker met hem mee naar het huis van Emilie.

‘Die vrouw heeft wel gelijk,’ zei Gilles zacht, zijn blik op de besneeuwde grond gericht.

‘Dat we de boel moeten testen?’ vroeg Gamache fluisterend. ‘Oui, dat weet ik.’

Hij zag Nichol voorop lopen, met achter haar Jérôme en Thérèse.

En hij vroeg zich af waar Jérôme werkelijk bang voor was.

Na de stoofschotel met rundvlees namen ze hun koffie mee naar de open haard in de zitkamer.

Thérèse hield een lucifer bij de kranten en keek hoe de vlammen fel opflakkerden. Toen draaide ze zich om naar de kamer. Gamache en Gilles zaten samen op een van de banken, met Jérôme tegenover hen. Nichol zat in een hoek een legpuzzel te maken.

Nadat ze de lichtjes van de kerstboom had aangedaan, voegde Thérèse zich bij haar man.

‘Ik wou dat ik eraan had gedacht om cadeautjes mee te brengen,’ zei ze terwijl ze naar de boom keek. ‘Armand, waar pieker je over?’

Gamache volgde haar blik en keek onder de boom. Er was iets bij hem opgekomen, iets wat te maken had met bomen, of Kerstmis of cadeautjes. Met wat Thérèse zojuist had gezegd, maar door haar rechtstreekse vraag was hij het alweer kwijt. Hij fronste zijn wenkbrauwen en bleef naar de vrolijke kerstboom in de hoek van de kamer kijken. Waar niets onder lag. Geen cadeautjes.

‘Armand?’

Hij schudde zijn hoofd en keek haar aan. ‘Sorry, ik zat even te denken.’

Jérôme zei tegen Gilles: ‘Je bent vast uitgeput.’

Jérôme zag er zelf uitgeput uit.

Gilles knikte. 'Het was alweer een tijdje geleden dat ik in een boom ben geklommen.'

'Kun je ze echt horen praten?' vroeg Jérôme.

De bosbouwer keek naar de gezette man tegenover hem. De man die in de bittere kou aan de voet van de weymouthden was blijven staan om hem aan te moedigen, ook al had hij weg kunnen gaan. Hij knikte.

'Wat zeggen ze zoal?' vroeg Jérôme.

'Ik denk niet dat je dat wilt weten,' zei Gilles glimlachend. 'Bovendien hoor ik meestal alleen maar geluiden, gefluister. Andere dingen.'

De Brunels keken hem aan, in afwachting van wat hij nog meer zou vertellen. Gamache hield zijn koffie in zijn hand en luisterde. Hij kende het verhaal al.

'Heb je ze altijd al kunnen horen?' vroeg Thérèse uiteindelijk.

In de hoek keek Nichol op van haar puzzel.

Gilles schudde zijn hoofd. 'Ik was bosbouwer. Ik heb met mijn elektrische zaag honderden bomen neergehaald. Maar toen ik op een dag een boom uit het oerbos aan het omzagen was, hoorde ik hem huilen.'

Het bleef stil in de kamer. Gilles keek naar het vuur, naar het brandende hout.

'Eerst deed ik of ik het niet hoorde, ik dacht dat ik het me verbeeldde. Maar toen verspreidde het geluid zich. Ik hoorde niet alleen die ene boom, maar alle bomen huilen.'

Hij zweeg even.

'Het was verschrikkelijk,' fluisterde hij.

'Wat deed je toen?' vroeg Jérôme.

'Wat kon ik doen? Ik hield op met zagen en droeg mijn team op hetzelfde te doen.' Hij keek naar zijn enorme, doorleefde handen. 'Ze dachten natuurlijk dat ik knettergek was. Dat zou ik zelf ook hebben gedacht als ik het niet gehoord had.'

Gilles keek Jérôme recht aan terwijl hij sprak.

'Ik kon het wel een tijdje ontkennen, maar toen ik het eenmaal wist, kon ik het niet meer terugdraaien, snap je?'

Jérôme knikte. Hij begreep het.

'Gilles maakt nu prachtige meubelen van gevonden hout,' zei Gamache. 'Reine-Marie en ik hebben er ook een paar van.'

Gilles glimlachte. 'Ik kan er alleen de kost niet mee verdienen.'

'Over geld gesproken...' begon Gamache.

Gilles keek naar de hoofdinspecteur. 'Ik wil er niets over horen.'

'Désolé,' zei Gamache. 'Ik had mijn mond moeten houden.'

'Ik was blij dat ik kon helpen. En ik wil wel blijven, als dat handig is. Dan ben ik er als jullie hulp nodig hebben.'

'Dank je wel,' zei Gamache, die opstond. 'We bellen wel als we je nodig hebben.'

'Ik kom morgenochtend weer. Jullie kunnen me in de bistro vinden als jullie me eerder nodig hebben.'

Met zijn jas aan en zijn grote hand op de klink keek hij naar het viertal.

'Het is niet voor niets dat dieven 's nachts stelen.'

'Noem je ons nou dieven?' vroeg Thérèse lichtelijk geamuseerd.

'Zijn jullie dat dan niet?'

Armand deed de deur dicht en keek zijn collega's aan.

'We moeten een paar beslissingen nemen, *mes amis.*'

Jérôme Brunel trok de gordijnen dicht en liep terug naar zijn plekje op de bank bij het vuur.

Het was bijna middernacht en hoewel ze allemaal doodmoe waren, waren ze toch weer wakker geworden. Er was nog een keer koffie gezet, er was nog een blok esdoornhout op het vuur gelegd en Henri, die nu bij de haard lag te slapen, was uitgelaten.

'Bon,' zei Gamache terwijl hij zich naar voren boog en hen aankeek. 'Wat doen we nu?'

'We zijn nog niet klaar om een verbinding te maken,' zei Jérôme.

'U bedoelt: u bent nog niet klaar,' zei agent Nichol. 'Waar wacht u nog op?'

'We krijgen maar één kans,' zei Jérôme kribbig. 'Wanneer ik een patiënt opereerde, dacht ik ook niet: als ik het verpest kan ik het altijd later nog een keer proberen. Nee, je hebt één kans. We moeten goed voorbereid zijn.'

'Maar dat zijn we,' zei agent Nichol. 'Er zal nu verder niets veranderen. Er komt niet meer apparatuur bij, geen extra hulp. U hebt alles wat u nodig hebt.'

'Waarom ben je zo ongeduldig?' vroeg Jérôme.

'Waarom bent u dat niet?' antwoordde ze.

'Genoeg,' zei Gamache. 'Wat kunnen we voor je doen, Jérôme? Wat heb je nodig?'

'Ik wil meer weten over al die apparatuur die ze heeft meegebracht.' Hij wierp een blik op agent Nichol, die met haar armen over elkaar geslagen zat. 'Waarom hebben we twee computers nodig?'

'Een ervan is voor mij,' zei agent Nichol. Ze sprak hen toe alsof ze het tegen Henri had. 'Ik vervorm het signaal dat we gebruiken om het Sûreté-netwerk binnen te komen. Als iemand dat signaal oppikt, moet diegene het eerst ontcijferen. Daar winnen we tijd mee.'

Dat laatste begrepen ze wel, zelfs Henri, maar over dat vervormen moesten ze even nadenken.

'Dus je bedoelt,' zei Thérèse, die het technische deel van het verhaal probeerde te begrijpen, 'dat als Jérôme iets intypt, het in code wordt gezet? En dat die code dan vervormd wordt?'

'Precies,' zei agent Nichol. 'En dat allemaal voordat het bericht de kamer verlaat.' Ze zweeg even en klemde haar armen nog steviger om zich heen, als staalkabels.

'Wat is er?' vroeg Gamache.

'Ze zullen u nog steeds vinden.' Ze sprak zacht. Er klonk geen triomf door in haar stem. 'Mijn programma's maken het ze moeilijk om u te zien, maar niet onmogelijk. Ze weten wat ze doen. Uiteindelijk vinden ze ons.'

Het ontging de hoofdinspecteur niet dat 'u' in één adem in 'ons' was veranderd.

'Weten ze dan straks wie we zijn?' vroeg hij.

Gamache zag de ijzeren greep om de borst van de jonge agent iets minder strak worden. Ze boog zich iets naar voren.

'Dat is een interessante vraag. Ik heb opzettelijk een code gecreëerd die klunzig lijkt.'

'Opzettelijk?' vroeg Jérôme, die daar niet van overtuigd was. 'Waarom zou je dat doen? We willen verdorie niet klunzig zijn, we willen de beste methode die er is.'

Hij keek naar Gamache, en de hoofdinspecteur zag de lichte paniek in Jérômes ogen.

Nichol zweeg; of omdat ze eindelijk ontdekt had hoe krachtig stilte kon zijn, of omdat ze op haar teentjes getrapt was. Gamache vermoedde het laatste, maar het gaf hem de tijd om over de goede vraag van Jérôme na te denken.

Waarom zouden ze onhandig over willen komen?

'Om ze op het verkeerde been te zetten,' zei hij uiteindelijk, en hij keek naar het chagrijnige gezicht van Nichol. 'Ze merken ons misschien wel op, maar ze zullen ons niet serieus nemen.'

'C'est ça,' zei Nichol, die zich een beetje ontspande. 'Inderdaad, ze verwachten een veel slimmere aanval.'

'Het is als stenen gooien in een atoomoorlog,' zei Gamache.

‘Ja,’ zei Nichol. ‘Als we ontdekt worden, worden we niet serieus genomen.’

‘En daar is een goede reden voor,’ zei Thérèse. ‘Want hoeveel schade kun je aanrichten met een steen?’

De vergelijking met David en Goliath daargelaten, de realiteit was dat een steen geen al te machtig wapen was. Ze wendde zich tot Jérôme, en in plaats van de verwachte afwijzende blik zag ze tot haar verrassing bewondering.

‘We hoeven ook geen schade aan te richten,’ zei hij. ‘We hoeven alleen maar langs de spionnen zien te glippen.’

‘Dat is de bedoeling,’ zei agent Nichol met een diepe zucht. ‘Ik denk niet dat het zal werken, maar het is te proberen.’

‘Jeez,’ zei Thérèse. ‘Jullie lijken wel een Grieks toneelkoor.’

‘Mijn programma’s maken het moeilijk om ons te op te sporen, maar we hebben een veiligheidscode nodig om zelfs maar binnen te komen, en zodra u uw eigen inlogcodes gebruikt, weten ze wie we zijn.’

‘En wat zou het onmogelijk maken om ons te vinden?’ vroeg Gamache.

‘Dat heb ik u al verteld. Een andere veiligheidscode. Eentje waar we geen aandacht mee trekken. Maar zelfs dat zal ze niet lang tegenhouden, want zodra we inbreken in een bestand dat ze proberen te beschermen, krijgen ze argwaan. Dan zullen ze ons opsporen en ons vinden.’

‘Hoe lang zal dat duren, denk je?’

Agent Nichol tuitte haar smalle lippen terwijl ze nadacht. ‘Finesse doet er in dat stadium niet toe. Het enige wat belangrijk is, is snelheid. We gaan erin, pakken wat we nodig hebben en maken dat we wegkomen. Daar hebben we waarschijnlijk niet meer dan een halve dag de tijd voor. En ik denk nog minder.’

‘Een halve dag vanaf het moment dat we het eerste beveiligde bestand openbreken?’ vroeg Gamache.

‘Nee,’ zei Jérôme. Hij sprak tegen Gamache, maar keek naar Nichol. ‘Ze bedoelt twaalf uur vanaf onze eerste poging.’

‘Misschien minder dan dat,’ zei Nichol.

‘Twaalf uur moet toch wel genoeg zijn?’ vroeg Thérèse.

‘Dat was in het verleden ook niet genoeg,’ zei Jérôme. ‘We zijn al maanden bezig en hebben nog steeds niet gevonden wat we nodig hebben.’

‘Maar toen had u mij niet,’ zei Nichol.

Ze keken naar haar aan en verwonderden zich over haar tomeloze optimisme en de grootheidswaan van de jeugd.

‘Dus wanneer beginnen we?’ vroeg Nichol.

‘Vannacht.’

‘Maar Armand...’ begon Thérèse. Jérôme had zijn hand op de hare gelegd en kneep erin, zo hard dat het pijn deed.

'Gilles had gelijk,' zei de hoofdinspecteur vastberaden. 'Dieven werken niet voor niets 's nachts. Minder getuigen. We moeten inbreken en wegwezen terwijl iedereen slaapt.'

'Eindelijk,' zei Nichol, en ze stond op.

'We hebben meer tijd nodig,' zei Thérèse.

'Er is geen tijd meer.' Gamache keek op zijn horloge. Het was bijna één uur 's nachts.

'Jérôme, je hebt een uur om je aantekeningen te verzamelen. Jij weet op welk punt de alarmbellen afgingen. Als je er snel in kunt komen, kunnen we er misschien voor het ontbijt weer uit zijn.'

'Oké,' zei Jérôme. Hij liet de hand van zijn vrouw los.

'Ga jij maar even slapen,' zei Gamache tegen Nichol. 'We maken je over een uur weer wakker.'

Hij ging naar de keuken en hoorde de deur achter zich dichtgaan.

'Waar ben je mee bezig, Armand?' vroeg Thérèse.

'Verse koffie zetten.' Hij stond met zijn rug naar haar toe terwijl hij de schepjes koffie telde die in het apparaat gingen.

'Kijk me aan,' zei ze streng. Gamache bleef met een schepje koffie in de hand staan, waardoor er een paar korrels op het aanrecht vielen.

Hij legde het schepje in het koffieblik en draaide zich om.

Thérèse Brunel keek hem strak aan. 'Jérôme is doodop. Hij is al de hele dag op de been.'

'Wij allemaal,' zei Gamache. 'Ik wil niet zeggen dat het makkelijk is, maar...'

'Suggereer je nou dat Jérôme en ik uit zijn op "makkelijk"?'

'Waar zijn jullie dan wel op uit? Wil je dat ik zeg dat we allemaal naar bed moeten gaan en vergeten wat er aan de hand is? We zijn nu heel dichtbij, we hebben eindelijk een kans. Hiermee komt er een eind aan.'

'Goeie god,' zei Thérèse terwijl ze aandachtig naar hem keek. 'Dit draait niet om ons. Dit draait om Jean-Guy Beauvoir. Jij denkt dat hij een volgende inval niet zal overleven. Daarom zet je ons zo onder druk, zet je Jérôme onder druk.'

'Het draait helemaal niet om Beauvoir.' Gamache greep het marmeren aanrecht achter zich vast.

'Tuurlijk wel. Je zou ons allemaal opofferen als je hem zou kunnen redden.'

'Niet waar,' zei Gamache met enige stemverheffing.

'Daar ben je mee bezig.'

'Ik werk hier al jaren aan,' zei Gamache, die een stap in haar richting deed. 'Lang voor de inval in de fabriek. Lang voordat Jean-Guy in moeilijkheden kwam. Ik heb alles opgegeven om dit tot een goed eind te kunnen brengen. En er komt vannacht een eind aan. Jérôme moet gewoon iets dieper graven. Wij allemaal, trouwens.'

'Je handelt niet rationeel.'

'Jij handelt niet rationeel,' snauwde hij. 'Zie je dan niet dat Jérôme bang is? Doodsbang? Daar raakt hij zo veel energie aan kwijt. Hoe langer we wachten, hoe erger het wordt.'

'Je bedoelt dat je dit doet om Jérôme te sparen?' vroeg Thérèse ongelovig.

'Ik doe dit omdat hij het niet volhoudt als we nog een dag langer wachten,' zei Gamache. 'En dan zijn we allemaal verloren. Hij ook. Jij ziet dat misschien niet, maar ik wel.'

'Hij is niet degene die op de rand van de afgrond staat,' zei ze. 'Hij is niet degene die vandaag in tranen was.'

Gamache keek alsof ze zojuist over hem heen was gewalst.

'Jérôme kan en zal het vannacht doen. Hij gaat het systeem in en vindt voor ons de informatie die we nodig hebben om Francoeur in de kraag te kunnen grijpen en te voorkomen wat hij van plan is.' Gamache sprak zacht, met een dreigende blik. 'Jérôme heeft gezegd dat hij het zal doen. Hij heeft tenminste een ruggengraat.'

Gamache deed de deur open en vertrok. Hij ging naar boven, naar zijn kamer, waar hij naar de muur staarde en wachtte tot zijn hand niet meer trilde.

Om twee uur 's nachts stond Jérôme op.

Armand had Nichol wakker gemaakt en was naar beneden gegaan. Hij keek niet naar Thérèse, en zij niet naar hem.

Agent Nichol kwam met warrig haar naar beneden en trok haar jas aan.

'Klaar?' vroeg Gamache aan Jérôme.

'Klaar.'

Gamache riep Henri bij zich en stilletjes gingen ze het huis uit. Als dieven in de nacht.

28

Agent Nichol marcheerde voor hen uit, als de enige die snel bij het schoolgebouwtje wilde zijn. Maar het was zinloos om te haasten, wist Gamache, want hij had de sleutel.

Jérôme liep hand in hand met Thérèse. Ze droegen allebei een zwarte donsjas en dikke witte wanten. Ze leken net Mickey en Minnie Mouse op hun zondagswandeling.

Hoofdinspecteur Gamache haalde commissaris Brunel in en draaide de deur van het schooltje van het slot. Hij hield hem open voor de anderen, maar in plaats van zelf ook naar binnen te gaan, liet hij de deur dichtvallen.

Door het berijpte raam zag hij het licht aan gaan en hij hoorde het metalige geluid van het deksel van de houtkachel dat werd verschoven om houtblokken op de smeulende kolen te leggen.

Buiten was het stil.

Hij legde zijn hoofd in zijn nek en keek naar de nachtelijke hemel. Was een van die heldere lichtjes misschien geen ster, maar de satelliet die hen binnenkort uit dit dorp zou halen?

Hij keek om zich heen. Naar de huizen van het dorp. De bed & breakfast, de bakkerij, de dorpswinkel van monsieur Béliveau, Myrna's boekwinkel, de bistro. Waar hij heel wat keren had gegeten en goede gesprekken had gehad. Met Jean-Guy. Met Lacoste. Zelfs met Nichol.

Een eeuwigheid geleden.

Hij stond op het punt de laatste verbinding te laten leggen en dan zou er geen weg terug meer zijn. Zoals Nichol heel duidelijk had gemaakt, zouden ze uiteindelijk gevonden worden. Hier in het dorp.

En geen bosbouwer, jager, dorpeling, maffe dichteres, fantastische schilderes of pensionhouder zou kunnen voorkomen wat er dan stond te gebeuren. Met Three Pines. Met alle inwoners.

Armand Gamache keerde het slapende dorp de rug toe en ging naar binnen.

Jérôme Brunel was achter een van de computers gaan zitten en Thérèse stond achter hem. Yvette Nichol zat naast dokter Brunel achter haar eigen scherm en toetsenbord. Haar rug was gebogen, alsof ze een bochel had.

Ze keken allemaal naar hem.

Gamache aarzelde niet. Hij knikte, waarop agent Nichol onder de tafel verdween.

'Oké?' vroeg ze.

'Oui,' zei hij kortaf, vastbesloten.

Even was het stil en toen hoorden ze een klik.

'Klaar,' riep ze, en ze kroop onder de tafel vandaan.

Gamache keek Jérôme aan en knikte.

Jérôme stak zijn hand uit, verbaasd dat zijn vinger niet trilde, en drukte op de startknop. Lichtjes gingen aan, er klonk wat gezoem en de schermen kwamen tot leven.

Gamache haalde een keurig gevouwen stukje papier uit zijn zak. Hij streek het glad en legde het voor Jérôme neer.

Agent Nichol keek ernaar. Naar het insigne. En de regel met cijfers en letters. Toen keek ze op naar de hoofdinspecteur.

'De nationale bibliotheek,' fluisterde ze. 'Mijn god, dat zou wel eens kunnen werken.'

'Oké, alles werkt en we zijn online,' meldde Jérôme. 'Alle coderingsprogramma's en subprogramma's werken. Zodra ik ben ingelogd, gaat de tijd lopen.'

Terwijl dokter Brunel langzaam en zorgvuldig de lange toegangscode intypte, draaide Gamache zich naar de muur waaraan de plattegrond van de omgeving hing. Zo gedetailleerd. Maar toch had de plek waar ze zich nu bevonden er niet op gestaan als niet jaren geleden een kind die stip had getekend en er in duidelijke letters 'thuis' bij had geschreven.

Gamache keek ernaar. En hij dacht aan de St. Thomaskerk aan de overkant. Aan het glas-in-loodraam dat na de Eerste Wereldoorlog was gemaakt, met een afbeelding van marcherende jonge soldaten. Niet met dappere gezichten. Ze waren vervuld van angst. En toch liepen ze door.

Onder het raam hing de lijst met namen van de jongemannen die nooit meer waren teruggekeerd. Met daaronder de inscriptie ZE WAREN ONZE KINDEREN.

Gamache hoorde Jérôme de reeks cijfers en letters intypen. En toen hoorde hij niets meer. Alleen maar stilte.

De code was ingevoerd en nu restte er nog maar één ding.

Jérôme Brunel bleef even met zijn vinger boven de ENTER-toets hangen.

Toen liet hij zijn vinger zakken.

'Non,' zei Armand. Hij greep Jérôme bij zijn pols, waardoor zijn vinger op een millimeter na de toets niet raakte. De anderen keken toe en durfden bijna geen adem te halen; ze vroegen zich af of Jérôme misschien toch op enter had gedrukt voordat Gamache had ingegrepen.

'Wat doe je?' vroeg Jérôme.

'Ik heb me vergist,' zei Gamache. 'Je bent doodop. We zijn allemaal moe. Dit kan pas werken als we allemaal scherp zijn. Uitgerust. Er staat te veel op het spel.'

Hij keek weer naar de plattegrond aan de muur. En naar de stip die bijna onzichtbaar was.

'We komen morgennacht terug en beginnen dan opnieuw,' zei Gamache.

Jérôme Brunel zag eruit als een man die uitstel van executie had gekregen. Hij wist niet of dit een vriendelijk gebaar was of een truc. Even later liet hij zijn schouders hangen, en zuchtte.

Met zijn allerlaatste beetje energie wiste dokter Brunel de code. Hij gaf het velletje papier terug aan Gamache.

Toen hij het in zijn zak stopte, ving Gamache Thérèses blik. Hij knikte.

'Zou je de stekker weer uit het stopcontact willen halen?' vroeg Jérôme aan Nichol.

Ze wilde al protesteren, maar deed het niet. Ze was er zelf ook te moe voor. Ze liet zich opnieuw van haar stoel glijden en kroop onder het bureau.

Toen de stekker uit het stopcontact was, deden ze de lichten uit, en Gamache draaide de deur weer op slot. Hij hoopte maar dat hij geen fout had begaan. Dat hij Francoeur niet net de vierentwintig uur had gegeven die hij nog nodig had om het laatste onderdeel van zijn plan ten uitvoer te brengen.

Terwijl ze naar het huis van Emilie Longpré sjokten, kwam Gamache naast Thérèse lopen.

'Je had gelijk, ik...'

Thérèse stak haar Minnie Mouse-hand op en Gamache hield zijn mond.

'We zaten allebei fout. Jij was bang om te stoppen en ik was bang om verder te gaan.'

'Denk je dat we morgen minder bang zullen zijn?' vroeg hij.

'Niet minder bang,' zei ze. 'Maar misschien wat dapperder.'

Eenmaal terug in het warme huis gingen ze naar bed en vielen in slaap zodra hun hoofd het kussen raakte. Vlak voordat Gamache in een diepe slaap wegzonk, hoorde hij Henri even tevreden brommen. Het huis kraakte op een manier die hem deed denken aan thuis.

Gamache opende zijn ogen en keek recht in de ogen van Henri. Hoe lang de hond daar al zat, met zijn kin op de rand van het bed, zijn natte neus een paar centimeter van Gamaches gezicht vandaan, was niet te zeggen.

Maar zodra Gamache zijn ogen opendeed, begon Henri met zijn hele lijf te kwispelen.

De dag was begonnen. Hij keek op zijn wekker.

Bijna negen uur. Hij had zes uur geslapen, maar het voelde als het dubbele. Nu hij uitgerust en opgeknapt was, wist hij zeker dat hij die nacht op het punt had gestaan een desastreuze beslissing te nemen. Ze zouden het vandaag rustig aan doen en 's avonds teruggaan, als ze niet meer vochten tegen de vermoeidheid, de verwarring en elkaar.

Terwijl hij zich aankleedde, hoorde Gamache buiten het geschraap van sneeuwschuivers. Hij trok de gordijnen open en zag dat het hele dorp wit was. Het sneeuwde nog steeds, en de vlokken vormden een dikke laag op de drie enorme dennen, het bos en de huizen.

Er stond geen zuchtje wind, waardoor de sneeuw recht naar beneden viel. Zacht en meedogenloos.

Hij zag Gabri en Clara, die bezig waren hun tuinpad sneeuwvrij te maken. Hij hoorde, en zag daarna, de sneeuwploeg van Billy Williams boven aan de heuvel verschijnen en het dorp in rijden. Langs het kerkje en het schoolgebouw. Om de ijsbaan heen.

Ouders schaatsten met sneeuwschuivers over de baan om de sneeuw te verwijderen, terwijl de kinderen met ijshockeysticks zaten te trappelen van ongeduld op de provisorische bankjes langs de zijkant.

Hij ging naar beneden en ontdekte dat hij de eerste was die op was.

Terwijl Henri zijn brokken at, zette Gamache een pot koffie en maakte hij een nieuw vuur in de haard in de woonkamer. Toen ging hij Henri uitlaten.

'Kom in de bistro ontbijten,' riep Gabri. Hij droeg een wollen muts met een enorme pompon en leunde op zijn sneeuwschuiver. 'Olivier bakt crêpes met bosbessen voor je met ahornsiroop van monsieur Pagé.'

'En spek?' vroeg Gamache, die wist dat hij al verloren was.

'*Bien sûr*,' zei Gabri. 'Hoe moet je crêpes anders eten?'

'Ik kom zo terug.'

Gamache snelde naar huis, schreef een briefje voor de anderen en ging toen met Henri naar de bistro. De hoofdinspecteur ging bij de open haard zitten. Hij had net een slok van zijn café au lait genomen toen Myrna naar hem toe kwam.

'Vind je het goed als ik erbij kom zitten?' vroeg ze. Maar ze zat al in de leunstoel tegenover hem en bestelde een kop koffie voor zichzelf.

'Ik was van plan om na mijn ontbijt naar je winkel te komen,' verklaarde de hoofdinspecteur. 'Ik ben op zoek naar cadeautjes.'

'Voor Reine-Marie?'

'Nee, voor iedereen hier. Als bedankje.'

'Dat hoeft niet, hoor,' zei Myrna.

Gabri bracht haar koffie, trok toen een stoel bij en voegde zich ook bij hen.

'Waar hebben jullie het over?' vroeg hij.

'Cadeautjes,' zei Myrna.

'Voor mij?' vroeg hij.

'Voor wie anders?' vroeg Myrna. 'We denken alleen maar aan jou.'

'Dat hebben we dan gemeen, *ma chère*,' zei Gabri.

'Waar hebben jullie het over?' vroeg Olivier, die twee borden met bosbessencrêpes en gebakken, op esdoornsnippers gerookt spek voor Myrna en Gamache neerzette.

'Over mij,' zei Gabri. 'Mij, mij, mij.'

'O, mooi,' zei Olivier, die er nog een stoel bij haalde. 'Dat was alweer een halve minuut geleden. Wat moet er intussen veel gebeurd zijn.'

'Ik wil jullie iets vragen,' zei Gamache. Myrna gaf hem het kannetje met ahornsiroop.

'Oui?' zei Olivier.

'Hebben jullie de pakjes van Constance opengemaakt?' vroeg de hoofdinspecteur.

'Nee, we hebben ze onder de boom gelegd. Wil je dat we ze openmaken?'

'Nee, ik weet al wat ze jullie heeft gegeven.'

'Wat dan?' vroeg Gabri. 'Een auto? Een pony?'

'Ik zal het niet verklappen, maar ik kan wel zeggen dat het iets is wat jullie kunnen gebruiken.'

'Een muilkorf?' vroeg Olivier.

'Waar hebben jullie het over?' vroeg Clara, die een stoel bijschoof. Haar wangen waren rood en ze had een loopneus, waardoor Gamache, Gabri, Myrna en Olivier haar allemaal tegelijk een servet aanreikten. Net op tijd.

'Cadeautjes,' zei Olivier. 'Van Constance.'

'Hebben jullie het niet over jou?' vroeg Clara aan Gabri.

'Ik weet het. Schandelijk. Maar eerlijk gezegd hadden we het wel over de cadeautjes die Constance aan míj wilde geven.'

'Aan ons,' zei Olivier.

'Ja, ze had er ook een voor mij,' zei Clara tegen Gamache. 'Dat pakje dat je kwam langsbrengen.'

'Heb je het al opengemaakt?'

'Ik ben bang van wel,' gaf Clara toe, en ze pikte een reepje spek van Myrna's bord.

'Daarom laat ik jullie pakjes tot kerstochtend onder mijn boom liggen,' zei Myrna, die haar bord wegtrok.

'Wat heb je van Constance gekregen?' vroeg Gabri.

'Deze.'

Clara deed haar sjaal af en gaf hem aan Myrna, die bewonderend naar het vrolijke limoengroen keek.

'Wat zijn dat? IJshockeysticks?' vroeg Myrna, en ze wees op het patroon aan de uiteinden van de sjaal.

'Penselen,' zei Clara. 'Het heeft even geduurd voordat ik het doorhad.'

Myrna gaf hem aan Clara terug.

'O, laten we die van ons gaan halen,' zei Gabri. Hij ging er snel vandoor en tegen de tijd dat hij terugkwam, waren Myrna en Gamache klaar met ontbijten en zaten ze aan hun tweede café au lait. Gabri gaf een van de pakjes aan Olivier en hield het andere zelf. Ze zagen er hetzelfde uit, allebei verpakt in rood papier met kerstmotiefje.

Gabri scheurde zijn pakje open. 'Wanten!' riep hij, alsof het een pony en een auto ineen was, zo geweldig.

Hij deed zijn wanten aan. 'Ze passen me ook nog. Het is ontzettend moeilijk om wanten te vinden voor dit soort kolenschoppen. En je weet wat ze over grote handen zeggen...'

Niemand ging erop in.

Olivier probeerde zijn wanten, die ook pasten.

Op alle vier de wanten stond een gele halvemaan.

'Wat denk je dat het patroon te betekenen heeft?' vroeg Clara.

Ze dachten er allemaal over na.

'Wist ze toevallig dat je graag tegen de maan pist?' vroeg Myrna aan Gabri.

'Wie niet?' zei Gabri, en hij lachte.

Gamache keek toe hoe de anderen hun presentjes bewonderden. En toen schoot hem plotseling te binnen wat er de avond ervoor bij hem opgekomen was, maar hem meteen weer ontschoten was.

Hij wendde zich tot Myrna. 'Ze heeft jou geen cadeautje gegeven.'

'O, maar haar komst was genoeg voor mij,' zei Myrna.

Gamache schudde zijn hoofd. 'We hebben deze pakjes in haar koffer gevonden, maar er zat niets bij voor jou. Waarom niet? Het is raar dat Constance voor iedereen een pakje had, maar niet voor jou.'

'Ik verwachtte ook geen pakje.'

'Maar dan nog,' zei Gamache. 'Als ze er voor de anderen een had, zou ze er toch ook een voor jou hebben meegebracht?'

Myrna snapte de logica en knikte.

'Misschien was de foto die ze had ingepakt voor Myrna,' opperde Clara voor. 'De foto van de vier zussen.'

'Misschien, maar waarom had ze hem dan niet ingepakt, net als de andere cadeautjes? Ze was oorspronkelijk niet van plan om terug te komen met kerst, hè?' vroeg hij en Myrna schudde haar hoofd. 'Ze zou eigenlijk maar een paar dagen komen.'

Myrna knikte.

'Dus voor zover zij wist, zou ze hier na dat eerste bezoek niet terugkomen,' zei Gamache, en ze keken hem vreemd aan. Dat had hij al gezegd, waarom legde hij er nog eens de nadruk op?

'Klopt,' zei Myrna.

Gamache stond op. 'Wil je even meekomen?'

Hij had het tegen Myrna, maar ze liepen allemaal achter hem aan door de deur die de bistro met de boekwinkel verbond. Ruth was er al. Ze stopte boeken in haar enorme handtas, waarvan de bodem al lang geleden de vorm van een fles whisky had aangenomen. Naast haar stond Rosa, die naar hen keek toen ze binnenkwamen.

Henri bleef als aan de grond genageld staan en ging liggen. Toen rolde hij op zijn rug.

'Sta op, zielepoot,' zei Gamache, maar Henri keek hem met zijn kop schuin aan en zwiepte met zijn staart.

'Lieve help,' zei Gabri zacht. 'Stel je voor hoe hun kroost eruit zal zien. Grote oren en grote poten.'

'Wat moeten jullie hier?' vroeg Ruth.

'Dit is mijn winkel,' zei Myrna.

'Het is geen winkel, het is een bibliotheek.' Ze klapte haar tas dicht.

'Idioot,' mompelden ze allebei.

Gamache liep naar de grote kerstboom.

'Wil je even kijken?' Hij wees naar de pakjes onder de boom.

'Maar ik weet wat er ligt. Ik heb ze zelf ingepakt. Cadeautjes voor iedereen hier, en voor Constance.'

En Constance, dacht Gamache.

'Kijk toch maar even.'

Myrna ging op haar knieën zitten en bekeek de pakjes.

'Mmm, mooi uitzicht,' zei Gabri bewonderend.

Myrna ging op haar hurken zitten. Ze had een pakje in haar hand dat was verpakt in rood papier met een kerstmotiefje.

'Kun je het kaartje even voorlezen?' vroeg Gamache.

Myrna kwam moeizaam overeind en opende het kaartje. 'Voor Myrna,' las ze. 'De sleutel tot mijn huis. Liefs, Constance.'

'Wat betekent dat?' vroeg Gabri, die van de een naar de ander keek en uiteindelijk naar Gamache.

Maar de hoofdinspecteur had alleen oog voor het pakje.

'Openmaken, alsjeblieft,' zei hij.

29

Myrna ging met het kerstcadeautje in een stoel bij het raam van haar boekwinkel zitten.

Iedereen boog zich naar haar toe terwijl ze het plakband lospeuterde, op Ruth na, die bleef staan waar ze stond en door het raam naar de eindeloze sneeuw keek.

'Wat heeft ze je gegeven?' vroeg Olivier reikhalzend. 'Laat eens zien.'

'Ook al handschoenen,' zei Clara.

'Nee, ik geloof dat het een muts is,' zei Gabri. 'Een wollen puntmuts.'

Myrna hield hem omhoog. Hij was lichtblauw en het was inderdaad een wollen muts – met een patroon erop.

'Wat is dat voor patroon?' vroeg Clara. Het zag eruit als vleermuizen, maar dat leek haar onwaarschijnlijk.

'Het zijn engeltjes,' zei Olivier.

Ze kwamen nog dichterbij.

'Wat mooi,' zei Gabri, en hij deed een stap achteruit. 'Omdat jij haar beschermengel was.'

'Hij is prachtig.' Myrna hield de muts bewonderend omhoog en probeerde niet te laten merken dat ze teleurgesteld was. Myrna was gaan geloven dat het pakje iets belangwekkends over Constance zou onthullen. Over haar privéleven. Dat Myrna door middel van het pakje eindelijk Constances huis binnen zou kunnen gaan.

Het was een mooi gebaar, maar het was niet echt een sleutel tot iets.

'Hoe wist je dat het daar lag?' vroeg Clara aan Gamache.

'Ik wist het niet,' gaf hij toe, 'maar het was onwaarschijnlijk dat ze wel cadeautjes voor jullie had, maar niet voor Myrna. Toen drong het tot me door dat als ze er een voor Myrna had meegebracht, dat tijdens haar eerste bezoek moest zijn geweest, omdat ze toen nog niet van plan was om terug te komen.'

'Nou, raadsel opgelost,' zei Gabri. 'Ik ga weer naar de bistro. Ga je mee, Maigret?'

'Ik kom eraan, Miss Marple,' zei Olivier.

Ruth stond kreunend op. Ze keek naar het pakje en toen naar Gamache. Hij knikte naar haar, en zij naar hem. Pas toen gingen Rosa en zij weg.

'Het lijkt wel telepathie tussen jullie.' Clara keek de oude dichteres na, die met de eend in haar armen voorzichtig het besneeuwde pad af liep. 'Ik weet niet of ik haar wel in mijn hoofd zou willen hebben.'

'Ze zit ook niet in mijn hoofd,' verzekerde hij haar. 'Maar ik denk vaak aan Ruth. Wist je dat ze haar gedicht "Helaas" heeft geschreven voor Virginie Ouellet, na haar dood?'

'Nee,' gaf Myrna toe, met haar hand op de muts. Ze zag dat Ruth bleef staan om de ijshockeyers instructies geven – of was het een uitbrander? 'Daar is Ruth beroemd mee geworden, toch?'

Gamache knikte. 'Ik geloof niet dat ze er ooit bovenop gekomen is.'

'De roem?' vroeg Clara.

'Het schuldgevoel,' zei Gamache. 'Het feit dat ze van het verdriet van een ander heeft geprofiteerd.'

'Wie heeft je ooit / zo onherstelbaar gekwetst / dat je elke toenadering / met opgetrokken lip begroet?'

Myrna zei het fluisterend terwijl ze Ruth en Rosa met gebogen hoofden door de sneeuw zag lopen. Naar huis.

'We hebben allemaal onze albatros,' zei ze.

'Of onze eend,' zei Clara, en ze knielde neer naast de stoel van haar vriendin. 'Gaat het?'

Myrna knikte.

'Wil je liever even alleen zijn?'

'Een paar minuutjes.'

Clara ging staan, gaf Myrna een kus op haar kruin en liep weg.

Maar Armand Gamache bleef. Hij wachtte tot de tussendeur gesloten was, ging toen in de stoel zitten waar Clara had gezeten en keek strak naar Myrna.

'Wat is er?' vroeg hij.

Myrna pakte de muts en zette hem op. Het leek wel een lichtblauwe gloeilamp op Myrna's hoofd. Toen gaf ze hem aan Gamache. Nadat hij hem had bekeken, legde hij de wollen puntmuts op zijn knie.

'Deze is niet voor jou gemaakt, hè?'

'Nee, en hij is ook niet nieuw,' zei ze.

Gamache zag dat de wol een beetje versleten en gepild was. En hij zag nog iets. Er zat een piepklein etiketje aan de binnenkant van de muts genaaid. Hij zette zijn leesbril op en bracht de muts naar zijn gezicht, zo dichtbij dat de ruwe wol bijna tegen zijn neus aan kwam.

Het was moeilijk om het etiket te lezen, zo klein en vervaagd waren de letters.

Hij zette zijn leesbril af en gaf de muts terug aan Myrna. 'Wat denk jij dat er staat?'

Ze kneep haar ogen tot spleetjes en bekeek het etiket. 'MA,' zei ze uiteindelijk.

De hoofdinspecteur knikte, afwezig frunnikend aan zijn bril.

'MA,' herhaalde hij terwijl hij uit het raam keek. Zijn blik was onscherp. Hij probeerde te zien wat er niet was.

Een idee, een gedachte. Een doel.

Waarom had iemand MA in de muts genaaid?

Hij wist zeker dat het eenzelfde soort etiketje was als die hij in de andere mutsen uit het huis van Constance had aangetroffen. Op de muts van Constance stonden rendieren en er zat een etiket in met MC erop. Marie-Constance.

In de muts van Marguerite stond MM. Marie-Marguerite.

In die van Josephine MJ.

Hij keek naar de muts in zijn hand. MA.

'Misschien was hij van hun moeder,' zei Myrna. 'Dat is het vast. Ze heeft er voor alle meisjes een gemaakt, en een voor zichzelf.'

'Maar hij is zo klein,' zei de hoofdinspecteur.

'De mensen waren toen kleiner,' zei Myrna, en Gamache knikte.

Dat was waar. Vooral de vrouwen. Zelfs tegenwoordig waren de Québecse vrouwen veelal klein en tenger. Hij keek weer naar de muts. Zou die een volwassen vrouw passen?

Misschien.

Dan zou het logisch zijn dat Constance hem had gehouden, als enig aandenken aan haar moeder. Er was geen enkele foto van hun ouders te vinden in het huis van de zussen, maar ze hadden iets veel kostbaarders: mutsen die hun moeder had gebreid.

Een voor ieder van hen, plus een voor haarzelf.

En wat had ze erin gezet? Niet haar initialen, natuurlijk. Want na de geboorte van de meisjes was ze niet langer Marie-Harriette geweest, maar mama. Ma.

Dus misschien was dit toch de sleutel tot Constance. En door hem aan Myrna te geven had Constance misschien willen laten zien dat ze bereid was om eindelijk het verleden los te laten. De wrok.

Gamache vroeg zich af of Constance en haar zussen ooit hadden geweten dat hun ouders hen niet aan de staat hadden verkocht, maar dat de meisjes hun in feite waren afgenomen.

Had Constance zich eindelijk gerealiseerd dat haar moeder van haar gehouden had? Was dat de albatros die ze haar hele leven met zich mee had getorst? Niet een of ander groot onrecht, maar het afschuwelijke besef dat haar helemaal geen onrecht was aangedaan? Dat haar ouders al die tijd van haar gehouden hadden?

Wie heeft je ooit zo onherstelbaar gekwetst?

Misschien was het antwoord, voor de vijfling en voor Ruth, eenvoudig.

Ze hadden het zichzelf aangedaan.

Ruth door het gedicht te schrijven en een onnodige schuld op zich te nemen, en de vijfling door in een leugen te geloven en niet in te zien dat hun ouders van hen hielden.

Gamache keek weer naar de muts, draaide hem rond, en bekeek het patroon. Toen liet hij hem zakken.

'Hoe zou dit de sleutel tot haar huis kunnen zijn?' vroeg hij. 'Zeggen de engeltjes je iets?'

Myrna keek uit het raam, naar de ijsbaan en de schaatsers, en ze schudde haar hoofd.

'Misschien betekent het niets,' zei de hoofdinspecteur. 'Waarom rendieren, dennenbomen of sneeuwvlokjes? De patronen die madame Ouellet in de andere mutsen had gebreid zijn gewoon vrolijke wintersymbolen, kersttafereeltjes.'

Myrna knikte, kneedde de muts en keek naar de vrolijke kinderen op de bevroren vijver. 'Constance heeft me verteld dat zij en haar zussen dol waren op ijshockey. Ze vormden een team en speelden tegen de andere kinderen uit het dorp. En schijnbaar was het ook de favoriete sport van broeder André.'

'Dat wist ik niet,' zei Gamache.

'Ik denk dat ze zich allemaal lieten aanpraten dat frère André hun beschermengel was. Vandaar' – ze hield de muts op – 'deze muts.'

Gamache knikte. Er stonden ook veel verwijzingen naar broeder André in de documenten die in het archief werden bewaard. Beide partijen hadden de heilige in herinnering geroepen.

'Maar waarom had ze die muts aan mij willen geven?' vroeg Myrna. 'Zodat ze me over broeder André kon vertellen? Was hij de sleutel tot hun huis? Ik snap het niet.'

'Misschien wilde ze hem het huis uit hebben,' zei Gamache, en hij kwam overeind. 'Misschien was dat de sleutel: zich losmaken van de legende.'

Misschien, misschien, misschien. Zo deed je geen moordonderzoek. En de tijd begon te dringen. Als deze misdaad niet was opgelost tegen de tijd dat hij en de Brunels en Nichol teruggingen naar het schooltje, zou hij nooit worden opgelost.

In elk geval niet door hem.

'Ik moet die film nog een keer zien,' zei Gamache, en hij liep naar de trap naar Myrna's bovenverdieping.

'Daar,' zei Gamache, terwijl hij naar het scherm wees. 'Zie je het?'

Maar weer had hij net te laat op de PAUSE-knop gedrukt.

Hij spoelde de film terug en probeerde het opnieuw. En nog een keer. Myrna zat naast hem op de bank. Telkens opnieuw speelde hij dezelfde twintig seconden van de opname af. Van het stukje film in de oude boerderij.

De meisjes die elkaar lachend plaagden. Constance die op de houten bank zat en haar vader die de veters van haar schaatsen strikte. De andere meisjes die bij de deur stonden, wankelend op hun ijzers, met hun ijshockeystick in hun hand.

Dan verscheen hun moeder, die de mutsen uitdeelde. Er was er één extra, die ze buiten beeld gooide.

Hoofdinspecteur Gamache speelde het fragment steeds opnieuw af. De extra muts was maar heel even zichtbaar, op het moment dat hij het beeld uit vloog. Maar uiteindelijk slaagde Gamache erin om het beeld stil te zetten op het moment vlak nadat Marie-Harriette de muts had weggegooid en voordat hij uit het beeld verdween.

Ze bogen zich naar voren.

De muts was licht van kleur, dat konden ze nog net zien. Maar omdat het een zwart-witfilm was, was het onmogelijk vast te stellen welke kleur hij had. Maar nu konden ze het patroon zien. Het was wazig, maar duidelijk genoeg.

'Engeltjes,' zei Myrna. 'Het is deze.' Ze keek naar de muts in haar hand. 'Hij was van de moeder.'

Maar Gamache keek niet langer naar de stilstaande muts. Hij keek naar het gezicht van Marie-Harriette. Waarom was ze zo ontdaan?

'Mag ik even bellen?'

Myrna ging haar telefoon halen.

'Ik heb de overlijdensaktes bekeken,' meldde inspecteur Lacoste als antwoord op zijn vraag. 'Ze zijn beslist allemaal dood. Virginie, Hélène, Josephine, Marguerite en nu Constance. Alle gezusters Ouellet zijn dood.'

'Weet je dat zeker?'

Het kwam zelden voor dat de hoofdinspecteur twijfelde aan haar bevindingen, waardoor ze ook aan zichzelf begon te twijfelen.

'Ik weet dat we dachten dat er misschien nog een in leven was,' zei Lacoste, 'maar ik heb voor ieder van hen een overlijdensakte en begrafenisdocumenten gevonden. Ze zijn allemaal op hetzelfde kerkhof vlak bij hun ouderlijk huis begraven. Daar hebben we bewijzen van.'

'Er is ook bewijs van dat dokter Bernard de baby's ter wereld heeft gebracht,' zei Gamache. 'Er is bewijs dat Isidore en Marie-Harriette ze aan Québec hebben verkocht. Bewijs dat Virginie is gestorven door een ongelukkige val, terwijl we nu vermoeden dat dat vrijwel zeker niet het geval was.'

Inspecteur Lacoste was het met hem eens.

'Ze leidden een uiterst teruggetrokken leven,' zei ze langzaam; ze begon te begrijpen wat hij bedoelde. 'Het zou kunnen.'

'Ze leidden niet alleen een teruggetrokken leven, ze deden ook geheimzinnig. Ze hadden iets te verbergen.' De hoofdinspecteur dacht even na. 'Als ze inderdaad allemaal dood zijn, zou het dan kunnen dat er meer aan de hand was met hun dood dan we weten?'

'Zoals bij Virginie, bedoelt u?' vroeg inspecteur Lacoste, die haar best deed om Gamache bij te houden.

'Als ze over de dood van een van hen hebben gelogen, hebben ze misschien ook over de dood van alle anderen gelogen.'

'Maar waarom?'

'Waarom liegt iemand tegen ons?' vroeg hij.

'Om een misdaad te verdoezelen,' zei ze.

'Om een moord te verdoezelen.'

'Denkt u dat ze vermoord zijn?' vroeg ze verbaasd. 'Allemaal?'

'We weten dat Constance is vermoord, en dat Virginie een gewelddadige dood is gestorven. Wat weten we daar eigenlijk over?' vroeg de hoofdinspecteur. 'In het officiële document staat dat ze is omgekomen als gevolg van een val van de trap. Dat is bevestigd door Hélène en Constance. Maar in het rapport van de arts en de eerste politieverslagen stond een andere doodsoorzaak.'

'Oui. Zelfmoord.'

'Misschien klopte dat ook niet.'

'Denkt u dat Hélène of Constance haar heeft vermoord?'

'Ik denk dat we dichter in de buurt van de waarheid komen.'

Gamache kreeg het gevoel dat ze eindelijk het huis van de zusters Ouellet in waren gekomen. Inspecteur Lacoste en hij tastten in het duister, maar wat de gekwetste familie ook verborgen had gehouden, het zou weldra aan het licht komen.

'Ik haal mijn aantekeningen er nog eens bij,' zei inspecteur Lacoste, 'en ik ga de oude dossiers doorspitten, eens kijken of ook maar iets erop wijst dat de zussen geen natuurlijke dood gestorven zijn.'

'Mooi zo. En ik raadpleeg het archief van de parochie.'

Dat was de plek waar de pastoor de geboorte- en overlijdensaktes bewaarde. De hoofdinspecteur wist dat hij daar de handgeschreven geboorteaktes van de vijf zusjes zou vinden. Hij vroeg zich af hoeveel overlijdensaktes hij er zou aantreffen.

Hoofdinspecteur Gamache reed rechtstreeks naar het forensisch lab van de Sûreté, waar hij de muts afgaf met het verzoek hem er voor het eind van de dag een volledig rapport over te geven.

'Vandaag?' vroeg de laborant. Maar Gamache had hem al de rug toegekeerd.

Hij ging naar zijn kantoor en was nog op tijd voor de briefing. Inspecteur Lacoste had de leiding, maar er waren maar een paar agenten die de moeite hadden genomen om te komen opdagen. Toen hij binnenkwam, stond ze op. Aanvankelijk deden de anderen dat niet, maar toen ze zijn strenge gezicht zagen, gingen zij ook staan.

'Waar is de rest?' vroeg Gamache bruusk.

'Op pad,' antwoordde een van de inspecteurs. 'Sir.'

'Ik vroeg het aan inspecteur Lacoste.' Hij keek haar aan.

'Ze zijn op de hoogte gebracht van de vergadering, maar ze hebben ervoor gekozen om niet te komen.'

'Ik wil hun namen,' zei Gamache. Hij stond op het punt om weg te gaan, maar bleef toen staan en keek naar de agenten, die nog stonden. Hij nam ze een moment op en werd toen milder. 'Ga maar naar huis,' zei hij.

Dat hadden ze niet verwacht, en ze bleven verbaasd en onzeker staan. Net als Lacoste, hoewel ze haar best deed het niet te laten blijken.

'Naar huis?' vroeg een van hen.

'Wegwezen,' zei de hoofdinspecteur. 'Denk ervan wat je wilt, maar maak dat je wegkomt.'

De agenten keken elkaar aan en grijnsden.

Hij keerde hun de rug toe en liep naar de deur.

'En onze zaken dan?'

Gamache bleef staan en keek naar de jonge agent die hij een paar dagen eerder had geprobeerd te helpen.

'Komt er nou echt vooruitgang in jullie zaken als jullie blijven?'

Het was een retorische vraag.

Hij wist dat deze agenten, die zo triomfantelijk naar hem keken, overal bij de Sûreté het gerucht verspreidden dat het afgelopen was met hoofdinspecteur Gamache. Dat hij de moed had opgegeven.

En nu had hij hun het grote plezier gedaan dat te bevestigen. Door in feite zijn afdeling te sluiten.

'Beschouw het maar als een kerstcadeautje.'

Ze deden geen enkele moeite meer om hun tevredenheid te verbergen. De coup was compleet. Ze hadden de grote inspecteur Gamache op de knieën gekregen.

'Ga naar huis,' zei hij vermoeid. 'Ik ga zelf ook zo.'

Hij ging met geheven hoofd en rechte rug de zaal uit, maar hij liep langzaam. Een gewonde leeuw die het eind van de dag probeerde te halen.

'Patron?' zei inspecteur Lacoste toen ze hem had ingehaald.

'Mijn kantoor, graag.'

Ze gingen naar binnen en hij deed de deur dicht. Toen gebaarde hij naar een stoel.

'Heb je nog nieuws over de zaak-Ouellet?' vroeg hij.

'Ik heb de buurvrouw nog een keer gesproken en gevraagd of de zussen wel eens bezoek hadden. Maar ze zei wat ze ook tegen de rechercheurs heeft gezegd: dat er nooit iemand kwam.'

'Behalve zijzelf, als ik het me goed herinner.'

'Eén keer,' zei inspecteur Lacoste. 'Om limonade te drinken.'

'Vond ze het niet vreemd dat ze nooit binnen werd gevraagd?'

'Nee. Ze zei dat je na een paar jaar wel aan iemands vreemde trekjes gewend bent. Sommige buren zijn nieuwsgierig, andere houden van een feestje en weer andere zijn heel rustig. Het is een gegoede oude buurt en de zussen hebben er jarenlang gewoond. Niemand verwonderde zich over hen.'

Gamache knikte en zweeg even terwijl hij speelde met de pen op zijn bureau.

'Ik wilde je zeggen dat ik heb besloten om met pensioen te gaan.'

'Met pensioen? Weet u dat zeker?'

Ze probeerde zijn gezicht te lezen, zijn toon. Bedoelde hij nou wat ze dacht dat hij bedoelde?

'Ik schrijf een ontslagbrief en lever die vanavond of morgen in. Mijn ontslag is per direct.' Hij zat voorovergebogen aan zijn bureau en keek naar zijn handen, hij zag dat ze niet meer trilden. 'We werken al heel lang samen, inspecteur.'

‘Inderdaad. Ik herinner me nog dat u me tussen de afdankertjes vond.’

‘Op zoek naar iets bijzonders.’ Hij glimlachte.

Het was niet eens zo ver bezijden de waarheid. Hoofdinspecteur Gamache had haar weggekaapt bij Ernstige Delicten op de dag dat ze ontslag wilde nemen. Niet omdat ze het werk niet aankon. Niet omdat ze het had verkloot, maar omdat ze anders was. Omdat ze door collega’s met gesloten ogen en gebogen hoofd was aangetroffen op een plek waar een afschuwelijk misdrijf tegen een kind was gepleegd.

De fout die Isabelle Lacoste had gemaakt, was dat ze de waarheid had verteld toen ze haar vroegen waar ze mee bezig was.

Ze had zitten mediteren, gedachten naar het slachtoffertje gestuurd om haar ervan te verzekeren dat ze niet vergeten zou worden. Vanaf dat moment hadden de andere agenten Isabelle Lacoste het leven zuur gemaakt, totdat ze het niet langer kon verdragen en ze had besloten dat het tijd was om op te stappen.

Het was een goede beslissing geweest. Alleen wist ze toen nog niet waar ze terecht zou komen.

Hoofdinspecteur Gamache had over het mediteren gehoord en wilde de jonge agent die de pispaal van de Sûreté was geworden zelf wel eens ontmoeten. Toen ze uiteindelijk bij haar baas op het matje werd geroepen, met haar ontslagbrief in de hand, had ze verwacht dat ze met hem alleen zou zijn. Maar er stond een andere man op uit de grote stoel. Ze had hem meteen herkend. Ze had hoofdinspecteur Gamache op de academie gezien. En op televisie. Ze had over hem in de krant gelezen. Ze had ooit met hem in de lift gestaan, zo dicht bij hem dat ze zijn aftershave kon ruiken. De geur was zo aantrekkelijk en de uitstraling van de man zo onweerstaanbaar dat ze bijna achter hem aan was gelopen toen hij de lift verliet.

Hoofdinspecteur Gamache was opgestaan toen ze het kantoor van haar baas binnenkwam en had een buiginkje gemaakt. Naar haar. Hij had iets ouderwets over zich, iets van een andere wereld.

Hij had zijn hand uitgestoken. ‘Armand Gamache,’ had hij gezegd.

Ze had hem de hand geschud, licht in het hoofd, onzeker van de situatie.

Sindsdien was ze niet van zijn zijde geweken.

Niet letterlijk, natuurlijk, maar professioneel, emotioneel. Ze zou hem overal volgen.

En nu vertelde hij haar dat hij ontslag zou nemen.

Ze kon niet zeggen dat het uit de lucht kwam vallen. Sterker nog, ze had het al een tijdje aan zien komen. Sinds de afdeling was gaan afbrokkelen en de agenten naar andere afdelingen waren overgestapt. Sinds de sfeer bij de Sûreté verpest was en de stank van verrotting zich had verspreid.

'Bedankt voor alles wat je voor me hebt gedaan,' zei hij. Hij stond op en glimlachte. 'Ik zal je een kopie van mijn ontslagbrief mailen. Misschien kun je die rondsturen.'

'Yes sir.'

'Zodra je hem hebt ontvangen, graag.'

'Dat zal ik doen.'

Ze liep met hem naar de deur van zijn kantoor en hij gaf haar een hand, net als toen ze elkaar voor het eerst hadden ontmoet.

'Er gaat geen dag voorbij dat ik niet trots op je ben, inspecteur Lacoste.'

Ze voelde hoe sterk die hand was. Inspecteur Gamache vertoonde geen spoor van de vermoeidheid die hij de andere agenten had getoond. Geen verslagenheid of berusting. Hij was resoluut. Hij hield haar hand vast en keek haar met opperste concentratie aan.

'Vertrouw op je intuïtie. Begrepen?'

Ze knikte.

Hij deed de deur open en liep zonder om te kijken weg. Langzaam, maar zonder aarzeling, verliet hij de afdeling die hij zelf had opgebouwd, maar die hij vandaag kapot had gemaakt.

30

'Dit wilt u vast zien.'

Tessier haalde hoofdcommissaris Francoeur in en stuurde alle anderen de lift uit. De deuren gingen dicht en Tessier gaf hem een vel papier.

Francoeur las het snel door.

'Wanneer is dit genoteerd?'

'Een uur geleden.'

'En hij heeft iedereen naar huis gestuurd?' Francoeur wilde het vel aan Tessier teruggeven, maar bedacht zich. Hij vouwde het op en stak het in zijn borstzak.

'Alleen inspecteur Lacoste is er nog. Ze lijken zich samen op de zaak-Ouellet te concentreren, maar de rest is weg.'

Francoeur keek strak voor zich uit en zag zijn imperfecte spiegelbeeld in de pokdalige metalen deur van de lift.

'Hij heeft het gehad,' zei Tessier.

'Doe niet zo stom,' zei Francoeur vinnig. 'Volgens de bestanden die je van de computer van de psycholoog hebt geplukt denkt Gamache nog steeds dat we hem in de gaten houden.'

'Maar niemand gelooft hem.'

'Híj wel, en hij heeft gelijk. Denk je niet dat hij dit speciaal voor ons heeft gedaan?' Francoeur tikte op zijn borstzak, waar nu de transcriptie in zat. 'Hij wil ons laten weten dat hij ontslag neemt.'

Tessier dacht daar even over na. 'Waarom?'

Francoeur keek strak voor zich uit. Naar de deur. Hij herinnerde zich nog hoe die nieuw was geweest. Toen het roestvrij staal had geglommen en zijn spiegelbeeld perfect was. Hij haalde diep adem, legde zijn hoofd in zijn nek en sloot zijn ogen.

Wat was Gamache van plan? Waar was hij mee bezig?

Francoeur had blij moeten zijn, maar alle alarmbellen gingen bij hem af. Ze waren er bijna. En nu dit.

Wat voer je in je schild, Armand?

De pastoor stond hem op te wachten met de sleutels van het oude kerkje.

De tijd dat kerken niet op slot zaten was allang voorbij. Verdwenen met de bokalen, kruisbeelden en andere objecten die gestolen of toegetakeld konden worden. Tegenwoordig waren de kerken koud en leeg. Hoewel dat niet helemaal aan de vandalen te wijten was.

Gamache veegde de sneeuw van zijn jas, nam zijn muts af en volgde de pastoor. De witte boord van pastoor Antoine zat verborgen onder een dikke jas en een oude sjaal. Hij liep haastig, ontstemd omdat hij op deze ijzige dag bij de warme kachel en zijn lunch vandaan was gehaald.

Hij was op leeftijd en liep gebogen. Tegen de tachtig, schatte Gamache. Zijn gezicht stond mild, de aderen in zijn neus en wangen waren gezwollen en paars. Zijn ogen stonden vermoeid. Uitgeput van het zoeken naar wonderen in dit schrale gebied. Hoewel het één wonder had voortgebracht dat iedereen zich nog herinnerde. De Ouellet-vijfling. Maar misschien was één wel erger dan geen, dacht Gamache. God was eenmaal langs geweest, maar niet teruggekomen.

Vader Antoine wist wat mogelijk was, en wat er aan hem voorbijging.

'Welke wilt u?' vroeg hij toen ze in zijn kantoortje achter in de kerk waren.

'Vanaf de jaren dertig, alstublieft,' zei de hoofdinspecteur. Hij had Antoine van tevoren gebeld en hem gesproken, maar toch leek de pastoor uit zijn humeur.

Hij keek net als Gamache de kamer rond. Overal stonden boeken en mappen. Gamache kon zien dat het ooit een comfortabele, zelfs uitnodigende kamer was geweest. Er stonden twee gemakkelijke stoelen, er was een open haard en er stonden boekenkasten. Maar nu voelde de kamer verwaarloosd. Vol, maar leeg.

'Daar, denk ik.' De pastoor wees naar een boekenkast bij het raam, gooide de sleutels op het bureau en vertrok.

'Merci, *mon père*,' riep de hoofdinspecteur hem na. Toen sloot hij de deur, deed de bureaulamp aan, trok zijn jas uit en ging aan het werk.

Hoofdinspecteur Francoeur gaf het vel papier aan de persoon tegenover hem aan de lunchtafel en keek toe hoe die het las, dubbelvouwde en naast zijn porseleinen bord met het warme volkorenbroodje legde. Naast het zilveren mes lag een krul boter.

'Wat denk je dat dit te betekenen heeft?' vroeg zijn tafelgenoot. Zijn toon was zoals altijd warm, vriendelijk en rustig. Nooit opgewonden, zelden kwaad.

Francoeur glimlachte niet, al zou hij het wel willen. In tegenstelling tot Tessier liet deze man zich niet om de tuin leiden door Gamaches ijverige poging hen van zich af te schudden.

'Hij vermoedt dat we afluisterapparatuur in zijn kantoor hebben geplaatst,' zei Francoeur. Hij had trek, maar hij wilde in het bijzijn van deze man niet de indruk wekken afgeleid te zijn. 'Dat,' zei hij, met een knikje naar het vel papier op het linnen tafelkleed, 'was voor ons bedoeld.'

'Dat ben ik met je eens. Maar wat voert hij in zijn schild? Neemt hij ontslag of niet? Wat wil hij hiermee zeggen? Geeft hij,' – hij tikte op het papier – ' zich hiermee over of is het een truc?'

'Eerlijk gezegd denk ik niet dat het iets uitmaakt.'

Nu keek Francoeurs tafelgenoot geïnteresseerd. Nieuwsgierig.

'Ga door.'

'We zijn er bijna. Die vrouw de mond snoeren leek aanvankelijk een probleem te zijn, maar...'

'Met "de mond snoeren" bedoel je Audrey Villeneuve van de Champlainbrug gooien?' zei de man. 'Een probleem dat jij en Tessier hadden veroorzaakt.'

Francoeur glimlachte flauwtjes en bleef beheerst. 'Nee, een probleem dat zijzelf had veroorzaakt door haar mandaat te overtreden.'

Hij zei er niet bij dat ze de informatie nooit had mogen kunnen vinden. Maar die had ze wel gevonden. En kennis mocht dan macht zijn, het werkte ook als explosief.

'We hebben het binnen de perken weten te houden,' zei Francoeur. 'Voordat ze iets kon zeggen.'

'Maar ze heeft iets gezegd,' zei zijn tafelgenoot. 'Het was puur geluk dat ze naar haar leidinggevende is gegaan, die vervolgens naar ons toe is gekomen. Het is bijna op een ramp uitgedraaid.'

Het was interessant, ironisch bijna, dat de man juist dát woord gebruikte, vond Francoeur, gezien wat er te gebeuren stond.

'En we weten zeker dat ze er met niemand anders over heeft gepraat?'

'Dan zou dat nu wel bekend zijn geweest,' zei Francoeur.

'Dat is niet erg geruststellend.'

'Ze besefte niet wat ze gevonden had,' zei Francoeur.

'Nee, Sylvain. Ze wist het wel, maar ze kon het niet geloven.'

In plaats van boosheid, zag Francoeur tevredenheid in de blik. En zelf voelde hij zich toen ook een beetje zo.

Ze hadden op twee dingen gerekend, dat ze konden verhullen wat er gaande was, en als ontdekt zou worden wat ze van plan waren, dat als onmogelijk zou worden afgedaan. Als ongeloofwaardig.

'De bestanden van Audrey Villeneuve zijn meteen overschreven, haar auto is schoongeveegd en haar huis doorzocht,' zei Francoeur. 'Alles wat ook maar in de verste verte belastend zou kunnen zijn, is verdwenen.'

'Behalve zijzelf. Zij is gevonden. Tessier en zijn mensen hebben het water over het hoofd gezien. Moeilijk voor te stellen, vind je niet, gezien de omvang van het doelwit? Ik vraag me af hoe goed ze zijn.'

Francoeur keek om zich heen. Op een groepje bodyguards bij de deur na waren ze de enigen in de eetzaal. Niemand kon hen zien. Niemand kon opnemen wat ze zeiden. Niemand kon hen afluisteren. Maar toch ging Francoeur zachter praten. Niet fluisteren, want dat zou te veel op een samenzwering lijken, maar zijn volume was discreet.

'Dat bleek een bijzonder gunstige samenkomst van omstandigheden te zijn,' zei Francoeur. 'De doodsoorzaak staat nog steeds als zelfmoord te boek, maar door het feit dat ze onder de brug is gevonden, konden Tessier en zijn mensen daar ook een kijkje gaan nemen. Zonder dat het verdacht was. Het was een geschenk uit de hemel.'

Francoeurs metgezel trok zijn wenkbrauwen op en glimlachte.

Hij had een aantrekkelijke, bijna jongensachtige uitdrukking. Zijn gezicht had net genoeg karakter, net genoeg onregelmatigheden om oprecht te lijken. Hij had een wat schorre stem, waardoor hij nooit glad overkwam. Hij droeg maatpakken die hem de uitstraling van een leidinggevende gaven, maar tegelijkertijd leek hij een man van het volk.

Een man van iedereen.

Er waren maar weinig mensen die Sylvain Francoeur bewonderde. Maar weinig mensen op wie hij na de eerste ontmoeting niet meteen wilde afgeven. Maar deze man was zo iemand. Ze kenden elkaar al meer dan dertig jaar. Ze hadden elkaar als jongen ontmoet en beiden hadden ze carrière gemaakt in hun vakgebied.

Francoeurs tafelgenoot scheurde het warme broodje in tweeën en smeerde er boter op.

Hij had moeten knokken, wist Francoeur, maar hij had zich omhoog weten te werken. Van arbeider bij de dam in James Bay tot een van de machtigste mannen in Québec.

Het draaide allemaal om macht. Om het genereren ervan. Het gebruiken ervan. En het afpakken van de macht van anderen.

'Bedoel je dat God ons gunstig gezind is?' vroeg zijn metgezel, duidelijk geamuseerd.

‘En het lot,’ zei Francoeur. ‘We hebben hard gewerkt, zijn geduldig geweest, we hebben een plan. En geluk.’

‘En was het ook een kwestie van geluk dat Gamache ons op het spoor kwam? Was het een kwestie van geluk dat hij vorig jaar het instorten van de dam wist te voorkomen?’

Het gesprek had een andere wending genomen. De voorheen zo warme stem was nu kil geworden.

‘We hadden er jaren aan gewerkt, Sylvain. Tientallen jaren. En nu moet jij het verpesten.’

Francoeur wist dat het volgende moment kritiek was. Hij mocht niet zwak overkomen, maar hij kon ook de confrontatie niet aangaan. Dus glimlachte hij, pakte zijn broodje en scheurde het in tweeën.

‘Je hebt natuurlijk gelijk, maar ik denk dat dat ook een geschenk uit de hemel zal blijken te zijn. Die dam is altijd een probleem geweest. We wisten niet of hij inderdaad zou ingestort zou zijn. En het zou zo veel schade aan het elektriciteitsnet hebben veroorzaakt dat het jaren zou hebben gekost om die te herstellen. Dit is veel beter.’

Hij keek door de plafondhoge ramen naar de vallende sneeuw.

‘Ik ben ervan overtuigd dat dit nog beter is dan het oorspronkelijke plan. Het grote voordeel ervan is dat het zo zichtbaar is. Het gebeurt niet in een afgelegen gebied, maar hier, in het centrum van een van de grootste steden van Canada. Stel je voor hoe dat eruitziet.’

Beide mannen zwegen. Stelden zich voor hoe het zou zijn.

Ze wilden geen verwoesting aanrichten, maar iets nieuws scheppen. Ze zouden woede veroorzaken, zo’n enorme verontwaardiging dat het een vuurproef zou worden. Een heksenketel. En het zou een roep om actie veroorzaken. Daar zou een leider voor nodig zijn.

‘En Gamache?’

‘Die speelt geen rol meer,’ zei Francoeur.

‘Niet tegen me liegen, Sylvain.’

‘Hij staat alleen. Zijn afdeling is een puinhoop en hij heeft er vandaag zelf min of meer de stekker uit getrokken. Hij heeft geen bondgenoten meer en zijn vrienden hebben hem de rug toegekeerd.’

‘Gamache leeft nog.’ Francoeurs tafelgenoot boog zich naar hem toe en ging zachter spreken. Niet om te verhullen wat hij te zeggen had, maar om iets duidelijk te maken. ‘Je hebt er al heel wat om zeep geholpen, Sylvain. Waarom twijfel je over Gamache?’

‘Ik twijfel helemaal niet. Neem maar van mij aan dat ik niets liever zou willen dan hem uit de weg ruimen. Maar zelfs mensen die hem niet langer trouw zijn zouden vragen gaan stellen als hij plotseling werd gevonden in de Sint-Lawrence of door een scherpschutter zou worden neergehaald. Dat kunnen we nu niet gebruiken. We hebben zijn carrière al kapotgemaakt, zijn afdeling. We hebben zijn geloofwaardigheid tenietgedaan en zijn geest gebroken. Het is niet nodig om de man zelf ook nog te doden. Nog niet, althans. Tenzij hij te gevaarlijk wordt. Maar dat wordt hij niet. Ik laat hem afleiden.'

'Hoe dan?'

'Door iemand om wie hij geeft boven de afgrond te laten bungelen. Gamache wil die man koste wat kost redden...'

'Jean-Guy Beauvoir?'

Francoeur zweeg even, verbaasd dat deze man dat wist. Maar toen schoot hem iets anders te binnen. Bespioneerde de man hem misschien? Terwijl hij Gamache bespioneerde?

Maakt niet uit, dacht Francoeur. Ik heb niets te verbergen.

Maar toch was hij op zijn hoede. Hij wist waar hijzelf toe in staat was. Was er zelfs trots op. Hij beschouwde zichzelf als een generaal in oorlogstijd, die niet terugdeinsde voor moeilijke beslissingen. Die er niet voor terugschrok zijn mannen de dood in te jagen. Of opdracht te geven anderen te laten doden. Een vervelend klusje, maar het moest geklaard worden.

Net als Churchill, die Coventry liet bombarderen. Die een paar mensen opofferde om velen te sparen. Francoeur kon prima slapen 's nachts door de gedachte dat hij beslist niet de eerste was die deze weg bewandelde. Voor het grote goed.

De man tegenover hem nam een slok rode wijn en keek hem over de rand van het glas heen aan. Francoeur wist waar hijzelf toe in staat was, en ook waar zijn metgezel toe in staat was, en wat hij al gedaan had.

Sylvain Francoeur was nu dubbel op zijn hoede.

Armand Gamache vond de parochieregisters precies op de plek waar de pastoor had gedacht dat ze zouden staan. Hij trok een paar in leer gebonden delen uit de stoffige boekenkast en nam het deel uit de jaren dertig mee naar het bureau.

Toen trok hij zijn jas weer aan. Het was koud en vochtig in het kantoor. En hij had honger. Maar hij negeerde het knorren van zijn maag, zette zijn leesbril op en boog zich over het oude geboorte- en overlijdensregister.

Francoeur sneed in het laagje bladerdeeg van zijn *saumon en croûte* en zag daaronder de roze vis met een toefje waterkers erop. Er droop citroen-dragonboter uit.

Terwijl hij een grote hap in zijn mond stak, at zijn tafelgenoot van een stuk gebraden lamsvlees met knoflook en rozemarijn. Tussen hen in op tafel stonden zilveren schaaltjes met sperzieboontjes en spinazie.

'Je hebt mijn vraag nog niet beantwoord, Sylvain.'

'Welke?'

'Neemt de hoofdinspecteur echt ontslag? Geeft hij zich over, of probeert hij ons op het verkeerde been te zetten?'

Francoeurs blik ging weer naar het vel papier, dat netjes gevouwen op tafel lag. De transcriptie van het gesprek dat eerder die dag in het kantoor van Gamache had plaatsgevonden.

'Ik was begonnen te zeggen dat het naar mijn mening niet uitmaakt.'

Zijn tafelgenoot legde zijn vork neer en pakte zijn linnen servet om zijn mondhoeken te deppen. Hij slaagde erin de gekunstelde handeling toch enigszins mannelijk te doen overkomen.

'Maar je hebt niet uitgelegd wat je daarmee bedoelde.'

'Wat ik ermee bedoel is dat hij te laat is. Wij hebben inmiddels alles rond. Het wachten is alleen nog op jouw startsignaal.'

Francoeurs vork bleef boven zijn bord in de lucht hangen. Hij keek de man tegenover hem aan.

Als het groene licht nu zou komen, waren ze slechts enkele minuten verwijderd van het afronden van wat tientallen jaren geleden in gang was gezet. Wat begonnen was als een fluistergesprek tussen twee idealistische jongemannen zou hier eindigen. Dertig jaar later. Met grijze stroken in hun haar, levervlekken op hun handen en rimpels in hun gezicht. Met kraakhelder tafellinnen en gepoetst zilverwerk, rode wijn en haute cuisine. Niet met een fluistering, maar met een klap.

'Binnenkort, Sylvain. Nog een paar uur, misschien een dag. We blijven bij ons plan.'

Net als zijn metgezel wist hoofdcommissaris Francoeur dat geduld macht was. Hij had een heel klein beetje van het een nodig om het ander te bereiken.

Ze waren er allemaal.

Marie-Virginie.

Marie-Hélène.

Marie-Josephine.

Marie-Marguerite.

En Marie-Constance.

Hij had hun geboorteregistratie gevonden. Een lange lijst namen, onder Ouellet. En hij had hun sterfdata gevonden. Van Isidore, Marie-Harriette en hun kinderen. Die van Constance stond er natuurlijk nog niet bij, maar die zou binnenkort worden toegevoegd. Dan zou het register compleet zijn. Geboorte en dood. Dan zou het boek gesloten kunnen worden.

Gamache leunde naar achteren in zijn stoel. Ondanks de rommel was deze kamer rustgevend. Wat vrijwel zeker kwam door de stilte en de geur van oude boeken.

Hij zette de zware, grote boeken terug en verliet de kerk. Toen hij naar de pastoorswoning liep, kwam hij langs het kerkhof. Het veld met oude grijze grafstenen was gedeeltelijk bedekt door sneeuw, waardoor er een kalme sfeer hing. Het sneeuwde nog steeds. Niet hard, maar gestaag. De sneeuw viel recht naar beneden, in grote zachte vlokken.

'Ach, waarom ook niet,' zei Gamache hardop tegen zichzelf, en hij stapte het pad af. Meteen zakte hij tot halverwege zijn scheenbenen weg en voelde hij de sneeuw in zijn laarzen glijden. Zo ploegde hij verder, van de ene grafsteen naar de andere, soms tot aan zijn knieën in de sneeuw. Totdat hij ze gevonden had.

Isidore en Marie-Harriette. Naast elkaar, hun namen voor eeuwig in steen gegraveerd. Marie-Harriette was heel jong gestorven, in ieder geval naar hedendaagse maatstaven. Ze was nog geen veertig geworden. Maar Isidore was oud geworden, bijna negentig. Hij was vijftien jaar geleden gestorven.

De hoofdinspecteur probeerde de sneeuw van de voorkant van de grafsteen te vegen om de andere namen en data te lezen, maar het was te veel. Hij keek om zich heen en liep toen terug.

Toen zag hij de pastoor aankomen, en hij groette hem.

'Hebt u gevonden wat u zocht?' vroeg Antoine.

Hij klonk nu vriendelijker. Misschien had hij gewoon last van een lage bloedsuikerspiegel in plaats van een slecht humeur of chronische teleurstelling in een God die hem hier had gedropt en hem toen was vergeten.

'Min of meer,' zei Gamache. 'Ik heb geprobeerd om de graven te bekijken, maar er ligt te veel sneeuw op.'

'Ik haal wel even een schop.'

Een paar minuten later kwam Antoine terug, en Gamache groef een pad naar het monument. Vervolgens groef hij de grafsteen zelf uit.

Marie-Virginie.
Marie-Hélène.
Marie-Josephine.
Marie-Marguerite.

En Marie-Constance. Haar geboortedatum stond er al op, maar haar sterfdatum nog niet. Aangenomen werd dat ze bij haar zussen begraven zou worden. Herenigd.

'Mag ik u iets vragen, mon père?' zei Gamache.

'Oui?'

'Is het mogelijk om een begrafenis in scène te zetten? En valse informatie in het register te laten opnemen?'

Antoine was van zijn stuk gebracht door deze vraag. 'Waarom zou iemand een nepbegrafenis houden?'

'Ik weet het niet, maar is het mogelijk?'

De pastoor dacht even na. 'We registreren geen sterfgevallen zonder de overlijdensakte te hebben gezien. Maar als die niet klopt, dan zou het register inderdaad ook niet kloppen. Maar de teraardebestelling? Dat zou toch lastiger worden. Ik bedoel, we moeten wel iemand begraven.'

'Zou het een lege kist kunnen zijn?'

'Dat is niet waarschijnlijk. Het uitvaartcentrum levert zelden een lege kist om te begraven.'

Gamache glimlachte. 'Dat zal wel niet, nee. Maar ze weten niet altijd wie erin ligt. En als u de parochiaan niet kende, zou u ook voor de gek gehouden kunnen worden.'

'U suggereert nu dat er wel iemand in de kist lag, maar dat het de verkeerde persoon was?'

Antoine keek sceptisch. En terecht, dacht de hoofdinspecteur.

Maar toch, een groot deel van het leven van de Ouellet-vijfling was een schijnvertoning geweest, dus waarom hun dood niet? Maar met welk doel? En wie van de vijf zou dan nog in leven zijn?

Hij schudde zijn hoofd. Het meest aannemelijke antwoord op die vraag was het simpelste. Ze waren allemaal dood. Wat hij zich moest afvragen was niet of ze dood waren, maar of ze vermoord waren.

Hij keek naar de grafstenen ernaast. Links lagen nog meer Ouellets, familie van Isidore. Rechts lagen Pineaults. Familie van Marie-Harriette. Alle jongens in haar familie hadden een naam die met Marc begon. Gamache boog zich naar de steen toe en was niet verbaasd te zien dat alle meisjesnamen met Marie begonnen.

Zijn blik werd weer naar de steen van Marie-Harriette getrokken.

Ze is allang dood en begraven in een andere stad, / maar mijn moeder is nog niet klaar met mij.

Gamache vroeg zich af wat de onafgedane kwestie was. Tussen moeder en dochters. Mama. Ma.

'Heeft iemand onlangs naar de vijfling gevraagd?' vroeg Gamache toen ze achter elkaar aan over het smalle pad liepen dat ze hadden uitgegraven.

'Nee, de meeste mensen zijn hen al lang geleden vergeten.'

'Bent u hier al lang pastoor?'

'Een jaar of twintig. Lang nadat de vijfling was verhuisd.'

Dus deze uitgebluste pastoor heeft nooit de voordelen van het wonder gekend, alleen de lijken.

'Zijn de meisjes wel eens terug geweest?'

'Nee.'

'Maar toch zijn ze hier begraven.'

'Tja, waar hadden ze anders begraven moeten worden? De meeste mensen keren aan het eind terug naar huis.'

Dat was waarschijnlijk waar, dacht Gamache.

'En de ouders, hebt u die gekend?'

'Isidore wel. Hij heeft lang geleefd. Nooit hertrouwd. Hij hoopte altijd dat de meisjes zouden terugkomen om voor hem te zorgen op zijn oude dag.'

'Maar ze kwamen niet terug.'

'Alleen voor zijn begrafenis. En later om zelf begraven te worden.'

Gamache gaf de pastoor de oude sleutels en ze namen afscheid. Maar voordat Gamache terugreed naar Montréal moest hij nóg ergens langs.

Een paar minuten later reed hoofdinspecteur Gamache een parkeerplaats op en zette de motor uit. Hij keek naar de hoge muren met de scherpe punten en krullen van prikkeldraad erbovenop. Hij werd in de gaten gehouden door bewakers in hun torens, met hun geweren schuin over hun borst.

Ze hadden zich geen zorgen hoeven maken. De hoofdinspecteur was niet van plan om uit te stappen, hoewel hij in de verleiding kwam.

De kerk bevond zich maar een paar kilometer van de SHU, de gevangenis waar Pierre Arnot zat. Door toedoen van Gamache.

Hij was van plan geweest om na zijn bezoek aan de pastoor en het raadplegen van het register terug te keren naar Montréal. Maar hij was in de verleiding gekomen om hierheen te rijden. Aangetrokken door Pierre Arnot.

Ze waren maar een paar honderd meter van elkaar verwijderd, en Arnot had alle antwoorden.

Gamache raakte er steeds meer van overtuigd dat wat het ook was wat nu tot rijping kwam, ingezet was door Arnot. Maar Gamache wist ook dat Arnot het geen halt zou toeroepen. Dat was aan Gamache en de anderen.

Hoewel hij graag de confrontatie met Arnot was aangegaan, wilde hij zijn belofte aan Thérèse niet breken. Hij startte de motor en reed weg, maar in plaats van naar Montréal te rijden, ging hij terug naar de kerk. Daar aangekomen parkeerde hij bij de pastorie en klopte aan.

'U weer,' zei de pastoor, maar hij keek niet ontstemd.

'Désolé, mon père,' zei Gamache, 'maar heeft Isidore tot zijn dood in zijn eigen huis gewoond?'

'Ja.'

'Deed hij alles zelf? Koken, schoonmaken, houthakken?'

'Tja, de oude generatie, hè?' zei de pastoor glimlachend. 'Zelfvoorzienend, en hij was daar trots op. Vroeg nooit om hulp.'

'Maar de oude generatie had wel vaak hulp,' zei Gamache. 'In ieder geval vroeger. De familie zorgde voor de ouders en grootouders.'

'Dat is waar.'

'Wie zorgde er dan voor Isidore, als zijn kinderen het niet deden?'

'Hij had hulp van een van zijn zwagers.'

'Is die er nog? Zou ik hem kunnen spreken?'

'Nee, na de dood van Isidore is hij verhuisd. De oude monsieur Ouellet heeft hem de boerderij nagelaten, als dank, denk ik. Aan wie had hij hem anders moeten geven?'

'Maar hij woont niet op de boerderij?'

'Nee. Pineault heeft hem verkocht en is in Montréal gaan wonen, dacht ik.'

'Hebt u zijn adres? Ik zou het graag met hem over Isidore, Marie-Harriette en de meisjes willen hebben. Hij heeft ze toch gekend? Zelfs hun moeder.'

Gamache hield zijn adem in.

'O ja, ze was zijn zuster. Hij was de oom van de meisjes. Ik heb zijn adres niet,' zei Antoine, 'maar hij heet André, André Pineault. Hij moet nu zelf ook een oude man zijn.'

'Hoe oud zal hij zijn?'

Père Antoine dacht even na. 'Ik weet het niet. We kunnen in het parochieregister kijken, als u wilt, maar ik schat dat hij dik in de zeventig is. Hij was de jongste van hun generatie, heel wat jaren jonger dan zijn zus. Het was een enorme familie, de familie Pineault. Vrome katholieken.'

'Weet u zeker dat hij nog leeft?'

‘Niet zeker, maar hier ligt hij niet.’ De pastoor keek langs Gamache naar het kerkhof. ‘En waar zou hij anders heen gaan?’

Naar huis. Niet langer de boerderij, maar het graf.

31

De laborant gaf Gamache de muts en het rapport. 'Klaar.'

'En, iets gevonden?'

'Ik heb drie belangrijke sporen gevonden op die muts. Naast uw eigen DNA, natuurlijk.' Hij keek Gamache afkeurend aan omdat die het bewijsmateriaal had besmet.

'Wie zijn de anderen?'

'Laat ik het erop houden dat meer dan drie mensen die muts hebben aangeraakt. Ik heb DNA van heel wat verschillende mensen en minstens één dier gevonden. Waarschijnlijk incidenteel contact, jaren geleden. Ze hebben hem opgepakt, misschien zelfs gedragen, maar niet lang. Hij was van iemand anders.'

'Van wie dan?'

'Daar kom ik zo op.'

De laborant wierp Gamache een geïrriteerde blik toe. De hoofdinspecteur maakte een handgebaar ten teken dat de man verder kon praten.

'Zoals ik al zei, er waren drie belangrijke sporen. Eén daarvan is van een buitenstaander, maar tussen de twee andere sporen bestaat een familieverband.'

De buitenstaander, vermoedde Gamache, was Myrna, die de muts in haar handen en zelfs op haar hoofd had gehad.

'Een van de twee is afkomstig van het slachtoffer.'

'Constance Ouellet,' zei Gamache. Dat was geen verrassing, maar het was goed om het bevestigd te zien. 'En de andere?'

'Nou, op dat punt wordt het interessant – en ingewikkeld.'

'U zei dat ze familie van elkaar zijn,' zei Gamache, in de hoop een lange en ongetwijfeld fascinerende monoloog te voorkomen.

'Dat is ook zo, maar het andere DNA is oud.'

'Hoe oud?'

'Tientallen jaren, zou ik zeggen. Het is moeilijk om het exact af te lezen, maar ze zijn zeker familie van elkaar. Misschien zelfs broer en zus.'

Gamache keek naar de engeltjes. 'Broer en zus? Maar zou het ook ouder en kind kunnen zijn?'

De laborant dacht even na en knikte. 'Zou kunnen.'

'Moeder en dochter,' zei Gamache bijna in zichzelf. Dus ze hadden het bij het rechte eind. De MA stond voor ma. Marie-Harriette had zes mutsen gebreid. Een voor ieder van haar dochters en een voor zichzelf.

'Nee,' zei de laborant. 'Niet moeder en dochter. Vader en dochter. Het oude DNA is vrijwel zeker mannelijk.'

'Pardon?'

'Ik kan het uiteraard niet met honderd procent zekerheid zeggen,' zei de laborant. 'Het staat in het rapport. Het DNA was van hoofdhaar. Ik zou zeggen het haar van een man, van jaren geleden.'

Gamache ging terug naar zijn kantoor.

De afdeling was verlaten. Zelfs Lacoste was vertrokken. Hij had haar vanuit de auto bij de pastorie gebeld en haar gevraagd het adres van André Pineault op te zoeken. Meer dan ooit wilde Gamache nu de man spreken die Marie-Harriette had gekend. Maar wat belangrijker was: Pineault had Isidore en de meisjes gekend.

Vader en dochter, had de laborant gezegd.

Gamache zag Isidore in gedachten met gestrekte armen de kinderen zegenen. De blik van berusting in zijn ogen. Zou het kunnen dat hij hen niet zegende, maar hun om vergeving vroeg?

Dan zullen vergevene en vergevende elkaar opnieuw ontmoeten.

Was dat de reden waarom ze geen van allen ooit getrouwd zijn? Waren ze daarom geen van allen ooit teruggegaan, behalve om zich ervan te vergewissen dat hij echt dood was?

Had Virginie daarom zelfmoord gepleegd?

Hadden ze daarom hun moeder gehaat? Niet om wat ze gedaan had, maar om wat ze had nagelaten? En was het mogelijk dat de staat, hoe arrogant en autoritair ook, de meisjes in feite had gered door hen uit die akelige boerderij weg te halen?

Gamache dacht eraan hoe blij Constance had gekeken toen haar vader de veters van haar schaatsen strikte. Hij had er verder niets achter gezocht, maar nu vroeg hij zich af hoe het zat. Hij had genoeg gevallen van kindermishandeling onderzocht om te weten dat wanneer een kind in een kamer wordt gezet met beide ouders, het kind bijna altijd degene omhelst die het misbruik pleegt.

Een poging van het kind om de dader gunstig te stemmen. Was dat de reden waarom de kleine Constance lachte? Niet uit blijdschap, maar uit wanhoop en ervaring?

Hij keek naar de muts. De sleutel tot hun huis. Hij mocht niet overhaast een conclusie trekken die misschien verre van juist was, waarschuwde Gamache zichzelf, nog terwijl hij zich afvroeg of dat het geheim was dat Constance achter slot en grendel had gehouden. Het geheim dat ze uiteindelijk aan het licht had willen brengen.

Maar dat verklaarde de moord niet. Of toch wel? Had hij een belangrijk verband over het hoofd gezien?

Hij vond het steeds belangrijker worden om met de oom te gaan praten.

Lacoste had hem gemaild dat ze hem gevonden dacht te hebben. Misschien was het niet de juiste Pineault, want het was een veelvoorkomende naam, maar zijn leeftijd klopte en hij was vijftien jaar geleden naar het appartementje verhuisd. De timing kwam dus overeen met de dood van Isidore en de verkoop van de boerderij. Ze had de hoofdcommissaris gevraagd of ze Pineault moest verhoren, maar Gamache had gezegd dat ze naar huis moest gaan. Om uit te rusten. Hij zou het zelf doen, op weg naar Three Pines.

Lacoste had het dossier op zijn bureau achtergelaten, en het adres voor monsieur Pineault in Montréal-Oost.

Gamache draaide zijn stoel langzaam om, totdat hij met zijn rug naar het donkere, verlaten kantoor zat, en hij keek uit het raam. De zon ging onder. Hij keek op zijn horloge: 16.17 uur. De tijd waarop de zon hoorde onder te gaan, maar toch leek het altijd te vroeg.

Hij schommelde zachtjes heen en weer op zijn stoel en keek naar Montréal. Een chaotische stad, altijd geweest. Maar ook bruisend. Levendig, rommelig.

Hij vond het heerlijk om naar Montréal te kijken.

Hij overwoog om iets te doen wat enorm dom zou kunnen zijn. Het was zeker niet rationeel, maar de gedachte was dan ook niet afkomstig van zijn hoofd.

De hoofdinspecteur schoof de papieren bij elkaar en liep zonder om te kijken zijn kantoor uit. Zonder de deur op slot te draaien; hij deed hem niet eens dicht. Dat was niet nodig, hij betwijfelde of hij terug zou komen.

Hij nam de lift naar boven, niet naar beneden. Daar aangekomen stapte hij de lift uit en liep vastberaden de gang door. In tegenstelling tot de afdeling Moordzaken was het hier niet verlaten. Terwijl hij voorbijliep keken de agenten op van hun bureau. Een enkeling pakte de telefoon.

Maar de hoofdinspecteur schonk er geen aandacht aan. Hij liep recht op zijn doel af. Daar aangekomen klopte hij niet aan, maar trok de deur open en deed hem stevig achter zich dicht.

'Jean-Guy.'

Beauvoir keek op van zijn bureau en Gamache kreeg een brok in zijn keel. Het ging bergafwaarts met Jean-Guy. Hij ging ten onder.

'Kom mee,' zei Gamache. Hij had verwacht dat zijn stem normaal zou klinken, maar tot zijn verbazing hoorde hij slechts een fluistering, zijn woorden nauwelijks hoorbaar.

'Ga weg.' Ook Beauvoir sprak zacht. Hij keerde de hoofdinspecteur de rug toe.

'Kom mee,' herhaalde Gamache. 'Alsjeblieft, Jean-Guy. Het is nog niet te laat.'

'Waarvoor? Voor jou om nog meer met me te sollen?' Beauvoir draaide zich om en keek Gamache woedend aan. 'Om me nog meer te kunnen vernederen? *Fuck you.*'

'Ze hebben de gegevens van de psycholoog gestolen,' zei Gamache, en hij liep naar de jongere man toe die nu zo veel ouder leek. 'Ze weten hoe ze ons moeten bespelen. Jou, mij, inspecteur Lacoste, iedereen.'

'Ze? Wie zijn "ze"? O, wacht, zeg maar niks. "Ze" zijn jou niet. Dat is het enige wat telt, toch? De geweldige Armand Gamache valt niets te verwijten. Het is "hun" schuld. Dat is het altijd. Nou, je kunt oprotten met dat perfecte leven en die perfecte carrière van je. Voor jou ben ik niets anders dan een waardeloos stuk vreten, iets wat aan je schoen plakt. Niet goed genoeg voor jouw afdeling, niet goed genoeg voor jouw dochter en niet goed genoeg om een poot voor uit te steken.'

Dat laatste kwam amper over Beauvoirs lippen. Zijn keel was dichtgesnoerd en hij kon nauwelijks nog iets uitbrengen. Hij stond op. Zijn magere lijf trilde.

'Ik heb geprobeerd...' begon Gamache.

'Je hebt me achtergelaten. Je liet me liggen in die fabriek.'

Gamache deed zijn mond open om iets te zeggen. Maar wat kon hij zeggen? Dat hij Beauvoir had gered? Dat hij hem naar een veilige plek had gesleept? Zijn bloed had gestelpt? Om hulp had geroepen?

Dat het zijn schuld niet was?

Zolang Armand Gamache leefde zou hij niet Jean-Guys wond voor zich blijven zien, maar zijn gezicht. De angst in zijn ogen, de angst om te sterven. Zo plotseling. Zo onverwacht. Hij had Gamache gesmeekt om hem in ieder geval niet alleen te laten sterven. Om bij hem te blijven.

Hij had Gamaches handen vastgegrepen, en tot op de dag van vandaag kon Gamache ze in gedachten nog voelen, kleverig en warm. Jean-Guy had niets gezegd, maar zijn ogen hadden het uitgeschreeuwd.

Armand had Jean-Guy een kus op zijn voorhoofd gegeven en zijn warrige haar uit zijn gezicht gestreken. Hij had iets in zijn oor gefluisterd en was vertrokken. Om de anderen te helpen. Hij was hun leider. Hij had hen in deze situatie doen belanden, in wat een hinderlaag bleek te zijn. Hij kon niet bij die ene gewonde agent blijven, hoezeer hij hem ook waardeerde.

Hij was zelf ook neergeschoten. Was bijna gesneuveld. Toen hij opkeek, was Isabelle Lacoste bij hem geweest. Zij had hem in de ogen gekeken, zijn hand vastgehouden, hem horen fluisteren. Reine-Marie.

Ze had hem niet alleen gelaten. Hij had in het ontstellend geruststellende besef verkeerd dat hij die laatste momenten niet alleen was. En toen had hij zich gerealiseerd hoe ongelooflijk eenzaam Beauvoir zich gevoeld moest hebben.

Armand Gamache wist dat hij veranderd was. De man die van de betonnen vloer was opgetild was een ander dan de man die er was neergevallen. Maar hij wist ook dat Jean-Guy Beauvoir nooit echt was opgekrabbeld. Dat hij aan die bebloede fabrieksvloer geketend was – door pijn en pijnstillers, verslaving, wreedheid en de ketens der wanhoop.

Gamache keek hem nu opnieuw in de ogen.

Ze waren hol. Zelfs de woede leek maar een oefening, een echo, en werd niet echt meer gevoeld. Er lag een schemering in zijn ogen.

‘Ga met me mee,’ zei Gamache. ‘Laat me hulp voor je zoeken. Het is nog niet te laat. Alsjeblieft.’

‘Annie heeft me de deur uitgezet omdat je dat had gezegd.’

‘Je kent haar, Jean-Guy. Beter dan ik haar ooit zal kennen. Je weet heel goed dat ze zich niet laat dwingen. Ze is er bijna aan onderdoor gegaan, maar wat ze deed, deed ze uit liefde. Ze heeft je weggestuurd omdat ze wilde dat je hulp zou zoeken voor je verslaving.’

‘Het zijn pijnstillers,’ zei Beauvoir geïrriteerd. Ook dat was een meningsverschil dat ze al lange tijd hadden, een eindeloos getouwtrek. ‘Op doktersvoorschrift.’

‘En deze?’ Gamache bukte en pakte de kalmeringspillen van Beauvoirs bureau.

‘Die zijn van mij.’ Beauvoir sloeg het potje uit Gamaches hand en de pillen vielen op het bureau, ze rolden alle kanten op. ‘Je hebt me alles afgenomen.

Dit is het enige wat ik nog heb.' Jean-Guy pakte het potje en gooide het in één vloeiend gebaar naar de hoofdinspecteur. 'Dit is alles wat ik nog heb. En nu wil je me dit ook nog afnemen.'

Beauvoir was uitgemergeld en trilde. Maar toch ging hij de confrontatie met de grotere man aan.

'Wist je dat de andere agenten me jouw schoothondje noemden, omdat ik altijd achter je aan liep?'

'Zo noemden ze je helemaal niet. Ze respecteerden je.'

'Eerst wel ja, maar later niet meer,' zei Beauvoir. 'Ik was jouw schoothondje. Ik liep overal achter je aan en deed wat me werd opgedragen. Iedereen bespotte me. En na de inval zei je tegen iedereen dat ik een lafaard was...'

'Niet waar!'

'Je hebt me eerst naar een psycholoog gestuurd en toen naar een afkickcentrum. Alsof ik een of andere slappeling was. Je hebt me vernederd.'

Terwijl hij sprak, duwde hij Gamache naar achteren. Na elke zin gaf hij hem een duw. En nog een. Totdat de hoofdinspecteur met zijn rug tegen de dunne wand van Beauvoirs kantoor stond.

Toen de hoofdinspecteur geen kant meer op kon, niet voor- en niet achteruit, stak Jean-Guy Beauvoir zijn hand onder Gamaches jasje en pakte zijn pistool.

De hoofdinspecteur deed niets, al had hij hem tegen kunnen houden.

'Eerst heb je me laten creperen en toen zette je me voor gek.'

Gamache voelde de loop van de Glock in zijn buik en ademde scherp in toen hij de druk voelde toenemen.

'Ik heb je geschorst,' zei Gamache met dichtgeknepen keel, 'ik heb je naar een afkickkliniek gestuurd, om je te helpen.'

'Annie is bij me weggegaan,' zei Beauvoir, die nu tranen in zijn ogen kreeg.

'Ze houdt van je, maar ze kon niet met een verslaafde leven. Je bent verslaafd, Jean-Guy.'

Terwijl de hoofdinspecteur sprak, leunde Jean-Guy dichter tegen hem aan en hij duwde het pistool dieper in Gamaches buik, zodat hij bijna geen lucht kreeg. Maar nog steeds vocht hij niet terug.

'Ze houdt van je,' herhaalde hij met schorre stem. 'Je moet hulp zoeken.'

'Je hebt me daar laten liggen,' zei Beauvoir, die naar adem snakte. 'Op die vuile vloer. Op die gore fabrieksvloer.'

Hij leunde huilend tegen Gamache aan, hun lichamen vlak bij elkaar. Beauvoir voelde de stof van Gamaches jasje tegen zijn ongeschoren gezicht en rook sandelhout. En een vleugje rozen.

‘Ik kom om je te halen, Jean-Guy.’ Gamache sprak met zijn mond tegen Beauvoirs oor, zijn woorden nauwelijks hoorbaar. ‘Ga met me mee.’

Hij voelde Beauvoirs hand bewegen en zijn vinger op de trekker verstrakken. Maar hij verzette zich nog steeds niet. Verweerde zich niet.

Dan zullen vergevene en vergevende elkaar opnieuw ontmoeten.

‘Het spijt me,’ zei Gamache. ‘Ik zou mijn leven geven om je te redden.’

Of zal het, zoals altijd, te laat zijn?

‘Te laat.’ Beauvoirs stem was gesmoord, met zijn mond tegen Gamaches schouder.

‘Ik hou van je,’ fluisterde Armand.

Jean-Guy Beauvoir sprong naar achteren en zwaaide met het pistool, waarbij hij Gamache in het gezicht raakte. Gamache struikelde en viel opzij tegen een archiefkast. Hij stak zijn arm uit tegen de muur om zijn val te breken. Toen hij opzij keek, zag hij dat Beauvoir met hevig trillende hand de Glock op hem richtte.

Gamache wist dat er agenten aan de andere kant van de deur waren die hadden kunnen binnenkomen. Die dit hadden kunnen voorkomen. Die er nog steeds een einde aan zouden kunnen maken. Maar dat deden ze niet.

Hij richtte zich op en stak een hand uit, die nu bedekt was met zijn eigen bloed.

‘Ik zou je kunnen vermoorden,’ zei Beauvoir.

‘Oui. Misschien verdien ik dat ook wel.’

‘Niemand zou het me kwalijk nemen. Ik zou niet gearresteerd worden.’

Gamache wist dat hij gelijk had. Hij had nooit gedacht dat als hij ooit zou worden neergeschoten, het op het hoofdkwartier van de Sûreté zou zijn, of door Jean-Guy Beauvoir.

‘Dat weet ik,’ zei de hoofdinspecteur zacht. Hij deed een stap naar Beauvoir toe, die niet voor hem week. ‘Je moet zo eenzaam zijn.’

Hij keek Jean-Guy in de ogen en zijn hart brak voor de jongen die hij in de steek had gelaten.

‘Ik zou je kunnen vermoorden,’ herhaalde Beauvoir, nu nog zachter.

‘Ja.’

Armand Gamache stond nu oog in oog met Jean-Guy. Het pistool kwam bijna tegen zijn witte overhemd, waar nu bloedspatten op zaten.

Hij stak zijn rechterhand uit, een hand die niet langer trilde, en hij voelde het metaal.

Gamache sloot zijn hand over die van Jean-Guy. Die voelde koud. Zo koud als het pistool. Even keken de mannen elkaar aan en toen liet Jean-Guy het wapen los.

'Ga weg,' zei Beauvoir. Hij had geen vechtlust meer, zijn energie was op.

'Ga met me mee.'

'Ga weg.'

Gamache stak het pistool in zijn holster en liep naar de deur. Hij aarzelde even.

'Het spijt me.'

Beauvoir bleef midden in zijn kantoor staan, nog te moe om zich om te draaien.

Hoofdinspecteur Gamache vertrok en liep bijna tegen een groepje Sûreté-agenten op, van wie hij sommigen nog had lesgegeven op de politieschool.

Armand Gamache had altijd onalledaagse opvattingen gehad. Hij geloofde dat het licht de schaduwen zou verjagen, dat vriendelijkheid sterker was dan wreedheid en dat goedheid bestond, zelfs op de akeligste plekken. Hij geloofde dat er grenzen waren aan het kwaad. Maar nu hij naar de jonge mannen en vrouwen keek die hem aanstaarden, die hadden gezien dat er iets vreselijks te gebeuren stond en niets hadden gedaan, vroeg hoofdinspecteur Gamache zich af of hij het bij het verkeerde eind had gehad.

Misschien won het donker af en toe. Misschien had het kwaad geen grenzen.

Hij liep in zijn eentje de gang door, ging de lift in en sloeg zijn handen voor zijn gezicht.

'Weet u zeker dat u niet even naar een dokter moet?'

André Pineault stond met zijn armen over zijn brede borst geslagen in de deuropening van de toiletten.

'Nee hoor, het gaat wel.' Gamache plensde nog wat water in zijn gezicht en voelde de wond prikken. Er kringelde roze vloeistof rond het putje van de wastafel, om vervolgens te verdwijnen. Hij keek op en zag zijn spiegelbeeld, met de grillige snee op zijn jukbeen en de opkomende blauwe plek.

Maar de wond zou wel genezen.

'Uitgegleden op het ijs, zegt u?' Monsieur Pineault gaf Gamache een schone handdoek, die de hoofdinspecteur tegen zijn wang drukte. 'Ik ben zelf ook vaak op die manier uitgegleden. Meestal na een paar biertjes in het café. Vrienden van me ook. Soms werden we gearresteerd wegens uitglijden.'

Gamache glimlachte en kermde van de pijn. Toen glimlachte hij weer.

'IJs is behoorlijk verraderlijk,' zei de hoofdinspecteur instemmend.

'*Maudit tabarnac*, u heeft gelijk,' zei Pineault, hij ging Gamache via de gang voor naar de keuken. 'Biertje?'

'Non, merci.'

'Koffie?' Het werd hem zonder enthousiasme aangeboden.

'Een glas water, graag.'

Als Gamache om pis had gevraagd, had Pineault niet minder enthousiast kunnen zijn. Maar hij schonk een glas water in en haalde ijsklontjes. Een ervan deed hij in het glas en de rest wikkelde hij in een theedoek. Vervolgens gaf hij beide aan de hoofdinspecteur.

Gamache verruilde de handdoek voor het ijs. Dat voelde meteen een stuk beter. André Pineault had dit duidelijk eerder gedaan.

De oudere man opende een flesje bier, schoof een stoel naar achteren en ging naast Gamache aan de met plastic bedekte keukentafel zitten.

'Dus u wilde het hebben over Isidore en Marie-Harriette, patron? Of over de meisjes?'

Toen Gamache had aangebeld, had hij zich voorgesteld en verteld dat hij wat wilde vragen over monsieur en madame Ouellet. Maar zijn gezag was ondermijnd door het feit dat hij eruitzag alsof hij net een vechtpartij in de kroeg had verloren.

Maar André Pineault leek het niets bijzonders te vinden. Gamache had in de auto geprobeerd zijn gezicht schoon te maken, maar daar was hij niet erg in geslaagd. Normaal zou hij naar huis gereden zijn om schone kleren aan te trekken, maar daar had hij nu geen tijd voor.

Nu hij daar in de keuken met een verdoofde wang koud water zat te drinken, voelde hij zich langzamerhand weer mens worden, en competenter.

Monsieur Pineault leunde achterover in zijn stoel, zijn borst en buik naar voren gestoken. Sterk, levenslustig, verweerd. Volgens de kalender mocht hij dan boven de zeventig zijn, hij had iets leeftijdloos, bijna iets onsterfelijks. Gamache kon zich niet voorstellen dat deze man door iets of iemand geveld zou worden.

Hij had heel wat inwoners uit Québec zoals hij ontmoet. Stevige mannen en vrouwen die hun leven lang voor de boerderij, het bos, de dieren en zichzelf hadden moeten zorgen. Ruig, robuust, onafhankelijk. Een soort waar de meer verfijnde types uit de stad tegenwoordig op neerkeken.

Gelukkig kon dat mannen als Pineault weinig schelen. En als dat wel het geval was, gleden ze gewoon uit op het ijs en trokken de stadsbewoner met zich mee.

'Herinnert u zich de vijfling nog?' vroeg Gamache terwijl hij de theedoek met ijs op de keukentafel legde.

'Die zijn moeilijk te vergeten, maar ik zag ze niet zo vaak. Ze woonden in dat pretpark in Montréal dat de overheid voor hen had gebouwd, maar met kerst kwamen ze naar huis, of 's zomers een weekje.'

'Dat moet leuk zijn geweest, om je eigen beroemdheden te hebben.'

'Mwah. Niemand beschouwde ze als vanhier. Er werden wel souvenirs van ze verkocht en de mensen vernoemden hun cafés en motels naar hen. Restaurant De Vijfling, bijvoorbeeld. Maar ze waren niet vanhier. Niet echt.'

'Hadden ze geen vriendinnen in dit dorp? Kinderen die hier in de buurt woonden met wie ze optrokken?'

'Optrokken?' vroeg Pineault snuivend. 'Die kinderen "trokken" niet "op". Alles wat ze deden was voor ze uitgestippeld. Ze leken de koningin van Engeland wel.'

'Dus ze hadden geen vriendinnen?'

'Alleen vriendinnen die door de filmmensen waren betaald.'

'Wisten de meisjes dat?'

'Dat die kinderen omgekocht waren? Waarschijnlijk wel.'

Gamache herinnerde zich wat Myrna over Constance had gezegd. Dat ze snakte naar gezelschap. Niet naar haar zussen, die ze altijd om zich heen had, maar naar een vriendin die niet voor haar vriendschap werd betaald. Zelfs Myrna had ze moeten betalen om naar haar te luisteren. Maar toen Constance Myrna niet langer betaalde, had Myrna haar niet in de steek gelaten.

'Wat waren het voor meisjes?'

'Wel aardig. Op zichzelf.'

'Verwaand?' vroeg Gamache.

Pineault schoof ongemakkelijk heen en weer in zijn stoel. 'Ik zou het niet weten.'

'Vond u ze aardig?'

Pineault leek in verwarring gebracht door die vraag.

'U moet ongeveer van hun leeftijd zijn...' probeerde Gamache het opnieuw.

'Iets jonger.' Hij grinnikte. 'Ik zie er misschien wel zo uit, maar zo oud ben ik niet.'

'Speelde u met hen?'

'Soms gingen we ijshockeyen. Als de meisjes hier met kerst waren, stelde Isidore altijd een team samen. Iedereen wilde Rocket Richard zijn,' zei Pineault. 'Zelfs de meisjes.'

Gamache zag de lichte verandering in de man.

'U mocht Isidore, toch?'

André gromde. 'Hij was een bruut. Je zou denken dat hij als een grote, vieze ouwe boomstronk uit de klei was getrokken. Hij had enorme handen.'

Pineault spreidde zijn eigen aanzienlijke handen op de keukentafel en keek er glimlachend naar. Net als Isidore miste hij een paar tanden, maar hij was eerlijk en oprecht.

Hij schudde zijn hoofd. 'Hij was zwijgzaam. Het zou me verbazen als ik de laatste tien jaar van zijn leven vijf woorden uit hem heb gekregen.'

'Ik begrijp dat u bij hem in huis woonde.'

'Wie heeft u dat verteld?'

'De pastoor.'

'Antoine? Ouwe muts, moet altijd overal over kletsen. Net als toen hij nog klein was. Hij was altijd de keeper. Te lui om een poot te verzetten. Hij stond daar gewoon als een spin in een web. Gek werden we ervan. En nu speelt hij heer en meester over die kerk en laat hij toeristen zien waar de vijfling is gedoopt. Laat ze zelfs het familiegraf zien. Maar niemand is daar natuurlijk nog in geïnteresseerd.'

'Zijn ze als volwassenen nooit teruggekomen om hun vader op te zoeken?'

'Heeft Antoine dat ook verteld?'

Gamache knikte.

'Dat klopt, maar dat was niet erg. Isidore en ik redden ons best. Hij heeft op de dag van zijn dood de koeien nog gemolken, weet u. Hij was bijna negentig en viel zowat met zijn gezicht in de emmer melk.'

Pineault nam een slok bier en lachte. 'Ik hoop dat het in de familie zit, zo wil ik ook wel sterven.' Hij keek het nette keukentje rond en realiseerde zich waar hij was. En hoe hij waarschijnlijk zou doodgaan. Hoewel sterven met je gezicht in een emmer melk niet zo leuk was als het klonk, vermoedde Gamache.

'Hielp u met het werk op de boerderij?' vroeg Gamache.

Pineault knikte. 'En ik kookte en maakte schoon. Isidore was goed in alles wat zich buiten afspeelde, maar hij had een hekel aan het werk binnen. Wel vond hij het fijn om een schoon en net huis te hebben.'

Gamache hoefde niet om zich heen te kijken om te weten dat monsieur Pineault daar ook van hield. Hij vroeg zich af of dat het gevolg was van de jaren met de veeleisende Isidore, of dat hij van nature zo was.

'Zijn lievelingseten was spaghetti uit blik, daar bofte ik mee. Alfabetpasta.

En hotdogs. 's Avonds speelden we *cribbage* of zaten we op de veranda.'

'Maar u praatte niet met elkaar?'

'Geen woord. Hij keek uit over de velden, en ik ook. Soms ging ik naar het dorp, naar het café, en als ik dan terugkwam, zat hij er nog.'

'Waar dacht hij aan?'

Pineault perste zijn lippen op elkaar en keek uit het raam. Er was niets te zien, alleen de stenen muur van het gebouw ernaast.

'Hij dacht aan de meisjes.' André keek weer naar Gamache. 'Het gelukkigste moment van zijn leven was hun geboorte, maar ik geloof niet dat hij de schok ooit te boven is gekomen.'

Gamache dacht terug aan de foto van de jonge Isidore Ouellet waarop hij met verschrikte ogen naar zijn vijf dochters stond te kijken, die in lakens, vuile handdoeken en theedoeken waren gewikkeld.

Het was inderdaad nogal een schok geweest.

Maar een paar dagen later was Isidore net zo fris als zijn dochters verschenen. Schoongeboend voor het journaal. Hij had een van zijn dochters in zijn armen, onhandig, onwennig, maar o zo teder. Beschermend. Met zijn grote. gebruinde armen. Een ruwe boer die nog niets van schijn wist.

Isidore Ouellet had van zijn dochters gehouden.

'Waarom zochten de meisjes hem niet op toen ze ouder waren?' vroeg Gamache.

'Hoe moet ik dat weten? Dat moet u hun vragen.'

Hun? dacht Gamache.

'Dat kan niet.'

'Als u bent gekomen om hun adres te vragen, dat heb ik niet. Ik heb al jarenlang niets meer van ze gehoord of gezien.'

Toen leek het kwartje te vallen. André Pineault schoof zijn stoel naar achteren en schraapte daarbij langzaam over het linoleum, weg van de tafel. Van de hoofdinspecteur vandaan.

'Waar komt u dan voor?'

'Een paar dagen geleden is Constance overleden.' Hij keek naar Pineault terwijl hij sprak. Tot dusver vertoonde hij geen enkele reactie. De grote man nam het nieuws alleen maar in zich op.

'Het spijt me dat te horen.'

Maar dat betwijfelde Gamache. Hij was misschien niet blij met het nieuws, maar hij zat er ook niet mee. Voor zover de hoofdinspecteur kon zien, kon het André Pineault weinig schelen.

'Hoeveel zijn er nog over?' vroeg Pineault.

'Niet een.'

'Niet een?' Dat leek hem wel te verrassen. Hij leunde naar achteren en pakte zijn bier. 'Nou, dat is het dan.'

'Het?'

'Er is geen vijfling meer.'

'U lijkt niet erg ontdaan.'

'Nou ja, het waren vast aardige meiden, maar voor zover ik het kon beoordelen, kregen Isidore en Marie-Harriette een berg merde over zich uitgestort op het moment dat ze werden geboren.'

'Hun moeder had om hen gebeden,' bracht Gamache hem in herinnering. 'Dat hele broeder-Andréverhaal.'

'Wat weet u daarvan?' vroeg Pineault streng.

'Nou ja, dat is toch geen geheim?' zei Gamache. 'Uw zus is naar broeder André in het Oratorium gegaan. Ze is op haar knieën de trap op geklommen en heeft om kinderen gebeden en zijn hulp gevraagd. De meisjes zijn een dag na de dood van frère André geboren. Dat was een belangrijk onderdeel van hun historie.'

'O ja, dat weet ik,' zei Pineault. 'De wonderbaby's. Je zou haast denken dat Jezus Christus zelf bij de geboorte had geholpen. Marie-Harriette was gewoon een arme boerenvrouw die een gezin wilde. Maar ik zal u eens wat zeggen.' Pineault boog zijn brede lijf naar Gamache toe. 'Als dat een geschenk van God was, dan moet hij haar wel gehaat hebben.'

'Hebt u het boek van dokter Bernard gelezen?' vroeg Gamache.

Hij verwachtte dat Pineault kwaad zou worden, maar hij bleef stil en schudde zijn hoofd.

'Ik heb er wel van gehoord. Iedereen kende het. Het was een en al leugens. Hij schilderde Isidore en Marie-Harriette af als een stel domme boeren, die te stom waren om hun eigen kinderen groot te brengen. Bernard had van het bezoek aan broeder André gehoord en maakte er een Hollywoodsoap van. Vertelde het aan het journaal, de verslaggevers. Schreef erover in zijn boek. Maar Marie-Harriette was niet de enige die naar het Oratorium ging voor de zegen van broeder André. Dat doen de mensen nog steeds. Niemand heeft het over al die anderen die op hun verdomde knieën de trap op zijn geklommen.'

'Al die anderen hebben geen vijfling gekregen.'

'Mazzelaars.'

'Mocht u de meisjes niet?'

'Ik kende ze niet. Als ze thuiskwamen, waren er altijd camera's en kindermeisjes en die dokter en dat soort lui. Eerst was dat allemaal wel leuk, maar toen werd het...' Hij zocht naar het juiste woord. 'Merde. En de levens van alle anderen werden ook merde.'

'Zagen Isidore en Marie-Harriette het ook zo?'

'Hoe moet ik dat weten? Ik was nog maar een kind. Het enige wat ik weet is dat Isidore en Marie-Harriette fatsoenlijke, hardwerkende mensen waren die gewoon probeerden het hoofd boven water te houden. Marie-Harriette wilde in de eerste plaats moeder zijn, maar daar kreeg ze de kans niet voor. Dat hebben ze haar afgenomen, en Isidore. Volgens dat boek van die Bernard zouden ze hun dochters aan de overheid verkocht hebben. Dat was gelul, maar de mensen geloofden het. Dat is haar dood geworden, van mijn zus. Gestorven van schaamte.'

'En Isidore?'

'Die werd nog stiller. Hij lachte bijna niet meer. Iedereen fluisterde achter zijn rug. Wees naar hem. Hij is sindsdien bijna niet meer van huis geweest.'

'Waarom gingen de meisjes nooit naar de boerderij toen ze volwassen waren?' vroeg Gamache. Hij had het al eerder gevraagd en geen antwoord gekregen, maar het was het proberen waard.

'Ze waren niet welkom, en dat wisten ze.'

'Maar Isidore wilde graag dat ze voor hem zouden zorgen,' zei Gamache.

Pineault snoof en lachte hard. 'Wie heeft u dat verteld?'

'De pastoor, Antoine.'

'Wat weet hij ervan? Isidore wilde niets meer met de meisjes te maken hebben. Niet na de dood van Marie-Harriette. Hij gaf hun er de schuld van.'

'En u onderhield geen contact met uw nichtjes?'

'Ik heb ze geschreven om te vertellen dat hun vader dood was. Ze kwamen naar de begrafenis. Dat is vijftien jaar geleden. Sindsdien heb ik ze niet meer gezien.'

'Isidore heeft de boerderij aan u nagelaten, niet aan de meisjes.'

'Klopt. Hij heeft zijn handen van ze afgetrokken.'

Gamache haalde de wollen muts uit zijn zak en legde hem op tafel. Voor het eerst in heel wat minuten zag hij een oprechte glimlach op Andrés gezicht.

'U herkent hem.'

Hij pakte hem op. 'Waar hebt u deze gevonden?'

'Constance heeft hem aan een vriendin gegeven, voor kerst.'

'Raar cadeau, de muts van iemand anders.'

'Ze noemde hem de sleutel tot haar huis. Weet u soms wat ze daarmee bedoelde?'

Pineault bekeek de muts aandachtig en legde hem toen weer op tafel. 'Mijn zus heeft voor alle kinderen een muts gebreid. Ik weet niet van wie deze was. Als Constance hem aan iemand anders heeft gegeven, zal hij wel van haar zijn geweest, denkt u niet?'

'En waarom zou ze hem de sleutel tot haar huis hebben genoemd?'

'*Câlice*, geen idee.'

'Deze muts was niet van Constance,' zei Gamache terwijl hij er met zijn vinger op tikte.

'Dan zal hij wel van een van de anderen zijn geweest.'

'Hebt u Isidore hem wel eens zien dragen?'

'U moet harder op het ijs zijn gevallen dan u denkt,' zei hij spottend. 'Dat was zestig jaar geleden. Ik kan me niet eens herinneren wat ik zelf toen droeg, laat staan wat hij aanhad. Behalve dan dat hij zomer en winter geruite hemden droeg, en dat die stonken. Verder nog vragen?'

'Hoe noemden de meisjes hun moeder?' vroeg Gamache terwijl hij opstond.

'Tabarnac,' schold Pineault. 'Ben jij wel goed bij je hoofd?'

'Waarom vraagt u dat?'

'Omdat je nu stomme vragen stelt. Hoe noemden de meisjes hun moeder?'

'En?'

'Hoe moet ik dat verdomme weten? Hoe noemt iemand zijn moeder?'

Gamache wachtte op het antwoord.

'Mama, natuurlijk,' zei André.

Ze hadden nog geen twee stappen gezet of Pineault bleef staan.

'Wacht eens even. Je zei dat Constance dood is, maar dat verklaart die vragen niet. Waarom vraag je dat allemaal?'

Gamache had zich al afgevraagd wanneer Pineault hem dat zou vragen. Het had even geduurd, maar de oudere man was waarschijnlijk afgeleid door zijn stomme vragen.

'Constance is geen natuurlijke dood gestorven.'

'Hoe is ze dan gestorven?' Hij keek Gamache scherp aan.

'Ze is vermoord. Ik werk voor de afdeling Moordzaken.'

'Maudit tabarnac,' mompelde Pineault.

'Kunt u iemand bedenken die haar had willen vermoorden?' vroeg Gamache.

André Pineault dacht even na en schudde toen langzaam zijn hoofd.

Voordat hij de keuken verliet, zag Gamache Pineaults avondeten op het aanrecht staan.

Een blik alfabetpasta en hotdogs.

32

De sneeuwploegen, met hun waarschuwingslichten, waren aan het werk op de Champlainbrug toen Gamache het eiland Montréal verliet.

Het was spitsuur en de auto's reden bumper aan ijzige bumper. In zijn achteruitkijkspiegel zag Gamache een enorme sneeuwploeg die ook vastzat in het verkeer.

Het enige wat hij kon doen was stapvoets meerijden. De blauwe plek op zijn gezicht klopte pijnlijk, maar hij probeerde hem te negeren. Wat moeilijker te negeren was, was hoe hij eraan was gekomen. Met moeite bracht hij zijn gedachten op het gesprek met André Pineault, de enige nog levende persoon die de vijfling en hun ouders had gekend. Hij had bij Gamache een beeld van verbittering, verlies en grote armoede geschetst.

Het huis van de Ouellets had met joelende kinderen gevuld moeten zijn, maar Isidore en Marie-Harriette waren er alleen geweest. In een huis vol verdachtmakingen en legenden. Een huis waarin een wonder was geschied, dat vervolgens verkocht was. Een huis waar de meisjes waren gered van armzaligheid en hebberige ouders.

Er was een mythe gecreëerd. Om kaartjes en films te verkopen, en maaltijden bij restaurant De Vijfling. Om boeken en ansichtkaarten te verkopen. En het imago van Québec als verlicht, vooruitstrevend, godvrezend en goddienend.

Een gebied waar de godheid onder de mensen was en wensen vervulde van degenen die hem het op bebloede knieën kwamen vragen.

Die gedachte bracht Gamache op iets anders, terwijl hij andere automobilisten zag pogen van rijstrook te wisselen, in de overtuiging dat het op de andere strook sneller zou gaan, dat daar plotseling een wonder zou geschieden waardoor alle auto's voor hen zouden verdwijnen.

Gamache keek naar de weg en dacht aan mythen en wonderen. Aan Myrna's beschrijving van het moment waarop Constance had toegegeven dat haar achternaam niet Pineault was, maar dat ze een van de Ouellet-vijfling was.

Myrna had gezegd dat het was alsof er een Griekse godin was verschenen. Hera. Later had Thérèse Brunel haar erop gewezen dat Hera niet zomaar een godin was, maar de belangrijkste van allemaal. Machtig en jaloers.

Myrna had geprotesteerd, gezegd dat ze de naam uit de lucht had geplukt. Dat ze net zo goed Athene of Afrodite had kunnen zeggen. Maar dat had ze niet gedaan. Myrna had de strenge, wraakzuchtige Hera genoemd.

Wat Gamache zich almaar afvroeg was of Constance Myrna had willen vertellen dat iemand haar iets had aangedaan. Mogelijk haar vader. Of dat zij, of zij allemaal, iemand anders iets had aangedaan.

Constance had een geheim gehad, dat wist hij zeker. En hij was er ook van overtuigd dat ze eindelijk zover was geweest dat ze erover wilde praten, dat ze de albatros aan Myrna's voeten wilde leggen.

Stel dat Constance Ouellet eerst naar iemand anders was gegaan. Iemand van wie ze wist dat ze die kon vertrouwen. Wie zou dat zijn? Was er behalve Myrna nog iemand anders die Constance als een vertrouweling had beschouwd?

Eigenlijk niet. Hun oom, André, had hen jarenlang niet gezien en leek niet echt een fan van hen te zijn. De dorpsbewoners werden allemaal beleefd op afstand gehouden. En de pastoor, père Antoine, mocht Constance hem in vertrouwen hebben willen nemen om haar ziel te redden, leek hen te hebben beschouwd als handelswaar, meer niet. Niet als mens en niet als godinnen.

Gamache bleef de zaak overpeinzen, en de vraag die steeds weer terugkwam was of Marie-Constance Ouellet werkelijk de laatste van de vijfling was. Of had een van hen weten te ontkomen? Haar eigen dood in scène gezet, haar naam veranderd. Om een eigen leven te kunnen leiden.

In de jaren vijftig en zestig was dat veel makkelijker geweest dan nu. Zelfs in de jaren zeventig. Vóór de komst van de computer en voordat het nodig was zo veel documentatie te verschaffen.

En als een van de vijf zussen nog in leven was, zou die dan haar zus kunnen hebben vermoord om haar het zwijgen op te leggen? Zodat haar geheim bewaard bleef?

Maar wat was dat geheim? Dat één zus nog in leven was? Dat ze haar dood in scène had gezet?

Gamache keek naar de remlichten voor hem, zijn gezicht badend in het rode licht, en hij dacht aan wat Antoine had gezegd. Dat er toch iemand begraven moest zijn.

Was dat het geheim? Niet dat een van de zussen nog in leven was, maar dat iemand anders gestorven en begraven was?

Hij was helemaal vergeten dat hij op de brug reed, op een paar meter van de afgrond met in de diepte de ijzige rivier. Hij werd volkomen in beslag genomen door de puzzel. Hij liep alles nog eens na en vroeg zich af welke oude vrouw hij over het hoofd had gezien. Bijna tachtig. Er waren een paar oude mannen: de pastoor, Antoine, en de oom, André Pineault. Maar geen vrouwen, behalve Ruth.

Even speelde Gamache met de gedachte dat Ruth een van de vijfling was. Geen denkbeeldige zus, zoals Ruth had beweerd, maar een echte. Dat verklaarde misschien waarom Constance Ruth had opgezocht en een band had gekregen met de verbitterde oude dichteres. De dichteres die een gedicht had geschreven over de dood van... Virginie Ouellet.

Zou het kunnen? Kon Ruth Zardo Virginie zijn? Had ze zichzelf niet van de trap geworpen, maar was ze in een konijnenhol gekropen en er in Three Pines weer uit gekomen?

Hoezeer het idee hem ook aansprak, hij moest het uit zijn hoofd zetten. Ruth Zardo mocht dan snauwerig zijn en eisen dat men haar met rust liet, haar leven was verder behoorlijk transparant. Haar ouders waren naar Three Pines verhuisd toen Ruth nog klein was. Hoe leuk het ook zou zijn om Ruth te arresteren voor moord, hij moest het idee met tegenzin loslaten.

Maar toen schoot hem iets anders te binnen. Er was nog een oude vrouw die zijdelings iets met de zaak te maken had. De buurvrouw. De vrouw die met haar man in het huis naast de drie zussen had gewoond en die was uitgenodigd om een glas limonade te komen drinken op de veranda. Die bevriend was geraakt, voor zover dat mogelijk was, met de zeer teruggetrokken levende zussen.

Zou dat Virginie kunnen zijn? Of zelfs Hélène? Een zus die aan het leven van de vijfling was ontkomen? Een zus die zich via het graf een weg naar de vrijheid had gegraven?

En het drong tot hem door dat hij alleen de verzekering van de buurvrouw had dat ze niet naar binnen was gevraagd. Misschien was ze meer dan een buurvrouw. Misschien was het geen toeval dat de zussen daar waren gaan wonen.

Gamache was eindelijk van de brug af. Hij nam de eerste afrit en zette de auto langs de kant van de weg om inspecteur Lacoste te bellen.

'De medische gegevens kloppen,' zei ze vanuit haar huis. 'Het zou kunnen dat ze vervalst zijn, maar we weten allebei dat dat een stuk lastiger is dan het klinkt.'

'Daar had dokter Bernard voor kunnen zorgen,' zei Gamache. 'En we weten dat de overheid achter de Ouellet-vijfling stond. Dat zou kunnen verklaren waarom de overlijdensakte zo vaag was, dat de vermelde doodsoorzaak een ongeluk was, maar dat er vaag werd verwezen naar zelfmoord.'

'Maar waarom zouden ze daarmee instemmen?'

Dat was een goede vraag, wist Gamache. Hij keek naar de droge boterham met kaas die op de stoel naast hem lag. Het witte brood krulde iets op op het cellofaan. De laag sneeuw op de voorruit werd dikker en hij keek naar de ruitenwissers die de sneeuw wegveegden.

Waarom zou Virginie haar dood in scène willen zetten en waarom zouden Bernard en de overheid daarbij helpen?

'Ik denk dat we wel weten waarom Virginie dat zou willen,' zei Gamache. 'Zij was degene die het meest beschadigd leek door hun openbare leven.'

Inspecteur Lacoste dacht in stilte na. 'En de buurvrouw, als ze inderdaad Virginie is, is getrouwd. Misschien wist Virginie dat de enige hoop op een normaal leven was om opnieuw te beginnen. Als iemand anders.'

'Hoe heet ze?'

Hij hoorde een tik-geluid toen inspecteur Lacoste het bestand opende. 'Annette Michaud.'

'Als zij Virginie is, moeten Bernard en de overheid haar geholpen hebben,' peinsde Gamache hardop. 'Waarom? Dat hebben ze waarschijnlijk niet uit eigen vrije wil gedaan. Virginie moet iets belastends over hen hebben geweten. Iets wat ze openbaar dreigde te maken.'

Hij dacht aan het kleine meisje dat haar huis niet in mocht, dat ongelukkig naar de camera keek en om hulp smeekte.

Als hij gelijk had, was Virginie Ouellet, een van de wonderkinderen, ook een moordenares. Misschien had ze zelfs twee moorden gepleegd. Een jaren geleden om aan haar toenmalige leven te ontsnappen, en één een paar dagen terug om haar geheim te bewaren.

'Ik zal haar vanavond nog een keer verhoren, patron,' zei Lacoste.

Op de achtergrond hoorde Gamache de jonge kinderen van Lacoste lachen en hij keek op het klokje van zijn dashboard. Half zeven. Een week voor Kerstmis. Door de halvemaan van de weggeveegde sneeuw op de voorruit zag hij een verlichte plastic sneeuwpop en ijspegellichtjes voor het tankstation.

'Ik ga wel,' zei hij. 'Bovendien is het voor mij dichterbij. Ik ben net de brug over.'

'Het wordt toch al een lange avond,' zei inspecteur Lacoste. 'Laat mij maar.'

‘Ik denk dat het voor ons allebei een lange avond wordt,’ zei Gamache. ‘Ik laat je laten weten hoe het gaat. Probeer intussen zo veel mogelijk te weten te komen over madame Michaud en haar man.’

Hij hing op en reed terug in de richting van Montréal. Naar het vaststaande verkeer op de brug. Terwijl hij langzaam de stad naderde, dacht hij aan Virginie. Die misschien ontsnapt was, maar niet verder was gekomen dan het huis van de buren.

Gamache reed de brug af en manoeuvreerde de auto door de smalle straatjes van de stad tot hij bij het huis van de zusters Ouellet was. Een donkere vlek in de vrolijk voor de kerstdagen verlichte buurt.

Hij parkeerde de auto en keek naar het huis van het echtpaar Michaud. De oprit was sneeuwvrij gemaakt en een van de bomen in de voortuin hing vol felle kerstlichtjes. De lampen waren aan, maar de gordijnen waren gesloten. Het huis zag er gezellig en uitnodigend uit.

Een huis als alle andere in de straat.

Had de beroemde vijfling daarnaar verlangd? Niet naar roem, maar naar gezelschap? Normaal zijn? Als dat zo was en als dit de verloren zus was, was ze daar goed in geslaagd. Tenzij ze een moord had gepleegd om dat te bereiken.

Gamache belde aan en de deur werd opengedaan door een man van begin tachtig, schatte Gamache. Hij deed zonder enige aarzeling open, zonder bang te zijn dat degene die aanbelde misschien kwaad in de zin had.

‘Oui?’

Monsieur Michaud droeg een vest en een flanellen overhemd. Hij zag er verzorgd uit, ontspannen. Zijn witte snor was net geknipt en er was geen achterdocht in zijn ogen te bespeuren. Hij keek Gamache zelfs aan alsof hij iets goeds verwachtte, niet het ergste.

‘Monsieur Michaud?’

‘Oui?’

‘Ik ben belast met het onderzoek naar wat er hiernaast is gebeurd,’ zei Gamache, waarbij hij zijn Sûreté-penning liet zien. ‘Mag ik even binnenkomen?’

‘Maar u bent gewond.’

De stem kwam van achter monsieur Michaud en nu deed de oude man een stap opzij en kwam zijn vrouw naar voren.

‘Komt u binnen,’ zei Annette Michaud, die Gamache haar hand toestak.

De hoofdinspecteur was even vergeten dat hij gewond was en dat er bloedvlekken op zijn overhemd zaten, en nu schaamde hij zich. De twee oude mensen keken bezorgd naar hem. Geen bezorgdheid om hun eigen welzijn, maar dat van hem.

'Wat kunnen we voor u doen?' vroeg monsieur Michaud terwijl zijn vrouw hun voorging naar de woonkamer. Er stond een kerstboom met brandende lichtjes waaronder een paar pakjes lagen. Aan de schoorsteenmantel hingen nog twee zakken met cadeautjes. 'Wilt u een pleister?'

'Nee, nee, het gaat best. Merci,' verzekerde Gamache hun. Op haar aandringen gaf hij madame Michaud zijn zware jas.

Ze was klein en mollig en droeg een schort met dikke kousen en pantoffels eronder.

Het rook er naar eten en Gamache dacht aan de droge boterham met kaas die nog onaangeroerd in de koude auto lag.

Meneer en mevrouw Michaud gingen naast elkaar op de bank zitten en keken hem verwachtingsvol aan.

Onwaarschijnlijker moordenaars dan zij zouden niet moeilijk te vinden zijn. Maar Gamache had tijdens zijn lange carrière meer onwaarschijnlijke moordenaars gearresteerd dan waarschijnlijke. En hij wist dat de sterke emoties die tot de fatale klap leidden overal te vinden waren, zelfs bij aardige mensen zoals deze. Zelfs in dit rustige huis waar het naar gebraden vlees rook.

'Hoe lang woont u al in deze buurt?' vroeg hij.

'O, vijftig jaar,' zei monsieur Michaud. 'We hebben het huis gekocht toen we trouwden, in 1958.'

'1959, Albert,' zei madame.

Virginie Ouellet was gestorven op 25 juli 1958. En Annette Michaud was hier in 1959 komen wonen.

'Geen kinderen?'

'Nee,' zei monsieur.

Gamache knikte. 'En wanneer zijn de buren hier komen wonen, de gezusters Pineault?'

'Dat moet drieëntwintig jaar geleden zijn geweest,' zei monsieur Michaud.

'Dat weet u nog precies,' zei Gamache glimlachend.

'We hebben natuurlijk aan ze gedacht,' zei madame. 'We denken aan hen terug.'

'Wat herinnert u zich van hen?'

'Ze waren de ideale buren,' zei ze. 'Rustig, op zichzelf. Net als wij.'

Net als wij, dacht Gamache terwijl hij naar haar keek. Ze had de juiste leeftijd en het juiste figuur. Hij vroeg niet of ze ook het temperament had om een moord te plegen. Daar ging het niet om. De meeste moordenaars werden zelf verrast door hun daad. Door de plotselinge drift, de plotselinge klap. De verandering van een fatsoenlijke, vriendelijke persoon in een moordenaar.

Had ze het gepland, of was ze er net zo door verrast als Constance? Had ze bij een bezoek aan het buurhuis ontdekt dat Constance van plan was om naar het dorp terug te keren, om Myrna alles te vertellen? Niet uit kwaadaardigheid, niet om haar zus iets aan te doen, maar om zichzelf eindelijk van haar juk te verlossen?

Virginie was bevrijd door een misdaad, Constance zou bevrijd worden door de waarheid.

'Was u bevriend met de zussen?' vroeg Gamache.

'We stonden op goede voet met elkaar,' zei madame Michaud.

'Maar ik heb begrepen dat u bent uitgenodigd om iets te komen drinken.'

'Dat was één keer, een glas limonade. Dat is nauwelijks vriendschap te noemen.' Haar ogen waren nog steeds vriendelijk, maar haar blik was scherp. Evenals haar geest.

Gamache boog zich naar voren en richtte zich volledig op madame Michaud.

'Wist u dat zij de Ouellet-vijfling waren?'

Het echtpaar leunde naar achteren. Monsieur Michauds wenkbrauwen schoten de lucht in van verbazing, maar die van madame Michaud zakten juist. Hij voelde, zij dacht na.

'De Ouellet-vijfling?' herhaalde ze. 'Dé Ouellet-vijfling?' Deze keer met de nadruk op 'de'.

Gamache knikte.

'Maar dat kan niet,' zei Albert.

'Waarom niet?' vroeg Gamache.

Michaud stotterde en kwam niet uit zijn woorden. Hij vroeg aan zijn vrouw: 'Wist jij dat?'

'Natuurlijk niet, dan had ik het wel gezegd.'

Gamache nam hen op terwijl het echtpaar het nieuws in zich opnam. Ze leken oprecht verrast. Maar waren ze verrast om het nieuws zelf of vanwege het feit dat hij op de hoogte was?

'Hebt u nooit iets vermoed?' vroeg hij.

Ze schudden het hoofd, schijnbaar niet in staat iets te zeggen. Voor hun generatie moest het zoiets zijn als te horen krijgen dat hun buren van Mars kwamen. Iets vertrouwds en volslagen vreemds tegelijk.

'Ik heb ze een keer gezien,' zei monsieur Michaud. 'We gingen met mijn moeder naar hun huis. Ze kwamen ieder uur naar buiten, liepen langs het hek en zwaaiden dan naar het publiek. Het was spannend. Laat hem eens zien wat je hebt, Annette.'

Madame Michaud stond op en de beide mannen gingen ook staan. Even later kwam ze terug.

'Kijk, dit hebben mijn ouders voor me in een souvenirwinkel gekocht.'

Ze gaf hem een presse-papier met een foto van het mooie huisje en de vijf zusjes ervoor.

'Ik ben er ook met mijn ouders heen geweest, vlak na de oorlog. Mijn vader had afschuwelijke dingen gezien en ik denk dat hij nu iets hoopvols wilde zien.'

Gamache bekeek de presse-papier en gaf hem terug.

'Hebben ze echt hiernaast gewoond?' vroeg monsieur Michaud, nu het eindelijk tot hem doordrong wat Gamache had gezegd. 'Dus we hebben de vijfling gekend?'

Hij draaide zich naar zijn vrouw toe. Maar zij was niet vrolijk. In tegenstelling tot haar man leek ze zich te herinneren wat Gamache kwam doen.

'Haar dood had toch hopelijk niets te maken met het feit dat ze een van de vijfling was?' vroeg ze.

'Dat weten we niet.'

'Maar het is zo lang geleden,' zei ze, en ze hield zijn blik vast.

'Wat is lang geleden?' vroeg Gamache. 'Ze mochten dan volwassen zijn en hun naam veranderd hebben, ze zouden altijd de vijfling blijven. Daar kon niets verandering in brengen.'

Ze keken elkaar strak aan terwijl monsieur Michaud mompelde: 'Niet te geloven. De vijfling.'

Armand Gamache verliet de warmte van het huis. De geur van gebraden vlees was in zijn jas gaan zitten en volgde hem de deur uit, zijn auto in.

Hij reed terug over de Champlainbrug, waar nu minder verkeer was omdat de grootste spitsdrukte voorbij was. Hij wist niet of hij nu dichter bij de oplossing was. Was hij zelf bezig een mythe te creëren? Die van de ontbrekende zus? De zus die uit de dood was opgestaan? Ook dat zou een wonder zijn.

'Waar is hij nu?' vroeg Francoeur.

'Hij is de Champlainbrug over,' zei Tessier, 'en hij rijdt in zuidelijke richting. Ik denk dat hij weer naar dat dorp gaat.'

Francoeur keek naar Tessier, maar de inspecteur kende zijn blik. Hij zag hem niet echt, de hoofdcommissaris zat iets te overpeinzen.

‘Waarom gaat Gamache steeds naar dat dorp? Wat heeft hij daar te zoeken?’

‘Volgens het dossier van zijn zaak had de vermoorde vijflingzus daar vrienden.’

Francoeur knikte, maar hij keek afwezig.

‘Weten we zeker dat het Gamache is?’ vroeg Francoeur.

‘Ja. We volgen zijn auto en zijn telefoon. Toen hij hier is weggegaan, is hij langsgegaan bij ene’ – Tessier keek in zijn aantekeningen – ‘André Pineault. Toen heeft hij Isabelle Lacoste gebeld. Ik heb hier de transcriptie. Vervolgens is hij teruggekeerd naar het huis waar de moord is gepleegd en heeft hij de buren gesproken. Hij is daar net weg. Hij lijkt volledig op de zaak gericht te zijn.’

Francoeur tuitte zijn lippen en knikte. Ze zaten in zijn kantoor, met de deur dicht. Het was bijna acht uur ’s avonds, maar Francoeur was nog steeds niet klaar om naar huis te gaan. Hij wilde er zeker van zijn dat alles geregeld was. Alle onvoorziene gebeurtenissen, ieder detail. Het enige wolkje aan de verder heldere horizon was Armand Gamache. Maar nu zei Tessier dat dat wolkje naar dat dorp was gegaan, in het niets was verdwenen.

Francoeur wist dat hij opgelucht moest zijn, maar er had zich een ongemakkelijk gevoel van hem meester gemaakt. Misschien was hij zo gewend aan de strijd met Gamache dat hij zich niet kon voorstellen dat die voorbij zou zijn.

Francoeur wilde het graag geloven. Maar Sylvain Francoeur was een voorzichtig man en hoewel alles erop wees dat het zo was, vertelde zijn gevoel hem iets anders.

Mocht Armand Gamache over de rand van de afgrond stappen, dan zou dat niet uit vrije wil gebeuren. Dan zouden er overal sporen van weerstand te vinden zijn. Dit moest een list zijn, alleen wist hij niet hoe die in elkaar zat.

Het is te laat, hield hij zichzelf voor. Maar hij bleef zich zorgen maken.

‘Toen hij op het hoofdkwartier was, is hij bij Jean-Guy Beauvoir geweest,’ zei Tessier.

Francoeur boog zich naar voren. ‘En?’

Terwijl Tessier vertelde wat er gebeurd was, voelde Francoeur zich ontspannen.

Dat waren de sporen van verzet. Dit was perfect. Gamache had Beauvoir over de rand geduwd en Beauvoir had Gamache geduwd.

En beide mannen waren eindelijk in de afgrond gevallen.

‘Beauvoir zal niet moeilijk meer doen,’ zei Tessier. ‘Vanaf nu doet hij alles wat we zeggen.’

'Mooi zo.'

Er was nog één ding dat Francoeur Beauvoir wilde laten doen.

'Maar er is nog iets, meneer.'

'Wat dan?'

'Gamache is naar de SHU geweest,' zei Tessier.

Francoeur trok wit weg. 'Waarom heb je dat verdomme niet meteen gezegd?'

'Er is niks gebeurd,' stelde Tessier hem snel gerust. 'Hij is in zijn auto blijven zitten.'

'Weet je dat zeker?' Francoeur keek Tessier doordringend aan.

'Absoluut zeker. We hebben de opname van de beveiligingscamera. Hij heeft gewoon voor zich uit zitten kijken. De Ouellet-vijfling ligt daar in de buurt begraven,' verklaarde Tessier. 'Hij was in de buurt. Daarom is hij daarheen gegaan.'

'Hij is naar de SHU gegaan omdat hij het weet,' zei Francoeur. Zijn ogen waren niet langer op Tessier gericht en schoten heen en weer alsof hij van de ene gedachte op de andere sprong. Alsof hij een snelle vijand probeerde bij te houden.

'Merde,' fluisterde hij. Toen richtte hij zijn blik weer op Tessier. 'Wie zijn hier nog meer van op de hoogte?'

'Niemand.'

'Zeg me de waarheid, Tessier. Geen gelul. Wie heb je het nog meer verteld?'

'Niemand. Luister nou even, het doet er niet meer toe. Hij is niet eens uit zijn auto gestapt. Hij heeft de bewaker niet gebeld, hij heeft niemand gebeld. Hij zat daar gewoon. Hoeveel kan hij nou weten?'

'Hij weet dat Arnot erbij betrokken is!' schreeuwde Francoeur. Toen beheerste hij zich en haalde diep adem. 'Hij heeft het verband gelegd. Ik weet niet hoe, maar hij heeft het gelegd.'

'Hij vermoedt misschien iets,' zei Tessier, 'maar zelfs als hij van Arnot op de hoogte is, kan hij nog niet alles weten.'

Francoeur wendde opnieuw zijn blik af en tuurde in de verte. Speurend.

Waar zit je, Armand? Je hebt het helemaal niet opgegeven, hè? Wat gaat er om in dat hoofd van jou?

Maar toen schoot Francoeur iets anders te binnen. Misschien was dit een geschenk uit de hemel, net als het mislukken van het plan van de dam, de dood van Audrey Villeneuve en zelfs het feit dat Tessiers mensen haar lijk niet hadden gevonden in de rivier.

Het betekende dat hoewel Gamache de link met Arnot had gelegd, hij niet verder was gekomen dan dat. Tessier had gelijk. Arnot was niet genoeg. Gamache mocht dan vermoeden dat Arnot erbij betrokken was, hij kende niet het hele verhaal.

Gamache stond voor de juiste deur, maar hij had de sleutel nog niet gevonden. De tijd was in hun voordeel. Gamaches tijd was op.

'Zorg dat je hem vindt,' zei Francoeur.

Toen Tessier geen antwoord gaf, keek Francoeur naar hem om. Tessier keek op van zijn BlackBerry.

'Dat gaat niet.'

'Hoe bedoel je?' Francoeur sprak zacht. Hij had de zaak nu volledig onder controle. De paniek was verdwenen.

'We zijn hem gevolgd,' verzekerde Tessier zijn baas, 'maar toen verdween het signaal. Ik denk dat dat een goed teken is,' zei hij er snel achteraan.

'Hoezo is het een goed teken dat we hem kwijt zijn nu we nog maar een paar uur te gaan hebben en hoofdinspecteur Gamache de link met Arnot heeft gelegd?'

'Het signaal is niet opgehouden, het is gewoon verdwenen, wat betekent dat hij in een gebied zit waar geen satellietverbinding is. In dat dorp.'

Dus hij was niet omgedraaid.

'Hoe heet dat dorp?' vroeg hij.

'Three Pines.'

'Weet je zeker dat Gamache daar zit?'

Tessier knikte.

'Mooi. Blijf hem in de gaten houden.'

Als hij inderdaad daar zit, dacht Francoeur, is hij er geweest. Dood en begraven in een dorp waar geen bereik was. Daar vormde Gamache geen bedreiging voor hen.

'Als hij daar weggaat, wil ik dat meteen weten.'

'Yes sir.'

'En zeg tegen niemand iets over de SHU.'

Francoeur keek Tessier na. Gamache was dicht in de buurt van de waarheid gekomen. Heel dicht. Het scheelde maar een paar meter. Maar hij was tot staan gebracht. En nu hadden ze Gamache in een hoek gedreven, in een of ander vergeten gehucht.

'Dat moet pijnlijk zijn geweest,' zei Jérôme Brunel, die een stapje terug deed nadat hij Gamaches ogen en gezicht had bekeken. 'Geen hersenschudding.'

'Jammer,' zei Thérèse, die aan de keukentafel zat toe te kijken. 'Misschien was hij dan tot inzicht gekomen. Waarom ben je in vredesnaam de confrontatie met inspecteur Beauvoir aangegaan? Juist nu?'

'Da's moeilijk uit te leggen.'

'Probeer het maar.'

'Kom op, Thérèse. Doet dat er nu nog iets toe?'

'Weet hij waar je mee bezig bent? Waar wij mee bezig zijn?'

'Hij weet niet eens waar hij zelf mee bezig is,' zei Gamache. 'Hij vormt geen bedreiging.'

Thérèse Brunel stond op het punt iets terug te zeggen, maar toen ze zijn gezicht zag, met de wond en zijn uitdrukking, bedacht ze zich.

Nichol lag boven te slapen. Ze hadden al gegeten, maar hadden iets voor Gamache overgelaten. Hij nam een dienblad met soep, een vers stokbrood, paté en diverse soorten kaas mee naar de woonkamer en zette het voor het haardvuur. Jérôme en Thérèse kwamen bij hem zitten.

'Moeten we haar wakker maken?' vroeg Gamache.

'Agent Nichol?' vroeg Jérôme enigszins gealarmeerd. 'We hebben haar net in bed gekregen. Laten we van de rust genieten.'

Het was vreemd, dacht Gamache terwijl hij van de linzensoep at, dat het bij niemand opkwam om Nichol bij haar voornaam te noemen. Yvette. Ze werd of Nichol of agent Nichol genoemd.

Ze werd niet als persoon gezien, en zeker niet als vrouw. Alleen als agent.

Na het eten en de afwas namen ze hun thee mee naar de woonkamer. Normaal dronken ze een glas wijn bij het eten, of cognac erna, maar nu dacht niemand daaraan.

Die avond niet.

Jérôme keek op zijn horloge. 'Bijna negen uur. Ik denk dat ik ga proberen of ik kan slapen. Thérèse?'

'Ik kom zo naar boven.'

Ze keken Jérôme na, die zichzelf de trap op hees, en toen wendde Thérèse zich tot Armand.

'Waarom ben je naar Beauvoir gegaan?'

Gamache zuchtte. 'Ik moest het nog één keer proberen.'

Ze keek hem een ogenblik lang aan. 'Je bedoelt voor de laatste keer. Je denkt dat je de kans niet meer krijgt.'

Ze zaten even zwijgend bij elkaar. Thérèse speelde met Henri's oren en de herdershond maakte tevreden geluidjes.

'Je hebt het goed gedaan,' zei ze. 'Geen spijt achteraf.'

'En jij? Heb jij ergens spijt van?'

'Ik had Jérôme hier niet bij moeten betrekken.'

'Dat heb ik gedaan,' zei Gamache. 'Jij niet.'

'Maar ik had het kunnen weigeren.'

'Ik geloof niet dat iemand van ons dacht dat het zover zou komen.'

Commissaris Brunel keek de woonkamer rond met de verschoten hoezen om de meubels en de gemakkelijke stoelen en banken. De boeken, de langspeelplaten en de oude tijdschriften. De open haard en de ramen die aan de ene kant van het huis uitkeken op de donkere achtertuin en aan de andere kant op de ijsbaan.

Ze zag de drie enorme dennenbomen staan, de kerstlichtjes schommelend in de wind.

'Als het dan toch moet, is dit een prima plek om te wachten op wat komen gaat.'

Gamache glimlachte. 'Da's waar. Maar we zitten natuurlijk niet te wachten. We nemen juist het initiatief en gaan de strijd met hen aan. Althans, dat doet Jérôme. Ik ben alleen de uitvoerende kracht.'

'Natuurlijk, *mon beau*,' zei ze zo minzaam als ze kon.

Gamache keek even naar haar. 'Is alles goed met Jérôme?'

'Je bedoelt of hij er klaar voor is?' vroeg Thérèse.

'Oui.'

'Hij zal ons niet teleurstellen. Hij weet dat alles van hem afhangt.'

'En van agent Nichol,' vulde Gamache aan.

'Oui.' Maar ze zei het zonder overtuiging.

Zelfs drenkelingen, besefte Gamache, aarzelden als agent Nichol hun een reddingsboei toewierp. Hij kon het ze niet kwalijk nemen. Hij aarzelde zelf ook.

Hij was nog niet vergeten dat ze in de bed & breakfast was geweest terwijl ze daar niets te zoeken had. Niet wat zij zochten, in elk geval. Ze was duidelijk met nog iets anders bezig.

Armand was dat niet vergeten, nee.

Nadat ook Thérèse Brunel naar boven was gegaan, legde Gamache nog een blok op het vuur, en hij zette een verse pot koffie en liet Henri uit.

Henri dartelde vooruit en probeerde de sneeuwballen te vangen die Gamache voor hem gooide. Het was de ideale winteravond. Niet te koud, geen wind. Het sneeuwde nog, maar minder hevig. Het zou voor middernacht wel ophouden, dacht Gamache.

Hij legde zijn hoofd in zijn nek, deed zijn mond open en voelde de grote vlokken op zijn tong. Niet te hard en niet te zacht.

Precies goed.

Hij sloot zijn ogen en voelde ze op zijn neus, zijn oogleden en zijn zere wang. Als zachte kusjes. Als de kusjes die Annie en Daniel hem hadden gegeven toen ze nog klein waren. En de kusjes die hij hun gaf.

Hij deed zijn ogen weer open en liep langzaam verder door het mooie dorpje. Terwijl hij langs de huizen liep, keek hij door de ramen, die honingkleurig licht op de sneeuw wierpen. Hij zag Ruth over haar witte plastic tafel gebogen zitten. Ze was aan het schrijven. Rosa zat op de tafel toe te kijken. Misschien zelfs te dicteren.

Hij liep door de bocht om de ijsbaan en zag Clara lezen bij de haard. Met opgetrokken knieën zat ze in een hoek van haar bank, met een deken over haar benen.

Hij zag Myrna, die heen en weer liep langs het raam op haar bovenverdieping en voor zichzelf een kop thee inschonk.

Vanuit de bistro hoorde hij gelach en hij zag de kerstboom, die vrolijk verlicht in een hoek stond, en de gasten die de laatste happen van hun late avondmaal namen of van een drankje genoten. Bespraken wat ze die dag gedaan hadden.

In de bed & breakfast zag hij Gabri, die bezig was met het inpakken van kerstcadeautjes. Het raam moest op een kier staan, want hij hoorde Gabri's heldere tenorstem 'The Huron Carol' zingen. Hij oefende voor de dienst op kerstavond in het dorpskerkje.

Gamache neuriede het tijdens het lopen.

Af en toe schoot hem iets te binnen over de zaak-Ouellet, maar dat zette hij uit zijn hoofd. En hij dacht aan Arnot en Francoeur. Ook die gedachten zette hij van zich af.

In plaats daarvan dacht hij aan Reine-Marie. Aan Annie. En Daniel. Aan zijn kleinkinderen. Hij bedacht dat hij enorm bofte met hen.

Toen keerde hij met Henri terug naar het huis van Emilie.

Terwijl iedereen lag te slapen, staarde Armand naar het vuur en dacht na. Over de zaak-Ouellet.

Toen, even voor elf uur, begon hij aantekeningen te maken. Bladzijden vol.

Het vuur in de haard ging uit, maar hij merkte het niet eens.

Uiteindelijk stak hij wat hij geschreven had in een paar enveloppen. Hij trok zijn jas, laarzen en handschoenen aan en zette zijn muts op. Hij probeerde Henri wakker te maken, maar de herder lag te snurken en ving sneeuwballen in zijn dromen.

Dus ging hij alleen naar buiten. De huizen in Three Pines waren nu donker. Iedereen lag diep te slapen. De lampjes in de drie grote dennen waren uit en het was opgehouden met sneeuwen. Er stonden weer volop sterren aan de hemel. Hij stopte twee enveloppen in een brievenbus en keerde toen naar huis terug. Hij betreurde maar één ding: dat hij geen kans had gezien om kerstcadeautjes te kopen voor de mensen in het dorp. Maar ze zouden het wel begrijpen.

Toen Jérôme en Thérèse een uur later naar beneden kwamen, zat Gamache te slapen in zijn leunstoel. Henri lag te snurken aan zijn voeten. Gamache had een pen in zijn hand en op de vloer lag een envelop met de naam Reine-Marie erop, die van de armleuning was gegleden.

'Armand?' Thérèse raakte zijn arm aan. 'Wakker worden.'

Gamache schrok op en stootte toen hij overeind ging zitten bijna met zijn hoofd tegen Thérèse aan. Een seconde later wist hij weer waar hij was.

Nichol kwam de trap af denderen – niet eens zo onverzorgd, voor haar doen.

'Het is zover,' zei Thérèse. Ze leek bijna uitbundig. In elk geval opgelucht.

Het wachten was voorbij.

33

Agent Nichol kroop op handen en knieën over de stoffige vloer onder het bureau. Ze pakte de kabel en leidde die naar de systeemkast.

'Klaar?'

Boven haar keek Thérèse Brunel naar Armand Gamache. Armand Gamache keek naar Jérôme Brunel, maar dokter Brunel aarzelde niet.

'Klaar,' zei hij.

'Weet je het deze keer zeker?' klonk de norse stem van onder het bureau. 'Misschien wil je er nog even over nadenken onder het genot van een lekkere beker warme chocolademelk.'

'Schiet verdomme op,' zei Jérôme geïrriteerd.

Ze deed het. Ze hoorden een klik en toen kwam haar hoofd onder het bureau vandaan. 'Geregeld.'

Ze kroop onder het bureau uit en ging naast dokter Brunel zitten. Voor hen stond apparatuur die Jane Neal, de laatste onderwijzeres die aan het bureau had gezeten, zich nooit had kunnen voorstellen. Systeemkasten, monitoren en toetsenborden.

Opnieuw gaf Gamache Jérôme de toegangscode en die begon verwoed te typen totdat er nog maar één toets hoefde te worden ingedrukt.

'Er is hierna geen weg terug, Armand.'

'Ik weet het. Doe het maar.'

En Jérôme Brunel deed het. Hij drukte op ENTER.

En... er gebeurde niets.

'Dit is oude apparatuur,' zei Nichol een beetje nerveus. 'Het kan even duren.'

'Ik dacht dat je zei dat het supersnel zou gaan,' zei Jérôme enigszins gealarmeerd. 'Het moet wel snel gaan.'

'Dat gaat het ook.' Nichol ramde op het toetsenbord. Het leek wel een klompendans.

'Het werkt niet,' zei Jérôme.

'Fuck,' zei Nichol terwijl ze zich tegen het bureau afzette. 'Ouwe troep.'

'Jij hebt het meegebracht,' zei Jérôme.

'Ja, en u wilde het gisteravond niet uitproberen.'

'Hou op,' zei Gamache, en hij stak een hand op. 'Denk even na. Waarom werkt het niet?'

Nichol dook nog een keer onder het bureau, maakte de kabel los en sloot hem opnieuw aan.

'En nu?' riep ze.

'Niks,' antwoordde Jérôme, waarna Nichol weer op haar stoel ging zitten. Ze keken allebei naar de monitoren.

'Wat zou het probleem kunnen zijn?' herhaalde Gamache.

'Tabarnac,' zei Nichol. 'Het kan van alles zijn. Dit is iets anders dan een aardappelschilmesje.'

'Rustig. Laten we dit stap voor stap doornemen.'

'Goed.' Ze gooide haar pen op het bureau. 'Het zou een slechte verbinding kunnen zijn. Een probleem met de kabel. Misschien heeft er een eekhoorn aan zitten knagen...'

'Graag de voor de hand liggende oorzaak,' zei Gamache. Hij wendde zich tot Jérôme. 'Wat denk jij?'

'Ik denk dat het aan de satellietschotel ligt. De rest werkt prima. Voor een potje FreeCell is dat geen probleem, het wordt pas lastig als we proberen internetverbinding te krijgen.'

Gamache knikte. 'Hebben we een nieuwe schotel nodig?'

Hij hoopte vurig dat het antwoord zou zijn...

'Nee. Ik denk het niet,' zei Jérôme. 'Ik denk dat er sneeuw op ligt.'

'Dat meen je niet,' zei Thérese.

'Hij zou wel eens gelijk kunnen hebben,' gaf Nichol toe. 'Bij een sneeuwstorm kan er sneeuw op de schotel worden geblazen, die de ontvangst verstoort.'

'Maar we hebben geen sneeuwstorm gehad gisteren,' zei de hoofdinspecteur.

'Dat is waar,' zei Jérôme. 'Maar er is wel veel gevallen, en als Gilles de schotel bijna liggend heeft geplaatst, is het een volmaakte kom om de gevallen sneeuw in op te vangen.'

Gamache schudde zijn hoofd. Als het niet zo ernstig was, zou het bijna poëtisch zijn, het idee dat zulke moderne apparatuur lamgelegd kon worden door sneeuwvlokjes.

'Bel Gilles,' zei hij tegen Thérèse. 'Laat hem naar de satellietschotel komen, dan zie ik hem daar.'

Hij trok zijn jas aan, griste een zaklamp mee en liep het donker in.

Het was moeilijker om het pad door het bos te vinden dan hij verwacht had; het was donker en het pad was bijna niet te zien door de verse sneeuw. Hij scheen met zijn zaklamp in het rond in de hoop dat hij op de juiste plek was. Uiteindelijk zag hij een paar vage contouren in de verder vlakke deken van sneeuw. Het pad, hoopte hij. Hij ging op weg.

Opnieuw voelde hij sneeuw in zijn laarzen komen en kreeg hij natte sokken. Hij ploegde door de diepe sneeuw, waarbij het licht van de lantaarn die hij in zijn hand hield weerkaatste van de bomen en struiken die in het voorjaar weer tot bloei zouden komen.

Uiteindelijk kwam hij bij de robuuste oude weymouthden, waarop houten sporten waren bevestigd. Hij nam even de tijd om op adem te komen. Heel even maar, want elke minuut telde nu.

Als je een dief in de nacht wilde zijn, hing alles af van die nacht. En de nacht vorderde al aardig. Over een paar uur zou iedereen wakker worden. Naar zijn werk gaan. Zijn computer aanzetten. Dan zouden meer ogen zien wat ze deden.

De hoofdinspecteur keek omhoog. Het platform leek van hem weg te draaien, steeds hoger de boom in. Hij keek omlaag, naar de sneeuw, en zocht houvast bij de ruwe boombast.

Hij knipte de lantaarn uit, stak die in zijn zak en met een laatste diepe zucht pakte hij de eerste sport beet. Snel, zo snel als hij kon klom hij naar boven, en hij probeerde zijn gedachten voor te blijven. Snel, voordat hij de moed zou verliezen en de angst hem zou overmannen in die koude, donkere nacht.

Eén keer eerder was hij in deze boom geklommen. Toen had hij het al vreselijk gevonden, en dat was op een zonnige herfstdag geweest. Hij had nooit kunnen dromen dat hij ooit opnieuw die gammele sporten op zou moeten, en nog wel terwijl ze met sneeuw en ijs bedekt waren. Midden in de nacht.

Grijpen, optrekken, de volgende tree. En de volgende. Hij moest zichzelf omhoogtrekken.

Maar de angst kreeg hem in zijn greep en klauwde over zijn rug naar zijn hoofd.

Rustig ademen, hield hij zichzelf voor. Wanhopig hapte hij naar lucht.

Hij durfde niet te blijven staan. Durfde niet omhoog te kijken. Maar uiteindelijk zou hij wel moeten, wist hij. Hij zou er toch wel bijna zijn? Hij hield even stil en legde zijn hoofd in zijn nek.

Het houten platform lag nog zes sporten hoger. Hij kon wel janken. Hij werd licht in zijn hoofd en voelde het bloed uit zijn handen en voeten trekken.

'Doorgaan, doorgaan,' fluisterde hij tegen de ruwe bast.

Zijn eigen stemgeluid kalmeerde hem en hij greep de volgende sport, hij kon nauwelijks geloven dat hij dit deed. Hij begon een liedje te neuriën, het laatste dat hij had gehoord. 'The Huron Carol'.

Zachtjes begon hij het te zingen.

''*Twas in the moon of wintertime*,' zong hij tegen de boom, '*when all the birds had fled*.'

Het was meer opzeggen dan zingen wat hij deed, maar het bracht zijn doorgedraaide gedachten net genoeg tot rust.

'*That mighty Gitchi Manitou sent angel choirs instead*.'

Hij ramde met zijn hand tegen het oude houten platform en zonder aarzelen kroop hij door het gat en bleef plat op zijn buik liggen, met zijn wang in de sneeuw, zijn rechterarm om de boomstam heen geslagen. Door zijn gehijg stoven de sneeuwvlokken op en ontstond er een minisneeuwstorm. Hij dwong zichzelf rustiger te ademen, uit angst dat hij zou gaan hyperventileren. Toen hees hij zich op zijn hurken en bleef zo zitten, alsof er iets naar hem loerde wat hem over de rand naar beneden zou kunnen trekken.

Maar Gamache wist dat de vijand niet onder de rand van het platform zat, maar erbovenop, bij hem.

Hij haalde de zaklantaarn uit zijn zak en knipte hem aan. De satellietschotel stond op een kleine driepoot, die Gilles aan de reling van de uitkijkpost had bevestigd.

Hij was omhooggericht.

'O, jezus,' zei Gamache en even vroeg hij zich af wat voor snode plannen Francoeur nou helemaal kon hebben. Misschien hoefden ze hem helemaal geen halt toe te roepen. Misschien konden ze gewoon weer naar bed gaan en de dekens over zich heen trekken.

''*Twas in the moon of wintertime*,' mompelde hij terwijl hij op zijn knieën naar voren schoof. Het voelde alsof het platform schuin liep, en Gamache voelde dat hij naar voren helde. Maar hij kneep zijn ogen dicht en hervond zijn evenwicht.

''*Twas in the moon of wintertime*,' herhaalde hij. *Haal die sneeuw van de schotel en ga naar beneden.*

'Armand.'

Het was Thérèse, die aan de voet van de boom stond.

'Oui,' riep hij naar beneden, en hij richtte zijn zaklantaarn in die richting.

'Gaat het?'

'Ja,' zei hij, en hij kroop zo ver mogelijk bij de rand van het platform vandaan, zijn laarzen schrapend over de sneeuw. Hij stootte met zijn rug tegen de boomstam en pakte die beet. Eindelijk maakte de angst die hij tijdens het klimmen op afstand had weten te houden zich van hem meester, en trok hem naar de rand.

Gamache was bang dat hij zich van het platform zou storten.

Hij drukte zijn rug stevig tegen de stam.

'Ik heb Gilles gebeld, maar hij kan hier pas over een half uur zijn.' Haar stem bereikte hem vanuit het donker.

De hoofdinspecteur was kwaad op zichzelf. Hij had Gilles moeten vragen om bij hen te blijven, voor het geval dus precies dit zou gebeuren. Gilles had het de avond ervoor nog aangeboden, maar hij had hem naar huis gestuurd. Nu was de man een half uur bij hen vandaan terwijl elke minuut telde.

Elke minuut telde.

Hij liet de boomstam los, stak de zaklantaarn in de sneeuw, gericht op de satellietschotel, en kroop zo snel mogelijk naar voren.

Bij het houten hek kwam hij overeind en keek in de schotel. Die zat vol met sneeuw. Hij liet zijn handschoenen op het platform vallen en schepte voorzichtig en snel de sneeuw eruit, waarbij hij zijn best deed de schotel niet te bewegen. Om de ontvanger in het midden van de schotel niet van z'n plaats te schuiven.

Toen het eindelijk klaar was, dook hij terug naar de boomstam, waar hij snel zijn armen omheen sloeg. Hij was blij dat niemand hem zag. Al kon het hem aan de andere kant niets schelen als de beelden de hele wereld over zouden gaan. Hij liet die boom niet meer los.

'Thérèse,' riep hij, en hij hoorde de angst in zijn eigen stem.

'Hier ben ik. Gaat het echt wel?'

'De sneeuw is eraf.'

'Agent Nichol staat op het pad,' zei Thérèse. 'Zodra Jérôme de verbinding heeft gemaakt, knippert ze met haar zaklantaarn.'

Gamache, die de boomstam nog omklemde, draaide zijn hoofd en keek over de boomtoppen naar het pad. Hij zag niets dan duisternis.

''*Twas in the moon of wintertime*,' fluisterde hij in zichzelf. '*When all the birds had fled.*'

Laat het alsjeblieft goedkomen...

''*Twas in the moon of winter...*'

En toen zag hij het.

Een lichtje. Toen duisternis. En toen weer licht.

Ze hadden verbinding. Het was begonnen.

'Werkt het?' vroeg Thérèse zodra ze de deur van het oude schoolgebouwtje opengedaan hadden.

'Uitstekend,' zei Jérôme bijna vrolijk. Hij tikte een paar instructies in, en er verschenen beelden, die weer verdwenen, gevolgd door nieuwe beelden. 'Het werkt beter dan ik verwacht had.'

Gamache keek op zijn horloge. Tien voor half twee.

Het aftellen was begonnen.

'Holy shit,' zei Nichol met grote ogen. 'Het werkt.'

Hoofdinspecteur Gamache probeerde geen aandacht te besteden aan de verbazing in haar stem.

'En nu?' vroeg Thérèse.

'We zitten in de nationale bibliotheek,' zei Jérôme. 'Agent Nichol en ik hebben overlegd en we hebben besloten ieder een andere kant op te gaan. Om de kans dat we iets vinden te verdubbelen.'

'Ik ga naar binnen via een computer in een schoolbibliotheek in Baie-des-Chaleurs,' zei Nichol. Toen ze hun verbaasde blikken zag, sloeg ze haar ogen neer en mompelde: 'Ik heb dit eerder gedaan. Het is de beste manier om rond te snuffelen.'

Jérôme en Thérèse waren dan misschien verbaasd, maar Gamache niet. Agent Nichol was uitermate geschikt voor het duister, om niet op te vallen. Ze was goed in snuffelen.

'En ik via de Sûreté-bewijskamer in Schefferville,' zei Jérôme.

'De Sûreté?' vroeg Thérèse, die over zijn schouder meekeek. 'Zou je dat wel doen?'

'Beter van niet,' gaf hij toe. 'Maar brutaliteit is onze enige voorsprong. Als ze ons traceren naar een veraf gelegen post van de Sûreté, brengt dat hen hopelijk zo in verwarring dat we de tijd hebben om te verdwijnen.'

'Zou je denken?' vroeg Gamache.

'Bij jou werkte het ook.'

Gamache glimlachte. 'Dat is waar.'

Thérèse glimlachte ook. 'Kom op dan, en vergeet niet vuil spel te spelen.'

Thérèse en Gamache hadden wollen dekens meegenomen uit het huis van Emilie, en de twee maakten zich nuttig door die voor de ramen te hangen. Het was nog steeds duidelijk dat er mensen in het schoolgebouwtje waren, maar je kon niet zien wat ze deden.

Gilles bracht hout mee voor het vuur. Hij legde de blokken in de kachel, die een heerlijke warmte begon uit te stralen.

In de uren die volgden werkten Jérôme en Nichol vrijwel in stilte. Af en toe zeiden ze alleen dingen als: '418', 'firewall' en 'cryptische sleutel'.

De enige geluiden in het schoolgebouw waren het getik op de toetsen en het knappen van het haardvuur.

Gamache, Gilles en Henri waren teruggegaan naar het huis van Emilie om eieren, spek, brood en koffie te halen. Ze kookten op de houtkachel en de ruimte vulde zich met de geur van houtrook, spek en koffie.

Maar Jérôme zat zo geconcentreerd te werken dat hij het niet leek te merken. Nichol en hij praatten over IP-pakketten en versleuteling, poorten en netwerklagen.

Toen het ontbijt naast hen op tafel werd gezet, keken de twee nauwelijks op. Ze waren allebei ondergedompeld in een wereld van NIPS en beveiliging.

Gamache schonk voor zichzelf een beker koffie in en keek toe, tegen de oude schoolkaart bij het raam geleund. Hij weerstond de verleiding om hen op de lip te zitten.

De situatie deed hem een beetje denken aan de kamers van zijn docenten in Cambridge. Met stapels papieren, kladblokken, blaadjes met aantekeningen, bekers koud geworden thee en half opgegeten broodjes. Een petroleumkacheltje voor de warmte en de geur van drogende wol.

Gilles zat op de stoel die ze zijn stoel waren gaan noemen, bij de deur van het lokaal. Hij at zijn ontbijt en toen hij het ophad, schonk hij nog een beker koffie in en zette hij zijn stoel klem tegen de deur. Hij was hun vergrendeling.

Gamache keek op zijn horloge. Het was vijf voor half vijf. Het liefst was hij gaan ijsberen, maar hij wist dat dat irritant was. Hij wilde vreselijk graag vragen hoe het ging, maar wist dat hij hen daarmee alleen maar uit hun concentratie zou halen. Dus riep hij Henri bij zich, trok zijn jas aan en stopte zijn handen diep in zijn zakken. In zijn paniek had hij zijn handschoenen op het platform bij de satellietschotel laten liggen, en hij ging ze voor geen goud ophalen.

Thérèse en Gilles gingen met hem mee een eindje lopen.

'Het gaat goed,' zei Thérèse.

'Ja,' zei Gamache. Het was koud, helder en donker. En stil.

'Als dieven in de nacht, hè?' zei hij tegen Gilles.

De bosbouwer lachte. 'Ik hoop dat dat niet beledigend overkwam.'

'Helemaal niet,' zei Thérèse. 'Het is een heel logische carrièrestap: Sorbonne, hoofdcurator van het Musée des Beaux-Arts, commissaris van de

Sûreté en als bekroning dief in de nacht.' Ze wendde zich tot Gamache. 'En dat allemaal dankzij jou.'

'Graag gedaan, madame.' Gamache maakte een plechtige buiging.

Ze gingen op een bankje zitten en keken naar het schoolgebouwtje aan de overkant, waar de dekens het licht dempten. De hoofdinspecteur vroeg zich af of de stille bosbouwer naast hem wist wat er zou gebeuren als dit zou mislopen. En wat er zou gebeuren als het lukte.

In beide gevallen konden nu elk moment de poppen aan het dansen gaan. En hierheen komen.

Maar op dit moment was het nog rustig.

Ze liepen terug naar het schoolgebouw, waarbij Henri achter de sneeuwballen aan sprong. Hij ving ze wel, maar ze verdwenen in zijn bek. Toch bleef hij het proberen, hij gaf het niet op.

Een uur later werd het eerste alarm geactiveerd.

34

Sylvain Francoeur werd wakker van de telefoon, en nog voordat die voor een tweede keer rinkelde, pakte hij het toestel uit de standaard.

'Wat is er?' vroeg hij, meteen alert.

'Met Charpentier, meneer. Er is ingebroken in het systeem.'

Francoeur steunde op één elleboog en gebaarde naar zijn vrouw dat ze weer kon gaan slapen.

'Wat bedoel je daarmee?'

'Ik hou het netwerk in de gaten en zie dat iemand een van de geheime bestanden heeft geopend.'

Francoeur deed het licht aan, zette zijn bril op en keek op de wekker op het nachtkastje. De felrode cijfers gaven 5.43 uur aan. Hij ging overeind zitten.

'Hoe ernstig is dat?'

'Ik weet het niet. Het stelt misschien niets voor, maar ik heb, zoals me is opgedragen, inspecteur Tessier gebeld en die zei dat ik u moest bellen.'

'Mooi. Leg uit wat je gezien hebt.'

'Dat is nogal ingewikkeld.'

'Doe eens een poging.'

Charpentier was verbaasd dat die korte zin zo dreigend kon klinken. Hij deed zijn best. 'Nou, de firewall geeft niet aan dat er een ongeautoriseerde verbinding is gelegd, maar...'

'Maar wat?'

'Iemand heeft het bestand geopend, en ik weet niet wie het was. Het is vanuit het netwerk gebeurd, dus degene die het geopend heeft, heeft een toegangscode. Het is waarschijnlijk iemand van onze eigen afdeling, maar dat is niet met zekerheid te zeggen.'

'Bedoel je nou dat je niet weet of er op het netwerk is ingebroken?'

'Ik bedoel dat erop is ingebroken, alleen weten we niet of dat gedaan is door iemand van buitenaf of door een van onze eigen mensen. Net als bij een huisalarm weet je aanvankelijk niet of het om een inbreker gaat of om een wasbeer.'

‘Een wasbeer? Je gaat het hypermoderne beveiligingssysteem van de Sûreté, dat miljoenen heeft gekost, toch niet serieus vergelijken met een huisalarm?’

‘Het spijt me, meneer, maar het is juist vanwege het feit dat het zo hypermodern is dat we dit ontdekt hebben. De meeste programma’s en systemen zouden het niet opgemerkt hebben. Maar omdat het zo gevoelig is, vinden we soms ook dingen die niet gevonden hoeven te worden. Die geen bedreiging vormen.’

‘Zoals een wasbeer?’

‘Precies,’ zei de agent, die duidelijk spijt had van de vergelijking. Bij Tessier had die wel gewerkt, maar hoofdcommissaris Francoeur was van een heel ander kaliber. ‘En als er een indringer is, weten we niet of hij met opzet heeft ingebroken of dat het gewoon een hacker is die de boel in het honderd wil laten lopen, of zelfs iemand die per ongeluk in het systeem is terechtgekomen. We werken eraan.’

‘Per ongeluk?’ Het systeem was vorig jaar in gebruik genomen. Ze hadden de beste softwaredesigners en internetexperts ingehuurd om iets te ontwikkelen wat niet gehackt kon worden. En nu zei deze agent dat een of andere idioot er misschien per ongeluk in terechtgekomen was?

‘Dat gebeurt vaker dan veel mensen denken,’ zei Charpentier ongemakkelijk. ‘Ik denk niet dat er iets aan de hand is, maar voor de zekerheid beschouwen we het als een serieuze zaak. En het bestand dat ze hebben bekeken, lijkt ook niet zo belangrijk te zijn.’

‘Welk bestand is dat?’ vroeg Francoeur.

‘De planning voor herstelwerkzaamheden aan Autoroute 20.’

Francoeur staarde naar de gesloten gordijnen voor het slaapkamerraam. Een ervan bolde licht op door het zuchtje koude lucht dat naar binnen kwam.

Het leek een volkomen onbetekenend bestand, in de verste verte niet iets wat hun plan in gevaar kon brengen, maar Francoeur wist wel beter. Hij wist wat er in dat bestand stond. En nu snuffelde iemand erin rond.

‘Ga het na en bel me terug.’

‘Yes sir.’

‘Wat is er aan de hand?’ vroeg madame Francoeur toen ze haar man naar de badkamer zag lopen.

‘Niks, een probleempje op mijn werk. Ga maar weer slapen.’

‘Ga je eruit?’

‘Ik kan net zo goed opstaan,’ zei hij. ‘Ik ben nu toch wakker en straks gaat de wekker.’

Maar voor hoofdcommissaris Francoeur ging het alarm nu al af.

'Ze hebben ons gezien,' zei Jérôme. 'Ik heb hier een alarm geactiveerd.'

'Waar?' vroeg Gamache, en hij trok er een stoel bij.

Jérôme wees het hem aan.

'Herstelwerkzaamheden?' vroeg Gamache, en hij wendde zich tot Thérèse. 'Waarom zou de Sûreté bestanden hebben over herstelwerkzaamheden aan een weg, laat staan geheime?'

'Om geen enkele reden. Dit valt buiten onze jurisdictie. De wegen niet, maar wegwerkzaamheden wel. En het zou zeker niet vertrouwelijk zijn.'

'Ze zijn nu vast naar ons op zoek,' zei Nichol. Ze klonk kalm, meldde alleen de feiten.

'Dat was te verwachten,' zei Jérôme eveneens rustig.

Op zijn scherm zagen ze bestanden geopend en gesloten worden, verschijnen en verdwijnen.

'Stop met typen,' zei Nichol.

Jérôme haalde zijn handen van het toetsenbord en liet ze erboven zweven.

Gamache keek naar het scherm. Hij zag de codering bijna opdoemen.

'Hebben ze je gevonden?' vroeg Jérôme aan Nichol.

'Nee. Ik zit in een ander bestand. Dat gaat ook over wegwerkzaamheden, maar het is oud. Vast niet belangrijk.'

'Wacht eens,' zei Gamache. Hij schoof zijn stoel naar haar beeldscherm. 'Laat eens zien.'

'Met Charpentier nog een keer, meneer.'

'Oui,' zei Francoeur. Hij had gedoucht en zich aangekleed en stond op het punt van huis te gaan. Het was even na zessen.

'Het was niets.'

'Weet je dat zeker?'

'Heel zeker. Ik heb goed gezocht, allerlei scans toegepast, maar niet ontdekt dat ons netwerk illegaal is betreden. Zoals ik al zei, het gebeurt regelmatig. Een geest in de machine. Het spijt me dat ik u hiermee heb lastiggevallen.'

'Je hebt de juiste actie ondernomen.' Francoeur was opgelucht, maar kon zich nog steeds niet ontspannen. 'Zet extra agenten in om...'

'Om acht uur komt de nieuwe ploeg...'

'Ik bedoel nu meteen.' Zijn stem klonk scherp en Charpentier reageerde meteen.

'Yes sir.'

Francoeur hing op en toetste het nummer van Tessier in.

'Dit zijn verslagen van ploegendiensten,' zei Gamache. 'Van een bedrijf dat Aqueduct heet. Ze zijn dertig jaar oud. Waarom kijk je daarnaar?'

'Ik volgde een spoor. Ik kwam in een van de andere bestanden een naam tegen die ik naar dit bestand ben gevolgd.'

'Welke naam?' vroeg Gamache.

'Pierre Arnot.'

'Laat eens zien.' Gamache boog zich over haar heen en Nichol scrolde naar beneden. Gamache zette zijn bril op en las snel de pagina's door. Er stonden heel veel namen. Het leken werkroosters en verslagen over de grond te zijn, en iets wat 'belasting' werd genoemd. 'Ik zie het verband niet.'

'Dat zag ik eerst ook niet,' gaf Nichol toe, 'maar de naam is aan dit bestand gelinkt.'

'Misschien is het een andere Pierre Arnot,' zei Jérôme van achter zijn bureau. 'Het is geen ongebruikelijke naam.'

Gamache bromde om aan te geven dat hij Jérôme gehoord had, maar hij was met zijn aandacht bij het bestand. Arnot werd nergens genoemd.

'Hoe kan het dat zijn naam aan dit bestand is gekoppeld, maar er niet in voorkomt?' vroeg Gamache.

'Hij zou verborgen kunnen zijn,' zei Nichol. 'Of het is een extern verband. Zoals uw naam in verband zou kunnen worden gebracht met een bestand over kaalheid, of over droppijpjes.'

Gamache keek naar Jérôme, die spottend had zitten lachen.

Maar hij begreep het nu. Arnots naam hoefde niet in het bestand voor te komen om ermee geassocieerd te kunnen worden. Er hoefde alleen ergens een verband te zijn.

'Ga door,' zei de hoofdinspecteur, en hij stond op.

'Charpentier is uitstekend in zijn werk,' stelde Tessier Francoeur gerust over de telefoon. Hij was ook aangekleed en klaar om naar zijn werk te gaan. Toen hij zijn sokken aantrok, besefte hij dat wanneer hij ze die avond zou uittrekken, alles anders zou zijn. Zijn wereld, de wereld in het algemeen. En zeker Québec. 'Als hij zegt dat het niets voorstelde, dan is dat ook zo.'

'Nee.' De hoofdcommissaris wilde overtuigd worden, gerustgesteld. Maar dat was hij niet. 'Er klopt iets niet. Bel Lambert. Laat haar naar kantoor komen.'

'Yes sir.' Tessier hing op en belde hoofdinspecteur Lambert, het hoofd Cybercriminaliteit.

Gamache rakelde met een nieuw houtblok de gloeiende kolen op, maakte ruimte, legde het blok op het vuur en schoof het gietijzeren deksel op zijn plaats.

'Agent Nichol,' zei hij even later. 'Wil je dat bedrijf even opzoeken?'

'Welk bedrijf?'

'Aqueduct.' Hij liep naar haar toe. 'Van het bestand waarnaar je Pierre Arnot had gevolgd.'

'Maar we hebben zijn naam daar niet gevonden. Het ging vast om een andere Arnot of een toevallige contactpersoon. Iets onbelangrijks.'

'Misschien, maar kijk alsjeblieft wat je te weten kunt komen over Aqueduct.' Hij boog zich over haar heen, met één hand op het bureau en de andere op de rugleuning van haar stoel.

Ze mopperde en het scherm waarnaar ze had zitten kijken verdween. Een paar muisklikken later waren er foto's van oude Romeinse bruggen en watersystemen te zien. Aquaducten.

'Tevreden?' vroeg ze op hoge toon.

'Scrol eens naar beneden,' zei hij, en hij bestudeerde de lijst met verwijzingen naar 'Aqueduct'.

Er was een bedrijf dat zich verdiepte in duurzaamheid. Er was een band die Aqueduct heette.

Ze bekeken een paar pagina's, maar de informatie werd steeds minder relevant.

'Kan ik weer verdergaan?' vroeg Nichol vermoeid.

Gamache staarde naar het scherm. Hij was er nog steeds niet gerust op, maar hij knikte.

De rest van de ploeg werd opgetrommeld en achter elk bureau en aan iedere computer van de afdeling Cybercriminaliteit zat nu een agent.

'Maar,' zei Charpentier tegen zijn baas, 'het was een geest. Ik heb er duizenden van gezien... u ook. Ik heb goed gekeken om er zeker van te zijn. Ik heb alle scans erop losgelaten, maar niets gevonden.'

Lambert wendde zich van haar teamleider naar de hoofdcommissaris.

In tegenstelling tot Charpentier wist hoofdinspecteur Lambert hoe kritiek de volgende uren zouden zijn. De firewalls, de verdedigingsmechanismen en de software die zijzelf had helpen ontwerpen moesten ondoordringbaar zijn. En dat waren ze ook.

Maar Francoeurs bezorgdheid was op haar overgeslagen. En nu begon ze te twijfelen.

'Ik zal hoogstpersoonlijk controleren of alles in orde is,' zei ze tegen Francoeur. Hij hield haar blik vast, zo lang en zo intens dat Tessier en Charpentier elkaar even aankeken.

Uiteindelijk knikte Francoeur.

'Ik wil dat je mensen niet alleen de boel in de gaten houden, begrepen? Ik wil dat ze op zoek gaan.'

'Waarnaar?' vroeg Charpentier geërgerd.

'Naar indringers,' zei Francoeur vinnig. 'Ik wil dat degene die hierachter zit wordt opgespoord. Als iemand probeert binnen te dringen, wil ik weten wie dat is. Of het nou een wasbeer, een geest of een leger zombies is. Begrepen?'

'Begrepen,' zei Charpentier.

Gamache kwam weer naast Nichol staan.

'Ik heb me vergist,' zei hij in haar oor.

'Hoezo?' Ze keek hem niet aan, maar bleef zich concentreren op waar ze mee bezig was.

'Je zei zelf dat het een oud bestand is. Dat betekent dat Aqueduct een oud bedrijf is. Misschien bestaat het niet eens meer. Kun je het in de archieven vinden?'

'Maar als het niet meer bestaat, wat doet het er dan nog toe?' vroeg Nichol. 'Oud bestand, oud bedrijf, oud nieuws.'

'Oude zonden hebben lange schaduwen,' zei Gamache. 'En dit is een heel oude zonde.'

'Nog zo'n stom citaat,' mopperde Nichol zacht. 'Wat betekent dat eigenlijk?'

'Het betekent dat wat dertig jaar geleden klein is begonnen,' zei de hoofdinspecteur, die niet naar agent Nichol keek, maar de tekst op haar scherm las, 'nu misschien...'

Hij keek naar Nichols gezicht: uitgestreken, beheerst.

'... is uitgegroeid tot iets heel groots,' zei hij uiteindelijk. Maar wat hij eigenlijk had willen zeggen was 'iets van monsterlijke proporties'.

'We hebben de schaduw gevonden, nu de zonde nog.' Gamache keek weer op het scherm.

'Ik begrijp het nog steeds niet,' mompelde ze, maar Gamache vermoedde dat dat niet waar was. Agent Yvette Nichol wist aardig wat over oude zonden. En lange schaduwen.

'Dit gaat een paar minuten duren,' zei ze.

Gamache voegde zich bij commissaris Brunel, die vanaf het raam naar haar man stond te kijken. Het was duidelijk dat ze het liefst over zijn schouder mee had willen kijken.

'Hoe doet Jérôme het?'

'Goed, denk ik,' zei ze. 'Hij is geloof ik van dat alarm geschrokken. Het gebeurde eerder dan hij verwacht had, maar hij is ervan bekomen.'

Gamache keek naar de twee mensen achter de tafels. Het was bijna half acht 's morgens. Ze waren nu zes uur bezig.

Hij liep naar Jérôme. 'Wil je even je benen strekken?'

Dokter Brunel gaf niet meteen antwoord. Hij tuurde naar het scherm. Zijn ogen volgden een codering.

'Merci, Armand. Zo meteen,' zei Jérôme afwezig.

'Hebbes,' zei Nichol. 'Les Services Aqueduct,' las ze voor, en Gamache en Thérèse bogen zich over haar heen om mee te kijken. 'U had gelijk. Het is een oud bedrijf. Zo te zien is het failliet gegaan.'

'Wat was het voor bedrijf?'

'Voornamelijk constructieactiviteiten, geloof ik,' zei ze.

'Wegenbouw?' vroeg Thérèse, die dacht aan het alarm dat Jérôme had geactiveerd. De planning voor wegwerkzaamheden.

Het was even stil terwijl Nichol verder zocht. 'Nee, rioleringen, zo te zien. Vooral in afgelegen gebieden. Dit was in de tijd dat er nog overheidsgeld was om het afval dat in rivieren was gedumpt op te ruimen.'

'Een zuiveringsbedrijf,' zei Gamache.

'Zoiets,' zei Nichol. 'Maar kijk hier.' Ze wees op een bericht. 'Een nieuwe regering. Er werden geen contracten meer afgegeven en het bedrijf ging failliet. Einde verhaal.'

'Wacht,' zei Jérôme plotseling aan het bureau ernaast. 'Stop met wat je aan het doen bent.'

Gamache en Thérèse verstarden volledig, alsof ze zichzelf zouden verraden als ze bewogen. Toen liep Gamache naar Jérôme toe.

'Wat is er?'

'Ze zijn naar ons op zoek,' zei hij. 'Ze bewaken nu niet alleen de bestanden, ze zoeken ons.'

'Hebben we nog een alarm geactiveerd?' vroeg Thérèse.

'Niet dat ik weet,' zei Jérôme. Hij keek naar Nichol, die haar apparatuur controleerde en haar hoofd schudde.

Dokter Brunel richtte zich weer op zijn beeldscherm. Hij hield zijn worstenvingers boven het toetsenbord, klaar om indien nodig in actie te komen. 'Ze gebruiken een nieuw programma, een dat ik nog niet eerder heb gezien.'

Niemand verroerde zich.

Gamache keek naar het scherm en verwachtte bijna dat er een spook uit de hoek van het scherm zou kruipen. Een spook dat stukjes tekst, documenten en bestanden optilde en eronder keek, op zoek naar hen.

Hij hield zijn adem in, durfde zich niet te verroeren. Hij wist dat het onzin was, maar hij wilde het risico niet nemen.

'Ze vinden ons niet,' zei Nichol.

Gamache bewonderde haar lef. Ze had het gefluisterd, en daar was hij blij om. Lef is één ding, maar als je je wilde verstoppen, kwam het erop aan dat je je stilhield en niet bewoog. Hij maakte zich geen illusies; dat was precies wat ze daar deden.

Gilles leek het ook zo te voelen. Hij kantelde voorzichtig zijn stoel en zette zijn voeten op de vloer, maar bleef zitten waar hij zat. Met zijn blik strak op de deur gericht, alsof hun achtervolgers daardoor binnen zouden komen.

'Weten ze dat we ze gehackt hebben?' vroeg Thérèse.

Jérôme gaf geen antwoord.

'Jérôme,' herhaalde Thérèse. Ook zij sprak nu zacht maar dringend. 'Geef eens antwoord.'

'Ik weet zeker dat ze onze handtekening hebben gezien.'

'Wat wil dat zeggen?' vroeg Gamache.

'Dat ze waarschijnlijk in de gaten hebben dat er iets aan de hand is,' zei Nichol. 'Maar de codering houdt het wel.' Voor het eerst klonk ze onzeker, alsof ze tegen zichzelf praatte. Alsof ze zichzelf probeerde te overtuigen.

En nu begreep Gamache het. De jagers en zijn jachthonden waren aan het rondsnuffelen. Ze hadden een spoor ontdekt en nu probeerden ze te bepalen wat ze gevonden hadden. Óf ze iets gevonden hadden.

'Dit is niet zomaar een hacker,' zei Jérôme. 'Dit is niet een of ander ongeduldig joch, dit is een ervaren speurder.'

'En nu?' vroeg Thérèse Brunel.

'We kunnen hier in elk geval niet blijven zitten,' zei Jérôme. Hij wendde zich tot Nichol. 'Denk je echt dat je codering ons onzichtbaar houdt?'

Ze deed haar mond open, maar hij was haar voor. Hij had genoeg ervaring met arrogante jonge coassistenten tijdens zijn rondes in het ziekenhuis om te weten wanneer iemand liever een sappige leugen slikte dan de akelige waarheid.

'Serieus,' waarschuwde hij, met een blik op haar bleke gezicht.

'Ik weet het niet,' gaf ze toe. 'Maar we kunnen er maar beter in geloven.'

Jérôme lachte en stond op. Hij wendde zich tot zijn vrouw. 'Dan is het antwoord op je vraag dat de codering het heeft gehouden en dat we veilig zijn.'

'Dat heeft ze niet gezegd,' zei Thérèse, die achter hem aan liep naar de koffiepot op de houtkachel.

'Nee,' gaf hij toe terwijl hij voor zichzelf een beker koffie inschonk. 'Maar ze heeft gelijk. We kunnen er maar beter in geloven. Het verandert niets. En voor wat het waard is: ik denk dat ze geen idee hebben waar we op uit zijn, zelfs als ze weten dat we er zijn. We zijn veilig.'

Gamache stond achter de stoel van Nichol. 'Je zult wel moe zijn. Neem ook even pauze. Plens wat water in je gezicht.'

Toen ze niet reageerde, keek hij aandachtiger naar haar.

Ze had grote ogen opgezet.

'Wat is er?' vroeg hij.

'O, merde,' zei ze zacht. 'O, merde.'

'Wat is er?' Gamache keek naar de monitor. De woorden UNAUTHORIZED ACCESS vulden het scherm.

'Ze hebben ons gevonden.'

35

'Ik heb iets gevonden,' zei hoofdinspecteur Lambert over de telefoon. 'U kunt maar beter komen.'

Hoofdcommissaris Francoeur en inspecteur Tessier waren er binnen een paar minuten. Agenten dromden om het scherm van Lambert heen, maar ze maakten zich snel uit de voeten toen ze zagen wie er waren binnengekomen.

'Wegwezen,' zei Tessier, en weg waren ze. Hij deed de deur dicht en ging ervoor staan.

Charpentier zat achter een andere computer in de zaal, met zijn rug naar zijn baas, razendsnel te typen.

Francoeur boog zich over hoofdinspecteur Lambert heen.

'Laat zien.'

'Jérôme!' riep Thérèse Brunel, en ze voegde zich bij hoofdinspecteur Gamache en agent Nichol.

'Laat zien,' zei Gamache.

'Ik moet een alarm hebben geactiveerd toen ik het oude Aqueductbestand opende,' zei Nichol, die lijkbleek was geworden.

Jérôme kwam erbij en keek naar het scherm. Toen ging zijn hand naar het toetsenbord.

'Opschieten,' zei hij terwijl hij snel een paar korte commando's typte. 'Sluit het bestand.' De foutmelding verdween.

'Je hebt niet zomaar een alarm geactiveerd, je bent op een landmijn getrapt. Jezus.'

'Misschien hebben ze de melding niet gezien,' zei Nichol langzaam terwijl ze naar het scherm keek.

Ze wachtten en wachtten en staarden naar het scherm. Gamache besefte dat hij verwachtte dat er een of ander wezen zou verschijnen; een schaduw, een gestalte.

'We moeten dat Aqueductbestand weer openen,' zei hij.

'Ben je gek,' zei Jérôme. 'Dan wordt dat alarm opnieuw geactiveerd. Dat bestand moeten we juist vermijden.'

Gamache trok een stoel bij en ging naast de gepensioneerde arts zitten. Hij keek hem in de ogen.

'Dat weet ik. Daarom moeten we terug. Dat wat ze proberen te verbergen is in dat bestand te vinden.'

Jérôme deed zijn mond open en toen weer dicht. Hij probeerde een rationeel argument te bedenken tegen het ondenkbare: bewust in de val lopen.

'Het spijt me, Jérôme, maar dat is wat we zochten: hun kwetsbare plek. En die plek is Aqueduct. Daar is het ergens te vinden.'

'Maar het is een dertig jaar oud document,' zei Thérèse. 'Een bedrijf dat niet eens meer bestaat. Wat zou daar nou te vinden kunnen zijn?'

Ze staarden alle vier naar het scherm. Daar pulseerde de cursor, als een hartslag. Als iets levends. Iets afwachtends.

Toen boog Jérôme Brunel zich over het toetsenbord en begon te typen.

'Aqueduct?' vroeg Francoeur, en hij deinsde achteruit alsof hij een klap had gekregen. 'Wis de bestanden.'

Hoofdinspecteur Lambert keek hem aan, maar één blik op het gezicht van de hoofdcommissaris zei genoeg. Ze begon met wissen.

'Wie is het?' vroeg Francoeur. 'Weet je dat?'

'Ik kan of de bestanden wissen of de indringer achtervolgen, maar niet allebei,' zei Lambert, terwijl haar vingers over de toetsen vlogen.

'Ik neem de indringer wel voor mijn rekening,' zei Charpentier vanaf de andere kant van het kantoor.

'Doe maar,' zei Francoeur. 'We moeten het weten.'

'Het is Gamache,' zei Tessier. 'Dat moet wel.'

'Hoofdinspecteur Gamache kan dit helemaal niet,' zei Lambert terwijl ze doorwerkte. 'Hij heeft net als alle andere hooggeplaatsten kennis van computers, maar hij is geen expert. Dit is iemand anders.'

'Bovendien,' zei Tessier, die stond toe te kijken, 'zit hij in een of ander afgelegen dorp waar geen internet is.'

'Wie dit ook is, heeft een high-speedverbinding en een enorme bandbreedte.'

'Jezus.' Francoeur draaide zich om naar Tessier. 'Gamache was een afleidingsmanoeuvre.'

'Wie is het dan wel?' vroeg Tessier.

'Shit,' zei Nichol. 'De bestanden worden gewist.'

Ze keek naar Jérôme, die op zijn beurt naar Thérèse keek, die weer naar Gamache keek.

'We moeten die bestanden hebben,' zei Gamache. 'Zorg dat je ze te pakken krijgt.'

'Hij zal ons vinden,' zei Jérôme.

'Hij heeft ons al gevonden,' zei Gamache. 'Zorg dat je ze te pakken krijgt.'

'Zij,' zei Nichol, die ook snel reageerde. 'Ik weet wie dit is. Hoofdinspecteur Lambert, dat moet wel.'

'Waarom denk je dat?' vroeg Thérèse.

'Omdat ze de beste is. Zij heeft me opgeleid.'

'Alle bestanden verdwijnen, Armand,' zei Jérôme. 'Lok haar weg.'

'Juist,' zei Nichol. 'De codering houdt het. Ik kan zien dat ze het even niet meer weet. Nee, wacht. Er is iets veranderd. Dit is Lambert niet meer, dit is iemand anders. Ze hebben zich opgesplitst.'

Gamache ging bij Jérôme staan.

'Kun je een paar bestanden opslaan?'

'Misschien, maar ik weet niet welke belangrijk zijn.'

Gamache dacht even na. Hij had zijn hand om de rugleuning van Jérômes houten stoel geklemd.

'Laat die bestanden maar zitten. Het is minstens dertig jaar of langer geleden begonnen met Aqueduct, en Arnot was er op de een of andere manier bij betrokken. Het bedrijf is over de kop gegaan, maar misschien is het niet verdwenen. Misschien hebben ze het gewoon een andere naam gegeven.'

Jérôme keek naar hem op. 'Als ik het systeem uit ga, is Aqueduct niet op te slaan. Ze zullen alles wissen totdat er geen spoor meer van over is.'

'Doe maar, ga het systeem uit. Kijk wat er van Aqueduct is geworden.'

'Ze proberen de bestanden op te slaan,' zei Lambert. 'Ze weten waar ze mee bezig zijn.'

'Dit is niet zomaar een hacker,' zei Francoeur.

'Ik weet niet wie het is,' zei Lambert. 'Charpentier?'

Het was even stil voordat Charpentier antwoord gaf. 'Ik weet het ook niet. Het wordt niet duidelijk zichtbaar. Het is net een geest.'

'Zeg dat toch niet steeds,' zei Francoeur. 'Het is helemaal geen geest. Het is iemand die ergens achter een computer zit.'

De hoofdcommissaris nam Tessier even apart.

'Ik wil dat je uitzoekt wie hierachter zit.' Hij ging zachter praten, maar de boodschap en zijn felheid waren duidelijk genoeg. 'Zoek uit waar ze zitten. Als het Gamache niet is, wie is het dan wel? Spoor ze op, maak ze onschadelijk en vernietig het bewijs.'

Tessier vertrok. Er kon geen twijfel over bestaan wat Francoeur hem zojuist had opgedragen.

'Gaat het?' vroeg Gamache aan Nichol.

Ze keek gespannen, maar knikte even. Ze had de jager twintig minuten lang om de tuin weten te leiden door het ene valse spoor na het andere achter te laten.

Gamache keek even toe en ging toen terug naar het andere bureau.

Aqueduct was failliet gegaan, maar zoals zo vaak gebeurde, was het onder een andere naam verdergegaan. Het ene bedrijf was opgegaan in het andere. Van riolering en waterwegen in wegenbouw en toen bouwmaterialen.

De hoofdinspecteur ging zitten en las wat er op het scherm stond, in een poging te ontdekken waarom de hoofdcommissaris van de Sûreté er zo op gebrand was deze bestanden geheim te houden. Tot zover waren ze niet alleen onschuldig, maar ook saai. Het ging over niets anders dan bouwmaterialen, grondmonsters en wapening- en belastingtests.

Toen kreeg hij een idee. Een vermoeden.

'Kun je teruggaan naar het bestand dat het eerste alarm activeerde?'

'Maar dat heeft niks met dit bedrijf te maken,' zei Jérôme. 'Het was een planning voor herstelwerkzaamheden aan Autoroute 20.'

Maar Gamache keek ingespannen naar het scherm en wachtte tot dokter Brunel zijn verzoek uitvoerde. Wat hij deed of probeerde.

'Het is er niet meer, Armand. Het is verdwenen.'

'Ik moet eruit, meneer,' zei Nichol beleefd door de spanning. 'Ik zit er te lang in. Dadelijk vinden ze me.'

'Ik ben er bijna,' meldde Charpentier. 'Nog een paar tellen. Kom op. Kom op.' Zijn vingers vlogen over de toetsen. 'Hebbes, ettertje.'

'Negentig procent van de bestanden is vernietigd,' zei Lambert vanaf de andere kant van het kantoor. 'Hij kan geen kant op. Heb je hem te pakken?'

Even was het stil, op het snelle getik van de toetsen na.

'Heb je hem te pakken, Charpentier?'

'Fuck.'

Het getik hield op. Lambert had haar antwoord.

'Ik ben eruit,' zei Nichol, en voor het eerst in uren leunde ze achterover in haar stoel. 'Dat was op het nippertje. Ze hadden me bijna te pakken.'

'Weet je zeker dat ze je niet te pakken hebben?' vroeg Jérôme.

Nichol dook weer naar voren en drukte op een paar toetsen. Ze hield haar adem in. 'Shit. Net te laat. Jezus.'

Dokter Brunel keek van zijn vrouw naar Gamache en toen naar Nichol. En toen weer naar Thérèse.

'Wat nu?'

'Wat nu?' vroeg Charpentier. Hij was nijdig. Hij haatte het als iemand hem te slim af was, en dat was degene die achter die andere computer zat.

Het had zo weinig gescheeld. Zo weinig dat Charpentier heel even had gedacht dat hij hem te pakken had. Maar op het laatste moment was hij, poef, verdwenen.

'Nu roepen we de anderen erbij en zoeken we opnieuw,' zei hoofdinspecteur Lambert.

'Denkt u dat hij nog in het systeem zit?'

'Hij heeft niet gekregen waar hij voor gekomen was.' Ze richtte zich weer op haar computer. 'Dus ik denk dat hij er nog is, ja.'

Charpentier stond op en liep naar de grote zaal. Om de andere agenten, allemaal gespecialiseerd in cybercrime, weer binnen te vragen. Om de persoon op te sporen die hun eigen systeem had gehackt. Die bij hen was binnengedrongen.

Toen hij de deur achter zich dichtdeed, vroeg hij zich af hoe inspecteur Lambert wist waar de indringer naar op zoek was. En wat voor de indringer zo belangrijk kon zijn dat hij alles op het spel zette om het te vinden.

'We nemen even pauze,' zei Gamache, en hij stond op. Hij was stram en besefte dat hij zijn spieren urenlang aangespannen had.

'Maar nu gaan ze juist nog harder naar ons op zoek,' zei Nichol.

'Laat ze maar. Jullie hebben pauze nodig. Ga even een frisse neus halen, laat de wind door je hoofd waaien.'

Nichol en Jérôme leken geen van tweeën overtuigd. Gamache keek naar Gilles, en toen weer naar hen.

'Jullie dwingen me om iets te doen wat ik liever niet doe. Gilles geeft namelijk yogales in zijn vrije tijd. Als jullie niet over een halve minuut de deur uit zijn, verplicht ik jullie een yogales te volgen. Ik heb gehoord dat hij erg goed is in de neerwaarts kijkende hond.'

Gilles stond op, rekte zich uit en deed een paar passen naar voren.

'Ik kan zelf wel wat werk aan mijn chakra's gebruiken,' gaf hij toe.

Jérôme en Nichol stonden op, trokken hun jassen aan en gingen de deur uit. Gilles voegde zich bij Gamache bij de kachel.

'Bedankt dat je het spelletje hebt meegespeeld,' zei de hoofdinspecteur.

'Hoezo "het spelletje meegespeeld"? Ik geef inderdaad yogales. Wil je het zien?'

Gilles ging op één been staan, bewoog zijn andere been naar voren en stak zijn armen omhoog.

Gamache trok zijn wenkbrauwen op en liep naar Thérèse, die ook stond te kijken.

'Ik wacht op de neerwaarts kijkende hond,' zei ze terwijl ze haar jas aantrok. 'Ga je mee?'

'Nee, ik wil nog wat lezen.'

Commissaris Brunel volgde zijn blik naar de computerschermen.

'Wees voorzichtig, Armand.'

Hij glimlachte. 'Maak je geen zorgen. Ik zal proberen er geen koffie overheen te gooien. Ik wil gewoon nog wat stukken nalezen die Jérôme heeft gevonden.'

Ze vertrok en nam Henri mee. Gamache zette zijn stoel bij het bureau en begon te lezen. Tien minuten later voelde Gamache een hand op zijn schouder. Het was Jérôme.

'Mag ik binnenkomen?'

'Je bent er weer.'

'We zijn al een paar minuten terug, maar we wilden je niet storen. Heb je nog iets interessants gevonden?'

'Waarom hebben ze dat bestand gewist, Jérôme? Niet dat over Aqueduct, hoewel dat ook een interessante vraag is, maar dat eerste dat je had gevonden. De planning van de herstelwerkzaamheden. Er klopt iets niet.'

'Misschien wissen ze gewoon alles waar we naar gekeken hebben,' opperde Nichol.

'Waarom zouden ze daar de tijd voor nemen?' vroeg Thérèse.

Nichol haalde haar schouders op. 'Geen idee.'

'Je moet het systeem weer in,' zei Jérôme tegen Nichol. 'Hoeveel scheelde het? Hebben ze je adres te pakken gekregen?'

'Van die school in Baie-des-Chaleurs?' vroeg Nichol. 'Ik denk het niet, maar ik ga het sowieso veranderen. In Granby is een dierentuin met een grote bibliotheek. Die ga ik gebruiken.'

'Bon,' zei de hoofdinspecteur. 'Klaar?'

'Klaar,' zei Jérôme.

Nichol richtte haar aandacht op haar computer en Gamache wendde zich tot commissaris Brunel.

'Ik denk dat dat eerste bestand belangrijk was,' zei hij. 'Misschien zelfs cruciaal. En toen Jérôme het gevonden had, raakten ze in paniek.'

'Maar ik begrijp het niet,' zei commissaris Brunel. 'Ik ken het mandaat van de Sûreté. Jij ook. We bewaken de wegen en bruggen, zelfs die van de federale overheid. Maar we repareren ze niet. Er is geen enkele reden waarom de Sûreté in het bezit zou zijn van een bestand over wegwerkzaamheden. En zeker geen geheim bestand.'

'Dat maakt het des te waarschijnlijker dat dat bestand niets te maken had met de zaken waar de Sûreté zich officieel mee bezig dient te houden.' Nu had Gamache haar aandacht. 'Wat gebeurt er wanneer er een snelweg gerepareerd moet worden?'

'Dan wordt het project aanbesteed, denk ik,' zei Thérèse.

'En dan?'

'Bedrijven doen een offerte,' zei Thérèse. 'Waar wil je naartoe, Armand?'

'Je hebt gelijk,' zei Gamache. 'De Sûreté repareert geen wegen, maar doet wel onderzoek naar bijvoorbeeld fraude bij het toekennen van aanbestedingen.'

De twee hooggeplaatste Sûreté-agenten keken elkaar aan.

De Sûreté du Québec deed onderzoek naar corruptie, en er was geen groter doelwit dan de bouwindustrie.

Zo ongeveer elke afdeling van de Sûreté was ooit wel betrokken geweest bij onderzoek naar de Québecse bouwindustrie. Van beschuldigingen omtrent het aannemen van smeergeld en fraude bij het toekennen van aanbestedingen tot betrokkenheid bij de georganiseerde misdaad, van intimidatie tot moord. Gamache had zelf meerdere onderzoeken geleid naar de verdwijning van en vermeende moord op een hooggeplaatste vakbondsmedewerker of manager uit de bouwindustrie.

'Zou het dat zijn?' vroeg Thérèse terwijl ze Gamache in de ogen bleef kijken. 'Heeft Francoeur zich met die smerige zaakjes ingelaten?'

'Niet alleen zichzelf,' zei Gamache, 'maar ook de Sûreté.'

De bouwindustrie was groot, machtig en corrupt. En stond nu, door de samenwerking met de Sûreté, niet langer onder toezicht van de politie. Onstuitbaar.

Er stonden miljarden op het spel. Ze deinsden nergens voor terug om contracten in de wacht te slepen en die te behouden, en ze intimideerden iedereen die daar vraagtekens bij zette.

Als er één oude zonde met lange schaduwen was in Québec, dan was het de bouwindustrie wel.

'Merde,' zei commissaris Brunel zacht. Ze wist dat ze op niet zomaar een probleem waren gestuit. Dit was een levensgroot probleem.

'Ga nog een keer het systeem in, Jérôme,' zei Gamache zacht. Hij zat voorovergebogen, met zijn ellebogen op zijn knieën. Eindelijk hadden ze enig idee waar ze naar zochten.

'En dan?'

'Zoek naar bouwcontracten. Grote, die recent zijn toegekend.'

'Oké.' Dokter Brunel draaide zich om en begon te typen. Achter de computer naast hem deed Nichol hetzelfde.

'Nee, wacht,' zei Gamache, en hij legde een hand op Jérômes arm. 'Niet de nieuwe bouwcontracten.' Hij dacht even na. 'Zoek naar contracten voor herstelwerkzaamheden.'

'D'accord,' zei Jérôme, en hij begon te zoeken.

'Dag, het spijt me dat ik u stoor. Bel ik u wakker?'

'Met wie spreek ik?' vroeg de slaperige stem aan de andere kant van de lijn.

'Met Martin Tessier. Ik werk voor de Sûreté du Québec.'

'Gaat het over mijn moeder?' De vrouw klonk plotseling alert. 'Het is hier vijf uur 's ochtends. Wat is er gebeurd?'

'Denkt u dat het over uw moeder gaat?' vroeg Tessier, zijn toon vriendelijk en redelijk.

'Nou ja, die werkt ook voor de Sûreté,' zei de vrouw, die nu klaarwakker was. 'Toen ze hier kwam, zei ze al dat er iemand zou kunnen bellen.'

'Dus commissaris Brunel is bij u in Vancouver?' vroeg Tessier.

'Belde u daar niet voor? Werkt u voor hoofdinspecteur Gamache?'

Tessier wist niet goed hoe hij daarop moest antwoorden. Hij wist niet wat commissaris Brunel tegen haar dochter had gezegd.

'Ja. Hij heeft me gevraagd om te bellen. Kan ik haar even spreken, alstublieft?'

'Ze zei dat ze hem niet wilde spreken. Laat ons met rust. Ze waren doodmoe toen ze hier aankwamen. Zeg tegen uw baas dat hij ze niet meer lastig moet vallen.'

Monique Brunel hing op, maar bleef nog lange tijd met de telefoon in haar hand zitten.

Martin Tessier keek naar de telefoon in zijn hand.

Wat moest hij daarvan denken? Hij moest weten of de Brunels inderdaad naar Vancouver waren gegaan. Hun mobiele telefoons waren daar in elk geval wel.

Hij had hun telefoons laten traceren en afluisteren. Ze waren naar Vancouver gevlogen en naar het huis van hun dochter gegaan. De afgelopen paar dagen waren ze daar in allerlei winkels en restaurants geweest. En naar het concertgebouw.

Maar waren dat de mensen, of alleen hun telefoons?

Tessier was ervan overtuigd geweest dat ze in Vancouver waren, maar nu was hij daar niet meer zo zeker van.

Jérôme en Thérèse Brunel hadden bij het afscheid van hun voormalige vriend en collega gezegd dat Gamache er waanideeën op na hield. Maar iemand had de digitale zoektocht van Jérôme Brunel voortgezet. Of was hij er nooit mee opgehouden?

Toen de dochter van Brunel de telefoon opnam, had ze aanvankelijk bezorgd geklonken.

'Gaat het over mijn moeder?' had ze gevraagd.

Niet: 'Waar belt u voor?' Niet: 'Wilt u mijn moeder spreken?'

Nee. Ze had geklonken als iemand die bang was dat haar moeder iets was overkomen. En dat ben je niet als je ouders een kamer verderop liggen te slapen.

Tessier belde zijn collega in Vancouver.

'Wacht,' zei Gamache. Hij boog zich naar voren met zijn leesbril op en keek naar het scherm. 'Ga eens een stukje terug.'

Jérôme deed wat hem gevraagd werd.

'Wat is er, Armand?' vroeg Thérèse Brunel.

Hij zag bleek. Zo had ze hem nog nooit gezien. Ze had hem boos gezien, gekwetst, verrast. Maar nog nooit, in al die jaren dat ze met hem samenwerkte, had ze hem zo geschokt gezien.

'Jezus,' fluisterde Gamache. 'Dat zal toch niet?'

Hij had Jérôme andere bestanden laten openen, die op het eerste gezicht niets met elkaar te maken hadden. Sommige waren oud, andere heel recent. Sommige gingen over werkzaamheden ver in het noorden, andere over klussen in het centrum van Montréal.

Maar ze hadden allemaal iets te maken met bouwwerkzaamheden. Herstelwerkzaamheden. Aan wegen, bruggen en tunnels.

Uiteindelijk leunde de hoofdinspecteur naar achteren en staarde voor zich uit. Op het scherm was een rapport te zien over recente contracten voor wegwerkzaamheden, maar Gamache leek dwars door de tekst heen te kijken. Alsof hij probeerde de achterliggende betekenis ervan te begrijpen.

'Die vrouw,' zei hij uiteindelijk. 'Die vrouw die een paar dagen geleden zelfmoord heeft gepleegd. Van de Champlainbrug gesprongen. Kun je die vinden? Marc Brault van het korps Montréal leidde het onderzoek.'

Jérôme vroeg niet waarom Gamache daar iets over wilde weten. Hij ging aan het werk en vond de zaak al snel in de bestanden van de politie van Montréal.

'Ze heet Audrey Villeneuve. Achtendertig jaar. Gevonden onder de Champlainbrug. Het dossier is twee dagen geleden gesloten. Zelfmoord.'

'Persoonlijke informatie?' vroeg Gamache terwijl hij het scherm afspeurde.

'Was getrouwd met een leraar. Twee dochters. Ze wonen in Papineau, in Montréal-Oost.'

'En waar werkte ze?'

Jérôme scrolde naar beneden en toen weer naar boven. 'Dat staat er niet bij.'

'Dat moet,' zei Gamache. Hij kwam naar voren en schoof Jérôme opzij. Ook hij scrolde naar boven en naar beneden in het politierapport.

'Misschien had ze geen werk,' zei Jérôme.

'Dat zou ik ook zeggen,' zei Thérèse, die zich eveneens naar de computer boog en het rapport las.

'Ze werkte in de transportsector,' zei Gamache. 'Dat heeft Marc Brault me verteld. Het stond in het rapport, maar nu niet meer. Iemand heeft het gewist.'

'En ze is van de brug af gesprongen?' vroeg Thérèse.

'Stel dat Audrey Villeneuve niet gesprongen is.' Gamache wendde zich af van het scherm en keek naar hen. 'Stel dat ze geduwd is.'

'Waarom?'

'Waarom is de informatie over haar werk verwijderd?' vroeg hij. 'Ze had iets ontdekt.'

'Wat dan?' vroeg Jérôme. 'Is dat niet een beetje vergezocht? Plotseling hebben we niet te maken met een wanhopige vrouw, maar met een slachtoffer van moord.'

'Wil je nog even teruggaan?' Gamache negeerde de opmerking. 'Naar waar we net naar keken?'

De bestanden met de bouwcontracten verschenen in beeld. Honderden miljoenen dollars aan herstelwerkzaamheden voor alleen dat jaar al.

'Stel dat dit allemaal een leugen is?' vroeg hij. 'Dat waar we hier naar kijken niet is uitgevoerd?'

'Je bedoelt dat de bedrijven wel het geld in ontvangst hebben genomen maar deze herstelwerkzaamheden niet hebben uitgevoerd?' vroeg Thérèse. 'Denk je dat Audrey Villeneuve voor een van deze bedrijven werkte en ontdekt had wat er gaande was? Misschien chanteerde ze hen.'

'Het is nog erger,' zei Gamache. Hij zag asgrauw. 'De herstelwerkzaamheden zijn helemaal nooit uitgevoerd.' Hij zweeg even om dat te laten bezinken. In gedachten zagen ze ze voor zich, de viaducten in de stad, de tunnels eronder. De bruggen; lange bruggen waar dagelijks tienduizenden voertuigen overheen gingen.

En geen van die bruggen en tunnels was gerepareerd. Misschien al tientallen jaren niet. Het geld was verdwenen in de zakken van de eigenaars van de bedrijven, van de vakbond, de georganiseerde misdaad – en in de zakken van degenen die dit alles een halt hadden moeten toeroepen: de Sûreté. Miljarden dollars. Kilometers en kilometers wegen, tunnels en bruggen stonden op het punt om in te storten.

'Hebbes,' zei Lambert.

'Wat?' vroeg Francoeur. Hij was teruggekeerd naar zijn kantoor en volgde de speurtocht op zijn computer.

'Dat weet ik nog niet, maar ze zijn binnengedrongen via het Sûreté-detachement in Schefferville.'

'Zitten ze in Schefferville?'

'Nee. Tabarnac. Ze maken gebruik van het bibliotheeksysteem.'

'En dat betekent?'

'Dat ze overal in de provincie kunnen zijn. Maar nu hebben we ze te pakken. Het is een kwestie van tijd.'

'Die tijd hebben we niet meer,' zei Francoeur.

'Dan moeten we tijd maken.'

'Kunnen we ze afschudden?' vroeg Thérèse, maar haar man schudde zijn hoofd.

'Negeer ze dan maar,' zei Gamache. 'We moeten verder. Open de bouwbestanden. Graaf zo diep als je kunt. Ze zijn iets van plan. Niet alleen fraude, maar iets specifieks.'

‘Hou hem tegen!’ riep Francoeur aan de telefoon.

Er was een naam op zijn computerscherm verschenen, die in een flits weer verdwenen was. Maar hij had hem gezien. En zij ook.

Audrey Villeneuve.

Verbijsterd keek hij toe hoe het ene na het andere bestand op zijn scherm verscheen. Over wegwerkzaamheden. Over contracten voor herstelwerkzaamheden.

‘Ik kan hem niet tegenhouden,’ zei Lambert. ‘Niet voordat ik weet waar hij is, waar hij mee bezig is.’

Francoeur keek machteloos toe hoe het ene na het andere bestand werd geopend en weer gesloten. De indringer doorzocht alles en ging dan snel verder.

Hij keek op de klok. Bijna tien uur ’s ochtends. Hij was er bijna.

Maar de indringer ook.

Plotseling werd de zoektocht gestaakt. De cursor knipperde op het scherm, als bevroren.

‘Jezus,’ zei Francoeur met grote ogen.

Gamache en Thérèse tuurden naar het scherm. Naar de naam die was verschenen. Diep begraven. Onder alle legitieme dossiers. Onder de documenten waarmee geknoeid was. Onder de fraude. Onder een dikke laag merde. Een naam.

Hoofdcommissaris Gamache draaide zich om naar Jérôme Brunel, die ook naar het scherm staarde. Niet met de verbijstering van zijn vrouw en zijn vriend, maar met een andere allesoverheersende emotie.

Schuldgevoel.

‘Jij wist het,’ fluisterde Gamache, nauwelijks in staat een woord uit te brengen.

Het bloed was uit Jérômes gezicht weggetrokken en zijn ademhaling was oppervlakkig. Zijn lippen waren bijna wit.

Hij wist het. Hij wist het al dagen. Sinds hij het alarm had geactiveerd, waardoor ze hadden moeten onderduiken. Hij had zijn geheim met zich meegedragen naar Three Pines. Hij had de naam met zich mee getorst. Van het schoolgebouwtje naar de bistro en naar zijn bed.

‘Ik wist het.’ Hij was nauwelijks hoorbaar, maar zijn woorden vulden de ruimte.

‘Jérôme?’ vroeg Thérèse, die niet wist waar ze geschokter door waren, door wat ze hadden ontdekt, of door wat ze ontdekt hadden over haar man.

‘Het spijt me,’ zei hij. Hij schoof met moeite zijn stoel naar achteren, waarbij de poten piepten op de houten vloer als krijt op een schoolbord. ‘Ik had het jullie moeten vertellen.’

Hij keek naar hun gezichten en wist dat dat het eerste was wat hij had moeten doen. Wat hij niet had gedaan. Maar hun blik ging weer van hem naar het beeldscherm, naar de cursor die voor de naam stond.

Georges Renard. De premier van Québec.

‘Ze weten het,’ zei Francoeur. Hij had zijn baas aan de telefoon en had hem alles verteld. ‘We moeten het plan ten uitvoer brengen. Nu.’

Het was even stil voordat George Renard reageerde.

‘We kunnen het niet ten uitvoer brengen,’ zei hij uiteindelijk. Hij klonk kalm. ‘Jouw aandeel is niet het enige wat er speelt. Als Gamache zo ver is gekomen, hou hem dan tegen.’

‘We zijn nog aan het uitzoeken wie de indringer is,’ zei Francoeur, die probeerde zijn stem en zijn ademhaling te beheersen. Om zowel overtuigend als redelijk te klinken.

‘De indringer is nu niet het belangrijkst, Sylvain. Het is duidelijk dat hij voor Gamache werkt. Dat hij de informatie aan hem geeft. Als de hoofdinspecteur de enige is die conclusies kan trekken, laat de indringer dan zitten en ga achter hem aan. Er is nog tijd genoeg om de anderen te pakken. Zei je dat hij in een of ander afgelegen gehucht zit?’

‘Three Pines, ja.’

‘Grijp hem dan.’

‘Hoe lang zal het duren voordat ze ons gevonden hebben?’ vroeg Gamache terwijl hij naar de deur liep. Gilles kantelde zijn stoel toen de hoofdinspecteur naar hem toe kwam, zodat de voorste twee poten op de vloer klapten. Hij stond op en schoof de stoel opzij.

‘Een uur. Misschien twee,’ zei Jérôme. ‘Armand...’

‘Ik weet het, Jérôme.’ Gamache pakte zijn jas van het haakje bij de deur. ‘We zijn wat deze zaak betreft geen van allen vrij van blaam. Ik betwijfel of het iets had uitgemaakt. We moeten ons nu concentreren en doorgaan.’

‘Moeten we niet vluchten?’ vroeg Thérèse, die toekeek terwijl Gamache zijn jas aantrok.

‘We kunnen nergens heen.’

Hij klonk mild maar beslist, zodat ze geen valse hoop zouden koesteren. Als ze ergens post moesten vatten, moest het hier zijn.

'We weten nu wie erbij betrokken is,' zei de hoofdinspecteur, 'maar we weten nog steeds niet wat ze van plan zijn.'

'Denk je dat er meer aan de hand is dan het geknoei met die miljoenen dollars?' vroeg Thérèse.

'Ja,' zei Gamache. 'Dat is een leuke bijkomstigheid. Iets om hun partners mee koest te houden. Maar het werkelijke doel is iets anders. Iets waar ze jaren aan gewerkt hebben. Het is begonnen bij Pierre Arnot en eindigt bij de premier.'

'Eens kijken wat we over Renard kunnen vinden,' zei Jérôme.

'Nee. Laat Renard maar zitten,' zei Gamache. 'De sleutel is nu Audrey Villeneuve. Zij heeft iets ontdekt en is vermoord. Zoek zo veel mogelijk informatie over haar. Waar ze gewerkt heeft, waar ze aan werkte. Wat ze gevonden zou kunnen hebben.'

'Kunnen we niet gewoon Marc Brault bellen?' vroeg Jérôme. 'Hij heeft het onderzoek naar haar dood geleid. Het moet in zijn aantekeningen staan.'

'Maar er is met zijn verslag geknoeid,' zei Thérèse hoofdschuddend. 'We weten gewoon niet wie we kunnen vertrouwen.'

Gamache pakte zijn autosleutels uit zijn jaszak.

'Waar ga je heen?' vroeg Thérèse. 'Je laat ons toch niet alleen?'

Gamache zag de blik in haar ogen. Vrijwel dezelfde blik als hij in Beauvoirs ogen had gezien op die dag in de fabriek. Toen Gamache hem daar had achtergelaten.

'Ik moet weg.'

Hij stak zijn hand onder zijn jas en haalde zijn pistool tevoorschijn, dat hij hun toestak.

Thérèse Brunel schudde haar hoofd. 'Ik heb mijn eigen wapen bij me...'

'Echt?' vroeg Jérôme.

'Denk je dat ik bij de Sûreté in de kantine heb gewerkt?' vroeg Thérèse. 'Ik heb het nooit gebruikt, en ik hoop dat dat nooit zal hoeven. Maar als het nodig is, zal ik dat wel doen.'

Bij de deur keek Gamache om naar agent Nichol, die nog zat te werken.

'Agent Nichol, loop even met me mee naar de auto.'

Ze bleef met haar rug naar hem toe zitten.

'Agent Nichol.'

In plaats van zijn stem te verheffen, ging hoofdinspecteur Gamache juist zachter praten. Zijn stem dreef naar de andere kant van het lokaal en weerkaatste tegen die smalle rug. Ze zagen haar ineenkrimpen.

Toen stond ze op.

Gamache aaide Henri over zijn kop en deed de deur open.

'Wacht, Armand,' zei Thérèse. 'Waar ga je naartoe?'

'Naar de SHU, om Pierre Arnot te spreken.'

Thérèse deed haar mond open om bezwaar te maken, maar besefte dat het niet uitmaakte. Ze waren ontdekt. Het enige wat nu nog telde was snel zijn.

Gamache wachtte buiten op de stoep voor het schoolgebouwtje op Nichol.

In de verte liep Gabri naar de bistro en zwaaide, maar hij kwam niet dichterbij. Het was bijna elf uur 's ochtends en de sneeuw schitterde in de zon. Het leek alsof het dorp met edelstenen was bedekt.

'Wat wilt u van me?' vroeg Nichol toen ze eindelijk naar buiten kwam en de deur achter zich dichtdeed.

Gamache vond haar er net zo uitzien als de eerste van de vijfling toen die tegen haar wil de wereld in was geduwd. Hij liep de trap af, over het pad naar zijn auto, en keek haar niet aan terwijl hij sprak.

'Ik wil weten wat je laatst in de bed & breakfast deed.'

'Dat heb ik u verteld.'

'Je hebt tegen me gelogen. We hebben niet veel tijd meer.' Nu keek hij haar wel aan. 'Ik heb er die dag in het bos voor gekozen om je te vertrouwen, ook al wist ik dat je gelogen had. Weet je waarom?'

Ze keek hem nors aan, haar gezicht liep rood aan. 'Omdat u wel moest?'

'Omdat ik denk dat je ondanks je gedrag een goed hart hebt. Een vreemd hoofd,' zei hij glimlachend, 'maar een goed hart. Maar ik moet het nu wel weten. Wat deed je daar?'

Ze liep met gebogen hoofd naast hem en keek naar haar laarzen in de sneeuw.

Bij zijn auto bleven ze staan.

'Ik ben u daarheen gevolgd om u iets te vertellen. Maar toen werd u zo kwaad. U sloeg de deur dicht in mijn gezicht en toen kon ik het niet meer.'

'Vertel het me nu dan maar,' zei hij zacht.

'Ik heb het filmpje op internet gezet.'

De wolkjes van haar woorden waren nauwelijks zichtbaar voordat ze verdwenen.

De hoofdinspecteur zette grote ogen op en het duurde even voordat hij de informatie verwerkt had.

'Waarom?' vroeg hij uiteindelijk.

De tranen liepen warm over haar wangen, en hoe meer ze haar best deed om ze tegen te houden, hoe meer er kwamen. 'Het spijt me. Ik wilde er niemand kwaad mee doen. Ik voelde me zo schuldig...'

Ze kon niets meer uitbrengen. Er zat een brok in haar keel.

'... mijn schuld...' wist ze uit te brengen. '... Ik had tegen u gezegd dat er zes waren. Pas later hoorde ik...'

Ze snikte nu.

Armand Gamache nam haar in zijn armen en hield haar vast. Ze schokte hevig. En snikte. Ze huilde en huilde, totdat er geen traan meer over was. Hij bleef haar vasthouden, haar overeind houden.

Toen ze zich van hem losmaakte, was haar gezicht vlekkerig en zat haar neus verstopt. Gamache stak zijn hand in zijn parka en gaf haar zijn zakdoek.

'Ik had u verteld dat er maar zes schutters waren in de fabriek,' wist ze uiteindelijk met horten en stoten uit te brengen. 'Ik had er maar vier gehoord, maar ik had het aantal wat groter gemaakt. Voor de zekerheid. Dat hebt u me geleerd. Uit voorzorg. Ik dacht ook dat ik voorzichtig was, maar er...' De tranen kwamen weer, maar deze keer zonder dat ze ze krampachtig probeerde tegen te houden. '... waren er meer...'

'Dat was jouw schuld niet, Yvette,' zei Gamache. 'Wat er gebeurd is, is niet jouw schuld.'

En hij wist dat dat waar was. Hij dacht terug aan de momenten in de fabriek. Maar niet aan de dingen die op film konden worden vastgelegd. Armand Gamache dacht niet aan de beelden en de geluiden, maar aan hoe het voelde. Toen zijn jonge agenten werden neergeschoten.

Toen hij Jean-Guy vasthield. Toen hij om medische hulp riep. Toen hij hem vaarwel kuste.

'Ik hou van je,' had hij Jean-Guy in het oor gefluisterd voordat hij hem op de koude, met bloed besmeurde betonnen vloer achterliet.

De beelden zouden op een dag misschien vervagen, maar de gevoelens zouden altijd blijven.

'Het was jouw schuld niet,' herhaalde hij.

'En ook niet die van u, meneer,' zei ze. 'Dat wilde ik iedereen laten zien. Maar ik had er nooit bij stilgestaan dat... De familie... de andere agenten... Ik wilde het voor u...'

Ze keek hem aan, haar ogen smeekten hem het te begrijpen.

'Voor mij?' vroeg de hoofdinspecteur.

Ze knikte. 'Ik was bang dat ze het u kwalijk zouden nemen. Ik wilde ze laten weten dat het uw schuld niet was. Het spijt me.'

Hij nam haar slijmerige handen in de zijne en keek naar haar vlekkerige gezichtje, nat van de tranen en het snot.

'Het is goed,' fluisterde hij. 'We maken allemaal fouten. En de jouwe was misschien helemaal geen fout.'

'Hoe bedoelt u?'

'Als jij dat filmpje niet openbaar had gemaakt, hadden we nooit ontdekt waar hoofdcommissaris Francoeur mee bezig is. Het is misschien wel een zegen geweest.'

'Mooie zegen dan,' zei ze.

'Ja.' Hij glimlachte en stapte in zijn auto. 'Zoek terwijl ik weg ben zo veel mogelijk informatie over premier Renard. Zijn achtergrond, zijn verleden. Kijk of je iets kunt vinden wat hem in verband brengt met Pierre Arnot of hoofdcommissaris Francoeur.'

'Goed. Moet u niet een andere auto nemen en uw mobiele telefoon hier laten? Ze zullen waarschijnlijk proberen die te traceren.'

'Ik red me wel,' zei hij. 'Laat het me weten als je iets gevonden hebt.'

'Als u een berichtje van de dierentuin krijgt, weet u wie het is.'

Wel toepasselijk, dacht de hoofdinspecteur. Hij reed het dorp uit en was zich ervan bewust dat ze hem meteen zouden ontdekken. Daar rekende hij op.

36

Voor de tweede keer in twee dagen tijd parkeerde Armand Gamache zijn auto op de parkeerplaats van het huis van bewaring, maar deze keer stapte hij uit en sloeg het portier hard dicht. Hij wilde geen enkele twijfel laten bestaan over het feit dat hij er was. Hij wilde gezien worden en hij wilde naar binnen. Bij de poort liet hij zijn legitimatiebewijs zien.

'Ik wil een van uw gedetineerden bezoeken.'

Er klonk een zoemer en de hoofdinspecteur en werd binnengelaten, maar niet verder dan de wachtruimte. Uit een kamertje ernaast kwam de dienstdoende bewaker.

'Hoofdinspecteur? Ik ben commandant Monette, hoofd van de bewaking. Er is mij niet verteld dat u zou komen.'

'Ik wist het zelf pas een half uur geleden,' zei Gamache. Zijn toon was vriendelijk terwijl hij de verrassend jonge man voor hem in zich opnam. Monette kon nog geen dertig zijn en was stevig gebouwd. Een rugbyer.

'Het heeft te maken met een zaak waar ik op dit moment mee bezig ben,' legde Gamache uit. 'En daarvoor moet ik een gevangene spreken die op de extra beveiligde afdeling zit, in de Special Handling Unit, geloof ik.'

Monette trok zijn wenkbrauwen op. 'Dan moet u wel uw wapen hier laten.'

Dat had Gamache al verwacht, maar hij had gehoopt dat zijn senioriteit hem doorgang zou verlenen. Blijkbaar niet. De hoofdinspecteur haalde zijn Glock tevoorschijn en keek om zich heen. Vanuit elke hoek in de steriele ruimte waren camera's op hem gericht.

Zou er al alarm geslagen zijn? Als dat zo was, zou hij het zo weten.

Gamache legde zijn wapen op de balie. De bewaker tekende ervoor en gaf de hoofdinspecteur het bonnetje.

Commandant Monette gebaarde Gamache hem te volgen, de gang in.

'Welke gedetineerde wilt u spreken?'

'Pierre Arnot.'

De hoofdbewaker bleef staan. 'Dat is een speciaal geval, zoals u weet.'

Gamache glimlachte. 'Dat weet ik, ja. Het spijt me, meneer, ik heb erg weinig tijd.'

'Ik moet hier eerst de directeur over spreken.'

'Dat hoeft niet,' zei Gamache. 'Als u denkt dat het nodig is, moet u het natuurlijk doen, maar de meeste hoofdbewakers zijn bevoegd om toestemming te geven voor een gesprek, zeker aan politiemensen die bezig zijn met een onderzoek.' Gamache keek de jongeman die voor hem stond onderzoekend aan. 'Hebt u die bevoegdheid niet?'

Monettes gezicht verstrakte. 'Die heb ik. Als ik het wil, mag ik toestemming geven.'

'En waarom zou u het niet willen?' vroeg Gamache. Hij keek nieuwsgierig, maar zijn blik en toon werden scherper.

De man keek nu onzeker. Niet bang, maar hij wist niet wat hij moest doen, en Gamache realiseerde zich dat hij dit werk waarschijnlijk nog niet zo lang deed.

'Het is echt heel gebruikelijk,' zei de hoofdinspecteur, en zijn toon werd wat milder. Hij klonk niet neerbuigend, hoopte hij, maar geruststellend.

Kom op. Kom op, dacht Gamache terwijl hij in gedachten de minuten telde. Het zou niet lang meer duren voordat er alarm werd geslagen. Hij had wel gewild dat ze zouden weten dat hij naar de SHU was, maar hij wilde hier niet gepakt worden.

Monette keek hem onderzoekend aan en knikte toen. Zonder verder nog iets te zeggen liep hij de gang door.

Deuren werden geopend en vielen achter hen weer in het slot terwijl ze steeds verder de strengbewaakte gevangenis in liepen. Onderweg vroeg hoofdinspecteur Gamache zich af wat er met Monettes voorganger was gebeurd, en waarom iemand die zo jong en onervaren was, was belast met de bewaking van criminelen die tot de gevaarlijkste in Canada werden gerekend.

Uiteindelijk bereikten ze een verhoorkamer, en Monette liet Gamache alleen.

Gamache keek om zich heen. Opnieuw waren er camera's op hem gericht. Hij vond het verre van verontrustend, zijn plannen waren ervan afhankelijk.

Hij ging voor de deur staan en bereidde zich voor op de confrontatie met Pierre Arnot, voor het eerst in jaren.

Eindelijk ging de deur open. Eerst kwam commandant Monette binnen, gevolgd door een andere bewaker die een oudere man in een oranje gevangenispak bij zich had.

Hoofdinspecteur Gamache bekeek de man. Toen keek hij naar de hoofdbewaker.

'Wie is dit?'

'Pierre Arnot.'

'Dit is Arnot niet.' Gamache deed een stap in de richting van de gevangene. 'Wie bent u?'

'Dit is Pierre Arnot,' zei Monette beslist. 'Mensen veranderen in de gevangenis. Hij zit hier al tien jaar. Dit is hem.'

'Ik kan u zeggen,' zei Gamache, die zonder veel succes probeerde om zijn woede te beheersen, 'dat dit niet Pierre Arnot is. Ik heb jarenlang met hem samengewerkt. Ik heb hem gearresteerd en ben een getuige geweest tijdens zijn rechtszaak. Wie bent u?'

'Pierre Arnot,' zei de gevangene. Hij keek strak voor zich uit. Hij had een grijs stoppelbaardje en zijn haar zat in de war. Hij moest een jaar of vijfenzeventig zijn, schatte Gamache. De juiste leeftijd en zelfs ongeveer de juiste bouw.

Maar niet de juiste man.

'Hoe lang werk jij hier al?' vroeg Gamache de hoofdbewaker.

'Een half jaar.'

'En jij?' vroeg hij aan de andere bewaker, die verbaasd leek door de vraag.

'Vier maanden, meneer. Ik was een leerling van u op de academie, maar ik ben gezakt. Toen heb ik hier een baan gekregen.'

'Kom mee,' zei Gamache tegen de jongste bewaker. 'Breng me naar de uitgang.'

'Gaat u weg?' vroeg de hoofdbewaker.

Gamache keek om. 'Ga naar de directeur en zeg tegen hem dat ik hier geweest ben. En dat ik het weet.'

'Dat u wat weet?'

'Dat begrijpt hij wel. En als jij niet weet waar ik het over heb, als jij niet in het complot zit' – Gamache keek de hoofdbewaker onderzoekend aan – 'dan adviseer ik je om snel naar het kantoor van de directeur te gaan en hem te arresteren.'

De hoofdbewaker staarde Gamache niet-begrijpend aan.

'Schiet op,' bulderde Gamache, en de hoofdbewaker draaide zich om en vertrok.

'Jij niet,' zei Gamache, en hij pakte de jongste bewaker bij zijn arm. 'Sluit hem hier zolang op' – hij wees naar de gevangene – 'en ga met mij mee.'

De jonge bewaker deed wat hem was opgedragen en volgde Gamache terug de gangen door.

'Wat is er aan de hand?' vroeg de bewaker, die zijn best moest doen om de hoofdinspecteur bij te houden.

'Jij werkt hier vier maanden, de hoofdbewaker zes. En de andere bewakers?'

'De meeste zijn hier het afgelopen half jaar komen werken.'

'Dus commandant Monette is er misschien niet bij betrokken,' zei Gamache zacht. Hij dacht na terwijl hij met grote passen naar de ingang liep.

Bij de laatste deur draaide Gamache zich om naar de jonge bewaker, die nu ongerust keek.

'Er zullen hier vreemde dingen gaan gebeuren, kerel. Als Monette erbij betrokken is, of als hij de directeur niet kan arresteren, zul je bevelen krijgen die niet juist lijken. En dat zijn ze ook niet.'

'Wat moet ik doen?'

'Hou de wacht bij de man van wie ze zeggen dat hij Arnot is. Zorg dat hij in leven blijft.'

'Ja, meneer.'

'Mooi zo. Spreek met gezag, gedraag je alsof je weet wat je doet. En doe geen dingen waarvan je diep in je hart weet dat ze verkeerd zijn.'

De jongeman rechtte zijn rug.

'Hoe heet je?'

'Cohen, meneer. Adam Cohen.'

'Nou, monsieur Cohen, er gebeuren vandaag onverwachte dingen, voor ons allemaal. Hoe komt het dat je gezakt bent? Wat is er gebeurd?'

'Ik had een onvoldoende voor scheikunde.' Hij zweeg. 'Tot twee keer toe.'

Gamache lachte hem bemoedigend toe. 'Gelukkig hoef je vandaag geen scheikunde te doen. Gebruik gewoon je gezond verstand. Welke bevelen je ook krijgt, doe alleen wat je juist lijkt. Begrepen?'

De jongen knikte, met grote ogen.

'Als dit voorbij is, kom ik met je over de academie en de Sûreté praten.'

'Goed, meneer.'

'Je komt er wel,' zei Gamache.

'Ja, meneer.'

Maar ze geloofden het geen van tweeën écht.

Bij de ingang was het even spannend toen hoofdinspecteur Gamache zijn bonnetje overhandigde en op zijn wapen wachtte. Maar uiteindelijk kreeg hij zijn Glock terug, en Gamache liep snel naar zijn auto. Hier viel niets meer te ontdekken.

Pierre Arnot was vrijwel zeker dood. Een half jaar geleden vermoord, zodat die man zijn plaats kon innemen. Arnot kon zijn mond niet voorbijpraten omdat hij dood was. Zijn vervanger kon niets zeggen omdat hij niets wist. En bewakers die Arnot zouden herkennen, waren overgeplaatst.

De verdwijning van Arnot was veelzeggend. Het betekende dat Pierre Arnot ooit een belangrijke rol had gespeeld in wat er gaande was, maar dat hij overbodig was geworden.

Iemand anders had het van hem overgenomen. En Gamache wist wie dat was.

Hij stapte in zijn auto en bekeek zijn e-mail. Er was een bericht van de dierentuin.

George Renard, de premier van Québec, had in de jaren zeventig weg- en waterbouwkunde gestudeerd aan de École Polytechnique. Zijn eerste baan was geweest bij Les Services Aqueduct, in het verre noorden van Québec.

Dat was het. Het verband tussen Aqueduct en Renard. Maar waarom was Arnot in verband gebracht met Aqueduct?

Gamache las verder. Renards eerste baan was in La Grande geweest, waar hij had gewerkt aan wat destijds het grootste weg- en waterbouwproject ter wereld was geweest: de gigantische hydro-elektrische dam.

Dus daar had je het, het verband tussen Pierre Arnot en George Renard. Ze hadden als jongeman in hetzelfde gebied gewerkt, de een als politieagent in het reservaat van de Cree, de ander bij de dam die het einde van dat reservaat zou betekenen.

Hadden ze elkaar daar voor het eerst ontmoet? Zou dit plan toen ontstaan kunnen zijn? Had het veertig jaar gerijpt? Een jaar geleden was een complot om diezelfde hydro-elektrische dam te vernietigen bijna geslaagd. Maar Gamache had het weten te voorkomen. Daardoor hadden Beauvoir en hij en vele anderen die inval in de fabriek moeten doen.

Nu vielen de puzzelstukjes langzaam op hun plek. Nu werd duidelijk hoe de daders hadden geweten op welke plek de enorme dam beschadigd kon worden met hun bom. Het had de hoofdinspecteur altijd dwarsgezeten dat die jongemannen met hun vrachtwagens vol explosieven zo ver hadden kunnen komen, en dat ze die ene zwakke plek in het monolitische bouwwerk hadden weten te vinden.

Dit was de reden.

Georges Renard. Nu de premier van Québec, toen een jonge ingenieur. Als Renard wist hoe zo'n dam gebouwd werd, wist hij ook hoe die vernietigd kon worden.

Pierre Arnot, destijds een agent in het Cree-reservaat, maar nu op weg om de hoofdcommissaris van de Sûreté te worden, had de woede en wanhoop veroorzaakt die twee jonge leden van de Cree ertoe hadden gedreven verschrikkelijke misdaden te begaan. Renard had ze de cruciale informatie gegeven.

Ze waren er bijna in geslaagd.

Maar met welk doel? Waarom zou de gekozen leider van de provincie niet alleen de dam vernietigen die voor elektriciteit zorgde, maar daarmee ook de steden en dorpen wegvagen die stroomafwaarts lagen, waarbij duizenden mensen zouden omkomen?

Met welk doel?

Gamache had gehoopt dat Arnot hem dat had kunnen vertellen. Maar meer nog dan de reden wilde hij weten wat het volgende doelwit was. Wat was hun reserveplan? Gamache wist twee dingen: dat het iets groots was, en dat het binnenkort ten uitvoer zou worden gebracht.

Armand Gamache kreeg er een misselijk gevoel van.

De contracten voor het herstel van de tunnels, bruggen en viaducten waren nooit uitgevoerd. Jaren en jaren achtereen. Er waren contracten ter waarde van miljarden dollars toegekend, maar het geld was verdwenen in de zakken van enkele personen en het wegennet was zo slecht geworden dat het op instorten stond.

Hoofdinspecteur Gamache was er vrijwel zeker van dat het plan was om die instorting te versnellen. Om een tunnel in te laten instorten. Of een brug. Een gigantisch viaduct.

Maar met welk doel?

Gamache moest zichzelf er opnieuw aan herinneren dat de reden op dat moment veel minder belangrijk was dan het doelwit. Hij wist zeker dat er een aanval ophanden was. Een aanval die binnen een paar uur gepleegd zou worden. Hij nam aan dat het doelwit in Montréal lag, maar het kon ook in Québec City zijn. De hoofdstad. Sterker nog, het kon overal in Québec zijn.

Er was nog een berichtje uit de dierentuin, deze keer van Jérôme Brunel.

Audrey Villeneuve werkte voor het ministerie van Transport in Montréal. Een kantoorbaan.

Hij dacht even na voordat hij een antwoord stuurde. Drie woorden maar. Toen drukte hij op VERZENDEN, startte de motor en reed weg bij de gevangenis.

'Granby Zoo?' vroeg Lambert. 'Ze komen binnen via de bibliotheek van de dierentuin. We hebben ze te pakken.'

Hoofdinspecteur Lambert zat razendsnel te typen; Sylvain Francoeur kon het getik van de toetsen over de speakerphone horen. Snelle stappen om de indringer op te sporen.

Francoeur zette de speakerphone uit toen Tessier zijn kantoor binnenkwam.

'Ik was op weg naar dat dorp toen we signalen van de auto en de telefoon van Gamache oppikten.'

'Is hij weg uit dat dorp?'

Tessier knikte. 'Hij is naar de SHU gegaan. We waren daar een paar minuten geleden, maar hij was al weg.'

Francoeur schoot van zijn stoel. 'Is hij binnen geweest?'

Hij schreeuwde zo hard tegen Tessier dat hij de binnenkant van zijn keel rauw voelde worden. Hij verwachtte bijna de lappen vlees over de imbeciel voor hem uit te spuwen.

'We hadden niet verwacht dat hij het dorp zou verlaten,' zei Tessier. 'We dachten eigenlijk dat hij zijn auto en zijn mobiele telefoon aan iemand anders had gegeven, als afleidingsmanoeuvre om ons op het verkeerde spoor te brengen, maar toen beseften we dat zijn auto bij de SHU stond. Via de beveiligingscamera's konden we zien dat het Gamache zelf was.'

'Je bent een idioot, Tessier.' Francoeur boog zich over zijn bureau. 'Weet hij het?'

Francoeur keek hem woedend aan en Tessier voelde zijn hart bonken in zijn keel.

Tessier knikte. 'Hij weet dat de man in de SHU niet Arnot is. Maar daar komt hij niet ver mee.'

Tessier had Arnot persoonlijk uit de weg geruimd, iets wat Arnot jaren eerder zelf had moeten doen. Een kogel door zijn kop.

'En waar is Gamache nu?' blafte Francoeur.

'Hij komt naar Montréal. Hij is op weg naar de Jacques Cartierbrug. We hebben hem in het vizier en verliezen hem niet uit het oog.'

'Natuurlijk verliezen jullie hem niet uit het oog verdomme,' zei Francoeur vinnig. 'Daar zorgt hij wel voor. Hij wil juist dat we hem volgen.'

Hij is op weg naar de Jacques Cartierbrug in de richting van Montréal-Oost, dacht Francoeur. Dat betekent dat hij waarschijnlijk hierheen komt. Ben je zo moedig, Armand? Of zo stom?

'Er is nog iets, meneer,' zei Tessier, zijn blik gericht op zijn aantekenblok;

hij durfde niet in die doordringende ogen te kijken. 'Het echtpaar Brunel is niet in Vancouver.'

'Natuurlijk niet.' Francoeur zette de speakerphone weer aan. 'Lambert? Francoeur. Jérôme Brunel is degene die ons gehackt heeft.'

'Nee, niet Brunel,' klonk de blikkerige stem van Lambert. 'Hij was toch degene die een paar dagen geleden een alarm heeft geactiveerd?'

'Klopt,' zei Francoeur.

'Degene die ik op de hielen zit, is veel slimmer. Brunel is misschien een van de hackers, maar ik denk dat ik weet wie de andere is.'

'Wie dan?'

'Agent Yvette Nichol.'

'Wie?'

'Ze heeft een tijdje voor Gamache gewerkt, maar hij heeft haar ontslagen. Heeft haar verbannen naar de kelder.'

'Wacht, ik weet wie dat is,' zei Tessier. 'In de controlekamer. Een stom grietje.'

'Dat is ze,' zei Lambert. Terwijl ze sprak konden ze haar nog steeds horen typen. Bezig om agent Nichol vast te laten lopen. 'Ik heb haar naar Cybercriminaliteit gehaald, maar dat ging niet goed. Ze is te beschadigd. Ik heb haar teruggestuurd.'

'Denk je dat zij hierachter zit?' vroeg Francoeur.

'Ja.'

'Kom naar de kelder.'

'Goed, meneer.'

'Jij zoekt uit waar Gamache heen gaat,' zei hij tegen Tessier, en hij ging de deur uit. Was het mogelijk dat Gamaches mensen vanuit het hoofdkwartier van de Sûreté hadden gewerkt? Zouden ze al die tijd gewoon hier, pal onder hun neus hebben gezeten? In de kelder? Dat zou verklaren waarom ze zo snel waren.

En Gamache, die in dat dorp zat, fungeerde als lokvogel.

Ja, dacht Francoeur terwijl hij naar de kelder ging, dat was wel het soort stoutmoedige actie dat Gamaches ego streelde.

Inspecteur Lambert stond al bij de afgesloten deur in de kelder toen hoofdcommissaris Francoeur en twee andere agenten arriveerden.

Francoeur nam Lambert even ter zijde in de gang en fluisterde: 'Zouden ze daarbinnen zijn?'

'Het zou kunnen,' zei Lambert.

Francoeur wendde zich tot de twee agenten. 'Intrappen.'

De een trok zijn wapen terwijl de ander de deur intrapte. Er klonk een klap toen de deur openvloog, waarachter een piepklein kamertje bleek te liggen, met een hoop beeldschermen, toetsenborden, systeemkasten, snoeppapiertjes, beschimmelde sinaasappelschillen en lege frisdrankblikjes. Maar er was niemand.

Lambert ging achter het bureau zitten en typte iets in.

'Niets. Ze zat hier dus niet. Maar ik wil iets anders nagaan.'

Ze liep snel door de gang naar een andere deur, maakte hem open en riep hen.

'Wat moet hier te zien zijn?' vroeg Francoeur.

'In beslag genomen spullen van hackers. Dit kamertje zou er vol mee moeten staan.'

Maar dat was niet zo.

'Wat ontbreekt er?'

'Satellietschotels, kabels, computers,' zei Lambert terwijl ze de bijna lege opslagruimte doorkeek. 'Uitgekookt.'

'Dus je bedoelt dat ze in principe overal zou kunnen zitten?' vroeg Francoeur.

'Overal, maar waarschijnlijk op een plek waar je een satellietschotel nodig hebt om internetverbinding te krijgen. Want die heeft ze meegenomen,' zei Lambert.

Francoeur wist waar dat was.

Dokter Brunel en agent Nichol kopieerden de bestanden naar een USB-stick en verzamelden alle documenten.

'Kom op, agent Nichol,' riep commissaris Brunel vanuit de deuropening.

'Heel even nog.'

'Nu,' zei Thérèse Brunel scherp.

Nichol zat op het puntje van haar stoel, klaar om te gaan. Maar ze wilde nog één ding doen, want ze wist dat ze zouden komen en haar computer zouden doorzoeken. En als ze dat deden, zouden ze haar cadeautje vinden. Met een paar laatste tikken plantte ze haar logic bomb.

'Pak aan, eikel,' zei ze, en ze logde uit. Het zou de bloedhonden niet weghouden, maar ze zouden wel een nare verrassing krijgen.

'Schiet nou op,' riep commissaris Brunel uit de deuropening. Ze klonk gebiedend, niet paniekerig.

Dokter Brunel en Gilles waren al weg en het oude schoolgebouwtje was verlaten, op Nichol na. Ze zette de computers uit en wierp er nog een laatste blik op. Dat waren tegenwoordig haar dierbaren. Haar vader was trots op haar, maar hij begreep haar niet. En de rest van haar familie vond haar vreemd, een beetje een schandvlek.

En eerlijk gezegd was dat wederzijds. Zo dacht ze over iedereen.

Maar computers begreep ze wel. En zij begrepen haar. Het leven met computers was eenvoudig. Geen discussies, geen meningsverschillen. Ze luisterden naar haar en deden wat ze vroeg.

Ze was trots op deze oudjes; computers die anderen hadden afgedankt en nutteloos achtten. Maar nu was het tijd om te gaan en ze achter te laten. Commissaris Brunel hield de deur open en Nichol liep haastig het vertrek uit. Thérèse sloot achter haar af. Het was belachelijk te denken dat een oud Yaleslot kon tegenhouden wat op hen af zou komen, maar het was een geruststellende drogreden.

Ze liepen de heuvel af naar het huis van Emilie Longpré. Dat had in de korte mail van Gamache gestaan.

Ga naar Emilie. Ze wisten wat dat betekende.

Ga daar weg, snel. Er was geen veilig heenkomen, maar wel een plek waar ze even konden zitten terwijl ze wachtten.

Ze zouden komen, dat wist Thérèse Brunel zeker. Ze wisten het allemaal.

Ze zouden hierheen komen.

Er klonk een elektronische piep en Lambert las haar sms'je.

Charpentier is haar kwijt.

Lambert had verwacht dat de hoofdcommissaris zou brullen van woede, maar tot haar verbazing knikte hij alleen maar.

'Maakt niet uit.'

Francoeur liep snel de gang door naar de lift.

Waar is Gamache? sms'te hij naar Tessier.

Jacques Cartierbrug. In de gaten blijven houden?

Nee, dat wil hij juist. Hij wil ons weglokken. Hij is de lokvogel.'

Hij gaf Tessier instructies en ging toen kortstondig terug naar zijn kantoor. Als Gamache op weg was naar het hoofdkwartier van de Sûreté, zou hij hen daar niet aantreffen. Want dat was vrijwel zeker wat Gamache wilde. Hij wist dat hij gevolgd werd, en hij wilde dat ze hem in de gaten hielden. Niet dat ze naar dat dorpje zouden gaan, dat zo goed verborgen lag.

Maar nu was het gevonden.

'Dat kun je beter niet doen, Jérôme,' zei Thérèse toen haar man een vuur wilde maken in de haard.

Hij hield ermee op en knikte. Vervolgens ging hij bij haar op de bank zitten en samen keken ze naar de deur. De gordijnen aan de voorkant van het huis waren dicht en de lampen waren aan. Nichol zat in een leunstoel ook naar de deur te kijken.

'Wat deed je nou, op het laatst?' vroeg Thérèse aan Nichol.

'Hè?'

'Op je computer, toen ik je daar probeerde weg te krijgen. Wat deed je toen?'

'O, niks.'

Nu keek Jérôme naar de jonge vrouw. 'Deed je iets op de computer?'

'Ik heb een bom geplant,' zei ze opstandig.

'Een bom?' vroeg Thérèse fel, en toen ze zich opzij draaide, zag ze dat Jérôme glimlachend naar agent Nichol zat te kijken.

'Je bedoelt een logic bomb, hè?'

Nichol knikte.

'Dat is een soort kruising tussen een supervirus en een tijdbom,' legde hij zijn vrouw uit. 'En wat gaat die doen?' vroeg hij aan Nichol.

'Niet veel goeds,' zei ze uitdagend, in de verwachting dat hij haar zou berispen. Maar Jérôme Brunel glimlachte alleen maar en schudde zijn hoofd.

'Ik wou dat ik daaraan gedacht had.'

Het werd stil en de drie keken opnieuw naar de dichte gordijnen en de gesloten deur.

Alleen Gilles zat met zijn rug naar de deur. Hij keek uit het raam aan de achterkant van het huis. Daar waren de gordijnen open en Gilles zag de met sneeuw bedekte tuin en het bos. En de hoge bomen die hem toefluisterden. Hem geruststelden. Hem vergaven.

Hij bleef het bos in kijken, ook toen de eerste voetstappen klonken op de veranda. Het knerpen van laarzen op opeengepakte sneeuw.

Ze zagen een schaduw langs de gordijnen gaan.

De voetstappen stopten bij de voordeur.

Er werd aangeklopt.

37

Armand Gamache reed de oprit van het huisje op. Er hingen kerstlichtjes aan de dakrand en een krans aan de voordeur. Het hele huis was in kerstsfeer, maar het ontbrak er aan gezelligheid. Gamache vroeg zich af of de mantel der duisternis ook zichtbaar was voor iemand die niet wist welk verdriet dit huis herbergde.

Hij belde aan.

En wachtte

Commissaris Thérèse Brunel liep naar de voordeur. Haar rug was recht en haar blik vastberaden. Ze hield haar wapen achter haar rug en deed open.

Daar stond Myrna Landers.

'Jullie moeten bij mij in huis komen,' zei ze gehaast terwijl ze van Thérèse naar het groepje mensen achter haar keek. 'Snel, we weten niet wanneer ze komen.'

'Wie?' vroeg Jérôme. Hij stond voorovergebogen en hield Henri bij zijn halsband.

'Degenen voor wie jullie je verbergen. Hier kunnen ze jullie makkelijk vinden, maar bij mij zoeken ze misschien niet.'

'Waarom denk je dat we ons verbergen?' vroeg Nichol.

'Waarom zouden jullie anders hier zitten?' vroeg Myrna, die steeds onrustiger werd. 'Het ziet er niet naar uit dat jullie hier met vakantie zijn, en jullie zijn vast niet voor de outletwinkels gekomen. We zagen jullie gisteravond in het schoolgebouwtje aan het werk en toen brachten jullie dozen met documenten hierheen, dus we denken dat er iets misgegaan is.'

Ze keek naar de gezichten voor haar. 'Klopt dat? Hebben ze ontdekt waar jullie zitten?'

'Weet waar je aan begint,' zei Thérèse.

'Wie heeft er nou niet minstens één keer in zijn leven een veilige plek nodig?' zei Myrna.

'Maar de mensen die ons zoeken willen niet zomaar een praatje komen maken,' zei Thérèse terwijl ze Myrna bleef aankijken. 'Ze willen niet met ons onderhandelen, ze willen ons zelfs niet bedreigen. Ze willen ons vermoorden. En als ze ons in jouw huis vinden, vermoorden ze jou ook. Ik vrees dat een veilige plek niet bestaat.'

Myrna moest het goed begrijpen. Myrna stond daar voor haar, duidelijk bang, maar ook vastbesloten. Net als de Burgers van Calais, dacht Thérèse, of die jongens op het gebrandschilderde raam.

Myrna gaf een vastberaden knikje. 'Als Armand niet had gedacht dat we jullie hier zouden beschermen, zou hij jullie nooit hierheen gehaald hebben. Waar is hij trouwens?' Ze keek de kamer in.

'Hij lokt ze hiervandaan,' zei Nichol, die eindelijk begreep waarom de hoofdinspecteur zijn eigen auto en mobiele telefoon had meegenomen, terwijl hij wist dat die getraceerd zouden worden.

'Zou het werken?' vroeg Myrna.

'Tijdelijk, waarschijnlijk,' zei Thérèse. 'Maar dan nog komen ze ons zoeken.'

'Dat dachten we al.'

'We?'

Myrna draaide zich om en keek naar de besneeuwde weg. Thérèse volgde haar blik en zag toen Clara, Gabri, Olivier, en Ruth en Rosa staan.

Het einde van de weg.

'Kom mee, zei Myrna.

En ze gingen mee.

'Bonjour, ik ben Armand Gamache van de Sûreté du Québec.'

Hij sprak zacht. Niet op fluistertoon, maar zacht genoeg, zodat de meisjes die achter hun vader in de gang stonden hem niet konden horen.

Gaétan Villeneuve zag er verslagen uit. Hij bleef alleen op de been omdat hij bij een val op zijn kinderen zou belanden. De meisjes waren nog geen tieners en ze keken met grote ogen naar hem. Gamache vroeg zich af of het nieuws dat hij kwam brengen hen zou helpen of dat het hun verdriet zou doen. Of misschien zou het nauwelijks een golfje veroorzaken in hun oceaan van tranen.

'Waar kan ik u mee helpen?' vroeg monsieur Villeneuve. Niet uitdagend. Daar had hij de energie niet meer voor. Maar hij liet de hoofdinspecteur ook niet binnen.

Gamache boog zich een paar centimeter naar monsieur Villeneuve toe. 'Ik ben het hoofd van Moordzaken.'

Nu zette Villeneuve grote ogen op. Hij bekeek Gamache onderzoekend en deed toen een stap opzij.

'Dit zijn onze dochters, Megan en Christianne.'

Gamache merkte dat Villeneuve het nog over 'onze' had.

'Bonjour,' zei hij tegen de meisjes en hij glimlachte. Het was geen stralende lach, maar wel een hartelijke. Toen wendde hij zich weer tot hun vader. 'Zouden we elkaar even onder vier ogen kunnen spreken?'

'Gaan jullie maar buiten spelen, jongens,' zei monsieur Villeneuve. Hij zei het vriendelijk. Het was geen bevel, maar een verzoek en ze gehoorzaamden. Hij deed de deur dicht en ging Gamache voor naar een kleine maar gezellige keuken aan de achterkant van het huis.

Het was er netjes en de vaat was schoon. Gamache vroeg zich af of Villeneuve dat had gedaan om de orde in huis te bewaren voor de meisjes, of dat de meisjes dat hadden gedaan om de orde te bewaren voor hun verdrietige, eenzame vader.

'Koffie?' vroeg monsieur Villeneuve. Gamache nam het aanbod aan en terwijl monsieur Villeneuve de koffie inschonk, keek hij de keuken rond.

Aan alles was te merken dat Audrey Villeneuve hier had gewoond. Aan de geur van kaneel en nootmuskaat voor de kerstkoekjes die ze ongetwijfeld had gebakken, aan de foto's op de koelkast van een blij gezin dat aan het kamperen was, en op een verjaardagsfeestje en in Disney World.

Krijttekeningen waren ingelijst. Tekeningen waarin alleen een ouder kunstwerken ziet.

Dit was tot voor kort een gelukkig gezin, tot de dag waarop Audrey Villeneuve naar haar werk was gegaan en niet meer was thuisgekomen.

Monsieur Villeneuve zette de bekers met koffie op tafel en de mannen schoven aan.

'Ik heb nieuws voor u en ook een paar vragen,' zei Gamache.

'Audrey heeft geen zelfmoord gepleegd.'

Gamache knikte. 'Het is niet officieel en ik heb het misschien mis...'

'Maar dat denkt u niet. U denkt dat Audrey vermoord is. Iemand heeft haar dit aangedaan. Dat denk ik ook.'

'Hebt u enig idee wie?' Gamache zag de man weer tot leven komen, nu hij een doel voor ogen had. Villeneuve zweeg even en dacht na. Toen schudde hij zijn hoofd.

'Was er iets veranderd? Is er bezoek geweest, telefoontjes?'

Villeneuve schudde weer zijn hoofd. 'Helemaal niet. Wel was ze de afgelopen weken opvliegend. Zo was ze normaal nooit. Er zat haar duidelijk iets dwars, maar die laatste ochtend leek ze zich beter te voelen.'

'Weet u waarom ze zich zorgen maakte?' vroeg Gamache.

'Ik durfde het niet te vragen...' Hij zweeg en keek in zijn koffie. '... voor het geval het aan mij lag.'

'Had ze hier een werkkamer of een bureau?'

'Daar.' Hij knikte naar een bureautje in de keuken. 'Maar de andere agenten hebben al haar papieren meegenomen.'

'Alles?' vroeg Gamache, en hij stond op en liep naar het bureautje. 'Hebt u niets gevonden wat ze misschien verstopt had? Mag ik even kijken?' Hij gebaarde naar het bureau en Villeneuve knikte.

'Ik heb gekeken toen ze weg waren. Ze hebben het hele huis doorzocht.' Hij keek toe hoe Gamache snel en efficiënt het bureau doorzocht, maar niets vond.

'De computer?' vroeg Gamache.

'Die hebben ze ook meegenomen. Ze zeiden dat ze hem zouden terugbrengen, maar dat hebben ze niet gedaan. Het leek me niet normaal voor een geval van...' Hij haalde diep adem. 'Zelfmoord.'

'Dat is het ook niet,' zei Gamache en hij ging weer aan de keukentafel zitten. 'Ze werkte voor het ministerie van Transport, toch? Wat deed ze daar?'

'Ze voerde rapporten in. Behoorlijk interessant, zei ze. Audrey hield ervan als alles netjes was. Gerangschikt. Als we op reis gingen, had ze altijd reserveplannen. Daar plaagden we haar mee.'

'Op welke afdeling werkte ze?'

'Contracten.'

Gamache deed in stilte een schietgebedje voordat hij de volgende vraag stelde. 'Wat voor contracten?'

'Voortgangsrapporten. Wanneer een contract was aanbesteed, moest het betreffende bedrijf verslag uitbrengen van de vorderingen. Die informatie voerde Audrey in in de dossiers.'

'Hield ze zich met de contracten voor een bepaald gebied bezig?'

Hij knikte. 'Omdat ze zo veel ervaring had, hield ze zich bezig met herstelwerkzaamheden in Montréal. De grote stad. Ik vond dat altijd ironisch. Ik maakte er vaak grapjes over.'

'Waarover?'

'Over het feit dat ze op het ministerie van Transport werkte, maar een hekel had aan snelwegen, vooral de tunnel.'

Gamache verroerde zich niet. 'Welke tunnel?'

'De Ville-Marie. Daar moest ze elke dag doorheen om naar haar werk te gaan.'

Gamache voelde zijn hartslag versnellen. Dat was het. Audrey Villeneuve was bang geweest omdat ze wist dat de herstelwerkzaamheden aan de tunnel niet waren uitgevoerd. De Ville-Marie liep onder een groot deel van Montréal. Als die instortte, zou dat een kettingreactie veroorzaken in de metro en het hele ondergrondse deel van de stad. Het hele stadshart zou mee ten onder gaan.

Hij stond op, maar werd tegengehouden door de hand van Gaétan Villeneuve op zijn onderarm.

'Wacht. Wie heeft haar vermoord?'

'Dat kan ik u nog niet zeggen.'

'Kunt u me in elk geval vertellen waarom?'

Gamache schudde zijn hoofd. 'U krijgt binnenkort misschien bezoek van andere agenten die zich afvragen wat ik hier te zoeken had.'

'Ik zal tegen ze zeggen dat u hier niet geweest bent.'

'Nee, doe dat maar niet. Ze weten het al. Mochten ze ernaar vragen, vertel ze dan gewoon alles. Wat ik heb gevraagd, en wat u hebt geantwoord.'

'Weet u het zeker?'

'Ja.'

De twee mannen liepen naar de voordeur.

'Ik kan u wel zeggen dat uw vrouw gestorven is omdat ze probeerde iets verschrikkelijks te voorkomen. Ik wil dat u en uw dochters dat weten.' Hij zweeg even. 'Blijf thuis vandaag. Met de meisjes. Ga niet naar het centrum van Montréal.'

'Waarom niet? Wat staat er dan te gebeuren?' Villeneuve trok wit weg.

'Blijf nou maar gewoon hier,' zei Gamache beslist.

Villeneuve keek Gamache onderzoekend aan. 'Mijn god, u denkt dat u het niet kunt voorkomen, hè?'

'Ik moet nu echt gaan, monsieur Villeneuve.'

Gamache trok zijn jas aan, maar herinnerde zich toen nog iets wat Villeneuve over Audrey had gezegd.

'U zei dat uw vrouw opgewekt was die laatste ochtend. Weet u waarom?'

'Ik nam aan dat het was omdat ze naar de kerstborrel ging, op kantoor. Ze had speciaal een nieuwe jurk gemaakt.'

'Zou u er ook naartoe gaan?'

'Nee. We hadden afgesproken dat zij niet naar mijn bedrijfsfeestjes ging, en ik niet naar de hare. Maar ze leek zich erop te verheugen.'

Villeneuve leek zich ongemakkelijk te voelen.

'Wat is er?' vroeg Gamache.

‘Niets. Iets persoonlijks. Heeft niets te maken met wat er gebeurd is.’

‘Vertel het toch maar.’

Villeneuve keek Gamache onderzoekend aan en leek te beseffen dat hij niets te verliezen had. ‘Ik vroeg me af of ze een verhouding had. Dat was vast niet zo, dat zou ze nooit gedaan hebben, maar met die nieuwe jurk en zo... Ze had al heel lang geen jurk voor zichzelf gemaakt. En ze was zo opgewekt. Veel vrolijker dan ze de laatste tijd met mij was geweest.’

‘Vertel eens over die borrel. Was die alleen voor het kantoorpersoneel?’

‘Hoofdzakelijk. De minister van Transport kwam altijd langs, maar hij bleef nooit lang. En dit jaar gingen er geruchten over een speciale gast.’

‘Wie?’

‘De premier. Het leek mij niet zo interessant, maar Audrey was er opgetogen over.’

‘Georges Renard?’

‘Oui. Misschien had ze daarom die jurk wel gemaakt. Misschien wilde ze indruk op hem maken.’

Villeneuve keek naar zijn dochters, die een sneeuwpop aan het maken waren in de kleine voortuin. Armand schudde Gaétan Villeneuve de hand, zwaaide naar de meisjes en stapte in zijn auto.

Daar bleef hij even zitten, en hij schoof de puzzelstukjes in elkaar. Het doelwit, vermoedde hij, was de Ville-Marietunnel.

Toen was Audrey Villeneuve vrijwel zeker gaan beseffen dat er iets mis was bij het invoeren van de rapporten. Na vele jaren aan verslagen over herstelwerkzaamheden te hebben gewerkt, kende ze het verschil tussen werk dat goed gedaan was en werk dat slecht gedaan was. Of helemaal niet.

Het zou kunnen dat ze zelfs had gedaan alsof ze niets in de gaten had, zoals zo veel van haar collega’s. Totdat ze dat niet meer kon. En wat zou Audrey Villeneuve toen hebben gedaan? Ze was efficiënt, gedisciplineerd. Ze zou bewijsmateriaal hebben verzameld voordat ze er iets van zei.

En terwijl ze daarnaar zocht, had ze dingen gevonden die ze niet had moeten vinden. Dingen die erger waren dan nalatigheid, corruptie en herstelwerkzaamheden die hard nodig waren, maar niet waren uitgevoerd.

Ze had waarschijnlijk aanwijzingen gevonden die erop wezen dat er een plan was om de instorting te versnellen.

En toen? Gamache dacht koortsachtig na. Wat zou iemand op haar niveau doen als ze corruptie op grote schaal en een complot had ontdekt? Dan zou ze naar haar baas zijn gegaan. En als die haar niet geloofde, naar de baas van haar baas.

Maar niemand had iets gedaan.

Dat verklaarde waarom ze zo gestrest was. Opvliegend.

En haar opgewektheid op het laatst?

Audrey Villeneuve, efficiënt als altijd, had een reserveplan gehad. Ze had een nieuwe jurk voor het kerstfeest gemaakt, een model dat een politicus op leeftijd wel zou opvallen. Ze zou terloops naar hem toe lopen, misschien een beetje flirten, misschien proberen hem apart te nemen.

En dan zou ze vertellen wat ze ontdekt had.

Premier Renard zou haar wel geloven. Dat wist ze zeker.

Ja, dacht Gamache terwijl hij de auto startte en naar het centrum van Montréal reed. Renard zou geweten hebben dat ze de waarheid sprak.

Een paar straten verderop parkeerde hij de auto en stapte een telefooncel in.

'Met het huis van Lacoste,' zei een klein stemmetje. 'Met Mélanie.'

'Is je moeder thuis?'

Laat haar thuis zijn, smeekte Gamache in gedachten. Alsjeblieft.

'Een momentje, s'il vous plaît.' Hij hoorde haar roepen: 'Mama, mama, *téléphone!*'

Een paar tellen later hoorde hij de stem van inspecteur Lacoste. 'Oui?'

'Isabelle, ik moet het kort houden. Het doelwit is de Ville-Marietunnel.'

'O mijn god,' klonk het zacht als antwoord.

'We moeten hem zien te sluiten, nu meteen.'

'Begrepen.'

'En Isabelle, ik heb mijn ontslag ingediend.'

'Goed meneer, ik zal het tegen de anderen zeggen. Dat zullen ze wel willen weten.'

'Succes,' zei hij.

'En u, waar gaat u heen?'

'Terug naar Three Pines. Ik moet daar nog iets ophalen.' Hij zweeg even. 'Zou je willen proberen om Jean-Guy te bereiken? Ervoor zorgen dat hem vandaag niets overkomt?'

'Ik zal zorgen dat hij ver uit de buurt blijft van de plek des onheils.'

'Merci.'

Hij hing op, belde Annie om haar te waarschuwen om niet naar het centrum te gaan en stapte toen weer in zijn auto.

Sylvain Francoeur zat op de achterbank van de zwarte SUV. Naast hem zat Tessier, en in de achteruitkijkspiegel zag Francoeur een busje met nog twee agenten en de apparatuur die ze nodig hadden.

Gezien wat er te gebeuren stond, was Francoeur blij dat hij de stad uit kon. Ver weg van de chaos, zodat hij er niet van beschuldigd zou kunnen worden. Hem zou niets verweten worden zolang hij maar op tijd in dat dorp kon zijn.

Het zou allemaal op het laatste moment aankomen.

'Gamache is niet naar het hoofdkwartier gegaan,' fluisterde Tessier met een blik op zijn telefoon. 'Hij is in Montréal-Oost gelokaliseerd. In het huis van Villeneuve. Moeten we hem oppakken?'

'Niet nodig.' Francoeur glimlachte. Dit was perfect. 'Dat hebben we doorzocht, daar zal hij niets meer vinden. Hij verspilt het beetje tijd dat hij nog heeft en hij denkt dat we hem zullen volgen. Laat dat maar zo.'

Tessier had Three Pines op geen enkele kaart kunnen vinden, maar dat gaf niet. Ze wisten ongeveer waar het lag: de plek waar het signaal van Gamache altijd verdween. Maar voor de zorgvuldige Francoeur was 'ongeveer' niet goed genoeg. Hij kon geen vertraging gebruiken door gebrek aan informatie. Dus had hij voor zekerheid gezorgd. Iemand die wél wist waar het dorp lag.

Francoeur keek naar de hologige man achter het stuur.

Jean-Guy Beauvoir hield het stuur stevig vast, zijn gezicht onbewogen. Hij reed hen regelrecht naar Three Pines.

Olivier keek uit het raam. Vanuit Myrna's bovenverdieping hadden ze een weids uitzicht over het dorp, tot voorbij de drie grote dennen, op de weg die Three Pines uit voerde.

'Niks,' zei hij, en hij ging weer naast Gabri zitten, die zijn grote hand op Oliviers smalle knie legde.

'Ik heb de koorrepetitie afgezegd,' zei Gabri. 'Had ik misschien beter niet kunnen doen. Het is beter om alles zo normaal mogelijk te houden.' Hij keek naar Olivier. 'Misschien heb ik het verpest.'

'Het?' vroeg Nichol.

Na een verrast en gespannen stilzwijgen begon Gabri te lachen.

'Goed zo,' zei Ruth.

En toen daalde de stilte weer neer. De druk van het wachten.

'Ik zal jullie een verhaaltje vertellen,' zei Myrna en ze schoof haar stoel dichter naar de houtkachel.

'We zijn geen kinderen van vier,' zei Ruth, maar toch nam ze Rosa op haar schoot en draaide zich naar Myrna toe.

Olivier, Gabri, Clara, Gilles en agent Nichol schoven ook allemaal hun stoel dichterbij, zodat ze een kring vormden voor het warme vuur. Jérôme

Brunel kwam er ook bij zitten, maar Thérèse bleef bij het raam staan, op de uitkijk. Henri lag naast Ruth en keek naar Rosa.

'Is het een spookverhaal?' vroeg Gabri.

'Zoiets,' zei Myrna. Ze pakte een dikke envelop van de salontafel. Er was in een nauwkeurig handschrift op geschreven.

Op tafel lag nog precies zo'n zelfde envelop. Daar stond op: *Voor inspecteur Isabelle Lacoste. A.u.b. persoonlijk bezorgen.*

Myrna had ze die ochtend vroeg op haar deurmat gevonden. De brief die aan haar was gericht had ze bij een kop koffie gelezen. Maar de envelop voor Isabelle Lacoste bleef dicht, hoewel ze vermoedde dat daar ongeveer hetzelfde in stond.

'Er waren eens, lang geleden, een boer en zijn vrouw die dolgraag kinderen wilden,' zei Myrna. 'Hun grond was dor en de vrouw leek onvruchtbaar. De vrouw van de boer wilde zo graag kinderen dat ze helemaal naar het Oratorium in Montréal reisde om broeder André te raadplegen. Ze klom op haar knieën de lange stenen trap op en zei tijdens het klimmen steeds weesgegroetjes...'

'Barbaars,' mompelde Ruth.

Myrna zweeg en keek naar de oude dichteres. 'Opletten, want dit wordt later belangrijk.'

Ruth, of Rosa, mompelde: 'Fuck, fuck, fuck.' Maar ze luisterden wel.

'Toen is er een wonder gebeurd,' ging Myrna verder. 'Acht maanden later, op de dag nadat broeder André stierf, werden er vijf baby's geboren in het kleine boerenhuis midden in Québec. Ter wereld gebracht door een vroedvrouw en de vader zelf. Aanvankelijk was de schrik groot, maar toen nam de boer zijn dochters in zijn armen en ontdekte hij een liefde die hij nooit eerder had gekend. Net als zijn vrouw. Het was de gelukkigste dag van hun leven. En de laatste gelukkige dag.'

'Je hebt het over de Ouellet-vijfling,' zei Clara.

'Zou je denken?' zei Gabri.

'De dokter was gebeld,' zei Myrna, en haar stem was melodieus en kalm. 'Maar hij had geen zin om in de sneeuwstorm naar een of ander straatarm boerenhuis te gaan waar hij met rapen zou worden betaald, áls hij al werd betaald. Dus ging hij weer slapen en liet de bevalling over aan de vroedvrouw. Maar de volgende morgen, toen hij hoorde dat het een vijfling was en dat alle baby's springlevend en gezond waren, ging hij er zelf naartoe. Er werden foto's genomen van hem en de meisjes.'

Myrna zweeg even en keek de kring rond. Ze sprak zacht, alsof ze hen bij een complot wilde betrekken.

'Er is die dag niet alleen een vijfling geboren, maar ook een mythe. En er kwam nog iets anders tot leven, iets met een lange, donkere staart.' Ze was nog zachter gaan praten en ze bogen zich allemaal naar haar toe. 'Er is die dag een moord geboren.'

Armand Gamache reed met hoge snelheid door de Ville-Marietunnel. Hij had overwogen de tunnel niet te nemen, eromheen te rijden. Maar dit was de snelste weg naar de Champlainbrug en naar Three Pines.

Terwijl hij door de lange, donkere tunnel reed, zag hij de scheuren, de plekken waar tegels van de wand waren gevallen en het blootliggende ijzeren vlechtwerk in het beton. Hoe had hij zo vaak door deze tunnel kunnen rijden zonder dat hem dat ooit was opgevallen?

Hij haalde zijn voet van het gaspedaal en minderde vaart. Totdat andere automobilisten naar hem begonnen te toeteren en te gebaren. Maar hij merkte het amper. Hij dacht aan het gesprek met monsieur Villeneuve.

Hij nam de eerstvolgende afrit en zocht een telefoon op in een koffiezaak.

'Bonjour,' klonk het zacht en vermoeid.

'Monsieur Villeneuve, met Armand Gamache.'

Het bleef even stil aan de andere kant van de lijn.

'Van de Sûreté. Ik ben net bij u langs geweest.'

'O ja, natuurlijk. Ik was uw naam vergeten.'

'Heeft de politie de auto van uw vrouw al teruggebracht?'

'Nee. Maar wel wat erin lag.'

'Zaten daar papieren bij? Een koffertje?'

'Ze had wel een koffertje, maar dat hebben ze niet teruggegeven.'

Gamache haalde een hand over zijn gezicht en was verrast door de stoppels die hij voelde. Geen wonder dat Villeneuve er niet happig op was geweest hem binnen te laten. Hij moest eruitzien als een zwerver, met die grijze stoppelbaard en die blauwe plek.

Hij concentreerde zich. Audrey Villeneuve was van plan geweest om naar de kerstborrel te gaan. Ze was enthousiast, blij, misschien zelfs opgelucht. Eindelijk kon ze de informatie waarop ze was gestuit doorgeven aan iemand die er iets aan kon doen.

Er was vast een enorme last van haar schouders gevallen.

Maar ze had ook beseft dat de premier van Québec haar niet zomaar zou geloven, hoe aantrekkelijk ze ook mocht zijn in haar nieuwe jurk.

Ze moest hem bewijs overhandigen. Bewijs dat ze had meegenomen naar het feest.

'*Allô*?' zei Villeneuve. 'Bent u er nog?'

'Een ogenblik alstublieft,' zei Gamache. Hij was er bijna. Hij had het raadsel bijna opgelost.

Audrey had misschien een handtas meegenomen naar het feest, maar geen aktetas, map of losse papieren. Dus hoe wilde ze het bewijs dan aan de premier geven?

Audrey Villeneuve was vermoord om wat ze had ontdekt, en om wat ze niet ontdekt had. De laatste stap zou haar naar de man hebben gevoerd die overal achter zat. Uitgerekend de man die ze van plan was te benaderen. Premier Georges Renard.

'Mag ik nog even terugkomen?' vroeg Gamache. 'Ik wil graag zien wat ze in de auto had liggen.'

'Het is niet veel,' zei Villeneuve.

'Ik moet het toch even zien.' Hij hing op, stapte in de auto, en reed weer door de Ville-Marietunnnel, waarbij hij zijn adem inhield als een kind dat langs een kerkhof komt. Een paar minuten later was hij weer bij het huis van de familie Villeneuve.

Jérôme Brunel ging op de leuning van Myrna's stoel zitten. Iedereen boog zich naar hem toe om het verhaal over het wonder, de mythe en de moord te horen.

Iedereen behalve Thérèse Brunel. Zij stond bij het raam en luisterde wel, maar keek naar buiten. Ze hield de weg die het dorp in voerde in de gaten.

De zon scheen fel en het was helder. Een prachtige winterdag. Terwijl achter haar een duister verhaal werd verteld.

'De meisjes werden bij hun vader en moeder weggehaald toen ze nog heel klein waren,' zei Myrna. 'Dat was in een tijd dat de overheid daarvoor nog geen reden nodig had, maar er werd er toch een gegeven. Men liet de brave dokter insinueren dat hoewel de heer en mevrouw Ouellet beste mensen waren, ze misschien een beetje traag van begrip waren, misschien wel van nature. Ze konden best voor koeien en varkens zorgen, maar niet voor vijf engeltjes. Die waren een geschenk van God, het laatste wonder van frère André, en als zodanig waren ze van heel Québec, niet van een of andere boer die nauwelijks rond kon komen. Dokter Bernard liet ook doorschemeren dat het echtpaar goed betaald werd voor de meisjes. En de mensen geloofden dat.'

Clara keek naar Gabri, die op zijn beurt naar Olivier keek, die weer naar Ruth keek. Ze hadden allemaal geloofd dat de vijfling door hun hebzuchtige ouders verkocht was. Dat was een belangrijk onderdeel van het sprookje. Niet alleen de geboorte van de vijfling, maar ook hun redding.

'De vijfling was een sensatie,' zei Myrna. 'Van over de hele wereld hunkerden mensen die getroffen waren door de Depressie naar nieuws over de wonderbaby's. Zij waren het bewijs dat er ook goede dingen gebeurden in die akelige tijd.'

Myrna hield de envelop in haar hand met daarin de brief die Armand Gamache de avond ervoor zo ijverig had zitten schrijven. Twee keer. Een voor zijn collega en een voor Myrna. Hij wist dat Myrna veel om Constance had gegeven en dat ze het verdiende om te weten wat er met haar gebeurd was. Hij had geen kerstcadeautje voor haar, maar wel deze brief.

'Het was Bernard en de overheid duidelijk dat er een vermogen te verdienen was aan die meisjes. Van films tot rondleidingen en souvenirs. Boeken, tijdschriftartikelen, van alles over het ogenschijnlijk zo mooie leven van de meisjes.'

Myrna vermoedde dat Armand er niet blij mee zou zijn dat ze iedereen vertelde wat hij geschreven had. Hij had zelfs 'vertrouwelijk' op de eerste pagina geschreven. En nu vertelde ze het door. Maar toen ze hun zorgelijke gezichten had gezien en had gevoeld hoe angstig de situatie hen maakte, had ze geweten ze dat ze hun een beetje afleiding moest bezorgen.

En wat was daar beter voor geschikt dan een verhaal over hebzucht, liefde – valse en echte. Over geheimen en woede, over onherstelbaar gekwetst zijn. En tot slot over moord. Moorden.

Ze dacht dat de hoofdinspecteur het haar wel zou vergeven. Ze hoopte dat ze de kans zou krijgen om het hem te vragen.

'Een zogenaamd sprookjesleven was het voor die vijf meisjes,' vervolgde ze terwijl ze de aandachtige blikken op zich gericht zag. 'De overheid liet een prachtig huis voor ze bouwen, als een huis uit een sprookjesboek. Met een tuin en een wit houten hek eromheen. Om de toeschouwers buiten te houden. En de meisjes binnen. Ze hadden mooie kleren, privéonderwijs en muziekles. Ze kregen speelgoed en lekkernijen. Ze hadden alles. Behalve privacy en vrijheid. En dat is het probleem met een sprookjesleven. Er kan niets in opbloeien, en alles wat eens mooi was, wordt aangetast.'

'Aangetast?' vroeg Gabri. 'Hebben ze zich tegen elkaar gekeerd?'

Myrna keek hem aan. 'Een van de kinderen heeft zich tegen de anderen gekeerd, ja.'

'Wie dan?' vroeg Clara zacht. 'Wat is er gebeurd?'

Gamache reed de oprit op en stapte uit de auto, waarbij hij bijna uitgleed op de met ijs bedekte tegels. Nog voordat hij kon aanbellen werd de deur opengedaan, en hij ging naar binnen.

'De meisjes zijn bij de buren,' zei Villeneuve. Hij had zich blijkbaar gerealiseerd dat dit een belangrijk bezoek was. Hij ging Gamache voor naar de keuken, waar twee handtassen op de keukentafel lagen: een voor dagelijks gebruik en een clutch.

Gamache maakte zonder iets te zeggen de clutch open. Die was leeg. Hij betastte de voering en hield de tas tegen het licht. De voering was recent opnieuw in de tas genaaid; door Audrey of door de agenten die hem hadden doorzocht?

'Vind u het goed als ik de voering eruit haal?' vroeg hij.

'Als u dat nodig vindt.'

Gamache scheurde de voering los en betastte de binnenkant van de tas, maar vond niets. Als er iets had gezeten was, dan was het nu weg. Toen doorzocht hij vlug de andere tas, maar ook daarin vond hij niets.

'Is dat alles wat in de auto van uw vrouw lag?'

Villeneuve knikte.

'Hebt u haar kleding teruggekregen?'

'De kleren die ze aanhad? Dat hebben ze wel aangeboden, maar ik heb gezegd dat ze die maar moesten weggooien. Ik wilde ze niet zien.'

Gamache was teleurgesteld, maar niet verbaasd. Hij zou hetzelfde hebben gedaan. En hij vermoedde bovendien dat datgene wat Audrey had verstopt, niet in haar kantoorkleding zou zitten. En anders was het inmiddels wel gevonden.

'En de jurk?' vroeg hij.

'Die wilde ik ook niet, maar hij zat bij de andere spullen.'

Gamache keek rond. 'Waar is hij nu?'

'In de afvalbak. Ik had hem aan een goed doel moeten geven, maar dat kon ik niet aan.'

'Hebt u het afval nog?'

Villeneuve bracht hem naar de afvalbak die naast het huis stond en Gamache zocht net zo lang tot hij een smaragdgroene jurk had gevonden. Met een etiket van Chanel erin.

'Dit is hem toch niet?' Hij liet de jurk aan Villeneuve zien. 'Er staat Chanel in. Ik dacht dat u zei dat Audrey de jurk zelf had gemaakt.'

Villeneuve glimlachte.

'Dat is ook zo. Audrey wilde alleen niet dat andere mensen wisten dat ze soms kleding maakte, voor zichzelf of voor de kinderen, dus daarom naaide ze er een designerlabel in.'

Villeneuve nam de jurk aan, keek naar het label en schudde zijn hoofd. Zijn handen gleden even over de stof. Tot hij ze plotseling krampachtig samenbalde en de tranen over zijn wangen stroomden.

Na een paar minuten legde Gamache zijn hand op die van Villeneuve en maakte de jurk los uit zijn greep. Daarna liep hij met de jurk naar binnen.

Hij voelde langs de zoom. Niets. Hij voelde aan de mouwen. Niets. Hij voelde langs het decolleté. Niets. totdat... Totdat hij bij het korte rechte stukje aan de onderkant van het decolleté kwam.

Hij nam de schaar aan die Villeneuve hem voorhield en haalde voorzichtig het stiksel los. In tegenstelling tot de rest van de jurk, die met de machine was gestikt, was dit stukje nauwgezet met de hand vastgezet.

Hij vouwde de stof open en vond een USB-stick.

38

Jean-Guy Beauvoir verliet de snelweg en reed een B-weg op. Hoofdcommissaris Francoeur en inspecteur Tessier zaten op de achterbank te overleggen. Beauvoir had niet gevraagd waarom ze naar Three Pines wilden of waarom het ongemarkeerde Sûreté-busje achter hen aan reed.

Het kon hem niet schelen.

Hij was gewoon de chauffeur. Hij deed wat hem was opgedragen. Geen discussies meer. Hij had geleerd dat als hij ergens om gaf, hij gekwetst werd, en hij kon geen pijn meer verdragen. Zelfs de pillen hielpen niet meer.

Dus had Jean-Guy Beauvoir het enige gedaan wat hem nog restte. Hij had het opgegeven.

'Maar Constance was de laatste van de vijf,' zei Ruth. 'Hoe kan ze dan door een van haar zussen zijn vermoord?'

'Wat weten we eigenlijk over hun dood?' vroeg Myrna aan Ruth. 'Je vermoedde zelf dat de eerste die is gestorven...'

'Virginie,' zei Ruth.

'... niet per ongeluk van de trap gevallen was. Je dacht dat het zelfmoord was.'

'Ik giste maar wat,' zei de oude dichteres. 'Ik was nog jong en vond wanhoop romantisch.' Ze zweeg en aaide Rosa over haar kop. 'Ik verwarde Virginie misschien met mezelf.'

'*Wie heeft je ooit zo onherstelbaar gekwetst...*' citeerde Clara.

Ruth deed haar mond open, en even dachten de vrienden dat ze de vraag echt zou beantwoorden. Maar toen perste ze haar dunne lippen weer stevig op elkaar.

'Stel dat je het mis had wat Virginie betreft?' vroeg Myrna.

'Wat zou dat nu nog uitmaken?' vroeg Ruth.

Gabri kwam tussenbeide. 'Het zou veel uitmaken als Virginie niet echt van de trap is gevallen. Wat was hun geheim?' vroeg hij aan Myrna. 'Was ze niet dood?'

Thérèse Brunel keerde zich weer naar het raam. Ze had even de kamer rondgekeken, naar de kring en het griezelverhaal. Maar toen was haar aandacht getrokken door een geluid buiten. Er kwam een auto aan.

Iedereen hoorde het. Olivier was de eerste die opstond en snel naar het raam toe liep. Hij ging naast Thérèse staan en keek naar buiten.

'Het is Billy Williams maar,' meldde hij. 'Die komt lunchen.'

Ze ontspanden zich, maar niet helemaal. De spanning die door het verhaal was verdreven, was terug.

Gabri legde nog een paar houtblokken in de houtkachel. Ondanks de warmte in de kamer hadden ze allemaal een beetje de rillingen.

'Constance probeerde me iets duidelijk te maken,' zei Myrna, die de draad weer oppakte. 'Ze heeft ons alles verteld, maar we wisten niet hoe we de puzzelstukjes in elkaar moesten passen.'

'Wat heeft ze ons dan duidelijk gemaakt?' vroeg Ruth.

'Nou, ze heeft jou en mij verteld dat ze van ijshockey hield,' zei Myrna. 'Dat het de favoriete sport van broeder André was. Ze hadden een team en speelden tegen de kinderen uit de buurt.'

'Nou en?' vroeg Ruth. Rosa, die ze in haar armen had, kwaakte zacht, alsof ze haar baasje imiteerde. 'En, en, en?' snaterde de eend.

Myrna richtte zich tot Olivier, Gabri en Clara. 'Ze heeft jullie handschoenen en een zelfgebreide sjaal gegeven, met symbolen van jullie levens. Penselen voor Clara...'

'Ik wil niet weten wat jullie symbool was,' zei Nichol tegen Gabri en Olivier.

'Ze strooide de aanwijzingen bijna rond,' zei Myrna. 'Wat moet het voor haar frustrerend zijn geweest.'

'Voor haar?' zei Clara. 'Zo overduidelijk is het niet, hoor.'

'Voor jou niet,' zei Myrna. 'En voor mij ook niet. Voor niemand hier, maar voor iemand die niet gewend was om over zichzelf en haar leven te praten, moet het geweest zijn alsof ze ons haar geheimen toeschreeuwde. Jullie weten hoe dat gaat. Als we iets weten en daar een toespeling op maken, vinden we die toespeling zelf overduidelijk. Ze moet ons wel een stelletje idioten hebben gevonden, dat we niet in de gaten hadden wat ze probeerde duidelijk te maken.'

'Maar wat probeerde ze ons dan duidelijk te maken?' vroeg Olivier. 'Dat Virginie nog leefde?'

'Ze heeft haar laatste aanwijzing onder mijn kerstboom gelegd, omdat ze dacht dat ze niet zou terugkomen,' zei Myrna. 'Op haar kaartje stond dat het de sleutel tot haar huis was. De sleutel tot al haar geheimen.'

'Haar albatros,' zei Ruth.

'Heb jij een albatros gekregen?' vroeg Nichol. Niets aan dit dorp of deze mensen verbaasde haar nog.

Myrna moest lachen. 'In zekere zin wel. Ik kreeg een wollen muts. We dachten dat ze hem misschien zelf had gebreid, maar daar was hij te oud voor. En er was een etiketje in genaaid. MA staat erop.'

'Ma,' zei Gabri. 'Hij was van haar moeder.'

'Hoe noemde jij je moeder vroeger?'

'Ma,' zei Gabri. 'Ma. Mama.'

Even was het stil en Myrna knikte. 'Mama, niet ma. Het zijn initialen, net als in de andere mutsen. Madame Ouellet had die muts niet voor zichzelf gebreid.'

'Voor wie dan wel?' vroeg Ruth.

'Voor de moordenaar van Constance.'

Villeneuve belde aan en zijn buurvrouw deed open.

'Gaétan,' zei ze, 'kom je de meisjes ophalen? Ze zijn in de kelder aan het spelen.'

'Non, merci, Celeste. Ik wilde vragen of we je computer mogen gebruiken. De politie heeft die van mij meegenomen.'

Celeste keek van Villeneuve naar de grote ongeschoren man met de snee op zijn wang en de blauwe plek. Ze twijfelde.

'Alsjeblieft,' zei Villeneuve. 'Het is belangrijk.'

Celeste gaf zich gewonnen, maar ze hield Gamache scherp in de gaten toen ze haastig naar de achterkant van het huis liepen, waar op een bureautje in de eetkamer een laptop stond. Gamache verspilde geen seconde. Hij stak de USB-stick in de laptop en klikte op het icoontje.

De inhoud van de stick verscheen op het scherm en Gamache klikte het eerste bestand aan. En toen het volgende. Hij noteerde verscheidene woorden: poreus, substandaard, instorten.

Maar er was één woord in het bijzonder dat zijn aandacht trok: pijler.

Hij klikte snel terug. Verder terug. Toen stopte hij en kwam zo snel overeind dat Gaétan en Celeste allebei opzij sprongen.

'Mag ik even uw telefoon gebruiken?'

Hij wachtte niet op antwoord, pakte de telefoon en toetste een nummer in.

'Isabelle, het is niet de tunnel. Het is de brug, de Champlainbrug. Ik denk dat de explosieven aan de pijlers zijn bevestigd.'

'Ik probeerde u al te bellen. Ze willen de tunnel niet sluiten. Ze geloven me niet. Of u. En als ze de tunnel niet willen sluiten, dan willen ze zeker de brug niet afsluiten.'

'Ik mail je het rapport,' zei hij, en hij ging weer zitten en typte als een razende. 'Dan heb je het bewijs. Sluit de brug, Isabelle. Al moet je er zelf op gaan liggen, het kan me niet schelen. En stuur de explosievenopruimingsdienst erop af.'

'Yes sir. Patron, er is nog iets.'

Door haar toon kon hij wel raden wat. 'Jean-Guy?'

'Ik kan hem nergens vinden. Hij is niet op kantoor en ook niet thuis. Ik heb zijn mobiele telefoon geprobeerd, maar die staat uit.'

'Bedankt dat je het geprobeerd hebt,' zei hij. 'Maar zorg er nu voor dat die brug wordt gesloten.'

Gamache bedankte Celeste en Gaétan Villeneuve en liep naar de voordeur.

'Is het de brug?' vroeg Villeneuve hem.

'Uw vrouw heeft het ontdekt,' zei Gamache, die inmiddels buiten was en snel naar zijn auto liep. 'Zij heeft geprobeerd het een halt toe te roepen.'

'En ze hebben haar vermoord,' zei Villeneuve, die achter Gamache aan liep.

Gamache bleef staan en keek de man aan. 'Oui. Ze is naar de brug gegaan om het laatste bewijs te krijgen, om het met eigen ogen te zien. Ze was van plan om dat bewijs en dit' – hij hield de USB-stick omhoog – 'mee te nemen naar de kerstborrel en het aan iemand te geven die ze kon vertrouwen.'

'Ze hebben haar vermoord,' herhaalde Villeneuve terwijl hij probeerde de betekenis achter die woorden te bevatten.

'Ze is niet van de brug gevallen,' zei Gamache. 'Ze is eronder vermoord, toen ze naar de pijlers ging kijken.' Hij stapte in zijn auto. 'Haal de meisjes op, ga naar een hotel en neem de buurvrouw en haar gezin met u mee. Gebruik geen creditcard, betaal contant. Laat alle mobiele telefoons thuis, en blijf daar tot dit achter de rug is.'

'Waarom?'

'Omdat ik de bestanden vanuit het huis van uw buurvrouw heb gemaild en haar telefoon heb gebruikt. Dadelijk weten ze dat ik het weet. En ze weten dan ook dat u het weet. Ze zijn zo hier, dus maak dat u wegkomt.'

Villeneuve werd lijkbleek, deinsde achteruit en strompelde toen op een drafje over het ijs en de sneeuw, terwijl hij ondertussen zijn dochters riep.

'Sir,' zei Tessier, en hij keek naar zijn berichten. 'Dit moet u zien.'

Hij gaf zijn telefoon aan hoofdcommissaris Francoeur.

Gamache was teruggekeerd naar het huis van Villeneuve. Er was vanaf de computer van de buren iets naar inspecteur Lacoste gemaild.

Toen hij zag wat dat was, verstrakte Francoeurs gezicht.

'Pak Villeneuve en zijn buren op,' zei hij zacht tegen Tessier. 'En pak Gamache en Lacoste op. Maak vrij baan.'

'Yes sir.' Tessier wist wat 'maak vrij baan' betekende. Hij had Audrey Villeneuve ook uit de weg geruimd.

Terwijl Tessier de voorbereidingen trof, keek Francoeur naar vlakke landbouwgrond die overging in heuvels, bossen en bergen.

Gamache kwam steeds dichterbij, wist Francoeur. Maar zij ook.

Hoofdinspecteur Gamache strekte zijn nek om te zien wat het verkeer ophield. Ze reden stapvoets door een smalle straat in een woonwijk. Op een belangrijk kruispunt zag hij een agent en een wegafzetting. Hij zette de auto stil.

'Doorrijden,' beval de agent, zonder naar de bestuurder te kijken.

'Wat is de reden van dit oponthoud?' vroeg Gamache.

De agent keek hem aan alsof hij gek was.

'Weet je dat niet? De kerstparade. Doorrijden, je houdt het verkeer op.'

Thérèse Brunel bleef bij het raam staan. Ze tuurde naar buiten.

Het zou nu niet lang meer duren, wist ze.

Toch luisterde ze naar het verhaal van Myrna. Het verhaal met de lange staart dat tientallen jaren terugging in de tijd. Bijna voorbij mensenheugenis. Naar een heilige en een wonder. En een wollen kerstmuts.

'MA,' zei Myrna. 'Dat was de sleutel. In elke muts die hun moeder had gebreid zat een etiket met hun initialen erop. MC voor Marie-Constance, enzovoort.'

'Maar waar stond MA dan voor?' vroeg Clara. Ze ging in gedachten de namen van de meisjes langs: Virginie, Hélène, Josephine, Marguerite, Constance. Geen A.

Toen zette Clara grote ogen op en keek ze naar Myrna.

'Waarom denkt iedereen dat er maar vijf waren?' vroeg ze aan Myrna. 'Ze hadden er natuurlijk nog meer.'

'Meer wat?' vroeg Gabri, maar Olivier snapte het.

'Meer kinderen,' zei Olivier. 'Toen de meisjes hun waren afgenomen, hebben de Ouellets er nog meer gemaakt.'

Myrna knikte langzaam en keek de kring rond terwijl de waarheid langzaam tot de anderen doordrong. En net als met Constance en haar aanwijzingen, leek het nu zo voor de hand liggend. Maar voor Myrna had het helemaal niet voor de hand gelegen, totdat ze het in de brief van Armand las.

De enige keus die Marie-Harriette en Isidore hadden toen hun hun geliefde dochters waren afgenomen, was nieuwe kinderen maken.

Hoofdinspecteur Gamache legde in zijn brief uit dat hij de muts had laten testen op DNA. En dat ze dat van hem hadden gevonden, en dat van Myrna. Beiden hadden de muts kort daarvoor in handen gehad. Ook was er DNA van Constance gevonden, en van iemand wiens DNA veel op dat van Constance leek.

Gamache gaf toe dat hij had gedacht dat dat van haar vader of moeder moest zijn, maar de laborant had gezegd dat het van een broer of zus was.

'Een andere zus,' zei Clara. 'Marie-A.'

'Maar waarom wist niemand van het bestaan van een jongere zus?' vroeg Gabri.

'Jezus,' zei Ruth bits, en ze keek minachtend naar Gabri. 'Je zou toch denken dat iemand die zelf zowat fictief is wel wat meer van mythen zou weten.'

'Nou, een lelijke heks herken ik anders meteen.' Gabri keek boos naar Ruth, die eruitzag alsof ze op het punt stond hem in steen te veranderen.

'Luister,' zei Ruth uiteindelijk. 'De vijfling was toch zogenaamd een wonder? Een grote oogst van dorre grond. Het laatste geschenk van frère André. Dus hoe zou het overkomen als mama vervolgens het ene kind na het andere uitpoepte? Dan zou het "wonder" niet zo bijzonder meer zijn, hè?'

'Dokter Bernard en de overheid meenden dat ze het gouden ei had gelegd, en vonden dat ze nu moest ophouden,' zei Myrna.

'Als ik dat gezegd had, zouden ze me gecastreerd hebben,' mompelde Gabri tegen Olivier.

'Maar kon het iemand schelen?' vroeg Olivier. 'Ik bedoel, de vijfling was sowieso bijzonder, hoeveel jongere broertjes en zusjes ze ook hadden.'

'Maar ze waren bijzonderder als ze een geschenk van een goedgunstige god waren,' zei Myrna. 'Dat wilden dokter Bernard en de overheid promoten. Geen circusact, maar een daad van God. Tijdens de Depressie en de oorlog kwamen de mensen in groten getale naar de vijfling kijken. Niet om vijf identieke meisjes te zien, maar om hoop te zien. Bewijs van het bestaan van God. Een gulle, goedgunstige God, die met dit geschenk een onvruchtbare vrouw had verblijd. Maar stel dat madame Ouellet helemaal niet onvruchtbaar was. Stel dat ze nog een kind heeft gekregen?'

‘Stel dat Christus niet is herrezen?’ zei Gabri. ‘Stel dat het water geen wijn was.’

‘Het was heel belangrijk voor hun verhaal dat madame Ouellet onvruchtbaar was. Daardoor werd het een wonder,’ zei Myrna. ‘Als ze wel vruchtbaar was geweest, was de vijfling iets bijzonders geweest, maar meer niet.’

‘Geen wonder, geen geld,’ zei Clara.

‘Dus de nieuwe baby dreigde alles wat ze hadden opgebouwd ongedaan te maken,’ zei Ruth.

‘En zou ze miljoenen dollars kosten,’ zei Myrna. ‘Dus dat kind moest verborgen worden. Armand denkt dat we dat in het nieuwsfilmpje zagen, toen Marie-Harriette de deur voor haar dochters dichtdeed.’

Het beeld van de brullende Virginie was in hun geheugen gegrift. Ze probeerde weer naar binnen te gaan, maar de deur was dicht. Voor haar neus dichtgegooid door haar eigen moeder. Niet om de meisjes buiten te houden, maar om de jongste binnen te houden. Om MA uit het nieuws te houden.

‘Constance heeft ons maar één ding over haar leven verteld,’ zei Gabri. ‘Dat haar zussen en zij graag ijshockeyden. Maar een team bestaat uit zes personen, niet vijf.’

‘Precies,’ zei Myrna. ‘Toen Constance me over het hockeyteam vertelde, leek dat wel iets belangrijks voor haar te zijn, maar ik dacht dat het gewoon een oude herinnering was. Dat ze haar vrijheid om van alles te vertellen aan het uitproberen was en met iets onbelangrijks wilde beginnen. Het is nooit bij me opgekomen dat dat het was, de sleutel. Zes kinderen, niet vijf.’

‘Ik had het ook niet door,’ zei Ruth. ‘En ik coach nog wel een team.’

‘Je koeioneert een team,’ zei Gabri. ‘Dat is niet hetzelfde.’

‘Maar ik kan wel tellen,’ zei Ruth. ‘Zes spelers, niet vijf.’ Ze dacht even na en aaide Rosa gedachteloos over haar kop en hals. ‘Stel je voor dat je dat kind bent. Buitengesloten, verborgen. Je ziet je zusjes in de schijnwerpers staan, maar wordt zelf in het donker gehouden. Als iets om je voor te schamen.’

Ze zwegen en probeerden zich voor te stellen hoe dat zou zijn. Niet één zus die favoriet was, maar vijf. En niet alleen de lievelingetjes van hun ouders, maar van de hele wereld. Ze kregen prachtige jurken, speelgoed, snoep en een sprookjeshuis. En alle aandacht.

Terwijl MA opzijgeschoven werd, naar binnen geduwd. Ontkend.

‘Wat is er dan gebeurd?’ vroeg Ruth. ‘Bedoel je dat Constances jongere zus haar heeft vermoord?’

Myrna hield de envelop met het nauwkeurige handschrift van Gamache erop omhoog. 'Hoofdinspecteur Gamache gelooft dat het teruggaat tot aan het eerste sterfgeval. Virginie.' Myrna wendde zich tot Ruth. 'Constance had het zien gebeuren. Net als Hélène. Ze hebben het aan de andere zussen verteld, maar verder aan niemand. Het was hun geheim, een geheim dat hen met elkaar verbond.'

'En een geheim dat ze mee het graf in hebben genomen,' zei Ruth. 'Dat ze geprobeerd hebben te begraven. Virginie is vermoord.'

'Een van hen had het gedaan,' zei Gabri.

'Constance was hierheen gekomen om je dat te vertellen,' zei Clara.

'Na de dood van Marguerite had ze eindelijk het gevoel dat ze vrijuit kon spreken,' zei Myrna.

'Mattheus 10:36,' fluisterde Ruth. '... en iemands huisgenoten zullen zijn vijanden zijn.'

Jean-Guy Beauvoir reed over de vertrouwde weg. Die was nu met sneeuw bedekt, maar toen hij hem jaren geleden voor het eerst zag, was het zand geweest. En de bomen waren toen niet kaal, maar in herfstkleuren getooid en de zon scheen erop. Amber en rood, warme tinten geel. Net een glas-in-loodraam.

Het was hem toen niet opgevallen hoe mooi de omgeving was. En hij was te terughoudend en te cynisch geweest om openlijk naar het lieflijke, vredige dorp in het dal te kijken.

Maar hij had het wel gevoeld, die verwondering en die rust.

Vandaag voelde hij echter niets.

'Hoe ver nog?' vroeg Fancoeur.

'We zijn er bijna,' zei Beauvoir. 'Nog een paar minuten.'

'Stop hier even,' zei de hoofdcommissaris, en Beauvoir gehoorzaamde.

'Als hoofdinspecteur Gamache zijn intrek in het dorp zou nemen,' zei Francoeur, 'waar zou dat dan zijn?'

'Gamache?' vroeg Beauvoir. Hij had zich niet gerealiseerd dat dit om Gamache draaide. 'Is hij hier?'

'Geef antwoord op de vraag, inspecteur,' zei Tessier vanaf de achterbank.

Het busje met de twee agenten en de apparatuur bleef achter hen wachten.

Dit was het moment van de waarheid, wist Francoeur. Zou Beauvoir ervoor terugschrikken om informatie over Gamache te geven? Tot nu toe had Francoeur nooit van Beauvoir verlangd dat hij actief zijn voormalige baas zou verraden, alleen dat hij niets deed om hem te helpen.

Maar nu verlangden ze meer van Beauvoir.

'Het oude station,' was het antwoord, zonder protest of aarzeling.
'Breng ons daarheen,' zei Francoeur.

Myrna had nog steeds de envelop met de handgeschreven brief van Armand Gamache in haar hand. Daarin vertelde hij gedetailleerd alles wat hij wist en alles wat hij vermoedde over de moord op Constance Ouellet, en over de moord op haar zus Virginie vijftig jaar daarvoor.

Constance en Hélène waren er allebei getuige van geweest. Virginie was niet gestruikeld en had zichzelf ook niet van de trap geworpen. Ze was geduwd. En achter die duw zaten jaren en jaren van pijn. Van genegeerd, verborgen, gemarginaliseerd en ontkend worden. Jaren en jaren waarin de vijfling alle aandacht had gekregen. Van de wereld, ja, maar wat nog erger was: van papa en mama.

Wanneer de meisjes thuis op bezoek kwamen, wat maar weinig gebeurde, werden ze als prinsesjes behandeld.

Dat heeft het kind verwrongen. Het vlakte het kind uit, totdat er niets herkenbaars meer van dat kind over was. En toen verwrong het hen. De meisjes mochten dan verwend zijn, de jongste thuis was kapotgemaakt.

Dat kleine hartje werd vervuld van haat. En het groeide uit tot een groot hart vervuld van grote haat.

En toen Virginie boven aan de hoge houten trap stond te wankelen, was daar die hand. Die had haar kunnen tegenhouden, maar dat gebeurde niet. Hij duwde haar naar beneden.

Constance en Hélène hadden gezien wat er gebeurde, maar kozen ervoor niets te zeggen. Misschien uit schuldgevoel, misschien uit een bijna maniakale behoefte aan privacy, aan geheimhouding. Hun leven, en hun dood, was een zaak van hen alleen. Zelfs hun moorden waren privé.

Dit stond allemaal in de brief van Gamache aan Myrna, en nu vertelde zij het aan de mensen in haar huis. De mensen die zich daar schuilhielden.

'De hoofdinspecteur wist dat degene die hij zocht aan twee kenmerken moest voldoen,' zei Myrna. 'Hij of zij moest de initialen MA hebben, en nu midden zeventig zijn.'

'Is er geen geboorteakte?' vroeg Jérôme.

'Daar heeft Gamache naar gezocht,' zei Myrna. 'In het officiële geboorteregister of het register van de parochie stond niets onder de naam Ouellet.'

'De gevestigde macht kon misschien geen persoon creëren,' zei Jérôme, 'maar wel iemand uitwissen.'

Hij had naar het verhaal zitten luisteren, maar zijn ogen waren op zijn vrouw gericht gebleven. Op het silhouet van Thérèse dat afstak tegen het raam. Waar ze stond te wachten.

'Toen hij over de zaak nadacht,' vervolgde Myrna, 'realiseerde Armand zich dat hij vier mensen had ontmoet die aan die kenmerken voldeden. 'De eerste was Antoine, de pastoor. Hij had gezegd dat hij pas lang nadat de meisjes waren verhuisd pastoor was geworden. En dat was ook zo, maar hij had niet verteld dat hij in dezelfde buurt was opgegroeid. De oom van de vijfling zei dat hij als kind met Antoine had gespeeld. Père Antoine heeft misschien niet gelogen, maar hij heeft ook niet de hele waarheid verteld. De vraag is waarom.'

'En de pastoor was in staat om de registers te veranderen,' zei Clara.

'Zo dacht Gamache ook,' zei Myrna. 'En dan had je de oom zelf, André Pineault. Hij is een paar jaar jonger dan de meisjes en hij vertelde dat hij vroeger met ze ijshockeyde. Hij is bij hun vader gaan wonen en heeft voor hem gezorgd totdat Isidore stierf. Allemaal het werk van een zoon. En monsieur Ouellet heeft hem de boerderij nagelaten.'

'Maar MA moet een vrouw zijn,' zei Clara. 'Marie nog wat.'

'Marie-Annette,' zei Myrna. 'Annette is de naam van de buurvrouw van Constance, de enige met wie de zussen omgingen. De enige persoon die op hun veranda mocht komen. In onze ogen is dat iets kleins, iets lachwekkends bijna, maar voor de vijfling, die zo getraumatiseerd was door alle publieke aandacht, was het bijzonder dat ze iemand bij hun huis in de buurt lieten komen. Zou Annette Virginie of het verloren kind kunnen zijn?'

'Maar als Constance en Hélène haar Virginie hadden zien duwen, hadden ze dan nog iets met haar te maken willen hebben?' vroeg Gabri.

'Misschien hadden ze het haar vergeven,' zei Ruth. 'Misschien begrepen ze dat niet alleen zij beschadigd waren, maar hun zus ook.'

'En misschien wilden ze haar in de buurt houden,' zei Clara. 'Van een bekende weet je wat je kunt verwachten.'

Myrna knikte. 'Annette en haar man Albert woonden er al toen de zussen naast hen kwamen wonen. Als Annette hun zus is, zou dat erop wijzen dat ze haar vergeven hadden,' – Myrna keek naar Ruth – 'of dat ze haar in het oog wilden houden.'

'Of hem.'

Ze keken naar Thérèse. Ze keek uit het raam, maar had blijkbaar staan luisteren.

'Hem?' vroeg Olivier.

'Albert. De buurman,' zei Thérèse. Het raam besloeg door haar adem.

'Misschien was zij hun zus niet, maar was hij hun broer.'

'Je hebt gelijk,' zei Myrna, die zorgvuldig de brief van Gamache op tafel legde. 'De laborant van de Sûreté was er zeker van dat het derde DNA dat hij had gevonden afkomstig was van een man. Marie-Harriette had de muts met de engeltjes gebreid voor haar zoon.'

'Albert,' zei Ruth.

Toen Myrna geen antwoord gaf, keken ze naar haar.

'Als Isidore en Marie-Harriette een zoon hadden, hoe zouden ze hem dan genoemd hebben?'

Er viel een stilte. Zelfs Rosa maakte geen geluid meer.

'Oude zonden hebben lange schaduwen.' Ze keken naar agent Nichol. 'Waar is dit allemaal mee begonnen? Met wie is het wonder begonnen?'

'Met frère André,' zei Clara.

'André,' zei Ruth in de stille kamer. 'Ze zouden hem André hebben genoemd.'

Myrna knikte. 'Dat denkt Gamache ook. Hij denkt dat Constance me dát probeerde te vertellen met die muts. Marie-Harriette had hem gebreid voor haar zoon, die naar hun beschermengel was genoemd. Een DNA-test moet het nog uitwijzen, maar Gamache denkt dat André Pineault hun broer is.'

'Maar MA,' zei Gabri. 'Waar staat de M dan voor?'

'Marc. Alle meisjes in Marie-Harriettes familie heetten Marie nog wat en alle jongens heetten Marc nog wat. Dat heeft Gamache op het kerkhof ontdekt. Hij heet dus Marc-André, maar wordt André genoemd.'

'Broeder André,' zei Gabri. 'Letterlijk.'

'Dat probeerde Constance ons te vertellen,' zei Myrna. 'En hééft ze ons ook verteld. Mij. Ze zei dat ijshockey de favoriete sport van André was. Maar ik was degene die daarbij aan broeder André de heilige dacht, niet aan een broer die André heet. Het zesde kind. Genoemd naar een heilige die een wonder had verricht.'

'Hij heeft Constance vermoord, zodat ze niet zou doorvertellen dat hij Virginie had vermoord,' zei Clara. 'Dat is wat de zussen al die jaren geheim hebben gehouden, wat hen zo lang tot gevangenen maakte toen het publiek niet langer nieuwsgierig was.'

'Maar hoe wist hij dat ze van plan was het te vertellen?' vroeg Olivier.

'Dat wist hij niet,' zei Myrna. 'Maar Gamache denkt dat ze contact hielden. André Pineault beweerde dat hij niet wist waar de meisjes woonden, maar later zei hij dat hij ze had geschreven over de dood van hun vader. Hij wist hun adres dus. Dat doet vermoeden dat ze contact hielden. Het was vreemd dat Pineault daarover gelogen had.'

'Gamache denkt dat Constance hem verteld heeft over haar plannen voor Kerstmis. Dat ze ging logeren bij een vriendin, een psycholoog bij wie ze vroeger patiënt was. Pineault is toen bang geworden. Hij moet vermoed hebben dat nu Marguerite dood was, Constance iemand wilde vertellen hoe de vork werkelijk in de steel zat, voordat ze er zelf ook niet meer zou zijn. Ze wilde dat iemand de waarheid zou weten over de dood van Virginie. Ze had het geheim al die jaren bewaard, maar nu wilde ze er, in het belang van Virginie en van zichzelf, van worden bevrijd.'

'Dus heeft hij haar vermoord,' zei Ruth.

Jérôme zag Thérèses rug verstarren, en toen hoorde hij een geluid. Hij stond op, liep snel naar het raam en ging naast haar staan.

Hij keek naar buiten. Er reed een zwarte SUV langzaam de heuvel af, met daarachter een bestelbusje.

'Ze zijn er,' zei Thérèse Brunel.

39

Armand Gamache reed de Champlainbrug op. Niets wees op pogingen om hem te sluiten, maar hij wist dat als iemand het kon doen, het Isabelle Lacoste was.

Er was veel verkeer en er lag nog sneeuw op de weg. Hij passeerde een auto en keek naar binnen. Voorin zaten een man en een vrouw, achterin zat een baby in een autozitje. Twee banen verderop zag hij een jonge vrouw die alleen in de auto zat. Ze tikte op het stuur en bewoog haar hoofd op de maat van de muziek.

Er verschenen rode remlichten. Het verkeer minderde vaart, ze gingen nu stapvoets. Bumper aan bumper.

Voor hem doemde de stalen overspanning op.

Gamache wist bijna niets van bouwconstructies, van belastingtests en beton. Maar hij wist wel dat er dagelijks 160.000 auto's over deze brug reden. Het was de drukste spanbrug in Canada, en die stond op het punt om te worden opgeblazen. Niet door een of andere woedende buitenlandse terrorist, maar door twee mensen die beiden een vertrouwenspositie hadden in Québec.

De premier en het hoofd van politie.

Het had even geduurd, maar Gamache dacht nu de reden te weten.

Wat was het verschil tussen deze brug en alle andere bruggen, tunnels en verwaarloosde viaducten? Waarom was juist deze brug het doelwit?

Er moest een reden voor zijn, een doel. Geld, misschien. Als een brug instortte, moest die herbouwd worden en daarmee zouden er weer honderden miljoenen dollars in diverse zakken verspreid door heel Québec verdwijnen. Maar Gamache wist dat het ging om meer dan alleen geld. Hij kende Francoeur en wist wat hem dreef. Eén ding maar. Het was altijd maar één ding geweest.

Macht.

Maar waarom zou het instorten van de Champlainbrug hem meer macht bezorgen dan hij al had?

Eén rijbaan verderop zag hij een jongetje uit het raam kijken, recht in de ogen van de hoofdinspecteur. En hij glimlachte.

Gamache lachte terug. Zijn eigen auto kwam tot stilstand in de file midden op de brug. Zijn rechterhand trilde een beetje en hij greep het stuur steviger vast.

Het was tientallen jaren geleden begonnen met Arnot, in dat afgelegen reservaat.

In de tijd dat hij daar werkte was hij een andere man met ambitie tegengekomen: Georges Renard.

Arnot zat bij de Sûreté, Renard werkte als ingenieur die bij Aqueduct en was bezig met plannen voor de dam.

Ze waren allebei intelligent, dynamisch en ambitieus, en ze maakten iets in elkaar los. Iets waardoor intelligent na enige tijd veranderde in doortrapt. Dynamisch werd geobsedeerd, ambitieus werd meedogenloos.

Het was alsof er door die noodlottige ontmoeting iets was veranderd in het DNA van beide mannen. Tot die tijd waren ze gedreven geweest, maar uitermate fatsoenlijk. Er was een bepaalde grens tot waar ze wilden gaan. Maar toen Arnot Renard ontmoette, en Renard Arnot, was die grens verdwenen.

Gamache had Pierre Arnot gekend en had hem hem zelfs in sommige opzichten bewonderd. Nu hij stapvoets over de brug naar het hoogste punt reed, vroeg hij zich af wat er van Arnot geworden zou zijn als hij Renard niet had ontmoet.

En wat zou er van Renard zijn geworden als hij Arnot niet had ontmoet?

Hij had bij anderen gezien wat de gevolgen konden zijn van foute vrienden. Eén enigszins immorele persoon was een probleem, maar twee bij elkaar was rampzalig. En het enige wat ervoor nodig was, was een noodlottige ontmoeting. Iemand die tegen je zei dat je meest kwaadaardige verlangens, je meest laag-bij-de-grondse gedachten, helemaal zo slecht niet waren. Iemand die ze zelfs met je deelde.

Toen werd het ondenkbare bedacht. En gepland. En in werking gezet.

Georges Renard had de grote hydro-elektrische dam La Grande gebouwd. En hij kon hem ook weer vernietigen. Met de hulp van Pierre Arnot

Arnots aandeel was eenvoudig en pijnlijk makkelijk. Mensen die rekruten wierven voor terroristische cellen, politiekorpsen en legers baseerden zich op het eenvoudige feit dat als je mensen jong genoeg binnenhaalde, je ze bijna alles kon laten doen.

En dat deed Arnot. Hij was al jaren weg uit het Cree-reservaat en was opgeklommen tot hoofdcommissaris van de Sûreté du Québec. Maar hij had nog steeds invloed in het noorden. Hij werd gerespecteerd. Men luisterde naar hem.

Arnot zorgde ervoor dat de belangrijkste posities in het reservaat werden ingenomen door zijn mensen. Hun taak was om de meest ontevreden jonge indianen die geen rechten en toekomstperspectieven hadden te vinden, of desnoods te creëren. Hun taak was die haat te voeden, aan te wakkeren. Te belonen.

Jongens die daar niet voor vielen, of die dreigden aan de bel te trekken, kregen 'ongelukjes' of 'pleegden zelfmoord'. Of ze verdwenen voor altijd in het woud.

Twee mishandelde, wanhopige kinderen, die waren uitgegroeid tot gewelddadige, lijmsnuivende jongemannen, werden uitgekozen. Hun woede was het grootst. Zij hadden de grootste leegte vanbinnen.

Ze kregen allebei een vrachtwagen vol explosieven en instructies over de plek waar ze de dam moesten raken. Ze zouden omkomen, maar wel als helden, was hun gezegd. Beroemdheden. Er zouden liederen over hen worden geschreven. Er zou nog jarenlang over hun dappere daad worden gesproken. Ze zouden een legende worden, een mythe.

Renard had hun de informatie over de dam gegeven, over de plek waar die geraakt moest worden. De kwetsbaarste plek. Informatie die alleen iemand die aan de dam had gewerkt kon hebben.

Dat was het eerste plan geweest, maar Gamache had het weten te voorkomen. Op het nippertje. Hij had er heel wat jonge agenten bij verloren. Bijna had hij Jean-Guy erbij verloren.

Misschien hád hij Jean-Guy verloren, dacht Gamache.

Ze waren nu bijna boven op de brug. Aan weerszijden rezen enorme stalen steunbalken omhoog. Het jongetje in de andere auto was in slaap gevallen, zijn blonde haar tegen het raam gedrukt. Het jongetje knikkebolde. Voorin zat zijn vader achter het stuur, en zijn moeder had een groot ingepakt cadeau op schoot.

Goed, hij had weten te voorkomen dat de dam was ingestort, maar hij was er niet in geslaagd de rotte plekken te verwijderen. De donkere kern was er nog steeds en werd alleen maar groter. De plek was donkerder en sterker geworden.

Arnot was de gevangenis in gegaan en zijn rechterhand had zijn plaats ingenomen. Sylvain Francoeur bleek een ware muze te zijn voor Georges Renard. De man leek zozeer op hemzelf dat ze twee helften van één geheel leken. En toen die werden samengevoegd, waren de gevolgen rampzalig.

Het doelwit was anders geworden, maar het doel bleef hetzelfde.

Wat de Champlainbrug tot het ideale doelwit maakte was uiteindelijk heel simpel.

Het was een door de overheid beheerde brug.

En als die zou instorten, met een enorm verlies aan levens, zou de regering van Canada worden beschuldigd van jarenlang wanbeheer, verwaarlozing, slechte kwaliteit van materialen en corruptie.

Allemaal gedocumenteerd door het provinciale ministerie van Transport.

De afdeling van Audrey Villeneuve.

De beelden van de verschrikkelijke gebeurtenis zouden dag en nacht overal ter wereld te zien zijn. Kranten en tijdschriften zouden vol staan met foto's van de ouders, kinderen en gezinnen die waren omgekomen.

Gamache keek naar de voertuigen om hem heen en zijn blik bleef weer rusten op het jongetje in de auto naast hem. Hij was wakker geworden en keek naar buiten. Zijn ogen glazig van verveling. Totdat hij zijn adem op het koude raam zag. Het jongetje schreef iets.

YNNAD, las Gamach.

Hij heette Danny.

Het jongetje had dezelfde naam als zijn eigen zoon, Daniel.

Als ze nu zouden sterven, zou de dood dan snel intreden? Zou Danny het beseffen?

Ja, hun foto's zouden eindeloos op het nieuws te zien zijn. Hun namen in monumenten gegraveerd. Martelaren in de strijd voor de goede zaak.

En de mensen die verantwoordelijk waren voor de brug, de Canadese regering, zouden worden afgeschilderd als schurken, als demonen.

'*Je me souviens*,' las Gamache op het met vuil bespatte nummerbord van de auto voor hem. Het motto van Québec. Ik zal het mij herinneren. Ze zouden nooit de dag vergeten waarop de Champlainbrug was ingestort.

Dit had nooit om geld gedraaid, behalve als middel om mensen om te kopen. Om stilzwijgen en medeplichtigheid mee te kopen.

Dit draaide om macht. Politieke macht. Het was voor Georges Renard niet genoeg om de premier van een provincie te zijn. Hij wilde de vader van een nieuwe natie zijn. Hij regeerde liever in de hel dan dat hij diende in de hemel.

En om dat te bereiken, hoefde hij alleen maar woede op te wekken en die te richten op de federale regering. Hij zou het volk ervan overtuigen dat de brug was ingestort was doordat Canada met opzet slecht materiaal had gebruikt. Doordat de federale regering niets gaf om de inwoners van Québec.

En er zou grote waarde aan zijn woorden worden gehecht. Niet omdat hij zelf voorstander van de onafhankelijkheid van Québec was, maar omdat hij dat juist niet was. Georges Renard was zijn leven lang al federalist. Hij had er zijn hele politieke carrière voor gepleit dat Québec een onderdeel van Canada bleef. Des te sterker zou het argument voor afsplitsing zijn als het afkomstig was van een man die er tot deze verschrikkelijke gebeurtenis nooit voorstander van was geweest.

Vóór het begin van het nieuwe jaar zou Québec zijn onafhankelijkheid hebben uitgeroepen. De dag waarop de Champlainbrug was ingestort zou hun 'dag van de bestorming van de Bastille' worden. En de slachtoffers zouden onderdeel van de legende worden.

'Waar gaan ze heen?' fluisterde Jérôme.

Terwijl Thérèse, agent Nichol en hij bij Myrna door het raam naar buiten keken, reed de SUV langzaam om de ijsbaan heen, het stenen bruggetje over.

'Naar het oude station,' zei Nichol. 'Daar had hoofdinspecteur Gamache vroeger zijn crisiscentrum.'

'Maar hoe kunnen ze dat weten?' vroeg Jérôme.

'Zouden ze de hoofdinspecteur te pakken genomen hebben?' vroeg Nichol.

'Hij zou ze daar nooit naartoe leiden,' zei Thérèse.

'Er moet iemand daarheen gaan,' zei Clara.

Ze keken elkaar allemaal aan.

'Ik ga wel,' zei agent Nichol toen.

'Nee, het moet een van ons zijn,' zei Clara. 'Een dorpeling. Wanneer ze ontdekken dat er in het oude station niets te vinden is, komen ze vragen stellen. En iemand moet die beantwoorden, anders gooien ze hier de boel overhoop.'

'Ik vind dat we moeten stemmen,' zei Gabri.

Ze draaiden zich allemaal langzaam naar Ruth.

'O nee, mooi niet. Ik laat me niet zomaar van het eiland stemmen,' zei ze vinnig. Ze aaide Rosa en zei: 'Het zijn allemaal nietsnutten, hè? Dat zijn ze, ja. Dat zijn ze.'

'Ik weet al op wie ik stem,' zei Gabri.

'Ik ga wel.'

Dat was Olivier, en hij liep vastberaden naar de trap van Myrna's bovenverdieping.

'Wacht.' Gabri rende achter hem aan. 'Laat Ruth gaan.'

'Jij moet het doen.'

Commissaris Thérèse Brunel had gesproken. Duidelijk, vastbesloten. Ze had de touwtjes in handen genomen en iedereen in de kamer draaide zich nu haar kant op. Ze had het tegen Olivier.

'Ga naar de bistro en als ze daarheen komen, doe dan net of je niet weet wie ze zijn. Het zijn gewoon toeristen. Als ze zeggen dat ze van de Sûreté zijn, vraag dan of ze op zoek zijn naar de hoofdinspecteur...'

Ze werd onderbroken door hun bezwaren, maar Thérèse stak haar hand op.

'Ze weten al dat hij hier was, voor de zaak-Ouellet. Het heeft geen zin dat te ontkennen. Je moet zelfs doen of je behulpzaam wilt zijn. Het moet lijken alsof Three Pines niets te verbergen heeft. Snap je?'

'Laat mij ook meegaan,' zei Gabri, en hij zette grote ogen op.

'Ja, wij stemmen voor hem,' zei Ruth, die haar hand opstak.

'Je bent mijn beste vriend,' zei Olivier tegen zijn partner. 'Mijn grootste liefde. Maar je kunt niet liegen, al hing je leven ervan af. Ik kan dat gelukkig wel. En zoals jullie weten,' zei hij terwijl hij zijn vrienden aankeek, 'heb ik het eerder gedaan.'

Dat werd zwakjes ontkend, maar het was waar.

'Het was natuurlijk alleen om te oefenen voor vandaag,' zei Olivier.

'Die lul liegt nu wéér,' zei Ruth bijna treurig, en ze liep naar hem toe. 'Je hebt klanten nodig, en ik kan wel een glas whisky gebruiken.'

Thérèse Brunel zei verontschuldigend tegen Myrna: 'Jij kunt beter ook gaan.'

Myrna knikte. 'Ik ga de winkel openen.'

Clara wilde met hen meegaan, maar commissaris Brunel hield haar tegen.

'Het spijt me, Clara, maar ik heb je schilderijen gezien. Ik geloof dat jij niet erg goed kunt liegen. We kunnen het risico niet nemen.'

Clara staarde de oudere vrouw even aan en liep toen naar haar vrienden, die boven aan de trap stonden.

'Myrna heeft een klant nodig in de boekwinkel,' zei ze. 'Ik ga.'

'Noem het een bibliotheek, lieverd,' zei Ruth, 'anders weten ze dat je maar doet alsof.'

Ruth keek naar Jérôme, tikte met haar vinger tegen haar voorhoofd en rolde met haar ogen.

'Laat de *kraken* erop los,' zei Gabri terwijl hij ze nakeek.

'De krakers bedoel je,' zei Jérôme terwijl hij zich tot Thérèse wende. 'We zijn gedoemd.'

'Trap hem in.'

Hoofdcommissaris Francoeur knikte naar de deur van het oude station.

Beauvoir liep er op zijn gemak naartoe, draaide de knop om en duwde de deur open. 'Niemand doet hier zijn deuren op slot.'

'Ze zouden het nieuws beter moeten volgen,' zei Francoeur. De twee forse Sûreté-agenten liepen achter Tessier aan het gebouw in.

Jean-Guy Beauvoir deed een stap opzij en keek toe alsof hij er niets mee te maken had, alsof het een film was.

'Alleen een brandweerwagen en wat apparatuur,' zei Tessier toen hij een paar minuten later naar buiten kwam. 'Geen spoor van iets anders.'

Francoeur keek Beauvoir onderzoekend aan. Belazerde hij hen? 'Waar zouden ze anders kunnen zijn?'

'De bistro, denk ik.'

Ze reden het stenen bruggetje weer over en parkeerden bij de bistro.

'Jij kent die lui,' zei Francoeur tegen Beauvoir. 'Ga met me mee.'

Er was bijna niemand in het restaurant. Billy Williams zat bij het raam een pasteitje te eten met een glas bier erbij, en Ruth en Rosa zaten in een hoek te lezen.

Naast hen brandde een knapperend vuur van esdoorn- en berkenhout.

Jean-Guy Beauvoir keek de vertrouwde ruimte rond, en voelde niets.

Hij keek Olivier aan en zag zijn ogen groot worden van verbazing.

Olivier was inderdaad verbaasd. Het was een schok om Beauvoir in zulk gezelschap en zo'n toestand te zien. Hij zag er uitgemergeld uit, alsof elk briesje of vervelende opmerking hem omver zou blazen.

Olivier glimlachte geforceerd, maar zijn hart ging tekeer.

'Inspecteur Beauvoir,' zei hij, en hij kwam achter de lange, glanzende bar vandaan. 'De hoofdinspecteur heeft helemaal niet verteld dat u zou komen.'

Oliviers toon was hartelijk, en hij maande zichzelf een tandje terug te schakelen.

'Hoofdinspecteur Gamache?' vroeg de tweede man. Olivier voelde tegen wil en dank zijn aantrekkingskracht, het enorme charisma als gevolg van zijn zelfverzekerdheid en gezag. 'Hebt u hem gezien?'

Deze man was duidelijk gewend om bevelen te geven. Hij was begin zestig, had grijs haar en was atletisch gebouwd. Zijn ogen waren opmerkzaam, scherp, en hij bewoog zich soepel als een roofdier.

Beauvoir leek naast deze levendige man nog erger in het niet te vallen. Hij was een kadaver, een karkas dat nog niet verslonden was, maar dat zou niet lang meer duren.

'Jazeker,' zei Olivier. 'De hoofdinspecteur is hier nu...' Hij dacht even na. '... bijna een week, geloof ik. Myrna heeft hem gebeld toen haar vriendin Constance werd vermist.'

Olivier dempte zijn stem, keek om zich heen en boog zich naar Beauvoir toe. 'Ik weet niet of u het gehoord hebt, maar Constance was een van de Ouellet-vijfling. De laatste. Ze is vermoord.'

Olivier keek alsof hij niets leukers zou kunnen bedenken.

'Gamache is hier vragen wezen stellen. Hij heeft ons een film laten zien, een oud journaal over de vijfling. Wist u...'

'Waar is hij nu?' onderbrak de andere man Oliviers geratel.

'De hoofdinspecteur? Ik weet het niet. Staat zijn auto er niet?'

Olivier keek uit het raam. 'Hij heeft ontbeten in de bed & breakfast. Mijn partner Gabri maakt heerlijke...'

'Was hij alleen?'

'Eh, ja.' Olivier keek van de oudere man die het woord had gedaan naar Beauvoir. 'Hij zei dat u normaal met hem meegaat, maar dat u aan een andere zaak werkte.'

'Heeft hij verder niemand bij zich?' Opnieuw had de andere man gesproken.

Olivier schudde zijn hoofd. Hij kon goed liegen, maar hij wist dat hij in de ogen keek van iemand die dat nog beter kon.

'Heeft de hoofdinspecteur een crisiscentrum ingericht?' vroeg de man.

Olivier schudde zijn hoofd en durfde niets te zeggen.

'Waar heeft hij zitten werken?'

'Hier of in de bed & breakfast,' zei Olivier.

De man keek de bistro rond, merkte de oude vrouw met de eend op en liet toen zijn blik rusten op Billy Williams. Hij liep naar hem toe.

Olivier keek toe en werd steeds nerveuzer. Billy Williams zou hem vast alles vertellen.

'Bonjour,' zei Francoeur.

Billy Williams proostte met zijn bierglas. Hij had een groot stuk citroentaart voor zich staan.

'Kent u hoofdinspecteur Gamache?'

Billy knikte en pakte zijn vork.

'Kunt u me vertellen waar hij is?'

'*Norfolk and chance*,' zei Billy duidelijk.

'Ik ben op zoek naar hoofdinspecteur Gamache.' Francoeur schakelde van Frans over naar Engels en sprak de plattelander heel langzaam toe. 'Ik ben een vriend van hem.'

Billy zweeg even en gaf toen langzaam antwoord: '*Whale oil beef hooked.*'

Francoeur staarde Billy aan en wendde toen zijn hoofd af.

'Spreekt hij Engels of Frans?' vroeg Francoeur.

Olivier keek toe hoe Billy een grote hap van zijn taart nam en bedankte hem in gedachten.

'Dat weten we niet precies.'

'Weet je waar de bed & breakfast is?' vroeg Francoeur aan Beauvoir, die knikte. 'Dan gaan we daar nu heen.'

'Wilt u misschien een kop koffie voordat u gaat? Heeft u al geluncht?'

Maar Olivier praatte tegen hun ruggen. Hij liep om de bar heen, nog steeds op zijn hoede. Hij durfde niet te laten merken hoe geschrokken hij was.

Olivier Brulé wist dat hij in de ogen had gekeken van een man die hem zou kunnen vermoorden. En misschien, wist Olivier, ook wel zonder aanleiding. Gewoon zomaar.

'Whale oil beef hooked,' fluisterde hij.

Door een aanrijding net voorbij de brug was er een enorme file ontstaan.

Maar Gamache kon de drukte al snel achter zich laten en zag Danny, zijn zusje en zijn ouders de afrit naar Brossard nemen. Ze waren veilig.

Maar er reden andere Danny's de brug op. Andere ouders, grootouders en vrolijke kinderen die kerstvakantie hadden. Hij hoopte dat Isabelle Lacoste snel zou komen.

Hoofdinspecteur Gamache gaf plankgas. Hij was een uur rijden van Three Pines, zelfs bij droog wegdek. Hij ging zo hard als hij durfde. En harder.

Francoeur en Tessier doorzochten de bed & breakfast. Er leek maar één gast te verblijven, en dat was hoofdinspecteur Gamache. Ze troffen toiletspullen aan in zijn badkamer. De douchewanden en de zeep waren nog nat en er hing kleding in de kledingkast. De kamer rook een beetje naar sandelhout.

Francoeur keek uit het raam naar de ijsbaan en de weg eromheen. Er stonden een paar auto's geparkeerd, maar niet de Volvo van Gamache. Maar dat wisten ze al. Ze hadden hem getraceerd en wisten dat hij eerst naar de gevangenis en toen naar het huis van Villeneuve in Montréal was gegaan. En toen was het bericht gekomen dat hij een groot bestand naar inspecteur Lacoste had gemaild vanuit het huis van Villeneuves buren.

Er waren agenten op weg naar het huis van Lacoste, en naar Villeneuve en zijn buurvrouw. Er werd gezocht naar Gamache. Ze konden zijn mobiele telefoon traceren en er zat een volgapparaatje in zijn auto. Ze konden hem elk moment vinden.

Francoeur wendde zich tot Beauvoir, die als een etalagepop midden in de kamer stond.

'Heeft de eigenaar van de bistro staan liegen?' vroeg Francoeur.

Beauvoir schrok op. 'Zou kunnen. Hij liegt over zo veel dingen.'

Ze hoorden gevloek en zagen Tessier woedend met zijn mobiele telefoon in de weer.

'Er is hier verdomme totaal geen bereik,' zei hij, en hij greep de vaste telefoon.

Terwijl Tessier het hoofd van de Sûreté belde, wendde Francoeur zich tot Beauvoir.

'Gamache is hier geweest, maar waar zijn de anderen?'

Beauvoir keek niet-begrijpend. 'Welke anderen?'

'We zoeken ook commissaris Brunel en haar man. Ik denk dat die kerel in de bistro gelogen heeft.' Francoeur klonk vriendelijk, redelijk. 'Gamache is misschien vertrokken, maar ik denk dat zij er nog zijn. We moeten hem zover krijgen dat hij ons de waarheid vertelt.'

'Ze hebben hem bijna,' fluisterde Tessier tegen Francoeur toen ze de trap naar de voordeur af liepen. 'Ze hebben Gamaches signaal opgepikt en zullen hem over een paar minuten inrekenen.'

'Weten ze wat ze moeten doen?'

Tessier knikte.

'Het laatste bericht dat Gamache stuurde als antwoord op dat van Granby Zoo,' zei Francoeur toen ze op de veranda stonden. 'Wat was dat ook alweer?'

'Ga naar Emilie.'

'Oké.' Francoeur keek naar Beauvoir en vroeg op barse toon: 'Wie is Emilie?'

'Dat weet ik niet.'

'Wat bedoelde Gamache dan toen hij tegen de Brunels zei dat ze naar Emilie moesten gaan?' snauwde Francoeur. 'Woont er een Emilie hier in het dorp?'

Beauvoir fronste zijn wenkbrauwen. 'Vroeger wel, maar die is al een paar jaar dood.'

'Waar woonde ze?'

Beauvoir wees naar rechts. Daar, aan de overkant van Old Stage Road, stond het houten huis van Emilie Longpré met de brede veranda aan de voorkant, kleine ruitjes en de stenen schoorsteen.

En het sneeuwvrije pad.

De laatste keer dat Beauvoir in Three Pines was, had het huis van Emilie Longpré leeggestaan. Nu stond het niet meer leeg.

'Jezus,' zei Jérôme, die naast Thérèse voor het raam boven bij Myrna naar buiten stond te kijken. 'Hij brengt ze regelrecht naar het huis van Emilie.'

'Wie?' vroeg Grabri. Hij zat met agent Nichol bij de houtkachel, terwijl de Brunels naar buiten keken en verslag deden.

'Inspecteur Beauvoir,' zei Thérèse. 'Hij is met Francoeur meegekomen.'

'Onmogelijk.' Gabri kwam uit zijn stoel en ging met eigen ogen kijken.

Hij gluurde door het berijpte raam en zag twee forse mannen het huis van Emilie in gaan. Jean-Guy Beauvoir ging niet mee. Hij bleef op de besneeuwde trap staan en keek het dorp rond. Net voordat zijn blik het raam van Myrna bereikte, dook Gabri snel opzij.

'Inspecteur Beauvoir is verslaafd,' zei Thérèse vanaf de andere kant van het raam. 'Al een tijd.'

'Sinds de fabriek,' zei Gabri zacht. 'Ik weet het, maar ik dacht...'

'Dat dachten we allemaal, ja,' zei Thérèse. 'Dat hoopten we. Verslaving is iets verschrikkelijks. Eerst gaat je gezondheid eraan, dan verlies je je vrienden, je familie, je carrière, je beoordelingsvermogen... En je ziel. En als er helemaal niets meer over is, ga je dood.'

Gabri wierp nog een snelle blik naar buiten. Beauvoir stond nog steeds op de veranda en keek strak voor zich uit. Hij zag eruit alsof hij geen honk meer te stelen had.

'Hij zou Gamache nooit verraden.'

'Jean-Guy Beauvoir niet, nee,' zei Jérôme. 'Maar verdovende middelen hebben geen vrienden, die zijn niemand trouw. Die doen álles.'

'Inspecteur Beauvoir zou wel eens de gevaarlijkste persoon van allemaal daarginds kunnen zijn,' zei commissaris Brunel.

'Ze zijn hier wel geweest,' zei Francoeur toen hij uit het huis van Emilie kwam. 'Maar ze zijn weg. Laten we de eigenaar van de bistro maar eens aan de tand voelen en vragen hoe dat zit.'

'Ik weet waar ze zijn.'

Beauvoir stapte Emilie Longprés veranda af en wees.

40

Het duurde maar een fractie van een seconde om het Yaleslot open te breken en toen waren ze in het schoolgebouw.

Tessier stapte als eerste naar binnen, gevolgd door de twee forse agenten. Sylvain Francoeur ging als laatste de drempel over en keek om zich heen. Aan één kant stonden computerschermen en systeemkasten, er lagen kabels en elektriciteitssnoeren. Er stonden vijf lege stoelen om de nog warme houtkachel heen.

Francoeur trok zijn handschoenen uit en hield zijn hand boven de gietijzeren kachel.

Ja, hoor. Hier waren ze geweest, en niet zo lang geleden. Ze waren overhaast vertrokken en hadden al die belastende apparatuur achtergelaten. Gamache, de Brunels en agent Nichol waren uitgeschakeld en gevlucht. Niet in staat om nog meer schade aan te richten. Het was een kwestie van tijd voordat ze gevonden zouden worden.

'Hoe wist je dat?' vroeg Francoeur aan Beauvoir.

'Het schoolgebouw is gesloten,' verklaarde Beauvoir. 'Maar het pad ernaartoe is sneeuwvrij gemaakt. Net als dat bij het huis van Longpré.'

'Gamache maakt er een gewoonte van om de boel in de steek te laten,' zei de hoofdcommissaris. 'En mensen.'

Hij keerde Beauvoir de rug toe en voegde zich bij de anderen, die bij de computers stonden.

Jean-Guy Beauvoir bleef even staan kijken en vertrok toen.

De sneeuw knerpte onder zijn laarzen – skrunsj, skrunsj, skrunsj – toen hij om de ijsbaan liep, waar het verdacht stil was. Normaal waren er kinderen aan het ijshockeyen terwijl hun ouders toekeken of langlauften. Normaal kwamen hele gezinnen de helling af sleeën, waarbij ze onderweg zo nu en dan iemand verloren als ze over een hobbel vlogen.

Maar vandaag was het rustig in Three Pines, ondanks de zon. Hoewel het er niet verlaten was, het was geen spookdorp. Het dorp leek zijn adem in te houden en af te wachten.

Jean-Guy liep naar het bankje en ging zitten.

Hij wist niet waar Francoeur en Tessier mee bezig waren. Hij had geen idee wat ze hier te zoeken hadden. Hij wist ook niet wat Gamache ermee te maken had, en hij vroeg het niet.

Hij haalde een potje pillen uit zijn zak, schudde er twee op zijn hand en nam ze in. Hij keek naar het potje OxyContin. Hij had er nog twee in zijn appartement staan, en een bijna vol potje kalmeringspillen.

Dat moest genoeg zijn.

'Hallo uilskuiken,' zei Ruth toen ze op het bankje naast Jean-Guy kwam zitten. 'Wie zijn die nieuwe vrienden van je?'

Ruth zwaaide met haar wandelstok in de richting van het oude schoolgebouw.

Beauvoir zag twee van Francoeurs agenten iets uit het bestelbusje naar het schoolgebouw dragen.

Beauvoir zei niets. Hij bleef gewoon voor zich uit staren.

'Wat is daar zo interessant?' vroeg Ruth hem.

Olivier had geprobeerd haar ervan te weerhouden om naar buiten te gaan, maar toen Ruth Beauvoir alleen op het bankje had zien zitten, had ze haar jas aangetrokken, haar eend gepakt en was vertrokken. 'Had je gedacht dat hij het niet raar zou vinden dat het hele dorp verlaten is? Ik zal niets zeggen. Wat denk je nou eigenlijk? Dat ik gek ben?'

'Nou...'

Maar het was te laat. De oude dichteres was hem al gesmeerd. Olivier keek gespannen toe. Myrna en Clara keken door het raam van de boekwinkel. Op de bovenverdieping zagen Gabri, Nichol en de Brunels Ruth de weg oversteken en naast Beauvoir op het koude bankje plaatsnemen.

'Wordt dit een probleem?' vroeg Thérèse aan Gabri.

'Nee hoor. Dat zit wel goed,' zei Gabri met een grimas.

'Ik kan hem zo neerschieten,' zei Nichol hoopvol.

'Ik geloof dat Nichol en die gestoorde dichteres familie zijn van elkaar,' zei Jérôme tegen Thérèse.

Beneden zaten Ruth, Rosa en Jean-Guy naast elkaar naar de bedrijvigheid bij het schoolgebouw te kijken.

'*Wie heeft je ooit zo onherstelbaar gekwetst?*' fluisterde Ruth tegen de jongeman.

Jean-Guy schrok op, alsof hij eindelijk in de gaten had dat hij niet alleen was. Hij keek haar aan.

'Ben ik dat, Ruth?' vroeg hij. Het was de eerste keer dat hij haar bij haar voornaam noemde. 'Onherstelbaar?'

'Wat denk je zelf?' Ze aaide Rosa, maar keek naar hem.

'Misschien wel,' zei hij zacht.

Beauvoir keek strak naar het oude schoolgebouw. In plaats van dat de oude computers eruit werden gehaald, werd er nieuwe apparatuur uit het bestelbusje naar binnen gebracht. Dozen, draden en kabels. Het kwam hem bekend voor, maar Beauvoir deed geen enkele moeite in zijn geheugen te graven.

Ruth zat stilletjes naast hem. Toen tilde ze Rosa van haar schoot – het was warm op de plek waar de eend had gezeten – en zette het dier voorzichtig bij Jean-Guy op schoot.

Eerst leek hij het niet te merken, maar even later begon hij Rosa te aaien. Heel zacht.

'Ik zou haar de nek kunnen omdraaien,' zei hij.

'Dat weet ik,' zei Ruth. 'Maar doe dat alsjeblieft niet.'

Ze bleef Rosa in haar donkere eendenogen kijken. En Rosa keek naar Ruth terwijl Jean-Guy de veren van Rosa's rug aaide en steeds dichter bij haar lange nek kwam.

Ruth bleef Rosa aankijken.

Uiteindelijk hield Jean-Guy op met aaien en liet zijn hand op haar rug liggen.

'Rosa is teruggekomen,' zei hij.

Ruth knikte.

'Daar ben ik blij om,' zei hij.

'Ze heeft gewoon een omweg genomen,' zei Ruth. 'Sommige mensen doen dat ook. Ze lijken verdwaald, en soms gaan ze zelfs de verkeerde kant op. Veel mensen geven hen op, zeggen dat ze voorgoed verloren zijn, maar ik geloof daar niet in. Sommigen van hen komen uiteindelijk weer thuis.'

Jean-Guy tilde Rosa van zijn schoot en wilde haar weer aan Ruth geven. Maar de oude vrouw stak haar hand op.

'Hou jij haar maar.'

Jean-Guy keek Ruth niet-begrijpend aan. Hij probeerde Rosa nog een keer terug te geven, maar Ruth maakte opnieuw vriendelijk maar beslist duidelijk dat ze dat niet wilde.

'Ze zal het goed hebben bij jou,' zei ze. Ze keek niet meer naar Rosa.

'Maar ik weet helemaal niet hoe je voor een eend moet zorgen,' zei hij. 'Wat moet ik met haar doen?'

'Is de vraag niet wat ze met jou zal doen?' vroeg Ruth. Ze stond op en viste in haar zak. 'Dit zijn de sleutels van mijn auto.' Ze gaf ze aan Beauvoir en knikte naar een oude, gammele Civic. 'Ik denk dat je Rosa beter ergens anders mee naartoe kunt nemen, denk je ook niet?'

Beauvoir staarde naar de sleutels in zijn hand en toen naar het magere, oude, droevige gezicht vol rimpels. En de vochtige ogen die licht leken te weerkaatsen in de felle zon.

'Ga hier weg,' zei ze. 'En neem Rosa alsjeblieft mee.'

Ze bukte langzaam, alsof elke centimeter haar pijn deed, en ze kuste Rosa op haar kop. Toen keek ze in Rosa's heldere ogen en fluisterde: 'Ik hou van jou.'

Ruth Zardo keerde hun de rug toe en hobbelde weg. Met opgeheven hoofd liep ze langzaam naar de bistro en naar wat er verder in het verschiet mocht liggen.

'Dat is zeker een grap?' vroeg de dikke agent achter de balie aan Isabelle Lacoste. 'Deze zou opgeblazen worden?'

Hij gebaarde naar zijn beeldschermen en noemde haar nog net niet 'mevrouwtje'.

Lacoste had geen tijd voor diplomatie. Ze had hem haar Sûreté-kaart laten zien en hem verteld wat er te gebeuren stond. Het verbaasde haar niet dat hij niet stond te popelen om de brug te sluiten.

Nu liep ze om de balie heen en stak haar Glock onder zijn kin. 'Het is zeker geen grap,' zei ze, en ze zag zijn ogen groot worden van angst.

'Wacht,' smeekte hij.

'Er zijn explosieven aan de pijlers bevestigd en die kunnen elk moment tot ontploffing worden gebracht. Over een paar minuten komt de explosievenopruimingsdienst, maar jij moet de brug zo snel mogelijk sluiten. Als je dat niet doet, ga je zelf ook de lucht in.'

Toen de hoofdinspecteur haar verteld had wat het doelwit was en haar had opgedragen de brug te sluiten, had ze met een dilemma gezeten. Wie kon ze vertrouwen?

Plotseling wist ze het: de bewakers op de brug. Die wisten niet wat er te gebeuren stond, anders zouden ze allang gemaakt hebben dat ze wegkwamen. Iedereen die nog op de brug werkte, kon ze vertrouwen. De vraag was nu alleen nog of ze hen ook kon overtuigen.

'Roep al je surveillancewagens terug.'

Ze wachtte, met haar pistool op de man gericht, terwijl hij de auto's via een zender opdroeg om terug te keren.

'Download dit.' Ze gaf de bewaker een USB-stick en keek toe hoe hij die in de computer stak en de bestanden opende.

'Wat is dit?' vroeg hij terwijl hij ze bekeek. Maar Lacoste gaf geen antwoord, en langzaam viel zijn mond open van verbazing.

Ze stak haar pistool terug in de holster, maar hij keek er niet meer naar. Of naar haar. Hij had al zijn aandacht bij het scherm. Even later kwamen een paar collega's de bewakerspost binnen. Ze keken naar Lacoste en toen naar hem.

'Wat is er aan de hand?'

Maar de uitdrukking op zijn gezicht legde hun het zwijgen op.

'Wat is er?' vroeg een van hen.

'Bel de super, trommel de explosievendienst op, sluit de brug...'

Lacoste hoorde niet wat de man nog meer zei. Ze zat alweer in haar auto en reed naar de brug. Naar de andere oever. Naar het dorp.

Gamache reed met hoge snelheid over de inmiddels vertrouwde, met sneeuw bedekte B-weg. Zijn auto slipte op het bevroren wegdek en hij haalde zijn voet van het gaspedaal. Geen tijd voor een ongeluk. Alles wat van nu af aan gebeurde moest weloverwogen zijn.

Hij zag een kleine supermarkt en stopte voor de deur.

'Mag ik uw telefoon even gebruiken?' Hij liet de bediende zijn identiteitskaart van de Sûreté zien.

'Dan moet u iets kopen.'

'Geef me de telefoon.'

'Koop iets.'

'Oké dan.' Gamache pakte het eerste het beste wat hij kon vinden. 'Dit graag.'

'Serieus?' De bediende keek naar het pakje condooms.

'Geef me die telefoon nou maar,' zei Gamache, vechtend tegen de neiging om de geamuseerde jongeman de nek om te draaien. Hij pakte zijn portemonnee en legde een briefje van twintig op de toonbank.

'Als u ook de plee wilt gebruiken, zult u nog iets moeten kopen,' zei de man terwijl hij het bedrag aansloeg en Gamache de telefoon gaf.

Gamache toetste het nummer in en de telefoon ging over. En bleef overgaan.

Neem nou op, alsjeblieft.

'Francoeur.' De stem klonk gespannen, kortaf.

'Bonjour, hoofdcommissaris.'

Even was het stil.

'Ben jij dat, Armand? Ik was naar je op zoek.'

De verbinding viel steeds weg, maar Sylvain Francoeur klonk nu vriendelijk. Niet op een slinkse manier, hij leek werkelijk blij te zijn om Gamache te horen. Alsof ze de beste vrienden waren.

Dat was een van de vele talenten van de hoofdcommissaris, wist Gamache; hij kon alles echt laten lijken. Hij was een meester in vervalsing. Toehoorders, zo veel je maar wilde, zouden niet twijfelen aan Francoeurs oprechtheid.

'Ja, het spijt me dat ik een tijdje geen contact heb opgenomen,' zei Gamache. 'Ik moest een paar losse eindjes afwerken.'

'Daar ben ik ook mee bezig. Wat kan ik voor je doen?'

In het oude schoolgebouw stond Francoeur toe te kijken terwijl de agenten aan het werk waren. Hij drukte de telefoon tegen zijn oor en ging bij het raam staan; hij kon Gamache nauwelijks horen. 'Kun je wat harder praten? Ik zit in een dorp waar de ontvangst nogal slecht is.'

Gamache voelde zich alsof hij batterijzuur had binnengekregen.

Dus Sylvain was al in Three Pines. Gamache had zich vergist; hij had gedacht dat Francoeur er langer over zou doen om het dorp te vinden. Maar toen werd hij getroffen door een nieuwe dosis zuur. Francoeur moest iemand gevonden hebben die de weg kende.

Jean-Guy.

Gamache haalde diep adem en probeerde neutraal te klinken, luchthartig, beleefd, een beetje verveeld.

'Ik kom jouw kant op. Kunnen we elkaar ergens treffen?'

Francoeur fronste zijn wenkbrauwen. Hij had verwacht dat hij op Gamache zou moeten jagen. Het had nooit gedacht dat Gamache zo overmoedig zou zijn dat zijn gezond verstand erdoor werd opgeslokt.

Maar blijkbaar was dat zo.

'Prima,' zei Sylvain Francoeur opgewekt. 'Laten we hier in het dorp afspreken. Ik heb van inspecteur Tessier gehoord dat er een interessante satellietschotel in het bos hangt. Ik heb hem nog niet gezien, maar Tessier denkt dat hij daar door de Azteken is geplaatst. Weet je waar het is?'

Het was even stil.

'Ja.'

'Mooi zo. Laten we daar dan afspreken.'

Francoeur hing op. Hij wist dat Gamache niet zou komen, want zijn agenten hadden hem omsingeld en konden de hoofdinspecteur elk moment arresteren.

Hij wendde zich tot Tessier.

'Weten ze wat ze moeten doen?' vroeg hij gebarend naar de twee agenten. De ene zat onder het bureau, de andere stond bij de deur van de school en was met kabels bezig.

Tessier knikte. Dezelfde agenten waren erbij geweest toen hij met Pierre Arnot en Audrey Villeneuve afrekende. Ze deden wat hun gezegd werd.

'Kom mee.'

Bij de deur draaide Tessier zich om.

'Vergeet Beauvoir niet, we hebben hem nodig.'

'Yes sir.'

Beauvoir zat niet meer op het bankje, maar Tessier maakte zich geen zorgen. Hij lag waarschijnlijk knock-out in de SUV.

'Wat zou dat te betekenen hebben?' fluisterde Jérôme toen ze Francoeur en Tessier de heuvel op zagen lopen, het dorp uit. 'Vertrekken ze?'

'Te voet?' vroeg Nichol.

'Waarschijnlijk niet,' gaf dokter Brunel toe. 'Maar Beauvoir is tenminste weg.'

Ze keken naar de lege plek in de sneeuw waar de auto van Myrna had gestaan.

Beneden zei Myrna tegen Ruth: 'Waarom heb je hem mijn auto gegeven?'

'Nou ja, ik kon hem moeilijk de mijne geven. Ik heb geen auto.'

'Hoe ben je aan de sleutels gekomen?'

'Die lagen op het bureau, waar ze altijd liggen.'

Myrna schudde haar hoofd, maar ze kon niet boos zijn op Ruth. Beauvoir had dan misschien Myrna's auto, van Ruth had hij iets veel waardevollers meegenomen.

Ze hoorden de deur van de boekwinkel dichtgaan en keken uit het raam. Daar zagen ze Gabri rennen, zonder jas, muts of laarzen. Hij gleed uit, maar bleef op de been.

'Shit,' zei Nichol terwijl ze de trap af rende. 'Waar gaat hij heen?'

De Brunels gingen achter haar aan, en Thérèse hield de jonge agente tegen op het moment dat ze de achtervolging wilde inzetten.

'Hij gaat naar de kerk,' zei Clara. Ze trok snel haar jas aan en was bijna de deur uit toen Nichol haar bij haar arm greep.

'Mooi niet,' zei Nichol.

Maar Clara rukte zich los, zo heftig dat ze Nichol ermee verraste. 'Gabri is een vriend van me en ik laat hem niet alleen gaan.'

‘Hij vlucht gewoon,’ zei Nichol. ‘Moet je hem zien, hij doet het in zijn broek van angst.’

‘Dat betwijfel ik,’ zei Ruth.

‘Was dat Gabri?’ vroeg Olivier, die haastig door de tussendeur van de bistro kwam.

‘Hij is op weg naar de kerk,’ zei Clara. ‘En ik ga ook.’

‘Ik ook,’ zei Olivier.

‘Nee,’ zei Thérèse. ‘Jij moet op de bistro letten.’

‘Doe dat zelf maar.’ Hij wierp haar de theedoek toe en ging achter Clara aan.

Op de heuvel, in het bos, begonnen Francoeurs en Tessiers mobiele telefoons te piepen. Het was alsof ze een membraan tussen twee werelden door waren gegaan.

Francoeur bleef staan op het pad en las zijn berichten.

Zijn bevelen waren opgevolgd, snel en effectief. De puinhoop die Gamache had veroorzaakt werd binnen de perken gehouden, opgeruimd.

‘Merde,’ zei Tessier. ‘We dachten dat we Gamache te pakken hadden.’

‘Ben je hem kwijt?’

‘Hij heeft zijn mobiele telefoon en het zendertje weggegooid.’

‘En dat hebben die agenten van je nu pas ontdekt?’

‘Nee, een half uur geleden, maar we kunnen in dat klotegehucht geen berichten ontvangen. Bovendien...’

‘Oui?’

‘Ze dachten dat ze hem volgden, maar hij had het de zender op een praalwagen in de kerstparade gelegd.’

‘Ga je me nou vertellen dat de beste mensen van de Sûreté de Kerstman hebben gevolgd door het centrum van Montréal?’

‘Niet de Kerstman. Sneeuwwitje.’

‘Jezus,’ mompelde Francoeur. ‘Nou ja, doet er niet toe. Gamache komt zelf naar ons toe.’

Voordat hij zijn telefoon weer in zijn zak stak, zag Francoeur nog een kort bericht dat bijna een half uur eerder was verstuurd, waarin stond dat Gamache zijn ontslag had ingediend. Typisch Gamache, dacht Francoeur, om te denken dat dat iedereen iets kon schelen.

Thérèse Brunel zag een van de Sûreté-agenten uit het oude schoolgebouwtje komen. Terwijl ze stond te kijken, keek hij het dorp rond en liep toen naar het huis van Emilie, daarna naar de bed & breakfast. Even later kwam hij weer naar buiten en opende het portier aan de passagierskant van de SUV.

Commissaris Brunel hoorde het portier met een klap dichtslaan en zag de agent gefrustreerd om zich heen kijken.

Hij is iets kwijt, dacht Thérèse Brunel, en ze kon wel raden wat. Of wie. Ze zochten Beauvoir. Toen keek hij in haar richting, maar hun blikken kruisten elkaar net niet en ze trok zich snel terug.

'Wat is er?' vroeg Jérôme.

'Hij komt hiernaartoe,' zei Thérèse, en ze pakte haar pistool.

De agent liep in de richting van de winkels. De bistro, de boekwinkel en de bakkerij. Het zou kunnen dat Beauvoir bij een ervan naar binnen was gegaan om uit te rusten. Of om van zijn stokje te gaan.

Dit zou een makkie worden, wist de agent.

Hij voelde zijn wapen aan zijn riem, maar wist dat het meest effectieve middel in zijn zak zat. Het zakje pillen dat Tessier hem gegeven had, stuk voor stuk een kogel door het hoofd.

De andere agent was bijna klaar in het schoollokaal en nu hoefden ze alleen nog Beauvoir te vinden.

Maar de agent twijfelde. Een paar minuten eerder had hij een dikke zwarte vrouw en een oude vrouw met een stok naar de kerk zien lopen.

Dezelfde oude vrouw met wie Beauvoir op het bankje had gezeten.

Als Beauvoir weg was, wist zij misschien waar hij zat.

Hij veranderde van richting en liep naar de kerk.

Armand Gamache parkeerde de auto bij het begin van het bospad. Het pad dat Gilles en hij een paar dagen eerder sneeuwvrij gemaakt hadden. Hij zag dat er niet lang geleden iemand had gelopen.

Hij liep het pad op, steeds dieper het bos in. Naar de uitkijkpost.

Hij zag Sylvain Francoeur voordat Francoeur hem zag. Hij stond aan de voet van de weymouthden. Toen keek hij omhoog en daar, op het oude houten platform, naast de satellietschotel, stond Martin Tessier. Inspecteur Tessier van de afdeling Ernstige Delicten stond op het punt een zeer ernstig delict te plegen. Hij hield een automatisch wapen op hoofdinspecteur Gamache gericht.

Gamache bleef staan en vroeg zich even af of dit was hoe een opgejaagd hert zich voelde. Hij keek strak naar Tessier en draaide zich een beetje naar hem toe. Toonde de schutter zijn borst, daagde hem uit de trekker over te halen.

Als die verdomde uitkijkpost ooit moest instorten, was dit een mooi moment, dacht Gamache.

Maar het platform hield stand en Tessier hield hem in zijn vizier.

Gamache richtte zijn blik weer op Francoeur en spreidde zijn armen.

De hoofdcommissaris gebaarde naar Tessier, die vervolgens snel en behendig de gammele trap af klom.

De agent ging de kerk binnen en keek om zich heen. Hij leek verlaten te zijn. Maar toen zag hij de oude vrouw. Ze had haar mantel nog aan en haar muts op en zat in een van de achterste banken. De dikke zwarte vrouw zat vooraan.

Hij tuurde in alle hoeken, maar zag niemand.

'U daar,' zei hij. 'Wie is hier nog meer?'

'Als u het tegen Ruth hebt, dan verdoet u uw tijd,' zei de vrouw die voorin zat. Ze stond op en glimlachte naar hem. 'Ze spreekt geen Frans.'

Zijzelf sprak vloeiend Frans tegen hem, al was het met een licht accent.

'Kan ik u helpen?'

De agent liep door het middenpad. 'Ik ben op zoek naar inspecteur Beauvoir. Kent u hem?'

'Ja,' zei ze. 'Hij is hier geweest, met inspecteur Gamache.'

'Waar is hij nu?'

'Beauvoir? Ik dacht dat hij bij u was,' zei Myrna.

'Waarom zou ik...'

Maar hij kreeg geen kans zijn zin af te maken. Er werd een Glock tegen zijn nek geduwd en een geoefende hand pakte zijn wapen uit zijn holster.

Hij draaide zich om. De oude vrouw met de mantel en de muts op haar hoofd hield een dienstwapen op hem gericht.

En ze was helemaal niet oud.

'Sûreté,' zei agent Nichol. 'U bent aangehouden.'

Jean-Guy Beauvoir reed op de snelweg naar Montréal. Rosa zat naast hem en was doodstil. Ze zat hem voortdurend aan te kijken.

Maar Beauvoir bleef voor zich uit kijken. Hij raakte steeds verder verwijderd van het dorp. Hij had geen idee wat Francoeur en Tessier en de anderen van plan waren, en hij wilde het niet weten ook.

Toen hij uit Three Pines wegreed, had zijn telefoon een paar keer gepiept. Alle berichten waren van Lacoste. Ze vroeg zich af waar hij was.

Beauvoir wist wat dat betekende. Het betekende dat Gamache naar hem op zoek was, waarschijnlijk om af te maken wat hij de dag ervoor begonnen was. Maar toen las hij haar laatste bericht, dat ze ook aan anderen had gestuurd.

Gamache had ontslag genomen. Hij had de Sûreté verlaten.

Het was voorbij.

Hij keek naar de eend. Waarom had hij er in vredesnaam mee ingestemd om haar mee te nemen? Hoewel hij het antwoord wel wist. Hij had niet zozeer ingestemd om haar mee te nemen, maar hij had gewoon de energie niet gehad om tegen te stribbelen.

Beauvoir vroeg zich wel af waarom Ruth de eend aan hem gegeven had. Hij wist hoeveel ze van Rosa hield, en Rosa van haar.

Ik hou van jou, had Ruth tegen de eend gefluisterd.

Ik hou van jou. Maar deze keer was het niet de stem van de maffe, oude dichteres, maar van Gamache. In de fabriek. De kogels ketsten tegen de betonnen vloer, tegen de muren. Pang, pang, pang. Een wolk van verblindend, verstikkend stof. Het oorverdovende lawaai. Geroep, schoten, geschreeuw.

Gamache had hem naar een veilige plek gesleept en het bloeden gestelpt. Terwijl de kogels langs hen heen vlogen.

De hoofdinspecteur had hem in de ogen gekeken, zich over hem heen gebogen en hem op zijn voorhoofd gekust. 'Ik hou van je,' had hij gefluisterd.

Net als gisteren, toen Gamache had gedacht dat Beauvoir hem neer zou schieten. In plaats van zich te verdedigen, in plaats van terug te vechten, wat hij ook had kunnen doen, had hij gezegd: 'Ik hou van je.'

Op dat moment besefte Jean-Guy Beauvoir dat Rosa en hij niet in de steek gelaten waren, maar gered.

41

'En nu?' vroeg Gabri.

Olivier, Clara en hij waren achter het altaar vandaan gekomen, waar ze hadden zitten toekijken. Clara en Olivier hadden allebei een van de eenvoudige kandelaars in de hand, en Gabri een kruisbeeld, klaar om de schutter het hoofd in te slaan als hij aan Nichol en Myrna zou ontkomen.

Maar dat was niet nodig. De schutter was gekneveld en aan een lange houten kerkbank geketend.

'Er is er nog een,' zei Myrna. 'In het schoolgebouw.'

'En er zijn er twee het bos in gegaan,' zei Clara. Ze keek naar het wapen in Myrna's hand, en naar dat van Nichol. Ze zagen er angstwekkend en weerzinwekkend uit, maar Clara wilde er ook een.

'Wat doen we nu?' vroeg Gabri aan Nichol. Die slaagde erin over te komen alsof ze alles onder controle had en tegelijkertijd de controle volledig kwijt was.

Martin Tessier dwong Gamache zijn jas uit te trekken en pakte zijn wapen af, waarna Gamache in hemdsmouwen stond.

Vervolgens legde Tessier Gamaches pistool in de uitgestoken hand van Francoeur.

'Waar is Beauvoir?' wilde Gamache weten.

'In het dorp met de anderen,' zei Tessier. 'Aan het werk.'

'Laat hem met rust,' zei Gamache. 'Jullie moeten mij hebben.'

Francoeur glimlachte. '"Jullie moeten mij hebben", alsof dit begint en eindigt met de grote Armand Gamache. Je hebt geen idee wat er aan de hand is, hè? Je hebt zelfs het bericht van je ontslag laten rondsturen. Alsof dat zo belangrijk is. Alsof dat ons iets zou kunnen schelen.'

'En dat is niet zo?' vroeg Gamache. 'Weet je het zeker?'

'Heel zeker,' zei Tessier, die zijn wapen op Gamaches borst richtte.

Gamache negeerde hem en bleef naar Francoeur kijken.

Zijn telefoon piepte weer en Francoeur las zijn berichten.

‘We hebben Isabelle Lacoste en haar gezin aangehouden, en Villeneuve en de buurvrouw. Je bent net de pest, Armand. Iedereen met wie je in contact bent geweest is dood of zal binnenkort sterven. Inclusief Beauvoir. Hij zal gevonden worden tussen de resten van het schoolgebouw, waar hij probeerde de bom te ontmantelen die jij op al die computers had aangesloten.’

Gamache keek van Francoeur naar Tessier en toen weer naar Francoeur.

‘Je vraagt je af of je me moet geloven,’ zei Francoeur.

‘Jezus,’ zei Tessier. ‘Laten we dit in godsnaam afhandelen.’

Francoeur wendde zich tot zijn rechterhand. ‘Je hebt gelijk. Haal die satellietschotel naar beneden. Ik maak hier de rest wel af. Kom mee, Armand. Ga me maar voor, voor de verandering.’

Francoeur wees naar het pad en Gamache begon te lopen, waarbij hij af en toe weggIibberde in de sneeuw. Het was het pad dat hij samen met Nichol had gemaakt toen ze de kabel door het bos naar Three Pines hadden gesleept. Eigenlijk was het gewoon een kortere weg naar het oude schoolgebouw.

‘Leven ze nog?’ vroeg Gamache.

‘Ik zou het echt niet weten,’ zei Francoeur.

‘En Beauvoir? Leeft hij nog?’

‘Nou, ik heb nog geen explosie gehoord, dus ik denk het wel. Nog wel.’

Gamache deed een paar stappen naar voren.

‘En de brug? Had je inmiddels niet iets over de brug moeten horen?’ vroeg Gamache, die hijgde en een tak vastgreep om zijn evenwicht te bewaren. ‘Er is iets mis, Sylvain. Je kunt het voelen.’

‘Stop,’ zei Francoeur, en Gamache bleef staan. Hij draaide zich om en zag Francoeur zijn mobiele telefoon pakken. Hij toetste iets in en begon te stralen.

‘Het is voor elkaar.’

‘Wat?’

‘De brug.’

De blijdschap in de Sint-Thomaskerk was maar van korte duur.

‘Kijk,’ zei Myrna. Clara en zij keken door het gebrandschilderde raam.

De andere schutter was uit het oude schoolgebouwtje gekomen. Hij stond met zijn rug naar hen toe en leek iets met de deurklink te doen.

‘Doet hij de deur op slot?’ vroeg Clara.

Toen draaide hij zich om en keek om zich heen, zoals zijn collega een paar minuten eerder ook had gedaan.

‘Hij zoekt hem.’ Olivier wees naar hun geboeide en geknevelde gevangene, die werd bewaakt door Nichol.

Terwijl ze toekeken, liep de schutter naar het bestelbusje. Hij gooide een grote tas achterin en sloeg de klep dicht. Toen speurde hij het dorp weer af. Perplex.

Op dat moment kwam Thérèse Brunel de boekwinkel uit. Ze droeg een dikke jas en een grote wollen muts die over haar voorhoofd en haar was getrokken. Ze had een stapel boeken in haar armen en liep langzaam naar de Sûreté-agent toe.

‘Wat doet zij nou?’ vroeg Clara.

‘’*Twas in the moon of wintertime*,’ zong Gabri plotseling luid. Ze draaiden zich naar hem om. ‘*When all the birds had fled*.’

De schutter richtte zich naar het gezang dat uit de kerk kwam.

Hij kreeg de zenuwen van dit dorp. Het leek zo vriendelijk, en toch was het verlaten. Het had iets dreigends. Hoe eerder hij Beauvoir en zijn maat kon vinden en ze hier weg konden, hoe beter.

Hij liep weg naar de kerk. Daar waren duidelijk mensen, mensen die hem na enige overredingskracht misschien zouden vertellen waar Beauvoir was. Waar zijn collega was. Waar iedereen was.

Er kwam een oude vrouw met een stapel boeken naar hem toe lopen, maar hij negeerde haar en liep in de richting van het houten kerkje op de heuvel.

De schutter volgde het geluid van het gezang, het trapje op en de kerk in.

Hij had niet in de gaten dat de vrouw met de boeken ook van richting was veranderd en achter hem aan liep.

Hij opende de deur en keek naar binnen. Vooraan in de kerk stond een groepje mensen in een halve cirkel te zingen.

Op een van de banken in het midden zat een oude vrouw in een wollen jas. Het zingen hield op en de forse man die de leiding leek te hebben over het koor zwaaide naar hem.

‘Wilt u de deur dichtdoen?’ riep hij. ‘Anders komt de kou naar binnen.’

Hij pakte zijn pistool.

‘Sûreté.’

Hij hoorde het woord. De metalen klik. Hij voelde de loop tegen zijn nek. Hij hoorde de boeken vallen en zag ze verspreid rond zijn voeten liggen.

‘Handen omhoog.’

Hij deed wat hem werd opgedragen.

Toen hij zich omdraaide, zag hij de oude vrouw die hem gevolgd was.

In plaats van boeken had ze nu een dienstwapen in haar hand. Het was commissaris Thérèse Brunel.

Ze richtte haar wapen op hem en was bloedserieus.

‘De brug?’ vroeg Gamache, en hij staarde Francoeur aan.

‘Precies op tijd,’ zei de hoofdcommissaris.

In het dorp beneden hoorden ze iemand een oud Québecs kerstliedje zingen. Het klonk als een klaagzang.

‘Ik geloof er niets van,’ zei Gamache. ‘Je liegt.’

‘Wil je het bewijs?’

‘Bel Renard, bel de premier. Vraag hem het te bevestigen,’ zei Gamache.

‘Met alle plezier. Ik weet zeker dat hij jou ook even zal willen spreken.’

Francoeur drukte op een knopje op zijn telefoon. Gamache kon hem horen overgaan. En overgaan.

Er werd niet opgenomen.

‘Hij zal het wel druk hebben,’ zei Gamache.

Francoeur liet de telefoon zakken. ‘Wat heb je gedaan, Armand?’

‘“Lacoste en gezin gearresteerd”,’ citeerde Gamache. ‘Een paar minuten later heb je nog een bericht ontvangen: “Villeneuve bood verzet, maar nu niet meer.”’

Francoeurs gezicht verstrakte.

‘Je had toch niet verwacht dat ik mijn afdeling zomaar liet kapotmaken?’ Gamaches blik was doordringend, zijn toon scherp, de woede laaide op. ‘Al die agenten die ontslag namen, al die agenten die om overplaatsing vroegen. Naar alle takken van de Sûreté.’

Hij sprak langzaam, zodat elk woord zou aankomen.

‘Naar Verkeer, Ernstige Delicten, Publieke Veiligheid, meldkamer, Cybercriminaliteit.’

Hij zweeg even om er zeker van te zijn dat Francoeur bij de les was. Toen gaf hij de genadeslag.

‘De beveiliging van publieke personen. Het team dat de premier bewaakt. Je hebt zelf mijn afdeling laten ontmantelen en mijn agenten naar andere teams gestuurd. Míjn agenten, Sylvain, van mij. Niet van jou. Ik heb nooit weerstand geboden, omdat het mij goed uitkwam. Jij werkte aan jouw plan, ik aan het mijne.’

Francoeur werd zo wit als de sneeuw onder zijn voeten.

‘Mijn mensen hebben nu de leiding over die afdelingen en ze hebben agenten die jou trouw waren gearresteerd. De premier is in hechtenis genomen, net als zijn medewerkers. Als we op een schip hadden gezeten, had je het muiterij genoemd.

Het bericht van mijn ontslag was het signaal voor mijn mensen om tot actie over te gaan. Ik moest wachten tot ik wist wat je van plan was, en tot ik bewijzen had. De telefoon werd niet opgenomen omdat er niemand was om hem op te nemen. En die sms'jes die je kreeg? Over de brug? Over de mensen die waren opgepakt? Die heeft Lacoste verstuurd. De brug is veilig.'

'Onmogelijk.'

Francoeur keek weer naar zijn mobiele telefoon, heel even maar, maar het was genoeg.

Gamache kwam in beweging.

Jean-Guy Beauvoir parkeerde zijn auto achter de Volvo van Gamache. Hij zette het raam op een kier zodat Rosa frisse lucht zou hebben, en stapte uit.

Hij stond op de weg en wist niet goed waar hij heen moest gaan. Hij was van plan geweest om terug te keren naar Three Pines. Hij wist nu waar de apparatuur die hij in de bestelbus had gezien voor diende. Hij had het waarschijnlijk al die tijd geweten. Het waren explosieven. Ontstekingsmechanismen. Struikeldraden.

Ze bevestigden de draden aan de deur van het schoolgebouw, zodat de boel zou ontploffen als die werd geopend.

Zijn plan was geweest om naar het dorp te gaan en de agenten tegen te houden, maar door de aanblik van de bekende auto was hij gaan twijfelen.

Hij keek naar de grond, naar het nieuw gebaande pad in het bos, en volgde dat.

Gamache wierp zich op Francoeur en greep zijn wapen, maar het pistool vloog uit Francoeurs hand en belandde onder de sneeuw.

Beide mannen smakten tegen de grond. Gamache zette zijn onderarm tegen Francoeurs keel en probeerde hem zo in zijn greep te krijgen. Francoeur schopte en sloeg. Tastend naar het wapen vond hij iets hards en sloeg daarmee uit alle macht tegen Gamaches slaap.

De hoofdinspecteur viel opzij, verdoofd door de steen. Francoeur hees zich moeizaam op zijn knieën en klauwde naar zijn parka in een poging die open te krijgen. Hij moest de Glock aan zijn riem te pakken krijgen.

'Tessier?'

Martin Tessier werd verrast door de stem van Beauvoir toen hij de trap af klom. De satellietschotel, die hij van het platform had gegooid, lag op de grond en Jean-Guy Beauvoir stond ernaast.

'Beauvoir,' zei Tessier, die zich snel herstelde en van de laatste sport af stapte. Met zijn rug naar Beauvoir toe pakte hij zijn wapen. 'We zochten je al.'

Maar verder dan dat kwam hij niet. Hij voelde Beauvoirs pistool in zijn nek.

'Waar is Gamache?' fluisterde hij in Tessiers oor.

Gamache zag Francoeur zijn wapen uit de holster trekken. Hij stortte zich op Francoeur voordat die kon richten, waardoor Francoeur tegen de grond sloeg. Maar hij had nog steeds het pistool in zijn hand.

Nu vochten beide mannen om het wapen. Stompend, worstelend en slaand.

Francoeur had het pistool vast en Gamache had Francoeur vast. Met beide handen, maar de sneeuw was nat en hij voelde dat hij zijn greep op Francoeur verloor.

Beauvoir duwde Tessier hardhandig met zijn gezicht tegen de boombast.

'Waar is Gamache?' herhaalde Beauvoir. 'Weet hij dat jullie van plan zijn om het schoolgebouw op te blazen?'

Tessier knikte en voelde zijn wang langs de schors schrapen. 'Hij denkt dat jij in die school zit.'

'Waarom denkt hij dat?'

'Omdat wij dat dachten.'

'Wilden jullie me vermoorden?'

'Jou en het grootste deel van het dorp, als die bom explodeert.'

'Wat hebben jullie tegen Gamache gezegd?'

'Dat het schoolgebouw vol explosieven zit, en dat jij daar ook bent,' zei Tessier.

Beauvoir draaide hem om en keek Tessier strak in de ogen, om te zien of hij de waarheid sprak.

'Weet hij dat de bom is bevestigd aan de deur?' vroeg Beauvoir.

Tessier schudde zijn hoofd. 'Maar dat maakt niet uit. Zover komt hij niet eens. Francoeur rekent al met hem af in het bos.'

Gamache voelde zijn handen wegglippen. Hij liet los en sloeg met beide handen op Francoeurs neus. Hij voelde hem breken en het bloed gutste eruit. Francoeur brulde en kwam omhoog, waardoor Gamache opzij in de sneeuw viel.

Hij draaide zich om op het moment dat Francoeur op zijn knieën ging zitten.

Toen zag Gamache iets donkers in de sneeuw. Misschien een steen of een stok. Of de kolf van een pistool. Hij rolde ernaartoe en draaide zich nog een keer om. Toen hij opkeek, zag hij nog net dat Francoeur zijn wapen op hem richtte.

En Armand Gamache vuurde. En nog eens. En nog een keer.

Totdat hoofdcommissaris Sylvain Francoeur wezenloos opzij zakte.

Dood.

Gamache stond op. Hij verspilde geen tijd meer aan Francoeur en maakte dat hij wegkwam.

Beauvoir hoorde de snel opeenvolgende schoten. Een Glock.

'Dat is Gamache,' zei Tessier. 'Dood.'

Beauvoir draaide zijn gezicht in de richting van het geluid, waarop Tessier op hem af dook en zijn pistool probeerde te pakken.

Beauvoir haalde de trekker over. En zag Tessier vallen.

Toen rende hij weg. Weg, het bos in. Waar nu stilte heerste.

Armand Gamache rende alsof hij door een stel furies werd achtervolgd. Hij rende alsof het bos in brand stond. Alsof hij door de duivel op de hielen werd gezeten.

Hij rende door het bos, tussen de bomen door, struikelend over omgevallen boomstammen. Maar hij stond op en rende verder. Naar het oude schoolgebouw. Naar de explosieven. Naar Jean-Guy.

Jean-Guy Beauvoir zag een lichaam op zijn buik in de sneeuw liggen. Hij rende ernaartoe en liet zich op zijn knieën zakken.

O nee, nee, nee.

Hij draaide het om.

Francoeur. Dood.

Beauvoir kwam overeind en keek gejaagd om zich heen. Toen dwong hij zichzelf om te kalmeren. Om te luisteren. En toen hoorde hij het. Vóór hem. Daar rende iemand. Van hem vandaan, in de richting van Three Pines.

Van het schoolgebouw.

Jean-Guy Beauvoir zette het op een lopen. Hij rende, sprintte, schreeuwde.

'Stop! Stop!' schreeuwde hij.

Maar de man voor hem hoorde hem niet. Hij bleef niet staan.

Beauvoir rende zo hard als hij kon, maar de afstand tussen hen was te groot. Gamache zou het schoolgebouw bereiken in de overtuiging dat Beauvoir daarbinnen zat. In de overtuiging dat Beauvoir gevaar liep.

Gamache zou met twee treden tegelijk de trap op gaan, de deur openrukken en...

'Stop! Stop!' schreeuwde Beauvoir. Toen brulde hij. Geen woorden, alleen een geluid. Al zijn angst, al zijn woede, alles wat hij nog in zich had stopte hij in die brul.

Maar de hoofdinspecteur bleef doorrennen – alsof hij door demonen werd achtervolgd.

Beauvoir kwam struikelend tot stilstand. Snikkend.

'Nee, stop!'

Hij kon hem niet tegenhouden. Hij kon niets doen. Alleen...

Isabelle Lacoste knielde naast Tessier neer, maar sprong overeind toen ze het afschuwelijke geluid hoorde. Zoiets had ze nog nooit gehoord. Het was alsof er iets brak, alsof er iets uit elkaar werd gescheurd. Ze rende in de richting waar het geluid vandaan kwam en volgde de vreselijke schreeuw dieper het bos in.

Armand Gamache hoorde het schot. Zag de schors van de boomstam voor hem vliegen. Maar toch rende hij almaar door. Zonder onderbreking. Zo snel als hij kon.

Regelrecht naar het schoolgebouw.

Hij kon het nu zien liggen: rood tussen het wit en het grijs van het woud door.

Er landde nog een kogel in de sneeuw naast hem, maar hij bleef doorrennen. Tessier moest Francoeur hebben gevonden, probeerde hem nu tegen te houden. Maar Gamache liet zich niet tegenhouden.

Jean-Guys hand beefde en zijn wapen trilde, waardoor hij zijn doelwit niet raakte. Hij richtte op de benen van de hoofdinspecteur in de hoop dat hij ze zou schampen. Net genoeg om hem neer te halen. Maar dat lukte niet.

'Stop, blijf staan! Stop!'

Beauvoirs zicht was wazig geworden. Hij veegde met zijn mouw over zijn gezicht en keek toen even langs de kale stammen omhoog, naar de blauwe lucht.

'O, nee.'

Gamache was bijna het bos uit. Bijna bij het schoolgebouw.

Beauvoir sloot even zijn ogen.

'O, nee.'

Toen richtte hij zijn pistool weer. Zijn handen trilden niet meer, zijn wapen lag stil in zijn hand. Trefzeker. En deze keer richtte hij niet op Gamaches benen.

'Stop!' schreeuwde Lacoste, met haar pistool op Beauvoirs rug gericht.

Verderop in het bos zag ze de hoofdinspecteur in de richting van Three Pines rennen. En Jean-Guy Beauvoir stond op het punt hem neer te schieten.

'Laat vallen,' beval ze.

'Nee, Isabelle,' riep Beauvoir. 'Ik moet wel.'

Lacoste zette zich schrap en richtte. Het was daarvandaan onmogelijk om te missen, maar toch aarzelde ze.

Het kwam door zijn stem. Die klonk niet smekend, niet krankzinnig.

Beauvoir klonk zelfverzekerd en sterk. Het was zijn oude stem.

Ze twijfelde niet aan wat hij van plan was. Jean-Guy Beauvoir ging hoofdinspecteur Gamache neerschieten.

'Isabelle, alsjeblieft,' riep Beauvoir, nog steeds met zijn rug naar haar toe en zijn wapen in de aanslag.

Isabelle Lacoste kalmeerde. Ze hield met beide handen haar wapen stil. Haar vinger lag om de trekker.

Jean-Guy Beauvoir had Armand Gamache in zijn vizier.

De hoofdinspecteur stond aan de rand van het bos, een paar passen bij het schoolgebouw vandaan.

Beauvoir ademde diep in. En blies uit.

Toen haalde hij de trekker over.

Armand Gamache kon het schoolgebouw nu bijna aanraken. Het schieten was opgehouden.

Hij zou het halen. Hij wist het zeker. Hij zou Jean-Guy eruit krijgen.

Hij was net voorbij de bosrand toen de kogel hem raakte. Door de kracht ervan werd hij van zijn sokken geblazen en tuimelde hij achterover. Op het moment vlak voordat hij op de grond smakte, in die fractie van een seconde voordat de wereld verdween, keek hij in de ogen van de man die hem had neergeschoten.

Jean-Guy Beauvoir.

Armand Gamache viel languit met zijn armen en benen gespreid in de sneeuw.

42

Het was stil in de Sint-Thomaskerk in Three Pines. Er klonk alleen wat geritsel van papier terwijl de gasten de orde van dienst zaten te lezen. Toen kwamen er vier monniken binnen, die met gebogen hoofd naar het altaar liepen en daarvoor een halve cirkel vormden.

Even was het stil en toen begonnen ze te zingen. Hun stemmen vermengden zich met elkaar, werden één. Het was alsof je naar een van Clara's schilderijen zat te luisteren. Kleuren, penseelstreken en het spel van licht en donker. Alles draaide om een kalm middelpunt.

Gregoriaans gezang. Een eenvoudig gezang in een eenvoudige kerk.

De enige decoratie in de Sint-Thomaskerk was het het gebrandschilderde raam met een afbeelding van eeuwig jonge soldaten. Het raam was zo geplaatst dat het vroege ochtendlicht erdoor naar binnen viel, het jongste licht.

Jean-Guy Beauvoir boog zijn hoofd, zich bewust van de plechtige aard van het moment. Toen hoorde hij achter zich een deur opengaan en iedereen ging staan.

Het gezang kwam ten einde en even was het stil voordat er een andere stem klonk. Beauvoir hoefde niet op te kijken om te weten wie het was.

Gabri stond vooraan in de kerk en keek langs de houten kerkbanken door het middenpad. Hij zong met zijn heldere tenor:

Ring the bells that still can ring,
Forget your perfect offering,

De kerkgangers om Beauvoir vielen in. Hij hoorde de stemmen van Clara, Olivier en Myrna. Hij kon zelfs de zwakke maar vastberaden stem van Ruth onderscheiden. De stem van een jonge soldaat. Onzeker maar onverzettelijk.

Maar Jean-Guy had geen stem. Zijn mond bewoog, maar er kwam geen geluid uit. Hij keek naar het middenpad en wachtte.

There is a crack in everything
That's how the light gets in.

Eerst zag hij madame Gamache, ze liep langzaam. En naast haar liep Annie. Stralend in haar trouwjurk. Ze liep naar het altaar aan de arm van haar moeder.

En Jean-Guy begon te huilen. Van blijdschap, van opluchting. Van verdriet om alles wat er was gebeurd. Om alle pijn die hij had veroorzaakt. Hij stond in het ochtendlicht van de jongens die nooit meer thuisgekomen waren en huilde.

Hij voelde iets bij zijn arm en zag dat hem een zakdoek werd toegestoken. Beauvoir nam hem aan en keek in de diepbruine ogen van zijn getuige.

'U hebt hem zelf nodig.' Jean-Guy gaf hem terug.

'Ik heb er nog een.' Armand Gamache haalde een zakdoek uit zijn borstzakje en droogde zijn tranen.

De twee mannen stonden naast elkaar vooraan in de kapel te huilen terwijl Annie en haar moeder naar het altaar liepen. Annie Gamache stond op het punt om met haar eerste en enige liefde te trouwen.

'*Now there will be no more loneliness*,' zei de dominee toen hij het paar zijn laatste zegen gaf.

Go now to your dwelling place to enter into
the days of your togetherness.
And may your days be good and long upon the earth.

Het feest was die vroege julidag begonnen op de zonnige weide in het midden van het dorp en duurde tot diep in de nacht. Er werd een vuur aangestoken en vuurwerk afgestoken, er werd een barbecue gehouden en alle gasten namen salades en toetjes, kaas en paté mee. Vers brood. En bier, wijn en roze limonade.

Toen de muziek begon, gaf Armand, gekleed in jacquet, zijn stok aan Clara en hinkte langzaam naar het midden van de kring met gasten, midden op de weide in het centrum van het dorp. En hij stak zijn hand uit.

Hij trilde niet toen Annie haar hand in de zijne legde. Hij boog zich voorover en kuste hem. Toen nam hij haar in zijn armen en dansten ze. Langzaam. In de schaduw van de drie grote dennen.

'Weet je zeker waar je aan begint?' vroeg hij.

'Wist mama dat?' antwoordde zijn dochter lachend.

'Nou ja, zij heeft geluk gehad. Ik ben toevallig perfect,' zei Gamache.

'Jammer, want ik heb gehoord dat iets sterker is op de plek waar het ooit gebroken was,' zei ze terwijl haar vader langzaam met haar over de weide danste, en ze haar hoofd op zijn schouder legde. De plek die hij bewaarde voor mensen van wie hij hield.

Ze dansten langs Gabri en Olivier, langs Myrna en Clara, langs de winkeliers en de dorpsbewoners. Langs Isabelle Lacoste en haar gezin en langs de Brunels, die naast agent Nichol stonden. Yvette Nichol.

Ze glimlachten en zwaaiden toen Armand en zijn dochter voorbij dansten. Aan de andere kant van de weide dansten Jean-Guy en Reine-Marie langs Daniel, Roslyn en de kleinkinderen van monsieur en madame Gamache, die Henri stonden te aaien.

'Je weet niet half hoe blij we zijn, Jean-Guy,' zei Reine-Marie.

'Echt waar?'

Hij wilde nog steeds gerustgesteld worden.

'We zijn geen van allen volmaakt,' fluisterde ze.

'Ik heb geprobeerd uw man te vermoorden,' zei Jean-Guy.

'Nee, je hebt geprobeerd hem te redden, hem tegen te houden. En dat is gelukt. Ik zal altijd bij je in het krijt blijven staan.'

Ze dansten in stilte, terwijl ze allebei terugdachten aan het moment waarop Jean-Guy voor de keus had gestaan.

Op Gamaches benen blijven schieten, die hij steeds miste, of op zijn rug richten. Een schot dat dodelijk kon zijn voor de man die hij probeerde te redden. Maar niet schieten zou betekend hebben dat de hoofdinspecteur zéker zou omkomen. Hij zou zijn opgeblazen zodra hij de deur van het schoolgebouw opende. In de overtuiging dat hij Jean-Guy moest redden.

Het was een vreselijke keus geweest.

Net als die van Isabelle Lacoste.

Ze was op haar intuïtie afgegaan en had haar wapen laten zakken. En had vol afschuw toegekeken hoe Beauvoir vuurde en de hoofdinspecteur neerviel.

Het enige wat Gamache gered had was de aanwezigheid van Jérôme Brunel, de voormalige eerstehulparts. Hij was de kerk uit komen rennen terwijl de anderen het alarmnummer belden.

Terwijl haar kersverse schoonzoon haar over de zonnige weide leidde, vroeg Reine-Marie zich af wat ze zelf gedaan zou hebben. Zou ze hebben kunnen schieten, in de wetenschap dat dat vrijwel zeker de man zou doden van wie ze hield?

Maar als ze niet zou schieten, zou hij zeker sterven.

Had ze dan nog met zichzelf kunnen leven?

Toen ze het verhaal had gehoord, besefte ze dat als hij zou afkicken en Annie hem nog wilde, ze zichzelf als gezegend moest beschouwen met zo'n man in haar familie. En nu bevond hij zich in haar armen.

Annie was veilig bij hem. Reine-Marie wist het zeker, iets wat maar weinig moeders konden zeggen.

'Zullen we?' vroeg Jean-Guy, en hij gebaarde naar het andere paar, dat dichterbij kwam.

'Oui,' zei Reine-Marie, en ze liet Beauvoir los.

Even later voelde Armand Gamache een tikje op zijn schouder.

'Mag ik?' vroeg Jean-Guy, en Gamache stapte met een lichte buiging opzij.

Beauvoir keek zo liefdevol naar Annie dat Gamache er een brok van in zijn keel kreeg, verrast door blijdschap.

Toen draaide Jean-Guy zich om en nam Gamache in zijn armen, terwijl Reine-Marie met Annie verder danste.

De gasten lachten en applaudisseerden. Gabri en Olivier waren de eersten die ook de dansvloer op gingen, gevolgd door de rest van het dorp. Zelfs Ruth deed mee: met Rosa in haar armen danste ze met Billy Williams, en ze fluisterden elkaar lieve scheldwoordjes in de oren.

'Heb je me iets te zeggen, jongeman?' vroeg Gamache terwijl hij Jean-Guys sterke hand op zijn rug voelde.

Beauvoir lachte, maar was even stil voordat hij zei: 'Ik wil zeggen dat het me spijt.'

'Dat je me hebt neergeschoten?' vroeg Gamache. 'Ik vergeef het je. Doe het alleen niet nog een keer.'

'Ja, dat ook. Maar ik bedoel dat ik het jammer vind dat u de Sûreté hebt verlaten.'

'Als hooggeplaatste politiemannen elkaar gaan neerschieten, is het tijd om op te stappen,' zei Gamache. 'Ik weet zeker dat dat ergens in het reglement staat.'

Beauvoir lachte. Hij voelde de oudere man op hem leunen. Hij werd een beetje moe en stond zonder zijn stok nog niet erg stevig op zijn benen. Hij liet Jean-Guy zijn gewicht opvangen en vertrouwde erop dat hij hem niet zou laten vallen.

'Was het een raar gevoel,' vroeg Beauvoir, 'om madame Gamache met Annie naar het altaar te zien lopen?'

'Noem haar toch Reine-Marie,' zei Gamache. 'Alsjeblieft, we hebben het je al eerder gevraagd.'

'Ik zal het proberen.' Het was moeilijk om de jarenlange gewoonte af te leren, net zoals hij het bijna onmogelijk vond om de hoofdinspecteur 'Armand' te noemen. Ooit, wanneer de kinderen waren geboren, zou hij hem misschien 'papa' noemen.

'Ik heb Annie op haar eerste bruiloft naar het altaar gebracht,' zei Armand. 'Dus deze keer mocht haar moeder het doen, dat was wel zo eerlijk. Bij haar volgende bruiloft ben ik weer aan de beurt.'

'Vreselijke man,' fluisterde Beauvoir.

Hij hield de hoofdinspecteur vast en dacht aan het moment dat hij de trekker had overgehaald en hij Gamache door de klap van de kogel het bos uit had zien vliegen.

Hij had zijn pistool laten vallen en was zo hard hij kon naar hem toe gerend. Naar de man die languit op de grond lag, met de rode bloedvlek die zich als vleugels in de sneeuw om hem heen verspreidde.

'Mijn hart brak,' fluisterde Beauvoir, en hij moest zijn best doen om niet zijn hoofd op Gamaches schouder te leggen. 'Toen ik je neerschoot.'

'Weet ik,' zei Armand zacht. 'En mijn hart brak toen ik je in de fabriek achterliet.' Ze waren een paar passen lang stil, en toen zei Gamache: '*There really is a crack in everything.*' Er zit inderdaad overal wel een barstje in.

'Ja.'

Rond middernacht zaten Armand en Reine-Marie op de brede veranda van het huis van Emilie. Ze keken naar het silhouet van Annie en Jean-Guy, die bij het vuur op de dorpsweide met hun armen om elkaar heen op de zachte muziek wiegden.

Clara en Myrna waren bij Armand en Reine-Marie op de veranda komen zitten. Daniel, Roslyn en de kleinkinderen lagen boven te slapen, en Henri lag opgekruld aan de voeten van Reine-Marie.

Niemand zei iets.

Het had maanden geduurd voordat Gamache voldoende was hersteld om het ziekenhuis te mogen verlaten. En terwijl hij in het ziekenhuis lag, had Jean-Guy in een afkickcentrum gezeten.

Er kwam natuurlijk een onderzoek naar het complot om de brug op te blazen, en er werd een regeringscommissie gevormd om de corruptie te onderzoeken.

Arnot, Francoeur en Tessier waren dood. Georges Renard zat samen met alle anderen die bij het complot betrokken waren – althans, degenen die waren opgepakt – in de SHU, in afwachting van hun rechtszaak.

Isabelle Lacoste was waarnemend hoofdinspecteur Moordzaken geworden; ze zou kort daarop worden benoemd tot hoofdinspecteur. Jean-Guy werkte parttime en herstelde van zijn verslaving, iets wat hij de rest van zijn leven zou blijven doen.

Thérèse Brunel was waarnemend hoofdcommissaris. Ze hadden Gamache de functie aangeboden, maar hij had geweigerd. Hij zou lichamelijk misschien genezen, maar hij wist niet of hij ook in andere opzichten helemaal zou herstellen. Reine-Marie in elk geval niet.

Het was nu de beurt aan een ander.

Toen het tijd werd om te besluiten wat ze zouden gaan doen, was de beslissing makkelijk genomen. Ze hadden het huis van Emilie Longpré aan de dorpsweide in Three Pines gekocht.

Armand en Reine-Marie Gamache waren thuisgekomen.

Hij hield haar hand vast en streelde die zacht met zijn duim, terwijl een violist zacht een bekend melodietje speelde. En Armand Gamache besefte dat hij gelukkig was waar hij was.

Reine-Marie hield de hand van haar man vast en keek naar haar dochter en schoonzoon op de dorpsweide. Ze dacht aan het gesprek dat ze met Jean-Guy had gehad toen ze samen dansten. Hij had tegen haar gezegd dat hij Armand zou missen. Dat de Sûreté hem zou missen.

'Maar iedereen begrijpt zijn beslissing om met pensioen te gaan,' had Jean-Guy haar toen snel gerustgesteld. 'Hij heeft zijn rust verdiend.'

Daar had ze om gelachen, en Jean-Guy had een stap naar achteren gedaan om haar op te nemen.

'Waarom lach je?' had hij gevraagd.

'Armand is gedwongen om ontslag te nemen. Hij gaat dan misschien met pensioen, maar stoppen met werken kan hij niet.'

'Echt?' vroeg Jean-Guy, niet helemaal overtuigd. 'Want de baas lijkt vrij zeker van zijn zaak.'

'Hij weet het nog niet.'

'En jij? Zou jij het goed vinden als hij op een dag terug zou willen naar de Sûreté? Want als je het niet zou willen, zou hij het niet doen.'

De blik in haar ogen zei Jean-Guy dat hij niet de enige was die voor een moeilijke keus gesteld werd.

En nu hield Reine-Marie de hand van haar man vast en keek naar hem terwijl hij naar Annie en Jean-Guy zat te kijken.

'Waar denk je aan, mon beau?' vroeg ze.

'*Now there is no more loneliness*,' zei Gamache, en hij keek haar in de ogen.

Go now to your dwelling place to enter into
the days of your togetherness.

Toen hij Beauvoir halverwege de eerste dans aan Annie had teruggegeven, had Armand iets bijzonders in Jean-Guys ogen gezien. Naast zijn blijdschap, die scherpe intelligentie en zelfs zijn ellende, had Armand Gamache iets zien oplichten. Een schittering, een glans.

And may your days be good and long upon the earth.

NAWOORD VAN DE AUTEUR

Ik ben als Canadese opgegroeid met verhalen over de beroemde Dionne-vijfling, geboren in 1934 in Callander, Ontario. Ze waren een fenomeen, een sensatie. Velen van jullie hebben ze misschien in mijn Ouellet-vijfling herkend, en het is inderdaad zo dat ik geïnspireerd ben door de meisjes van Dionne. Maar toen ik bezig was met onderzoek voor *Licht in de duisternis* heb ik me expres niet in het leven van de Dionne-vijfling verdiept. Ik wilde hen nergens mee lastigvallen en wilde mezelf bovendien geen beperkingen opleggen. Ik wilde echt niet weten hoe het leven was voor de Dionne-vijfling. Daardoor was ik vrij om het leven te creëren dat ik nodig had voor míjn vijfling.

Natuurlijk zijn er overeenkomsten, dat is onvermijdelijk. Maar de meisjes Ouellet zijn fictief en hun problemen zijn verzonnen. De Dionne-vijfling is echt. De overeenkomst houdt op bij het feit dat beide meerlingen een vijfling zijn. Ik vond dat ik jullie, en zeker de meisjes van Dionne die nog in leven zijn, deze mededeling schuldig was. Ze waren een fantastische bron van inspiratie.

DANKWOORD

Zoals voor al mijn boeken geldt, zou *Licht in de duisternis* niet geschreven zijn zonder de hulp en steun van mijn man Michael. Zonder Michael geen boeken. Zo simpel is het, en ik zal hem er mijn hele leven en dankbaar voor blijven.

Maar er zijn nog veel meer mensen die me met dit vrij ingewikkelde boek geholpen hebben.

Mijn vriendin Susan McKenzie en ik hebben twee dagen doorgebracht in Hovey Manor, een huis bij een meer in Québec, waar we een ouderwetse verhaalsessie hebben gehouden; tijdens het brainstormen kwamen er allerlei ideeën en verbanden ter sprake, waarvan sommige krankzinnig waren, andere weer te braaf of te saai. De betere werden van alle kanten bekeken en als bouwstenen gebruikt. Als je zoiets doet met iemand die er goed in is, is het werkproces fantastisch. Je moet er creatief en constructief voor zijn. Je moet niet naar de slechte kanten zoeken, maar naar de goede, om zo die verborgen parel te vinden of de stap naar een beter idee. Daarvoor moet je goed en met respect kunnen luisteren en Susan kan dat. We vormen een geweldig team en dankzij haar is dit boek veel beter geworden.

Met veel van de technische zaken ben ik geholpen door Cassie Galante, Jeanne-Marie Hudson, Paul Hochman en Denis Dufour. *Merci mille fois*.

Ook mijn assistente Lise Page is onmisbaar. Zij heeft de eerste versie van het boek gelezen en heeft me voortdurend aangemoedigd. Ze is een onvermoeibare collega en een creatief mens. Zonder Lise zouden mijn boeken en mijn carrière niet op het punt zijn gekomen waar ze nu zijn. En ze zouden zeker niet zo leuk zijn!

Mijn broer Doug heeft ook de eerste versie gelezen. Hij leverde op een vriendelijke manier kritiek en gaf me veel steun. Na verloop van tijd is het met een carrière waarin zo veel goeds gebeurt moeilijk om vrienden te blijven bellen met nog meer goed nieuws. Ik weet dat ze blij voor me zijn, maar soms voelt het als opscheppen (en dat is het misschien ook wel). Toch wil ik graag over het goede nieuws praten, dus dan bel ik Doug. Hij is altijd blij voor me (of zo lief om me niet de mond te snoeren en te zeggen dat ik moet ophoepelen).

Linda Lyall heeft mijn website ontworpen en onderhoudt zowel de site als de nieuwsbrief. Ze maakt lange dagen om ervoor te zorgen dat het publieke gezicht van de reeks Gamache en de anderen eer aandoet. Dank je wel, Linda!

Mijn agentes Teresa Chris en Patricia Moosbrugger hebben de Gamache-boeken over het soms rotsachtige en onvoorspelbare terrein van de hedendaagse uitgeverswereld geloodst. Ze hebben zich er moedig en zelfverzekerd doorheen geslagen, waardoor ik me kon concentreren op mijn eigen werk: een boek schrijven waar ik trots op kan zijn.

Ik heb geen kinderen. Deze Gamache-boeken zijn heel belangrijk voor me. Het schrijven is voor mij geen tijdverdrijf, mijn boeken zijn niet zomaar een makkelijke bron van inkomsten. Ze zijn de verwezenlijking van een droom, mijn nalatenschap, mijn nageslacht. Ze zijn me dierbaar en daarom geef ik ze in handen van de fantastische mensen van Minotaur Books en St. Martin's Press. Zoals Hope Dellon, die al lange tijd mijn redacteur en vriendin is en mijn boeken altijd veel beter maakt; Andrew Martin, de uitgever, die ervoor gezorgd heeft dat een boek dat in een dorpje in Québec speelt op *The New York Times*-bestsellerlijst is gekomen, en Sarah Melnyk, mijn publiciteitsagent bij Minotaur, die de boeken kent, die mij kent en die hoofdinspecteur Gamache continu effectief gepromoot heeft. Dank jullie wel!

Ook heel veel dank aan Jamie Broadhurst, Dan Wagstaff en de mensen van Raincoast Books in Canada, die ervoor gezorgd hebben dat Gamache op de bestsellerlijst in mijn eigen land kwam te staan. Echt geweldig.

Dank je wel, David Shelley, de uitgever van Little, Brown in Groot-Brittannië, voor het overnemen van de reeks. Ik weet dat de boeken bij hem in goede handen zijn.

En als laatste wil ik Leonard Cohen bedanken. De Engelstalige versie van dit boek is genoemd naar een stukje uit zijn song/gedicht 'Anthem': *Ring the bells that still can ring, / Forget your perfect offering, / There's a crack in everything. / That's how the light gets in.*

Ik heb dit couplet ook in mijn tweede boek gebruikt, en toen ik contact met hem opnam om hem om toestemming te vragen en te informeren naar hoeveel ik hem ervoor moest betalen, liet hij via zijn agent weten dat ik het gratis mocht hebben.

Gratis.

Ik heb in het verleden flinke bedragen betaald voor stukjes poëzie, en terecht, dus ik had verwacht dat ik hier ook voor moest betalen. Temeer omdat de heer Cohen destijds, zes jaar geleden, bestolen was door iemand van zijn eigen team, die het grootste deel van zijn spaargeld stal.

In plaats van om duizenden dollars te vragen, vroeg hij niets.

Ik kan me onmogelijk voorstellen hoeveel licht er bij die man binnenstroomt.

En nu heb jij mijn *imperfect offering* in de hand. Ik heb het met veel liefde en dankbaarheid geschreven en ik besef hoe gelukkig ik me mag prijzen.